現代文學44

愛因斯坦與伊斯特小學

胡子栖　著

博客思出版社

現代化素質教育的省思

我生活在中國大陸海邊一座小城的城鄉結合部。二〇一四年之前，我對我所處時代，所生活地方的小學教育沒有任何懷疑。當時我覺得，應試教育又算得了什麼，不應試，沒有了考試對學生學業上的評估和刺激，那誰來保障學生的學習品質。教育部雖然明令禁止教師打罵學生，但不打罵學生，學生怎麼出成績，怎麼約束學生的行為？學校舉行的「豐富多彩的活動」，我小時候不也照樣參與過，照樣收穫了快樂，又有什麼大不了的？

於是，在參加工作的第一年，我照做了，毫不留情地照做了，可以說把他們收拾得「服服貼貼」，我所帶班級的語文成績也是全年級最高的，讓我一時間十分得意。

二〇一四的暑假，我與同學相邀去舟山遊玩。在餐桌上，我與同學聊起工作的事情。我的這些同學中有好幾位是中學老師，都在抱怨學生難以管教，甚至有一位老師打算採用「捧殺」的方式，讓學生多犯錯，直至讓學生被開除，以此來解決問題學生的麻煩。回去路上，正值福喜過期肉事件被曝光，然而，我看到涉及「福喜過期肉」的餐廳依舊火爆，有人甚至已經知道福喜過期肉被曝光了，依舊面不改色地一邊吃，一邊說：「反正吃不死人。」那時，我雖然算不上什麼有素質，有信仰的人，但這兩件事卻觸及了我心中的底線。我開始懷疑大陸教育究竟在以何種方式培養人？它又究竟培養了一些什麼樣的人？

然而，二〇一五年暑假的時候，發生了一件事，讓我對現有的「現代化素質教育」更加懷疑。那年，我感到我的視力下降了，就去醫院做了檢查。檢查的報告顯示我的雙眼有斜視，沒有同視功能，揭開了我小時候塵封的一個謎團。小時候，我常常因為習慣性地頭斜向一邊看東西而遭到同學的欺負。我父母為此也很頭痛，帶我去看了醫生。而那時的醫生對我的頭部和頸部進行了檢查，沒有發現任何問題。讀中學的時候，我因為近視戴上了眼鏡，過了幾年，我的頭漸漸地「擺正」了。直到二〇一五年，我才知道，這是因為我看東西時用的眼睛不一樣，我的左眼是斜視，而右眼沒有，如果我用左眼看，必須斜過頭看世界看到的世界才是正的，而右眼則不需要。因為近視戴上眼鏡後，我的主視眼睛從左眼換到了右眼，頭就「擺正」了。

知道小時候的真相後，我久久不能釋懷。一件小小的「斜視」隱患，就讓我的童年蒙受「不白之冤」。那麼同樣，我的學生，他們是否也因為不為人知的「隱患」，和老師、家長的忽視，使他們的童年蒙受了不少委屈。我決定不能當一位只顧學生成績，不顧學生成長的老師，我更不願意我的遭遇同樣落到自己學生的頭上。於是，我一邊教學生知識，一邊觀察學生，希望從中能夠找到什麼學生的潛在因素，從另一個方面幫助學生。與此同時，我想努力回憶小時候發生的事情，把它記起了，記下來，好好宣洩一下，使自己心裡好受一些。

兩年的觀察和對自己讀小學六年生涯回憶，帶給我巨大的震撼。我不僅意識到，有許多學生，正像小時候的我一樣，遭受著一些未知因素帶來的身體機能、心理和智力表現的問題，我們作為教師，卻無法給予他們幫助。我還意識到，無論是我小時候，還是現在，我們的教育中還存在著許多看似

「合理」，實則荒誕無稽的現象。更可怕的是，我們的自然環境和社會環境，正悄然發生著改變，環境污染，拜金主義，電子遊戲、電腦遊戲，食品安全問題等，正在無可避免地影響下一代的健康成長。問題學生、教學中的荒誕古怪的現象和自然環境、社會環境的變化，兩兩之間，互相影響，還有著千絲萬縷的聯繫。

我便將小學六年的部分回憶和教書四年以來的部分觀察，合起來，編成此書。本書主要目的是讓人警惕這種看似合理的「現代化素質教育」，以及這種「現代化素質教育」帶來的後果，希望世上再也不要有學校重蹈「伊斯特小學」覆轍。

本書所述內容，大多來自我的親身經歷，涉及四、五所小學，及許多我的老師、我的同事、我的大學同學，我的小學同學及我的學生。我皆更換名姓，加以修飾，隱匿。此書內容中若有內容讓人捧腹大笑，這事十有四、五是假；此書中若有內容讓人感到噁心後怕，這事十有八、九是真。

若此書中有什麼不足之處，希望批評指正。謝謝！！

目錄

三年級

四年級

五年級

六年級

序章

已經臨近半夜，沃克市都市的霓虹燈依舊燈火通明，還有零星的汽車賓士聲從窗外的大街邊駛過。

一位青年人躺在單身公寓小間的床上，床邊的檯燈映照著他那憔悴蒼白的臉頰。他已經坐在公司辦公室的電腦桌前忙碌地整理了一天的文檔，以應付上級領導的檢查。忙碌繁雜的工作已經使他精疲力竭，然而，他卻又睡不著覺，就像每個失眠的夜晚一樣。他戴著一副鏡片厚重的眼鏡，兩片鏡片的度數已經超過上千度，可他仍然毫不疲倦地一手翻看著智能手機上的「獵奇訊息」，一邊看著電視。

床對面的電視機正盡職地播放著新聞節目。

「一位來自得國的物理學家恨因斯坦因光電效應的研究獲得了諾貝爾物理學獎……」

當電視機裡播報到這條消息時，青年人厭惡地把電視機換台了。這種成功人士的消息只會使他顯得更加無能和渺小。「這關我什麼事！」青年人恨恨地説道。

「恨因斯坦。」過了半晌，青年人嘟噥了一下，又伸了個懶腰。這個名字和他的名字，「愛因斯坦」，是如此地相像，僅僅只是第一個音節不同而已。可是這又什麼用呢？人家是人家，青年天才，自己是自己，一個落魄沒用的廢物而已。事業，他沒有；夢想，他也沒有。他對周圍的事物沒有任何新奇的感覺，他只是覺得自己的工作有些累，自己也有些老。

愛因斯坦伸了一個懶腰，稍稍舒緩了一下他的疲倦。他轉過頭又看了看他身邊的手機，翻看著手機上面的「獵奇訊息」。其中有一條：「青年職員堅持每天買彩票，最終贏得一億馬克大獎。」一億馬克哎，愛因斯坦睜大著眼睛，望著這條獵奇新聞上面的人物。「真

是一個幸運兒，要是我也能打中一億馬克，該有多好！」愛因斯坦不由得陷入幻想之中，幻想著自己打中了彩票，坐擁金錢美女，豪車豪宅，在人前揚眉吐氣。

「嘟」的一聲，手機一振動，打斷了愛因斯坦的幻想，又是一條「獵奇新聞」彈了出來，標題是青年富二代的糜爛生活。從中列舉了好幾個得國現在社會一些「暴發戶」後代的生活。有一個富二代開派對中坐擁數個美女，開車撞了人，還在交警查問時，對著鏡頭說：「我爸是當官的，我媽是企業家，你們不配來查我！」真是任性啊，雖然最後這個官二代坐了牢，但他不知道睡過幾個漂亮女孩，比起貧窮落魄的愛因斯坦，不知道好上幾百倍！這種當官的，只要有錢有勢，肯定是官官相護，坐牢的時候比待在家裡還要舒服。

愛因斯坦繼續看下去，照片中出現了另一個富二代的身影。他們仗著自己有錢有勢，開著豪車，穿著名牌，白白玩弄了很多女性。幾個月後，「受害」女性們聯合起來告他強姦，打了一場又一場的官司。最後，這個富二代因此坐了牢。

「婊子，一群貨真價實的婊子！！」愛因斯坦不禁罵道。他沒有把矛頭指向「玩弄女性」的富二代，而是毫不留情地批判那群女性。他堅定不移地認為，這群女孩肯定是因為富二代們沒有給足她們錢，所以才聯名將他告上法庭。接著，愛因斯坦想起了他每次約會女孩，都因為自己「沒有車」，「沒有房」，也沒有「足夠讓她們過上幸福生活的錢」，而被拒絕，而被羞辱，一股仇恨不禁在他的心中湧動了起來。現在的女孩，都跟婊子一樣，等我有了錢，一定要給她們好看！

他伸了一下懶腰，打了個哈欠，又換了個姿勢躺臥在床上。他動了動手指，離開了「獵奇訊息」，轉而點進了推特的介面，推特的群裡已經安靜下來了，大半夜的，應該都在睡覺吧！他點了進去，咦？沉寂了不知道幾個月的六年二班小學群裡面今天晚上破天荒的在聊天，他居然沒有注意到。不知道他們在聊什麼？愛因斯坦又動了下手指，點了進去。

原來，他兒時的玩伴霍姆沃克要結婚了，霍姆沃克把消息告訴了小學的同學們，小學的同學也紛紛在推特上面表示祝賀。「這樣的蠢貨也能結婚？」他厭惡地說道，言語中包含著嫉妒，或是怨恨。「他都可以，為什麼我就不可以呢？」愛因斯坦似是抱怨，似是不甘，或是難受。他悵惘著望了一下單身公寓低矮的天花板。該死的開發商為了多做幾層單身公寓，把單身公寓的天花板修得很低，使得長期生活在單身公寓的愛因斯坦有一種被關在籠子裡面悶悶的感覺，而現在，愛因斯坦得知霍姆沃克即將結婚的消息時，心裡更悶了。

「這個愚蠢的傻子，怎麼可能比我早結婚呢？」愛因斯坦一想起在學校裡面比他愚蠢得多的霍姆沃克，嫉妒如同熊熊烈火，在他的心底燃燒起來。他的老婆一定很難看，一定很笨，常言道，夫妻相像，霍姆沃克的老婆怎麼可能不醜不笨。愛因斯坦想當然地想道。他也一定是貸款欠債買的房子和車子，等著瞧吧，總有一天，他會因為還不起貸款和欠債，而跑路。他的孩子還可能因為剛裝修房子洩露出來的有毒氣體，而患上白血病。

嫉妒之火稍稍消退後，愛因斯坦又想起了自己。他現在已經三十多歲了，平時生活的圈子就小，還要用他那才兩千五百馬克微薄的收入，去支付一千多馬克的高額房租。他工作又忙，一週很少有休息的日子。現在，不要說準備「房子」，「車子」和「幾十萬馬克」的禮金找女友結婚了。他連找女友的時間都沒有。家裡人一次又一次地催促他，可是，他既沒有錢，也沒有時間，怎麼能指望他找到女友呢？

他又翻了一下小學同學群上的名單。他兒時的同學有一半已經結婚了。漢森娶了一個「大

老闆」的女兒。同學們很是羨慕幸運的漢森，他因為明智的選擇，可以比別人少奮鬥好幾年。漂亮可人的珊迪嫁給了沃克市某富豪的兒子。愛因斯坦看過珊迪老公的照片，胖得像個豬玀。珊迪怎麼可能喜歡這樣的人？她也一定是看上了富豪兒子的錢去的。

另外，女的納伊弗、簡、丹娜、瑪塔、茜茜、雪麗都已經結婚有了孩子。迪克、弗雷特、科比、鵬比、帕斯達特和賽克也已經結了婚。他只好盯著其他沒有結婚同學的名單，尋求心裡安慰。他的眼睛最先移到了艾米的推特上面，他動了一下手指，點了進去，他翻看起了艾米的推特。艾米最近發的一條推特資訊是兩天前，她參加了朋克樂隊的演唱會，還上發了她和她閨蜜們在絢爛彩燈下的自拍照。照片中的艾米作出剪刀手的姿勢，她瞪著大大的眼睛，眼神溫柔而靈秀，飽滿的額頭更為她增添幾分精神，微笑迷人而絢爛，可以令任何一個男人心動。

「真漂亮！簡直是天使下凡。」愛因斯坦一面欣賞著「艾米」，一面卻犯起了迷糊，像艾米這樣既漂亮，家庭環境又好又有錢的姑娘，怎麼到現在三十多歲了都還沒有結婚呢？平時，好像還沒有什麼人說起，她有了男朋友。「一定是她的要求太高了，普通的男人都入不了她的法眼……」

「可是她都三十多歲了，再過七八年，她都四十歲了。女人一過了四十歲，都老了，還有人肯要她嗎？」轉念，單身的愛因斯坦竟為艾米擔心了起來。據說，女人只要過了三十五歲，生孩子的風險就會大大增加，艾米真可憐。真不知道艾米在想些什麼。為什麼艾米到現在還不找一個男人結婚呢？

忽然，愛因斯坦頭腦裡面冒出了「天意」這個說法。一定是老天在冥冥之中，安排著艾米的宿命。愛因斯坦在平時渾渾噩噩的生活中，很少能夠感受到天意。他是不知道自己是相信什麼的。有時候，他跟著家裡人的習俗，一起拜菩薩；祭祀祖先的時候，他又跟著大人拜起了小鬼和山大王；有時候，他跟著廠裡的老闆和領導，一起拜起了能夠帶給他們財富的「財神」；在受人欺負的時候，他則在每個失眠夜晚，信誓旦旦地說道，「我什麼也不相信，我只相信自己。我只依靠自己。」如今，「天意」的說法又降臨在愛因斯坦身上，竟給愛因斯坦帶來了莫名的狂喜。

艾米會不會是老天安排給我的另一半，老天不讓她結婚，是不是刻意讓她等著我的？

想到這裡，愛因斯坦竟興奮地從床上一躍而起，跑到衛生間裡，打算在鏡子前細細打量自己的衣著面貌，看看自己是不是跟艾米有夫妻相，是不是跟艾米是天生一對。

他興沖沖地跑到鏡子前，準備好好欣賞鏡子中的自己。當他看到鏡子中的自己時，愛因斯坦絕望了，徹徹底底地絕望了。鏡子裡的他，竟是如此的瘦削不堪，如此的精神不濟，厚重的眼鏡片下，一雙眼神空洞的眼睛疲憊地望著鏡子前，臉色發黃的自己。跟艾米相比，自己竟與她相差十萬八千里。

一個短命鬼，一個一輩子受窮的靈魂！他絕望地坐在地上，嗚嗚地掩面哭了起來。一邊哭，他一邊回憶起自己一輩子勞勞碌碌的人生，愛因斯坦覺得很累。他真的很渴望回到童年，回到過去，回到那無憂無慮的日子，回到那快樂的時光。童年的一幕幕也隨著他的回憶慢慢展開在他的眼前。

愛因斯坦小時候

愛因斯坦出生於得國南部符登堡省沃克市。他的爸爸媽媽是農村的農民，習慣於日出而作，日落而息的生活。小愛因斯坦的出生讓他們如獲至寶，愛因斯坦的爸爸媽媽總是在人前誇耀著他自己的孩子，連去田間幹活的時候也不會忘記把自己的孩子帶上。

可是後來，有一件事卻讓愛因斯坦的父母

犯愁。小愛因斯坦四歲那年，幾乎不會說話，個頭也比其他同年級的孩子要矮一截。這可急壞了愛因斯坦的爸爸媽媽。他們給他看了一個又一個的醫生，都查不出什麼問題。有個大鬍子醫生乾脆直白的指了指小愛因斯坦的大腦，說這裡有問題。鄰里之間流傳著愛因斯坦是傻子的傳聞。但是愛因斯坦的爸爸媽媽是不會相信醫生的瞎說和鄰里間的流言蜚語的，他們寧願相信愛因斯坦是一個健康的、智力正常的孩子。

剛開始，這對愛因斯坦來說沒有任何影響。愛因斯坦一家靠務農為生，他的爸爸媽媽每天起早去田地裡面幹活時，都要帶著他。每天有爸爸媽媽在身邊，任何人也傷害不了他。然而，等他上了幼稚園，他開始遇到麻煩了。由於他身材矮小，長相木訥，語言表達混亂，經常受到班級裡面男生的欺負。他最討厭的是和他同一個班級的科比，只要老師不在身邊，科比就會找機會走到他的身邊騷擾他，或是扯他幾下耳朵，或是趁他不注意推他一下，或是走過去打他幾拳。漸漸地，全班的男生都開始欺負他了。如果他的幼稚園老師在他身邊，她會喝止欺負愛因斯坦的男生；如果老師不在身邊，他只能想盡辦法逃跑或還手，擺脫同班男生的「魔爪」。

讀完幼稚園，他來到學前班讀書。在這一年的學前班學習的時候，他的語言不再像他小時候那樣混亂和笨滞了，作業也開始好了起來，然而，愛因斯坦仍然沒能因此逃脫同班男生的欺負。他本身身材矮小，欺負他的男生也已經改變不了欺負他的「習慣」，依然趁老師不注意的時候，騷擾愛因斯坦。不過，值得慶幸的是，學前班的老師已經比幼稚園的老師嚴厲得多了，要是被她發現有人在欺負愛因斯坦的話，肯定免不了一頓好打，甚至還會把他們在學前班的「糟糕表現」，告訴來接的家長。久而久之，大多數男生都停止了欺負愛因斯坦。

愛因斯坦幻想著，要是小學裡面的老師，都能像學前班的老師那樣保護他，該有多好。

一年級

入學

愛因斯坦到了入學年齡，父母便帶他來伊斯特小學讀書。通過入學的報名及戶籍驗證，他正式成為了一名一年級的小學生。雖然在暑期學前班學習時，他已經體驗到了類似小學的生活。開學第一天，他仍然很興奮，即使被爸爸媽媽拉著手，也要在一蹦一跳著走向學校。

愛因斯坦即將讀的是位於長白街的伊斯特小學。伊斯特小學是沃克市市府公立學校。

這天是開學的日子，長白街上特別熱鬧，孩子們有的三三兩兩，遊走於長白街的文具店邊買鉛筆、橡皮、書殼等文具；有的則背著小書包，在街邊的零食小攤邊長時間逗留，幾個膽子比較大的孩子，甚至跟小攤販公開地討價還價；長白路廿六號的小店邊，幾個高年級的女生男生，嬉笑著，在街邊追逐打鬧……除了幾位像愛因斯坦那樣的新一年級學生，哭喊者被父母拉向學校以外，其餘的學生仿佛都很開心。小學的生活到底是什麼樣的呢？那裡會不會有好玩的東西，那裡會不會有有趣的夥伴？我即將見到的老師，是不是像媽媽一樣溫柔？愛因斯坦不由地幻想了起來。

踩著長白路邊的綠蔭，綠蔭的周圍和中間，灑滿了金色的陽光，楓葉卻悄悄染上了一抹淡黃。愛因斯坦好奇地打量著周圍的一切。對他來說，一切都是新的，未知的。他竭盡全力地幻想著，他即將要去的地方，究竟是什麼樣的一片天地。

天氣異常炎熱，愛因斯坦看到前方不遠處有個冰棒店，走到冰棒店旁邊時，突然停了下來，一把撲到媽媽懷裡，說道：「媽媽，我要吃冰棒！」愛因斯坦媽媽抬頭一看，只見寬大的木質篷子底下，一位老人搖著圓形木扇驅打著蚊蠅，守在電冰箱旁邊，樂呵呵地打量著路邊的行

人。電冰箱上面蓋著一層厚厚的被子，被子濕漉漉的，蒸騰著誘人的冷氣，似乎在說：「裡面的冰棒很好吃。」

愛因斯坦的媽媽溫柔地説道：「先不買，要聽話，你看看，對面就是學校……老師和同學們都在等著你呢！」

愛因斯坦沒有像其他孩子那樣纏著媽媽要冰棒，他咽了咽口水，轉過頭，好奇地望去，只見長白大道的對面，是一個小弄堂。小弄堂到底，有一扇大門，門邊是一塊花崗岩牆壁，雖然有些遠，愛因斯坦能夠清清楚楚地看到陽刻著「伊斯特小學」這幾個詞。三三兩兩來上學的孩子，一個接著一個地跨進了綠漆斑駁的校門。

愛因斯坦跟著爸爸媽媽的腳步，向前走去，進了校門，轉過一個彎，路過長滿鮮花和小草的花壇，愛因斯坦已經被爸爸媽媽領進了一年二班的教室。一位戴著金邊眼鏡的女人，正站在講臺上，微笑著打量著坐在位子上的孩子們。

「您是格瑞德老師吧？」老愛因斯坦帶著得國農民特有的憨厚和樸素，很有禮貌地問道。

格瑞德女士笑著打量了一下老愛因斯坦和小愛因斯坦，説道：「您好，是的。我是格瑞德，是一年二班的班主任。現在請隨便坐，等一下還要重新排位置。」接著，愛因斯坦夫婦便跟格瑞德女士寒暄了幾句，接著又叮囑愛因斯坦「一定要聽老師的話」，然後就離開了。

愛因斯坦坐到了位置上，仔細端詳了他的老師。她身材修長纖細，面相端莊溫柔，也新奇地看著這些剛剛入學的孩子們，眼睛裡充滿著期許。愛因斯坦很高興，覺得自己遇到了一個不會逼他做很多作業的好老師。他又轉過頭望瞭望班級裡面的其他同學，他們都一見如故，即使還不知道對方的姓名，也都開心地聊起來或玩起來，教室裡一片鬧哄哄的。愛因斯坦的目光落在正一邊拍打桌子一邊玩橡皮的科比身上時，頓時臉色一變。科比，幼稚園裡常常欺負他的科比，竟然也跑到伊斯特小學來讀書了，他竟然跟自己在同一個班級裡面讀書。愛因斯坦的心頭湧起淡淡的不快。

「各位小朋友，坐端正了。」等到人差不多齊了，格瑞德提醒道。這時，教室裡面仍然鬧哄哄的，許多孩子都自顧自地玩耍著。

「各位小朋友，坐端正了！」格瑞德女士又提高聲音提醒了一遍。這時，班級裡面一些比較自覺的女生開始坐端正，甚至小聲地提醒身邊的同學了。過了差不多三分鐘，教室裡總算靜下來了。

「同學們好，我的名字叫格瑞德，大家可以叫我格瑞德老師。」格瑞德女士臉上轉為親切的一笑，接著在黑板上寫下「格瑞德」的名字。接下來，格瑞德開始發表自己對孩子的期望：「我希望我們能夠在接下來的學習和生活中，能夠開開心心學習，增長知識，好好成長，大家說好不好！」

「好！」班級裡面一半的學生回應道，而其餘部分孩子壓根沒聽或者忙著做小動作。

接下來的流程是點名，跟學前班一樣的流程，愛因斯坦早就熟悉了這一套了。

點完名後，格瑞德按照班級孩子的身高排了座位。共分成了四組，每組六個人。愛因斯坦坐在第二排，霍姆沃克的旁邊。

接著是是分發新書。格瑞德親自帶領著班級裡十二位男生去學校實驗室搬書，孩子們雖然個頭和力氣差異比較大，但也算積極，有力氣小的孩子搬書時遇到困難，力氣大的看到了，總會分擔一把，直至所有新書搬到教室為止。

不一會兒，講臺上堆滿了各種各樣的新書和練習冊，大大小小，花花綠綠，一幢接這一幢，講臺桌，靠講臺桌書桌，門邊桌子，全被它們給「佔領」了。孩子們被驚到了。女生納伊弗見到了，瞪大了眼睛，吃驚地說道：「那麼多書！書包怎麼裝得下啊！我可背不動那麼多書！」孩子們也開始喧鬧了起來。愛因斯坦看到了，倒也沒有覺得厭煩，畢竟更多的書，代表著小學裡面更多的知識。

花了整整一節課時間，新書終於發完了。

格瑞德拿起了弗雷特桌子上的新書，一本一本地跟教室裡的孩子進行了校對，生怕有什麼錯漏。孩子們也十分配合，也跟著一本一本地校對，有些眼尖孩子甚至也幫助找書慢的同桌進行校對。

校對完了，格瑞德要求每位孩子在書本上端端正正地寫上自己的名字，免得以後跟其他同學的搞混。大多數同學都認認真真地寫了起來，唯有第三大組的霍姆沃克和維塔遲遲不肯動筆。格瑞德俯下身子，輕聲問道：「你們怎麼還不肯寫名字？」

帕斯達特歪著頭，一副不正經的樣子，大聲說道：「報告老師，他們現在連名字都還不會寫。」話音剛落，孩子們哄堂大笑。維塔知道別人在笑話她，不由得紅了臉，沒過多久，眼淚開始「啪嗒啪嗒」地掉落下來。

「大家別笑了，有的小朋友媽媽教過他們寫字了，所以他們會寫；有的小朋友沒有爸爸媽媽來教，所以一個字都沒有寫。只要以後慢慢地學，我相信他們能夠寫得跟大家一樣的好。」說完，格瑞德老師俯下身子，開始一筆一劃地為維塔和霍姆沃克寫上他們的名字。

上午分發完新書後，就上了一堂得語課。得語課的內容十分簡單，只是通過一張張圖片學了一下小學生應該遵守的行為習慣，再背了一首行為習慣的兒歌。這首兒歌愛因斯坦在學前班的時候就已經學過：

早起背包來學校，交通安全要記牢。
紅燈停走綠燈行，走路要走人行道。
遇到老師要問好，見到同學有禮貌。
讀書頭正肩要平，兩腳放地眼要正。
眼離書本一尺遠，胸離桌子要一拳。
排隊前後要對齊，課間遊戲要文明。
……

這對愛因斯坦來說沒有什麼難的，愛因斯坦在學前班就已經能背出來了。他心裡不禁有點小興奮，原來小學一年級的課文那麼簡單。

中午午餐過後，格瑞德告訴大家下午是大掃除。接到這個通知，愛因斯坦和其他孩子們都十分高興，整個中午都在聊大掃除的事情。霍姆沃克沒有帶抹布，急得差點哭了。坐在他前面的卓拉說：「我帶了三塊抹布，等大掃除時，分給你一塊。」

帕斯達特坐在愛因斯坦後面的後面，他一邊摳著鼻屎一邊說道：「我沒帶抹布，但是我帶著手帕，上面有我的鼻屎。大掃除的時候，我要把鼻屎塗在教室的牆上。」話音剛落，坐在附近的迪克、科比和鵬比等人聽到了，哈哈大笑起來。坐在前面的艾米聽了，不由得皺起了眉頭：「你好噁心，以後離我遠點！」

不一會兒，格瑞德來到了教室，正式宣佈大掃除開始了。孩子們都興奮地叫了起來。接著，格瑞德分配了任務，第一組負責掃地，第二組負責擦窗戶和牆壁，第三組負責擦黑板，擺桌子和倒垃圾。一年二班的大掃除熱火朝天地開始了。

格瑞德微笑著看著掃地的孩子們，納伊弗、愛因斯坦等人舉起小手認真地擦起了窗戶，擦得非常細緻，一組的同學如弗雷特、迪克、漢森等，也都非常專注地掃地，第三組的孩子如科比、吉米、洛珈等，擺桌子也是爭先恐後的……每一個孩子是那樣的積極。也許只有共產主義社會和孩子的世界，才能夠看到這樣無私的勞動吧！格瑞德見了，精神不由得振奮了起來。

開學第一天的晚上，愛因斯坦和格瑞德都沒有睡好覺。格瑞德的耳邊洋溢著孩子的歡聲笑語，即使已經到了傍晚時分，餘音卻久久沒有散去，折騰得她半夜起來上了三次衛生間。愛因斯坦腦子裡則是各種古怪的念頭：帕斯達特好像很壞，我要避開他……鵬比好像蠻好玩的，我要和他做朋友……霍姆沃克有點木木的，但是很有趣……艾米和珊迪很漂亮……丹娜和納伊弗很吵鬧。只是科比……

格瑞德拜師

格瑞德從學校門口，望著一個個「小不點兒」似的孩子們背著書包，走出校門，長長舒了口氣。開學第一天，她總算是平安帶過了。要知道，這天是格瑞德第一天帶一年級的小學生，她的心裡還是非常緊張的。不過，還好的是，孩子們似乎都很配合她，孩子沒有想像地那麼難帶。

她回到了辦公室，辦公室裡，教導主任費安娜，一年一班的班主任兼得語老師凱內老師，一年一、一年二班的數學老師比特老師，一年三班的得語老師簡甯老師，一年三班的班主任兼數學老師月利老師，都在辦公室裡面等著格瑞德。

費安娜向格瑞德老師招了招手：「格瑞德，過來一下，我們開個小型的會議……」

格瑞德點了點頭，走到了費安娜身旁。

「鑒於格瑞德和比特都是剛剛畢業的新老師，按照我們學校的規定，新進的老師是要向教學經驗豐富的老師拜師學習的，那麼我想聽聽大家的意見。」費安娜說話時小聲小氣的，一點也沒有領導的風範。

「我要管大隊部的事情，活兒比較多的。」簡甯老師微笑著看了一眼凱內老師……凱內老師約莫五十多歲的樣子，頭髮已經半禿了，眼鏡下的一雙眼睛炯炯有神，他微笑著看了一眼簡甯老師，又打量了一下格瑞德，說道：「那好，簡甯老師，格瑞德由我來帶吧！」

「好，那格瑞德就由凱內老師來帶。那麼比特老師……」費安娜將目光轉向了月利老師。只有月利老師，是經驗豐富的一年級數學老師。

月利老師笑了，點了點頭，說道：「那就我好了吧！」

「那麼就麻煩一下兩位老師來教導一下……哦不……來幫助一下這兩位年輕的老師。」費安娜感覺自己說話的時候好像說錯了，聲音輕了不少，繼續說道，「那麼，格瑞德和比特，有什麼不懂的地方，也可以請教一下他們。」

格瑞德對著凱內老師鞠了一躬，說道：

「師傅好！」

比特也向月利鞠了一躬，說道：「師傅好！」

凱內微笑了下。月利見了，竟笑了起來：「不用這個樣子，隨意點就好了，以後有什麼不懂的地方，可以來問我，雖然有的地方我自己也不是很懂，互相學習吧！」

拜完師，費安娜和簡甯上樓去了教導處。

格瑞德坐在辦公室裡面，翻看起孩子們的檔案資訊來了。

「阿爾伯特．愛因斯坦，猶太族，獨生子，宗教信仰 無。」

「米拉．丹娜，日爾曼族，獨生女，宗教信仰 無。」

「斯皮爾．吉米，日爾曼族，獨生子，宗教信仰 無。」

……

格瑞德仔細地看著，有時候忍不住嘀咕了出來。

「鵬比，父親去世，母親改嫁，由爺爺奶奶帶大……」

「真可憐！」格瑞德忍不住說道。這次，她沒有說鵬比的民族和信仰，而是直接說出了她的身世。

「是啊，很可憐的。」月利說道，「像這樣的孩子你以後要多關心他一點。」

「是的，我會的。」格瑞德又喝了一口水。

「感覺這工作怎麼樣？」過了一會兒，凱內問道。

「還好，體力上蠻輕鬆的，只是喉嚨有點吃不消。」格瑞德回答道，「而且我感覺現在低年級的孩子太調皮，紀律上有點鬆懈。不過小孩子應該都那樣。」

月利說道：「你對他們管得太寬了。如果有一天，你把他們管得服服貼貼，他們一看到你，就畢恭畢敬地坐端正，不發出一點聲音，那你才算真的成功。」

「那種程度……怎麼可能？」格瑞德感到有點不可思議。

「怎麼不可能？」月利說道，「只要做到對學生不要太寬，嚴厲一點就可以了。只要嚴。我今天也看到你是怎麼管學生的，可能你感覺很好，但是他們根本不吃你這套……」

凱內老師說道：「這個學生管理，最關鍵的是，要把學生給摸透，而不要讓學生，把你給摸透。等到學生把你給摸透了，而你還不瞭解學生，這是最失敗的。明白嗎？」

格瑞德似懂非懂地點了點頭。

過了一會兒，格瑞德突然問道：「聽說學校裡面老師打學生是國家不允許的，是不是這樣的？」

月利性子比較直，立馬回應道：「學生頑皮，你不打，那你該怎麼教啊！」

凱內老師想了一會兒，說道：「根據我的教學經驗，一年級、二年級的時候，應該對他們嚴格一點，該打的，就應該打，該罵的就應該罵。只要一年級二年級的時候，你把他們的行為習慣教好了，三四五六年級的時候，他們就會很聽話。有沒有聽過一個比喻，剛剛開始的時候，農民把牛犢子拴在一根木柱子上，牛犢子拼命地掙扎，想要獲得自由，卻怎麼也掙不脫。等到牛長大了，力氣大了，它也不會想著掙脫了。學生養成良好的學習習慣也一樣，先用嚴厲的手段讓他們養成好習慣，等到高年級的時候他們就會很聽話……」

接下來凱內老師說的話，格瑞德都是用「嗯嗯啊哦」應付著，她覺得。雖然她只是剛剛接手教師這個工作，經驗不足，但是她覺得，小孩子不是牛犢子，不應該用簡單粗暴的手段，逼迫他們養成好的行為習慣。

開學第一天的晚上，格瑞德沒有睡好覺。格瑞德的耳邊洋溢著孩子的歡聲笑語，即使已經到了半夜時分，餘音卻久久沒有散去。

愛因斯坦被欺負

愛因斯坦上小學沒幾天，就被學生嘲笑了。好幾個同學都欺負他。在同學眼裡，他太不合群了，既不像其他男孩子一樣熱愛體育運動，也不像其他男孩子一樣追逐打鬧，身材又矮小，表情又木訥，又有科比那樣的孩子到處在同學面前說「他是傻子」，愛因斯坦就逐漸變成了被欺負的對象。

下課鈴一響，其他同學都跑出去玩遊戲。男同學們非常愛玩軍事遊戲，男孩子通常會分成兩隊，站定以後，就會從街上或者路上找來小石子互相攻擊。愛因斯坦非常厭惡這項遊戲，覺得這遊戲太野蠻。他喜歡一個人在陽光下，自由自在地跑來跑去，跳來跳去，一會兒觀察天上的雲朵，一會兒採摘路邊的野花樹葉，偶爾抓幾隻昆蟲玩玩。他很想向別人分享他的觀察和發現，只是他口齒不清，說的話難以讓同齡人理解，經常招致一些壞孩子的嘲笑。愛因斯坦於是也變得不怎麼合群。很快，帕斯達特，迪克和科比等男孩就認為愛因斯坦是一個無趣和古怪的傻子。

這天，帕斯達特準備捉弄一下愛因斯坦。他和科比、迪克走到了愛因斯坦的後面。忽然，他們的眼睛亮了。他們發現愛因斯坦油光發亮的後腦勺，是一個上天賜給他們的，不錯的攻擊目標。帕斯達特讓科比舉起石塊，向愛因斯坦長滿茂盛頭髮的後腦勺砸去。

「啊！」愛因斯坦捂住後腦勺，轉了個身，憤怒地看著面前三位好事的孩子。「是誰用石塊砸我的？」雖然語氣很堅強，眼淚卻止不住地從愛因斯坦的臉頰上流下來，顯然石塊砸在他的頭上很疼。

「我不知道？」迪克輕描淡寫地說道，頭卻轉向一邊。帕斯達特說：「你猜猜啊。」

愛因斯坦不想跟他們理論，一個人默默地想走開了。又一個石塊不期而至，這次砸中了愛因斯坦的後背。納伊弗說道：「愛因斯坦，這次砸你的是帕斯達特，我看到了。」

愛因斯坦很生氣，狂怒著吼了起來，撿起地上的石子向帕斯達特、迪克和科比三人瘋狂地扔去。帕斯達特被砸中了，很生氣，跑過去一拳打在愛因斯坦肚子上。愛因斯坦倒在地上，捂住肚子，嗚嗚哭了起來。

「打人了！打人了！」好事的孩子開始奔跑著，大力地叫了起來，叫聲引來許多圍觀的孩子，還有老師……

格瑞德見到了，立刻把四人叫到了辦公室裡。瞭解情況後，格瑞德批評了帕斯達特、科比和迪克，並告誡他們同學之間要互相友愛，不要再打架鬧事了。帕斯達特、科比和迪克向愛因斯坦道了歉，也得到了愛因斯坦的諒解，格瑞德就讓孩子們回教室了。

等格瑞德處理完畢後，三班的數學老師月利說道：「格瑞德老師啊，你對孩子太寬了，不夠嚴格。現在低年級管得太寬，以後高年級有的麻煩了。」

格瑞德不解地問：「那我應該怎麼管？」

月利說：「對於打架鬧事的孩子，你質問他們的時候，一定要嚴厲，不能柔聲細語的。這裡不是幼稚園，而是小學。如果你對他們太溫柔，他們很快就爬到你頭上來了……」

格瑞德回應道：「原來是這樣啊。」她心裡並不贊同，孩子的內心不都應該是純潔無瑕的嗎？怎麼可能因為老師的寬容而「爬到頭上來」。

月利繼續說：「另外，對於那些打架鬧事的孩子，不能夠什麼處罰都沒有。對於低年級的孩子，你可以拿一把戒尺，重重地敲打他們的手心十下。如果到了高年級，你可以選擇罰他們抄寫幾遍《中小學生守則》……」

月利一邊說著，一邊從抽屜裡面拿出了戒尺。這把戒尺上塗著黃色的油漆，一端纏著透明膠，顯然是用手握的部分。雖然黃尺的刻度依舊清晰，但尺身略微彎曲，估計是打學生手心的時候打的，用它量刻度顯然已經不準了。

「這是我帶低年級的時候用的，要用我可

以給你。我抽屜裡面還有一把。」

格瑞德連連擺手，回答道：「不必了，謝謝。」格瑞德以為這件事已經處理好了，可是第二天發生的事讓格瑞德大吃一驚。

不知道這是帕斯達特父母說的，還是道聽塗說，帕斯達特知道了愛因斯坦四歲還不會的事。他在課後跟同學說了出來。

他在課後搜集了對愛因斯坦更加不利的情報，在教室裡當著其他同學的面當眾宣揚出來：「愛因斯坦是個白癡，據說他四歲的時候還不會說話。」「啊，四歲的時候都不會講話，好傻啊！」科比附和完後，又嘿嘿地笑了起來。帕斯達特又說道：「愛因斯坦還是猶太人呢！」科比哈哈笑道：「猶太豬……」帕斯達特和科比一齊笑了起來。

納伊弗問道：「猶太人是什麼意思啊？」帕斯達特說：「我不知道，我聽爸爸媽媽說起是一種很不好的人。」

納伊弗問道：「啊……他們不好在哪裡啊？」科比說：「都是和愛因斯坦一樣怪的人吧！」

愛因斯坦這時正坐在教室裡面，望著窗外銀杏樹的樹葉發呆。為什麼銀杏樹的樹葉像扇子？銀杏樹是不是用樹葉在在給銀杏樹扇風？還是背後有什麼秘密？他一點也沒有覺察到，教室裡正有人惡意地評價他。

一塊橡皮飛了過來，砸中了愛因斯坦的後腦勺。「啊！」愛因斯坦轉過頭來，又看到了帕斯達特、科比和迪克正笑著望著他。

愛因斯坦捂著頭生氣地說：「你們又是誰在砸我？」

納伊弗說：「帕斯達特砸的！」帕斯達特聽了很生氣，一拳打在了納伊弗的肚子上。納伊弗疼痛難忍，倒在地上哭了起來。愛因斯坦很生氣，縱身向帕斯達特踢去，教室裡又變得亂哄哄的了。

格瑞德從窗前經過正好看到這一幕。「又怎麼啦！」格瑞得語氣中透著點點生氣。「報告

老師，帕斯達特和愛因斯坦打起來了。」弗雷特馬上向老師彙報了情況，「還有，納伊弗被帕斯達特打哭了。」

「住手！」格瑞德厲聲說道。

「猶太豬，你竟敢打我！」帕斯達特揮舞著拳頭，仍然憤怒地罵著。

「住口帕斯達特！」格瑞德聽到帕斯達特嘴裡的「猶太豬」，不由得咆哮了起來。她深感震驚，小小年紀就懂得種族歧視，那還得了。

這時，捂著肚子的納伊弗痛苦地嘔吐了起來，不一會兒，惡臭的水連帶著早飯一同從她的嘴裡出來，吐在了地上。格瑞德強忍住憤怒，輕柔地安撫著肚子疼痛的納伊弗，並讓數學老師比特帶她去看了醫生。接著，格瑞德將帕斯達特，愛因斯坦等四人叫到了辦公室。

「究竟是怎麼回事！」格瑞德再也掩飾不了自己的憤怒了。「他先用橡皮砸我的！」愛因斯坦憤怒道。

「帕斯達特，你也太壞了，打人為什麼偏要往別人的肚子打！」格瑞德有點怒不可遏了。

「我爸說的，做人不能吃虧，有誰打我，就要狠狠地打他肚子，讓別人記住教訓！」話音剛落，同辦公室的老師們響起一陣唏噓聲。月利老師輕蔑地說道：「真是家長教育出來的好兒子？」

格瑞德轉而對愛因斯坦溫和地說道：「愛因斯坦，剛才那件事上面你有沒有錯？」

愛因斯坦想了一會兒，說道：「沒有，一點錯也沒有，是他先用橡皮砸我的。」

「那你就可以用腳踹帕斯達特嗎？」格瑞德十分震驚，沒想到自己面對的竟是這樣的孩子。

愛因斯坦被格瑞德說的語塞，憤怒地敲起了辦公室裡的桌子。「愛因斯坦，住手！」格瑞德拽住了他的手。

「猶太豬！」帕斯達特輕蔑地罵道。愛因斯坦不知道帕斯達特說的是什麼意思，但他知道這是在罵他是豬。愛因斯坦一腳踹向了帕斯達特。

「造反了你們啊！」月利看不下去了，拉住他們兩個人罵道，「跟我說，老師好好地在問你們。你們倒好，你一句我一腳，辦公室是你們撒野的地方嗎？」

兩人都嗚嗚哭了起來。

格瑞德想了一會兒，接著，她像是放棄了什麼似的問月利：「月利，你的戒尺借我一下好嗎？」月利爽快地答應了。

格瑞德命令帕斯達特道：「伸出手來！」帕斯達特伸出了手。「啪」的一聲，戒尺高高舉起，劃過一道弧線，落在了帕斯達特的掌心。「這記是為納伊弗打的，把一個好好的女生打得嘔吐，你應該感到羞恥！」

又是「啪」的一聲。「這記是為猶太人打的，你知道你剛才的話是在犯什麼樣的罪過嗎？所有人都是平等的，你要好好反省下這個道理！在我們國家，少數民族還有優待呢！少數民族的同學，在中考和高考的時候都是有加分的呢！」

又是「啪」的一聲。「這記是為愛因斯坦打的，你又捉弄愛因斯坦，快向愛因斯坦道歉！」

帕斯達特一動不動，只是「嗚嗚」地哭。

「快給愛因斯坦道歉！」帕斯達特仍然只是哭。格瑞德只好轉向愛因斯坦：「愛因斯坦，雖然帕斯達特錯在先，但是你打人對不對。」

愛因斯坦搖搖頭說：「不對。」

格瑞德點點頭說：「知錯就好，你也要接受處罰，伸出手來。」

愛因斯坦顫顫巍巍地伸出了手。「啪！」「哇」的一聲，愛因斯坦痛哭了起來。愛因斯坦從來沒有想到打手心那麼疼，那是十指連心的疼！

格瑞德花了整整一節課的時間，處理完了這件事。午飯鈴響了起來，格瑞德知道，原本可以休息的時間，已經被這幾個熊孩子占走了。她感受到了莫名其妙的累，不僅是身子勞累，更是心累！

這時，校長一本嚴肅地走了進來。他身材

很高，比格瑞德大過一個頭。「格瑞德啊，今天帕斯達特打納伊弗和愛因斯坦的事情我已經聽說了。我已經跟帕斯達特和納伊弗的家長聯繫過了。你最好在下課的時間，把事情的原委從孩子那裡問清楚。傍晚的時候，納伊弗和帕斯達特的家長都會來學校的，到時候，你得向他們解釋一下。」

格瑞德應允了校長，便向教室走去，準備帶孩子去食堂吃飯。她這天的心情無比鬱悶，憑空多了那麼多的事。也許是真的要改變自己的教學和管理策略了。她準備好好向他的師傅凱內和月利請教。

格瑞德制定規則和實施

開學前三天，格瑞德班級裡幾乎每天都要發生一起兩起學生「打架」事件，她心裡仍然對如何管理學生沒有個底。辦公室裡的同事看到了，紛紛給她出謀劃策。月利建議實施「胡蘿蔔加大棒的政策」，「對於調皮的，不乖的孩子，要用手中的戒尺給他們嚴厲的懲罰；對於聽話的孩子，要及時表揚，可以使用笑臉貼紙給他們進行獎勵，有的時候也可以買一些糖果過來，獎勵給那些聰明聽話的孩子」。數學老師比特則提出了更加殘酷的「什伍連坐制」：「對於不聽話的孩子，要打，一定要打，現在不打，真的管不住；你還可以試著把班級裡的孩子分成三組，如果表現好，獎勵，整組獎勵；如果有人表現不好，罰站，整組罰站。過了幾年，你就可以把他們治得服服帖帖」。體育老師傑森向她提出了「殺雞儆猴」的方法，「先嚴厲地懲罰不遵守課堂規定的學生，再慢慢地把班級秩序貫徹到整個班級。」校長則提出了榜樣治理法：「現在這個年齡段的孩子是最會模仿的。你要把做的好的同學進行及時的大力表揚和獎勵，然後告訴孩子應該向他學習。這樣，他們才會努力地去模仿好的同學。」

開學第四天班主任談話時間，格瑞德吸取了前幾次的教訓。為了保障孩子安全，保證教學品質，格瑞德開始為孩子訂立羅列了五條「應該」和「不應該」事，端端正正地貼在了教室門旁的佈告欄上，內容如下：

1. 應該注意安全，不該做危險遊戲。
2. 應該抓緊學習，不該浪費時間。
3. 應該安靜學習，不該過分玩耍。
4. 應該團結友善，不該遇吵鬧打罵。
5. 應該自律有秩序，不該講話和打鬧。

格瑞德仔細地看了看，位置醒目，顏色搭配也非常協調。她指著佈告欄，用一種非常嚴肅的語氣朗聲說道：「這些都是我們小朋友應該遵守的，大家明白嗎？」

「明白！」下面傳來異口同聲的回答。

「如果誰違反了規定……」格瑞德舉起了戒尺給展示給座位上的孩子們看，「老師就要用戒尺重重地打他三下手心，明白嗎？」格瑞德故意加重了語氣，語言上透露出一種威嚴的氣息。

「明白！」孩子們回答的口氣與第一次沒什麼不同。

接著，格瑞德向學生們解釋了孩子們該怎麼做。她在上面唾沫橫飛地講了一大段。解釋完，格瑞德走出了教室。愛因斯坦覺得做到這些是非常容易的，其他學生可以輕而易舉的做到，只有像帕斯達特這樣的壞傢伙才有可能做不到。

那時正是初秋時節，然而，秋日的涼爽還遠未來到，天氣仍然比較炎熱。下課鈴一響，孩子們難耐口中乾渴，紛紛跑到隔壁接水室裡接水。接水室門口立刻擠成一條歪歪扭扭的長龍。中間的孩子擠得難受，當時就你推我攘，互不相讓。夾在「長龍」中間的賽克感到自己快被壓扁了。賽克實在忍不住了，他往前面狠狠地推了一把。「長龍」向前一傾，只聽一聲慘叫，夾著杯子落地的聲音從「龍首」傳向來。副班長弗雷特的頭磕到了水龍頭上，杯子翻了，水濺在弗雷特的褲子上。弗雷特哇哇大哭起來。

哭聲引來了其他班級的老師，格瑞德聽到

了動靜也走了出來。

「怎麼搞的？」格瑞德質問道。

「報告老師，弗雷特被後面的學生推了一把，頭磕到了水龍頭上。」納伊弗說道。

女生艾米理了理自己的長頭髮，說道：「老師，他們排隊的時候都往前擠來擠去的，把我的頭髮都弄亂了。」

格瑞德仔細看了一下弗雷特，沒有什麼大礙，她又用眼睛掃視了一下，質問道：「是誰推的？」

接水的孩子們戰戰兢兢地望著格瑞德，只有賽克不敢抬頭。

「賽克，是不是你幹的？」格瑞德用一種審問的語氣逼問道。

賽克木然地抬起頭來，眼淚撲簌撲簌地流了下來。

「好你個賽克，我剛剛才講過不要做危險的事情，你倒好，竟然公然違反老師剛剛定下的班規！！」格瑞德氣得暴跳如雷，「還好熱水溫度不高，只濺在了褲子上，要是滾燙的熱水濺在腿上，腳上，看你怎麼賠？」

納伊弗說道：「老師，你只說過在教室裡不能推來推去，這是教室外面……」

「也一樣！我們在教室裡也要安全，在教室外面也要安全，所以都不能推來推去！」格瑞德雖然知道自己確實像納伊弗所說的那樣，沒有把規則寫到「五是五非」當中去，但是炎熱的天讓她的心萬分急躁，她轉過頭忍不住咆哮了起來，「你這個小兔崽子，盡惹事生非，快跟我到辦公室裡去，好好反省一下。」

賽克低著頭，跟著格瑞德走進了辦公室。

格瑞德忽然意識到自己可能對賽克太凶了，氣也稍稍消了些。她安慰道：「賽克，你以後一定要當心點，不要排隊的時候推來推去，萬一有同學磕到了，受傷了，不僅給老師增添麻煩，老師告訴你父母後，爸爸媽媽還會批評，對你又有什麼好處呢？」

賽克點了點頭。他看到納伊弗質疑老師被

罵了一頓，也不敢告訴老師是後面有人在擠他，他才往前推的了。

批評過賽克後，格瑞德用學校公用電話聯繫上了弗雷特的爸爸：「弗雷特的爸爸，你能來學校嗎？你兒子取開水的時候，不小心熱水打翻了……」

「他的人沒事吧！」

「沒事，沒有被燙傷，只是他的褲子濕了。麻煩你來學校送一條褲子過來。」

「廠裡太忙了，又很遠，我沒有時間過來。現在的老闆是鐵公雞，動不動就扣我們工資。天氣比較熱，過一會兒他的褲子就會乾的，麻煩老師照顧下。」弗雷特的爸爸掛了電話，只留下格瑞德呆呆地站在電話機前。

格瑞德剛剛想向同事抱怨弗雷特的爸爸對兒子漠不關心，第三節課的鈴聲響了，第三節課是得語課，格瑞德踩著鈴聲走進了教室。同學們都端端正正地坐著，生怕一不小心又惹這位暴躁易怒的老師生氣。

格瑞德開口了：「今天第二節課下課的時候，發生了一件非常不好的事情。賽克在灌水的隊伍裡亂推，導致弗雷特同學褲子被弄濕了。大家一定要從這件事情裡吸取教訓，以後無論是在教室裡還是在教室外，都不能亂推，聽清楚了沒有。」

「聽清楚了！」台下又是異口同聲的回答。

格瑞德繼續講課。班級裡的「多動小男孩」迪克雖然認真地在聽講，但是他的手從來沒有停止過用指甲摳橡皮，直到橡皮上摳滿坑坑窪窪的月牙形斑點為止。

「迪克！」格瑞德注意到了迪克的小動作，臉立刻陰沉下來：「你在幹什麼？」迪克一怔，立刻低下頭把橡皮塞進了抽屜。但是太遲了，格瑞德走到了他身邊，把他抽屜裡的橡皮搜了出來。

格瑞德仔細地端詳著橡皮，發現橡皮上面坑坑窪窪的，滿是指甲的刻痕，她覺得是時候

「殺一儆百」，端正二班的孩子在課堂和學校的紀律了。她毫不客氣地把迪克的橡皮高高舉起給同學們看：「大家看，我們的迪克還在老師講話時用『釘子手』釘橡皮玩……」

「釘子手……」同學們譁然大笑。

格瑞德舉起教科書往迪克的頭上狠狠一砸：「迪克！我今天剛剛講過不能在上課的時候做小動作，你倒好，公然違反課堂紀律，下課到我辦公室裡來……」

迪克低下了頭，再也沒能集中注意力聽完這堂得語課。

選舉班幹部

格瑞德積極努力地聽著前輩的教導，也試著在今後的教學中努力實踐他們的方法，爭取自己班級裡不再出什麼岔子。教導主任費安娜告訴她，第一週可以選舉一些可以幫助老師的班幹部，一可以作為平時表現好的獎勵，二讓他們協助管理班級，使他們互相監督。中隊長、中隊委和小隊長這樣的幹部頭銜，可以作為獎勵，激勵孩子們遵守紀律，努力學習，當了班幹部的孩子們，也可以作為老師的小助手，幫助你分擔一些工作。

格瑞德決定在這天下午的這節班隊活動課上，進行班幹部選舉。

上課鈴聲如期響起，然而教室裡依然是一如既往地嘈雜一片。帕斯達特還在對著科比做鬼臉，艾米仍然在整理自己的長頭髮，珊迪還在跟她的同桌賽克講悄悄話，而愛因斯坦則在望著窗外發呆，鵬比沒有注意到老師來了，抓起鉛筆敲起了桌子，敲得格外開心……只有弗雷特和少數幾位同學，端端正正地坐在位置上等老師到來。

格瑞德憤怒地敲了幾下桌子，教室裡才安靜了一些，仍然有少數同學沒有靜下來。

「鵬比，給我站著！」格瑞德吼道。

鵬比戰戰巍巍地從座位上站了起來。

「上課了還不好好地給我坐端正！其他有誰還沒坐端正，都給我站著！」格瑞德沒想到這一吼居然有很大的效果，教室裡立刻安靜下來了。就連帕斯達特、迪克和科比都安靜下來了。然而，雖然教室裡的孩子都安靜了，站著的鵬比竟「哇哇」地大聲哭了起來。

格瑞德只好一邊解釋自己這麼做是應當的，一邊苦口婆心地勸他別哭。沒想到鵬比越哭越傷心，竟然打起嗚來了。格瑞德一時沒了轍，狠下心來，把鵬比拉到了教室外面，「砰」的一下關上了門。一來二去，又浪費掉了近五分鐘時間。

接下來是班幹部選舉。格瑞德讓他們自告奮勇競選班幹部，結果只有帕斯達特、科比和弗雷特站起來參加選舉。其他孩子只是坐在位子上，不肯舉手參與。

格瑞德很無奈，眼看時間一分一秒過去。格瑞德決定自己推選人選參加班幹部進行選舉。

她在黑板上繼續寫下了：艾米、吉米，納伊弗、簡和珊迪的名字。

教室裡立刻炸開了鍋。納伊弗連連擺手說：「哎呀，老師，不要寫我的名字嘛！當班幹部沒什麼好的，又要管同學，又要收作業，忙都忙不過來！」簡則問道：「老師，老師，班幹部到底是什麼東西啊？」

格瑞德沒有理納伊弗，微笑著向簡解釋道：「班幹部就是老師的小助手啊！」簡聽了很興奮，把小手舉得高高的，說道：「我要當班幹部，我要幫老師忙！」

這時，吉米剛剛從出神狀態回轉過來，看到黑板上有自己的名字，嚇壞了，連忙跑上去想把他的名字擦掉。

「吉米！」格瑞德不解地問道，「你上去幹什麼？不想選班幹部嗎？」吉米聽到是選班幹部後，心中的害怕立刻減退了，似懂非懂地點了點頭，回到了座位上。

格瑞德又吼了幾聲「安靜」，教室裡總算又靜下來了。格瑞德在黑板上的名字上標了

序號：一、科比二、帕斯達特三、弗雷特四、簡五、吉米六、艾米七、納伊弗八、簡九、珊迪。格瑞德解釋道：「老師等一下把紙條發給各位同學，大家選五個你想選的同學作為班幹部，並把你想選的班幹部前面的序號寫在紙上，好不好？」

除了納伊弗還在表示自己不想當班幹部，其他大部分同學都說好。格瑞德似乎已經把納伊弗的話自動忽略掉了，她把紙條裁成了長條，發了下去。這時，丹娜問道：「是不是只要填五個數位上去就好了。」格瑞德微笑道：「是的，只要填五個你想要選的數位上去就好了。」

很快，孩子們填好了，格瑞德把紙條收了上來，整整齊齊地疊在一起，用夾子夾了起來，準備在辦公室進行統計。

一進辦公室，格瑞德就迫不及待地對孩子們的投票進行了統計。投票的結果令人吃驚，大部分同學寫的竟是一、二、三、四、五，也就是說，大多數同學都不加考慮地把麻煩王帕斯達特選進去了。有的同學甚至寫了〇、一、二、三、四這種廢票。格瑞德看了很生氣，說道：「究竟寫的是什麼啊！」

凱內老師看到格瑞德一邊嘟噥著，一邊在計算著什麼，不解地問道：「你究竟在統計什麼？」「我讓孩子投票選班幹部，結果我們班最不聽話的孩子帕斯達特得了很多票。」格瑞德苦惱地說道。

凱內老師驚訝地說道：「一年級的時候你就讓他們自己選班幹部啊！」格瑞德苦惱地說道：「不然該怎麼辦？」凱內說道：「班幹部這種職務，找幾個聰明乖巧的孩子直接任命好了。一般來說，只有到五六年級的時候才有可能讓他們自己選舉。低年級讓他們投票肯定是投得亂七八糟的。」

格瑞德說道：「好的，那我直接任命好了，像帕斯達特這樣的孩子我是絕對不會讓他當班幹部的。」

凱內說道：「對。選班幹部一般要選聽話一點的，成績好一點的學生。現在一年級的小孩子，什麼都不懂，老師說了算，直接根據他們的表現任命班幹部是最簡單也是最好的方式。」格瑞德聽了點了點頭。

凱內繼續說道：「不過，現在選舉班幹部，也沒有什麼用。現在他們還小，不要指望他們能夠成為老師的『小幫手』。我們一年級，最要緊的是，一個是讓他們養成良好的學習習慣，還有一個呢，是一個月後馬上就要開始的得語音節測試，是全市統一進行考試的。你在得語音節教學上一定要教得快一點，爭取一個月內所有孩子都通過得語音節測試。」

格瑞德瞪大了眼睛：「一個月以後就要進行得語音節測試了嗎？」

凱內說道：「是的，教育部和學校領導對這個一向很重視，祝你好運！」

格瑞德說：「你的意思是，一個月內，就要讓他們把這本書上的單詞全部會拼讀嗎？我看過教材，這本書上可是有一百多個單詞啊，那麼短的時間內……」

凱內說道：「所以要加油嘛！一年級都是這麼過來的，祝你好運！」

兇狠的數學老師比特

愛因斯坦的數學老師是新來的老師之一，他剛剛從得意志帝國第二師範學院畢業。比特老師給人的第一印象就是白白淨淨的，學校的老師經常在他背後戲稱他為「小白臉」。

開學第二天，他的數學課正好是上午第三節課。他身上穿著一件紅白條紋T恤，配灰色長褲，皮鞋油光發亮的，很有風度地走了進來。「各位同學，大家上午好，我是你們的數學老師比特。」他在黑板上端端正正寫下了「比特」。

「看到各位小朋友在桌上坐得端端正正

的，我非常開心，希望在未來的學習和生活當中，我們能夠一起開開心心地學習，開開心心地玩，大家說好不好！」

「好！」顯然男生和女生都被這位男老師的風度所吸引到了，他們在教室裡很快就安靜下來了，沒有像格瑞德上課時那樣嘈雜。

「接下來我在上課前給大家提幾個小小的要求。第一，我希望大家上課的時候能夠坐得端端正正的，能夠認認真真地聽老師講課。第二，我希望大家能夠認認真真地完成老師給大家佈置的作業。我佈置的作業不會太多，希望你們能夠按時完成。」

孩子們聽到比特老師佈置的作業不會多時，更是連連點頭。要知道，孩子們心裡，最煩的就是家庭作業了。

「第三，我希望大家能夠及時訂正作業，不要把今天要訂正的作業留到明天。」比特忽然換了一種語氣說道：「如果誰做不到，我醜話說在前面，你們會受到比特老師嚴厲的懲罰。」

愛因斯坦注意到了這種語氣，有點陰森，但是他沒多想，翻開了數學課本，準備聽老師講課。

後面發生的事情，令所有的孩子大吃一驚。

當比特講課講到一半時，他注意到迪克在開小差，手中的橡皮撥弄個不停。「迪克，你來回答這個問題。」他以為迪克沒有認真聽講，把剛才所提的問題，讓迪克回答了。

迪克站了起來：「書本上有九隻小鳥，對應數字九。」迪克毫不猶豫地答了出來，完全正確。他應該坐下了吧，幾乎所有同學都認為他會答得非常棒，應該坐下了。

比特走到迪克前面，仔細地看了一眼他手中翻開的數學書，又想了一下。突然，他一把奪走迪克手中的數學書，並把他的數學課本舉了起來，陰森地笑道：「看來你上課還是聽的是不是？」

比特的笑容似乎給了迪克一種無形的壓迫感，迪克臉上充滿了不安。

「我叫你用數字表示圖片上的事物，讓你把數字填到圖片的旁邊，你填在哪裡，你填在哪裡啊……」比特指了指迪克書本上空白的地方，接著一掌把書本拍在了迪克的臉上，語氣從質問變成了瘋狂地怒吼。迪克嗚嗚地哭了起來。

「你還有臉哭！」看到迪克哭了，比特反而更加憤怒了，直接把迪克從座位上拉了出來，摔在了地上。「嗚嗚」的哭聲變成了「啊啊」的大叫。

比特越罵越凶，還把迪克直接拎了起來。可憐的迪克，在大人兇暴的力量下，毫無還手之力，只能任比特拽著，拖著拉到了教室背後的牆壁前。

所有孩子都望著這可怕的一幕，嚇得連氣都不敢出。

比特將迪克摔在了地上。「給我站起來！」比特厲聲呵斥道。迪克哇哇大哭仍舊不肯起來。比特又把迪克拎了起來往牆上一靠，又揮手打了幾拳。迪克身子靠著牆只是哭。

比特看著迪克靠著牆不會再倒下來了，便繼續走到講臺桌前，說了聲「大家以後聽課的時候不要給我開小差」，然後繼續講他的課。

下午的時候，孩子們開始討論這個兇狠的數學老師。帕斯達特試著裝成比特的腔調說道：「我是變態狂魔比特，誰不聽我講，我就把誰打一頓。」科比笑嘻嘻地說道：「當心被比特聽到，那你真的要被揍一頓了！」

到了中午，納伊弗馬上說道：「做作業的時間到，大家快點先做比特老師的數學作業，做不好當心被打一頓。」數學課代表艾米說道：「大家快快做，做好交上來，我還要收作業給老師批呢！」珊迪說：「啊，那你不是很危險，如果沒及時把作業收上去，會不會被打一頓？」艾米說：「所以大家快點做啊！不然我告老師去。」

以後的每個中午，一年二班的孩子都是先做數學作業的，而且大多數同學都做得十分認真。一旦有誰沒有按時認真完成作業，就不免會

挨一陣拳打腳踢。一些本身學習態度不夠端正，或者腦子不太靈光的孩子，一個接著一個變成了比特拳腳下的羔羊。霍姆沃克，因為作業沒有及時完成，被比特老師從教室揍到了辦公室；帕斯達特，因為一次作業沒做，被比特老師拎著打了好幾個回合；瑪塔，因為考試不及格，被比特老師拎著猛打了幾下頭，也許是因為她是女生，下手比其他同學輕了一些吧，但還是在臉上留下了一點印記……

很快，全校師生都知道比特老師的脾氣了，學生特別敬畏他。甚至有的家長都知道了。大多數家長十分理解，認為小孩子不乖必須受懲戒，除了瑪塔的家長。一次，瑪塔的家長知道了他的孩子被打了，來學校說理，比特老師以一種近乎瘋狂的語氣據理力爭。爭辯很快變成了對罵，甚至罵到了祖宗十八代。這時，比特說出了一句被學校裡的師生傳誦很久的「名言」：「人在做，天在看，舉頭三尺有神明！公道在人心，世間有報應！我這麼做，都是為孩子好，我不怕有報應！」瑪塔的媽媽聽了，罵罵咧咧地走了。

比特老師的教學模式，給了這所學校許多老師啟示。他的課堂紀律總是最好的，就連帕斯達特和科比都不敢在課堂上講話；他的作業總是最整潔和及時的；而他，卻是受非議最多的老師之一。

比特用了短短兩個星期就把任課班級的孩子管理得「服服帖帖」，讓月利大吃一驚，格瑞德非常佩服他。她覺得自己以前也許想錯了，對待學生本身就應當嚴厲一些。比特老師的模式是格瑞德管理班級的福音，於是，她決定全盤採用嚴厲的模式管理班級。

玩具禁令

從訂立規則第一週開始，格瑞德就發現有學生將家裡的玩具帶到學校裡來。她起先也並不在意。後來，學習得語音節的壓力越來越大，而帶玩具的孩子經常只顧著玩玩具，把得語字母的作業和音節的朗讀荒廢了，嚴重影響了學習的進度。格瑞德向辦公室老師徵求了意見，月利斬釘截鐵地說道：「你只要記住一點，哪管他們讀的是什麼年級，玩具都不應該在教室裡面出現。」辦公室裡的老師都對學生在教室玩玩具持否定態度。

於是，在班主任談話時間裡，格瑞德向一年二班的孩子強調：「學校裡只允許帶文具，不允許帶玩具，一旦誰帶玩具來學校，就會被沒收。而且老師再也不會還給你。」格瑞德又解釋道：「玩具並不適合我們小孩子玩，上面有很多細菌，會影響小朋友的健康。而且玩玩具是浪費時間，浪費精力的事情，會影響我們學習。」

愛因斯坦記得那時除了弗雷特頻頻向老師點頭以外，其餘的同學都不情願地看著老師。納伊弗甚至還低聲抱怨：「玩具造出來難道不是給小孩子玩的嗎？」

禁令一出，駟馬難追。但是還是有同學敢於冒著風險帶玩具來學校，孩子們的玩具被沒收了一個又一個。後來，再也沒有同學敢帶玩具來學校了。

原本以為「玩具禁令」徹底被貫徹到底生效了，格瑞德也沒再在意他們書包裡是否藏著玩具了，直到有一天。

那是星期四的一個上午，格瑞德依然像往常一樣自顧自的講著課。愛因斯坦覺得自己無非是在教室裡不斷地聽老師講，不斷地跟著老師和同學讀字母，練發音，毫無新意，差不多在上課五分鐘後就開始「神遊天外」。忽然，格瑞德手中的教科書在天空中劃過一道優美的弧線，「啪」的一聲，重重地落在他的同桌霍姆沃克的頭上。愛因斯坦嚇了一大跳。

「霍姆沃克！我剛才講到哪裡了！」格瑞德的聲音帶著怒氣。

霍姆沃克靜靜地放下了手中的鉛筆，緩緩地從座位上站了起來。

「霍姆沃克，我剛才講到哪裡了？」格瑞

德推了一下金邊眼鏡，用一種看似和藹的語氣對他問道。愛因斯坦能明顯地感覺到，老師的語氣中帶著幾分憤怒。

霍姆沃克仍舊呆呆地站著，宛如一根木頭立在教室中間。忽然，格瑞德發現他雖然眼神呆滯，雙腳略微顫動，顯得有點慌張。

格瑞德一瞥霍姆沃克的右手，五指併攏，作山丘狀，牢牢地遮在了他的鉛筆上。霍姆沃克看到格瑞德注意他的手了，手緊張地抖了起來。格瑞德問道：「你在用手遮什麼，快把手拿開。」沒想到霍姆沃克一動不動，像一根木頭杵在位置上。格瑞德二話不說，把他的右手拉起來，立刻用手掰開了他的手，「剝花生般的」把鉛筆從霍姆沃克的手上剝了出來。

格瑞德瞪大了眼睛，其他同學的眼睛也亮了，與其說霍姆沃克遮住的是一支鉛筆，還不如說這是一把寶劍。「劍身」通體綠色，仿佛翡翠劍鞘包裹，劍把上繫著穗帶，劍尖一點，伸出了一點細細黑黑的筆芯。

格瑞德很生氣，直接將「寶劍」沒收，放在講臺上。

下課後，格瑞德將霍姆沃克叫到講臺前，生氣地責問霍姆沃克道：「誰叫你在上課的時候玩鉛筆的？上課不好好聽，今天你爸爸來接的時候，我一定會把你在上課時候的愚蠢表現告訴你爸爸的！」

霍姆沃克面對咆哮著的格瑞德，害怕地縮在牆角，只是哭。

忽然，格瑞德向全班同學問道：「這種像玩具一樣的文具，教室裡誰帶著？」

好事的女生納伊弗說道：「帕斯達特！我看到帕斯達特也帶了『寶劍鉛筆』。」

「帕斯達特，快把寶劍鉛筆拿出來！」格瑞德厲聲說道。

帕斯達特戰戰兢兢地從書包裡拿出「寶劍鉛筆」，哭喪著臉說道：「老師，我就只有這支鉛筆，如果被收走了，我就沒法寫字了……」

格瑞德腦子裡閃過一個將「寶劍筆」還給

帕斯達特的衝動，轉念又想，如果把寶劍鉛筆還給了帕斯達特，難道把所有玩具都還回去嗎？於是她冷冷拋下一句：「你不好多買幾支，難道你連筆都買不起？」她態度堅決，毅然決然地把帕斯達特唯一的鉛筆搜走了。

接著格瑞德進行了大清查，許多同學紛紛「中招」，愛因斯坦抽屜裡的小提琴橡皮，迪克抽屜裡的小汽車橡皮，賽克手中的足球橡皮等紛紛被老師收走……

納伊弗很好奇，問道：「老師，您不是說不能帶玩具嗎？這些是文具，您為什麼也要收走啊？」

格瑞德瞪了她一眼，沒有回答，席捲著她的「戰利品」，毅然決然地走出了教室。

詳細規則

為了避免再發生學校安全事故，格瑞德利用上午第二節課下課後的班主任談話時間，向孩子們傳達了她所制定的規則。

她一本正經地走進教室，一臉嚴肅地對孩子們說：「各位孩子坐端正，班主任談話時間現在開始了。」她眼睛掃視了一下，只見帕斯達特和科比仍然在輕聲講話，艾米和珊迪在你一下我一下的撕扯，愛因斯坦和納伊弗仍然在發呆，一半同學的坐姿仍然是歪的。

格瑞德突然狠狠地一敲桌子，「碰」的一聲，把班級裡的所有孩子都嚇到了。「快點給我坐端正！」格瑞德厲聲又重複了一遍。大多數孩子紛紛雙手交叉，筆直地坐端正，只有少數幾個沒有坐端正。（格瑞德被敲桌子的奇效吃了一驚，從此以後，為了讓班級裡的孩子安靜下來，都會採用敲桌子或大聲怒吼施加威信）

格瑞德接下來說道：「上週發生了兩件很不好的事情。第一件事是上週三，納伊弗被帕斯達特打得嘔吐了。還有一件事是，弗雷特頭撞上了接水的水龍頭。有一句古話是這樣說的，沒有

規矩，不成方圓。大家有誰知道這句是什麼意思嗎？」

下面很多孩子搖搖頭都表示不知道。

「它的意思是沒有一個詳細的，安全的制度，就很容易亂套。現在是時候給我們的班集體立一個明確的制度了。我們班的制度如下，大家豎起耳朵聽好了：

第一 在學校裡面，見到老師要敬禮，問好。

第二 去老師辦公室的時候，在門口要喊報告。

第三 在上課的時候，老師提問的時候，要積極舉手發言，老師沒提問的時候，絕對不能講一句空話。

第四 在上課的時候，不能做小動作，不能做與學習無關的事情，不能發呆開小差。

第五 不能穿拖鞋來學校。

第六 入隊後，一定要戴學校特製的蝴蝶結，掛學校精心為你們製作的鐵十字。

第七 做早操前的要排好隊，按秩序進入操場。

第八 不能帶玩具來學校，更不能在上課的時候和做作業的時候玩玩具。如果誰帶玩具來學校，誰的玩具就會被老師沒收。

第九 不能在教室裡面跑來跑去，這是很危險的行為。

第十 走樓梯的時候要慢慢走，不能你推我擠。

第十一 去食堂吃飯的時候，也要排好隊，按秩序進入食堂。

第十二 中午吃完飯以後，應該馬上回到教室裡面來寫作業，不准在外面東走來，西走去。

第十三 週一升國旗的時候，我們每位同學應該穿校服。升國旗的時候，應該向國旗敬禮，因為我們的得意志祖國高於一切。

第十四，……

格瑞德說道第十四條的時候，眼睛向下一掃，孩子們的行為將她給徹底惹怒了。帕斯達特在捉弄前排的女生艾米，而艾米當時正在玩自己的髮髻。賽克在位置上跟同桌霍姆沃克玩橡皮，玩得正起勁。納依弗正在低著頭玩她的橡皮筋。愛因斯坦則望著窗外發呆……除了弗雷特在望著老師聽講以外，幾乎所有的學生都在自顧自的做自己的事情。

「全都給我坐端正！！」格瑞德咆哮了起來。全班一聽，立刻恭恭敬敬地坐得端端正正。

「你們能不能在老師講話的時候認真聽老師講？」

「能！」全班只有弗雷特堅定地說道。弗雷特的姿勢坐得端端正正的，眼神中充滿了對格瑞德的期待。

格瑞德咆哮道：「弗雷特，不要在老師講話的時候打斷老師說話！！」弗雷特聽了，立刻低下了頭。

「愛因斯坦，你來說說看走樓梯的時候應該怎麼做？」格瑞德問道。

愛因斯坦站了起來，神情沒有一絲緊張，淡淡地回答道：「太多了，記不住。」

格瑞德怒道：「還敢頂嘴，我有說過叫你們先把它們全部記住嗎？先認真聽著就好了。你有認真聽嗎？」愛因斯坦身後納依弗在座位上小聲嘀咕道：「光聽聽就很累啊。」

格瑞德走下講臺，給了愛因斯坦和納依弗各一個腦瓜崩子。不一會兒，納伊弗眼睛裡面滲出了淚水，而愛因斯坦則紅著臉低下了頭。

「弗雷特，你來回答一下走樓梯的時候應該怎麼做？」

弗雷特回答道：「走樓梯的時候應該慢慢走……不能推來推去玩。」

格瑞德點點頭，轉而對著全班同學說道：「你們這些孩子真應該向弗雷特同學學習。我在講的時候，全班只有弗雷特在聽。你們所有人都該反省一下！」

這時弗雷特突然問道：「老師，如果遵守上面的所有規定是不是可以得到小紅花的獎勵？」

「小紅花的獎勵」是得國各小學老師常用手法之一。通常只是一張張小小的印著紅花的貼紙，在書店裡面只需要差不多一餐早飯錢就可以買厚厚一疊，上面要麼寫著「獎」字，要麼印著

「優秀」，要麼印著「好」字。老師常常把貼紙發給表現好的孩子，或者作業做得好的孩子，讓他們把貼紙貼在手上，臂上或者額頭上。每當放學後，父母看到自己的孩子手上，臂上或額頭上貼著小紅花，都會情不自禁地豎起大拇指說「真棒」，孩子們有時也借著自己得到的小紅花來要求父母為他們買心儀的零食和玩具。

小紅花深受孩子們的喜愛，也難怪弗雷特會提出這樣的要求。格瑞德點點頭說：「只要好好表現的孩子，就能夠得到小紅花的獎勵。」弗雷特很高興，立刻坐得端端正正的。

下課後，格瑞德意識到讓學生一下子記住那麼多條禁令不太現實，但格瑞德沒有任何辦法。小學生需要遵守的學校和班級的規定細細匯總至少需要三四十條。

格瑞德只好把她想到的，小學生應該遵守的規則貼在班級的宣傳欄上面，方便孩子們進行對照。然而，對於一年級的小朋友來說，他們甚至不認識上面的單詞。二班的班級規章制度的制定和遵守，還任重而道遠。

秩序下的伊斯特小學

伊斯特小學是一個秩序嚴謹的學校，處處講究排隊和紀律。早上的時候，學生一到教室，就必須先在教室裡坐好，在得語課代表珊迪或是數學課代表艾米的領讀下開始一天的晨讀。接著是十分鐘的休息時間。在休息時間，老師要求學生上好廁所，喝好水，準備好下堂課要用的書本和文具。上完第一堂課，接著又是下課。第一節課下課後，早操鈴聲就會響起，不管哪個班級的孩子，都必須排好隊去操場做早操，中途不能夠講一句空話。早操結束後，班級裡的孩子就必須在老師帶領下進行活動。活動結束後，就是十分鐘的班主任談話時間，孩子們必須在教室裡坐好聽班主任講通知或近期注意事項。接著又是連上兩節課，中間只有十分鐘的準備時間。第三節課上好後，上午的課程全部結束，孩子們必須排好隊，去學校食堂吃飯，中途又不能講一句話。吃完飯的孩子，就必須立刻回到教室裡面開始做作業，做完作業的孩子也必須在位置上等待老師來批改做好的作業。等中午自習時間結束，又要連著上三節課，直到放學。在所有休息時間裡，差不多每個孩子都是擠著時間玩的，有時候，還隔三差五地被老師叫到辦公室裡背課文和訂正作業。

愛因斯坦和納伊弗在一次品德課上，向格瑞德提出能不能不要把時間排那麼緊，都要喘不過氣來了。他們的提議遭到了全班同學的嘲笑。格瑞德沒好氣地說：「愛因斯坦、納伊弗，要是你們連這樣的小學生活都不能適應，就最好乾脆不要來讀書。」接著她又說：「你們當課程是老師排的啊，能不上課你以為老師願意來上啊！再說，你們上課的時間也不是老師定的，你們以為學校是老師家開的嗎？」聽了格瑞德的陳述，其他孩子們笑得更歡了。

納伊弗臉立刻紅了，嘴角一翹，立刻「嗚嗚」地哭了起來。愛因斯坦說道：「你們……你們這樣亂笑別人是不對的……」格瑞德說道：「好了，好了，請坐。老師沒有嘲笑你們的意思，希望你們以後提的問題能夠聰明一點。」

下課後，愛因斯坦越想越生氣，越想越委屈，自己明明沒有什麼錯，卻要被老師譏諷，同學恥笑。他憤怒地跑到了操場上，對著學校的垃圾桶扔啊，打啊，踢了起來。科比看到了，幸災樂禍地說道：「大家看啊，愛因斯坦發神經了！」迪克說道：「啊，愛因斯坦在對著垃圾桶發瘋。」帕斯達特起哄道：「不好了，愛因斯坦發神經了，快來人，送他去神經病醫院！」弗雷特看到了，馬上去辦公室向格瑞德老師報告。

格瑞德把愛因斯坦叫到了辦公室。

對於愛因斯坦這種思維獨特的孩子，她沒有其他方法，只能強忍住憤怒好好地說：「愛因斯坦，我知道你在為上課的時候老師沒能聽你的建議而生氣。但是，你要學會控制自己的脾氣，哪能拿學校的垃圾桶出氣呢？如果把學校的垃圾

桶弄壞怎麼辦，難道讓你爸爸媽媽去賠嗎？」

愛因斯坦搖搖頭。他覺得這位老師的言語冷冰冰的，絲毫不通情理。

「愛因斯坦，我告訴你，其他同學在學校的學習時間和你在學校的學習時間是一樣的。時間是擠出來的，只要你抓緊時間，一點也不會覺得喘不過氣來。下課十分鐘其實可以做很多事……」剛剛講到這裡的時候，上課鈴響了。

愛因斯坦舉起手指，指向廣播。「先別急著回教室……先聽老師說……」格瑞德說道。

「下節是數學短課，不及時回教室會被打的！」愛因斯坦抗辯道。

「先聽我講一下會死啊！」格瑞德忍無可忍，咆哮道，「愛因斯坦，你害怕比特老師不害怕我是嗎？平時對你們太好了是嗎！」格瑞德很生氣，她最討厭班級裡的孩子只敬畏數學老師，卻不敬畏她。愛因斯坦聽了，不知道說什麼，默默地在辦公室裡站著，筆直得如同一根竹竿。

「好了，下次不要再對垃圾桶撒氣了。這是學校的公物，我們做小朋友的應該愛護學校的公物，如同愛護自己喜愛的玩具一樣。以後心裡受了什麼委屈，要跟老師說，老師都是……」

後面說了什麼，愛因斯坦一句都沒有聽進去。等愛因斯坦回到教室的時候，上課時間已經過去了十分鐘了。比特站在教室裡對他罵了好一陣才肯讓他進教室，慶幸的是，比特老師考慮到愛因斯坦數學成績是很好的，沒有對愛因斯坦動手。

時間真的是太緊了啊，連老師處理事情的時間都沒有，連上大號廁所的時間都沒有。愛因斯坦無不憤怒地想道。沒想到，幾天後，愛因斯坦頭腦中所想的，變成了鮮活的例子發生在他的身邊。

那天下午，格瑞德把品德課「變成了」得語課，給孩子們進行了得語音節測查。測查的結果很不理想，全班只有十四位同學能夠得到滿分，霍姆沃克、瑪塔和維塔這三位同學甚至只能測到六七十分，這跟領導口中所要求的「差不多都要考到一百分，允許幾個差的考九十幾分」相差甚遠。這可把格瑞德急的，幾個星期以後就要音節測試了，一旦成績不好，不僅要被領導訓話，甚至還要重新補測。格瑞德嚴厲地批評了霍姆沃克、瑪塔和維塔，並讓他們在位置上跟著她指定的「小老師」反覆地讀讀讀。

霍姆沃克的「小老師」是他的同桌愛因斯坦。愛因斯坦指著音節測試練習卷上的單詞一個一個地讀給霍姆沃克聽，愛因斯坦讀一個，霍姆沃克就讀一個。格瑞德還時常巡視檢查霍姆沃克認讀的結果。

過了一會兒，格瑞德又讓同學們在位置上坐端正，她不放心，繼續在講臺上把音節測試練習卷上面的單詞反反覆覆領讀了一遍又一遍。

突然，霍姆沃克漲紅了臉，趴在了桌子上。愛因斯坦注意到了，卻沒有做什麼，還是跟著格瑞德讀上面的單詞。不一會兒，一股騷臭味在空氣中彌漫開來。

「誰在放屁！」帕斯達特大聲說了出來，他伸長了脖子四處打量著，希望能找到這個罪魁禍首。全班都嗶笑一片，格瑞德怒道：「帕斯達特，站著！你難道不知道課堂紀律嗎？」帕斯達特晃悠悠地從座位上站了起來。

不一會兒，格瑞德也皺起了眉頭，她也聞到了教室裡面這股難聞的騷臭味。「快把窗戶打開來！」格瑞德下了命令，窗戶兩邊的同學都把窗開了。

正當同學們都不知道究竟發生了什麼事時，納伊弗突然指著霍姆沃克叫了起來「老師，霍姆沃克的座位底下濕了，霍姆沃克的座位底下濕了！」她像是第一個發現新大陸的孩子似的，眼睛裡充滿了興奮和自豪。

愛因斯坦轉過頭，看到霍姆沃克則把頭死死地埋在了雙手交叉形成的「坑」裡面。椅子底下還不斷地有水滲出來。愛因斯坦驚得從座位上跳起，捂住鼻子躲開了。周圍和鄰桌的同學們看到了，捂住鼻子紛紛「逃竄」。

格瑞德走了過來，在離霍姆沃克一米遠的

地方停了下來。「霍姆沃克，你到底怎麼啦？」格瑞德問道。

霍姆沃克說了，只是聲音很輕，就好像在座位上「嗡嗡」了幾聲。

「大聲點！！」格瑞德命令道。

「我……我……大便拉裡面了。」霍姆沃克嚶聲道。

話音剛落，同學們跑得更遠了，而格瑞德的臉上則青一陣白一陣：「霍姆沃克！家裡人怎麼教養你的！難道你不知道想上廁所可以向老師提出來嗎？你這個笨蛋，蠢貨！沒用的廢物！連豬都知道吃喝拉撒，連豬都知道上廁所，你難道就不知道嗎？……」格瑞德扯著嗓子聲嘶力竭地罵著，沒有一絲要為霍姆沃克收拾的意思，而霍姆沃克的臉上流滿了既羞愧又悔恨的淚水。

老師，霍姆沃克中午的時候一直在您的辦公室裡面，直到上課，所以他沒有時間上廁所。愛因斯坦心裡這麼想著，卻不敢跟格瑞德說，格瑞德現在正在氣頭上，他可不想在這個時候再火上澆油。

格瑞德罵累了，她用手捂住額頭想了一會兒，說道：「霍姆沃克，現在，給我端起椅子去廁所，沒有我的命令，別給我到教室裡面來。」霍姆沃克端著椅子站了起來，跑出了教室。孩子們見到霍姆沃克跑過來，紛紛捏著鼻子跑開，樂呵呵地看著這一幕。霍姆沃克褲子間不時有珍珠似的黃色小水滴落下來，在地上劃出一條清晰的「路線」。

「愛因斯坦」，快去總務處拿拖把，把地給我拖乾淨。」格瑞德向愛因斯坦下了命令。同學中間發出一陣嘲笑，丹娜笑呵呵地說道，「愛因斯坦好可憐啊！」在同學們的嬉笑聲中，愛因斯坦跑出了教室。

格瑞德聯繫了霍姆沃克的家長，霍姆沃克的媽媽來到了學校，接走了霍姆沃克，替他換了衣服。愛因斯坦則捏著鼻子把教室和走廊地上的液體給拖了乾淨。

事後，格瑞德在班主任談話時間告誡學

生，「如果要上廁所，可以在課堂上提出來，老師一般都會應允的，大家千萬不能像霍姆沃克那樣，拉在褲襠裡面……」

雖然格瑞德是這麼說，但是愛因斯坦也知道，當帕斯達特和科比在課堂上舉手要上廁所的時候，格瑞德總是一副不情願的表情，也常常輕聲地埋怨幾句。也許是他們兩個太壞了，經常撒謊偷懶，不太讓老師相信吧！

不管怎麼樣，秩序下的伊斯特小學一年級二班的老師，有了這個教訓，再也不敢在課堂上大聲質問阻攔想要上廁所的孩子了。

一年級家長會

按照慣例，一年級學生開學一個月內，需要舉行一年級家長會。家長會主要分為兩個環節，首先是由校長通過廣播向全校一年級的家長介紹學校情況，以及一些通知和注意事項；等校長說完後，再由班主任和任課老師向一年級的家長作自我介紹，並通知他們一年級孩子需要再注意的一些事項。

傍晚，六點不到點，愛因斯坦的父母白天做完了地裡的活，像其他孩子的父母一樣，帶著愛因斯坦來到了一年二班的教室。格瑞德微笑著遞給了愛因斯坦爸爸點名冊，讓他在名單上簽下自己的名字，接著，就指引他坐到了愛因斯坦的座位上。格瑞德的父母打量著周圍教室裡的環境。教室還算寬敞，容有二十四個人的座位，窗戶都是乾淨的，顯然在家長會召開之前，高年級的孩子對教室進行了大掃除。教室衛生角的掃把也整齊地排放在了一邊。

愛因斯坦爸爸望向教室西面靠南的牆邊，有不少家長正駐足圍觀。原來牆上有一塊寫著「展示台」的畫板，展示台下面貼著各種各樣的圖畫和剪紙，不用說，這是孩子們美術課和勞技課的作品。共有四幅畫，四張剪紙作品。畫和作品上，還寫著孩子們的名字。弗雷特的爸爸指

著一幅松鼠的圖畫，高興地對周圍的家長說道：「這是我孩子畫的畫！」說話的時候，他的聲音很大聲，彷彿害怕其他家長聽不到似的。艾米的爸爸看了他孩子製作的松鼠剪紙後，微笑地對孩子豎起了大拇指，「做得不錯，繼續努力！」

西面靠北的牆上貼著「比一比」紅色的詞，三個詞下面，豎直地貼著一排「紅花」貼紙，共廿四朵。貼紙旁寫著每位孩子的名字，每一朵花都象徵著一位教室裡讀書的孩子。有的孩子的名字後面，貼著一個又一個的五角星，而有的孩子的名字後面，則「空空如也」。許多家長知道，上面貼著的是孩子因平時上課和作業表現好而得到的五角星。霍姆沃克的家長看到自己的孩子沒有得到一個五角星，頓時氣得暴跳如雷，惡狠狠地說：「這孩子太不爭氣了，看我回去不打斷他的腿！」愛因斯坦的爸爸也去看了一下愛因斯坦的星星。他的星星共有十六個，在班級裡面屬於中等水準，但是，當他看到珊迪的星星有三十二個，弗雷特的星星有三十三個時，心裡頓時不好了。「愛因斯坦啊，你看看，別人家的弗雷特，有三十三個星星，而你只有十六個，要回去好好反省一下，平時都是怎麼學習的！」愛因斯坦聽了父親的訓斥，低下了頭。

六點的鈴聲準時響起，格瑞德向家長介紹，按照慣例，首先要聽校長講話的。格瑞德走到教室的電視機旁邊，用她那纖細的手指把插頭插在了電源插座上。電視機裡面映出了校長馬克端坐在校長室的辦公桌旁，正舉著稿子唸著：「各位親愛的家長，大家晚上好，我在這裡表示熱烈的歡迎……」接著，校長馬克把學校的歷史，學校的特色和學校的管理以及作息，向所有家長介紹了一遍。

家長們顯然對校長的介紹不感興趣，都坐在位置上乾等著，待校長講完內容。不過，校長讀完稿子後，從鏡頭對著家長笑了笑，還是博得了家長的掌聲。畢竟，拿著稿子對著鏡頭唸了那麼長時間，家長總要有所表示，雖然馬克校長並不能聽到家長們的熱烈鼓掌。

校長講話結束後，格瑞德拔掉了電源，走上了講臺。格瑞德的心裡其實是很緊張的。離開大學才不久，她連如何在課堂上面應付學生都還沒有適應，如今，她要面對那麼多的家長。每一個家長對她，就像是新的學生一樣，更何況這些「學生」還是成人。她顯得有些緊張，於是她把事先準備好的講稿拿了出來，說道：「尊敬的家長朋友們：下午好！首先我代表本班所有任課老師，感謝您在百忙之中來參加我們的這次家長會！我是一年二班的班主任格瑞德，教孩子們得語。這次家長會很想與各位家長好好溝通。我想這也是各位家長共同的心願吧。幾個月前，你們的孩子還是幼稚園的小朋友，而今已經進入我們伊斯特小學的校園，成了一年級新生。」

接著，她努力一正臉色：「一年級，是人生中最重要的起點。孩子們從幼稚園到一年級有一個短暫的適應過程。在這個過程中，老師的作用當然是重要的，但是家長也起著不可忽視的作用。」不少家長不時頻頻點頭，似乎表示自己非常贊同格瑞德的觀點。

「現在學期才剛剛開始。在這幾天的學習生活中，大多數孩子已經通過努力，目前已經能以一個小學生的標準在要求自己，他們在慢慢適應學校的生活。其實，孩子在學校一天的生活也是非常緊張的，一節接一節的課，我覺得也不容易。你們的孩子已經慢慢學會了聽鈴聲進教室上課，學會了排隊做操，學會了上課不亂講話，學會了自己回家，還知道了要愛護學校的一草一木，和同學們團結協作。可以說，孩子的進步還是很明顯的。可是，做一個合格的甚至優秀的小學生卻遠遠不止這些，因此，還需要各位家長朋友們的全力支援和配合……」格瑞德說這段話的時候，有的家長似乎贊同似的點了點頭；有的家長嚴肅著臉，似乎聽得很認真；部分家長也許聽懂了裡面的意思，微笑著望著格瑞德；而一小部分家長，卻已經打起了哈欠。

「今天的家長會，我要講五個方面的內容，第一，班級情況介紹。第二，講一下學校的

作息；第三，講一下學生在校時存在的問題；第四，講小學低年級階段應該養成的生活習慣和學習習慣；第五，講一下家長做好哪些配合工作。」

格瑞德看了一眼家長，看到家長「很感興趣」地坐在位置上聽著，她繼續放心地對著稿子讀道：「本班學生有廿四人，其中男生十二人，女生十二人。各個聰明可愛。這裡特別要表揚的是弗雷特、珊迪、簡、丹娜和吉米，學習認真，書寫端正，學習態度好……」聽到孩子表揚的家長，都微微地會心一笑，弗雷特的爸爸甚至稍稍昂起了頭。

「少數學生活潑好動，約束力不強。平時表現較頑皮，上課時不能安靜地聽講；有部分同學書寫欠端正，這裡我也不多說了。」格瑞德下意識地看了一下點名冊，發現班級裡面最頑皮的帕斯達特，父母竟然一個都沒有來。有什麼樣的混帳家長，就有什麼樣的混蛋學生。格瑞德心裡暗暗罵道。

「接下來，我來講一下學校的作息。」格瑞德轉身在教室黑板上，寫下了：

七：四十到校進行早讀

八：〇〇正式上課

中午十一：〇〇放學吃午飯

中午十二：〇〇上課

傍晚三：一〇分放學

她轉過身，解釋道：「七點四十的時候，我們就要開始進行早讀了。請各位家長送孩子上學的時候來得早一點。中午十一點，不在學校吃飯的孩子，是要回家吃的。不過，我們班裡的孩子都是在學校吃的。傍晚，我們放學的時間，跟三四五六年級的學生不一樣。我們放學的時間，是三點十分，家長早一點來接，特別是路遠的孩子，家長一定要來接。」坐在位置上的一些家長，點了點頭，表示明白。

「接下來，我要向各位家長，反映一下，小部分同學，在學校存在的一些問題，各位家長可以對照平時自己對孩子的觀察，看看自己的孩子會不會出現以上情況。」格瑞德的話顯然引起了家長的興趣。部分家長比較隨意的坐姿稍稍端正了些，弗雷特和珊迪的家長甚至還拿出了隨身攜帶的紙和筆。

格瑞德看到家長聽得認真了，心裡不由得泛起了一陣緊張，但她還是繼續硬著頭皮說道：「首先，我要反映一下，有部分同學帶著玩具到學校裡面來。我知道，可能你們家裡有很多玩具，也愛看孩子在家裡玩玩具。可是，玩具真的不適合小孩子的學校生活和學習課堂。孩子們一玩玩具，就會分心，影響他們的課堂學習和作業完成。還有可能出現孩子們爭搶著玩別人玩具的亂象，所以，玩具就不要帶到學校裡面來了。第二，可能你們家裡也知道，有些同學有一種喜歡欺負其他同學的壞毛病……」

格瑞德說到這裡，科比的媽媽竟然微笑著點了點頭，看來，她是知道自己的孩子有這個壞毛病的。

「……最好能夠配合學校，一起想辦法，糾正他們愛欺負人的壞毛病。要不然，萬一他們把同學打傷，又是要跑醫院，又是要賠醫療費，很麻煩。我相信，這是每一位家長都不願意看到的。第三，有一部分同學，不願意大聲讀書，字跡也比較潦草，麻煩家長在家裡對孩子好好監督，讓他們養成大聲朗讀的習慣。字跡不端正孩子的家長，可以買一本《得語字跡練習本》，每天讓他們練一下。」丘比、萊西、茜茜和卓拉的家長聽了，若有所思，點了點頭。

「另外，非常重要的一點，希望大家能夠注意一下。我們最近有一個音節測試，需要大家鼎力配合。得語音節的學習是得語學習的基礎。為此，我下發了一張音節測試的練習紙，我每天都叫他們去家裡讀五遍，我不知道您的孩子有沒有按照老師要求每天拿著練習紙讀。但是我希望大家能夠每天監督他們讀一下。」格瑞德講到這裡，比利老師拿著照相機走了進來，對著講臺和講臺下坐著的家長，分別「喀嚓」，「喀嚓」，照了好幾張照片。

「接著，我向各位家長介紹一下，我們一年級學習的側重點。我們現在最重要的是培養孩子良好的學習和生活習慣。為此，我希望每位同學能夠做到這些點。請督促你們的孩子，每天保持十小時充足的睡眠。我不知道你們的孩子是幾點睡覺的，一般來說八點多的時候就可以讓你們的孩子爬上床睡覺了。另外，在生活習慣上，我希望你們的孩子能夠養成衣食住行能夠自理，自己起床，穿衣，刷牙，洗臉，自己整理好自己的文具，並教育他們，勤洗手，勤剪指甲，勤刷牙，勤換衣服。另外，家裡有電視機的孩子，我希望他們離電視機的距離不要太近，一般要離電視兩米遠，看電視不要連續超過二十分鐘。」

大多數家長坐在位置上，或是手托著腮，或是靠在位子上，或是兩手交叉望著格瑞德，有幾位家長已經打起了哈欠，只有珊迪和弗雷特的家長在用筆速記，像是在公司開會一般，不一會兒已經記了滿滿一頁。

「在學習習慣培養上，我希望他們能夠養成一回家就做作業的習慣，而不是一回家就看電視，或者無止境地玩。在他們做作業時，我希望家長能夠注意一下你們孩子的讀寫姿勢。讀書時，身體坐正，眼睛離書大概要一尺多，寫字時身體坐正，離桌一拳，離書一尺，避免他們近視和駝背。他們做完作業以後，家長應該檢查一遍，不要求把所有的錯誤檢查出來，只要保證孩子能夠完成作業，並且作業整潔端正就可以了。另外，書房裡應該有充足的光照，有了充足的光照，孩子才不會因此得近視……」

格瑞德繼續唾沫橫飛地講著，時不時穿插進去不少自己的觀點，快說完的時候，比特已經出現在教室裡面。格瑞德加快了語速，講起了一年級家長應該配合的內容：「在孩子的學習上，我還希望家長能夠做到幾點，第一，給孩子一個文明，安靜的學習環境，如果孩子在一旁學習，家長不應該在旁邊打攪，也不該打電話、賭博、抽煙或是看電視。第二，多帶他們到書店去，耳濡目染地感受書香氣氛。第三，每天監督孩子完成作業，做完作業後，再讓他們看半小時的書。第四，少批評，多鼓勵，讓孩子在自信中成長。第五，多鍛煉孩子，多讓孩子做家務，多讓他們在家運動。活動過程中注意安全，讓他們文明遊戲，健康成長。」格瑞德轉身，舉起粉筆，刷刷刷在黑板上寫上了：格瑞德，聯繫方式：12985379610。「我的講話就到這裡，接下來，有請我們的數學老師，比特老師向大家介紹一下！」

家長鼓起了掌。

比特也在黑板上寫上了自己的姓名和聯繫方式，接著轉身說道：「各位家長好，我是一年二班數學老師比特，接下來由我介紹了一下我們班數學情況和我的教學方法。我看了一下，我們班除了極個別同學腦子不是很靈活外，大多數同學都是非常聰明的。只要認真學，一二年級的數學肯定是沒有問題的，他們肯定能夠學好數學。主要問題是，他們能不能夠用心去學的問題。我知道，現在社會上，流傳著很多教師，打了幾下學生，就被認定是體罰的情況。但是，我國古人流傳著一句話，叫作『嚴父出孝子，慈母多敗兒』。我覺得，在教育學生上，還是應該嚴格一點。我在這次家長會上想徵求一下大家的意見。」格瑞德聽了，大吃一驚，沒想到比特竟敢在家長會公開徵求「體罰學生」的意見。

更讓格瑞德吃驚的是，大多數家長都隨聲點頭附和，表示希望比特看到自己的孩子不乖時就揍他。漢森的爸爸立刻附和道：「比特老師，你打好了，沒事。小孩子不乖就是應該打嘛！難道還拿糖獎勵他們不成！」瑪塔的媽媽則說：「比特老師，孩子不乖的時候，是應該打，但是下手應該分輕重，不要打得太重了。上週瑪塔臉上有一點痕跡，現在還沒有退掉。」

吉米的爸爸在一旁勸道：「這位家長，你不能這麼說。老師打她，說明老師關心她，希望她的學習成績能夠好起來。再說，老師下手都是會分輕重的。」維塔的爸爸也附和道：「這位家長，有一句話，你要聽一聽。如果不讓老師打孩子，孩子做

人的基本道理不懂得，將來，孩子可能就會被其他人打。」瑪塔的媽媽聽了，點了點頭。

等到家長會結束後，某些家長仍然興致不減，留下來，跟格瑞德聊了起來。科比的媽媽滿是擔憂地對格瑞德說道：「老師呀！麻煩您在學校幫我把他管得嚴一點，他家裡盡是調皮，給我惹事生非，我們家長的話他是不肯聽的，小孩子最聽老師的話啦。麻煩你了。」

格瑞德饒是興趣的問道：「哎呀，科比他確實是有點調皮，他家裡惹了什麼事嗎？」科比的媽媽說道：「前幾個月，他把自己的好朋友推到了河裡面。幸好旁邊有大人路過，救了上來，送了醫院。那次我一賠，就賠掉了三千馬克哪！」格瑞德聽了，心裡一驚，沒想到，科比小小年紀，在還沒上學校時闖過那麼大的禍啊。科比媽媽的心情可想而知。

格瑞德跟科比媽媽聊完後，又跟弗雷特的爸爸聊了起來，他問了弗雷特在學校的表現。格瑞德竟一時不知道該怎麼回答，像弗雷特這麼好的孩子，能有什麼差的表現？

「他蠻乖的，很聽老師的話。」格瑞德微笑著回答道。

「那弗雷特的學習情況怎麼樣啊？」

「弗雷特的學習還是蠻不錯的。作業乾乾淨淨的，一絲不苟。雖然現在還沒考過試，就前幾天的觀察而言，弗雷特的成績絕對是名列前茅的。」

弗雷特的爸爸微笑著點了點頭，說道：「這都是老師的功勞啊。你能夠有像您一樣那麼教學水準高，管得好的老師教弗雷特，弗雷特真是幸運啊！」

格瑞德一聽，不好意思地笑了起來：「哪裡哪裡，是弗雷特本身比較聰明，也比較乖，學習也十分上心……」

「那也離不開老師教導和管理的功勞啊……」兩人又互相稱讚了一番。

……

愛因斯坦的爸爸和愛因斯坦就等在一旁，

看著七八位家長跟格瑞德聊起了自己孩子的學習。大多是學習還不錯的，平時還比較乖的孩子。除了瑪塔的媽媽，沒有一個差生的家長問過自己孩子的學習成績。

「老師好，我是愛因斯坦的爸爸，愛因斯坦平時在學校的表現怎麼樣？」愛因斯坦的爸爸問道。

「哦，愛因斯坦平時蠻乖的，還是比較聽老師話的，就是有時候會跟同學鬧矛盾！平時還需要多多注意友愛同學。」

愛因斯坦心裡「咯噔」一下，心裡說不出的委屈。明明是那些人先欺負我啊！怎麼變成了我跟同學鬧矛盾了。愛因斯坦想咆哮出來，但還是忍住了。

「那他平時上課怎麼樣，學習和作業怎麼樣？」

「他是一個很聰明的孩子，我上課問的問題都能回答出來，作業也基本能做全對。只是他呀，平時上課不怎麼專心，一副靈魂遊在天外的樣子。」

「那麼，怎麼把遊在天外的靈魂叫回來？」愛因斯坦突然眨巴著眼睛問道。

格瑞德聽了，不禁笑了起來。旁邊看著的幾位家長也笑了起來。愛因斯坦的爸爸也微笑著搖了搖頭。大人的套話，愛因斯坦還太小，是不會懂的。

「回去好好反省下吧！」愛因斯坦的爸爸拉著愛因斯坦的手，告別了老師。愛因斯坦跟著爸爸，走出了燈火通明的教室，投身到無盡的黑夜之中。他知道，自己已經免不了一頓罵了。

打了雞血的音節測試

音節測試，又稱「拚音測試」，是小學一年級上半期最重要的考試之一，有時候領導甚至把它看得比期末考試還要重要。因為音節測試的成績是要拿去跟市裡的學校進行比較的，而小學

各年級所有上半期的期末考試成績，都是學校自己留作檔案的，不用跟其他學校比較。

音節測試考試的內容無非是得語三十個字母的發音抽測和一百個得語單詞的拼讀。在成年人眼裡看來，這不過是小菜一碟，但在才學得語一個月的孩子眼裡，這已經是很高的要求了。而且測試要求也十分高，孩子要考到接近滿分的成績才可以讓老師滿意。一般來說，一年級得語老師需要在二十五天時間裡，把得語三十個字母發音和書寫，以及一百個得語單詞的認讀教完，然後再進行反覆地訓練，才有可能讓孩子考到接近滿分的好成績。

第三週的時候，校長馬克和教導主任費安娜就已經在關心一年級三個班的音節教學情況了。格瑞德很心焦，她是個教得語的新手，上課的進度安排的又很緊，小孩子適應小學生活適應得也不是很好，在那麼短的時間內要求所學的孩子大多數都考到一百分，似乎是天方夜譚。更糟糕的是，班級裡孩子的接受能力和對音節的熟練程度是天差地別。弗雷特，納伊弗，珊迪、科比和吉米學得很快；愛因斯坦、艾米等孩子學得一般；而霍姆沃克、維塔、瑪塔和洛珈則學得非常慢，甚至已經領讀過三四遍的得語單詞，過一分鐘讓他們再讀，他們仍然讀不出來。

為了提高孩子的學習能力，加快得語音節教學的進程，格瑞德把得語課變成了完完全全的發音課。為了達成目標，她無所不用其極。她的課上，學習就是反覆地朗讀得語的字母和單詞，不斷地讀，不斷地抄寫。孩子們雖然覺得毫無樂趣可言，但迫於格瑞德的威勢，只好乖乖地低頭讀寫。要是稍微力不從心，一旦被格瑞德發現，就是一陣臭罵。現在，在孩子眼裡，格瑞德已經從原來的溫柔，變得越來越可怕。

即便如此，格瑞德竟仍然無法把霍姆沃克、洛珈、瑪塔和維塔拉上得語拼讀六十分的及格標準，於是她進行了補差的計畫。她的補差計畫，就是這個地區教師長年應對後進生的秘方——留晚學。

一天傍晚，格瑞德把霍姆沃克、洛珈、瑪塔和維塔叫到了辦公室裡。

「啪！啪！啪！啪……」霍姆沃克先是被格瑞德用戒尺打了十下重重的手心。「你怎麼那麼笨！」格瑞德氣得暴跳如雷，「看看你的得語音節測試，人家都考滿分，你為什麼只能考不及格！」霍姆沃克委屈地站在牆角，一個勁地流淚。他不知道如何去面對怒髮衝冠的大人，就如同不知道如何面對這個陌生的世界一樣。

愛因斯坦在門外偷偷地看著他們。霍姆沃克是愛因斯坦最好的玩伴，他們常常一起回家。愛因斯坦絕對不會丟下霍姆沃克獨自回家，所以他只好一個人在辦公室外等著。

「這個讀什麼？快讀！」格瑞德扯了一下他的頭髮，怒道。

霍姆沃克既害怕又難過，任憑這個大人在他面前咆哮。

看見霍姆沃克一動不動，格瑞德更生氣了，舉起手在霍姆沃克的後腦勺猛拍，「快說呀，這個讀什麼？」

「Morhen。」霍姆沃克知道如果不回答，他就會遭到更加嚴厲的懲罰，戰戰巍巍地從喉嚨裡把這個讀音擠出來。

「什麼？大聲點！」

「Morhen！」

「這是Morgen，不是Morhen……哎呦喂！學了得語快一個月了，連早晨都還不會讀……你是不是故意的……是不是老天把你帶過來懲罰我的！！」格瑞德氣急敗壞。

過了一會兒，格瑞德喝了一口水，說道：「快，打電話把你爸爸叫過來。我要當面跟你爸爸談談，一年級學習就這種情況，以後還怎麼辦啊！」

小愛因斯坦從門外望著霍姆沃克，自己也被嚇到了。他很同情霍姆沃克，希望自己能夠幫幫霍姆沃克。可是小愛因斯坦真的沒有辦法，只能看著霍姆沃克被一遍遍地蹂躪。

格瑞德又轉過頭去看了洛珈、瑪塔和維塔

一眼，只見洛珈、瑪塔和維塔正看著霍姆沃克發呆。「發什麼呆，沒見過老師批評『壞孩子』嗎？你們快點給我讀！」格瑞德怒吼道。

洛珈和瑪塔低聲讀了起來，而維塔仍然害怕得不知所措。

「維塔，過來，這個怎麼讀？」格瑞德指著音節練習上的「heute」對她說。「h……h……h……heu……heu」維塔盯著練習紙上的單詞，猶如在看一本天書。她肥嘟嘟的臉不斷震動，嘴巴微微抖動，彷彿在臉皮裡面裝了個發動了的小馬達一般。

格瑞德看著，竟然忍不住「咯咯」地笑了起來：「我說維塔，你能不能不這麼搞笑啊。學音節已經學了三週了，竟然連『今天』都還不會讀！肯定沒有好好學，來，把手給我伸出來。」

維塔看到了格瑞德身邊的戒尺，臉上充滿了驚恐的表情，手反而縮到了身後去了。「來，自覺點。」格瑞德的語氣彷彿在審問犯人。

維塔仍然把手放在身後。格瑞德用左手一把把維塔的右手拉了出來，「啪」、「啪」、「啪」，連續給她打了三下「手心」。維塔的淚水順著臉頰流了下來，支支吾吾地說道：「我真的學了……」

這時，霍姆沃克的爸爸來找他的孩子了。辦公室外面逗留的小愛因斯坦看到了，趕緊溜走了……

等到格瑞德教完四個後進生，並等他父母來接他們回家，已經是傍晚六點了，璀璨的星星已經掛在浩渺的夜空中。格瑞德騎上了自己放在學校的自行車。「這四個孩子，考到及格都困難，該怎麼辦呢？」這個問題一直在她頭腦中盤桓。

不一會兒，格瑞德到家了。她父母早就準備好了飯菜。「今天怎麼那麼晚？」格瑞德的媽媽首先問道。「學校裡有點事情，所以來遲了。」「現在學生乖不乖，好不好學？」格瑞德媽媽問道。「還行吧！」格瑞德淡淡地說道。

待格瑞德坐下後，格瑞德的媽媽說道：

「格瑞德啊，你這個工作得來不容易，一定要好好珍惜哦！教育學生的時候，一定要注意方式方法。你知道嗎？麻王路有一個老師，家長告他體罰學生，據說已經被停職寫檢討了。你呀，教書要耐心的教，有的學生真的教不好也不要用暴力手段打學生。」

格瑞德低著頭，一邊吃飯，一邊回應道：「媽，你放心我是不會體罰學生的。」

得意志先鋒隊入隊儀式

開學一個月後，格瑞德告訴孩子們，下週三，學校要舉行一場得意志先鋒隊入隊儀式。

得意志先鋒隊入隊儀式是得國小學生最莊嚴的儀式之一。對於高年級的孩子來說，他們要製作展板和推選候選人進行大隊幹部的選舉，選出來的大隊幹部主要任務有兩個，一個是協助學校領導和老師監督學校學生的紀律，另一個是主持節目和為學校舉行活動出謀劃策。對於一年級的孩子來說，班級裡的小朋友要分兩批加入得意志先鋒隊，第一批只有班級裡面表現得好的同學才能夠加入。加入的孩子會被高年級的孩子打上鮮艷的蝴蝶結和配戴上燦爛奪目的鐵十字。然後所有參加得意志先鋒隊入隊儀式的孩子都會站在國旗和隊旗下呼號：「我志願為得意志祖國的事業而奮鬥！！」呼號完畢以後，他們就正式是得意志先鋒隊的一員了。

格瑞德眉飛色舞地告知孩子們，成為先鋒隊裡面的一員是光榮的，而先鋒隊的儀式是莊嚴而神聖的。愛因斯坦根本不清楚「莊嚴」和「神聖」這兩個詞語究竟是怎麼一回事。當格瑞德告訴孩子們，紅蝴蝶結之所以為紅色，是被革命烈士的鮮血染紅的，一年二班裡面的所有孩子都被嚇了一大跳。孩子們都見過高年級的大哥哥大姐姐領子上的「紅蝴蝶結」，鮮紅的顏色，真的宛如鮮血一般。難道在得國的某個地方，真的放了一個大染缸，裡面盛放著得意志先輩們辛辛苦苦

收集起來的「烈士鮮血」……

格瑞德通知後，班級裡面的孩子開始討論了起來。納伊弗問愛因斯坦：「得意志先鋒隊到底是什麼東西？」愛因斯坦搖搖頭，表示不知道。弗雷特說道：「你不要想著這是什麼東西，你要想著怎麼才能第一批入進去。」艾米聽了，說道：「我才不想入呢！好像入隊以後，我們每天都要戴上那種紅色的，很醜的蝴蝶結。我喜歡紫色的和藍色的蝴蝶結，不喜歡紅色的蝴蝶結。」

入隊儀式很快就要在下午舉行了。上午的時候，格瑞德報了參加得意志先鋒隊入隊儀式孩子的名字，他們分別是：珊迪、弗雷特、簡、雪麗、納伊弗、茜茜、科比、艾米、愛因斯坦、吉米、鵬比、丹娜。格瑞德將名單公佈出來的時候，愛因斯坦就已經明白了，格瑞德是按照得語第一單元考試的成績來選擇的。他看過格瑞德記錄在名單上面的第一單元的成績，第一名是珊迪，第二名是弗雷特，科比也是排的比較靠前的。否則，就憑科比在學校的紀律表現，又怎麼可能在第一批就加入得意志先鋒隊呢？

下午，入隊儀式如期舉行，各班的孩子拿上自己的小板凳，按秩序進入提前劃分好的班級場地，就坐。雖然天氣不像夏天那樣酷暑難熬，但太陽依舊有些毒辣。班級裡的孩子們坐下沒有多久，就開始抓耳撓腮，坐不住了。

納伊弗說道：「老師，天氣太熱了，我想回教室！」鵬比也說道：「老師，能不能早點結束啊，外面實在是有點熱。」格瑞德說道：「就這麼點時間就坐不住了，你們熱，老師也熱，不是和你們一樣都曬著太陽嗎？」這時候，教導主任費安娜拿來了小紅花貼紙，說道：「小朋友們坐端正啦！如果好好表現，老師會發給你們『小紅花』哦！」許多孩子在「小紅花」的誘惑下，立刻停住了講話，坐端正了。費安娜把「小紅花」轉手遞給了格瑞德。

入隊儀式開始了，首先，六年一班大隊委員在主席臺前統計人數，每個班級的班幹部都要把班級裡面應到和實際到的人數報上去。報完人數後，大隊委員朗聲說道：「所有中隊應到六一四人，實到六一三人，符合人數，伊斯特小學得意志先鋒隊入隊儀式現在開始，出旗奏樂。」

隨著鼓號隊雄壯的旋律，六年三班大隊委員舉著國旗和隊旗，六年一和六年二班的大隊幹部繞著場地，穿過所有班級與班級之間的縫隙走了起來。六年三班的大隊幹部是桑迪，她是整個學校的大隊長，肩上佩戴者三條杠的肩章。六年二班和六年一班的大隊幹部也都是女生，她們擔任的是班級的大隊委員，肩上也佩戴著「三條杠」。她們繞著整個場地走的時候，右手敬著禮，兩腳像機器一樣踏著生硬的步伐，顯得很不自在，也不知道站在一旁盯著她們看的簡甯老師滿不滿意。

出完旗後，接下來是唱《得意志先鋒隊隊歌》。「我們是得意志國家的接班人……」所有孩子都跟著雄壯的音樂唱了起來，操場上到處飄蕩著孩子們既稚嫩又動聽的聲音。早在一週之前，格瑞德很擔心自己的孩子唱不好隊歌，在參加入隊儀式之前，她在品德課上花了大量時間反覆訓練了好幾遍。可是孩子們卻沒有表現出格瑞德所期望孩子們唱出的聲調，歌詞從他們的嘴裡出來，都是同一個死板的音調，同一個語速，沒有抑揚頓挫，沒有輕重緩急，沒有時而高亢時而勇敢的情緒。從他們嘴裡出來的歌詞，仿佛是從機器人的嘴裡報出來的。不過格瑞德也不需要太擔心，高年級洪亮而又雜亂的歌聲，加上音箱裡面激昂的旋律，完全能夠蓋過班級裡面唱得不好的聲音。

隊歌結束後，就輪到一年級孩子入隊了，一年一、一年二、一年三班共四十位孩子排好隊，在各班班主任帶領下來到了主席臺前。同時，六年一、六年二、六年三班共四十位孩子也已經出列走來，右手拿著鮮豔的蝴蝶結，左手拿著燦爛的鐵十字。他們走到一年級孩子跟前立定，將蝴蝶結高高舉起，戴在了一年級孩子領

子上，然後又拿起鐵十字，別在他們的左胸前。低年級的孩子敬了個禮，高年級的孩子也回了個禮。

愛因斯坦站在陽光下，熱得焦頭爛額，汗水都快把他的校服濕透了，他站在主席臺上，感覺自己像是馬戲團猴子裡面的一隻，被四周的觀眾圍觀。他低下頭，緊張地望著下面的「觀眾」，他看到高年級的班級的部分孩子在小打小鬧或者講空話，而低年級的孩子則撩起衣服扇來扇去，想盡力把太陽的酷熱扇走。自己班級裡面的同學，則是各種姿勢都有，萊西在甩擺自己的手臂，帕斯達特在原地不斷地轉圈，迪克在左顧右盼，搖頭晃腦；維塔在原地抖動著自己的小手……格瑞德看孩子們隊伍沒有排直，便拉著孩子的手臂，把沒有排直的孩子一個一個地「擺放」到他們應該站的位置上去，足足用了兩分多鐘。

而老師們，大多已經躲在樹蔭下乘涼，只有格瑞德和少數老師還守在班級旁邊。費安娜則戴著鴨舌帽，拿著相機，正準備把這「珍貴」的鏡頭拍下來，留作學校檔案。

「為得意志國家而奮鬥！」主持人呼號道。

「為得意志國家而奮鬥！」愛因斯坦和臺上的孩子一起按照老師教的呼號道。

「宣誓人桑迪！」主持人呼號道。

「宣誓人桑迪！」臺上的孩子齊聲呼號道。

話音剛落，高年級的孩子中爆發出一陣哄笑。馬克微笑的臉色立刻變成烏雲沉了下來，費安娜的微笑也變得勉強了很多。這時，費安娜定了定神，走到台下，拍了拍手，說道：「小朋友，呼號後宣誓人喊自己的名字。」簡甯老師給主持人桑迪使了個眼色：「呼號再來一遍。」

「為得意志國家而奮鬥！」桑迪呼號道。

「為得意志國家而奮鬥！」

「宣誓人桑迪！」

「宣誓人……」有的孩子喊了自己的名字，

有的孩子喊了別人的名字，有的孩子喊的仍是桑迪……台下的老師和孩子們看得忍不住都笑了。

臺上的孩子看到台下的老師和孩子笑了，忍不住也「嗤嗤」地笑了……

好不容易等到儀式結束，大隊部的老師簡甯站在主席臺上，發表了一通慷慨激昂的講話：「同學們，鮮豔的紅蝴蝶結掛在胸前，代表一種榮譽，更代表著一種信念。紅蝴蝶結時刻提醒著我們，為了得意志更加繁榮和富強，我們有著義不容辭的責任……」

在格瑞德的管教下，愛因斯坦周圍的孩子直直地坐在位置上，一個個露出了不自然的神色，仿佛他們是釘在座位上的一般。「榮譽」、「信念」、「繁榮」、「富強」、「得意志」……這些究竟是什麼東西，愛因斯坦不知道。當他聽到簡甯老師講道，「胸前的紅蝴蝶結更加鮮豔了」時，他低下頭看了紅蝴蝶結一眼，在熱辣的陽光照射下，鮮紅的蝴蝶結似乎在發光，也許，紅蝴蝶結，經過這個什麼活動之後，顏色真的變亮了吧！

特殊孩子「丘比」

得語音節測試已經結束有一星期了，成績也已經公佈出來了。據說伊斯特學校的孩子都取得了不錯的成績。除了霍姆沃克、瑪塔不及格以外，所有人都考到了近一百分的成績。馬克和費安娜看到成績後喜不自勝。而格瑞德則苦惱萬分。兩個不及格的孩子都是她班級裡的孩子，而一年一班一年三班的孩子裡，就沒有不及格的。

孩子們也都已經知道自己的成績了。愛因斯坦讀錯了一個音節，考了九十九分，坐在他後面的丘比，則考了一百分。得知成績的那天，丘比向他炫耀說：「我比你聰明，你只考了九十九分，而我考了一百分。」愛因斯坦則說：「我不比你笨，走著瞧！」

音節考試結束後，一年級各班開始投入到緊張的寫字訓練當中。格瑞德老師要求他們努力寫好字，要求他們寫得跟印刷出來的一樣，十分嚴格。她為此每天佈置了抄寫作業。每天抄寫卅

個得語單詞，每個得語單詞抄四遍。格瑞德給每位孩子發了一本有四線譜的練習本，讓他們每頁都折兩折，正好把每頁分成四個部分，每行每個部分都抄一個單詞。

一年二班的小朋友看到了格瑞德寫下的作業，瞪大了眼睛。納伊弗說道：「這不是要讓我們抄得手都斷掉嗎？」格瑞德瞪了她一眼。班長弗雷特卻說道：「老師佈置作業是為我們好，我們應該努力完成才是！」格瑞德表揚了弗雷特，呵斥了納伊弗。

格瑞德佈置的作業苦了班級裡的那些孩子，很多孩子往往要抄整整一個小時多才能抄完。有的孩子寫得不好，第二天格瑞德批的時候還要讓他們一遍一遍地重寫。

但是，對班級裡影響最大的，要數丘比了。丘比有一個怪毛病，握筆的時候，手使不上力氣，一旦用力，手就會抖個不停。寫數字的時候，數學老師比特就已經發現了他寫上來的數字是歪歪扭扭的。為此，他可沒少挨比特老師的揍。後來，他發現丘比寫數字的時候，握筆的方法是正確的，只是手指用力的時候，手就會抖個不停，筆怎麼也握不牢靠。他尊重了丘比的特殊性，再也沒有打他。但是，寫得語單詞時，他往往比其他孩子花了更多的時間，有時甚至要寫到晚上十點，寫出的字卻遠遠比不上班級其他孩子工整。

可格瑞德並不知道這一切。當她看到丘比寫的歪歪扭扭的得語單詞時，徹底氣壞了。她把丘比叫到辦公室裡，把「四線譜」的練習本甩到他面前，罵道：「看看你寫的字！」丘比顫抖著翻開了他的練習本，只見上面寫的得語字母「東倒西歪」的，好像在跳舞一般。不僅如此，他寫出來的筆劃也不是直的，而是類似於「波浪線」的，仿佛是一條條隨著水流舞動的水草。

「你到底是不是認真做的？」格瑞德怒道，「怎麼寫得跟泥巴一樣？」「嘿嘿嘿，寫的字跟泥巴一樣。」身邊排隊訂正作業的同學聽了，發出了輕蔑的嘲笑。丘比聽了，臉漲得通紅，眼睛裡噙著淚水，不知所措。「別哭了，快把練習本上的字擦掉給我重新寫過！」格瑞德下達了命令。

丘比小手拿起橡皮，笨拙地擦了起來，然後抓起筆，右手顫抖著又慢慢地寫了起來。

過了一會兒，格瑞德拿起練習本一看，只見上面的字仍然歪歪扭扭的。格瑞德怒道：「真是服了你了，都一年級了連字都寫不好，以後你該怎麼辦啊！」格瑞德又仔細看了看，停了片刻，對丘比說道：「快，在這裡給我寫個『Morgen』，我倒要看看你究竟是不是真的寫不好？」丘比手抖動著寫下了「Morgen」他的這個「Morgen」雖然比先前幾個寫得稍微好了點，端正了點，但筆劃仍是粗糙的，僵硬的，彷彿還停留在幼稚園水準。

他握筆的方式沒有什麼錯啊？格瑞德犯了迷糊，心裡更是五味雜陳，也許，這他就是天生的，寫不好字的孩子吧！「你看看，現在你寫的字是不是跟以前相比有所進步了。要繼續努力，慢慢寫，才會慢慢好起來。」格瑞德溫柔地說道。突然的溫柔，讓小丘比感到有些不適應，但是他還是重重地點點頭。

「你的手以前有沒有受過傷啊？」格瑞德突然問道。丘比呆呆地望著格瑞德，一臉迷茫，或是不知道，或是壓根不知道受傷是什麼意思。

「好了，我知道了，你回教室去吧！把作業補上，以後要認真寫字，爭取寫得越來越好！好嗎？」丘比表情呆滯地點了點頭，回到了教室。

自那以後，丘比也沒少被格瑞德要求「重寫作業」，丘比的字卻沒有因此好起來。

口算測試

一年級上半期的音節測試過後，一年級的下半期，孩子們迎來了口算測試。口算測試的內容無非是1到20以內的加減法，對孩子們來說並不難。但是，他們需要在六分鐘內完成一百道口

算題目，並且口算測試跟得語音節測試一樣，仍然是進行全市統一考試的，孩子的成績是要跟全市的孩子進行比較的。學校領導馬克對孩子作出的要求是儘量一百分，一百分越多越好。

這可忙壞了學校一年級的數學老師。特別是比特老師，他一個人帶一年一、一年二兩個班級。在考試前兩個禮拜，幾乎每天都要在數學課進行一場又一場口算測試。測試完後立刻進行批改。口算測試得到一百分的孩子，他都會給予一根棒棒糖的獎勵；要是誰沒有考到九十五分以上，則免不了一頓拳打腳踢，有時甚至還要留下來再做一張口算練習。

對於像科比、愛因斯坦這樣的數學比較好的學生來說，這是每天收穫獎勵的時刻，但是對於像霍姆沃克、瑪塔這樣算得慢的孩子，像賽克、丘比這樣寫字很慢的孩子，這無異於是每天的折磨。在魔鬼式口算訓練的第一週，霍姆沃克、瑪塔、維塔、賽克和丘比這五位孩子幾乎每天都要被比特狠狠地揍一頓。

費安娜得知比特的教學方式後，她擔憂比特會不會因為他「特殊的教育方式」為學校招來麻煩。她開始苦口婆心地勸說他：「比特先生，對於那五位孩子，如果成績真的提不上去，那就不要勉強了。我知道您已經盡力了。如果您再用這種模式教下去，我不知道會出現什麼麻煩的事情。」

比特表面答應，事實上依舊我行我素。在訓練第二週的時候，比特終於看到了成果：除了瑪塔和維塔，所有人都在口算測試中考到了九十五分以上。比特很高興，但是他覺得還不夠。

於是，放完學後，他把五位孩子叫到辦公室，親自把棒棒糖遞到了霍姆沃克、賽克和丘比手中，並對維塔和瑪塔說道：「今天我就放過你們，但是限你們兩天之後，在新一輪的訓練中考到九十五分以上，不然有你們好看！」瑪塔和維塔聽了，感受到一股無形的壓力壓在他們的頭上，連呼吸都覺得很困難。她們知道比特說到做到。

兩週後，口算測試如期舉行。這個時候，比特心裡其實很緊張。他也是新老師，師範畢業沒多久。這是他第一次用自己「獨特」的方式教孩子。一年級上半期數學期末考試的成績還算不錯，但是他完全不知道跟市裡其他學校的相比怎麼樣？他也知道一年二班的孩子有幾個非常頭疼。雖然在平時測試的時候，廿四個孩子中有近二十個孩子都能考到一百分，所有孩子都能考到九十五分以上，但是指不定在考試的時候發揮失常了呢。要知道，這種考試，只要有一個孩子發揮失常，少個十幾二十分，就能夠劇烈地影響到平均成績。

沒想到的是，時間僅僅過了四分鐘，一年二班所有孩子都已經完成了口算測試，進入到了檢查階段。檢查的時候，比特正在外面觀察著，他發現沒有一個孩子發呆或做小動作，都是在認認真真地檢查。比特總算長舒一口氣，看來這次考試的成績不會太差。

一節課後成績批出來了，一年一班廿四個孩子裡，有廿個考到了一百分，二個考到九十九分，一個考了九十七分，一個考了九十六分；一年二班廿四個孩子裡，有廿一個考到了一百分，沒考到一百分的分別是維塔九十六分，萊西九十九分，霍姆沃克九十八分。

費安娜看到成績後欣喜若狂。她非常開心地跟比特說道：「你教得實在是太棒了！這樣的成績，絕對可以跟全市一流的小學媲美！」比特謙虛地說道：「是學生太聰明了，我只不過引導了一下而已。」馬克也十分高興，對他說道：「不錯不錯！小後生幹勁十足，繼續好好幹吧！」

知道自己的成績後，孩子們也很高興。科比說：「這種小考試對我來說簡直是小菜一碟嘛！」納伊弗說道：「已經做了那麼多次了，每道題目的答案我都能背下來了，怎麼可能考不到一百分呢？」，迪克說：「那麼簡單的口算，考不到一百分的都可以拿塊豆腐撞死了。」坐在後面的萊西聽到了，羞紅了臉，雙手舉起了書本，低下頭假裝看起了書。被同學稱之為「馬屁精」的弗雷特說道：「大家別得意，這都是比特老師教得好啊！」帕斯達特聽到了，走了過來捏住了弗雷特的鼻子，拍了拍他胖乎乎的臉，說道：「馬屁精又在拍馬屁了。」弗雷特掙脫開帕斯達特說道：「我說的都是實話呀！」

這時，比特進來了。他非常高興地向大家宣佈：「告訴大家一個好消息，我們班的口算成績，是全校最好的……」「耶——！！」教室裡沸騰了起來。「為了獎勵大家，我會發給每人一根棒棒糖……另外呢，下節數學自習課，我帶大家去教室外面玩。」「耶——！！」教室裡面又是沸騰，又是歡呼，有的人竟還高興地吹起了口哨。

口算考試的勝利，給了孩子們無比的滿足和自信，這種快樂是前所未有的。

後進生的悲哀

再過一個月就是期末考試了，格瑞德望著歷次單元測試的成績，愁眉不展。一年二班的孩子裡面，大多數都是十分聰明的。但是有少數孩子實在是不開竅。

比如說「矮個子」瑪塔，學習的時候態度十分端正，作業也都能夠及時地訂正，背課文也算積極，但是成績無論怎麼都提不上去；維塔就不一樣了，她不僅對知識接受得十分慢，作業也做得一塌糊塗，而且還不願意認真學習，教室裡出現什麼事情，或是有什麼髒亂的，她總是第一個站出來幫忙，借此逃避萬惡的作業；帕斯達特就更加令人頭疼了，不僅學習不認真，學習態度糟糕透頂，而且還愛挑起事端，惹事生非，不是今天有男生跟他打架了，就是明天有女生被他弄哭了；「膽小鬼」霍姆沃克也是比較令人頭疼的孩子之一，他學習的接受能力不是一般的糟糕，練習的題目他每題差不多要讀好幾遍才能夠讀懂，寫作業和做試卷的速度慢得跟蝸牛一樣。不僅如此，他考試的出錯率也極高，有時候他努力半個小時做掉的習題，正確率還不如自己「蒙」的……

她把這些孩子的名字從名單裡面圈了出來，在旁邊標注上五角星。這些孩子，一定要加班加點給他們特殊訓練，多做題，多讀，多背，慢慢地把他們的成績提上來。

過了一會兒，她對照著成績，又在名單上把一些孩子圈了出來。「洛珈，這女生很聰明，但是太不愛學習了，老是不做作業，課文都不肯背，跟他家長說了三遍要在家裡監督，也沒有用！據說她高年級的哥哥也很懶，也不愛做作業的。」格瑞德像是在跟自己說，又像是在跟同辦公室的老師說。

正在寫美術教案的費安娜聽到了，停下筆說道：「對的，洛珈的哥哥羅西是很懶的。羅西三年級的時候他們班得語老師有一次腿扭了，請假請了好幾天，他們班的得語課還是我去上的呢！當天佈置的學校作業，傍晚放學時一個字都沒有寫。叫他回家補完，第二天回來，連同回家作業一起找不到了。」

格瑞德說道：「他會不會沒做，故意說找不到了？」費安娜說：「當時我就懷疑了，就叫他的同桌搜查了他的書包。同桌打開他的書包一看，沒想到得語作業、數學作業、英語作業，都放在書包裡面，一個字都沒有寫過。」

格瑞德聽了，笑道：「這樣的學生還真令人頭疼。」費安娜說：「當天我就把他留了晚學，直到傍晚五點他才把作業補完。」

格瑞德又在名單裡圈了個名字：迪克。迪克這個孩子什麼都好，就是有點多動，注意力不是很集中。常常愛玩，上課的時候也想著玩的事情。經常在上課的時候開小差，老師講到哪裡了他都不知道。講作業的時候，迪克聽也不聽的，一節課結束以後，錯的作業仍然是錯的。必須在上課的時候，多抽他回答問題。格瑞德這樣想道。

接下來，格瑞德在名單上又把茜茜和希拉兩個孩子的名字圈出來。這兩個孩子，思維不是一般的慢，要是考試的時候題目來不及做該怎麼辦？還有丘比和賽克，寫字也不是一般的慢，要是考試的時候題目來不及做怎麼辦？於是她把賽克和丘比也圈了出來。

第二天，她把這些孩子叫到了辦公室裡面，對他們的說：「很快期末考就快到了，你們做好期末考試的準備了嗎？」迪克聽了，眼珠子轉個不停，連忙對格瑞德說：「老師，我在家裡很用功的。媽媽還給我佈置了很多額外作業。我每天在家裡認真看書，看到晚上九點……」

「好的迪克……」格瑞德打斷了迪克的話：「我知道你在家裡很用功，課文也都會背了。但是，你的努力，從成績上體現出來了嗎？」迪克沉默了，他知道他的成績在班級裡只能屬於中下水準。

格瑞德說道：「今天把你們叫到辦公室來的目的，是為了幫助你們提高學習成績。我打算給你們佈置額外的家庭作業。」九個孩子木然地看著格瑞德，一言不發。

格瑞德給這九個孩子每個人發了一本得語練習本：「孩子們，從今天開始，你們要比其他孩子多抄一些得語單詞。」

「要多做作業啊！」帕斯達特如夢初醒，「我不要做！不要做！」迪克聽了，也急紅了眼，說道：「老師，不要給我佈置！要是媽媽知道我因為成績差做老師給我的額外作業，我會被媽媽罵『不爭氣』的！」說完，他「嗚嗚」地哭了起來。

面對迪克的懇求，格瑞德不為所動：「別哭了，早先讓你們認真學習的時候你們去哪裡了。今天我會把要多抄的單詞寫在黑板上的，你們放學後不要忘記抄進去。」

後面的日子更加難熬，他們不僅被佈置了額外作業，還常常被留晚學。有時候要從下午三點零五分放學開始留到傍晚四點半。留晚學時間內的任務無非是讀課文、背課文和抄寫，既沒有有趣的故事，也沒能學到新的知識，十分無聊。更糟糕的是，一旦被留晚學，就意味著要比其他小孩子晚到家。左鄰右舍常常會猜測晚到家的孩子是不是因為學習不好被留了晚學。一不小心他們就會變成別人的笑柄。小孩子當然不會害怕左鄰右舍的閒言碎語，只是他們那焦心的大人未必會把「這些丟面子的事」當小事看待。

他們只能早早盼望著期末考試快快來到，期待考試後假期快樂的生活。

報告單和休學式

叮鈴鈴，辦公室的電話響了起來。格瑞德接起了電話。

「喂！您好，是格瑞德老師嗎？」電話那一頭是帕斯達特的爸爸。

「是的，請問……」格瑞德一手拿著電話，在辦公室裡回答道。

「我是帕斯達特的爸爸，明天什麼時候拿成績單？」

「明天休學式開始時間是早上八點。」格瑞德回答道。

「八點拿成績單啊。好的，那我八點左右來學校拿一下。」電話一頭回道。

「等等，帕斯達特爸爸，明天是學校的休學式，不是拿一下報告單就好了，請叫您的孩子來學校準時參加。」格瑞得語速有些急了，因為這是第三位家長這樣打電話過來了。

「那行。明天我帶帕斯達特過來一下。謝謝格瑞德老師，再見。」

「再見！」格瑞德回答。

格瑞德放下電話，又繼續填寫報告單。得國學校每學期結束的時候，都會發一張報告單。雖然報告單被廣泛稱為「成績單」，事實上它的全名是「小學生素質報告單」。上面填的也不止是學生的成績，還包括學生的思想品德素質，身體素質，心理素質，學生評語，學生獎懲等等。

思想品德素質總共有十項，評判標準分三等「好、較好、需努力」三列，分別需要老師在符合情況的項目裡打勾。第一項是「熱愛得國，熱愛得國領袖，熱愛得國人民。好好學習，天天向上」。雖然格瑞德心裡清楚，一個一年級的孩子是不會對祖國有什麼感覺的。但是作為「潛規則」，這一項一般來說都是選擇勾「好」的。第二項是「按時上學，不隨便缺課。專心聽講，認真完成作業」。第三項是「堅持鍛煉身體，積極參加課外活動」。第四項是「講究衛生，服裝整潔，不隨地吐痰」。第五項是「熱愛勞動，自己能做的事情自己做」。第六項是「生活簡樸，珍惜糧食，不挑吃穿，不亂花錢」。第七項是「遵守紀律，遵守公共秩序」。第八項是「尊敬師長，團結同學，對人有禮貌，不罵人，不打架」。第九項是：「關心集體，愛護公物，拾到東西要交公」。第十項是「誠實勇敢，不說謊話，有錯就改」。都是根據孩子的實際表現來打分的。

心理素質共六項，分別為注意力、觀察力、記憶力、思維能力、情緒和意志。也是分三欄打勾進行評估。「好的，較好的和需努力的」。

身體素質有身高、體重和視力，一般由學校體育任課老師負責測量，再交給像格瑞德一樣的班主任進行填寫。

出勤情況分為應出席多少天，總共出席多少天，事假、病假、曠課、遲到和早退分別多少天。一般也由班主任負責填寫。

學生評語是老師對孩子本學期總體表現進行的簡單評價，並對孩子的表現寄予期望。一般要寫三四十詞到百來詞不等。一般來說，老師的評語要以正面的積極的評價為主，輔之以改正各自缺點的期望。

剩下的就是文化成績，不僅有學生的期末考試成績，也有學生的平時表現。

格瑞德根據各位孩子的情況，繼續抓緊時間填寫報告單。

「考得怎麼樣？」比特問道。

「唉，考得差的孩子老是那麼幾個，我都不知道該怎麼教了？」格瑞德回答的時候，臉上滿是失望，只是筆依舊唰唰地寫著。

過了一會兒，她突然停了筆問道，「數學考得怎麼樣啊？」比特說道：「數學你們班考得最好了，滿分有十九個，沒有不及格的。」

格瑞德苦笑道：「看來是我沒有把孩子的得語教好了。」比特說：「不要這麼想，所謂『勝敗乃兵家常事』，學生一下發揮好，一下發揮差，有誰能知道呢？」格瑞德搖了搖頭，她心裡清楚，二班的得語似乎沒有發揮好過的時候。

第二天，休學式如期開始，第一個環節是通過廣播聽校長講話。當廣播鈴響起時，所有班主任都來到了教室，把教室管理得安安靜靜的。接下來，校長馬克在廣播室講話，回顧孩子們在學校舉行的活動，並表揚了一些學習成績優秀的，或是在學校活動或是在比賽中拿過獎的同學。最後，馬克在廣播中講了一些假期應該注意的問題，包括假期安全，假期要幫助爸爸媽媽幹活，要按時完成暑假作業等。

校長講話結束後，格瑞德發言了。「各位孩子，我們一學年的學習結束了。大家在這一學年的學習中，既有收穫，也有挫折，有的同學在學習的時候，非常用功，所以最後能夠取得好成績；有的同學在學習的時候，馬馬虎虎，粗心大意，最後考得很差。」

格瑞德從包裡拿出了資料夾，從資料夾裡取出了成績單。「等老師把成績單發下來的時候，大家會看到自己的成績。我希望大家在接下來的學習和生活中，能夠好好學習。成績差的，不要氣餒，要繼續努力；成績好的，就要不驕不躁，虛心學習。」

格瑞德將成績單一張一張發了下來。一有成績單發到附近的同學時，前後左右的孩子們就伸長脖子看了起來。納伊弗看到了科比成績單上的成績，又跟瑪塔一比較，大聲說道：「老師，你說得不對！瑪塔那麼用功，得語才考了

七十三；科比經常不做作業，得語考了九十七分。」

愛因斯坦說道：「用功不一定考得好。」瑪塔帕斯達特則說道：「瑪塔就是個白癡嘛！」瑪塔聽了，臉紅了，眼眶也濕潤了，不久，眼淚就「啪嗒啪嗒」地掉了下來。弗雷特說道：「用功不一定考得好，但是可以比自己不用功時考得更好。」

格瑞德聽到孩子們的議論，怒道：「管好自己的成績就好了，管別人的成績幹嘛？」她看到了瑪塔在哭，但是時間很緊迫，她必須馬上進行休學式的下個環節。只好對瑪塔不聞不問。

發完成績單，格瑞德開始進行了一板一眼地批評總結：「成績大家都看到了。就我們的得語來說，我們班考得不是很好。平均分八十九分，跟一班相差一分，跟三班相差零點八四分，屬於全年級最差的。我們班考到優秀成績九十五分以上的有珊迪、鵬比、弗雷特、吉米、茜茜、丹娜、納依弗、愛因斯坦、科比、漢森、賽克和雪麗。優秀率是百分之五十，比一班和三班都要低。題目老師都是講過的，都是很簡單的送分題，沒有考到優秀以上的同學，要好好反思一下，為什麼別人可以考到優秀，而你卻不能……」

格瑞德批評時，愛因斯坦注意到，大多數女生端端正正地坐在教室裡面。而男生們許多已經開始在左顧右盼了。

批評完學生後，格瑞德開始頒發獎狀。「下面我來表揚一下得到獎狀的孩子。鵬比被評為『文明學生』，大家鼓掌祝賀。」鵬比聽到了，興高采烈地跑上了講臺，拿了獎狀，教室裡響起了掌聲。

「愛因斯坦被評為『文明學生』，大家鼓掌祝賀。」掌聲依舊響起，愛因斯坦走上了講臺，接過獎狀，說了一聲「謝謝」。這時，格瑞德才意識到鵬比來拿獎狀的時候沒有對老師說「謝謝」。她沒有對愛因斯坦回「不用謝」，也沒有讓鵬比再上來說一聲「謝謝」。

接下來，她向珊迪和艾米發了「積極分子」的獎狀，又把「三好學生」的獎狀發給了弗雷特和簡。

「接下來是暑假作業。」格瑞德說道。

「哦，不——！」鵬比看到講臺桌上的兩幢疊得高高的暑假作業要發下來連連搖頭。

格瑞德微笑著說：「不要說不，暑假有兩個月呢！怎麼能在那麼長的時間裡面把暑假的學業荒廢呢？我看過了，暑假作業並不多，得語和數學才兩本，每本才六十五頁，每頁沒多少題目。每天做個兩三頁，暑假過完你們就能夠把暑假作業做完了。」格瑞德將得語課代表珊迪和數學課代表艾米叫了上來。她們拿了作業本，並把作業本發到了每一位同學桌子上。

格瑞德繼續講道：「很快呢，即將迎來我們的暑假。在暑假裡，我希望大家做到以下幾點。第一，在暑假期間，要千萬注意安全。天氣比較熱，大家不要去河邊玩耍；過馬路時，要走斑馬線，要注意紅綠燈，千萬不要在馬路上追逐打鬧；在家不要玩電玩火，可以適當看一會兒電視，時間不要太長。第二，在家裡，希望大家要認認真真地完成暑假作業。我看過了，暑假作業很少，很簡單，每天做個三四頁，等開學的時候，差不多就完成了。第三，在家裡，我希望大家能夠力所能及地幫爸爸媽媽做一下家務，不建議大家燒菜做飯，但是可以掃掃地，擦擦桌子。最後希望大家能夠過一個平安快樂的暑假。」

話音剛落，孩子們一個個拎著袋子，向格瑞德說了聲「老師再見」，便蹦蹦跳跳地衝出了教室。

二年級

慢動作賽克

愛因斯坦的班級裡有一位叫賽克的孩子在週末染了肺炎。他爸爸打來電話，對格瑞德說賽克需要住院兩個禮拜。

賽克是格瑞德班級裡面成績比較落後的一個孩子，平時交作業總是拖拖拉拉完不成，訂正作業也是馬馬虎虎，讓格瑞德不省心。不巧，四個禮拜後就是學校例行的作業批改檢查，學校領導會有組織地對老師們批改的作業進行評估，檢查老師們是否認真批改，認真讓學生完成訂正。

格瑞德心裡很著急。像賽克這樣的學生，動作是非常的慢，讓他及時完成和訂正好當天的作業都很困難。她還記得二年級上半期前幾週，賽克老是完不成當天的課堂作業。格瑞德曾經對他進行了仔細地觀察，看看他究竟是否有注意力缺陷——多動症。令她驚奇的是，賽克並沒有多動症，只是他做每道題目的時候都要花很長時間看題目，想題目。看完後，才一筆一劃慢悠悠地把字寫上去。格瑞德覺得他缺乏訓練和緊迫感，於是給他下了個「死命令」：如果你完不成老師在學校佈置的作業，那麼你就必須在傍晚留下來，直到作業補完再回家。

當然格瑞德也可以選擇對領導說：「我們班的賽克前幾天生病了，作業還沒補完。」然而，領導只檢查作業完成情況，並把情況記錄下來，作為考核依據，他們一般不會給老師辯駁的機會。況且也沒有老師這麼跟領導提過此類的事情，她資歷太小，總不能做得太出格。她還是一個完美主義者，也絕對容不得一絲缺陷和空白。她為此精心為賽克制定了雷厲風行的補課和補差計畫。

兩週後，賽克回到了學校。他穿著一件藍色的夾克，變得瘦弱了許多，蒼白的臉還未轉紅潤，病顯然還沒有完全康復。儘管如此，他的悲慘生活也就此開始。

傍晚，格瑞德把賽克叫到了辦公室，說道：「你課已經落下將近一單元，要努力一點，爭取一週內把落下的作業和知識全部補上。」賽克聽了，木然地點點頭。格瑞德有點不放心，說道：「一定要在一週內把作業全部補完，如果補不完以後就別來學校讀書了！」

賽克回到教室座位上，開始補作業。正值下課時間，他周圍的孩子玩起了各種各樣的遊戲，歡樂的笑聲不斷地從耳邊傳過來。他根本沒有心思寫作業，在作業本上東邊塗個幾筆，西邊塗個幾筆，然後一邊看著其他孩子玩，一邊跟著他們一起笑。

後來，格瑞德和比特發現賽克他落下的作業很多，有得語和數學每週每門都差不多要佈置七樣作業，賽克住院兩週後，要補的作業高達二十八份。從這時開始，教室裡再也見不到活蹦亂跳的小賽克了，特別是在中午的時候，小賽克不是在比特老師辦公室裡補作業，就是在格瑞德老師的辦公室裡，就連值日輪到賽克組打掃衛生的時候，也見不到賽克的蹤影。

轉眼已是週五，傍晚格瑞德老師就要檢查落下作業的完成情況了。正是中午自習的時候，趁賽克正在比特老師那裡補作業，好事的大個子帕斯達特翻開賽克的書包，搜出了一系列得語練習本和作業本。看到僅僅塗抹了幾筆的得語作業本和練習本，帕斯達特哈哈大笑：「哈哈，這個傻子沒有完成作業，看他怎麼被格瑞德罵死。」其他同學紛紛聚在帕斯達特身邊，有的瞪大眼睛驚奇地望著賽克的作業本，有的盯著空白的紙張嘖嘖驚歎，有的一蹦一跳地接連叫著「完了，他死定了」，像是在為賽克惋惜。帕斯達特嘴角發出「哼」的一聲輕蔑，幸災樂禍道：「他連這麼早的作業還沒有完成，看老師怎麼罵他！」……賽克回來時，聽到了同學們的議論，臉色煞白，坐到了位置上，像一塊木頭一樣……

週五下午，已經到了格瑞德檢查賽克作業的時候了。格瑞德早就已經考慮到了小賽克完不

成作業，準備再向小賽克施加壓力，讓小賽克在週末的時候能夠補完作業。時至下午，辦公室門口傳來敲門聲。格瑞德開了門，門外站著一個西裝筆挺的青年男子，格瑞德知道，他就是賽克的爸爸。

格瑞德說道：「賽克的爸爸，什麼事？」

賽克的爸爸說道：「我兒子他打電話過來說是身體不舒服，我想帶他去醫院看一下，想向老師您請個假。」

格瑞德皺了一下眉頭，說道：「可以，我這就去開請假條。」格瑞德找出放在資料夾裡的請假條，填寫起來。

賽克的爸爸說道：「我家小賽克在學校的表現怎麼樣？」

格瑞德說道：「您家的孩子乖還是比較乖巧的，只是學習不夠專心。麻煩在家裡好好督促一下。」

賽克的爸爸歎了口氣，說道：「我家小賽克他就是學習不專心，不認真。最近公司忙得不得了，我也沒時間管他的作業……」

又是因為忙，沒有時間監督。格瑞德心裡漫過一陣不快，凡是孩子遇到問題時，幾乎所有家長都是以工作太忙為托詞，難道他們真得忙得連孩子都顧不上？

賽克的爸爸接著又跟格瑞德談論了幾句，就帶著賽克離開了。賽克躲在爸爸的身後，怔怔地望著格瑞德，臉色發青，嘴唇有點發紫，偶爾還咳嗽幾聲，顯然是又發病了。

愛因斯坦站在教室門外，望著賽克，心裡既很難過，又覺得賽克很傻。他知道，要不是格瑞德催逼作業，賽克也不會選擇脫掉外套，站在寒冷的風中，讓自己再生病，好請假回家，逃避作業。

掉下滑梯的孩子

二年級的時候，愛因斯坦的教室從一樓升向了二樓，走樓梯成了每天必不可少的事情。沒過多久，樓梯的扶手在孩子們的心裡有了新的意義，或者可以說，變成了新的玩具——滑滑梯。

中午放學的時候，那時候還沒有排隊回家的改革，下課鈴一響，同學們總是一哄而散奔出教室。教室在高樓層的同學想抓緊時間回家，立刻爬上「滑滑梯」，「刺溜」的一下滑了下去，一下子就滑到了一樓，既方便，又快捷，幾乎所有的男生都用「滑滑梯」下樓。後來，一些膽大的女生也開始用「滑滑梯」下樓了。愛因斯坦基本上不用「滑滑梯」下樓，不是因為他不會滑，而是愛因斯坦爬上「滑滑梯」時的動作比較笨拙，怕被同學笑話，便不在人前滑了。

「滑滑梯」轉眼成了全校同學的「交通工具」，也成了他們的「玩具」，不光男生滑，一些膽大些的女生也要滑。下課後，或放學時，總能看到有許多高年級的同學在玩「滑滑梯」比賽。那時候，有的同學比賽起了如何滑得快，膽大的同學則比賽起了如何從最高層滑下來，五六年級的同學，甚至一口氣從四樓滑到了一樓。

許多學校裡的老師已經發現了這個問題，在看到學生們滑滑梯的時候也經常喝止他們。在老師面前不能滑，更加激發了孩子們在老師背後「偷吃禁果」的快感。「滑滑梯」成了「全民健身運動」，孩子不僅競賽速度，還競賽高度。那些敢於從四樓滑到一樓的，常常被同學們當成英雄。

這天，愛因斯坦還是如往常一樣來到了學校，走到了樓梯口，他就看到了樓梯邊一灘斑駁的血跡。這血到底是誰的？愛因斯坦心裡莫名其妙地疑惑了起來。走到二樓走廊，愛因斯坦就聽見二年一班的同學在議論，昨天有一個三年級的學生在玩「滑滑梯」的時候，從三樓掉了下來，摔死了。

愛因斯坦開始有些不相信。後來，格瑞德走進了教室，告訴了同學們，確實有一個三年級的大姐姐從滑梯上摔下來，不幸去世了。她沒有告訴學生具體情況，只是告誡他們，為了同學們的安全，以後再也不能玩「滑滑梯」了。

真正添油加醋告訴孩子們實情的是數學老師比特，他一臉嚴肅地告訴了學生事情發生的經過：「昨天傍晚，那個大姐姐在三樓爬上扶手時，就從扶手上摔了下來，摔到了一樓。當時，她還能站起來，被老師直接送往了沃克市立帝國醫院。原先以為她還能走，在醫院看一下就能回家了。沒想到在半夜她發了高燒，嘔吐個不停，最後把腦漿都吐出來了。一個年輕鮮活的生命就這樣消逝了。後來，醫生通過屍檢才發現，她從扶手上摔下來的時候，後腦勺就被摔壞了……」

愛因斯坦回憶起比特在課堂上講這件事的時候，神情充滿著悲傷，心裡仿佛壓著一個鉛塊。他最後還告誡同學們，以後遇到危險的時候，一定要保護好自己的後腦勺，不然就真的死翹翹了。「如果誰玩滑滑梯這樣危險的事情，就要被我狠狠地揍一頓！」他惡狠狠地說道。孩子見比特面相突然變得那麼兇狠，害怕得低下了頭。

在這之後，學校對安全教育重視了不少。滑滑梯成為了學校明令禁止的項目，格瑞德明確告訴孩子們，誰再玩滑滑梯，誰就要被開除，以後別想再來學校上課了。當然，根據愛因斯坦以後的認知，她只是在嚇唬學生，他從未見到一個人因為玩「滑滑梯」而被開除出學校的。體育課，活動課的時候，老師都是在一旁管理著，不再像以前一樣，自由活動的時候，學生玩學生的，老師玩老師的。就連放學回家的時候，都由班主任老師帶領孩子們排隊下樓，直到他們出了校門才肯放心離開。

那年，伊斯特學校的老校長馬克因此被調走了，許多學校的領導都遭受了處分。不久，「滑滑梯」的活動在那些調皮的學生中又恢復了，只是沒能恢復到以前的「盛況空前」。而一部分同學，也許是心裡留下了陰影，再也沒有去玩過「滑滑梯」。

戴眼鏡的吉米

二年級上半期的時候，愛因斯坦班級裡的同學吉米戴上了一副像格瑞德戴的那樣的金絲邊眼鏡，終於，他毫不費力地獲得了一個綽號，「四眼田雞」。

從此以後，每當同學看見他去玩的時候，他們說的不再是：「嗨，吉米，你去哪裡玩」，而是「嗨，『四眼田雞』，你去哪裡玩」。吉米聽了，總是似笑非笑地回答，看起來他並不是很高興。

兩個月前，吉米就向老師提出他看不清黑板上面的字。格瑞德發現了，將吉米從第三排換到了第一排。幾個星期後，吉米仍然提出自己看不清楚黑板上的字。為此，格瑞德打電話聯繫了吉米的父親，讓他帶他去醫院配一副眼鏡。吉米的父親回答最近工作比較忙，在有空的時候會幫他配一副眼鏡的。

等吉米配好眼鏡的時候，已經是一個月以後。這天早上，他戴著眼鏡一回到學校，就立刻引起了孩子們的好奇。納伊弗看到了戴眼鏡的吉米，興奮地說道：「吉米戴眼鏡了！吉米戴眼鏡了哎！」帕斯達特興奮地大叫了起來：「吉米變成了四眼田雞了！吉米變成四眼田雞了！」大家紛紛把目光投向了戴眼鏡的吉米。

「現在是得語早讀時間。」珊迪看同學們停止了早讀，威脅道，「繼續早讀，誰不早讀，我把名字記下來，告訴老師去！」孩子們聽了，大多數孩子繼續有氣無力地朗讀了起來，部分孩子仍舊好奇地盯著吉米看。

下課後，二年二班的孩子將他圍了起來，好奇地盯著他看。

「把你的眼鏡摘下來給我看一看好嗎？」迪克提出了要求。「好的。」吉米爽快地答應了。他摘下眼鏡，遞給了吉米。

迪克透過眼鏡看吉米桌上的《二年級上冊得語》，他忽然大叫道：「通過眼鏡看桌子上的東西，東西會變小哎！」「是嗎？是嗎？」科比

湊了過來，舉起眼鏡，玩弄了起來。「哎，真的變小了哎！」科比興奮地說。「我只知道放大鏡能夠把東西放大，沒想到還有東西能夠把東西縮小。」迪克說道。

愛因斯坦也很好奇，他湊過去仔細端詳著眼鏡。果然，鏡片中心的物體比實際的物體整整縮小了一圈。「為什麼眼鏡能把東西縮小？」愛因斯坦提出了問題。納伊弗說：「因為眼鏡上面的鏡片是縮小鏡，能把東西縮小。」

帕斯達特擠了過來，看了看眼鏡，又拍了拍吉米的頭，好像大人拍小孩子的頭一般，說道：「吉米，從今天開始你就是『四眼田雞』了。」

「四眼田雞！」人群中爆發出一陣哄笑。吉米聽了，感到很不舒服，臉紅了，低下了頭。

「為什麼要叫戴眼鏡的人四眼田雞？」愛因斯坦問道。周圍的孩子們聽了，左看右看，好像在等別人給出答案。

納伊弗說：「我們不知道，但是我感到『四眼田雞』好搞笑啊！」

孩子們很快接受了吉米「四眼田雞」的稱號，無論下課還是放學的時候，都把吉米稱為「四眼田雞」。後來，也許是嫌「四眼田雞」這個詞太長，他們乾脆把吉米直接稱為「田雞」。

這天傍晚放學回家，愛因斯坦在家裡問媽媽道：「媽媽，為什麼有的人要戴眼鏡？」愛因斯坦媽媽正在大樹下一邊織毛衣一邊乘涼，她說道：「愛因斯坦，有的小朋友不好好愛護自己的眼睛，長時間地看書，寫字或者長時間地看電視，看東西就會慢慢變模糊，變成一個近視眼。近視眼只有戴了眼鏡，才能夠看得清東西。」

「為什麼長時間地看書，看東西就會慢慢變模糊。」愛因斯坦打算打破沙鍋問到底。

「這個嘛我說不出來，以後長大了你好好去研究一下吧！」媽媽溫和地說。「好的！」愛因斯坦非常興奮。

「媽媽，有人說有的人近視了，戴了眼鏡很帥，是這個樣子的嗎？」愛因斯坦又好奇地問道。

「別聽他們瞎說，近視本身就是不好的。能好好保護好眼睛，為什麼要選擇戴眼鏡呢?你以後一定要好好保護眼睛，不要近視了。」愛因斯坦沒有回答，他又在思考近視問題了。

沉默了片刻，愛因斯坦又問道：「媽媽，爸爸能不能做出能夠把看東西縮小的鏡子。」愛因斯坦媽媽說道：「我不知道，你要做這個幹嘛?」愛因斯坦說：「我想把它做出來，好給近視的人戴上。」

媽媽說：「愛因斯坦，爸爸哪裡有空給你做這個，現在你爸爸每天努力工作，忙得很。你應該體諒他才對。不要每天胡思亂想這種沒用的東西。」

愛因斯坦沒有回答，依舊思考著。

院牆的作用

長白路位於愛因斯坦村子的中心，路邊的小房子圍著各種各樣的院牆。這些牆壁有著多種多樣的「用途」。由於它們位於村子裡面最熱鬧的地段，它常常被人們用來貼小廣告或者噴刷小廣告。街邊隨處可見各種各樣的小廣告，什麼治陽痿，包治早洩，辦假證，打井……各種類型的廣告，一應俱全。更有院子主人，忍受不了過往行人隨地大小便，一怒之下會在自己家的院牆外邊寫上：「在此撒尿者，罰款十元」。街邊的院牆上，還塗著各種各樣罵人的，淫穢的打油詩，也不知道這是大人塗的，還是小孩子塗著玩的。人們已經習慣了街上的這些文字，這些廣告和字，已經變得像街邊的小花和小草一樣常見。

一天，愛因斯坦像往常一樣，背著書包從家裡出發，沿著長白路往學校走去。帕斯達特和科比在後邊看到了，帕斯達特喊道：「猶太豬！」愛因斯坦回過頭看了帕斯達特一眼，繼續

往前走去。帕斯達特看自己叫愛因斯坦，愛因斯坦卻理都不理，很生氣，向愛因斯坦快步走去。

愛因斯坦聽到了腳步聲，感到情況不太妙，也加快了行走的速度。

帕斯達特看到了，立刻像餓狼捕野兔子一樣向愛因斯坦衝去。愛因斯坦聽到了帕斯達特急如亂麻一樣密的腳步聲，也飛快地奔跑了起來。比跑步速度，愛因斯坦不是帕斯達特的對手，打架就更不是愛因斯坦的強項了。於是，愛因斯坦選擇了一條小巷逃跑。只要逃出這條小巷，就會在街邊看到很多賣菜的農民。帕斯達特絕對不敢當著多人的面，揍愛因斯坦。

愛因斯坦繼續沒命似的跑著，帕斯達特的腳步更快些，慢慢從後面逼近。漸漸地，小巷的出口在愛因斯坦眼裡越來越大，愛因斯坦似乎看到了逃脫的希望。

忽然，科比從小巷的前面冒了出來，把愛因斯坦一把抓住。愛因斯坦拼命掙扎，卻怎麼也掙脫不開。

這時，帕斯達特也從後面趕到了。他一把揪住了愛因斯坦。帕斯達特露出非常生氣的樣子：「愛因斯坦，我今天原本不想打你。我叫了你一聲，你為什麼理都不理我，太沒有禮貌了，我今天必須教訓你一頓！」帕斯達特說得振振有詞，彷彿是正人君子在義正言辭地對抗作惡的人。

接著，帕斯達特扯起了愛因斯坦的頭髮，扯得很重，似乎要把愛因斯坦的頭皮扯下來。愛因斯坦的右手努力掙脫了科比的右臂，揮起拳頭向帕斯達特打去，重重地打在了帕斯達特的胸口，帕斯達特一疼，放開了愛因斯坦的頭髮。接著，愛因斯坦又借力後傾，把科比狠狠地推開了。他想走，但是科比攔著他，不讓他過去。

帕斯達特顯然是被打到了，嘴裡「嘶嘶」地響著，彷彿是在竭盡全力感受著疼痛。過了幾秒，他兩眼瞪著愛因斯坦，瞳孔裡面似乎燃燒著火焰：「這是你逼我的！」說完，他把愛因斯坦推在牆上，一拳一腳重重地落在了愛因斯坦的胸口、臂膀和肚子上。特別是打在肚子上時，愛因斯坦感受到鑽心的疼痛，沒過多久，倒在了地上。

旁邊有路人騎著自行車回家，看到了這一幕，歎了口氣，說道：「現在的孩子怎麼這麼愛打架？」說完，搖搖頭，頭也不回地離開了。

帕斯達特朝他吐了一口唾沫，不依不饒地說道：「我叫你你也不理我，這是我對你不禮貌的懲罰。」愛因斯坦「嗚嗚」地哭道：「你罵我猶太豬，我為什麼要應你啊……」「你本來就是猶太豬嘛！」帕斯達特訕笑了一聲，轉而惡狠狠地說道，「以後不要讓我遇到你，遇到你一次就打你一次。」說完，帕斯達特和科比一齊離開了。

回到家以後，愛因斯坦對著鏡子照了照，看看自己臉上有沒有什麼淤青。他仔細地看了看，發現臉上並沒有淤青。還好，臉上一點傷都沒有，只是身子上面有一點淤青而已，衣服穿著就看不出來了。「如果媽媽看到我被別人打傷，她一定會難過死的。」愛因斯坦想道。「上次因為她看到我被別人打，哭著去鬧了半天，這次千萬不能讓她再那麼難過了。」

洗完澡以後，愛因斯坦心裡仍然十分生氣。「他們都怎麼啦？發了狂似的不尊重我，要罵我，打我，我實在想不出自己究竟做了什麼對不起他們的事情？」

傍晚，走上了大街，愛因斯坦又看到了街道牆壁上，電線杆上各式各樣的小廣告。它們仿佛以一種奇怪的形式在召喚著他，鼓勵著他，讓他把自己心中的委屈和憤怒發洩出來。愛因斯坦來到了原先他們打他的那個弄堂內，發現弄堂的牆壁邊上其實早就已經有人留下了字，描述了Mr．Lee和另一個人發生了性關係，旁邊還畫著一男一女性器官的簡圖。愛因斯坦又好奇又驚訝，Mr Lee是誰，他不清楚。但是愛因斯坦感覺到他一定也是一個十分令人討厭的人，逼得別人只能在狹小弄堂的牆壁上，刻下罵人的話。

愛因斯坦從路邊撿起一個小石頭，一筆一筆刻下歪七八扭的字：「打我的人死全家」，轉身，便消失在夜色中。

流產的春遊

又是一年春天，關於春遊的討論在學校漸漸多了起來。去年，伊斯特小學四五六年級的孩子被學校大巴車帶到市屬公園春遊，讓一二三年級的孩子羨慕的不得了。那次春遊的時候，一、二、三年級的孩子只是在學校附近的田野裡面走了一大圈，雖然整個過程十分開心，但也比不上去市屬大公園玩耍的快樂。

二月份才過沒多久，就開始有孩子陸續問起今年該去哪裡春遊。格瑞德回答道：「一切要看學校的具體安排，我也不知道。」沒過多久，各種謠言傳遍了學校，有的人說：「今年春遊一二三年級去市屬公園，而四五六年級去郊區田野遊玩。」有的孩子說：「今年春遊去市區爬山……」有的孩子說：「今年春遊我們要跑到海邊去捉貝殼……」

沒過多久，格瑞德告訴孩子們班級裡要出一期尋找春天的黑板報，為春天和春遊的到來做準備。孩子們紛紛舉手要幫格瑞德出。格瑞德挑選了班級裡面成績好的班幹部，作為幫手，一齊出完了黑板報。

黑板報報頭下面正中間，畫了一幅孩子們跑到外面去尋找春天的圖畫。畫裡面有三個在奔跑著的男生和兩個奔跑著的女生，在公園裡面撲蝴蝶，捉迷藏，放風箏。畫的顏色十分鮮豔明麗，令人神往。

春遊的時候我們是否也能像他們一樣自由地奔跑、撲蝴蝶、放風箏呢？孩子們熱烈地討論起來。迪克說道：「我爸爸告訴我，如果我們今年去公園春遊，他會讓我帶很多很多零食。」賽克不屑地說道：「這有什麼，我家奶奶開小店的，零食一抓一大把，到時候帶的肯定比你們多。」納伊弗說道：「春遊去的時候，我一定讓媽媽買商店裡那頂白色的花禮帽給我。我要戴那頂花帽去春遊。」納依弗看到艾米常常在週末出遊的時候戴一頂白色的花禮帽，也眼饞了，想趁此機會讓大人給她買一頂。

「愛因斯坦，你想去春遊嗎？」霍姆沃克問道。「想去。」愛因斯坦回答道，「我想去看春天裡的那些花和動物。」

果然，很快，孩子們就收到了來自格瑞德的好消息：這週六去市屬山地公園玩。接到消息後，教室裡傳出一陣歡呼聲。

「山地公園，那邊的山是不是很高很高啊！」丘比接到消息後忍不住問愛因斯坦。愛因斯坦說：「山地公園我以前去過，從山上看下來，山下的車子和人都跟螞蟻一樣大。」

第二天，孩子們興致勃勃地炫耀起他們準備的東西。迪克自誇道他準備了一個非常大的旅行包，裡面可以放得下很多很多零食。賽克說他已經買了一雙價值一百馬克的登山鞋。準備在春遊的時候穿給同學看。納依弗則說爸爸明天就會帶她去商場買下那頂帶花的旅行帽。鵬比居然說他已經買好了一個雛鷹風箏，準備拿去公園裡放。

這時，格瑞德老師進來了，告訴了大家一個不願意聽到的消息。「昨天，我市南門小學去阿爾卑斯山春遊的過程中，有一個小孩子從山上摔了下來，當場死掉了。為了避免類似現象在我們學校發生，學校領導決定，取消今年春遊和秋遊計畫。」格瑞德一臉嚴肅地說道。

「啊？」情況改變得太突然，孩子們顯然沒有做好心理準備。「老師，春遊是不是不去了啊？」鵬比一臉不解地說道。

「不去了。這週星期六我們依舊休假。」格瑞德說道。

「為什麼不去了啊？」迪克非常焦急地問道。

「因為昨天也有一個像你們一樣大小的小朋友在春遊過程中，從山上摔了下來，死掉了。」格瑞德說道。

「啊？」孩子們臉上顯示出無比的驚訝。納伊弗問道：「那個小孩子好可憐，但是這跟我們去不去春遊有什麼關係？」

格瑞德說：「你們去春遊，老師身上都是肩負著責任的。一旦出什麼事情，像上次一個三

年級的大姐姐掉下滑梯一樣，學校老師和領導都是要承擔責任的啊！春遊太危險了，還是不要去的好。」

「這樣啊……」納伊弗似懂非懂，「那麼一開始為什麼沒有想到？」

「你有完沒完啊！」格瑞德憤怒了，「我又不是領導，你有什麼問題問學校領導去，不要來問我！」

這時，鵬比忽然「嗚嗚」地哭了起來。格瑞德問為什麼。鵬比哭道：「為了春遊，我讓我奶奶買了風箏。要是現在忽然取消，奶奶會罵我的……會說我……會說我亂花錢的？」

格瑞德聽了，想起了鵬比家裡家境很不好，風箏應該是春遊時，奶奶破例為鵬比買的。「放學後來一下我辦公室，老師會幫你想辦法的。」格瑞德溫和地說。鵬比仍舊哭著，點了點頭。

春遊取消了，許多孩子這天都垂頭喪氣地走在回家的路上。愛因斯坦問霍姆沃克：「春遊會不會以後永遠都取消了。」霍姆沃克說：「不知道，也許吧！」愛因斯坦說：「以後可能再也不用想著去春遊了。」

這時，愛因斯坦和霍姆沃克看到鵬比一蹦一跳地跑在回家的路上。忽然，一顆銅幣從鵬比褲袋裡掉了出來，滾到了水溝裡。鵬比連忙跑過去把它撿起來。霍姆沃克說道：「愛哭鬼，你剛才還在哭，現在怎麼那麼高興？」鵬比說道：「我不用挨奶奶罵了。老師把我的風箏買下來了。」「老師要那玩意兒幹什麼？」愛因斯坦問道。「不知道，也許……也許她也想玩吧！」鵬比回答道。

遠處伊斯特小學的操場上，數只風箏「展翅」飛上了天空。其中有三只是跟鵬比買的一樣的「雛鷹風箏」。究竟哪一只是鵬比的風箏呢？亦或是都不是鵬比的風箏。愛因斯坦倒走在長白路上，一邊望著，一邊思考著。

家庭氛圍的變化

自從愛因斯坦的父母放棄種地去工廠工作以來，他們越來越忙。

每當太陽初升時，愛因斯坦的父母急急忙忙地準備去工作。中午的時候，愛因斯坦的父母在廠裡工作，愛因斯坦只能在學校吃午飯。傍晚放學回家的時候，愛因斯坦的父母在廠裡工作。四點的時候，愛因斯坦獨自回到家，愛因斯坦的父母仍然在廠裡工作。

一天傍晚，愛因斯坦做完作業，準備去找霍姆沃克玩。剛到霍姆沃克家門口，就聽到霍姆沃克父親嚴厲的叫罵聲。

「你是不是又沒有好好完成作業！整天就知道玩。你看全班那麼多同學留晚學的就只有你一個。你丟不丟人！」

「簌簌，簌簌」從門內傳來霍姆沃克的啜泣聲，忽高忽低，起伏不斷。

沉默了一會兒，霍姆沃克的父親又說道：「從今天開始給我好好的，認真地做作業，不允許再有下次了。」

愛因斯坦從大鐵門後探出小腦袋向霍姆沃克望去，只見霍姆沃克坐在小板凳上，一筆一劃地書寫著得語作業。顯然，霍姆沃克的桌子太小太矮，霍姆沃克被迫曲著身子寫作業。霍姆沃克的父親站在一邊，似懂非懂地看著他寫作業。屋內堆滿雜物，鐵 零件，五金零件，乃至形形色色的塑膠和廢紙，都散發著濃重的機油味。

愛因斯坦同情地望了一會兒霍姆沃克，知道今天沒機會找他玩了，便默默地走開了。

一個人吃完晚飯，愛因斯坦躺在床上期待他的父母能夠早點回來。但他知道，他的爸爸媽媽一旦加班，是不可能在晚上九點之前回來的。

這天電視正好壞掉了，他只好翻出了以前爸爸給他做的木質小火車。這是一個春天，爸爸在田地裡幹農活時，抽空為他做的，作為愛因斯坦五歲的生日禮物。他父親用木質的「轉孔」車身連接起來，使火車可以左右轉彎。車身下的每

一個黑色輪子都是木質的，都可以轉動。車身上面塗著綠色的漆。當車子「開動起來」的時候，車頭上黑色的煙囪還會發出「嗚嗚」的叫聲。

愛因斯坦特別喜歡這件禮物，還親切地稱呼它「阿龍」。他把「阿龍」在床上開了一遍又一遍，又把「阿龍」放在地上開了一遍又一遍。他望了望牆上的時鐘，才六點。於是，他又反覆開起了「阿龍」。也不知道這樣開了多少遍，終於，時鐘逼近九點了。他乖乖地收拾起了「阿龍」，躺在床上，靜靜地等待父母的到來。

過了一會兒，樓下傳來開門的聲音，接著又是一陣響動，愛因斯坦知道爸爸媽媽回來了。愛因斯坦悄悄地起來，躲在樓梯的黑暗中望著爸爸媽媽。為了避免被父母罵「晚睡」，愛因斯坦只能這麼做。

不一會兒，媽媽熱火朝天地洗起了衣服和碗筷，爸爸拖著疲憊的身子走了上來。愛因斯坦溜進了自己的房間躺下了。沒過多久，隔壁的房間傳來了父親的鼾聲。

到底什麼時候爸爸、媽媽才會給我講故事呢？

父母加班加了將近半個月後，愛因斯坦終於可以和父母一起吃飯了，但是家裡的氣氛變得越來越緊張。

剛開始，增多的只是餐桌上的牢騷聲。

第一天回來，愛因斯坦的爸爸就徑直癱坐在位子上，拍了拍肩膀，說道：「真累啊！」隨後，他點了一支煙，自顧自地抽了起來。

愛因斯坦的媽媽見了，提醒道：「孩子他爸，該準備今天的晚餐了。我要先去洗衣服。」

愛因斯坦的爸爸皺著眉頭，從椅子上起身來到了廚房，開始洗菜，切菜，炒菜，做飯，一邊做，一邊煙還抽個不停。

廚房離門口洗菜的地方不到三米，愛因斯坦媽媽聞到了刺鼻的煙味，感到十分難受。鑒於愛因斯坦爸爸工作的時候出力很多，回家的時候也就由著他抽煙。

過了一會兒，飯菜都上齊了，一家三口在

飯桌前一邊吃飯一邊聊起了天。

愛因斯坦的爸爸開始抱怨起來：「真是太不公平了。弗雷特的爸爸一直偷懶的，老闆管都不管。我今天工作的時候僅僅跟漢森的爸爸聊了幾句閒話，就被老闆罵了一頓。真是氣人！」

愛因斯坦的媽媽說：「沒辦法呀！誰叫弗雷特的爸爸是老闆的親戚呢。像我們這種像牛一樣出力的老百姓，真可以說是人在屋簷下，不得不低頭。」

愛伊斯坦的爸爸說：「弗雷特爸爸的工資還比我們要高，真是氣人！」

過了半晌，愛因斯坦的爸爸歎了口氣，說道：「好懷念以前種著一畝三分地，無憂無慮的生活。」

愛因斯坦的媽媽說：「那哪行！種地累死累活也就那些收入。以後愛因斯坦還要讀中學，可能還要上大學，還要結婚生孩子，光種地的那些收入怎麼夠？」

……

餐桌上的談話，帶給愛因斯坦無比陌生的感覺。

愛因斯坦被父母罵

一天傍晚，愛因斯坦放學回到了家，一甩書包，便來到了院子裡玩耍。

好朋友霍姆沃克依舊在家裡補作業，愛因斯坦只好一個人撥弄著院子裡的植物，追逐院牆邊竄來竄去的野貓。

天色漸暗，只聽「喀嚓，喀嚓」的自行車聲越來越近。愛因斯坦就知道爸爸媽媽回來了。老愛因斯坦見到院子裡的愛因斯坦，說道：「小斯坦啊，媽媽回來了。」爸爸一聲不響，微笑著看了看愛因斯坦，走進了家門。

媽媽走進家門後，徑直來到了廚房，準備晚餐。而愛因斯坦的爸爸走進家門後，坐在位子上默默地抽煙。

媽媽的臉上滿是疲倦，依舊不停地洗菜，切菜，點火，做飯。愛因斯坦呆呆地望著媽媽，希望自己能夠幫助到媽媽。

突然，愛因斯坦的媽媽說道：「孩子，你看媽媽每天忙不忙，累不累？」愛因斯坦嘴唇微微抖了一下：「媽媽，你很辛苦……」

愛因斯坦的媽媽說道：「所以你要好好學習，將來好好報答媽媽。」

愛因斯坦點點頭，說道：「媽媽，有什麼可以幫你的嗎？」

媽媽抹了一把額頭上的汗珠，說道：「不用你幫，只要你管好自己的學習就好了。你要好好讀書，將來出人頭地，考一個好一點的中學，甚至要考一個好一點的大學，將來有一個好一點的工作……這就是最大的幫忙了。」

愛因斯坦點點頭，默默地上樓回到了自己的房間。他沒有去做作業，只是很想不通，為什麼媽媽會那麼的累，那麼的精疲力竭。即使田地裡繁重的體力活，也沒有把爸爸媽媽變成這個樣子？

「小斯坦——小斯坦——」媽媽在樓下連喊幾聲。樓上一點動靜都沒有。

愛因斯坦的媽媽以為愛因斯坦出去了，走上了樓梯，想上樓確定一下。

門開了，只見愛因斯坦坐在寫字臺桌旁，一動不動，連筆都沒有拿。

「小斯坦，吃飯了」

等到母親走到了他的身邊，愛因斯坦才反應過來。母親湊到了愛因斯坦坐在寫字臺邊，發現愛因斯坦作業本上一個字都沒有寫，十分生氣：「愛因斯坦，這就是你做了一個傍晚的作業嗎？」

愛因斯坦一個激靈，從位子上坐起。

愛因斯坦的媽媽說道：「那麼長時間，你竟然連一個字都沒有寫，到底在幹些什麼？」

愛因斯坦低著頭，戰戰兢兢，不敢說話。

「媽媽那麼長時間早就已經把衣服洗好，晚飯燒好了。你倒好，不知道幫爸爸媽媽，也不知道做作業，就知道玩。」

「可是媽媽，是你不讓我幹活的呀！」

愛因斯坦的媽媽瞪了他一眼，說道：「還頂嘴，我辛辛苦苦賺錢、洗衣、做飯你知道是為了誰？每天大早上地出去洗衣服，你說是為了誰？你說我苦不苦啊！你倒好，一點體諒大人的心情都沒有的……現在啥也別說了，下去吃飯吧！」

媽媽和愛因斯坦默默地下了樓，在位子上坐下。愛因斯坦的爸爸坐在位子旁，默默地喝著燒酒，好像什麼事都沒有發生一般。

「昨天我聽格瑞德老師說學習成績下滑了，有沒有這回事？」愛因斯坦的爸爸說道。愛因斯坦被這麼一問，感覺怪怪的，仍然沉默不語。

「你要知道，爸爸媽媽每天那麼辛苦地工作為了誰？為了你啊！如果你不好好學習，對得起我們嗎？」愛因斯坦突然爭辯道：「我努力學習了啊，我數學考試基本上每次都是一百分……」

「那你的得語呢？」爸爸打斷道。「得語很無聊的，數學比它有意思多了！」愛因斯坦不緊不慢地回答道。

「胡鬧！得語怎麼能夠不好好學？那是我們國家的語言。我們得國人不學好得語，是很丟人的。你以後看書、寫字，用到的都是得語，怎麼能不學好得語呢？」愛因斯坦的爸爸苦口婆心地勸說道。

過了一會兒，愛因斯坦的爸爸又說：「你看看弗雷特家的孩子，上學期兩門功課都是一百分……你要爭點氣，好好讀書，將來賺更多的錢，不要讓別人看了笑話。」

愛因斯坦低著頭，一言不發。他知道，父母跟他之間的距離，已經比天地之間的距離還要遠了。

家訪活動

二年級下半期，格瑞德忽然宣佈下週要對全班孩子家裡進行家訪。「哦……不！」剛剛宣佈，教室裡發出一片哀歎聲，猶如一群受傷大雁的哀號。納伊弗問格瑞德道：「老師，來家訪的時候能不能不要在我爸爸媽媽那裡說壞話啊！」納伊弗帶著期盼的眼神，殷切地望著格瑞德。格瑞德微笑著說：「只要你們好好表現，改正以前犯下的一些老毛病。我就不會在你們爸爸媽媽面前說壞話；如果死不悔改，那麼，我會把你們在學校做的不好的事一五一十地告訴爸爸媽媽。」

下課後，教室裡討論開了。弗雷特說：「老師來家訪最好了，我不怕老師來家訪。」艾米則說：「我不害怕老師把我在學校的表現告訴爸爸媽媽，就怕爸爸媽媽在老師面前亂說家裡的事情。」很多成績好的孩子紛紛表示有同感。這時，大家看到了帕斯達特和科比下課又在追逐打鬧，推來推去，好像一點也不擔心家訪的事情。鵬比嘲笑道：「家訪的時候他們兩個就慘了。」

家訪的日子如期來到。格瑞德在傍晚的時候抽空對班級裡的孩子家進行了挨家挨戶的訪問。她是騎自行車家訪的，不管騎再遠的路，不管颳風下雨，她必須在這幾週內完成家訪活動，並把瞭解到的情況記錄到了一本方方正正的《家訪聯繫冊》當中。這似乎並不是老師按照班級實際需要進行的家訪，而是學校領導舉行會議的時候，分攤到各位老師頭上的任務。《家訪聯繫冊》是要在完成家訪後馬上交到學校教導處，作為學校資料應付教育部門領導檢查的。因此，部分學校老師並不按照學校要求完成全額家訪，僅僅通過電話聯繫，把《家訪聯繫冊》補充完整。

但是，格瑞德並沒有完全把它當成一份任務來完成。她覺得既然去做了，就要認認真真去做完它。家訪的經歷讓格瑞德大吃一驚，不同表現的孩子，他們的家庭背景和父母的教育方式各不相同。她充分認識到，家庭環境對孩子的成長，至關重要。

比如說，班長弗雷特的父母，一直在家裡不斷地向他強調要聽老師的話，按照老師的去做肯定沒有錯，此外，從一年級開始，弗雷特的家長就給弗雷特報了很多培訓班，因此弗雷特的成績在班級裡名列前茅，一年級下半期的時候，弗雷特得語和數學兩門功課都是一百分。而艾米家裡的學習氛圍也很棒。她的父母都是出身於中產階級的家庭，家裡擺放著鋼琴，書櫃裡整整齊齊地排放了很多的書。艾米家裡也是收拾地乾乾淨淨的，給人一種非常舒適的感覺。

而科比的家裡，比較雜亂，堆放著很多不知道從哪裡買來或得來的玩具。科比在家的活動只有兩個，要麼待在家裡玩各種各樣的玩具，要麼在家周圍四處亂跑亂野，嬉鬧甚至打架。他經常惹是生非，不是把東家的孩子弄哭了，就是把西家的孩子打傷了。科比的父母為此頭疼得不得了，但是也沒有辦法。誰叫他們的工作太忙，沒有時間管顧自己的孩子呢？科比的媽媽不止一次地問格瑞德老師：「我們應不應該把科比關在家裡，省得他在外面四處亂跑，惹事生非」。格瑞德立刻否定了這種做法，建議他的父母少把一些精力放在工作上，多花一點時間關心孩子。

霍姆沃克家和瑪塔家是髒亂的典型。霍姆沃克家裡是做廠房的，家邊倉庫裡擺放著各種亂七八糟的機油和化工原料。天氣一熱，工業機油的氣味彌漫開來，滿屋都是刺鼻的味道。倉庫裡擺放不開時，霍姆沃克的爸爸會把機油和一些化工原料擺放到家裡來。格瑞德建議霍姆沃克爸爸不要把化工原料堆放在離孩子那麼近的地方，會影響孩子成長，被霍姆沃克父親立刻拒絕。他是這樣說的：「我和我老婆的收入不足以補貼家用，如果不把家邊的房間租給旁邊的機械製造廠作倉庫，就沒法活下去了。」格瑞德聽了直搖頭。瑪塔一家三口則擠在一個小房間裡面，房間裡只有一張床，一個灶台和一張桌子，連衛生間都沒有。她爸爸是做五金的，房間東西兩邊堆放著各種各樣的五金零件。傍晚，家裡的燈光很昏暗，而瑪塔傍晚的時候只能在乘著天還亮，在房

子外面的臺階前匆匆寫完作業……

帕斯達特家裡也非常糟糕。他的爸爸嗜酒如命，每天喝得醉醺醺的，喜歡跟不三不四的女人一起亂搞。而她的媽媽是一個賭鬼，每天喜歡打牌打到深夜，從來沒有管過自己的孩子。家訪的時候，家裡只有他爺爺奶奶在家。帕斯達特的奶奶一直向格瑞德訴苦，說帕斯達特的父母怎麼不孝不肖，把他的寶貝孫子給帶壞了……

格瑞德被不同孩子家裡的遭遇徹底震驚了。

這次她要家訪的是愛因斯坦。她懷著期待敲開了愛因斯坦家的門。愛因斯坦的媽媽開了門，一看，格瑞德正舉著雨傘站在雨中。

「格瑞德老師，您好！」愛因斯坦的媽媽微笑著舉了一個躬。「愛因斯坦太太，您好。我是來家訪的，想來瞭解一下愛因斯坦家裡的情況。」格瑞德雖然知道愛因斯坦家境不是很好，還是很有禮貌地用「太太」這個尊稱回答道。

「請進，格瑞德老師……」愛因斯坦媽媽再朝樓上喊道，「愛因斯坦，格瑞德老師來家訪了，快下來，給老師倒杯茶。」

格瑞德一聽，擺擺手道：「不必了，愛因斯坦太太，我只是來瞭解一下情況。」愛因斯坦跑了下來，泡了一杯茶，端到了格瑞德面前。

「請問一下，您的孩子愛因斯坦是獨生子嗎？」格瑞德問道。

「是的，我們家裡就這麼一個孩子。」

「那麼請問，您和您的丈夫是不是都在工作？」格瑞德一邊問，一邊在家訪聯繫冊家庭情況上寫下了「獨生子」。

「是的，我們都是在工作的。」

「那麼你們每天有沒有關注您孩子的作業完成情況。」

「有空我們在關注的。只是有時候工作太忙，孩子他爸和我都要加班到九點。那我們就沒法管孩子的作業了。」愛因斯坦媽媽無奈地說道。

「那麼愛因斯坦在家的時候都做一些什麼

事？」

「在家裡嘛！星期一到星期五，我們在家的時候，他會比較自覺地把作業做好，然後躺在床上看電視。偶爾，他會去找附近的霍姆沃克玩耍。在週末的時候呢？有時候我會帶他到鄰近的孩子家做作業。做完作業後，他有時候去外婆家玩，有時候呢在自己家裡玩耍……」

格瑞德一五一十地將愛因斯坦太太說的要點記錄了下來。「那麼，他每天在家裡看電視的時間長不長？」

「不長。也就看一會兒科技頻道的電視節目。我們家的孩子他不喜歡像其他孩子一樣看動畫片，他喜歡看科技類的節目。」

「哦？」格瑞德露出了驚訝的目光，「以後長大可以讓他鑽研科技類的問題，當一個科學家。」

「那麼愛因斯坦在學校的表現怎麼樣？」愛因斯坦的媽媽問道。

「愛因斯坦在學校的表現還是可以的，很乖的一個孩子。但是得語這門功課上面還要努力。」

「是的呀！他的爸爸不止一次對他說過了，要他認認真真學習得語。可是這個孩子好像就對數學感興趣，真是令人頭疼！」愛因斯坦太太無不懊惱道。

聊了一會兒，格瑞德要求看一下愛因斯坦的學習環境。愛因斯坦太太將格瑞德領上了樓，開了門。

愛因斯坦的房間整理得還算乾淨，中間擺放著一個大大的寫字臺。格瑞德仔細檢查了房間的光照程度，燈光明亮而又柔和。

「學習的環境還算不錯……」格瑞德評價道。

「這也算不錯？」愛因斯坦太太瞪大了眼睛，繼續說道，「您去家訪過艾米家和弗雷特家嗎？我們家真的沒法跟弗雷特和艾米比。他們家有很多很多的藏書。而且他們的爸爸媽媽有很多空來管理自己的孩子，不像我們，沒時間，也沒

有精力管教他。」

格瑞德和愛因斯坦媽媽又聊了一會兒，起身告辭。愛因斯坦媽媽和愛因斯坦一直送她到了門外。望著格瑞德遠去的身影，愛因斯坦媽媽對愛因斯坦說道：「愛因斯坦啊，你以後可要好好聽格瑞德老師的話呀！你看老師為了管教你們，多麼辛苦呀！現在冒著大雨還要來家訪。」愛因斯坦點點頭。

格瑞德撐著傘步行在雨中，家訪算是結束了，而她的心中像打翻了五味瓶。通過她原本以為是「學校資料任務」的家訪，她看到了一個完全不同的家長世界和孩子世界。她以前不斷用嚴厲地手法懲罰孩子，現在一想，孩子又有什麼錯呢？他們只不過被束縛於各種不同世界中的孩子罷了。

各種各樣的零食

零食，亦是小孩子童年生活中必不可少的東西，沒有零食的生活，是一種沒有味覺的生活。那時街邊的零食店，小攤，還是點心攤，早中晚的時候總是陸陸續續能看到小朋友們去光顧，有的甚至還惹得人來人往的成年人駐足。

愛因斯坦小時候，街邊擺滿零食攤，那時候的油炸的年糕，香腸，點心，散發著的香氣，足以刺激每一個嗅覺細胞，讓人口中生唾，想吃的心情停不下來。「媽媽，我要吃。」街邊常見坐在兒童推車上的小孩子用稚嫩的手指，往零食攤一點，大人們心一軟，便把車子往小攤邊一停，孩子便自覺地點起單來。噗噗的油炸聲，夾雜著小攤販的吆喝聲，零錢的叮咚聲，宛如一首優美的交響樂。油炸的年糕，香腸，加點佐料，再加點香甜的豆醬，撒上蔥花，一入口，就能夠感到滋味十足。

地攤上的零食，雖然沒有那麼好的香味和

口味了，但是同樣吸引小朋友。特別是一種糖飲製成的棒棒糖，被做成各種樣子，有的像是獨立的金雞，有的像是奔馳的駿馬，有的像是翱翔的雄鷹。小朋友買了，一開始壓根就捨不得吃，只是願意不斷地舔舔，舔舔，好像是希望它能活過來。香甜可口的糖葫蘆，美味又好看的冰淇淋，柔軟甜糯的棉花糖，也引得小朋友們排隊等候。

小店裡的零食，也有它吸引小朋友的地方。被各種各樣動物容器盛著的軟糖，吸引著小朋友們駐足觀望，不少人還買了下來。蜜餞，果凍，薯片，糖果，各種顏色，各種風味，也能讓孩子們紛紛掏出從父母親戚那邊討來的錢購買。

在愛因斯坦的班級，吃零食毫無疑問是班級裡面孩子們數一數二的愛好。班級裡面，除了一向高冷的艾米，幾乎沒有人不愛吃零食。一路上，總能看見，或是吉米、或是帕斯達特、或是迪克，或是珊迪，或是簡，或是漢森……或是手裡舉著雪糕、或是一邊走，一邊品嘗著話梅乾，或是嚼著乾脆麵，或是吃著沾滿色素的軟糖，大聲地交談，把舌頭裡的色素全都露了出來。

迪克是班級裡面出了名的「小饞嘴」，一年級開學第一天的時候，他甚至帶著零食來了學校。班主任格瑞德忙於開學的事情，竟然沒有注意到。過了幾天，迪克的膽子越來越大，居然拿出QQ軟糖直接在音樂課的時候吃了起來，音樂老師吉娜也沒有察覺。直到有一天，丹娜從迪克的抽屜裡翻出了零食，把它們交給了格瑞德看。格瑞德氣得火冒三丈，當著全班同學的面惡狠狠地批評了迪克，並把迪克的QQ軟糖扔進了垃圾桶，告訴孩子們這些有色素的食物都是影響生長發育的，接著又重申了學校裡面不能吃零食的禁令，要求班幹部每天在教室門口搜查孩子們的書包裡有沒有帶零食。

學校裡面由於老師管著，2班的孩子不能再帶零食了，街道上吃零食的習慣卻依舊風行著。漸漸地，孩子們開始瘋狂地購買0.5馬克一包的小熊乾脆麵了，倒不是因為小熊乾脆麵特別好吃，只是為了乾脆麵裡附帶的得國古代名人的卡

片。每包乾脆麵裡都有一張得國名人的卡片，總共有一百零八位。據說，只要湊齊這一百零八位得國名人的卡片，就可以得到由廠家提供的價值九九九馬克的遊戲禮包。

自從小熊乾脆麵裡推出了得國一百零八位元名人卡片後，班級裡的許多男生為它們癡迷得不得了，特別是吉米、帕斯達特和科比。集卡特別不容易，經常會一連從乾麵袋子裡面翻出好幾張相同的卡片，吉米曾經一連遇到十張詩人海聶的卡片。但是他們越挫越勇，毫不放棄。從此，他們的早飯變成了清一色的小熊乾脆麵。為了集卡，他們甚至把傍晚用來買其他零食的錢也用來買乾脆麵。帕斯達特和科比其實都不喜歡吃乾脆麵，拿到面裡的卡片後，就隨手把面連同包裝袋一起扔進了垃圾桶裡面。功夫不負有心人，幾個月時間，科比就集齊了得國一百零八位名人的卡片。當他拿著卡片向同學炫耀時，他面黃肌瘦的臉上，頓時增色不少。只是那神秘的九九九馬克的「遊戲禮包」，自從科比集齊名人卡片後，就變成了脆弱的，毫無根據的，毫不現實的謠言。沒有一個店家願意兌現九九九馬克的禮包。

愛因斯坦一點也不喜歡乾脆麵，他不喜歡那種味道，那種濃濃的香氣中帶著點點臭味的味道。他也從來沒有想要集齊那一百零八位名人卡片，他覺得要集齊這些卡片，太難，太累了，而且他早就知道，那傳說中的價值999馬克的遊戲禮包，是道聽塗說，不可信。

集名人卡片對愛因斯坦毫無吸引力，但是大大泡泡糖裡面的貼紙對愛因斯坦的吸引力卻是大大的。因為只要集齊三十張不同的賽車貼紙，並把它貼在一馬克一本的冊子上，就可以得到特等獎PSP遊戲機一台。更重要的是，這是真的，因為鼓勵獎的本子和三等獎的玩具就掛在店家的門口。愛因斯坦是一個運氣不錯的人，短短一個月的時間，除了三號賽車的貼紙外，其它賽車的貼紙他都集齊了。究竟什麼時候才能出現三號賽車的貼紙呢?愛因斯坦每天發呆，癡癡地想著，腦子裡被三號賽車貼紙和PSP遊戲機的影子所占滿了，連原本學習的功課都不再去管它。一放學，他就用自己僅有的零花錢，瘋狂地購買著泡泡糖，滿懷期待地翻開那裹著泡泡糖的貼紙，又失落地將貼紙扔在一邊。

三號賽車的貼紙，卻遲遲沒有出現。愛因斯坦一狠心，又買了好多泡泡糖，三號賽車的貼紙依然沒有出現。直至有一天，愛因斯坦發現自己這幾個月一直在吃泡泡糖以後，他徹底絕望了，三號賽車的貼紙，仿佛一把大鎖，把愛因斯坦死死地鎖在無邊無際的泡泡糖裡面。「我再也不吃泡泡糖了！」愛因斯坦發了誓，用二十九張貼紙去換了獎品。二十九張張貼紙能換什麼獎品呢？愛因斯坦仔細閱讀了兑獎規則：「集齊一到十號貼紙，得二等獎鉛筆盒一個，集齊一到二十號貼紙，得一等獎飛鏢盤一個，集齊一到三十號貼紙，得特等獎，PSP遊戲機一個。隨便集齊廿張貼紙，得三等獎，任選小玩具一個。愛因斯坦去兑換的時候，店裡三等獎只剩下了一個玩具小燈泡。」愛因斯坦辛辛苦苦幾個月的努力，原來只能得到一個比米粒大一點的小燈泡。為了讓小燈泡亮起來，愛因斯坦還特地買了兩節小電池，花去了一馬克。

從此，愛因斯坦再也不相信什麼「集卡集獎」的零食了。愛因斯坦寧可花他的錢，去買話梅乾、炸年糕、炸薯片、QQ糖、色素糖、跳跳糖等零食。每天必買的零食，將伴著愛因斯坦，走完小學生涯上下學的路。

期末考

期末考終於又要來臨了。辦公室的老師們認真地劃分著書本裡面的知識點，開始規劃複習的課程，甚至打算逐條講解書本上的知識點。格瑞德也一樣處於忙碌地複習當中。格瑞德打算每天在課堂上複習一個單元的知識點，併發一張單元練習，每兩天再做一張試卷。八天後，等一本書已經複習過一遍以後，開始每天進行知識點的複習，練習發了一張又一張。在學校期間，格瑞

德除了每天準備上課和批改工作，沒有多少時間是自己休息的。

孩子們在期末的時候卻感覺不到一點緊張的氣氛。得語作業和數學作業加起來，雖然每天有四張A3紙大小的試卷分量，但是要他們全身心地投入到複習當中來是萬萬不可能的。就拿中午從吃完飯到上課前的一個小時自習時間為例。譬如帕斯達特，只要老師不在教室，他是絕對不會自覺學習的，不是東邊吵吵，就是西邊嚷嚷，一不小心就是弄哭一個兩個男生女生。科比很愛使壞，喜歡一邊假裝學習，一邊捉弄坐在他附近的男生，女生。迪克握筆寫字不超過三分鐘，就開始沉浸在自己幻想的世界裡，有時手舞足蹈地模仿電視裡機器人發射出鐳射的樣子；有時好像拿著一把劍，在戰場上砍殺敵人；有時又好像在做什麼奇怪的動作。瑪塔、霍姆沃克和愛因斯坦喜歡發呆，經常一想就是十幾分鐘，有時連老師到了教室都還沒察覺。維塔對待學習十分消極，但對打掃衛生非常積極，即使沒輪到她值週，她也十分仔細認真地把自己和同學桌子邊的垃圾撿起來，扔進垃圾桶裡……格瑞德看到了班級裡的這群活寶，也很無奈，經常向其他老師抱怨他們班的孩子總是把時間浪費在一些沒有用的事情上。

格瑞德恨不得那些學習不好的孩子在下課時都能夠把時間用在學習上。但是在僅有的可以玩耍的十分鐘下課時間裡，他們更加珍惜，該聊天的聊天，該玩耍的玩耍，除了弗雷特能夠做到在上課前準備好自己的學習用品，再稍微看一會兒書，其他孩子根本就做不到。至於班級裡的那些愛玩的孩子，老師一喊下課，座位上早就沒有他們的影子了，只剩下維塔一人木然地坐在位置上面看著正前方。

不過還好，除了維塔、瑪塔和霍姆沃克這三個笨蛋和帕斯達特這個壞蛋以外，在二年級，幾乎所有孩子都能夠在規定時間完成老師佈置的作業，雖然偶爾會出現幾個因為貪玩沒有完成的，大體上總是不錯的。

期末考前一天，格瑞德把課本上的知識點

梳理了一遍又一遍，除了維塔以外，幾乎所有人都能夠回答她提出的問題了，她自以為複習得差不多了。但是她仍然不放心。快要下課的時候，她把期末考前做的，已經批改訂正過的十三疊試卷和七疊知識點複習內容發了下去，告誡孩子們一定要好好地回家看幾遍。另外，她又把班級裡考試經常考不好的孩子叫到辦公室裡來，帶給他們特別的叮囑：「我知道你們考高分有難度，我也不做過高要求了，一定要考到考到八十分以上，考到了，我會給你們每個人發一根棒棒糖。但是我醜話說在前頭，如果你們中有誰考不到八十分，下學期開學的時候有你們好受的！明白嗎？」格瑞德神情嚴肅，說話的語氣如同天上的神明一般威嚴，讓孩子不寒而慄。帕斯達特、霍姆沃克、維塔和瑪塔四人重重地點點頭。

考試結束三天後，格瑞德就收到了期末考試的成績和批改好的試卷。格瑞德迫不及待地查看了起來。大多數孩子的成績都考到了九十分以上，霍姆沃克考到了八十一分，但帕斯達特、瑪塔和維塔三位同學分別只考了六十七分，五十九分和卅五分，拉低了班級的平均成績，這令她十分惱火。她又看了一班和三班的成績，發現一班和三班考到九十分以上的孩子沒有二班來得多，但是帕斯達特、瑪塔和維塔這三個孩子的分數實在是太低了，拉低了全班的平均成績。她們班得語的平均成績要比一班低二點五四分，比三班要低一點九四分。「這幫畜生！越來越不省心了。」格瑞德失望地罵道。她心裡明白，這成績代表著她要跟「得第一」班級的老師要少期末考核獎中少三百馬克的獎勵。她的心裡也並不在意這三百馬克的獎金，只是她真真切切地感受到，她數個月的「勞動」，使她身體和心靈勞累不堪的數個月的「勞動」，竟是如此地無力，一點也沒有產生什麼效果。

格瑞德又翻看起了孩子們的考試試卷。期末考試卷有四道大題。第一個大題是基礎題，分為詞語拼寫，成語拼寫，詞語搭配，造句，考的都是課文裡面教過的內容。格瑞德為此特意把書

本裡面的知識點都讓孩子們圈出來，讓孩子們背出來，並為此進行了一遍又一遍的聽寫和抄寫。但是她的強化訓練沒有得到預期的效果，許多孩子錯誤的拼寫和搭配仍然沒有改正過來。

第二大題是按照課文內容填空。這題目是讓孩子在能夠讀懂得語書上八單元三十二篇課文和背誦書上部分課文的基礎上，按照課文的內容，把相應的詞語和短句填進去。這樣的題目比較死板，靈活性不高，只要填錯一個單詞，哪怕你句子說得通順，也別想得到全分。格瑞德在期末複習階段，為此按單元順序準備了八次熱火朝天的聽寫訓練和八張批改的隨堂練習。考試的結果還算不錯，除了成績差的幾位同學有一些空著的，成績好的同學基本上全填出來了。

第三大題是閱讀題，講的是一篇花的故事。閱讀文章不過短短兩個自然段，除了第五題，前面四題文章當中基本上可以立刻能找出答案。第五題是一道連線題，讓格瑞德瞪大了眼睛：

(5) 請給月份、季節和花找朋友。

一月　　春天　　荷花
四月　　夏天　　梅花
七月　　秋天　　菊花
十一月　冬天　　桃花

「這是什麼題目啊！書本上根本沒有的！」她抱怨道。她仔細地看了孩子們的回答，除了愛因斯坦連的是正確的，其他孩子基本上都連錯了。有的孩子一月連了春天、四月連了夏天，七月連了秋天，十一月連了冬天；有的孩子季節跟花對不上號，夏天開了桃花，冬天開了荷花……「他們連花都沒有留心觀察過嗎？」格瑞德很生氣，「這是生活常識，他們連生活常識都回答不出來，這真的是家長的失職。」

凱內老師剛剛泡了一杯茶，他聽到了，側著身子好奇地看了一下格瑞德手中的試卷，說道：「這題是很難的，他們回答不出來不要怪他們，好多學校的孩子這題都答不上來。」凱內頓了一會兒說道：「你們班孩子最後一大題寫話寫得怎麼樣？」

寫話是得國小學二年級期末考試最後一大題，一般來說是給出一張圖片或一個話題，孩子根據圖片和話題寫幾句話。

「我看看啊。」格瑞德翻看了幾下試卷，說道：「寫話還可以，雖然好幾個孩子有錯別字，但是改得不是很嚴，廿分裡，大多數老師能給十七八分的樣子。凱內老師說道：「那就好。一般來說基礎分得到，寫話題再不出什麼差錯，市裡平均成績排名的一半以上是沒有什麼問題的。」

格瑞德點點頭，繼續翻看試卷。「哎呀，這個傻子！」忽然，格瑞德眼睛睜得很大，忍不住罵出聲來，「維塔，你看看維塔的寫話。」凱內也驚奇了：維塔的寫話題四線譜的格子裡面，一個字都沒有寫。

凱內非常惋惜地說：「哎呀，你們班維塔怎麼一個字都沒寫啊，這樣要扣掉整整廿分啊！」格瑞德看了，也連連搖頭：「怪不得只考了卅五分，這下我們班的平均成績要被她拉低了。」格瑞德仔細翻看維塔的試卷，整張試卷，字好像都是亂塗亂畫塗上去，連最簡單的一些題目，她都寫不對，她無奈地說：「也許，也許她真的不知道該怎麼做吧！」

凱內老師笑了笑，說道：「以後你可以這樣做。讓班級裡這些傻到連句子和作文都不知道怎麼寫的孩子，直接抄題目。把題目抄進去就有分數。如果是空白，那就什麼分數就都沒有了。」

格瑞德聽了，心裡湧起一陣厭惡，卻笑道：「這不是要他們濫竽充數嗎？」月利老師在一旁笑道：「你不用管這是不是濫竽充數，只要能夠得到分數就行，不然你指望他們能夠寫出什麼來？」

格瑞德點點頭，又陷入到沉默之中。

三年級

繁雜的作業

三年級開學的第一天，格瑞德穿著白色T恤，戴著一副紅色邊框眼鏡，一本正經地走進了教室。她顯得十分高興，微笑著説道：「孩子們，新的一學年開始了，你們現在已經是三年級的學生了。」

格瑞德似乎非常高興，語氣也非常溫柔，繼續説道：「我們已經不是一二年級的小屁孩了。新的學期，我們學校為你們開設了許多有益的課程，你們能從中學到不少知識，大家説好不好呀！」

其他同學都默不作聲，只有副班長弗雷特高興地點頭道：「好呀，我最喜歡學知識了！」

突然，格瑞德臉色一沉，幾乎所有同學都驚恐地注意到了她的變化。愛因斯坦望著格瑞德，小聲説了一聲「但是」，知道重要的內容快要出現了。

「但是，三年級的知識會越來越多，越來越難，所以我們要更加努力學習，多做練習，才能跟得上學習的進度。」格瑞德説話的語氣堅決，似乎早已替他們做下決定。

「另外，」格瑞德又換了另一種語氣，這是一種不情願的語氣，「老師其實不想多佈置作業了。但是，要想跟上學習的進度，就不得不多做練習，多做作業，所以三年級你們做的作業會比二年級的時候做的作業多一些。」

一些又是指多少呢？班級裡被稱為「直腸子」的納依弗想到平時的作業就已經很多了，再要加一些，她「唉」的一聲大歎了一口氣，結果遭到了格瑞德的一陣臭罵。

三年級的學習生活終於開始了。剛開始，老師們佈置的作業量還不多，等到了一單元結束以後，作業量漸漸多了起來。就拿得語來説吧，一學期的得語總共有三十二篇課文，每篇課文在上課前都是要「保質保量」的進行預習的，預習包括抄新單詞六遍，都要求端端正正地抄在《新詞本》裡；抄寫單詞在得語詞典裡的解釋；預習時格瑞德還要求學生把課文在預習前讀三遍。每篇短文上完後，還要按要求去完成兩份練習作業，每份大概有一頁到兩頁A4紙的大小，有的課文的作業加起來如同一份A3紙上試卷的題目。另外，得語本內的三十二篇文章每4篇為一個單元。每上完四篇短文，都要求每位學生寫一篇三百個單詞左右的短文。每週，格瑞德還要求學生在週末寫一篇三百個單詞左右的週記。

數學有《口算訓練》，每上一堂課，都要求完成一頁到兩頁數學口算作業。另外還有兩本作業，一本名叫《數學作業本》，一本名叫《數學方法指導叢書》，題目的量如同四分之三張A3測試卷。這些連同口算一起都是要求「保質保量」完成的。

雖然新增的英語沒有得語的要求那麼高，只要聽得懂英語的單詞和句子，會寫簡單英語單詞就可以了。但是英語的抄寫和背誦作業多如牛毛，學生大多數時間都被花在毫無意義的抄寫和背誦之中。

不管是得語，數學還是英語，每上一個階段的內容，老師們都會組織一次單元測試，以檢查學生在這個學習階段的學習情況。

另外，三年級還增設了科學課。馬克轉走後，新校長傑克還兼任三年級科學老師。每堂科學課上完後，傑克也會佈置少量的科學作業。孩子們從高年級學生的口中得知，科學期末不組織期末考試，老師僅僅根據孩子們在平時的表現，打一個優、良、合格的等級。孩子們心裡面都明白，只要不參加期末考試的科目，都沒有得語、數學和英語那麼重要。但是，由於科學是校長上的，沒有人敢不認真對待科學作業。

三年級的作業不斷增多，不論是發作業，收作業，還是訂正作業，都亂得如同一鍋粥。教室裡經常可以看見得語，英語、科學和數學作業雜亂地堆積在講臺桌上，甚至還出現過英語作業

混在得語作業裡面，得語作業混在數學作業裡面的現象。一旦遇到有學生沒有及時訂正作業，或者沒有及時完成作業，課代表、大組長和老師簡直變成了搜查隊，像偵探和員警一樣查問學生的作業。

得語、數學和英語老師在中午一個小時的「做作業時間」裡輪番出動，批改，訂正學生的作業。學生們早已習慣「見風使舵」，講臺上站著的是哪一科目的老師，往往或做，或訂正哪一科目的作業。有時候臺上輪番地「變換」管理的老師，學生便「走馬觀花」地換自己課桌上的作業。

愛因斯坦並不喜歡這些作業。特別是抄寫作業。他認為這些抄寫作業並不能給他帶來更多的知識，反而僅僅會讓他的手抄得很酸。但是這些作業幾乎都是慣例，得語和英語幾乎每一單元上完以後，都會有一次抄寫作業。格瑞德和雅安娜要求孩子們把新學的單詞抄在四線練習本裡面，每個單詞抄八遍，字要寫得端端正正的，不能有錯，也不能少抄或者漏抄。等到把所有單詞都抄寫完以後，再由課代表收上來，交給老師去批改。老師在批改過程中，把錯誤的單詞圈出來，並在作業末尾寫上日期和優良合格的等級。一般來說，只有全對，並且字寫得非常端正的孩子，才有資格得到等級優，一旦有錯誤，或者字寫得很潦草，就是合格。

愛因斯坦雖然厭惡抄寫作業，但又不能不按老師的要求抄，否則迎接愛因斯坦的將是一頓臭罵或一頓打。至於去向老師提意見，也是沒有什麼效果的。納伊弗曾經向格瑞德提出讓她少佈置幾遍抄寫作業，格瑞德當時就暴跳如雷：「這是為我抄寫還是為自己抄寫啊！你們不僅要抄，老師還要批呢！你們累，老師不累啊！……不好好抄，遇到考試了，單詞寫不出來怎麼辦，難道讓老師幫你去寫嗎？」一想起那次格瑞德老師兇惡的眼神，愛因斯坦不禁毛骨悚然。但愛因斯坦並不甘心就這麼屈服，於是有一次，愛因斯坦和丘比、霍姆沃克商量好了，一旦遇到抄寫，就漏抄幾個詞語進去，反正老師也沒那麼容易發現。

果然，前幾次還算順利，只是後來，霍姆沃克把抄八遍的單詞少抄了一遍，格瑞德一眼就發現了。她把霍姆沃克叫到辦公室裡，重新讓他再抄了八遍單詞。

愛因斯坦也不喜歡聽寫。聽寫，顧名思義就是聽著老師報單詞，學生們在下面寫出從老師那聽到的單詞。對於得語這種構詞方法比較嚴謹的單詞，也算不了什麼。只要弄清楚單詞的構詞規則，就可以聽音毫不遲疑地寫出正確的單詞。但是，格瑞德和雅安娜老師的聽寫有著更高的要求，她們要求孩子們根據老師報的課文題目寫出課文裡面需要默寫或者聽寫的句子。每個句子一定要保質保量地寫出來，不能漏掉一個單詞或者寫錯一個標點符號。聽寫之前，孩子們需要把課文裡面要背的內容先背出來，再根據默記於心的內容，一字不差地把句子寫出來。

愛因斯坦覺得自己寶貴的時間不應該花在背記課文內容這種無聊的事情上，但是也只能照做。如果聽寫不出來，後果是十分嚴重的，格瑞德和雅安娜會讓你把錯掉的詞語或句子抄寫五到十遍。有一次，愛因斯坦聽寫的時候，把《畫楊桃》裡的「你看見一樣東西，是什麼樣的，就畫成什麼樣的，不要想當然，畫走了樣」和「當我們看見別人把楊桃畫成五角星的時候，不要忙著發笑，要看看別人是從什麼角度看的。我們應該相信自己的眼睛，看到什麼樣的就畫成什麼樣」這兩句話聽寫錯了，兩句話被整整罰抄了十遍。

當孩子被罰抄的時候，格瑞德信誓旦旦地說：「我這麼做是為你們好。這句話考試的時候有可能會考到的，要是你們遇到了考不出來，失掉分數，是很可惜的。」愛因斯坦想起就很懊惱，他雖然知道句子中的道理，也能用自己的話來描述這個道理，但是句子實在太長了，他沒能夠把這句話完整的背出了。他把前面一句的「是什麼樣的，就畫成什麼樣的」寫成了「按照看到的樣子畫」，把後面一句的「不要忙著發笑」漏掉了，雖然意思差不了多少，還是被格瑞德畫了

兩個鮮紅的大叉叉。

但是，相比其他孩子，愛因斯坦還是幸運的，至少愛因斯坦能把單詞都聽寫對。像霍姆沃克、瑪塔和維塔等學習能力低下的孩子，連單詞都聽寫不對，每個單詞都要被格瑞德罰抄二十遍。有時候一次聽寫下來，聽寫的三十個單詞要錯二十個左右，抄寫下來就要寫四百多個密密麻麻的單詞。愛因斯坦的好友霍姆沃克有一次被抄得很慘，那次他錯了二十七個單詞。為了把錯掉的單詞抄寫好，他做作業做到深夜十二點。第二天交上去，格瑞德氣得差點吐血——有些單詞仍舊是錯誤的，而且那個錯誤的單詞拼寫被他抄了二十遍。

愛因斯坦最討厭的作業是背誦課文。背誦歌德和雪萊等著名詩人的詩歌，他還是可以接受的，一首七句話的詩歌，他五分鐘就可以背完。但是如果去背誦《畫楊桃》這樣的課文，愛因斯坦硬著頭皮花好幾個小時，都背不出來。他覺得寫這些課文的作者像是發了神經一樣，簡單的道理明明可以用簡單的話來表達出來，課文裡面卻要寫得那麼複雜。

愛因斯坦十分懷念一年級時候。一年級時候，得語書上面只需要背幾首兒童詩歌。愛因斯坦背的時候覺得朗朗上口，花了幾分鐘就把課文背出來了。二年級的時候，格瑞德已經要求背誦某些語段了。愛因斯坦覺得背起來也不吃力，花個半個到一個小時總能夠背出來。可是到了三年級的時候，背的課文越來越多，詞語和句子也越來越拗口，而且有些課文需要整篇背下來的。比如說《富饒的波羅的海》、《美麗的阿爾卑斯山》、《花兒的秘密》、《歎息橋》等課文，每篇課文都有兩三百個單詞，格瑞德要求二班的所有孩子們在課文上完後的一天之內，把整篇課文全部背出來。全班除了弗雷特、科比、珊迪和丹娜外，往往沒有一個孩子能夠背出來。即使格瑞德催著、逼著、留晚學、打電話催問家長。過了一週，仍然有將近十個孩子沒有背出來。

孩子和老師都深受折磨。納伊弗甚至在課

堂上直言不諱地叫嚷道：「老師，我最討厭背課文了。」納伊弗的話引起了其他孩子的一陣共鳴，吉米、迪克，丘比等孩子紛紛附和，表示他們不喜歡背課文。格瑞德遇到這種情況，有時語重心長地勸導道：「不背課文怎麼行。課文背不出來，考試裡面的按課文內容填空就做不出了，就考不了好成績……」有時則告訴他們高年級會有「更魔鬼」的生活，要他們適應三年級：「等你們上了四年級，五年級，六年級，你就會懷念三年級的課文。五年級的時候還要背古代得國人和希臘人的名言名段呢……」有時格瑞德正巧心情不好，聽了這些，則會破口大罵：「不想背不想學習是吧！乾脆不要來學校讀書得了……你們背課文累，老師還要聽你們背課文，還要每天統計背課文的人數呢！你們累，老師更累……」總之，不管孩子們怎麼說，格瑞德都不可能取消背課文。

哪裡有壓制，哪裡就有反抗。有一些不願意背課文的孩子起來以各種形式逃避背課文了。

帕斯達特是逃避背誦課文的急先鋒。中午的時候，他總是藉口得語、數學和英語作業還沒有做好，不肯背課文。一到下課，就跑得無影無蹤，直到上課才肯踩著鈴聲進教室。至於傍晚放學時刻，他會趁老師不注意，背著老師偷偷溜回家。格瑞德知道了，總是一個勁地破口大罵，並揚言要讓帕斯達特把要背的課文抄一百遍。雅安娜則用自己的經歷來勸說她：「孩子逃晚學是常有的事情，很正常的。我帶高年級的時候留了六個孩子，下課鈴一響，全部都逃掉了。當時真是氣死了。後來，我不生氣了。逃晚學最後害的是他們自己又不是我，我自己只要盡力，無愧於心就好了。」格瑞德聽下了雅安娜的勸，也明白，像帕斯達特這種連作業都無法及時完成和批改出來的孩子，再強加給他抄課文的作業，受累的仍然是自己。

科比則通過玩具和橡皮「賄賂」聽背課文的小組長吉米。他有一次偷偷對吉米說：「你給我聽的寬一點，我把小人橡皮給你。」起初吉米不

答應，後來，科比又把條形吸鐵石送給了他。吉米實在是太喜歡玩吸鐵石了，就答應了科比。在背課文《歎息橋》時，吉米給了科比特殊的「優惠」，即使很不熟練，錯了好幾個，他也「睜一隻眼，閉一隻眼」地讓他背了出來。愛因斯坦背課文的時候，則讓霍姆沃克去跟組長漢森講話，分散小組長漢森的注意力，愛因斯坦則趁機背得快一點，漢森往往沒有發現愛因斯坦的錯誤。

即便如此，老師們依舊佈置著愛因斯坦不喜歡的作業，這些作業將伴隨著愛因斯坦走完以後的學習道路。

英語老師雅安娜

三年級上半期的課程跟二年級有了很大的變動。主要增設了三門課程，一門是英語課，一門是科學課，一門是勞動與技術課。上一屆六年級的英語老師雅安娜擔任了三年二班的英語老師。她有中等身材，披著一頭金色的卷髮，看到孩子有趣的行為時常樂呵呵的。雖然她年紀已經近五十歲，看上去卻十分精神。

她對待孩子跟其他老師有很大的不同。其他老師看到學習接受能力很慢的孩子，心一急，不是罵，就是打，有時候實在氣不過，還時不時把家長叫來，讓家長管教。她對待接受能力很慢的孩子，卻出奇地耐心。班裡出現孩子英語單詞不會讀，一次讀不會，教第二次，兩次教不會，教第三次……五次六次教不會，她才發火大罵。如果遇到班級裡面有孩子聽寫寫錯或寫不出來，她只要求孩子在課後改正過來，並抄個五到六遍。要是得語聽寫錯了，孩子們可就沒那麼幸運了，因為在格瑞德的盛怒之下，許多孩子不得不抄十遍或二十遍得語單詞。

她還喜歡樂呵呵地跟孩子們打招呼。在路口，或者街上，或者學校裡，雅安娜一遇到認識的孩子，就會不由自主地投去快樂的目光。孩子們見到了，大多數都會開心地向雅安娜打招呼「Good morning，Mrs Alanna」，或「Good afternoon，Mrs Alanna」。她見到聰明有禮貌的孩子，也十分開心，毫不猶豫地微笑著回「Good morning」或「Good afternoon」，有時還會俏皮地招招手。一般孩子在路上看到像格瑞德或比特這樣的老師，除了少數像弗雷特這樣的好學生以外，躲閃還來不及。要是不得不撞上，小孩子一定要在腦子裡猶豫好半天，才會決定該不該向老師打招呼。

孩子們喜歡雅安娜還有一個原因。她喜歡把自己的東西獎勵給孩子們。就拿三年級下半期的時候的一件事來說吧！那次正好遇上學校裡有高年級的老師結婚。結婚的老師向每一個辦公室分發了喜糖。雅安娜收到喜糖後，一顆都沒有動，全部把喜糖當作獎品發給了學習成績好的和進步明顯的孩子。孩子們的學習熱情被帶動了起來。中午的時候，在雅安娜老師辦公室讀英語的孩子遠遠多於在比特和格瑞德處訂正作業的孩子。

在孩子眼裡，她教書熱情，和藹可親，常常鼓勵，很少打罵，而且很有耐心，孩子們都親切地叫她Mrs Alanna。但是她有一個讓其他孩子和老師不喜歡的缺點——拖課。

拖課，通俗一點的說就是「佔用下課時間」。這其實是得國中小學最常見的現象之一，在下課鈴響之後，上課的老師看看知識點還沒有講完，就會拋出一句「再浪費大家幾分鐘時間」，然後繼續講下去。學生們要是露出什麼不滿的表情，或者喝倒彩，往往會遭致老師的一頓臭罵。

本來在得國社會，這也沒什麼，格瑞德和比特都佔用過孩子的下課時間，只要留給小孩子留一分鐘或半分鐘的上廁所時間，孩子們都能夠挺過來。可是情況擺在雅安娜這裡就完全不一樣了。不知是她講課的熱情太高了，還是她講課講得太細緻了，下課鈴響了，她往往停不下來；下節課上課鈴響了，她仍然停不下來。直到下節課的任課老師尷尬地站在她面前時，她拋下一句「馬上就好」，繼續又加快進度講了起來。等到

孩子們聽完英語課，再上好廁所時，一節課已經過去十分鐘了。

納伊弗曾經中途打斷雅安娜講課，並告訴雅安娜已經下課了，遭到了雅安哪的呵斥。「已經了啊！」納伊弗聽了，只好低下頭默默看書，不一會兒眼淚就流下來了。雅安娜看到了，依舊我行我素地講著，她是絕對不會允許她的英語課被打斷的。有的孩子想要上廁所，好不容易挨到下課鈴響，一看雅安娜老師講課沒有停的意思，也不敢多說一句話，一直要等到雅安娜上完為止。

雅安娜拖課還會影響到下一堂課的教學，這對科學、音樂、美術這類副科老師沒有什麼影響，大不了，課講得快點，歌少唱幾遍，讓他們回家畫畫就好了。但是會嚴重地影響到主課的教學安排。時日一久，格瑞德和比特都對雅安娜產生了反感。比特曾經私底下跟格瑞德說要做一件事滅滅她的威風。

他終於瞅到了一個機會。

一天放晚學，比特來到三年二班的教室的收作業，看到霍姆沃克、帕斯達特、瑪塔和維塔還沒有完成數學作業。「居然到現在還沒有完成作業！」比特非常生氣，「啪」的一聲，將四位元孩子的作業本全部摔在地上。教室裡氣氛很凝重，四位孩子站在旁邊，嚇得連氣都不敢出。

比特越想越氣，不由分說將四個孩子拉扯著揍了一頓。比特看到黑板上面得語和英語作業也已經佈置好了，說道：「好了，除了這四個『寶貝』給我留下來，其他人都回家。」孩子們紛紛整起了書包，教室的氣氛又活躍了起來。

不一會兒，排隊的孩子離開了教室，值日生整好了書包掃起了地，而愛因斯坦、迪克和科比三個孩子卻仍然坐在座位上寫字。「你們還留在座位上幹什麼？都影響我們掃地了。」值日生鵬比拿著掃把對著愛因斯坦和迪克說道。「他們英語學校作業還沒有做好，英語老師叫他們待在座位上補好作業再回去。」英語課代表丹娜說道。

比特看到了，很生氣。他想起在一二年級的時候，每天放學時孩子們總是能夠把數學學校作業寫完上交，即使是班級裡面學習成績最差的孩子也不例外。自從三年級有了雅安娜老師的英語課後，數學作業每次都要有那麼幾個孩子無法及時完成。原因是中午自習時間，雅安娜老師經常要叫班級裡面成績差的孩子讀課文。一讀就是一個中午，這些孩子哪裡還有時間去做數學和得語作業呢？他曾經幾次善意地提醒過雅安娜老師，雅安娜表面上同意，實際上依舊我行我素，他實在忍不住了。

「補英語作業的全部給我到外面去補，不要妨礙掃地的同學掃地！」比特咆哮道。愛因斯坦、迪克和科比聽了，趕緊拿起英語書和作業本，低下頭跑到了外面，靠著陽臺寫英語作業。

過了一會兒，雅安娜進來了，臉色不是很開心。她質問道：「比特老師，是你叫他們靠著陽臺寫作業的嗎？」比特說道：「他們留在教室裡面寫作業，影響值日的同學掃地。」「那你也不能讓孩子們趴在陽臺上寫作業啊！被家長看到了，還以為我在罰學生；被領導看到了，還以為我沒有完成教學任務……」比特說道：「我又沒有叫他們趴在陽臺上做，你把他們留在教室裡要影響其他同學打掃衛生的。以後不要留孩子在教室裡面做作業。」

雅安娜看到比特自己留著學生在教室裡面補數學作業，卻不讓她留學生補英語作業，非常生氣。她覺得這是三年二班的教室，如果是班主任格瑞德這樣說還可以接受。這位同樣只是任課老師比特卻對她這樣說，完全沒有把她當成一個重要科目的任課老師看待。

「都給我回家去把英語作業補好！我不留你們了！」雅安娜一甩頭，踩出一陣劈啪作響的高跟鞋聲，氣呼呼地走了。

這件事情讓雅安娜老師鬱悶了好幾天。後來，雅安娜依舊我行我素，拖課、佔用中午時間，留學生在傍晚補作業，直到一天的教學任務和作業基本完成時，她才肯安安心心地回家。孩子和老師也漸漸發現規律了，正如格瑞德所說：「如果哪個班級中午來食堂吃飯最遲，那麼肯定是雅安娜老師在上課；如果哪位同學中午不在教室，那麼有一半以上的可能在雅安娜老師的辦公室裡讀英語……」

貧困生鵬比

鵬比是班級裡面的一位中等個子男生，他有著一雙細細的單眼皮眼睛，平時愛玩愛笑，笑起來一雙眼睛幾乎能變成兩條縫，似乎沒有什麼生活的煩惱。但是同班的孩子們都知道，他的身世其實十分可憐。他的父親在他四歲那年就因為肝癌去世了。她的媽媽忍受不了貧窮的生活，在他五歲那年改嫁，從此再也沒有來看過鵬比。鵬比完全靠著爺爺奶奶拉扯長大。愛因斯坦曾經聽到格瑞德是這樣評論鵬比的媽媽的：「他的媽媽怎麼管都不管他的，真可憐。」這時，妮娜卻說道：「女人年輕改嫁是正常的，難道還要跟著兒子過一輩子苦日子嗎？」格瑞德搖搖頭，也許是覺得孩子可憐，也許是覺得妮娜的觀點並不是正確的。

格瑞德不止一次地對孩子們說：「鵬比的身世很可憐，希望你們能夠好好地對待他。」孩子們也都樂意幫助他，跟他玩。但是孩子們忍受不了一件事情，就是一遇到挫折和指責，鵬比就會哭個不停。

一次，孩子們和鵬比在體育課時玩踢足球。鵬比的表現十分活躍，爭搶球時如同一隻飛奔的雄鹿。突然，在爭搶足球時，科比一腳將來鏟球的鵬比絆倒在了地上，兩個人都重重地摔在了足球場和跑道的交界處。

科比摔倒後，很快就從地上爬了起來。「好疼啊。」嘴上科比這麼說，但依舊面不改色地撣褲腿和屁股上的灰塵。鵬比過了好一會兒才從操場跑道邊上爬起來。他勉強站起身來，看到自己褲腿上有一個乒乓球大小的洞，竟「哇哇」

地大哭了起來。

體育老師傑森走了過來，檢查了一下膝蓋，沒有被磕出血來。只是膝蓋凹下處有一灘烏青。他鼓勵道：「不哭，不哭，男子漢要勇敢點，在比賽的時候摔跤和受傷是難免的。」「可是……可是……褲子是新的，爺爺奶奶看到我的褲子被摔破了要打我的……」鵬比難過地說道。

旁邊看足球比賽的納伊弗說道：「傑森老師，我們老師說他家裡很窮的，沒有爸爸媽媽，全靠爺爺奶奶打工賺來的錢養活他……」傑森一聽，立刻明白了。「真是可憐的孩子啊！」傑森忍不住說道，「孩子，傍晚回家前你來趟我辦公室，我叫一位阿姨幫你補一下。男子漢要勇敢，現在別哭了。」鵬比點了點頭。周圍好幾個男生女生又是安慰，又是鼓勵，鵬比好半天才停止了哭泣，又鼓起勇氣回到了賽場上。

又有一次，格瑞德上課的時候，鵬比又哭了。事情是這樣的。那次正好是上得語課文《葫蘆的秘密》。格瑞德問道：「這篇課文主要講誰做了什麼事，誰能用最簡單的語言說一說。」話音剛落，講臺下面舉手的同學有一片。這個問題實在是太簡單了，孩子們都迫不及待地想回答。

格瑞德眼睛往下一掃，發現鵬比正心不在焉地玩弄著橡皮。「鵬比，你來回答一下。」格瑞德故意抽了鵬比。鵬比站了起來，回答道：「葫蘆是長在藤上的。」話音剛落，教室裡爆發出一陣哄笑，這是上一個問題的答案。「你到底有沒有認真聽課啊！」格瑞德很生氣，拿著書本重重地敲了一下鵬比的頭。有幾個孩子也哄笑了起來。

鵬比剛開始木然地站著，嘴唇微微抖動，過了幾秒，竟然咧開嘴哭了起來。「怎麼又哭了！」納伊弗忍不住說道。格瑞德試圖安慰他別哭，但鵬比卻越哭越傷心，越哭越大聲，得語課根本就上不下去了。

「愛哭鬼啊。」「他也太會哭了。」「動不動就哭，以後誰還跟他玩呀！」……孩子們小聲議論了起來。鵬比顯然是聽到了，又生氣，又

難過，竟然開始用他的頭去撞擊課桌了。

格瑞德連忙拉住了他。換成是其他孩子，格瑞德早就破口大罵了。但是對於鵬比，格瑞德一直很「仁慈」。「弗雷特，吉米，趕快把他帶到辦公室裡面，讓他好好冷靜一下。」弗雷特和吉米拉著鵬比把他帶到了辦公室裡，讓他坐在格瑞德的位子上面繼續哭。

等到鵬比離開教室後，教室才安靜下來，格瑞德的得語課才能夠繼續上下去。後來，格瑞德明白了鵬比的心理承受能力比較脆弱，極力要求孩子們儘量不要說一些傷害鵬比的話，類似的事情就沒有再發生過了。只是鵬比在受挫折的時候仍然特別愛哭。

由於鵬比是貧困生，他每年都能夠得到來自政府的補助。學校還隔三差五地為鵬比申請助學金和免費的校服。鵬比在學校的午餐也是由學校食堂免費提供的。鵬比的奶奶領到助學金時，非常高興，一個勁兒地感謝老師。格瑞德總是推了推自己的眼鏡，說道：「這是來自政府和好心叔叔阿姨的愛心。希望鵬比能夠在以後的學習和生活中加倍努力，來報答來自社會的關懷。」鵬比的奶奶這時會說一些叮囑鵬比要好好學習的話，再不斷地感謝學校和老師的關懷。

孩子們起初不瞭解這些事情。當他們知道鵬比不用付校服的費用時，紛紛向格瑞德要求自己也不要付校服的錢。格瑞德在教室裡整整說了好幾遍「鵬比的校服是好心的叔叔阿姨送的」，才把孩子們給說明白。納伊弗明白了，說道：「鵬比的家裡一定窮得買不起校服，所以才會有人送他。」「納伊弗！」格瑞德知道這樣說會傷害鵬比的自尊心，厲聲喝道。納伊弗看了格瑞德一眼，低下了頭。格瑞德又轉過頭去看了鵬比一眼，鵬比依舊微笑著看著格瑞德，好像一點也不難過。

後來，愛因斯坦瞭解到，鵬比的生活確實十分貧困。他們的家與其說是家，還不如說是一間沒有院子的低矮房子。沒有衛生間，沒有櫃子，僅僅只有一張床，一台電視機，一個煤氣灶和一張桌子。即便如此，房子還不是他們自己的，而是他們向房東租來的。他們原來的房子在得國南部的一個小村莊裡，由於年久失修，在一個大雨滂沱的夜晚被雨水沖倒了。他的爺爺奶奶沒有能力再搭建房子，於是只好帶著鵬比外出打工，在伊斯特學校附近租了房子。打了多年工後，一家人獲得了沃克市的戶籍。房東見他們可憐，僅僅收了他們五十馬克一個月的租金。後來，鵬比也因此按照政府規定的就近入學標準在伊斯特小學入學讀書。

形形色色的教輔資料

這天傍晚自修課的時候，三年二班的教室外面走進來一位比較胖的中年男子，手上還拿著一本書。他的身旁有一個青年男子，長得高高的，瘦瘦的，右手上拿著一疊紙。

「不好意思，打擾一下，我是全恩書店的。這裡有一份資料，老師，請您讓你們班的孩子填寫一下。」中年男子顯得十分有禮貌。

這明顯是來推銷書本的，格瑞德剛要回絕。沒想到中年男子把一本黃色封面的書本，遞給了格瑞德。格瑞德看了一眼，只見這本書黃色的封面上，寫著「易學通」，在「易學通」下面，寫著：「易學就會，您不可錯過的學習資料。」在書本下方，寫著「小學得語，三年級上冊」。這是一本教學輔助工具書。

這本書讓格瑞德回想起她讀小學的時候，有一本教學輔助資料叫作「易學典」。她小時候糊裡糊塗地買了兩本「易學典」用了兩個學期。她早就已經忘了自己是幾年級的時候開始用易學典」的，也不知道「易學典」到底給她的學習帶來了多少幫助。

「這位老師，這本書是我們送給您的教學用書。」中年男子微笑地說道。

她抬起頭說了聲：「謝謝！」

沒等格瑞德反應過來，青年男子趁機走進

教室，把手上的一疊資料發了下去。青年男子解釋道：「小朋友們，現在發下來的是我們書店的一份問卷調查。大家一定要認認真真地進行填寫。填寫完後，大家可以把問卷調查下面的回執自己留下來。憑回執，大家可以在我們書店買書的時候，獲贈一份精美小禮品。

下面孩子們七嘴八舌地討論起來，這個精美的小禮品究竟是什麼。

孩子拿到後，開始填寫了起來。

第一個問題是「您覺得你需要教輔資料幫助學習嗎？」孩子們需要在「要」和「不要」旁邊的框框裡打鉤。

第二個問題是「您現在有沒有用教學輔助資料學習？」孩子們需要在「有」和「沒有」旁邊的框框裡打鉤。

第三個問題是「您知道我們書店推出的《易學通》嗎？」孩子們需要在「知道」和「不知道」旁邊的框框裡打鉤。

第四個問題是「您希望《易學通》這樣的教學輔助資料為你帶來哪些幫助？」這是一個多選題，選項有積累好詞好句、提高閱讀能力、提高寫作水準、獲得新知識等等。如果孩子希望《易學通》為他們帶來這些收穫，可以在旁邊的方框裡面打上勾。

第五個問題是「你還有什麼好的建議？」，題目下面有兩條橫線，讓孩子們自己寫上自己的建議。問題的下面有一張回執券，只要買了一個年級上下冊得語、英語和數學整套易學通，就可以憑獎券抽獎，有機會獲得一台PSP遊戲機。

愛因斯坦隨便在上面打了一些勾，並在建議上面寫了「無」。他看到坐在他身後的萊西盯著遊戲機看了好一會兒，接著用鉛筆把PSP遊戲機圈了出來，又在建議上面寫上了「我想要一台PSP遊戲機」。

待小孩子都寫完後，來自全恩書店的青年人把這份資料一張張收了上去，用夾子夾好，向格瑞德說了聲「謝謝」，轉身走出了教室。

全恩書店的人離開了以後，格瑞德便繼續

講起了課。

從那以後，班級裡面開始零零碎碎地出現了一些拿著《易學通》這種教學輔助材料的孩子。她發現維塔買了一本，瑪塔買了一本，簡買了一本，珊迪買了一本，漢森也買了一本，吉米也買了一本。剛開始格瑞德也覺得沒什麼，畢竟她小時候也用過一本叫《易學典》的教輔材料來學習。只是後來，她開始發現吉米和簡開始不專心聽課，舉手的次數也明顯減少。但是，他們的作業做出來，寫的答案卻如同「標準答案」般清晰有理。格瑞德感到很奇怪，便選在其中一次午自習的時候巡視了一圈。她竟然發現，成績還可以的吉米和簡正拿著《易學通》，把上面的講解和答案抄寫到作業本上面去。格瑞德狠狠地批評了簡和吉米不動腦筋，拿「參考書」上面的答案抄進去，並把他們的《易學通》都沒收了，並告誡他們，以後做作業要動腦筋，不要拿著《易學通》或《易學典》上面的答案照抄。

這件事，卻給了愛因斯坦啟發。對於愛因斯坦這種得語並不是特別好的孩子，《易學通》這樣的參考書，簡直是愛因斯坦作業的救星。就在格瑞德批評簡和吉米的那天晚上，愛因斯坦纏著爸爸媽媽，要爸爸媽媽給他買一本《易學通》。起初，他的爸爸媽媽並不答應，他們覺得如果孩子想要什麼，就輕率地答應他們什麼，對小孩子以後的成長非常不好，孩子們會養成遇到想要的東西，就一個勁地向父母討要的壞習慣。儘管愛因斯坦對他的父母用盡了渾身解數，一邊哭鬧，一邊説著父母「不支持他學業」的話，愛因斯坦的父母仍然不為所動。直到十月份的某一天，愛因斯坦幫他的父母收拾了一星期屋子，他的父母才給他買了一本《易學典》。

愛因斯坦沒有去全恩書店去買那一本《易學通》，而是隨他的媽媽來到了市中心的圖書商城。圖書商城位於新城大道邊上，背著書包的學生和家長不絕如縷。偶爾，也能夠見到一兩個西裝革履、戴著眼鏡的職員，拎著裝書的塑膠袋，從書店出來……

愛因斯坦和他媽媽走了進去。裡面真大啊，一眼望過去，花花綠綠，琳琅滿目的圖書，整齊地列在一個又一個排成排的書架上。愛因斯坦看著這些五顏六色的精美圖書，發了呆，他不知道這裡究竟有多少本圖書，只是從外面看過去，在最裡層的書架，比起最外層的書架，看上去已經小了三四倍。

「快點，愛因斯坦，我們去買你學習要用的書。」看到愛因斯坦已經落下很多了，他媽媽催促他快點跟上。

愛因斯坦跟著媽媽乘著電梯上了三樓。因為他媽媽看到圖書商城的指示牌，買教輔用具請上三樓，覺得三樓肯定有愛因斯坦想要的圖書。

到了三樓，映入愛因斯坦眼簾的，是一排又一排的書架，書架上，整整齊齊地疊放著各種各樣的教學書，試卷，輔助工具書……有幼稚園的、小學的、初中的、高中的、大學的，教師教授用的，各種職稱職業考試，出國留學的……它們還有著各種各樣的名字，《全易寶》，《大寶典》，《學霸通》，《珍藏卷》……愛因斯坦沒有心思看很多東西，他只是想找到自己想要用到的學習輔導用書。

在密密麻麻的書櫃前，找到屬於三年級小學一類的輔導書並不是什麼容易的事情，畢竟那麼多書櫃裡面，只有一個是屬於三年級小學生學科學習的，愛因斯坦和他的媽媽花了好大的工夫，才從琳琅滿目的書櫃裡面，找到他們年級的專屬書櫃。它正靜靜地待在角落裡，一套又一套練習，卷子，教材輔導用書，五顏六色，一疊接著一疊地置放於書架上，這可有得讓愛因斯坦挑了。

愛因斯坦先翻開了這本叫《易寶典》的得語學習輔導書。這本書藍色的封面，有450頁之多，售價需要七馬克。愛因斯坦翻了下來，得語課文裡面每一課的內容都有。每一段課文的講解，都密密麻麻地注解在課文原文的旁邊。只是，愛因斯坦覺得，上面的一些內容跟老師講的不太一樣，有一些內容，跟他寫作業沒有什麼幫助。

愛因斯坦搖搖頭，放下了《易寶典》，又

翻開了一本《得語課文精解》。這本書有五百頁之多，每本書裡面，都有課文的講解，有一些問題和講解，跟課堂作業本裡的差不多……

愛因斯坦又翻了好幾本「學習資料」，直到他看到一本叫作《易學典》的學習用書時，他的眼前頓時一亮。《易學典》裡面，有著許多詳細的課文講解，前面幾課的課文講解內容，跟他做的《得語作業本》和《得語方叢》裡面的題目和答案一模一樣。把《易學典》帶去學校，肯定對愛因斯坦未來的得語學習有很大的「幫助」。至少做作業，愛因斯坦可以不用費多大腦筋了，只要把《易學典》裡面的「答案」抄進去就好了。更棒的是，愛因斯坦還發現了許多寫作文的「例文」，內容跟得語課上要寫的作文差不多。愛因斯坦只要模仿幾篇作文寫進去，老師又能把愛因斯坦怎麼樣呢？

「媽媽，我要買的是這本書……」愛因斯坦舉起綠色封面的《易學典》，對媽媽說道。

愛因斯坦媽媽接過《易學典》，看了看易學典後面封面上的售價，只見在條碼下，寫著「定價十五．〇〇」。有點貴啊，愛因斯坦媽媽不禁想道。「既然是對學習有幫助的，那麼媽媽支持你。」愛因斯坦媽媽從錢包裡面抽出了幾張皺皺的，藍藍的馬克零鈔。這是她每天買一馬克錢的早飯後用剩下的。她一般來說非常節省，除了家用的必須用品，很少買十馬克以上的東西。

「以後要好好學習，不要辜負爸爸媽媽對你的期望！」媽媽說道。

「好的！」愛因斯坦點了點頭。

愛因斯坦媽媽掏了錢，去收銀台付錢，買下了這本《三年級上冊得語易學典》。

「愛因斯坦！」

愛因斯坦正翻弄著《三年級上冊得語易學典》，抬起頭，看到弗雷特的媽媽帶著弗雷特，正一臉笑容地望著他。

愛因斯坦媽媽也注意到了弗雷特媽媽：「呀！好巧，你也帶著孩子來買書啊！」

弗雷特的媽媽說道：「是呀！今天給弗雷

特買了五本課外書，三套練習卷，又花掉我兩百多馬克。你呢？」

「我也在為孩子買書呢！」愛因斯坦的媽媽尷尬地笑了笑。她知道自己家的家境根本無法跟弗雷特家比，又愛面子，拿著手中的一本《易學典》解釋道，「今天先給孩子買一本，過幾天，再來圖書商城多買幾本。」

「圖書商城離家不近啊。如果要買書，為什麼不多買幾本啊。跑來跑去畢竟是很麻煩的。」弗雷特的媽媽一副好心勸說的樣子。

「對的……對的……」愛因斯坦媽媽「呵呵」地笑著，繼續說道，「你家弗雷特學習成績夠好了，還給他買那麼多書啊！」

「哎呀，現在社會競爭這麼激烈，我們當爸媽的也沒有什麼辦法啊，總不能讓孩子輸在起跑線上吧！」弗雷特媽媽做出一副無奈的樣子，「現在的孩子，競爭有多少激烈啊。他現在讀的學校，頂多能培養出什麼？能去實驗中學、陽光中學和城北中學的一個也沒有。最好的頂多只能去倫次中學。哎呀，要是他讀不了倫次中學，那他就更落後了……我現在只希望努力學習，無論如何也要考上倫次中學……」

愛因斯坦的媽媽問道：「那麼你家的弗雷特每天在家的學習時間是多少？」

弗雷特媽媽說道：「也沒有具體時間規定，我是這樣規定的。每天，他除了做完老師佈置的作業以外，還需要做完得語、英語和數學各一張練習卷。週末的時候，也只讓他每天多做一張得語、數學和英語的試卷。只要他能夠完成任務，我們就給他一定的獎勵。」

愛因斯坦的媽媽聽了，驚訝地說道：「每天做三張試卷，這也太多了，要是讓我們家愛因斯坦做，肯定靜不下心來，你們家的孩子真的能在家裡認認真真做完你佈置的作業嗎？」

弗雷特的媽媽說道：「也有完不成的時候。完成了就給他獎勵，完不成就罰他不看電視……到現在，他做試卷比以前認真了很多呢！」弗雷特聽了，在一旁笑著說道：「現在我最喜歡做試卷了！」

愛因斯坦聽了，張大眼睛望著弗雷特，仿佛望著一個怪物。

「哎！看看你家的孩子……我們家的孩子總是讓我不省心啊！」愛因斯坦的媽媽歎了一口氣，仿佛有一種恨鐵不成鋼的意味，「如果讓他坐在椅子上面做作業，他總是坐不住；要是讓他坐在椅子上面看電視，一看就可以看足半天一動不動……」

愛因斯坦的媽媽全神貫注地向弗雷特媽媽描述著愛因斯坦在家裡面的「種種劣跡」，仿佛愛因斯坦不存在一般。而弗雷特的媽媽則在旁一個勁地勸說，現在的許多孩子都這個樣子，叫她別太生氣……

愛因斯坦雖然覺得他媽媽對他的評價很刺耳，也沒有往心裡去。他的注意力全在對面這個「怪物」一般的弗雷特身上。愛因斯坦平時應付老師佈置的作業都嫌多，弗雷特是怎麼做到每天傍晚除了完成老師佈置的作業以外，做完三張大大的練習卷，又不說一句怨言的。這個平時不讓其他孩子喜歡的弗雷特，簡直就是一台專門負責「做試卷」的機器啊！

愛因斯坦忽然間明白，書城裡面那些「花花綠綠」的「模擬試卷」和「全真試卷」，究竟是為誰而製造出來的。

美術天才希拉

希拉是一個非常文靜的女孩子，平時不怎麼說話，留著短髮，頭髮經常散開來，上面沒有一點髮飾，打扮得像男孩子一樣。要是不仔細看，你絕對不會認出她是一個女孩子。她沉默寡言，兩隻眼睛像一潭死水般寂靜，成績也不是很好，沒有人認為她是一個聰明的孩子。

老師們對她的總體評價是反應慢，思維不活躍，學習接受能力不是很強。她在班級裡面成績中等偏下，得語成績只能保持在七十五分到

八十五分之間，數學成績只能保持在八十五分左右，英語一般也考不到九十五分優秀以上。雖然如此，她還算乖巧聽話，交上來的作業還算乾淨認真，老師們倒也沒有因為她的成績而為難她。只是有時她當面去老師那邊批改作業時，由於接受能力不是很強，偶爾會挨煩躁的格瑞德一陣臭罵或者暴躁的比特的幾下敲打。總體上來說，她是一個不會被老師和同學注意的孩子，也許是她太安靜了，或是太平凡了吧！

漸漸地，希拉開始在一門功課上展現才華，那就是美術課。美術課時，費安娜指導孩子畫聖誕畫。希拉的畫出來的畫不僅整潔美觀，而且顏色線條畫得非常勻稱。比如說她畫的聖誕畫，星星、彩燈、禮物都能在聖誕樹上非常勻稱地排著；旁邊的聖誕老人穿著紅白色的聖誕服，手上拿著禮物，咧開嘴望著一個安詳熟睡的孩子；孩子的床邊線上，掛著一雙襪子，小孩子看來準備讓聖誕老人把禮物放進襪子裡。壁爐邊的火似乎剛滅不久，還殘留著餘煙；壁爐邊的梯子，顯然是聖誕老人從煙囪裡爬下來用到的，正立在那裡……

聖誕老人而其他大多數孩子畫的聖誕夜，有的僅僅只畫了一棵聖誕樹，有的僅僅只畫了一個拿著禮物的聖誕老人，線條和顏色也塗得不是很好。畫畫畫得好的艾米、珊迪、丹娜和吉米，也僅僅只畫出了聖誕老人和聖誕樹而已，沒有一位孩子畫得像希拉一樣複雜。

美術老師費安娜仔細地觀察了她的作品，毫不猶豫地給了她一個優加。要知道，這是美術評分裡面最高的等級。下課後，她把希拉叫到講臺前，和藹地問道：「希拉小朋友，你畫得真不錯，老師完全可以給你滿分一百分。」「啊，一百分！」迪克正好路過講臺，聽到後，吃驚地望著希拉。

「下個月市裡面有一個繪畫比賽，你願意去參加嗎？」費安娜說道。希拉沒有說話，只是微笑著重重點頭。「如果你在市裡面比賽獲獎，我會發給你好多獎勵貼紙和獎勵卡，下學期的美術課代表也是你了。」「這麼好！」迪克對費安娜說道：「老師，我也要參加！」費安娜一笑，說道：「那你平時把畫畫得好一點，我就讓你參加。」

於是，希拉就開始努力準備市裡面的美術比賽了。在中午自習的時候，費安娜將希拉叫到藝術教室準備繪畫比賽，一畫就是一個中午。希拉將整個中午的時間都花在了準備畫畫比賽上，她便無法在中午和其他小朋友一樣做作業，訂正作業，批改作業，有時候一旦遇到得語和英語有課文要背，希拉就變得更加拖拉了。格瑞德、比特和雅安娜只好瘋狂地搶佔她放晚學後的時間，努力保持她的作業和功課不至於落下。

功夫不負有心人，市裡的繪畫比賽，希拉獲了一等獎。這可讓校長和費安娜樂開了花。校長傑克親自跟格瑞德說道：「你們班希拉是個人才，一定要好好培養。」格瑞德雖然親口回答「是，是」，但是她對美術是一竅不通，根本沒法對她進行什麼培養。不過她現在明白了，這個平時默不作聲，成績平平的孩子，竟然有著驚人的美術天賦。格瑞德很好奇，希望有一天能夠親眼見識一下她的美術才能。

兩星期後，出黑板報的任務如期分攤到了每一個班級，格瑞德決定讓希拉去出黑板報。出黑板報是得國小學所特有的「風俗」之一。一般畫在教室後面的大黑板上。它的形式類似於得國革命時期的大字報，分為報頭，邊框，欄目和圖畫。得國教育部門會在每學期分配兩個主題給學校，學校領導告知每個班級出黑板報的主題，再讓各個班級根據主題出黑板報。黑板報本身是讓孩子們根據任務出的，但是一二年級的孩子一般沒有出黑板報的能力，每學期老師只能自己動手，出兩張符合主題的漂亮黑板報。格瑞德帶一二年級時，曾經為出黑板報的事傷透了腦筋。現在情況變得完全不一樣了。孩子們已經漸漸長大，完全可以讓他們自己動手出黑板報了。

按照各個班級的傳統，一般只有學習成績好，美術又不錯的同學才有資格幫助老師出黑板

報，班級裡符合資格的也只有珊迪、簡、丹娜、艾米和吉米等孩子。像希拉這樣的孩子，平時完成作業，訂正作業都有點手忙腳亂的，老師一般是不會給他們機會出黑板報的。格瑞德卻想著打破傳統試試看。

這次黑板報的主題是「文明禮儀伴我行」。格瑞德選了五張文明禮儀黑板報的彩色圖片，交給美術課代表丹娜，告訴艾米要參考五張圖片的分欄和圖畫出這次黑板報，儘量要把圖畫出得整潔美觀。希拉被分配畫南邊欄目裡的圖畫。

希拉看到手中的參考圖案，平時死水一般的眼睛裡竟然折射出了亮光，眼波也變得靈動有神起來。她認真地翻看著手上的圖案，一會兒望著圖片發呆，一會兒看著黑板沉思，全然沒有在意身邊丹娜和珊迪正在為分工公不公平而爭吵。過了不久，她舉起粉筆，一筆一劃地畫了起來，雖然她手指的力量不足，線條看起來軟綿綿的，但還算勻稱。細巧的線條，慢慢地勾勒出一個個輪廓，不一會兒，澆水的小男孩和撿垃圾放進垃圾桶的小女孩子在黑板上出現了。

「畫得真好。」正值中午自習時間，在教室裡寫作業的孩子們紛紛放下手中的作業評論了起來。「這個小女孩畫得很像珊迪。」帕斯達特摳著鼻屎笑道。教室裡一陣哄笑。珊迪怒道：「自習課時間不好好做作業，當心我去告老師！」「那個男孩很像迪克！」科比說道。教室裡又傳出一陣「咯咯」的哄笑。

希拉則完全沉浸在自己的世界中，慢慢地修改著她所畫的圖案，一心勾勒著她想要的輪廓，周圍的喧鬧、哄笑，她都不理會，仿佛黑板上的圖畫就是她全部的世界。

不知何時，格瑞德已經悄悄來到了教室門口。「你們都在幹什麼？午自習那麼寶貴的時間還不給我在教室裡認認真真地做作業！」格瑞德喝止了教室裡鬧哄哄的孩子們。丹娜笑著對格瑞德說：「老師，你看，希拉畫的畫。」格瑞德抬起頭打量了一番，微笑地點點頭，說道：「嗯，畫得很不錯。」希拉沒有去理會格瑞德，繼續修改著黑板上的圖畫，直到她滿意的時候，才露出欣喜的微笑。

丹娜、簡、艾米、吉米等把周圍的邊框、花紋、樹木和標題都加上了，一副黑板報大致的樣子出來了。格瑞德仔細看了看，發現除了中間希拉的畫是好的，其餘畫畫得不是很好，有的框畫得太大，有的框畫得太小，花紋也是亂七八糟的，像小孩子的塗鴉。看來，三年二班孩子裡，除了希拉，還沒有人能夠擔任畫黑板報的任務。

後來，希拉頻頻獲獎，格瑞德對她的態度也好起來了。然而，畢竟她不是聰明的學生，成績考不到學校中等以上，做作業的速度又慢。一旦被費安娜叫去畫畫，她的作業又如何是好呢？格瑞德不禁擔憂了起來。

然而，事情的發展卻出乎了格瑞德的意料。沒想到，希拉做的得語作業開始越來越好，也很少有不交作業的情況了。只是她的成績，仍然在中等線上掙扎。

興趣活動課

三年級下半期，教育部下發了通知，有了新的規定，要求每個學期學校都要開設興趣活動課。興趣活動課的時間由學校自己安排規定，伊斯特小學校長傑克決定把興趣活動課安排在每週四的下午第三第四節課。定時間雖然容易，定課程就比較困難了。全校共有十八個班級教室，按照規定要重新分成至少十八個班。每個班設定一個興趣活動項目。

學校原本就有的興趣活動組共有六個，包括美術、科學、航模、朗誦主持和舞蹈，用來應付教育部門舉行的各個項目的活動和比賽。接下來，老師必須挖空心思想出至少十二個興趣活動的科目來。

雖然老師們雖然愁眉苦臉，想不出什麼興趣活動的項目，孩子們知道有興趣活動課可以上時，高興得合不攏嘴。迪克想像著學校會開設一門滑板課，他可以跟著其他孩子們一起圍著操場

溜啊溜；吉米期盼著學校能夠開設一門賽車課，他可以把家裡的四驅賽車拿出來，在學校出出風頭；艾米希望學校能開個給洋娃娃打扮的課，她覺得她打扮的洋娃娃，一定能夠在學校裡面獲得第一名；愛因斯坦則告訴霍姆沃克，他希望學校能夠開設化學課，他對學校化學藥品櫃裡的東西很感興趣，他在課外也看了一些書，他覺得自己能夠做出很漂亮的化學實驗來……弗雷特聽了各位孩子的想法後，大喊道：「你們的想法太不符合實際啦！」

幾天後，格瑞德公佈了十九個興趣小組的名稱，其中只有九個是三年級的孩子可以報的，要求孩子在兩天內作出選擇。可以報的興趣小組名稱分別是：書法、硬筆書法、英語、實用英語、講故事、讀詩歌、下棋、舞蹈、吹笛子……

孩子們一看，頓時洩了氣。科比激動地說道：「為什麼籃球只有其他年級的可以報啊，我想打籃球！」愛因斯坦看到科學實驗只有五六年級的孩子可以報時，也垂頭喪氣地低下了頭。其他孩子也紛紛表示了不滿，因為他們看到「書法，硬筆書法，英語，實用英語，講故事，讀詩歌」這些名稱，跟學習課本知識內容的差不多。

格瑞德解釋道：「這是學校的安排，我們只能根據學校的安排在上面選。」孩子們聽了，只好硬著頭皮報上面的九門課。大多數男孩子報了下棋這門課，因為他們覺得舞蹈和吹笛子像是女孩子玩的，剩下的只有下棋這門課看起來不像是學習課本知識的。女孩子報名舞蹈的有不少，還有一部分報了吹笛子。只有不到十個孩子選了其他項目。

格瑞德把孩子們的報名情況告訴了費安娜。費安娜說：「沒關係，有的小組人太多了，那麼我們就可以把太多的人調劑到人少的興趣小組那裡……」格瑞德說道：「如果把孩子們分到他們不喜歡的興趣小組，他們會不高興的。」費安娜搖了搖頭，笑了笑，說道：「那我也沒辦法呀！需要你去做好他們的思想工作了。」

格瑞德聽了，一臉無奈。她知道，當那些

選下棋、舞蹈和吹笛子的孩子被強行分配到不喜歡的小組時，該有多麼失望啊。可是她又有什麼辦法呢，只能在班主任談話時間宣佈興趣小組的分班活動，並勸說那些沒被選上自己心儀課程的「倒楣蛋」。

班主任談話鈴聲一響，格瑞德又像往常一樣踩著鈴聲進入了三年二班的教室。「各位同學，興趣活動小組的安排學校已經分配好了。」格瑞德說道，「但是由於每個小組都有人數限制，小組的安排可能跟大家期待的有所不同，有的同學被選上了他們報的小組，有的同學則被分配到其他小組了。」格瑞德為了防止很多同學聽到結果後太難受，提前打了預防針。「我有沒有被選上！我有沒有被選上……」孩子的眼神充滿著期待，他們都不希望被強制安排到不喜歡的小組。

「被分配到下棋小組的同學有：吉米、科比、愛因斯坦、卓拉……被選到笛子小組的同學有丹娜、簡……被選到舞蹈小組的同學有艾米、珊迪、納伊弗、雪麗和希拉……被選到詩歌朗誦小組的有賽克、迪克、霍姆沃克……被選到書法小組的有丘比、鵬比……被選到硬筆書法小組的有漢森和維塔……被選到講故事小組的有帕斯達特、弗雷特……被選到英語小組的是茜茜、霍姆沃克……被選到實用英語小組的是洛珈和萊西……」

「啊——」「不——」……講臺下面一陣喧鬧。「老師，我不想被選到詩歌朗誦小組，我寧願去練寫字。」迪克非常難過，說的時候留下了眼淚。漢森說道：「老師，我不想去硬筆書法小組，比起去練硬筆書法，我還不如去練習讀英語呢！」……格瑞德早就預料到會出現這種現象，她知道學校是不可能因為某些同學的看法，而重新排課的，只好竭盡全力一一安撫。

過了一會兒，坐在位子上的鵬比竟然哇哇大哭起來，眼淚鼻涕刷刷地落了下來。「怎麼又……」迪克剛想說「怎麼又哭了」，被身後的丹娜一拉袖管，制止住了。格瑞德問道：「鵬比，怎麼啦……」鵬比不說，只是哭，過了好

一會兒，他才說：「我奶奶……我奶奶……已經給我買好棋子了……如果知道錢花了，而我沒有參加下棋興趣小組……會打我的……」這時，迪克、帕斯達特等也表示自己早就已經買好棋子了。

格瑞德差點暈了過去，她一邊思考該怎麼向孩子解釋，一邊思考改怎麼安撫買了棋子，沒有被選入下棋組的孩子們。但是她有點累了，感覺腦子不夠用，一時無法想出合理的，又能夠讓孩子接受的解釋。

這時，下課鈴響了。格瑞德這才發現自己在十分鐘的談話時間僅僅講了一件事。她還有兩件領導要求傳達的事沒有講，一件是參加各個興趣小組的孩子應該去哪個教室，另一件是學校體育器材室裡借的東西該怎麼對待？格瑞德決定在下午品德課的時間把這兩件事講清楚。「很可惜，沒法改了，這是學校決定的，這不是我決定的……很抱歉。」格瑞德的回答生硬而語無倫次，「現在下課。」下堂課正好還是格瑞德的得語課，她需要在下課時間在教室裡做一下準備，非常匆忙地結束了班主任談話。

「可是我們都已經買好棋子了啊！」孩子們繼續說道。「你們有完沒完啊！還想不想下課啊！」格瑞德帶著怒吼和斥責雙重語氣咆哮道，「有時間去問這些沒用的問題還不如早點把得語書準備好，下節課是得語課你們懂不懂啊！」看到忽然冒火的老師，孩子們低下了頭默默地準備起了得語書……

幾天後，興趣活動課如期舉行。愛因斯坦不知道那些被強制調劑到其他興趣小組的孩子，是懷著什麼樣的心情去上課的。幸好他如願以償地加入了象棋興趣小組課。起初在活動課上，他都能夠好好在老師比利指導下下兩節課棋。只是後來，到了期末，作業越來越多。孩子們都偷偷夾帶著作業來到了下棋活動的課堂。剛開始，比利老師嚴厲地禁止孩子們偷偷帶作業來教室，並沒收了幾位同學的作業。後來，也許是他也感受到孩子們的作業實在是太多了，而且領導也不可能來檢查，他開始睜一隻眼閉一隻眼地允許孩子們在興趣小組第二堂課上做作業了。

兩節興趣活動課，最終有一節成了作業課。

丟錢的鵬比

這天，愛因斯坦非常興奮。格瑞德在昨天宣佈新華書店要來學校賣書。愛因斯坦曾經在舅舅家讀過簡單的數學入門書籍，書上推薦了一本牛頓所寫的著作——《自然哲學的數學原理》。牛頓是愛因斯坦最崇拜的數學家之一。他不止一次地聽過牛頓的故事，像《蘋果的故事》，《廢寢忘食》等，對牛頓專注的科學熱情和牛頓的思想有著無限的嚮往。他很想花錢買一本《自然哲學的數學原理》來看一看，只是沒有機會。能夠買到這種書的新華書店位於市中心，需要坐很長時間的公車才能到。這次新華書店賣書對於愛因斯坦是一個很好的機會，他可以趁此機會買一本《自然哲學的數學原理》回家。他在早上的時候，向爸爸媽媽要了十馬克的零花錢，等待中午售書的時間到。

新華書店售書地點位於學校正大門門口，那裡有一片不小的空地。原本那裡是停放校車的地點，由於現在校車沒有用，校車的空位被用來做售書立攤位的地方。孩子們在老師指揮下排著隊來到了售書地點。等到了售書點後再讓孩子們自己找想買的書。

孩子們對看書有著濃厚的興趣，迫不及待地在各個書攤翻看自己想要買的書籍。迪克看到攤位上的一本《機器人變形記》，眼睛裡頓時投射出亮光來，拿起就看了起來。弗雷特則找到了一本《好孩子丁丁歷險記》，認真地看了起來。艾米喜歡看《女生的秘密》系列小說，共有十六本，她已經看了十四本了，在新華書店的攤位上她發現了第十五本。她二話沒說就把《女生的秘密》買了下來。賽克看起了《指環王大冒險》系

列連環畫。他想把第二本《指環王連環畫》買下來，忽然，他想起了格瑞德老師曾經說過，「連環畫是最沒有營養的書籍，如果誰把連環畫帶到學校裡來，有幾本連環畫，我就會沒收幾本連環畫」，他只好怯怯地縮回了即將伸出去的錢袋……

愛因斯坦沒有找到他想買的《自然哲學的數學原理》，非常失望。新華書店帶到伊斯特小學來賣的課外書籍大多數是少兒書籍，像《好孩子丁丁歷險記》，《大灰狼的故事》，《機器人變形記》等，還有一部分是跟學習有關的書籍，像《雪萊的詩歌》，《歌德小說》等，跟科普有關的書籍是少之又少。他好不容易找到了一本《化學的秘密》，跟他想要買的《自然哲學的數學原理》相差甚遠。他不死心，想再找找，這時候格瑞德叫丹娜過來傳話了：「所有三年二班的同學注意了，趕快買好書回到教室寫作業，老師等一下還要講得語作業本的。老師說了，誰如果沒有及時回到教室寫作業，買的書全部沒收。」

找書的同學聽了丹娜的話，紛紛抓緊時間付了錢，買了書回教室。愛因斯坦、帕斯達特和迪克仍然在書攤那邊找書看。過了一會兒，珊迪又來催了：「愛因斯坦、帕斯達特、迪克，趕快回教室，老師馬上要講作業啦！」愛因斯坦匆匆付錢買了本《化學的秘密》，和帕斯達特、珊迪一起回了教室。

走進教室後，格瑞德不久也來到了教室。她拿著一本《得語作業本》，準備講解得語作業本上第二十九課《恐龍的故事》裡比較難的題目。這時，鵬比忽然哇哇地大哭了起來。

「怎麼回事？」格瑞德問道。「老師，鵬比來買書的錢找不到了。」鵬比的同桌納伊弗說道。格瑞德立刻皺起了眉頭：「鵬比，到底怎麼回事？」鵬比哭著說道：「老師，我把五馬克的錢放在鉛筆盒的夾層裡面的，我中午上了一趟廁所回來，發現錢沒有了。」

格瑞德問道：「除了你知道錢放在鉛筆盒夾層裡，還有誰知道？」納伊弗回答道：「還有吉米、我，科比和萊西！」格瑞德掃視了一下四位同學，吉米聽到納伊弗的話後，立刻說道，「我沒有拿，我中午一吃完飯就跟賽克一起去數學老師辦公室訂正作業了，賽克可以作證」；萊西則懶洋洋地坐在座位上，伸了個懶腰，一點也不緊張；納伊弗望著格瑞德，一副大義凜然地公證人的樣子，科比看到格瑞德的眼神，則馬上低下了頭。

格瑞德對鵬比說道：「等我講完作業以後，我再幫你找找……」接著，格瑞德講起了得語作業本上的內容。愛因斯坦這時卻沉浸在失望之中，《自然哲學的數學原理》，什麼時候能夠讀到偶像的書呢？

講完得語練習後，格瑞德老師把吉米、納伊弗、科比、萊西和鵬比全部叫到了辦公室裡面。愛因斯坦看到他們被叫走後是一個一個回來的。最先回來的是戴眼鏡的吉米。同學們都猜測吉米是不可能拿鵬比的錢的。吉米家裡開的是飯店的，離鵬比家不遠。他們對鵬比很好，經常送一些衣服和包子給鵬比一家。他完全不會去拿鵬比的錢。納伊弗很快也回來了。她在班級裡有一個綽號叫做「直腸子」，什麼話都敢說，什麼事都敢問，老師和同學們都是對她又愛又恨。這樣性格的人也不會拿鵬比的錢。

嫌疑最大的是萊西和科比。萊西家附近的孩子都知道，他曾經偷過爸爸媽媽的錢去買玩具，被他爸爸拎著耳朵揍了一頓。科比好動貪玩，也有小偷小摸的經歷，說不準會一時貪心，拿了鵬比的錢。最可憐的人應該是鵬比了。家境又不好，每一馬克都是爺爺奶奶通過辛苦工作賺來的，要是知道孩子沒有買書卻又丟了錢，該有多傷心啊！

過了一會兒，萊西回來了，仍然是一副懶洋洋無精打采的樣子。如果拿了錢，被老師責問，他絕對不會裝出這個樣子。又過了不久，鵬比也回來了。鵬比說：「老師叫我好好再找找看，別人拿我錢的可能性不大。」鵬比又拿出書包找了起來，一直找到上課，仍舊一無所獲。

離上課還差兩分鐘的時候，科比回來了。他告訴珊迪要把得語課堂作業本收上去後，一言不發地低著頭坐到了座位上訂正得語作業。

下午第三節課時，格瑞德來到教室，告訴鵬比他的錢已經找到了，被包在課堂作業本的書殼裡。格瑞德批改鵬比作業的時候，從書殼裡面翻到了五個一馬克的硬幣。鵬比接過格瑞德給的五馬克錢，非常高興，也不再去細想錢為什麼會在作業本的書殼裡面被找到。

格瑞德接著叮囑道：「以後如果你們要帶錢來學校，就一定要把錢藏在貼身的口袋裡，以免弄丟或者找不到。」

孩子們不知道的是，格瑞德在一開始就已經覺察到，很有可能是科比拿了鵬比的錢。在講解得語作業前，她沒有點破這個秘密。她不希望孩子們為這件事而分神，影響聽課和訂正作業。她把所有相關的孩子，都叫到了辦公室裡面，她看到科比的眼神飄忽不定，眼睛也眨個不停，就確定科比拿了鵬比的錢。她藉口支開了萊西和吉米，努力詢問了科比。科比最終坦白了他的「罪行」。她也保護了坦誠錯誤的科比，藉口從得語作業本裡找到了錢，不希望科比因為這件事而被其他孩子們當成「偷東西的賊」看待。

早操比賽

三年級下半期，校長傑克要求在學校舉行一場做早操比賽。早操比賽跟其他比賽不一樣，不是比賽速度或是力量，而是比賽進入操場時各班排隊的秩序怎麼樣（是否隊伍是歪的，是否有人在講空話或玩耍），早操的整齊程度（是否有人沒做整齊，擺臂的幅度和踢腿的幅度是否恰到好處），動作的協調度（做操的時候動作是流暢的，還是僵硬的，斷斷續續的），孩子們做操的精神面貌（究竟是懶散的，還是精神飽滿的）。

早在舉行早操比賽的半個月前，三年二班的孩子就在為練習做早操而努力了。在每天規定的早操時間，格瑞德就會拿著孩子們的名單一個個記錄孩子們的排隊秩序，以及記錄孩子們的做操存在的問題，再在班主任談話時間進行點名表揚或批評。

不僅如此，格瑞德還利用品德課的時間來訓練孩子做早操。比起無聊的品德課，孩子更喜歡做早操，他們高興得不得了。納伊弗對格瑞德說道：「老師，以後我們每節品德課都做早操好嗎？」格瑞德聽了，說道：「想得美！要不是半個月以後有早操比賽，我才不願意帶你們出來做早操呢！教你們做操是累得又累。」

愛因斯坦嘀咕道：「像這樣練早操有什麼用啊。」

格瑞德似乎沒有聽到，繼續管理著隊伍：「去操場的時候，要把頭抬起來，不能左顧右盼，也不能看著地面。鵬比，看前面……迪克，別講空話了……什麼時候排直，什麼時候去操場……」

愛因斯坦覺得排隊伍像耍猴戲般的表演一樣，而排隊的其他小朋友就像一群猴子。

格瑞德整整訓導了三分鐘，隊伍總算排直了。體育委員科比帶隊，把孩子們帶向操場。在走向操場的過程中，又有許多孩子講話。格瑞德實在是太累了，也懶得再管了。

到了操場，格瑞德要求他們按早操隊形排好隊，接著把隨手帶著的收音機打開，播放廣播體操的音樂來。雖然他們做操學了大概四個學期多了，但他們並不知道怎麼做才是準確的。有的興奮似的手舞足蹈起來，彷彿一隻發了瘋的猴子；有的手好像被抽走了力量一般，怎麼也伸不直；而有的孩子做操動作非常地輕柔，像是一用力，手臂和腳掌就會一不小心掉下來一般……

「你們都在做什麼啊！」格瑞德關了收音機咆哮道。

「老師，他們做錯了，我看高年級的大哥哥做操的時候，第二個節拍是伸手臂的，而不是張開手指的。」珊迪說道。

丹娜反駁道：「不對，第二個節拍是張開

手指的，而不是伸直手臂的。六年級的領操員桑迪是這麼告訴我的。」

格瑞德聽了，也犯起了糊塗。雖然為了訓練孩子們練廣播體操，她看了好幾遍廣播體操的動作示範，但是她看得沒有那麼仔細，到底第二個節拍是伸手臂還是張開手指，她心裡也沒有個底。

她決定去問正在上體育課的老師傑森。傑森說：「我也不清楚廣播體操的動作規範。你可以找一下高年級的領操員露西，她明白早操該怎麼做。」格瑞德看到六年二班的露西在體育課活動時間正在校園裡面閒逛。格瑞德把露西請來領操，有了正規的領操員，才有可能把廣播操的動作帶到位。

但是問題很快又出現了。有的孩子經常要把動作做反。比方說，有的同學做第七節踢腿運動的時候，明明是跟著節拍先往左邊踢的，他們卻偏偏習慣要往右邊踢，做側身運動和擴胸運動的時候，部分孩子仍然要做反動作。另外，有的孩子做動作的時候手臂老是伸不直，一副無精打采的樣子。

格瑞德觀察了片刻，在容易出問題的動作上一遍一遍地指導孩子。聰明的同學一下子就領悟了，而那些領悟能力比較差的孩子，卻死活都學不會。格瑞德讓孩子們聽著錄音跟著領操員練了整整三遍，整個隊伍仍然是亂七八糟的。格瑞德忍不住了。

「萊西，維塔、帕斯達特、霍姆沃克、丘比，全都給我站出來！」聽到格瑞德的厲聲命令，五個人從隊伍裡走了出來。「你們到底有沒有好好聽啊！怎麼做早操是從一年級的時候練起來的，再不好好把操做好是一件非常丟人的事情啊！現在，再給你們最後一次機會，如果你們再不好好做，你們放晚學的時候就留下來好好練吧！」

格瑞德再轉過頭去看其他同學：「你們也一樣。你們當中如果有人不好好做操，你們也得留下來。」格瑞德又放了音樂讓孩子們做了一遍。

孩子們的動作依舊非常混亂。這時下課鈴響了。

格瑞德關掉了收音機。「老師，我們做得究竟怎麼樣啊？」丹娜急切地想知道自己會不會被留下來。格瑞德說道：「萊西、維塔、帕斯達特、丘比和霍姆沃克。你們這五個人明天上體育課的時候就給我專門練做操吧。」丘比聽了，一臉垂頭喪氣。他喜歡在體育課自由活動時間裡玩呼啦圈，一聽到自己只能在體育課學廣播體操，頹喪著臉走開了。

這時，傑森走了過來，笑著問道：「你們班廣播體操練得怎麼樣了？」格瑞德搖搖頭說道：「還差得遠。他們不知道怎麼回事，動作老是做不準確。」傑森說道：「你不要追求他們的每個動作都做到位，這是不可能的。以前舉辦過好幾次早操比賽，能有一小半的人早操大體能做標準的已經很好了。你現在指導他們，只要讓他們隊伍排排直，前後左右不要搞錯，做操時精神著點就可以了。」

格瑞德聽了，覺得很有道理。對於平時不好好學習的孩子，僅僅花一個月做標準廣播體操對他們確實很難，何況在學校大多數時間還必須完成教學上面的任務。於是，格瑞德放低了他們做操的標準。僅僅讓他們在做操的時候大致能做準確就好了。

半月後，廣播體操比賽在學校的操場如期舉行。隨著運動員進行曲的旋律，班級按照一定的隊伍順序一個年級，一個年級入場比賽。三年級是在二年級之後入場的。格瑞德站在一邊觀看各個班級廣播操比賽的表現，明顯感受到孩子們的動作做得都是不標準的。領導和老師們站在一邊觀看著，臉上沒有一絲不快的表情。費安娜甚至舉起了相機，把孩子們的表現一張張地「喀嚓喀嚓」地拍了下來。

雅安娜在一旁看著，忽然「咯咯咯」地笑了起來，她對格瑞德說道：「你看看你們班的萊西，做起操來像是在打太極拳。有氣無力的，慢悠悠的。」格瑞德看了也忍不住笑了起來。過了一會兒，格瑞德問雅安娜：「孩子們做得那麼不

標準，為什麼費安娜老師還拿著照相機拍個不停。」雅安娜說道：「這些拍著的照片都是要留作檔案的。教育部門每學年都要對學校進行一次檢查，看看學校有沒有舉辦一些各具特色的活動。學校拍照其實就是為了應付檢查。」

格瑞德問道：「但是現在他們的表現並不好，給上面的領導看到了不是很丟人嗎？」雅安娜笑道：「不是要把所有的照片都給領導看，選擇幾張他們做得好的照片留下來給領導看不就好了嗎？」格瑞德點點頭，雅安娜說得沒錯，拍那麼多張照片總有做的好的鏡頭。雅安娜繼續說道：「其實對於領導來說，他們做操做得怎麼樣並不是最重要的。哪個班級得名次，哪個班級得不到名次，對他們又有什麼關係呢？最重要的是照片。」

格瑞德點了點頭，是的，照片才是最重要的。

校長的科學課

三年級的時候，孩子們的課程表上面增加了一週三節課的科學課。對於科學，他們並不陌生。他們在很小的時候，就聽說過科學巨人牛頓與蘋果的故事。在得國學校裡面，孩子們所能接觸到書籍和資料，有許多描述科學問題的小知識。這些過去學習到的知識，讓他們對科學產生了無限的好感。

愛因斯坦對科學也有無限的嚮往。他最崇拜的人便是號稱科學巨人的牛頓。牛頓所提出的地心引力學說，一直使他念念不忘。

好不容易等到了週三，愛因斯坦早早地坐在位置上，拿起科學書翻看了起來。教我們的科學老師是誰，他是不是也像牛頓一樣，留著長長的頭髮，還是像愛迪生那樣，半個頭是禿的。愛因斯坦腦子裡浮想聯翩。

忽然，校長傑克出現在了窗外，在東南方斜射下來的陽光照射下，傑克的腦門油亮亮的。

也許有著油光瓦亮腦門的人比較聰明吧，所以他才能當上一所學校的校長。如果是平時，他拿著夾著情況記錄表的藍色塑膠夾出現在教室門口，一邊走，一邊用筆記錄著什麼，那麼孩子們一定會認為他是來檢查教室情況的。但是這次，他端著的是一個盤子，盤子上面放著酒精燈，酒精燈旁邊疊放著一本綠色封面的科學書和科學作業本。他該不會是我們的科學老師吧！

傑克走了進來，臉上帶著微笑。在平時，他進行教室檢查、黑板報檢查和早操檢查等檢查項目的時候，都是一板一眼的，臉上很難見到他的微笑。這次，他對孩子們笑了，倒讓孩子們有些驚訝。

「校長……」「校長教科學……」……講臺下面響起了孩子們細碎的討論聲。

「上課！」傑克一正臉色，下達了上課的命令。

「起立！」弗雷特發出清晰而又響亮的回應。教室裡的所有孩子都站了起來，只是部分坐在後面的幾個孩子，有點拖拖拉拉。

「同學們好！」傑克向他們鞠了一個躬。

「老師您好！」講臺下的學生一齊向老師鞠躬。

做完上課前的問候儀式。

「同學們好！這學期由我來教大家科學……」他向講臺桌下掃了一眼：「我希望在我講科學的時候，你們能夠認真聽講；我講完後，大家能夠按時完成科學作業。」

科學還有作業啊。愛因斯坦雖然在開學初的時候，就看到過那一本綠色封面的科學作業本，他還是不敢相信，科學居然也有作業。

「科學呢，是一門非常有趣的學問……」傑克一邊努力地向孩子們解釋，科學是一門什麼樣的學問，一面通過眼神和手勢，試圖努力地調動孩子們學習的興趣。

不知道是傑克的氣場太強大了，還是格瑞德以前的警告，「如果上校長的課不能好好聽講，就有可能會被開除」，起了作用，孩子們坐

在位置上安安靜靜的，除了迪克、科比和賽克把雙手放在抽屜裡面做小動作，大多數同學都坐得端端正正的，沒有一個人在講空話。

「……大家知道，愛迪生就是努力地做了上千次實驗，才發明了我們現在用的燈泡。我們科學呢？跟其他學科不一樣，除了學習課本上的知識，還需要做許許多多有意思的實驗……」

一聽到科學課裡會動手做實驗，孩子們一個個臉上樂得咧開了嘴。

「今天，老師就為你們帶來了一個有趣的實驗，大家可要看好了……」傑克一邊說，一邊拿出了酒精燈，「這是一台酒精燈，裡面盛滿了酒精，那麼，我請一位同學說說看，有誰知道酒精是一樣什麼東西。」

這個問題太簡單了。酒精不就是餐桌上喝的酒嗎？愛因斯坦高高地舉起了手。他看到周圍的其他同學也舉起了手。有的同學差點從位置上跳了起來。

「哪一組同學坐得最端正，老師就抽哪一組同學來回答！」傑克在講臺上擺了一個坐端正舉手的姿勢，愛因斯坦和部分孩子見到了，立刻坐端正並舉起了小手。

「這位戴眼鏡的同學坐得很端正，你來回答一下，酒精燈裡的酒精到底是什麼東西？」傑克右手向前一揮，示意吉米回答問題。

吉米站了起來，回答道：「我爸說，酒精就是酒，很多酒都是酒精兑水做出來的！」

傑克輕微地皺了一下眉，又轉而微笑地說道：「說得沒錯，酒精其實就是酒。不過我們的酒都是釀出來的，不是酒精兑水兑出來的。請坐！」

吉米似心有不甘，抬起頭來似乎想反駁，不知怎麼的，怔怔地在位置上坐了下去。

「酒裡面就有酒精。除此之外，酒精還可以燃燒。我們實驗室裡用的酒精燈裡面的液體就是酒精。」傑克微笑著用手掌端起酒精燈，在孩子們眼前晃了晃。酒精燈裡透亮的液體左右搖擺，孩子們伸長脖子望去，想看得更清楚一些。

傑克放下了酒精燈，接著從外套的內袋裡掏出一塊手帕。「同學們，請大家一起告訴我，這是什麼呀？」

「手帕！」孩子們爭先恐後地答了出來。

傑克笑道：「同學們都很聰明，這是一塊乾的手帕。老師如果用火點到手帕，手帕會怎麼樣啊？」

「著火了，呃啊，燒光了！」迪克瞪大眼睛，兩隻手在胸前來回舞動，作出一副非常誇張的表情。

「會著起來。」「會燒掉。」其他孩子們的回答零零碎碎。

傑克微笑著擰開了酒精燈，並將手帕用鑷子鉗起，浸到酒精裡面，直到手帕全都濕透。傑克說道：「如果老師把手帕取出來，再用火點燃，那麼，大家猜手帕會怎麼樣？知道的同學請舉手。」

許多孩子興奮地舉起了手。

「這位漂亮的女生，你覺得手帕會怎麼樣？」

艾米略帶害羞地站了起來：「我猜……我猜手帕會被燒掉。」

「請坐。這位小男孩，你怎麼看？」

賽克站了起來，說道：「我猜……我猜手帕會燒得連灰都不剩。」

「請坐，你呢？」

愛因斯坦站了起來，說道：「我猜手帕會比不浸酒精燒得更快。」

「廢話，我也知道。」看到愛因斯坦回答了問題，帕斯達特沒安好心地喝了倒彩。

傑克讓愛因斯坦坐了下去，神秘地笑了笑：「請同學們看好了。」孩子們坐在位置上，摒住呼吸，瞪大眼睛凝視著傑克用酒精燈去點夾在鑷子間的手帕。淡藍色的火焰突地從手帕周圍竄了起來，火焰包圍著手帕，看來手帕是在劫難逃了。

傑克把手帕放到了講臺桌的桌沿下，任它燃燒。孩子們看手帕的視線被遮擋了，禁不住好

奇，差點從位子上站了起來。傑克把手帕放進了一隻褐色的陶瓷杯子裡，蓋上了蓋子。

「大家猜猜看，現在陶瓷杯子裡的手帕怎麼樣了。」傑克的臉上一臉調皮，而孩子們的臉上則是一臉驚奇。

傑克問孩子們，認為手帕被燒掉了的舉手。全班有十多位同學舉手了。傑克又讓認為手帕沒被燒掉的同學舉了手。全班只有弗雷特和鵬比舉手了。傑克請兩位同學告訴他理由。

弗雷特說道：「手帕一定沒有被燒掉，不然老師肯定不是這副表情。」而鵬比則說：「手帕沒有被燒掉，我沒有聞到手帕燒掉時的那股臭味。」

傑克微笑地請鵬比和弗雷特上去檢查陶瓷杯中的手帕到底有沒有被燒掉。「手帕真的沒被燒掉哎！」弗雷特率先說了出來。「老師，手帕果然沒有被燒掉。」「真的，手帕連一點燒焦的痕跡都沒有。」鵬比仔細觀察後，告訴了同學們他的發現。孩子們一個個都驚奇地瞪大了眼睛。

傑克輕輕拍了拍鵬比的肩：「你拿著手帕繞教室走一圈，讓同學們好好地看一看。」

鵬比舉著手帕走了起來。愛因斯坦看到了，手帕真的完好無損，不僅如此，手帕上居然還是濕的。這究竟是怎麼回事呢？愛因斯坦突然變得興奮了起來。

鵬比出示完手帕後，傑克讓鵬比和弗雷特回到了座位上，接著，傑克問道：「大家知道這是怎麼回事嗎？」

坐在位置上的孩子們紛紛搖頭。

傑克開始告訴孩子們，手帕只有到達一定的著火點才會燒起來。而酒精燈的酒精裡面有水的成分，只要水沒被燒乾，手帕就不會到達著火點。傑克還告訴孩子們，做科學實驗一定要眼見為實，不能憑空猜想和捏造。這讓愛因斯坦想起了，這跟得語課上，格瑞德讓他們背的《畫楊桃》裡的那句話，「提起楊桃，大家都很熟悉。但是，看的角度不同，楊桃的樣子也就不一樣，有時候看起來真像個五角星。因此，當我們看見別的人把楊桃畫成五角星的時候，不要忙著發笑，要看看人家是從什麼角度看的。我們應該相信自己的眼睛，看到是什麼樣的就畫成什麼樣」意思差不多，只是校長傑克說的更加簡單。

第一堂只是傑克校長為提起孩子學習科學興趣而上的實驗課，從第二堂課開始，傑克校長開始按照課本內容原原本本地上了起來。在科學課上，愛因斯坦和同學們在傑克校長的帶領下，種了花、養了蠶、觀察了金魚、量了溫度，還用磁鐵發了電。愛因斯坦獲得了前所未有的快樂。而愛因斯坦常常擔心的科學作業，大多在科學課上都能完成，且非常簡單，除了可憐的霍姆沃克和維塔時常受到傑克校長批評，其他人都能一次性做全對。

不過讓校長上科學課有一點不好，就是校長的會開得實在太多了。傑克一去開會，孩子們的科學課就會被改成，或是得語課，或是數學課，或是英語課，反正肯定不是科學課了。有一次，傑克校長去阿爾卑斯山的滑雪場開會，一開就開了一星期，課表上的兩堂科學課都變成了得語課。愛因斯坦鬱悶了好久，一直埋怨為什麼得國校長開會非要跑到意代利的滑雪場去。

從三年級開始，愛因斯坦一直期盼著，以後科學課能夠上得多一些。

教育部的新規定

又到了班主任談話時間，格瑞德像往常一樣走進教室。孩子們見到格瑞德來了，像老鼠見到貓似的在位子上立刻坐端正，只剩科比和帕斯達特依舊在座位上打鬧，迪克仍在位子上做著「小動作」。

格瑞德走到講臺上，臉色凝重，似乎思考了一會兒，說道：「今天我來這裡，想要說的是教育部門的一個新的規定……科比，坐端正了。」格瑞德看到科比還在玩，立刻提醒道。科比聽了，一個激靈在位置上坐端正了。

「這個新規定，要求『減負』和『素質教育』，它要求我們老師不再佈置過多的作業，也不再體罰學生。」話音剛落，孩子們的臉上露出一陣驚訝。過了幾秒鐘，納伊弗舉手問道：「老師，是不是以後就不用做作業了。」

格瑞德回答道：「以後作業還是要做的，它的意思是不要佈置過多的作業。」丹娜露出了驚喜的神色：「老師，你的意思是我們以後可以少做幾樣作業了是不是？」格瑞德說道：「原則上是這樣，老師是不會佈置過多的作業了。」

「耶！」班級裡的孩子都伸出了剪刀手，表示自己勝利了的樣子。迪克和霍姆沃克甚至高興得差點從座位上跳了起來。

格瑞德繼續說道：「不要高興得太早。我們需要完成的作業也是要完成的。」鵬比握緊了拳頭激動地說道：「老師，能夠少掉幾樣作業我就心滿意足了。」

「另外，教育部還要求老師不再體罰學生。」「老師，體罰究竟是什麼東西啊！」弗雷特舉起手問道。「體罰它包括罰站、拉耳朵、扯頭髮、打手心、扇巴掌等……」格瑞德解釋道。

迪克伸長了脖子，興奮地問道：「這是不是意味著以後我們不會再被老師打了？」格瑞德說：「原則上是沒錯的……」

「老師萬歲！！」班級裡面一片沸騰，孩子們臉上都洋溢著快樂的笑容。格瑞德擺擺手，示意孩子們安靜下來。「但是你們也要體諒老師。老師打心裡也不願意打你們，只是有時候實在是太生氣了……希望你們能夠理解。」弗雷特大聲說道：「老師，我理解你，以後我一定好好學習，不讓老師失望！」格瑞德說道：「那就好。」

過了一會兒，鵬比舉起了手問道：「老師，不體罰是不是只是指您不體罰我們，還是所有老師都不會再體罰我們了。」格瑞德老師說道：「所有老師都不會再體罰你們了。」迪克露出了驚訝的目光：「那麼比特老師是不是也不會再體罰我們了。」迪克常常因為上課開小差被比特揍，他們非常關心這個問題。「那你可以去問問比特老師。」格瑞德微笑著回答道。

下課後，格瑞德走出了教室。教室裡面又開始沸騰了起來。帕斯達特乾脆在教室裡面跑來跑去了。納伊弗說道：「帕斯達特，你在教室裡面亂跑，我要去告老師。」帕斯達特惡狠狠地說道：「那你去告好了啊！反正格瑞德是打不了我的了。」說完，自顧自地又在教室裡奔跑了起來，把教室裡的桌子撞得七扭八歪。

這時，比特進來了。他看到奔跑著的帕斯達特，一臉不高興，喝道：「帕斯達特，你在幹什麼？」比特的話語中有著一股強大的威懾力，教室頓時安靜了下來，帕斯達特也停止了奔跑，愣愣地看著比特。「帕斯達特，給我過來！」比特冷森森地說道。

帕斯達特慢慢地走到了比特跟前，剛才的傲慢蕩然無存。比特說道：「帕斯達特，你剛才在幹什麼。下堂課是數學課，你數學書準備好了沒有？」比特的話語聲調沉穩有力，猶如暴風雨到來前的平靜，比格瑞德的怒吼更具威懾力。

帕斯達特低著頭，一臉沉默。「啪」的一聲，比特突然扇了帕斯達特一巴掌：「快回答，你數學書準備好了沒有！」帕斯達特仍舊低著頭不肯回答。比特扯起帕斯達特的耳朵，又連續打了帕斯達特三下後腦勺：「帕斯達特，我火都大死了，別浪費老師時間好不好！」

帕斯達特憤怒了，嘴裡「呼哧呼哧」喘著粗氣，眼睛堅定得快要冒出火來了，眼淚卻從兩頰流了下來。比特冷笑道：「你別給我造反好不好。」說完，想用手去扯他的頭髮，卻被帕斯達特一下子推開了。帕斯達特兩手張開，「啊啊啊」地狂叫了起來，猶如一頭瘋狂的野獸：「你這個變態，體罰學生！體罰我……」比特見了，臉色立刻變得兇惡了起來，他舉起課本向帕斯達特一扔，書本重重地打在了帕斯達特臉上。比特又衝了過去，把帕斯達特推到了牆上。帕斯達特哭著，吼著，狂叫著，竟然掙扎著還起手來。比特對著帕斯達特又打又踢，一邊還罵道：「我就

是體罰怎麼啦！你去告我啊……你全家都去教育局告我啊！你們好換一個數學老師，好不好啊！」

在兩人推打過程中，上課鈴聲響了，比特似乎沒有聽到，繼續一拳一腳地揍著帕斯達特。孩子們都愣愣地坐在位子上面，嚇得連氣都不敢出。他們雖然早就已經習慣了這位既可怕又喜怒無常的老師，但是這麼可怕的場景，孩子們是第一次見到。

過了一會兒，比特揍累了，也發洩完了。他轉過頭來，望著全班的孩子們說道：「教育部不能體罰的通知看來你們也是知道了。沒關係，大家有什麼不滿的可以去教育局告我。但是如果要讓我繼續教你們學數學，我是不會不打人的……你們看看，這樣的學生不打能成器嗎？」

比特說話時的聲音比較低落，彷彿生了一場大病一般。他向數學課代表艾米借了一張紙巾，揩了一下鼻涕，走到教室後面，扔進了黑板報邊的垃圾桶裡。孩子們看到比特走路步伐蹣跚，精神略有萎靡，彷彿被抽走了精力一般。他竭力平復了自己的情緒，繼續上起了數學課。而帕斯達特則一直靠在佈告欄邊的牆壁上，彷彿一座靠在牆壁上的雕像，只是他的眼睛在不停流淚。

上完數學課後，又看到老師們所佈置的作業時，孩子們明白了，事情並沒有按照他們所期望的發展。得語、數學和英語，學校作業和回家作業一樣都沒有少。比特和其他老師也跟以前一樣，罵的時候會罵，打的時候仍舊會打。他們所期待改變的格瑞德老師，在宣佈教育局新規定後，改了不少。但是有時候，格瑞德也不免不了生氣，暴躁地打罵他們。

一個月後的一次班主任談話時間裡，格瑞德告訴孩子們，他們要做一張問卷調查。問卷調查發下來後，孩子們一看，問卷上方標題赫然寫著：「教育局問卷調查」。

格瑞德微笑著說道：「大家聽好了，請按照我報的答案填寫這張問卷調查。」格瑞德接著又說道：「第一題，老師有沒有體罰你們，大家知道應該填寫什麼嗎？」弗雷特大聲說道：「老師，應該填沒有！」下面的孩子爆發出一陣驚訝。格瑞德微笑道：「弗雷特說的沒錯。應該選擇沒有體罰。」納伊弗聽了，大聲說道：「格瑞德老師，不對，不對……這是撒謊……」

格瑞德竭力向他們解釋道：「孩子們，我知道，你們要填的，跟實際情況有所不同。但是請你們也體諒一下老師……這是教育局發下來的調查問卷，跟我們學校的排名和聲譽有聯繫，如果你們不按照上面的答案回答，學校的經費和撥款都會受到影響，到時候我們就沒有錢給你們買體育器材室的器材和圖書室的書了……如果不想以後沒有體育器材玩的話，就給我老老實實在『沒有』這個選項上打個勾。」

看到老師要求他們在問卷調查上撒謊，孩子們無奈地笑了笑，有些孩子臉上竟然露出了調皮的笑容。對於像帕斯達特、愛因斯坦、丘比、科比等本身就叛逆的孩子來說，他們更加堅定了叛逆的信念。連老師都帶頭要求他們撒謊，他們平時撒謊騙老師又有什麼不可以的呢？但是對於像吉米、艾米、簡、漢森等乖孩子呢？他們從小就被家長灌輸到了學校一定要聽老師的話，老師的話都是正確的，聽話的孩子都是好孩子。如今，老師的偉岸形象竟然在教育局調查問卷上面轟然倒塌。他們又該相信什麼呢？是老師過去對於誠信的教導，還是老師的指示？

格瑞德繼續說道：「第二題，老師每天佈置的作業大概多少時間能夠完成，上面有ABCD四個選項。A是二小時以上，B是二小時，C是一小時半，D是半小時。這題應該選什麼？」弗雷特立刻回答道：「應該選D半小時。」格瑞德微笑道：「真聰明，應該選D，半小時。」班級裡面一陣倒彩，要知道，半個小時對於他們來說連完成得語作業都不夠。

維塔一副魂不守舍的樣子望著格瑞德，問道：「老師，我……我……是不是也選半小時？」格瑞德說道：「是的，應該選半小時。」維塔的鄰居漢森聽了，連忙說道：「老師，維塔

作業經常要做到晚上十點才能完成哎！維塔，你應該選兩小時以上。」

由於時間關係，格瑞德沒有理漢森，繼續報道：「第三題，你們每天睡覺的時間有多少小時，上面有四個選項，A，六到七小時；B，七到八小時。C，八到九小時；D，十小時以上。這題我們選D……」每個孩子都低下了頭，在D選項上面打了一個勾。

「第四題……第五題……第六題……」格瑞德把每一題的題目都讀了一遍，再把答案報給了孩子們。孩子不管上面的選項跟自己的實際情況有多大不符，也只能按照老師的要求在應該打的選項上面打勾。

下課鈴響了，格瑞德讓孩子們同桌之間互相進行了檢查，再讓小組長把問卷調查收了上來。把問卷調查放到辦公室後，她又檢查了一遍，選出了幾張「答得不好」的問卷後，再叫答得不好的同學重新做正確了，她才把問卷調查交給教導處費安娜。費安娜問道：「孩子們都填『正確』了嗎？」格瑞德回答：「都……都填正確了。」費安娜有些不放心，又說道：「下週教育部門的領導親自要來學校進行問卷調查。在班主任談話時間和品德課時間對他們好好教育，至少要讓孩子們把問卷調查的答案都背熟了，領導來檢查的時候，可千萬別處什麼岔子！」格瑞德點了點頭，回答道：「一定。」

星星已經掛上了天空，天色也漸漸暗了起來。冬天的夜晚來得總是比夏天早得多。格瑞德望著三張被檢查出來「作廢」的問卷發愣。三張都沒有寫名字，但格瑞德都認得出來。一張是帕斯達特的筆跡，像以往一樣歪歪扭扭，他在「體罰」的問題上填了「有」。一張是維塔填的，她在「老師每天佈置的作業大概多少時間能夠完成」上選了A，兩小時以上。一張是納依弗填的，她什麼答案都填對了，只是在「你有什麼建議」旁邊，寫上了，「你們能不能別逼老師撒謊」。

格瑞德把調查問卷收進了抽屜裡面，走出

了辦公室，鎖上了門。天上的星星一眨一眨的，沒有說話，它們也許才是永遠不會撒謊的。

彌漫在空氣中的臭味

在得國的小學裡面，班主任不僅擔任班級裡的得語、數學或英語一門主課的老師，還往往擔任班級裡面的品德課老師。每個年級每個學期，學校裡都會給每個孩子下發一本由整個符登堡省制定的品德教科書。班主任老師就是根據這本品德書，再加入自己的內容，為班級裡的孩子上一堂堂的品德課。

這天下午品德課，格瑞德給三年二班的孩子們講到了保護環境的重要性。她照著品德書上面的內容讀了起來：「既要金山銀山，又要綠水青山。保護環境不僅是政府的責任，還是每一個公民的責任。他們關係到我們每一個人的利益。」大家能不能舉起小手，舉下例子，有哪些行為是破壞環境的？

話音剛落，教室下面舉起了許多小手。看來，孩子們在品德課時候舉手，比在得語課時要積極得多。

「納伊弗，請你來說一下，哪些行為是破壞環境的？」

「砍伐樹木！」納伊弗眼睛望了一下格瑞德，掰著手指，停頓了一會兒，繼續說道，「……還有……汽車尾氣……還有……排放廢水……呃……」納伊弗停在這裡無法繼續說下去了。

「說得不錯，還有嗎？」格瑞德用一種鼓勵的眼神，繼續問納伊弗。

「想不起來了……」納伊弗露出一種不好意思的微笑。

「請坐！」

納伊弗坐了下去。

「還有誰願意補充一下嗎？」格瑞德繼續問下面坐著的其他同學。

弗雷特高高舉起了小手。

「弗雷特，你來繼續補充一下。」格瑞德繼續以一種鼓勵性的語氣問道。

「還有工廠排放廢氣和廢水，廢氣會污染空氣，廢水會污染河道……」弗雷特繼續說道，「這些東西會讓很多人生病。」

「嗯！回答得很棒！」格瑞德贊許地點點頭。接著，她又抽選了艾米和愛因斯坦。艾米回答大量使用煤炭會污染環境，愛因斯坦則回答亂扔電池會污染環境。格瑞德都表揚了他們。

「大家讀一下品德書四十六頁的資料卡，思考一下我們可以為保護環境做些什麼？」格瑞德繼續補充道：「老師提示一下，大家可以從多種角度回答這個問題。比如說，我們看到有人污染環境，該怎麼做？看到一些不文明的行為，該怎麼做？自己應該做什麼有益的事情，來保護環境。」

愛因斯坦聽了格瑞德的提示後，把書翻到四十六頁看了起來。四十六頁，資料卡裡，顯示了得國目前環境污染的問題十分嚴峻，每年死於肺癌、胃癌和心血管疾病的人數在增多……資料卡旁邊，放著幾張觸目驚心的照片。其中一張照片，拍攝的是一條河道，河道上面漂浮著許多垃圾，有泡沫塑料，有的垃圾的中間，還漂浮著幾具魚兒的屍體。

在「河道」照片的旁邊，畫著得國首都泊林因為被霧霾籠罩，在隔著國會大廈一條街的街口，整個國會大廈「消失」在人們眼前的場景。愛因斯坦還記得學校外面也有淡淡的霧霾，但是走出校門後，他們依然可以看到伊斯特小學四層樓高的教學樓。可是，在泊林街口，沒想到國會大廈卻因此「不見了」

在「霧霾」照片的下方，也有一張照片，照片裡面畫著一排排的工廠，每個工廠的上方都有一根長長的煙囪，黑沉沉的煙氣似乎斜著「衝上」天空，把太陽都遮住了……

「大家能為避免出現下面幾張圖片的現象，做什麼積極有益的事情嗎？」格瑞德微笑地問同學們。

孩子們回答了很多「積極有益」的方案，納依弗同學提出了，如果看到其他人排放廢水廢氣，要勇敢地向他們指出來，必要的時候，要報警。丹娜同學則回答道：「她如果看到有人在亂扔電池，一定會站出來阻止他們的。」洛珈同學顫顫巍巍地舉起了手，回答道：「如果見到其他小朋友亂扔垃圾，一定要第一時間叫他撿起來。」……格瑞德都對孩子們的回答給予了肯定的贊許。

當品德課進行到一半的時候，教室裡忽然彌漫著一股臭氣。這股臭氣既有一種東西燒掉時的焦臭味，還有一種刺鼻的煤煙味。

孩子們已經注意到了，有些同學甚至捂上了鼻子。帕斯達特在下面狠狠地罵道：「到底誰在放臭屁呀！別被我逮到！」

接著，格瑞德也聞到了，她吩咐靠窗的同學把窗戶全部關起來。「刷刷刷」，「啪嗒啪嗒啪嗒」，原本開著的窗戶都關了起來。迪克關了窗以後，再也無法克制自己的沉默，大聲說道：「老師，外面有人在放毒氣！外面有人在放毒氣！我們快要被毒死了。」迪克掐住了喉嚨，作出了快要窒息而死的樣子，估計這種誇張的動作他是從電視裡面看來的。

丹娜也說道：「老師，外面的那股怪味已經出現了好多天了。每天下午都會出現，我們都被熏得難受死了。」

格瑞德其實早就注意到外面有一股怪味了，操場上也時常出現這個既像汽車尾氣，又像什麼東西燒焦的臭味。可她平時連訂正孩子的作業都忙不過來，哪裡有多餘的心情搭理這股「臭氣」。

格瑞德走到窗戶旁的講臺桌前，側著眼睛向外望去，只見學校旁邊有一排低矮的小平房，那是私人生產衣服的作坊。作坊對面有一幢二樓那麼高的房子，房子靠學校的牆邊，伸出半節圓形的管道，圓形的管道口正在噴出灰白色的霧氣，連綿不斷。煙氣向上飛揚，在天空中不斷徘

徊淡化，與迷霧層層的天空交合在一起，融為了一體。

看到格瑞德望向窗外，靠窗的孩子們也紛紛望向窗外，維塔竟還傻傻地開了窗戶向外探出頭望去，一股刺鼻的氣味立刻進來了，靠窗的幾位孩子趕緊捂住了口鼻。

「笨蛋，快把窗戶關上！」她的得語課代表珊迪竟然罵出了髒話。維塔聽了，「刷」的一下，把鋁合金的窗戶拉了起來，「啪嗒」一聲，把窗戶關上了。

「我要報警！把那個廠給查封了！」迪克右手豎起拇指和小指，做出了一個打電話的姿勢，他的身子不斷顫動，想盡力地體現出他的不滿。

「老師知道原因了。」格瑞德走到了黑板前的講臺桌前，說道，「老師一定會把這件事情反映上去的，到時候不會再讓這個廠排放毒氣了。」

迪克舉起了手，義憤填膺地說道：「老師，讓警察把他們抓起來，他們太可惡了，要毒死我們！」

格瑞德沒有去理會迪克。下課後，格瑞德去向校長傑克反映了這個情況。傑克校長向外面看了一眼，知道確有其事，他對格瑞德說道：「我知道了，這件事情我會處理好的……」

在下週的週一開會時間，校長傑克向全校老師傳達了這件事情的處理情況。

「有老師向我反映，學校旁邊的一個小作坊在向外面排放『有異味的煙』。我也聽說樓上一些教室裡面的幾位同學，流了鼻血。」傑克頓了一下，繼續說道：「不管這些煙跟這幾位小孩子流鼻血有沒有關係，這些煙對我們老師和同學的健康總是不好的；對學校正常的教學環境和生活環境也是不好的；對學生的學習影響也是不好的。我這裡跟那個小作坊的老闆去商量了一下，他也表示，會錯開排放這些煙氣的時間。他們會在傍晚或晚上，學生都走光了的時候，排放這些煙氣……」

傑克講完後，沒有一位老師提出異議。他們以為再也不需要為校園外面蒸蒸而上的「煙氣」所困擾了。只是每當傍晚五點左右，那白色塑膠管的排氣口，又將吹出白色的「煙」，與這奇妙和諧的大自然合為一體。

過了一個月，排氣口開始提前一個小時排放起來了。只是從那以後，再也沒有老師向傑克說起過這件事。

格瑞德參加教師培訓

得國教育部規定，無論是在編的，或是不在編的老師，每年都要求參加不少於六十小時的培訓。格瑞德也不例外。她三年來一共參加過九次培訓，她漸漸看到了一個不一樣的教學世界。

在《讓我們一起仰望星空》的培訓中，主講人安東尼告訴老師們，現在已經沒有多少人能夠靜下心來，認真地仰望星空了。人們對大自然的好奇心已經被周圍利慾薰心的社會所蒙蔽了。有的老師立刻舉手提問道：「安東尼老師，請問仰望星空究竟有什麼用？」安東尼老師說：「也許，它無法讓你得到更高的工資，更多的獎金。但仰望星空可以讓你們看到一個前所未有的美麗世界。在宇宙中，人是多麼的渺小和不值一提，人的生命又是何其短暫。能夠靜下心來仰望天空的人，絕對不會為世俗的小事束縛住手腳，人們會有更加樂觀曠達的精神……」

接下來，安東尼老師又向老師們出示了他在美國用天文望遠鏡拍下的照片，金星凌日，太陽黑子，月食、日食等等。下面的老師看著不覺入了迷。安東尼又講道：「現在我們的天文技術跟美國相比至少落後三十年，這跟我們缺乏好奇心有關……美國在佛羅里達州造了一個用來觀測火星的國家天文臺，卻不知道該給這個天文臺起什麼名字。曾經有一個小女孩給美國國家天文臺寫過一封信，信上說『它應該叫好奇號』，因為好奇心是科學發展的不竭動力……你看看，這是

美國的孩子，還懂得要有好奇心……現在我們得國的孩子還有這樣的好奇心嗎……恐怕沒有了……這怪誰？我相信教育制度有責任，家長有責任，社會有責任，在座的各位老師恐怕都有責任……」

格瑞德一開始聽得很生氣，她最厭煩那些只知道講美國人的好話，卻對自己偉大的得意志祖國沒有一點認同感的人了。但是安東尼講的事情又是這麼的貼切，勾起了她對一件事的回憶。

幾個月前，格瑞德要孩子們分組去市圖書館去搜集一下其他國家的資料。二十四個人分別分了六組，搜集伐國、應國、厄國、中國、美國和意代利的資料。洛珈、吉米、丹娜和漢森那一組收集的是厄國的資料。他們花一週的時間就收集完畢了。當格瑞德在講臺上宣讀厄國看病不需要錢時，洛珈竟然張口驚訝道：「厄國竟然這麼好，看病居然不用錢？」格瑞德很奇怪，明明是他們自己收集的資料，為什麼洛珈看起來仿佛是第一次聽到。一問才知道，洛珈的資料是哥哥羅西收集的，羅西把資料交給洛珈以後，洛珈就沒有看過一個字。她竟然對著那麼厚的一疊資料，沒有一點好奇心。

格瑞德不得不反思自己，也許她佈置的作業太多了，他們也許真的是太忙了，忙到連好奇心都沒有了。面對堆積如山的作業，每天重複地做題，批改和訂正，每天重複地背誦、默寫、聽寫和寫作。這樣的學習生活，又如何激發出他們的學習熱情和學習興趣？

格瑞德又參加了《中國傳統文化》的培訓，這裡面，格瑞德學到的東西也不少。主講教師是千葉代，是一個日本人。她眉飛色舞地講道：「中國古代繁體字都是非常生動的。其中有一個繁體字『習』，表達的是一隻鳥學習飛行的故事。這個字說明，學習不是一種知識的灌輸，而是一種學習能力的培養。就像鳥兒一樣，它們最終是要學習自己飛行的，而不是永遠待在鳥媽媽身邊，看她說怎麼飛行。我覺得現在得國的教師，應該好好向中國人學習。」

千葉代的話激起了下面得國教師的一片反感，得國的教育有那麼不好嗎？需要一個日本人說三道四地說要讓得國老師向中國人學習。

後來，主持老師講了一個得國老師的故事。那位老師帶的是初中數學課。他帶的第一節數學課不是像其他數學老師一樣，講數學書上第一課內容。他第一課講的是古希臘傳說，講得十分精彩動人，引得班級裡面其他孩子都忍不住想聽下一節的故事內容。他在第一節課的末尾，告訴孩子們，如果你們想聽接下來的故事，必須在下面的數學學習上面，付出百分百的努力。孩子們自主學習的積極性立刻被調動起來了。這位老師講課講得十分慢，總是講幾堂新課，就獎勵給孩子們一個故事，講幾堂新課，帶孩子們出去玩一陣。其他平行班級複習快進行了兩週了，而他卻連新課都沒有上完。後來，期末考成績出來，他們班數學成績是最好的。

下面的老師們如癡如醉地聽著，彷佛在聽一個神話故事。有的老師立刻提出來了：「按照現在這樣的教學情況，這是不可能做到的。我們過半個學期，領導都要進行教學抽查和作業批改情況檢查，如果作業不加緊進度趕完和批改完，是要挨領導批評的。」主講老師尷尬地笑了笑，建議按照自己的教學實際出發，積極調動孩子們的學習積極性。跟格瑞德一起同去的比特老師則表示，他會積極採取講故事的方法來調動孩子們的學習積極性。

在《校本課程的開發於實施》中，主講老師要求老師們積極地在課餘時間開發出適合學生情況的教材。主講老師講道：「我們手中發到的，教育部的教材不是『聖經』，很可惜大多數老師都把他們當成『聖經』來看待。我們老師完全可以按照自己的理解，合理地分配教材內容。我看到過有一部分名師，上課的時候是一整個單元，一整個單元同時上的。」格瑞德一聽，不由得吃了一驚。她看到得語課本裡面每單元課文類型差不多時，就曾經想過一單元一單元上課，但是她資歷比較淺，學校裡年長的老師也沒有一單元一單元上課文的，想想也就算了。如今，當她知道自己的許多想法跟名師有些接近，也不由得暗暗吃驚。

主講老師繼續講道：「我們不僅要上好教材裡面的內容，我們更鼓勵大家自己研發出自己的校本課程。」老師們聽到了，立刻表示，除了上課和批改作業，他們根本沒有時間、精力和能力去自主研發校本課程。主講老師聽了，臉上不由的浮現出一絲尷尬。他說：「我知道我的提議會遭到很多老師的不滿和反對。也許你們上課累，批改作業累，抓孩子們的成績也很累。但是，現在的形勢已經不一樣了。現在的時代要求我們的老師必須學著自己研發出自己的課程……」

格瑞德覺得，現在得國老師的主要精力大多數花費在了批改作業和抓孩子們的成績上面。除了雙休日的時間，週一至週五確實沒有多少時間用在研發校本課程上面。但是如果要讓老師們在雙休日拿出自己的時間來研發校本課程，又有幾位老師能夠願意呢？

在《德育工作培訓》中，得國巴伐利亞省教育部副部長更是對得國部分老師的教育進行了直接否定。「我原來在符登堡第三實驗中學當老師。那時候，沒有一個老師對學生的教育，採取大量做題的『題海戰術』。採取『題海戰術』，是要被七、八十年代的老師拄著拐杖罵的呀！『題海戰術』不能教出具有完全思辨能力的孩子，教出的不過是一個個『得國的奴隸』罷了。」他接著又說道：「你們當中有不少老師是數學老師，請問一下你們教雞兔同籠問題是怎麼教的？」沒有一位老師敢舉手回答。

副部長繼續說道：「我見到我有一位老師是這樣教的。他直接把求雞兔同籠的公式寫在了黑板上，讓孩子們一個一個去套。上完課後，那位老師叫我評價他的那門課。我是毫不留情地對他說『我不覺得你在上數學課，你上的是公式課，不是數學課』，他上的課連公式是怎麼來的都沒有告訴孩子，你們說他們培養的是擁有自主創新精神的孩子嗎？絕對不是……」副部長語調抑揚頓挫，或義憤填膺，或聲情並茂，把他的好惡和觀念原原本本地描述給了老師們看。

比特老師聽得十分認真，把筆記認真地記錄了下來。副部長一講完，老師們也紛紛離開了座位，準備回各自的學校。這時，高年級的數學老師安德魯冷笑了一聲，說道：「專家的觀點就是跟常人不一樣啊！」比特卻認真地說道：「但是我覺得他講的是對的，本來就不應該用『題海戰術』對待學生。上課不認真上，光用『題海戰術』就想提高成績的老師，是無能的老師。」安德魯聽到了，也許以為比特在諷刺他吧，扭過頭，「哼」了一聲就走了。

格瑞德通過這幾次教師培訓，深深地感受到了，教育部門所宣導的教育觀念和教育方法，跟得國小學內所推行的方法是完全不同的。她並不知道哪個正確，哪個錯誤。但現在小學內部盛行的風氣，確實令人壓抑，她都有點兒不想再做教師這一行了。

奇怪的發現

任教三年來，格瑞德有了很多奇怪的發現。

首先是在「多動小男孩」迪克身上。迪克從小學一年級開始就非常多動。每次老師在課堂上面講課的時候，迪克小動作就做個不停。當老師抽他回答問題時，十有八九回答不出來。迪克的問題還體現在訂正作業上。每次批改作業之前，格瑞德總是會花十到二十分鐘時間講解作業本上面的題目。從講題目開始沒過幾分鐘，迪克就開始沉浸在自己的多動世界當中。有時候，他手上開始做出衝鋒槍掃射敵人的動作，有時候又像是在修煉武功。等到珊迪把孩子們訂正完的作業收上來後，格瑞德就會發現，迪克的作業竟一點都沒有訂正過。他壓根就沒有認真聽講。為此，格瑞德經常在辦公室裡面狠狠地批評他。

後來，格瑞德在書上瞭解到，多動症全名叫作「注意缺陷多動障礙」，是一種疾病，需要

醫生進行積極地干預，才有可能把多動的孩子慢慢拉上正軌。另外，電視和動畫是不能給多動的孩子看的，會使病情加重。格瑞德把她的發現告訴了迪克的媽媽。迪克的媽媽說：「迪克以前幼稚園裡的老師就曾經告訴我這個小孩和其他孩子不一樣，有點多動。我們平時想盡了很多辦法都希望他能夠改掉多動的壞毛病。可平時我和他爸爸工作一會兒忙，一會兒閒的，集中注意力的訓練也沒能堅持到底。」格瑞德問道：「那您的孩子小時候曾經有沒有長時間地看電視，或者玩電子類的遊戲。」

迪克的媽媽回憶了一會兒，堅定地回答道：「有，他在家的時候，經常坐在電視機前面看電視，一看就是半天、一天的。那時我和他爸工作又忙，爺爺奶奶又忙著地裡的活計，沒時間管他。」

格瑞德驗證了自己的猜想，說道：「您孩子的多動，很有可能跟長時間地看電視有關。」迪克的媽媽說道：「是，很有可能有關聯。」格瑞德建議道：「那我想向您提個建議，不要再讓您的孩子在家看電視了。我看過一些多動症的資料。看電視會加重多動症的病情……並且，我希望您最好帶您的孩子去兒科醫院看一下。」一聽到需要帶迪克去醫院看病，迪克的媽媽就露出了一臉疑惑：「我不知道看多動症往哪個醫院去看啊……格瑞德老師，您能推薦一下嗎？」格瑞德說：「我也不知道去哪個醫院看多動症比較好……您最好能好好打聽一下，畢竟為了孩子的未來……」「我知道……我知道……」迪克的媽媽打斷了格瑞德的話，繼續說道：「有空我會去打聽的，老師辛苦了……電視我是不會再給他看的了……」

格瑞德一聽迪克媽媽的語氣，就知道她是不會帶迪克去看醫生的。她不知道得國還有多少像迪克這樣的孩子沒法接受到正規的檢查和治療。

她的第二個發現是班級裡的「笨女孩」維塔身高卻是出奇的高。她曾經看過一本講述弱智孩子的書籍，這本書裡面講的「弱智孩子」大多都體型矮小，發育遲緩，體弱多病。而維塔的身高卻比一般的女生身高要高一點。身體也是棒棒的，不像其他孩子動不動就傷風咳嗽。

在老師眼裡，維塔還算是比較可愛的。雖然平時成績並不好，但是懂得關心老師和同學，也懂得積極地打掃衛生。雅安娜曾經不止一次誇獎維塔獨自一人幫助老師把辦公室打掃得乾乾淨淨，還經常給她糖果吃。維塔拿過糖果以後，也不忘說聲「謝謝」。

但是維塔也有問題。在格瑞德眼裡，維塔看到的外面的世界似乎並不像其他孩子那樣正常。她看周圍的人和事時，眼睛是迷茫的，有時候看著看著大腦袋抖動了起來，有時候甚至是木然地瞪著眼睛看周圍的人。格瑞德經常跟其他老師說起，維塔看東西的感覺跟其他孩子不一樣。辦公室裡教六年級的奎妮老師說道：「是的，她看東西的時候總是一副傻樣子。也許是因為腦子比較笨，來不及應對外面世界的反應吧！」

但是有一件事情，漸漸地改變了格瑞德對她的看法。那天正好是中午批改抄寫作業的時候。維塔沒有抄完，被格瑞德叫到講臺桌前補抄作業。維塔補抄作業時，格瑞德看到維塔寫的字母筆劃歪歪扭扭的，心裡雖然不滿，但也沒有辦法，誰讓維塔只能寫出這個樣子的字母呢？格瑞德繼續批改著抄寫作業，忽然發現有一本抄寫作業本上面沒有寫名字。

「這本無名氏的抄寫本是誰的？」格瑞德問道。「老師……這本……這本……是漢森的……」維塔看著本子上面的筆跡，一字一頓地說道。格瑞德很驚訝，這本抄寫本的確是漢森的，她問維塔道：「維塔，你是怎麼看出來的？」維塔說：「他的字……他的字……就是這麼寫的。」格瑞德沒想到，這位令人頭疼的「笨孩子」竟然也能夠通過觀察別人的字跡，認出本子的主人。格瑞德又試著讓維塔通過抄寫單詞的筆跡，認識抄寫本的「主人」。維塔沒有辜負格瑞德的期望，大多數本子的「主人」都被她認出

來了。

她興奮地把她的發現告訴了辦公室的同事。奎妮說道：「你說得沒錯。維塔也許沒有我們想像的傻。她平時表現也蠻可愛的，也能跟老師對話交流……」

那究竟是什麼原因導致了維塔不能夠像其他孩子一樣得到像樣的成績呢？格瑞德專門去查找了很多資料。她曾經懷疑過維塔可能得的是自閉症，但是維塔並沒有表現出自閉症一樣的與人孤立。她還懷疑過維塔可能得了多動症或語言障礙裡面的其中一種，但是也缺乏足夠的證據來證明。格瑞德又陷入到無力之中，沒有人能夠幫助格瑞德解釋疑惑，也沒有人可以幫助維塔……

班級裡面還有一個叫瑪塔的孩子，似乎得了挑食症，每天在食堂吃飯時只吃一小口，菜也幾乎只是碰幾口。格瑞德起初沒有發覺，後來被丹娜發現了。丹娜坐在瑪塔的旁邊，看她飯吃不了幾口，就在瑪塔的媽媽接瑪塔時告訴了她這件事情。瑪塔的媽媽向格瑞德反映她不愛吃學校食堂的菜，希望格瑞德老師能夠關注一下。

一天午餐時間，格瑞德特別留意了一下，發現瑪塔的確只吃了幾口就打算把剩飯剩菜倒掉了。「瑪塔！」格瑞德叫住了她，「為什麼你飯只吃那麼幾口，學校裡的菜不合胃口嗎？」瑪塔呆呆地望著格瑞德。這時，納伊弗說道：「老師，她每天都只吃那麼幾口的，這樣已經持續了幾個月了。」格瑞德望著瑪塔小小的個子，發育顯然比同齡孩子要遲緩一些。

格瑞德正色道：「瑪塔，你為什麼每天就吃那麼幾口飯。如果不多吃一些的話，要長不高的。」這時，丹娜反映道：「老師，她家裡飯也吃得很少的。」格瑞德聽了，明白了，瑪塔本身對吃飯就沒有什麼胃口。像這種年齡段的孩子，挑食不愛吃飯很有可能是因為平時零食吃得太多了。

「她平時愛不愛吃零食的？」格瑞德知道就算問了瑪塔，瑪塔也不會回答，她乾脆問了丹娜。丹娜說道：「老師，她平時很少吃零食的，她媽媽很少給她買零食的錢。」格瑞德聽了，頓時犯了迷糊，那究竟是什麼原因讓瑪塔不愛吃東西。這個問題漸漸進入了她的內心。

後來，她看了一本關於小兒疾病的書籍。其中有一個症狀是缺鋅。上面寫道：「缺鋅的孩子容易挑食，偏食，身材瘦小，免疫力低下。」格瑞德對照瑪塔的種種表現，跟缺鋅的症狀非常相似。

放晚學時，瑪塔的媽媽來接瑪塔，格瑞德告訴瑪塔的媽媽，瑪塔不吃飯的原因很有可能是缺鋅。起初，瑪塔的媽媽聽不懂「缺鋅」是怎麼回事，格瑞德花了好大的力氣向瑪塔的媽媽解釋了一下。瑪塔的媽媽明白了，瑪塔長不高，不愛吃飯的原因是食物裡少了東西。格瑞德建議讓瑪塔多吃海鮮、花生等食物。另外，格瑞德告訴瑪塔不要挑食，爭取做一個不挑食的好孩子。

幾天後，丹娜向格瑞德反映，瑪塔中午吃飯比以前多了。格瑞德很高興，誇獎瑪塔比以前有了很大的進步。幾個月後，瑪塔的個子雖然仍是矮矮的，但是眼神靈活了起來，人也漸漸地精神了起來，背誦起得語課文來，也不像以前那樣拖拉了。需要背誦的課文，她都能夠在一週之內背出來。

這件事讓格瑞德更加確信，那些所謂的「差生」背後，都有著不曾被揭發出來的秘密。平時她總是一味地將「憤怒」和「無情」發洩給這些可憐的孩子，結果既沒有幫到孩子，也苦了自己。也許只有把這些秘密揭發出來，才能夠真正幫助到那些「差生」。

紅蝴蝶結衛生檢查

這天升旗儀式剛剛結束，主持升旗儀式的孩子並沒有說：「升旗儀式到此結束，而是繼續留在主席臺上。」她知道大隊部的簡甯老師有重要事情宣佈。

簡甯老師的身材胖胖的，挺著圓滾滾的大肚子。孩子們睜大眼睛看著她邁著大步子，蹣跚

著，搖搖晃晃地走上了主席臺。愛因斯坦覺得她活像一隻裝著酒的不倒翁。「同學們，大家安靜一下。簡甯老師這裡有一件事要跟大家宣佈一下。」簡甯老師的話音剛落，原本因為升旗儀式將要結束變得躁動不安的隊伍變得安靜了許多。

簡甯老師繼續說道：「同學們，近期老師發現有的同學在中午吃飯的時候，將食堂裡面分發給大家的牛奶的袋子，隨處亂扔。有的同學甚至把牛奶的袋子，吹胖了放起炮仗來，牛奶濺得到處都是。有的班級桌子底下呢？到處都是食物的碎屑殘渣，有的食物掉在地上呢？同學們也不去撿它……這一切，都增加了食堂掃地阿姨打掃的難度。從今天開始，學校大隊部將組織「紅蝴蝶結監督崗」的成員給每個班級的就餐衛生情況進行檢查，如果發現有的同學不遵守學校的就餐紀律，把餐桌下面或者餐桌上面弄得亂七八糟的，一旦被由大隊幹部組成的「紅蝴蝶結的監督員」檢查到，那麼下週升旗儀式上面，這個班級將遭到點名批評。如果有的班級一週檢查下來，都能夠把就餐衛生保持好……那麼……我將在下個星期點名表揚這個班級……」

簡甯老師在講臺上唾沫橫飛地把這麼一大段話講完了，中間竟然沒有一點停頓，對於一個體型如此碩大的老師來說，實屬不易。

愛因斯坦覺得簡甯老師的這段話與其是對同學們說的，還不如說是她對全校的班主任說的。因為最終，點名批評和表揚的都是班級，而不是學生本人。估計班主任談話時間，格瑞德又要像老太婆一樣說幾句了。

果然，班主任談話時間一到，格瑞德又像往常一樣一本正經地走進教室了，就著大隊輔導員簡甯老師所說的內容，向孩子們說了起來。她說道：「簡甯老師說的話大家在升旗儀式的時候也都聽到了。我從接任你們這個班後，我從一年級開始就關注過大家的飲食習慣。大家的飲食習慣總體而言是非常不錯的。像亂扔牛奶袋之類的不文明行為，我們班裡應該是沒有出現過的吧……」格瑞德說到這裡，停頓了一下，看看孩子們的反應究竟怎麼樣。如果真的有這種現象發生，愛管閒事的丹娜和納伊弗會立刻檢舉他們。

看到沒有同學檢舉，格瑞德繼續說道：「吃完飯以後，大家也都能夠把餐盤、餐具和垃圾放在指定的地方，桌上的垃圾也基本能夠收拾乾淨。只是部分同學，餐桌下面有時候會出現垃圾，可能是有的同學在吃飯的時候，一不小心把食物掉在了地上。食物掉在地上，也不去把它撿起來。那麼我們就這樣安排吧！勞動委員丹娜，從今天開始，你就負責監督同學們的餐桌衛生情況，誰把食物掉在桌子底下沒有撿起來，你就把他的名字記下來；誰沒有用我們一開學就發給他的布把桌子上的髒東西擦乾淨，你就把他的名字記下來。記好後，就把名單交給我。」

丹娜重重地點了點頭，好像老師把保衛國家的責任交給她似的莊嚴隆重。

中午的時候，孩子們和往常一樣，在格瑞德的指導下排好隊，動身前往食堂。一路上，孩子們時而小聲地講著空話，有的則一邊走，一邊側著頭欣賞周圍池塘或者花壇的風景。一切都跟往常一樣，沒有什麼區別。不同的是，丹娜左手上多了一本格瑞德給她的一本「記過本」，右手上多了一支小鉛筆。

愛因斯坦知道老師給丹娜手上的鉛筆和本子的目的是什麼，無非是想讓她把不文明學生的情況記下來反映給格瑞德。他覺得老師完全不用這麼做。一旦班級裡出現某些不文明的情況，班級裡面愛告狀的孩子多得是。

等孩子坐下，格瑞德看這次除了主菜外的副菜不是牛奶，而是冬棗。因為校長傑克常常看到學生拿著水果出去，一邊吃，一邊隨手將果核和果皮扔在地上，於是傑克親自規定凡是伊斯特小學的學生，一律不準將水果或牛奶帶到食堂外面吃。格瑞德貫徹校長下達的命令，一再叮囑孩子們要文明就餐，不能把冬棗帶到食堂外去吃，更不能隨地亂扔冬棗核。這時，鵬比舉手問道：「老師，我能不能帶一些冬棗給爺爺奶奶去吃？我爺爺奶奶一年也吃不了幾次水果。這個冬棗爺

爺奶奶沒有嘗過，我想把冬棗帶給他們吃。」

其他孩子們聽了，發出了一些詫異的聲音，難道他們真的吃不起這種司空見慣又便宜的冬棗嗎？

格瑞德聽了，起初有些小感動，覺得鵬比突然間長大了許多。本來想答應鵬比讓鵬比藏起來，帶回家給爺爺奶奶吃。但轉念一想，若是自己答應了鵬比這麼做，其他孩子也想像鵬比一樣把冬棗帶回家，給爸爸媽媽或爺爺奶奶吃，這豈不是壞了規矩。格瑞德一口回絕了鵬比的請求。

看孩子們在位子上坐定後，格瑞德才肯進入了食堂內間跟其他老師們一起用餐。

等格瑞德吃完飯從食堂出來時，三年二班還有幾位孩子在食堂裡面吃飯。格瑞德的眼睛掃視了一下地面，發現地面上有一些土豆和青菜的碎屑，肯定是有孩子擦桌子或把餐盤拿到食堂間去的路上掉下的。

格瑞德問正在管理的丹娜：「丹娜，你看地上有一些食物的碎屑。」順著格瑞德所指的方向望過去，丹娜還發現了幾顆冬棗核和白菜片，走過去，把這些碎屑撿了起來，並把它們放到了餐盤裡面。格瑞德問丹娜：「這些食物碎屑是誰掉在地上的？」

丹娜想了一會兒，搖搖頭說：「不知道。」

格瑞德聽了，也沒有繼續追究，她看到地面大致都能夠保持乾淨，比旁邊的三年一班和三年三班好多了，就放心了。她叫丹娜把垃圾撿了起來。

當格瑞德剛邁開腳準備離開的時候，納伊弗瞪著眼睛大聲叫了起來：「你看我們的體育老師，拿著冬棗出去了！拿著冬棗出去了！」順著納伊弗眼睛望過去的方向，體育老師傑森一手抓著一大把冬棗，一手一邊把一個冬棗塞進嘴裡，嘴不停地嚼動，大搖大擺地走出了食堂。

「為什麼老師可以帶水果離開食堂，我們不可以？」納伊弗好奇地問道。這時，在一旁慢吞吞地吃著冬棗的班長弗雷特說道：「老師是老師，學生是學生，他們跟我們不一樣！這些規定都是他們制定的，用來管學生的。」

「他們真的不一樣嗎？」納伊弗瞪大眼睛望著一個又一個拿著冬棗出食堂的老師，那麼多老師，除了傑克和極少數老師沒有拿冬棗走出食堂，其他老師都把冬棗帶了出去。他們真的不一樣嗎？

愛因斯坦在旁邊一邊吃飯，一邊注視著周圍發生的一切。只見男老師一個個亮著喉結，女老師一個個穿著漂亮的裙子，踩著高跟鞋。他們也許真的不一樣吧！愛因斯坦想道。

格瑞德參加同學聚會

格瑞德畢業於符登堡師範大學。她畢業以後，就來到了伊斯特小學教書，三年了，她沒有聯繫過大學同學。一天，她忽然接到了老同學傑西的電話，傑西告訴她週末的時候符登堡大學的同學聚會，希望格瑞德能抽出時間去參加。格瑞德週末正好有空，便一口答應了他。

星期日，格瑞德和她的同學們相聚於海鮮城。幾碗海鮮端上桌後，他們開始海闊天空地聊了起來。聊的事情大多也是誰誰結婚了，誰誰誰在什麼學校和公司工作等零碎的八卦事情。

當傑西得知格瑞德在伊斯特小學教書時，說道：「小學教書好呀！至少小孩子還聽話一些。像我們這些在中學教書的老師，不要被頑皮搗蛋的熊孩子折磨死。」格瑞德好奇地問道：「怎麼啦？中學的小孩子很不聽話嗎？」傑西說道：「何止不聽話。簡直就是一幫小畜生！」格瑞德看到傑西說「小畜生」時惡狠狠的表情，頓時嚇了一跳。

傑西喝了一口酒，繼續說道：「班級裡面有一個學生，上學的時候從來不聽課，作業從來不做。這也就算了，還動不動打人。我問他，『你就算不學習，也不要影響其他學習的同學好嗎？』你猜他怎麼說。」「怎麼說？」同是初中

老師的愛琳娜饒有興趣地問道。傑西說道：「這個畜生說道，『我爸爸媽媽就是讓我來中學裡面混的』。要不是教育部前幾個月出了個該死的《最新規定》，我早就把他給打死了。」愛琳娜說道：「這種爛學生你管他們幹嘛呀！要多爛有多爛，直接爛死他好了。最近對於這種學生，我們教師裡面有一種方法叫作『捧殺』。他越違紀，你就越誇獎他。誇著誇著，知道他違反更大的紀律，最後讓他被學校開除不就得了。」

格瑞德聽了，感受到了說不出的難過和震驚，她沒有想到中學的教師裡面，還流行著這種恐怖的教學方法。

幾位當中學老師的老同學聽了，竟面不改色。瑪麗說道：「這種方法還是不要試的好。要是他們犯了罪怎麼辦？沒準兒就追究到你頭上來了呢！我們班裡有一個男生，害得同班女生懷了孕。女生的爸爸媽媽告他強姦。還好我先前通知和警告過男生的父母，他的父母一點都不管。後來教育局和警察局來我們學校進行了調查，認定學校和我沒有直接責任。要是我去『捧殺』，指不定會惹上什麼麻煩呢！」

格瑞德徹底被震驚了。沒想到孕育祖國未來希望的中學，竟然潛伏著這麼多的不安和隱患。

聊著聊著，老師們聊起了補課問題。愛琳娜說道：「現在教育局出臺政策，禁止在職老師補課，真是不讓人賺錢。」傑西「呵呵」一笑：「愛琳娜，沒想到你還有時間去補課啊。我們學校的校長不知道發了什麼神經，給我們報了一個又一個教育培訓的課程。你說閑得慌嘛！」格瑞德笑道：「那不是有很多學習和提升自己能力的機會嗎？」「提升個屁啊！」傑西抽了口煙，恨恨地說道，「也不知道他們在講什麼玩意兒，簡直是一群書呆子在念經。盡扯些沒有的玩意兒。這些理論能提高學生的成績嗎？要不是為了學分，我才不願意去呢！」從格瑞德教書的第三年起，教師資格考核已經採用學分制，五年一考核。沒有達到學分的老師將取消教師資格。大多數老師報教育培訓都是衝著學分去的。

格瑞德心裡吃驚得很，沒想到她以前的同學教書教了短短三年，竟然已經變成了這個樣子。

瑪麗則說道：「我們學校是這樣做的。在暑假前，學校組織家委會舉行一個會議，由家委會出面要求學校組織教學。這些家長其實也很希望自己的孩子留在學校補課。他們大多工作很忙，沒有時間去管自己的孩子。學校和家委會兩方面一拍即合。家委會家長交錢，把孩子留在學校裡面補習作業。而我們就加班在學校上課和批改孩子們的作業。」愛琳娜問道：「你們在暑假一般要做幾天？」瑪麗說：「大概一個月左右，雙休休息。」愛琳娜問道：「那你一個暑假能賺多少錢？」瑪麗說：「滿打滿算，一個月大概能賺三千馬克左右。」

三千馬克！！格瑞德心裡一驚。三千馬克相當於格瑞德兩個月的工資，也相當於鵬比奶奶三個月的工資。

愛琳娜說道：「三千馬克左右工資還是不錯的。看來你們學校會動腦筋，有辦法賺錢。」瑪麗嬌聲嬌氣地說道：「說什麼呀你！在外面的培訓機構你努力一個月三千馬克都不能到手嗎？我告訴你，賺五千馬克的都有！那邊家長和培訓機構之間的聯繫也會處理好的，不像這裡，你得單獨地跟班級裡各種各樣的奇葩家長交流！倒是暑假裡那麼熱的天，說實在的，這錢賺得都是血汗錢吶！」瑪麗一面歎息，一面似乎為自己糟糕的待遇憤憤不平。

格瑞德明白了，展現在她面前的，是一個物質還算豐裕，但精神極度貧乏的教師世界。

海鮮快要吃完的時候，傑西突然問格瑞德：「格瑞德啊，你教師編制考試考得怎麼樣了？」

教師編制考試是得國大多數公立學校招收教師的考試，由教育部門統一認定。考試分為筆試和面試。筆試考專業基礎知識，包括本學科的專業知識和教育心理學知識，一百分為滿分。面

試就是從教材裡拿出一課時出來，讓你試著講課，講完以後，面試老師根據教師的具體表現打分。兩邊合起來總分高的就進入教師編制行列。進入教師編制行列後，一般只要你不去犯罪，就終生可以享有教師職位，每個月的工資也比沒有編制的教師高一千馬克左右。格瑞德考了幾次，每次分數都差那麼一點點。

「還沒有……」格瑞德突然意識到身邊的其他同學只要是當老師的，都有了教師編制。格瑞德忽然覺得有點不好意思。在家鄉那邊的人眼裡，沒有編制的老師似乎要比有編制的老師低一等。但是在同學聚會上，沒有一個當老師的同學這麼認為。

傑西歎了口氣，說道：「沒有編制也沒有關係，以後大不了去幹其他行業去。像我們這種當老師的有什麼好的。每天忙裡忙外的，都不知道自己在忙些什麼？」「是啊！」愛琳娜說道，「當老師就是拿著賣白菜的錢，操著賣白粉的心。心累啊！」瑪麗則說道：「教師這個行業是折壽的行業，如果你能轉行，最好趁早。」

格瑞德忽然覺得自己所認為的教師世界莫名其妙地分崩離析了起來。得國官方所刻意描述的教師世界，猶如辛勤的園丁，猶如燃燒自己的蠟燭，猶如任勞任怨的孺子牛，無私奉獻不求回報……她剛進學校時，就明白，老師的生活並不像得國官方所認為的那麼神聖，在她眼裡，教師只是一份極其普通的工作，需要付出，需要回報的普通工作。可是，她萬萬沒有想到的是，不知道是什麼東西出了問題，老師成為了一個單純追求學生分數，精神迷失，意志頹喪的職業。

格瑞德的一天

這是一個非常普通的工作日，格瑞德像以往一樣六點卅分早早地起了床。雖然學校離她家只有三個街口，洗漱打扮完畢，需要近卅分鐘。接著，她必須背著斜挎包，趕往學校了。在趕往學校前，她特意查看了包裡面的備課資料，教案和教材是否帶齊全，她曾經因為忘帶教材，匆匆地趕回家拿。

伊斯特學校離格瑞德家非常的近，格瑞德只要花五分鐘左右時間就可以趕到學校。但格瑞德心裡明白，若是輪到值班站崗，她必須更早起床，提前出發。因為學校有規定，值班站崗的老師要在七點左右到校，站在學校門口維持秩序，直到七點四十分時才能到食堂吃早飯。若是遇到冬天，在大寒風中站四十分鐘，真可以說是受罪。

幸好我今天不用值班。格瑞德暗自慶幸地想著，腳步卻漸漸加快了。今天不用值班，也沒有早自習，偏偏早上第一節課是得語課，格瑞德如果不趕在八點上課之前，再好好地把得語課文梳理一遍，把得語詞語手冊、得語作業本和得語方法從書裡面的內容和題目再看一遍，再在教室裡面做一下簡單的準備，上課的步驟可能會亂掉，甚至浪費很多時間。

過了兩個街口，再轉入一個小弄堂，格瑞德遠遠望見一條筆直的汽車路。三年前，這兒還是一條兩旁栽滿楓樹的馬路——長白路，如今修成了筆直寬闊的汽車路。也許是人們的日子越來越富裕了，從長白大道開過的車子也越來越多。為了避免上下學的孩子被車子撞到，這裡被畫上了一條條的斑馬線和「前方學校，減速慢行」的警告標誌。據說來年還會在學校的弄堂口設置交警指揮。長白路兩邊的楓樹全部被砍掉了，小攤小店也被拆走了，只留下一條用五顏六色的磚頭鋪起來的盲道。現在看過去，平坦的大路光禿禿一片。

格瑞德在七點十分的時候趕到了學校門口。門口的執勤保安、值週領導費安娜、值日教師傑森和六年二班的班主任奎妮在門口開心地聊天。她沒有時間一個一個向他們打招呼，只對他們笑了笑，便大步踏進了校門。至於一路上數以百計孩子們對她「老師好」的問候，她都置之不理。她哪裡有那麼多的精力，一一說「早上好，

同學們」給孩子們聽？

進了校門後，她逕直走向了學校的食堂。人是鐵，飯是鋼，一切還得先填飽肚子再說。食堂裡面已經坐著幾位老師，有些老師還海闊天空地聊著國家和國際的形勢。格瑞德不喜歡這種海闊天空吹牛的風格，並沒有加入到老師們的聊天當中。她只是默默地坐在一邊，吃著早飯。

等到她吃完早飯，她便直接走向了教學樓。路上遇到班級裡面的納依弗和艾米向她問好，她沒有理她們。中途遇到了兩個趕往食堂吃早飯的同事，格瑞德向他們問了好，並聊了一會兒食堂的早飯。一位同事向她抱怨食堂的早飯變得越來越差了，格瑞德微笑著聽她講了一會兒。

接著，格瑞德正好路過他們班的包乾區，班級裡面的吉米和茜茜已經拿著掃把，掃教學區北面的垃圾。他們抱怨同組的同學科比和瑪塔來得非常的遲，等到他們到學校的時候，早自習早就已經開始了。吉米還檢舉科比在的時候，不認真掃地，拿著掃把一直追逐打鬧。「下次遇到這種情況，直接告訴我，我讓他重掃一星期。」格瑞德丟下一句話，便匆匆離開了。

格瑞德去三樓辦公室之前，先往三年二班教室走去，告知得語課代表珊迪，在第一節課開始前，把昨天佈置的得語作業收起來，並把作業放到她的辦公室裡。

準備好早上第一節課後，就走進了教室，正好，上課鈴也響了。這天上課的紀律還和往常一樣，有兩個非常突出的特點：第一，上課鈴響後總是有學生沒能夠及時安靜下來。第二，上課時總是有人開小差或做小動作，尤其以科比、迪克這樣的男生更為顯著。格瑞德曾經也反省過自己講課是不是太過枯燥了，等到她聽了幾節其他老師的公開課後，她發現，幾乎所有老師的課也都像她一樣，按照固定的程式來上的，而且，就算是公開課，全校有那麼多老師聽課和注視的情況下，仍然有同學沒法靜下心來，認真聽講。

「不認真聽課完全是你們自己的事情，不然，為什麼那麼多孩子都能認真聽講，而你們就做不到呢？」格瑞德揣著這個想法，把童話故事《七顆鑽石》上完了。她仍然是按照老套的教學流程上的：第一步：先朗讀課文，老師通過聽學生朗讀課文，發現學生有沒有不會讀或者讀錯的單詞，再進行糾正；糾正以後，再齊讀幾遍這篇課文課標要求孩子需要掌握的單詞；讀完後，老師再提出問題，讓學生通過默讀，去文章當中尋找答案；最後，老師在講解匯總，昇華主題，這篇文章究竟要告訴我們什麼道理。課後佈置一下作業，就算結束了。

雖然這種按照程式進行教學的方法很受專家們的質疑，教育專家們更加傾向於讓學生自己從文章裡面發現問題，再進行自學，不懂的再讓老師解答。但是像格瑞德這樣的老師心裡明白，得語主要教學生語言技巧和語言方法，孩子們怎麼可能會對枯燥的修辭方法和語言技巧提問呢？孩子們提出的，大多數是跟得語語法毫無關係的問題，像作者的帽子為什麼那麼奇怪，鑽石是不是很硬啊，鑽石多少錢一顆等問題，一般的得語老師遇到了也就誇獎孩子會思考，再要求孩子們課後再去查這個問題。漸漸地，大多數孩子知道了老師根本不會花時間解答他們感興趣的問題，也就不再問問題。只有弗雷特，經常問一些跟理解課文內容相關的問題，比方説為什麼作者要這樣取題目，這句話用了什麼修辭手法，課堂慢慢地變成了格瑞德與弗雷特之間的問答。格瑞德覺得這樣不好，也就不再問孩子們，「你讀了這篇課文，有什麼不懂的地方」了。

下課後，格瑞德匆匆佈置了作業。她其實還想多講一會兒，只是時間已經不允許她多講了——因為還要做早操。很快，早操的鈴聲準時響起。格瑞德要求孩子們迅速排好隊，按秩序趕往操場。三年二班的教室在三樓，雖然樓梯口有非班主任老師在維持秩序，格瑞德也需要一路跟著孩子們一起下樓梯，預防孩子在下樓過程中追逐打鬧，影響隊伍的整齊，甚至出現意外。但是即便有老師在，也無法保證班裡的孩子下樓時按照秩序，注意力集中，不講空話。特別是像迪克、科比這種好動活潑的孩子，注意力往往非常不集中，偶爾自言自語，偶爾低聲交談。有時候前面的隊伍已經走遠了，他們都沒能及時跟上，非要讓格瑞德大吼一聲，他們才會如夢初醒般地跟上去。這怎麼能讓格瑞德放心得下？

到了樓下，體育老師傑森早就待在操場了。等各班在指定的位置排好隊，打開廣播室喇叭開關，早操的節拍和音樂便會從演播室裡播放出來。格瑞德在剛來學校工作的前幾天，她是皺著眉頭看完孩子們做的廣播體操的。那時候，愛因斯坦的班級還是一年級，只能看著其他班級裡面的「大哥哥」、「大姐姐」做廣播體操。可是，那些「大哥哥」、「大姐姐」的動作，也完全可以用亂七八糟這個詞來形容。班級的隊伍從一做操開始，就漸漸脫離預定的直線了。不僅如此，「大哥哥」、「大姐姐」們的動作，可以說是千奇百怪，有的孩子伸起手來，如猴子一般眺望遠方；有的孩子踢起腿來，抬到一半的時候，仿佛剛漲的潮水突然失去了動力，直接落了下去；有的同學做擴胸運動時，把手伸到了自己的嘴邊，好似要去啃自己的手臂；有的孩子一不小心，揮手打到了其他孩子身上，為了報復，兩個人便一邊做操，一邊你一拳，我一腳地踢打了起來……至於那一節跳躍運動，各班的學生一邊拍手，一邊跳了起來，許多孩子臉上洋溢著興奮的笑容，但是一旦跳完，孩子們就會發現，隊伍早就變得一團糟了。

現在再看到孩子們做操時不標準且混亂的動作，格瑞德已經見多不怪了。學校可不是體操學校，哪是專門訓練做操的？用寶貴的課餘時間來訓練廣播體操，也不是得意志任何一所小學的風格。光靠每天短短十分鐘做操的時間，和班主任老師並不專業的指導，怎麼可能將早操做好？更何況，每個班級裡面，多多少少會有一些像維塔和賽克一樣動作和身體不協調的孩子，也有一些像萊西這樣動作使不上力的孩子，更有一些像科比、迪克、帕斯達特那樣做操搗蛋的孩子，怎麼可能都讓他們做得像體操運動員一樣標準？

做完操，就是大課間活動時間了。大課間活動時間，格瑞德總算感到了一些輕鬆。她需要做的僅僅是站在一旁，看孩子們拿著體育室的器材玩耍。這天，孩子們玩的是滾鐵環。這項運動沒有像足球籃球一樣兇狠暴力，所以完全不用擔心他們在玩的過程中發生什麼安全事故。她想起去年的大課間活動，她在一旁看高年級的孩子們踢足球，高高飛起的足球卻不慎砸中了她的面門。還好足球力道不夠大，只是在她的鼻樑上砸出了紅色的血印，只可惜她的金邊眼鏡框被震斷，她只好特地去醫院重新配了一副紅色邊框的眼鏡框。足球這種運動實在是太危險了，可是為什麼我們學校還硬是要搞足球特色活動呢？格瑞德想不透。

大課間活動結束後，格瑞德便回了辦公室。在辦公室裡，她查了一下本週的安排。還好，沒有學校要組織的活動。如果學校組織拔河比賽、運動會、出黑板報，早操比賽等活動，她就必須準備在十分鐘班主任談話時間內把活動的安排告訴學生，並用貼花獎勵讓孩子積極參加，爭取為班級爭光。甚至在黑板報、早操比賽等活動組織前，她還需要親自策劃，親自到場指揮……學校沒有組織活動，對格瑞德這樣的班主任來講，可以說是最值得高興的一件事情了。

她在辦公室喝了一口水，想稍稍多休息一會兒。叮鈴鈴，班主任談話的鈴聲準時響起。大課間活動結束後，緊接著的是十分鐘班主任談話時間。這段時間，主要讓班主任在該時間段講一下班級裡最近的通知，以及對學生的安全、紀律和行為習慣方面進行教育，以防學生發生安全上的問題。校長傑克不止一次講過，學生的安全問題要每年強調，每月強調，每天強調，以防學生出現安全上的事故。他還十分明確地告訴班主任老師們：「只要你們能夠盡到提醒孩子的責任，即使學生出現安全事故，我們教師也不用負安全責任。」格瑞德剛帶一年級的時候，覺得非常有必要給學生講安全和行為習慣方面的事，畢竟，一年級的孩子剛剛從幼稚園時代過渡到

小學生時代，班主任談話有助於孩子們及早適應學校的環境。但是等到三年級階段，繼續每天講安全和行為習慣上的問題，就顯得有些多餘了。她不知道今天的班主任談話該講一些什麼內容。以前，她光給孩子們通知學校的活動，就可以占足十分鐘；有的時候，她根據班級孩子的作業情況和平時表現，進行表揚和懲罰，也能夠占足十分鐘；甚至有時候，她可以在講臺前大罵，罵足十分鐘；當遇到領導佈置任務，比方說背誦牆上張貼的得意志核心價值觀以應付領導檢查時，她也可以輕而易舉地占足十分鐘。可是如今，她確實沒有什麼東西可以講的。所有安全的，行為習慣的，紀律的問題，在格瑞德記憶裡，她講過不下百次。有時候，當她講「放學回家後時」，納伊弗甚至直接能夠接下下一句「要注意交通安全」。老調重彈，實在是她不願意看到的。如果拿寶貴的「班主任談話時間」去訂正作業吧，需要時時提防傑克校長，拿著教學情況的記錄本巡視教室。一看到有老師在班主任談話時間講作業，他會微笑地提醒道：「你在講作業呀！」接著，毫不客氣地將名字記下來，留到期末教師考核先進教師時，扣去考核的分數。

她慢悠悠地走到了教室門口，一邊走，一邊還發愁。孩子們看到格瑞德來了，大多數都已經坐端正了，只有極少數同學還在做其他事情，比如說，帕斯達特還趴在桌子上玩橡皮，迪克還在不斷晃動著身軀，好像坐不穩似的。

每次教育帕斯達特，都會引起帕斯達特的抵抗，格瑞德現在已經不怎麼想惹帕斯達特了。這樣的學生，格瑞德自忖無能，沒有辦法教好他。她僅僅在迪克面前敲了幾下桌子，迪克見了，虎著腦袋，將兩隻手放在桌子前，坐得直直的——只不過他直直的身子似乎在抖動，讓人看起來像是僅僅維持了一種脆弱的平衡。

「同學們，班主任談話時間開始了，大家坐端正。」

孩子們一聽，把腰背一挺，似乎是坐得更直了。

「最近幾天我觀察同學們的表現，有一些，值得同學們注意一下……」格瑞德開始列舉起來。她列舉的事情，大多數都是老調重彈，班裡的孩子都聽得不勝其煩了。無奈，迫於格瑞德的威勢，孩子們只得坐直傾聽，免得被格瑞德罵得狗血淋頭。

在格瑞德講到一半的時候，雅安娜來到了教室的窗臺前，向裡面張望了一下。幾個坐在窗邊的孩子們見到了，也向外望了一下。孩子們見到雅安娜腋下夾著試卷，意識到了下一節是英語課，看來要做英語測試。

幾秒鐘後，格瑞德就意識到了窗臺前站著英語老師雅安娜。她已經無話可講了，也不再繼續說下去，而是直接走到雅安娜跟前，問道：「雅安娜老師，您要做英語試卷嗎？」沒想到雅安娜聽了，面露喜色，說道：「我要做英語試卷，沒事，你慢慢講。」格瑞德說道：「我已經講完了，接下來的時間交給您怎麼樣！」

雅安娜說道：「好的。」說完，便徑直走入教室，對孩子們說道：「接下來我們做一張英語試卷，抓緊時間，爭取第二節下課的時候上交。」「啊……」孩子們不約而同地表達了自己的不滿。

「什麼『啊』，還想不想學英語啊！不想學英語直接給我背著書包回家去！」雅安娜一臉煩怒，厲聲說道。孩子們聽了默默地低下頭。這時，納伊弗低聲說道：「老師，我們還沒有去上廁所呢！」

雅安娜聽了，說道：「想上廁所的快點去上，測試馬上就要開始了。」孩子們聽了，好幾個起身，奔向廁所……

格瑞德沒有心思管孩子上廁所的時間有多麼緊迫，只要有老師在教室管著，她就可以好好地享受一節空課了。

剛剛走進辦公室，格瑞德就皺起了眉頭。兩疊作業正亂七八糟地堆在她的講臺桌上。一樣作業是抄寫第二十二課單詞七遍，另一樣作業是《方法指導叢書》第二十五課內容。這兩樣作業

如果認認真真進行批改，少說也要花上三十分鐘的功夫，這就意味著她的第二節空課其實只能算十分鐘都不到。

那又有什麼辦法？自己佈置的作業，自己含著淚也要批完。她先喝了一杯水，然後選擇了最容易批的抄寫作業批了起來。

她翻開了第一本抄寫作業，漂亮的手寫體得語單詞整整齊齊地排在四線格內，看了令人十分舒服。不用說，那是艾米的字跡。要是班級裡孩子的字都有那麼漂亮整潔，那該有多好！格瑞德知道自己是在做白日夢，不光是那些學習基礎差，學習態度不端正的同學沒法做到字體端正，就連一些成績中等的女生都做不到。班級裡能夠寫好字的同學，有吉米、簡、弗雷特、艾米、珊迪、漢森、納伊弗、丹娜和雪麗，格瑞德掐指算了一下，一共九位。她在艾米的抄寫本上打了一個勾，在旁邊注上了等第「優」，寫上了日期。

「這寫得什麼字啊！」格瑞德翻開下一本，看到許多大大小小的字母歪歪扭扭地在四線格內「跳舞」，不用說，這字跡一定是卓拉的。班級女生中，除了維塔和瑪塔這兩個笨孩子外，就屬卓拉的字最難看了。真搞不懂，作為一個女生，字卻寫得那麼難看。格瑞德想讓她重寫，紅筆剛要落下去，她就猶豫了。如果卓拉要重寫，班級裡肯定有超過十個孩子需要重寫，到最後麻煩的還是格瑞德自己。這又是何苦呢？格瑞德檢查了一下，沒有什麼拼寫上的錯誤，就打了一個勾，在旁邊注上了「字跡以後清晰點」，旁邊注上了等第「良」，寫上了日期，就把她的本子翻過去了。

接下來出現在她面前的一份抄寫作業，把她氣個半死。五線格內，歪歪扭扭地抄寫著三排單詞，可是，這一課總共有九個新單詞，按照道理應該抄九排，他卻只抄了三排，作業明顯沒有完成。這字跡，「h」寫得跟「n」一樣，「z」寫得跟「2」差不多，是霍姆沃克的！可惡的霍姆沃克，又把這樣的作業交上來了，這是要氣死我啊。格瑞德生氣地把霍姆沃克的抄寫本放在另一邊。

接下來一本，看字跡是愛因斯坦的。前面幾排單詞還算端正，卻不夠漂亮；後面幾排單詞的字跡卻有些潦草。這說明他一開始做作業的時候很認真，到後面，他可能因為某些「重要的事情」趕時間，把字潦草地抄上去了。只是，上面還有一點黑褐色的污跡，不是醬油，還能是什麼？這個愛因斯坦，居然在餐桌上面寫作業，而且還是一邊吃蘸醬油的食物，一邊抄單詞。她媽媽難道就允許他這麼做嗎？格瑞德沒有繼續想下去，只是在後面幾排單詞裡面找出了幾個拼寫上的錯誤，並把它圈了出來……

剛剛開始批幾本作業本時，格瑞德還算仔細，後來格瑞德越批越快，越批越快，看見一些字本身較好的同學，格瑞德甚至連看都沒有仔細看，直接一個勾打過去了。後來，格瑞德看見一些字寫的比較差的同學，也一個勾打過去了，也許，她本身就有點疲勞了吧！

批完單詞抄寫本，格瑞德這才意識到自己批得太快，又轉過頭去檢查了幾本，發現了一些孩子犯的小錯誤，給他們圈出來了。

批完後，格瑞德仔細清點了抄寫本，班級裡總共有二十四人，交上來的抄寫本卻只有二十二本，肯定有兩人沒交，除了帕斯達特這位千年不交作業的孩子，還有誰沒交作業呢？下課的時候，得花些時間，非把他查出來不可！格瑞德想到自己的下課時間得花時間去查一下誰沒交作業，心裡不由得一聲歎息。

接下來，格瑞德就去批《得語方法指導叢書》了。《得語方法指導叢書》是整個符登堡省編寫下發的作業之一，符登堡省下的所有學校，每個年級的每個孩子，每一個學期都會發到一本像這樣的《方法指導叢書》。按照道理，省裡面出的應該是高品質的習題，出題規範，難度適中。但是事實上，整個地區的師生對這套《方法叢書》沒有什麼好評，有的卻是差評。

這本書上的題目，大多偏難，有些題目，不要說是鄉村裡面的學校學生做不出來，也不要

說城裡那些基礎好的學生做不出來，就連學校裡的老師經常要做錯。《方法叢書》裡是有參考答案的，但是，你別高興得太早，《方法叢書》裡面的答案，只針對少數簡單的題目，對於難的題目，《方法叢書》的參考答案裡面，是找不到答案的。部分市裡面的學校，覺得這本《方法叢書》並不好，選擇閒置了這本《方法指導叢書》，轉而購買其他教學資料。

伊斯特小學並沒有把這套《方法叢書》棄之不用，反而非常重視《方法叢書》。學校的領導每學期期中的時候都會檢查這套《得語方法叢書》的完成情況和批改情況，並把這些情況納入年度教師考核當中來。

格瑞德不管領導是否會檢查這本《方法指導叢書》，既然自己都佈置了，孩子都去做了，就該認認真真地批改，最後讓孩子們都訂正完成。

她現在批改的作業是方叢裡面第二十五課課文《太陽》的練習。第一本方叢是納依弗的。第一題，看音標寫得語單詞，納依弗同學就拼錯了。得語發音規則不是一年級的時候都講過的嘛！一年級上半期第一個月還有得語發音測試呢！真不知道一年級得語拼寫測試自己的班級是怎麼達標的？還好納依弗的其他題目都是正確的，看來第一題裡面的拼寫錯誤只是不仔細引發的意外。

格瑞德翻開第二本，一看字跡，是萊西的。在格瑞德眼裡，萊西瘦瘦的，個頭不高，總是一副懶洋洋的樣子。做早操的時候，他的手從來沒有伸筆直過。校長傑克在巡視做操的時候，看到他做操的整體精神都不好，曾經試圖在一旁糾正他的做操姿勢，沒想到三節早操做過後，傑克校長見自己的指示沒有一絲成果，只得搖搖頭走開了。這樣的孩子，又能期待他做出怎樣高品質的作業出來？

果然，格瑞德仔細一看，第三題造比喻句，句子開頭已經給出了一個太陽，題目的原意是讓孩子們自己補充太陽像什麼，格瑞德希望孩子們在寫的時候能夠在比喻的東西上面加上形容詞，而萊西寫的僅僅是「太陽像球」。一個比喻句是造「花兒像什麼」，萊西寫的是「花兒像臉」。這些比喻句二年級的小孩子都會寫，三年級的小孩子重複地寫一遍，對他們的成長又有什麼幫助呢？

「為什麼不能造一個好一點的句子？」格瑞德嘀咕了一聲，用紅筆寫在旁邊注上了「重寫！！」

格瑞德翻過來看到了第四題，臉立刻又沉下來了。第四題是摘抄課文裡面寫得比較好的句子。「四、摘抄課文裡面優美的句子」下方有一個方框，方框裡面有四條橫線，意思是讓孩子們把句子抄到橫線上面去。這樣的題目既然給出了那麼長的四條橫線，無論如何也該抄兩到三句長句子進去吧。可是萊西僅僅抄了「太陽會發光，會發熱，是個大火球」。萊西細小羸弱的字，僅僅佔用了一排多一點的空間。這句話既不優美，也不長，萊西選擇這句話抄進去，僅僅因為它是整篇課文裡面最短的一句話。如果是萊西當面向格瑞德來批改，格瑞德一定會好好問問萊西，這句話究竟好在哪裡，為什麼你選這一句抄進去。由於不是當面批改，格瑞德想想，在題目旁邊注上了，「再抄兩句進去」，便繼續批下一道題目了。

第五題是「擴寫句子」，也就是在句子裡面加上「形容詞」和「副詞」，把句子寫得既優美，又具體。格瑞德一看，差點沒把她氣瘋。第一句「那是一座山」，萊西僅僅加上了一個大字，擴寫成了「那是一座大山」，第二句「那是一片草坪」，萊西也僅僅加上了一個「大」字，擴寫成了「那是一片大草坪」。難道萊西腦子裡就沒有其他優美的詞語嗎？還是他嫌麻煩，不肯去想。格瑞德舉起紅筆，在旁邊寫下了，「寫得不夠好，重寫！！」幾題批下來，格瑞德心裡氣得不行，哪裡有這樣對待作業的？

這時，坐在格瑞德對面的凱內老師「呵呵」一笑。只見他手提著紅筆，面容裡帶著微

笑，卻對著學生寫的一本「方法指導叢書」直搖頭。格瑞德看出來了，這微笑裡面怎麼說，都帶著一絲苦味。「呵呵」，凱內又發出了一聲笑聲：「我這個得語音節該怎麼拼，在教室裡面仔仔細細地講過，居然還有五個學生給我錯掉。」

「才錯了五個啊！」旁邊的妮娜說道，「你要不來看看我們班的數學，昨天一道一道仔仔細細講下來的題目，第二天交上了又都是全錯的。如果解題方法都給我寫對，答案都給我算錯也就算了，問題是我講過的式子竟然都是錯的。」

凱內老師「嗨」了一聲，繼續說道：「五個還算少？我這個『Loswerden』詞給孩子講過一遍，拼寫又在黑板上寫過一遍，又抽了幾個同學讀了一遍，只要這三個過程裡面有一個過程是聽的，他們也不會錯……」

妮娜搖搖頭說道：「現在的孩子不知道都怎麼啦？以前十幾年前教學生我從沒有發現有那麼累過！」

凱內說道：「現在的孩子跟以前的孩子都不能比了，都一個個注意力缺失。像我們以前小時候。坐在教室裡面聽老師講的一堂課，四十五分鐘都能夠堅持聽下來。現在的小孩子，能給你認認真真地聽五分鐘課已經算是不錯的了。」

凱內打開話匣子後，接著，辦公室裡的老師紛紛展示自己班級裡的孩子有多麼的難教，有多麼的不爭氣。

格瑞德沒有加入到他們談話的行列來。她現在感覺到辦公室裡的聊天非常奇怪，好像同事們都一個勁地向其他人「炫耀」自己班級裡面的孩子有多麼難教，有多麼難管教。俗話說，「母以子為貴」，按照同樣的道理，老師也應當以培養出優秀的學生為貴。可是現在，不知道為什麼，辦公室裡的老師一直不停地「炫耀」自己班級裡的孩子有多麼多麼的不爭氣。是為了把自己管教孩子時遇到的麻煩，向同事吐露出來，獲得同事們的同情嗎？是為了把難管教孩子的破事抖出來，洩憤嗎？還是為了萬一自己班級裡面的孩子考試沒有考好，可以尋找到藉口，推脫自己「管教不力」的責任？格瑞德無法理解他們的動機。

格瑞德繼續批著，她看到了一本作業立刻愣住了。方叢第二十五課的作業《太陽》總共有六大題。而她批到的這本作業，僅僅完成了第一大題的看音標寫單詞。括弧內單詞的筆跡也是歪歪扭扭的，似乎每一個單詞的每一個字母都在跳舞。這是丘比的作業，這竟然是班級裡成績中等，也比較乖巧的，丘比的作業！！格瑞德生氣地把丘比的方叢翻攏，往寫字臺右邊一甩。格瑞德打定了主意，今天一定要好好教訓丘比一頓，非要讓丘比以後再也不敢不做作業不可。她不僅要在中午的時候，當著全班同學的面好好批評一下丘比，還要讓他寫一份《保證書》，保證以後再也不敢不寫作業。

格瑞德做夢也沒有想到的是，她後面還會遇到兩本沒有寫完的《方叢》。一本方叢是迪克的，另一本是雪麗的。迪克第六大題閱讀題只做了沒幾個空，而雪麗，則只做了「一、二、三」三個大題，反面的第四題開始就沒有做了。格瑞德同樣把他們的作業，甩到了辦公桌左邊。

在批改工作之前，格瑞德心情還不算差，批完作業後，格瑞德心情實在是糟糕透了。方法指導叢書裡的題目，由於比較難，在孩子做題目之前，格瑞德特意仔仔細細地把難做的題目都講了一遍。第六大題的閱讀理解，一些題目她甚至直接報了答案。可是交上來的孩子，不僅沒講過的題目要寫錯，就算是講過的題目，報過答案的題目，孩子交上來也是錯的。她感覺自己講題目的時候，許多辛苦是白費的，有的甚至是徹徹底底地浪費時間。她的學生一點也不尊重她，根本不願意聽她講的。

格瑞德喝了一口水，看了一下時間，離下課還有五分鐘。五分鐘時間能幹什麼呢？也只能坐等下課了。忽然，她想到了自己的班務日記還沒有寫，翻開班務日記寫了起來。班務日記是班主任用來專門記錄班級發生事情的記錄本。學校要求每位班主任記錄班級每天的情況，在期末的時候，統一收上來，作為班主任工作考核的依據。然而，學校裡面，很少有班主任能夠每天寫的，甚至有的班主任，要把它留到期末上交前一天，才會統一補上。

她先在開頭寫上了日期和星期。在學生出勤情況欄裡，她寫下了出勤「廿四」，缺席「0」記事。班主任談話記錄，課外活動記載裡，她寫下了「滾鐵環」，「在班主任談話」一欄裡，她又編造了一些有關講「紀律」和「安全」教育的內容寫了進去。她一翻前面，還有很多沒有補上。她補了一些下課鈴就響了。

她仔細數了一下方法指導叢書，有兩個人還沒有上交。一位應該是說過「打死都不做作業」的帕斯達特，另外一本是誰沒有交？抄寫本也還差兩本，一本是帕斯達特的，還有一本究竟是誰的？

她把做得不過關或者還沒做完方叢夾著小疊「不合格」的抄寫本放在了方法指導叢書上面，把整幢作業端了起來，好像是端起了一鍋雞湯。她大步流星地往三年二班教室趕去。

三年二班教室門還沒有開，估計還沒有下課。格瑞德猛然想起，這節課是英語老師雅安娜的課。估計雅安娜老師這一會兒還沒有下課。她心裡暗暗後悔，這個雅安娜有時候拖課會拖到下一節課上課，孩子們連上廁所的時間都沒有，更不用說有沒有時間聽格瑞德講了，早知道，她就在辦公室裡多待一會兒了。

現在後悔也來不及了，既然已經出發，就絕對沒有再折返回去的道理。格瑞德慢悠悠地來到了了教室門口，果然，一切如格瑞德所預料的，雅安娜還端著英語課本，站在講臺桌前。講臺桌上，放著一疊已經做好的試卷。

「marry」雅安娜報了這個英語單詞，停頓了一會兒。講臺桌下，一個個孩子握著鉛筆，捏著橡皮，坐在位置上，或動筆寫著，或凝神苦思，或呆坐發呆。看來，雅安娜在考完試後，又安排了一場英語聽寫。

坐在窗戶邊的維塔此時正望著前方發呆，圓滾滾的臉上，滿是一副疑惑不解的表情。也許她是在思考什麼問題吧，或者是在觀察著什麼東西。忽然，她向右邊瞥了一眼，身體一怔，嚇得連筆都掉了下來，顯然是注意到格瑞德來了。她彎下她那碩大的身子，趕緊把筆撿了起來。她彎下去的時候，身子撞在了桌子上面，桌子一抖動，引起了雅安娜的注意。雅安娜往維塔這邊望了一眼，看到了端著作業，站在窗戶外面的格瑞德。

雅安娜為格瑞德開了門，「birth」，她的嘴裡仍然報著單詞。格瑞德進來了，把作業放在靠近門的講臺桌邊。

「baby」，雅安娜說道，「還有三個單詞，我們馬上快點聽寫完。」格瑞德知道，這句話不僅是給孩子們說的，更是給格瑞德說的，意思是告訴格瑞德，聽寫很快就可以結束了。

雅安娜是教了三十多年英語的老教師了，她心裡真真切切地明白，課後十分鐘時間，講課文和講練習，學生是不願意聽的，即使講下去也是沒有多少效果的。要是在下課時間報聽力，就可以做到時間的充分合理利用，不用擔心孩子在下課時間不專心聽講。

格瑞德沒有等雅安娜老師報完聽寫，便逕自走了出去，上了一趟廁所，完了直接回到了辦公室裡面，打算在下一堂空課時間休息一會兒。

回到辦公室以後，她看了一下課表，下午第二節課有一節四年級的科學課，最後一節是自己班的活動課。三年級的科學課，她一直是按照書本講下來的，偶爾補充一些她所知道的知識進去。所以，她不需要像上得語課一般認真備課。學生們對科學知識有濃厚的興趣，也比較積極配合她的問答，不像她上得語課那樣，問了半天也難見到一個孩子肯舉手回答問題。

她端著一杯水在位子上坐了一會兒，心裡覺得還是需要先看一下科學書和科學作業本。特別是科學作業本，在期中五認真檢查裡面納入檢查項目的，如果不認真對待，期中檢查的時候發現有孩子沒有做或者是一本沒有批改，或者是有

一位孩子沒有訂正完成，扣去考核分不說，還會給領導留下不好的印象。

格瑞德從身邊的書堆旁翻出了科學書，科學書綠色的封面上面，畫著一群孩子，他們正無憂無慮地在花的世界徜徉，臉上帶著甜美的笑容。要是孩子們學習的時候真的能像畫上面的那樣快樂該有多好！

科學課她最煩的是帶孩子們去實驗室進行科學實驗，上次格瑞德帶四年二班的孩子們去實驗室去探究鹽和糖的溶解度。格瑞德給他們分了四個人一小組，給每個小組準備了兩隻燒杯，一塊方糖和一勺鹽，實驗還沒有進行到一半，有的小孩子就把裝著鹽水的燒杯打翻了，水倒得到處都是。格瑞德只得用抹布擦，拖地把實驗室打掃乾淨。而且從那堂課的作業情況來看，明顯比不去實驗室的時候做的作業要差得多，可能孩子們光顧著擺弄燒杯和水，卻沒有聽老師講吧！

格瑞德一邊翻科學書，一邊希望下一堂科學課不是實驗課。她翻了開來，一切如她所願，下堂課不是實驗課，但是她看到科學書裡的內容後，又皺起了眉頭。這堂課的標題是觀察校園裡面的小動物，其中有一個觀察蝸牛的記錄表，需要學生填完整。表格旁邊還有塊空白的地方，空白處上方有一行小字，「請你把你見到的蝸牛畫下來」。

格瑞德又翻開了科學課本，一切跟格瑞德所預料的一樣，科學作業本上面也有一題蝸牛的觀察記錄表需要完成，也像科學書上的作業一樣，需要把蝸牛的簡圖畫下來。為什麼同樣的題目，科學書上要出一遍，科學作業本上也要出一遍？格瑞德回想起前幾堂課，類似的作業已經出現好多次了，觀察樹葉，觀察水生植物等，科學書上的課後練習和科學作業本上的練習往往是一樣的，孩子們往往需要先在格瑞德的提示下，在科學書上做一遍作業，再把作業抄進科學作業本裡面。

這個疑問在格瑞德的心頭繞了一圈，便消失不見了。她心頭的疑惑被一件苦惱的事所佔據了。按照上這堂課的需要，她必須在上課前，準備一些蝸牛，並在上課的時候，把它們帶到教室裡面去。這就意味著，格瑞德必須花時間，去學校花壇裡面，把蝸牛一個一個從草地中找出來。當然，她也想過去打聽一下其他上四年級科學的老師，是不是已經上過這堂課，有沒有多餘的蝸牛可以借用一下。但是，誰會把這種蝸牛一直留在辦公室裡或者教室裡養著呢？

窗外，雨淅淅瀝瀝地落了下來，早上還晴朗的天氣，到了中午，竟下起了雨來。格瑞德心裡很高興，一旦雨下了一陣以後，蝸牛就會從草地裡面緩緩地爬了出來。到時候，再去找蝸牛會好找一些。格瑞德覺得她完全可以在下午的一堂空課的時候，去花壇邊尋找蝸牛。

如果找到了蝸牛，該用什麼容器去盛它們呢？找到了蝸牛，是該發給孩子們每桌一隻，還是每個人一隻呢？她去二樓詢問了辦公室裡面專門負責科學教學工作的琪琪，琪琪給她了一個長方體塑膠盒子，並告訴格瑞德，如果要把蝸牛放在容器裡來養，需要在盒子裡面墊上幾張紙，並在紙上放上一些樹葉和青菜葉，再把抓來的蝸牛一個個放在青菜葉上。青菜葉既可以為它們提供水分，又可以為它們提供食物，這樣它們不會那麼容易就死了。

格瑞德帶著盒子回到她的三樓辦公室後，時間已經過了十五分鐘了。格瑞德又花了五分鐘時間，看了一會兒科學書，並用紅筆在科學作業本上補充完了這一課的答案，終於，格瑞德迎來了二十分鐘的休息時間。

「你這件衣服是哪裡買的，那麼漂亮！」妮娜對音樂老師吉娜說道。

「市府街百貨大廈買的，那裡的衣服又便宜又好看。」吉娜端著一杯水，微笑著回答道。

「我知道國貿大廈的衣服也不錯！」女人之間，衣服是永遠的話題之一，格瑞德也加入了聊天……

「叮鈴鈴」，下課鈴響了，辦公室的三個女人還聊得意猶未盡，但快樂的時光總是短暫。

格瑞德必須走到班級教室，帶學生去食堂吃飯了。原本，格瑞德打算在三年級的時候，就讓孩子們在班長弗雷特帶領下，自己去食堂排隊吃飯。後來，格瑞德發現這樣做不行。弗雷特雖然是班長，但是他舉止行事大多有一些「娘娘腔」的態勢，根本管不住班級裡面那些「頑劣的孩子」，叫孩子們自己組織隊伍去上課，沒有一次隊伍是組織成形的，大多是零零散散，歪七八扭的，看著令人十分不舒服。再說，班級裡面還有一個叫作「帕斯達特」的壞學生，沒有格瑞德管理，帕斯達特指不定惹出什麼事，不是把他前面的同學打哭了，就是把他旁邊同學的餐盤打翻了。於是，格瑞德決定，每天都由她親自帶隊，帶孩子們去食堂。

她來到了三年二班教室的門口，只見比特老師舉著一疊作業本從教室裡面走出來，他望著格瑞德笑了笑，就匆匆走了。班級裡面的學生開始整理桌上的東西，有的零零散散地去衛生間上廁所。格瑞德慶幸上午最後一堂課是比特老師上的，而不是雅安娜老師上的，若是雅安娜老師上課，指不定會拖課拖到什麼時候呢！到時候，格瑞德帶孩子去食堂的時候，沒準會是全校進食堂的最後一個班級，還會被管理食堂的老師問：「為什麼你的班級來得那麼遲？」好像是格瑞德專門把學生留下來了，才會來食堂那麼遲，給學校食堂增添了不少麻煩似的，弄得格瑞德心裡很不是滋味。

排好隊以後，格瑞德帶著班級裡的學生，下了樓梯，過了小橋，看到隊伍又有些歪了，就讓弗雷特繼續整理一下隊。「全體立正！」弗雷特，按照格瑞德的提示停了下來，向全班的隊伍喊了一聲。有一些同學停了下來排好了隊，還有一些同學，還在繼續講空話。「全體立正！！」格瑞德喊了一聲，並拍了幾下正在講話的迪克、科比和帕斯達特的腦袋，隊伍總算慢慢地排直了，只是迪克和科比還在左顧右盼地往周圍看。格瑞德也不管他們，領著孩子們走進了食堂。

食堂的阿姨早就把孩子們的餐盤放到了孩

子們的桌子上面，格瑞德只要將孩子們帶到自己班級的桌子上面去就可以了。孩子們根據以前排好的位置就坐，一切跟以前一樣。偶爾會發生某個孩子桌面上沒有餐盤或某個孩子餐盤上菜不夠的現象，就會有孩子舉手問格瑞德，「菜不夠」，這時格瑞德就會叫那位孩子去食堂阿姨那裡要一份。這次還算好，所有孩子桌上的菜都是齊的。

接著，輪到孩子們向老師領取麵包了。因為不同的孩子，有不同的胃口；而不同的胃口的孩子，需要麵包的塊數也是不一樣的。按照慣例，學校會在學生餐桌的旁邊設置幾個領取麵包的點，孩子在坐到餐桌上以後，就需要他們拿著餐盤向老師領取麵包。學校的老師會按照學生需要麵包的數量，切面包給孩子們。格瑞德以前注意到許多孩子在領取麵包的時候，經常說「少一點」，「少一點」……只肯領取一塊比他們的拳頭還要少的麵包。格瑞德則偏偏要給他們多一點。午飯怎麼能吃這麼一點呢？更何況像帕斯達特、迪克等男生，和納依弗、丹娜這樣的女生，吃的少一點是為了早點吃完午飯，好早點回到教室去玩一會兒。要是等老師吃完午飯回到教室，他們又沒得玩了，只得坐在教室裡拼命地趕做得語、英語、數學三樣作業。

記得一年級時，格瑞德剛開始教他們領麵包的時候，一定要他們整整齊齊地在取麵包的地方排隊領取麵包，剛開始孩子們也是認真按照格瑞德的要求去做的。雖然剛開始孩子們排的隊伍不是很直，但是在格瑞德嚴厲地「糾正」下，隊伍勉強還是有的。她還要求孩子們在向老師領取麵包的時候，不要忘記說聲「謝謝」，孩子們大多都能按照她的要求去做。可是年齡一大，格瑞德發現孩子們漸漸把過去養成的「好習慣」丟棄了。等到三年級時，班級裡取麵包的隊伍由兩支長隊變成了一個短短的圓弧扇形，孩子與孩子之間擠在一起，圍在了桌子前。「先給我」，「我要少一點」，「給我多一點」，孩子們不停地吵嚷著……要是老師切了一片麵包，遞給孩子們，

孩子也不說聲「謝謝」，扭頭從人群的夾縫中擠了出去……

格瑞德覺得這樣不好，於是在前幾週的時候，在品德課花了一些時間告訴孩子們排隊領取麵包時應該養成的習慣。孩子們的反應出乎格瑞德的意料。他們紛紛表示，其他班級裡面的孩子，也是像他們一樣，在領取麵包的時候，從來不跟老師說「謝謝」。為什麼非要讓他們遵守這種「禮貌」的習慣。格瑞德在課堂上對大家說道：「也許生活中有許多不文明甚至不好的現象，但是請務必勇敢地堅持一些自己認為正確的事情。如果你認為領取麵包時，應該向老師說聲『謝謝』，那你就勇敢地說出來，不要別人怎麼樣就一個樣。」

經過幾番教育後，班級裡領麵包的孩子向老師說「謝謝」的多了不少。這天正好是格瑞德輪到分三年級學生麵包的工作。卓拉、丹娜、簡、納依弗、鵬比、科比等學生，領了麵包以後，都比較大聲地向老師說了聲「謝謝」，漢森、愛因斯坦、珊迪、茜茜和艾米，領取了麵包以後，則向格瑞德低聲說了一聲「謝謝」，像吉米這種講話並不響亮的孩子，用鞠躬的方式表示了感謝，而萊西、帕斯達特，則沒有任何感謝的意思，領了麵包以後就直接走掉了。凡是向格瑞德說「謝謝」的，格瑞德都用微笑予以鼓勵，而像萊西和帕斯達特這樣的孩子，她也不向他們指出來。文明禮貌的教育是強求不得的，即使現在用教師的威嚴強迫他們遵守，到後來他們仍然無法養成這種習慣，又有什麼意義呢？

三年二班學生還沒有領完，三年一班的孩子早就已經擠到了格瑞德身邊，格瑞德繼續切面包給三年一班的孩子。「謝謝！」三年一班的翔領了麵包以後，瞪著大眼睛向格瑞德做了一個鬼臉，大搖大擺地走開了。「謝謝……」三年一班的一位女生領了麵包，面無表情地表達了感謝，轉身離開了領麵包點。格瑞德有點吃驚，她懷疑三年一班的班主任也許也剛剛教過他們領麵包後要向老師表示感謝。可是，等到第三位孩子領取麵包後，緊接著領取麵包的孩子依舊是叫喊「先給我打」或「我要少一點」或「給我多一點」的孩子，沒有再出現一位孩子向格瑞德表達感謝……

也許前兩位孩子在模仿自己班級裡的孩子吧！看來，孩子不僅僅會模仿壞的行為，也會模仿好的行為啊！如果周圍的人，都是行為文明，又有禮貌的人，思想品德也許不用再當作一門課來教，教起來也不會那麼無效了。那麼，即使現在教了他們領取麵包時要說「謝謝」，到了其他環境中，他們仍然會模仿其他人的不文明行為，現在教了又有什麼用呢……

分好了麵包，格瑞德跨進了教師食堂。教師食堂和學生食堂之間僅僅隔了一扇高兩米，寬半米，厚度僅僅五釐米的門，卻體現了教師和學生之間不可逾越的鴻溝。這裡有不一樣的氛圍，不一樣的人群，不一樣的菜餚，還有不一樣的討論話題。桌上近十碗菜餚上齊了，老師們各自取了切好的麵包，聊了起來。

「昨天好像有一場得國隊對陣敍利亞的足球比賽，我昨天沒有看電視，比分到底怎麼樣啊？」比利問道。

「還怎麼樣啊，一比〇，輸了唄！」傑森把嘴裡的麵包咽了下去，繼續說道，「得國隊的比賽，不用看就知道要輸的。」

「昨天真是醉了，進攻的人都沒有的，真是特能輸……」比特抱怨道。

「他們這些國家運動員，拿著高額的工資和獎金，連一點點競技精神都沒有的。害怕拼搶，害怕受傷，縮手縮腳的，怎麼可能贏？」傑森一針見血指出了得國足球隊的不足。

比特說道：「不是有新聞說嘛，他們這些人，比賽前一天，還要帶著女友去賓館開房，這樣的足球隊，怎麼能打勝仗？」

「報紙上不是有人說了嘛！以後凡是得國隊的比賽，只要賭它輸球，保準能贏，人們稱之為『足球理財』。」比利譏諷道。

凱內老師笑呵呵說道：「三十年前，我看

了一場足球比賽，我也忘了是得國隊對陣哪一支球隊了。明明是一比〇領先的啦！到下半場結束前五分鐘，給人家硬生生地進了兩個球，比分變成一比二，從此以後……呵呵呵……我再也沒有看過得國隊的足球比賽。」

……

格瑞德不是足球迷，沒有參與到老師們熱烈的談話之中，只是默默地吃。吃完午飯，她照例是要在中午「做作業時間」去管理班級和批改作業的。她必須早點去教室。如果不早點到教室，過了中午十二點，雅安娜可能就要在班級裡面講練習，一講就會直接講到十二點四十分——下午第一堂課響鈴的時候。到時候，她可能連收得語學校作業的時間都沒有。格瑞德想那麼早回去，還有一個原因，就是怕早到的迪克、科比和帕斯達特在教室裡面搞出點什麼事。特別是科比和帕斯達特，「手最閒」，經常在中午的時候搞出點事兒來，不是把這個男生「打哭了」，就是把那個女生弄哭了，如果沒有人受傷，還算萬幸，如果有人受傷，那非得「賠進去」整個中午的時間，跟雙方家長不斷解釋不可。

格瑞德走到了教學樓的走廊邊，看到了班級裡三三兩兩幾個孩子在籃球場邊散步，看來他們是在「逛校園」。格瑞德的臉立刻就拉下來了：「萊西，科比，過來……你們不抓緊時間去教室裡面寫作業，跑到籃球場邊『閒逛』幹什麼？」萊西、科比走到了格瑞德面前，一言不發，科比甚至像「犯了錯的孩子一般」低下了頭。他的眼睛卻望向一邊，似乎思索著什麼。

「你們這些女生又在幹什麼？在閒逛？」格瑞德向手拉著手，慢吞吞地一邊聊天，一邊走向教學樓的三位女生質問道。

簡、丹娜和納依弗三人見格瑞德質問，趕緊鬆開了互相牽著的手。簡解釋道：「老師，我們剛上完廁所，正想回教室，沒有閒逛。」丹娜瞪大了眼睛，信誓旦旦地向格瑞德補充解釋道：「是的，老師，我們是剛剛上完廁所後回來，沒有閒逛！」納依弗則說道：「老師，我們真的沒有閒逛。」三人說辭如出一轍，仿佛心連心的姐妹。科比轉過頭瞪了她們一眼，又低下了頭。

格瑞德聽了，對她們說道：「沒有閒逛就好，以後從食堂出來的時候別慢吞吞的，去教室的時候速度快一點，聽到了嗎？」

「聽到了！」三個人同時回答道。

「現在回教室去吧！」格瑞德說道。三個孩子又牽起了手，向樓梯走去。

「你們也是，再被我發現在籃球場閒逛，當心我叫你們罰抄《中小學生守則》三遍！」萊西和科比聽了，點點頭，一言不發地走上了樓梯。《中小學生守則》裡沒有一條規定孩子們不能在中午的時候，在校園閒逛。可是，格瑞德用這種手段對付不聽話的孩子已經三年了，格瑞德希望能夠對犯錯的孩子進行懲戒，達到殺一儆百的效果。

格瑞德上了樓，去辦公室裡面喝了一杯水，便拿上紅筆，直接向教室走去。教室裡面的大部分孩子，都在教室裡面一邊開心地聊天，一邊寫作業。除了掃地的同學還在繼續打掃教室和包乾區，只有帕斯達特和科比還在你一拳，我一拍地玩耍，似乎沒有意識到中午作業很多，學習時間很緊張。

「你們都在幹什麼？」格瑞德從窗外望了進來，咆哮道。

教室裡頓時安靜下來，死一般的沉寂。只是過了片刻，納伊弗又嘰嘰喳喳地告起狀來：「老師，科比和帕斯達特一直在玩，我進來的時候，教室裡好多同學都在講空話。剛才科比還把艾米弄哭了。」

格瑞德望了艾米一眼，只見艾米的臉龐上似乎還掛著淚痕，看來的確是剛剛哭過，她又看了帕斯達特和科比一眼，帕斯達特和科比低下了頭。出乎孩子們意料的是，格瑞德沒有去處理科比打艾米的事情，只是又重申了一遍中午做作業時需要遵守的紀律，接著，格瑞德把她批過的《方法指導叢書》發了下去，準備講解指導叢書裡面孩子們做錯的練習題。

教室裡面的學生還沒有到齊，部分掃地的同學還在包乾區掃地，中午一般不會有多少垃圾，他們很快就能上來。但是，做作業不認真的霍姆沃克和洛珈正在辦公室裡面補英語作業，看來，他們一時半會兒還來不了。如果雅安娜老師要去三年一班或三年三班講作業，到時候，可能會放這兩個孩子回來；如果雅安娜老師不去講作業，格瑞德又不去叫一下他們，可能他們不到上課就不會再回來了。

格瑞德沒有在意洛珈和霍姆沃克的缺席，她把這天所講課文的《課堂作業本》發了下去。說它是課堂作業本，聽起來好像是讓孩子們在課堂上面完成的，其實，格瑞德一般讓孩子們在中午的時候當作中午作業來完成。課堂裡上課的時間太短，不僅要教學生讀單詞，還要教學生有感情地讀課文，還要教學生在課文裡面篩選課文內容，概括段落大意，最後，還要引導學生理解這篇課文告訴我們什麼道理，一堂課上下來，加上下課時間，都無法讓大多數學生按照老師要求理解課文，有時候課堂的筆記都是讓學生在下課的時候抄的。哪裡有那麼多的時間去做《課堂作業本》。

還好，《課堂作業本》的內容並不多，相對來說還比較簡單，大多數孩子都能在十到十五分鐘時間內完成。看到格瑞德一本正經地站在講臺桌前，孩子們都翻開《得語課堂作業本》做了起來。

接著，格瑞德開始在全班範圍內查找除帕斯達特外沒有把作業交上來的同學。這時，得語課代表珊迪告狀說洛珈抄寫本和得語方法指導叢書找不到了。格瑞德心裡冒出無名的怒火，又是洛珈，「全家都是懶漢」的洛珈！像洛珈這樣的孩子，沒交作業肯定就是沒做了。可是洛珈呢？格瑞德看到她的位置上空空如也，洛珈究竟去哪裡了？珊迪告訴格瑞德，洛珈被雅安娜老師叫去補英語作業了。

格瑞德只好先把《方叢》和抄寫做得不好的幾個孩子叫了上來，在講臺桌前嚴厲地批評了他們。萊西、霍姆沃克、科比、丘比等孩子首當其衝。格瑞德用了很多貶低的詞語來形容這些孩子做的作業，「亂七八糟的」，「字像一條一條難看的毛毛蟲」，「一年級學生寫的作業都比你強」……進而，格瑞德開始貶低他們個人，「整天懶洋洋的」，「從來沒有見過你這麼笨的」，「遇到你我是真倒楣」，「我們班成績比你差的同學都比你用心」……格瑞德故意說得非常大聲，想以此「殺幾儆百，以儆效尤」，讓講臺桌下的孩子們不敢再犯像他們一樣的錯誤。講臺桌下的好幾個孩子，都低著頭，不時地向講臺桌前的孩子望一眼，有幾個孩子聽到格瑞德的批評，「嗤嗤」地笑了起來，接著又低著頭寫作業。

過了一會兒，掃包乾區的同學吉米和瑪塔踏進了教室，喊了一聲「報告」。看到他們進來了，格瑞德把《得語方法指導叢書》發了下去，並舉起了《得語方法指導叢書》，說道：「現在佔用大家一會兒做作業的時間，我來講一下《方叢》。」孩子們聽了，把正在做的得語作業本翻攏了，拿出剛剛發下來的《方法指導叢書》。至於還留在雅安娜老師辦公室做作業的霍姆沃克和洛珈，格瑞德不打算再等他們了，誰知道他們補英語作業要補到什麼時候呢！

匆匆講完了《得語方法指導叢書》裡面她認為比較難做的，或者錯得比較多的題目，接著，格瑞德叫孩子們上來訂正《方叢》。訂正的快的孩子們，很快就訂正完了，並把《方法叢書》交給老師進行了二次批改。所謂「二次批改」就是把錯的題目交給老師看，如果訂正好了，老師就會塗掉上面劃著的「叉叉」，並用另一種顏色的筆打上勾，表示這題目已經做對了。如果一次作業上的所有題目都被打上了「勾」，這說明這次作業都已經訂正對了，格瑞德會把作業放到講臺上面，以便清點。

孩子們一個一個排著隊來訂正，只是排著的隊伍跟往常一樣，是歪歪扭扭的，偶爾會有一些同學跟桌邊的同學嬉鬧。格瑞德只要看到一次，就讓玩耍講空話的孩子排到隊伍最後去，以

示懲罰。但是，依然有孩子們乘著格瑞德認真批改作業的空檔，小聲講話。部分孩子在排隊時低聲交談，格瑞德是知道的，但是格瑞德必須把注意力集中在批改的題目上面，防止一不留神改錯，管理那些低聲講話的孩子，她顯得有些心有餘而力不足。她教維塔、瑪塔和茜茜這樣的孩子時，都要動一番腦筋，一番番地教她們訂正，實在擠不出意識注意那些嬉鬧講話的孩子。

講臺桌上的「方法指導叢書」和訂正的抄寫作業本一本本地多了起來，過了一會兒，一部分孩子已經訂正好了《方叢》，在下面做起了格瑞德佈置的「學校作業」。這時候，比特出現在窗戶邊，催道：「我佈置的一頁口算訓練做好了嗎？做好了艾米馬上給我收上來。」看到比特出現在窗戶前，窗邊的幾個正在訂正《得語方叢》的孩子，趕緊把《得語方叢》收了進去，做起了《口算訓練》。而有的同學，則早就已經做好了數學作業，他們可不敢怠慢數學作業。等到比特老師離開後，他們才拿出《得語方叢》繼續訂正了起來。

等到《得語方叢》已經訂正得差不多的時候，格瑞德數了一下，發現還差三本沒有訂正好。格瑞德算了一下，帕斯達特、霍姆沃克和洛珈三個沒交剛剛好。帕斯達特剛才被比特叫走訂正作業去了，而霍姆沃克和洛珈在雅安娜老師那邊，教室裡面已經沒有格瑞德什麼事了。格瑞德打算回教室。她看了一下時間，已經是十二點三十五分，離上課還有五分鐘。

「課堂做好了嗎？珊迪，你來收一下。」格瑞德問道。

「老師，我還沒有做好，我剛才在英語老師辦公室背英語課文。」剛剛拿著英語書走進教室的茜茜說道。

「老師，我……我還沒有做好，我……剛才一直在訂正得語。」維塔顫顫巍巍地舉起了手說道。

「老師，我剛才一直在做其他作業，還沒做課堂。」賽克舉起了小手。

還有其他五六個孩字舉起了手表示還沒有做好。

「能收的都收上來，不能收上來的，最遲下午第二節課後交。」格瑞德已經習慣無法在第一節課後交齊作業的孩子們了。

格瑞德端起《方法指導叢書》和抄寫本往講臺桌旁一放，走出教室，迎面撞上雅安娜老師。而格瑞德才注意到，霍姆沃克和洛珈已經進了教室了。雅安娜對著格瑞德友好地微微一笑，接著又把注意力放到了教室裡的孩子們身上。

「丹娜，把英語作業全部收上來。」

「老師，我還沒做好」

「老師，我也沒有做好」

……

「什麼！！中午那麼長時間你們都在幹什麼？我的英語作業就只有簡簡單單抄寫兩頁單詞，再標注上得語解釋，這點作業你們都完不成，肯定沒有用心學習，肯定都在玩！」

教室裡傳出雅安娜老師憤怒的責問聲。

格瑞德走出教室，從教學樓陽臺望下去，學校操場出現在格瑞德眼前。學校的操場已經重新裝修過了，足球場鋪上了厚厚的綠茵，塑膠跑道也煥然一新。操場邊特意拉了一條橫幅，「運動有益身心健康」。只是，那嶄新的操場上，空空如也，不見一個孩子經過。在中午如此寶貴的學習時間，照例是不能讓他們去操場玩的。

格瑞德走進了辦公室，在辦公桌前坐下。她看了一下課表，下午第二節是她四年級二班的科學課。她需要準備蝸牛。她拿出向琪琪借來的工具——一把鑷子和一個盒子，來到了花壇邊。

由於剛下過雨，尋找蝸牛相對來說方便了一些，很快，她捉了二十幾隻蝸牛，便把蝸牛放進了盒子裡面的葉片上。捉蝸牛的經過使她想起了小時候，跟著種地的父母一起去田裡，把專吃青菜葉的討厭的蝸牛一個個捉下來的經歷。許多青菜都被啃得不成樣子，賣不了好價錢。現在市場上的青菜裡面，已經很少看見這些蝸牛了，也許，這都要歸功於現代科技的發展和農藥的運用

吧。

捉完蝸牛，格瑞德又回到辦公室裡面看了一會兒科學教材和科學作業本，大致地設計了一下她上課的流程。終於，她可以休息一會兒了。

僅僅過了一小會兒，費安娜走進了辦公室。她手上拿著一疊又一疊印著什麼字的A4紙。「各位班主任老師，辛苦你們一下，把學生的醫療保險資料填一下。再核對一下，明天全部收上來。」她給了凱內一疊、妮娜一疊，比利老師去上課了，她把四年二班的那疊紙放在了比利桌上，接著她又把三年二班的那一份給了格瑞德。

待費安娜走出教室，凱內老師開始抱怨起來：「哎呀，這種任務又來了，簡直有病，社會保障部門把學生醫療保險任務攤派到學校和班主任的頭上來了。他們自己推出保險方案，流程又繁瑣，家長工作忙都沒有時間去處理保險。為了完成定額的任務，讓班主任發動家長做這些事。他們以為班主任空著沒事幹，就做這些事的啊！」

妮娜也抱怨道：「現在班主任可越來不好做了，不是社保部門來推銷保險，就是交通部門來推銷公交卡。我們班主任如今還是政府部門的推銷員啊！」

格瑞德沒有抱怨，也沒有多少心思抱怨，她只想把工作做好，免得孩子們不能及時得到醫療保險。她低下頭，看到有關「做好孩子醫療保險告家長書」上這一條條的欄目和注意事項，繁多冗雜。她尋思著如何才能把註冊醫療保險的注意事項清晰地傳達給每一位孩子的家長。她不可能把學校裡面所有家長叫到學校裡面來開一個家長會。不僅沒有時間，就算開了，家長也未必能夠到齊。如果不開家長會吧，她也無法保證每位孩子能夠把老師講的意思告知家長。她更無法保證每一位家長會在忙碌的工作之餘，有興趣看這個需要花錢花時間才能去辦理的醫療保險。

「老師，我沒有時間……」

「老師，我沒看仔細……」

「老師，我沒有錢……」

「老師，孩子的證件找不到了……」

……

格瑞德想像著家長種種可能的說辭。

「老師，我忘記給爸爸媽媽看了……」

「老師，我的弄丟了……」

「老師，我的忘在學校的抽屜裡面了……」

「老師，我忘記把告家長書帶來了……」

……

格瑞德想像著學生種種可能的說辭。她現在必須想辦法，讓所有孩子的家長都完成這個任務，因為明天家長填寫好的告家長書全部都要交。她需要在孩子放學回家前把所有注意事項教給孩子們。

等到下了課，格瑞德也沒有想到萬全之策，畢竟這些家長都奇葩得很。或許只有給每位孩子的家長打電話才有可能讓每一份告家長書及時收上來。

馬上就要去上科學課了，格瑞德上了一趟洗手間，又把已經批完的科學作業本整理了一下。

「真不讓人省心！」她看到科學作業本裡有十本還沒有訂正好，不由地說道。科學作業本都是她叫學生在課堂上完成的，她在課堂上每道題目都講過，甚至都報過答案，然而，有十位同學還是沒能做全對。

她帶著科學書和科學作業本，連帶著手上的一盒蝸牛，走進了四年二班的教室。上課鈴聲正好響了起來。孩子們看到格瑞德手上帶著的一盒蝸牛，側著眼睛向蝸牛望去。格瑞德卻把作業本往講臺桌上一放，「上次的作業，很可惜，做得很不理想……」格瑞德開始了她一板一眼的批評……

上完課後，格瑞德叫科學課代表抱著一疊科學作業本走出了教室。她則拿著科學教材，拎著盒子走出了教室。等她走進了辦公室，她叫科學課代表把科學作業本放在她的講臺桌上後，拿起紅筆便批了起來。當堂作業的效果並不見得好，依然有同學做錯了，甚至沒做就交上來了。

這時，得語課代表珊迪抱著一疊得語課堂作業本走了進來。她說了聲「報告」，而她抱著作業本的手，顯然是不能敬禮了。「老師，作業！」珊迪換了左手抱作業本，用右手敬了個禮，走了進來，說道。

「都交了嗎？」格瑞德看了一眼課堂作業本，並不多。

「老師，維塔、瑪塔、洛珈、帕斯達特、霍姆沃克、丘比和賽克還沒有交。我把名字都記下來了。」

都那麼長時間過去了，竟然還有三分之一的同學沒有交。他們到底有沒有抓緊時間認真做作業啊！格瑞德心裡有了怒氣，卻依舊面不改色地說了聲：「好的，放一邊吧！」珊迪把課堂放在格瑞德辦公桌旁邊，走出了辦公室。

「刷刷刷」，「刷刷刷」，格瑞德把下午第三節課所有時間，都用在批改工作上面。

第四節課，是作業整理課，只有三十分鐘時間。按照學校安排，除了週四進行興趣小組活動以外，一週其它四次課，其中三次由得語、數學和英語老師平分，用來訂正作業。剩餘一次，由班主任老師帶領，去操場進行體育活動。今天正好是格瑞德帶領孩子進行自由活動的日子。可是，有那麼多孩子，連作業都沒有做好，甚至有人連昨天的作業都還沒有訂正好。她如何能安安心心地帶孩子們去活動。

「今天校長好像不在，去開會了。」妮娜突然說道。

凱內說道：「是的，今天有一個學校德育工作會議，校長去參加了。」

「那今天我就不帶他們下去活動了。班級裡那麼多作業都還沒有訂正好。反正校長出去了，不來檢查我們有沒有上活動課了。」妮娜由校長去開會順理成章地推出了她可以在活動課訂正作業的推論。

而格瑞德望著沒交方叢和課堂的名單，微微地歎了一口氣。接著，她把作業整到了一邊，走出了辦公室，徑直來到了教室。原本下課吵鬧不息的教室瞬間安靜了不少。

「下堂課，我們上活動課！」

「耶！」教室裡面一片喝彩聲。

上課後，格瑞德帶著孩子們來到了樓下籃球場。籃球場上雖然還有些濕，太陽卻已經出來了，陽光明媚，鳥兒在樹枝上歡快地叫。而在那麼好的陽光下，格瑞德驚訝地發現，只有她和她們班的孩子來到了樓下。

格瑞德說了一聲「解散」，孩子們各自拿出或去體育器材室尋找自己玩的器材了。簡、丹娜、納依弗、珊迪和艾米跳起了橡皮筋；科比、帕斯達特、漢森、迪克和卓拉玩起了籃球；愛因斯坦拿出了空竹抖了起來；丘比和吉米打起了乒乓球；而萊西和賽克在陽光下散起了步……格瑞德也難得的在太陽下享受起了陽光，聽起了她平時很少注意到的鳥叫。格瑞德漸漸回憶起了她小時候盪起的鞦韆，以及和她跳皮筋和跳房子的那些夥伴。

「能讓老師也加入嗎？」格瑞德來到了跳皮筋的女生旁邊。

「老師，你也要跳啊！」丹娜的大眼睛調皮地一眨一眨，靈動的雙眼閃爍著興奮的光芒，好像看到了什麼新奇的事物似的。艾米、納依弗和珊迪也鼓起了掌。格瑞德順利加入到了玩皮筋的隊伍中來。孩子們驚奇地發現，原來，每天板著臉教訓學生的格瑞德，居然也會玩跳皮筋。

快樂的時光總是如此短暫。下課鈴準時響了起來，格瑞德和孩子們都意猶未盡。

格瑞德一邊將孩子召集到一起，準備帶他們回教室，一邊則努力地回憶，回到教室後應該完成的事情。

等等，好像還有什麼事情沒有完成。對了，班級裡有幾個孩子方叢還沒有訂正好。噢，還有一些同學，得語作業本還沒有交。還有告家長書呢！格瑞德回憶起了這一件又一件如同噩夢般的事情，更噩夢的是，放學鈴聲已經響起來了。格瑞德還有什麼辦法，只好把他們留在教室裡面，讓孩子們完成這一項又一項「未盡的事

業」。

等到格瑞德回到辦公室的時候，已經是傍晚四點十分了。還有十分鐘就是教師下班的時間。校長傑克明令規定，不要把學生留到四點十分以後，免得天色暗了，學生過長白大道的時候出現意外。格瑞德常常是按照校長的意思來遵守的。雖然班級裡面，還有三分之一同學得語作業還沒有訂正好，有的甚至還沒有做完當天的得語作業。

辦公室裡，一排凳子邊上，蹲著十幾個沒有按照老師要求完成作業的孩子，他們正低著頭做作業，有的是三年一班，有的是三年三班的，有的是四年二班的；有的沒有完成得語作業，有的沒有完成數學作業，有的沒有完成英語作業……而老師們，則在一旁不時地催促著，時而耐心講解，時而厲聲斥責，時而動不動扯幾下「倒楣孩子」的耳朵……

夕陽灑在辦公桌上，格瑞德伸了幾下懶腰，又喝了一口水。接著，格瑞德心中默默地評價了自己這一天的工作：今天的活兒還算少的，真是難得的比較輕鬆的一天，學校沒有組織亂七八糟的活動，也不需要值週，也沒有早自習。也不知道孩子們從今天的學習中獲得了什麼。對了，還有好多「拖後腿」沒有完成作業或訂正作業呢！留到明天早自習和品德課的時候，再叫他們把欠下的作業補完吧！

期末考監考

下半學期的期末考到了，按照慣例，伊斯特小學的老師是要分派一部分去其他學校進行監考任務的。格瑞德每年都被分配到了這個任務。她三次去監考的學校都是邊緣小學。

以前，格瑞德監考的是五年級和六年級，這次，格瑞德去監考的是邊緣小學三年級三班。她很好奇，想看看邊緣小學的三年級究竟是什麼樣的，這個班級在校室佈置和學生管理上有什麼值得格瑞德借鑒的東西。

這天，格瑞德七點就出發去邊緣小學了，路上，她買了小店的早點，接著一路向西騎行過去。伊斯特小學在村子的中西部，邊緣小學在村子的西邊緣，兩所學校離格瑞德家都很近。

很快，鋪著花崗岩的邊緣小學教學樓出現在格瑞德面前。

格瑞德來得還算早，離考試開始還有四十分鐘。格瑞德在學校門口吃完早飯，將一次性的包裝紙袋扔進了垃圾桶，接著，格瑞德便走進了校門，直奔學校教導處的辦公室。

路上，她經過邊緣小學的操場時，想起了一年前，邊緣小學曾經發生過一起「鬧得非常嚴重」的學生體罰事件。據說是學校裡面的一位孩子沒有按時完成作業，被班主任老師叫到操場，脫掉長褲，只穿著內褲在操場跑了三圈。這一幕正好被學校外面的路人看到，他們用照相機把這個場景拍了下來，在報紙上面登了出來，引發了全國轟動。最後，涉事老師被迫辭職，而涉事的校長，也被調往市區的某一所小學，避避風頭。不知道現在，那個被認定為「變相體罰」的老師做這件事的時候究竟是怎麼想的，也不知道他現在在幹什麼……

又走過了兩三個植被鮮綠的花壇，格瑞德來到了邊緣小學教學樓的大門口，教導處就在邊緣小學的二樓。時間還早，格瑞德也不急著去教導處拿試卷，在一旁欣賞起邊緣小學的風景來了。邊緣小學的規模不是很大，比伊斯特小學要小一點。幾棟比較陳舊的，沒有粉刷過的教學樓，散發著十年前的氣息。幾個漂亮的小花壇，和幾株香樟樹，錯落地陳列在教學樓、操場和行政樓之間，填補了那裡的空白。格瑞德記得在她讀小學的時候，就已經有了這所學校。邊緣小學的全稱為邊緣希望小學，據說它是響應國家「希望工程」號召而建立起來的，目的在於幫助外來務工子女的讀書而設立的，用的都是慈善機構的捐款。當年，由於地區戶籍問題，外來打工家長的子女都不能在這裡讀書。多虧了「希望工

程建設」，讓他們能夠在像邊緣小學這樣的學校讀書，避免孩子在遠離父母的環境下成長，成為一個留守兒童。從此以後，沃克市出現了三種學校，一種是像伊斯特一樣專門為本地學生和異地尖子或與領導有關係的人開設的「本地人學校」，一種是專門為有錢人開設的「私立學校」，還有一種就是像邊緣小學這樣的「外地生」學校。

同年級的老師凱內和簡寧也趕到了，手上還拿著沒有吃完的早飯。夏天初升的太陽照在邊緣小學，從汽車裡出來時，簡甯老師還不停地用手扇著，臉上掛著濕漉漉的汗滴。

「那麼早就來了啊！」簡甯老師微笑著望著格瑞德，口中還嚼著她剛剛買的點心。格瑞德向簡甯老師和凱內老師打了個招呼，起身一起向二樓教導處走去。「期末考我們班的孩子呀，心裡沒有個底。」簡甯老師突然緊張兮兮地說道。

格瑞德想起她班級裡的孩子們，也不禁皺起了眉頭，不由得擔心起來：「唉！他們呀，我也不知道會考得怎麼樣？」這時，後面跟上來的凱內老師，眼睛裡面閃爍著靈動的光，一臉微笑地說道：「才三年級的學生，考得好不好，對孩子的人生有什麼影響呢，對我們的工資，又有多少影響呢？這個考試的事情，只要盡力就好了。剩下的事，讓他們自由去發揮，又有什麼好擔心的呢！」簡甯老師和格瑞德老師點點頭。

三人一同進了邊緣小學的教導處。「庫裡老師啊，好久不見！」凱內老師樂呵呵地說道。庫裡老師見了，忙起身：「喲，凱內啊，你來監考了啊！」

邊緣小學的教導主任是凱內老師多年的好友，朋友相見，自然分外親熱。

庫裡接著用一次性的塑膠杯，給進入教導處的三位老師各倒了一杯茶，又跟凱內老師絮叨了一會兒。而格瑞德則站在門外，欣賞了一會兒學校的風景。

「叮鈴鈴」。鈴聲響起，按照慣例，這是監考老師領取試卷，並走進教室的時間。教導庫裡老師把三疊用黃色紙袋封得嚴嚴實實的試卷交給了三位監考老師。

「各位監考老師，辛苦了。」庫裡很有禮貌。格瑞德、凱內和簡寧領過試卷，頭也不回地走出了教導處。

上了三樓，從東邊的走廊拐個彎，格瑞德看到了三年三班的教室。教室比較舊，老式的鐵質玻璃窗門框上，紅鏽的斑點錯亂地夾雜其間。教室裡面的孩子還在拿著一疊厚厚的試卷，仔細地看著。而教室的門外，一位戴著眼鏡的女老師正在監視著他們的一舉一動。她看到格瑞德帶著期末試卷來到了教室門口，對她微微一笑，接著，又把注意力放在了端坐在位置上的學生身上。

「抓緊時間上好廁所，考試馬上就要開始了。」女教師突然面露凶相，下令道。格瑞德倒是被女老師的凶相嚇了一跳。格瑞德不知道自己厲聲斥責班級裡的孩子時，是不是也是這種表情。

女老師下了命令後，孩子們才沉默著，站了起來，一個又一個晃悠悠地走出教室，奔向廁所。在這一分鐘的短短的時間裡，沒有一個孩子講話，也沒有一個孩子做與上廁所無關的事情。

格瑞德走進了教室。但是她的臉上滿是驚訝，心裡滿是詫異。究竟老師做了什麼，能夠讓班級裡面的學生，那麼聽話。

孩子們上完廁所，陸陸續續走進了教室。「請各位同學把跟數學有關的一切學習材料放到講臺桌上。」為了防止學生作弊，格瑞德下了命令。

孩子們一個又一個上來了，他們有的把那皺皺的，缺了封面的練習紙放在了講臺桌上方；有的則嫌多走幾步路太累，將書包、作業、試卷往講臺上一拋，接著便自顧自地回到座位上；有的孩子索性把「與數學有關的一切東西」，全都放進了一個塑膠袋子裡面，再把袋子往講臺桌邊一扔，然後頭也不回地回到座位上面……很快，講臺桌上，講臺桌邊，堆滿了亂七八糟的書本、作業、練習、試卷、書包和袋子，看上去，彷彿一堆堆垃圾倉裡面的垃圾……

「考試的時候，不要忘記在試卷上面寫上自己的名字……」女老師見他們都在座位上面坐好了，便開始像頒佈命令一樣，告訴他們在考試的時候該怎麼做。

「……最後，請大家在考試的時候注意一下時間，不要沒做完就交上來。祝大家取得好成績……」說完，女老師三步兩回頭，依依不捨地離開了考場。孩子們則把鉛筆、橡皮和尺子從文具盒裡面取了出來，等待格瑞德下發試卷。

「請各位監考老師下發試卷」，過了一會兒，廣播裡面響起了庫裡老師洪亮的聲音。

格瑞德把黃色絕密紙袋上的密封線用小刀裁了開來，再把裡面的試卷取了出來，那顯示孩子們這一年來學習成果的試卷終於見了天日。孩子們一個個坐在位置上，沒有一絲響聲，也沒有一個孩子講話，靜靜地等待著試卷發下來。

格瑞德先是給每個小組排頭的孩子一份數好了的草稿紙，讓排頭的孩子取走自己的那一張草稿紙後遞下去，接著，她又把試卷，數好，一組組發了下去……

「老師，這裡試卷少了一張。」中間一排坐在倒數第二桌的小男孩子舉起了手，又望了望後面一位一臉懵懂的女生。看來，他身後的女生沒有拿到試卷。格瑞德意識到自己數試卷的時候數錯了。

「老師，這裡試卷多了一張。」另一組坐在最後的一位男生把試卷高高舉起，像是拿著什麼戰利品一般，期待地望著老師。

格瑞德走了下去，把男生手裡的那張試卷遞給了那位沒有拿到試卷的女生。

「請大家在試卷上寫上自己的學校、姓名、班級和學號。」格瑞德提示道。孩子們提起筆，在試卷的裝訂線內寫了起來。寫好的，便坐在位置上看起試卷上面的題目來了。

格瑞德一邊巡視，一邊依據貼在桌子邊的准考證號，檢查孩子們究竟有沒有把裝訂線內的姓名、班級、學號填準確。格瑞德繞了一圈，沒有發現什麼錯誤，便走到講臺上面，靜靜等待正式的考試鈴響起了。

叮鈴鈴，隨著一聲尖利的鈴聲，廣播裡響起了庫裡老師雄渾的聲音：「考試時間已到，可以開始答題……」三年三班教室裡面的孩子們一個個舉起了手中的鉛筆，一筆一劃地寫了起來。

考試剛剛開始幾分鐘，格瑞德饒有興趣地觀察教室裡面孩子的一舉一動。班級裡的女生們，大多都坐得端端正正的，一個個低著頭，寫個不停；而教室裡的男生，有的翹著二郎腿，一隻手在寫字，另一隻手卻抓著橡皮做小動作；有的撅著屁股，側著身子，一副吊兒郎當的樣子；更有的，剛開始坐得還算端正，接著便索性趴在桌子上面寫起了字……

再有趣的場景，也抵不過長時間的消磨，很快，格瑞德就厭倦了，無聊的情緒，從她的心底油然而生。她打了一個長長的哈欠，接著，又看了一下她的手錶，才過了十五分鐘。三年級的數學考試整整要考一小時十分鐘呢！該如何度過這漫長的時間呢？按照教育局的要求，教師在考試的時候絕對不能看書、看報或者做其他與考試無關的事情，否則，如果被巡考局的人逮到後，是要被處分的。教導主任費安娜在臨考會議上，對所有監考的老師作出的要求是，所有老師都不能在考試的時候，做與監考無關的任何事情，否則後果自負。格瑞德深知當中利害，繼續呆站在講臺前，等待時間一分一秒地流走……

「喀嚓」，教室裡懸掛著的三葉電風扇無力地止住了「呼吸」，嗡的嗡的漸漸越變越慢，最終停了下來。停電了！這麼炎熱的天氣，居然停電了。格瑞德心裡「咯噔一下」，走到教室外面，看看隔壁的考場是不是也是這個樣子。

「停電了嗎？」格瑞德望了一下隔壁考場的教室，果然，隔壁考場的風扇也停止了轉動。簡甯老師正端坐在教室裡面，肥大的臉上，滲滿了晶瑩的汗珠。「跳閘了，要熱死了。」簡甯老師對著教室外面的格瑞德微微一笑。

格瑞德回到了教室，告訴考場裡面的孩子們停電了，要求他們忍受住艱苦，繼續答完題目。空氣又熱又悶，使教室看起來如同烤箱一般。孩子們的臉上掛滿汗珠，似雨水般落了下來，打在他們的手臂上。他們的手上也滲出了濕漉漉的汗水，試卷上面印出了一點點紋路，可是孩子們卻依舊一刻不停地在答題。就連僅僅站在教室講臺上面的格瑞德，也感受到了夏天的悶熱和難耐。

為了消磨時間，格瑞德拿起講臺桌子上多出來的試卷看了一會兒，很快就看完了。格瑞德又閒得無聊，對著對面牆上畫的黑板報發了一會兒呆……接著，她又朝東看起了……

「老師，我肚子很難受……想……想拉肚子……」一位男孩子舉起了手，他臉色煞白，眉頭緊皺，臉上的淚痕和汗水都混在了一起。

一定是中暑了。

格瑞德答應了他，大步走到他跟前，將他從座位上扶了起來，接著，格瑞德領著小男孩走出了教室。

格瑞德走出了教室門口後，又折了回來。她有監考的任務，不能擅自離開教室。而且，她相信，那個男孩子只是有點吃熱了，半路應該不會暈倒在地……教室裡面沉默無聲，只有筆寫在卷子上面的聲音，沙沙沙，沙沙沙作響。

格瑞德站在講臺前，回憶起了一年前發生在伊斯特小學的一件事。那年夏天，臨近期末考的時候，學校裡一部分家長組織，希望給孩子們的教室裝上空調，不然教室實在是太熱了。學校領導明白，裝空調太貴了，而且即使裝上空調，學校的電壓也不足以支撐教室那麼多台空調運轉，肯定要跳電的。家長們竟然自己掏錢運來了好幾台空調，並叫來了裝空調的師傅。馬克校長看到後，大吃一驚，連忙向家長解釋學校裝空調的種種困難。最後沒有法子，家長改運來了冰塊，給學校的每間教室裡面都放了冰塊，此事才告一段落。格瑞德想起那些家長的可愛行為，不禁莞爾。如果他們知道邊緣小學這所民工子弟學校的孩子們，在怎樣的環境下面堅持考試，不知他們會作什麼感想。

時間在炎熱的「烤箱」中，似乎凝固了一樣，過得特別慢。格瑞德呆望著教室裡的孩子，心裡陷入了迷茫。考試，似乎成為了得意志小學所有孩子必須經歷的磨煉。她在書上看到，周邊的某些國家，為磨煉自己的下一代，是讓他們接近自然，接近生活，讓他們在野外尋找生存的技巧，在生活中養成管理時間和物品的技巧，在交往中，養成交際習慣……可是在這裡，一切卻顯得如此古怪。他們的生活似乎僅僅成了學習學習學習，考試考試考試，還有應付各種領導的評比和檢查，應付各種各樣的活動、表演，公開課……這一切真的好嗎？

「烤箱」裡面依然炎熱，蒸騰著熾熱的空氣。也不知道等了多久，才盼到了廣播——「離考試結束時間還有五分鐘」。廣播話音剛落沒多久，考場教室外出現了那位女老師的面容。那位老師容貌還算漂亮，只是板著面孔，臉上沒有一絲笑容，原本俏麗的面容，在緊皺的眉頭下，顯得老了幾分。

「還有幾分鐘，給我認真檢查，千萬不要給我提前交卷！」女老師透過教室的玻璃窗戶，向考場裡面的所有孩子下了命令。孩子們仍舊坐在位置上面，一言不發，不知道他們是聽到了女老師的命令，還是沒有聽到女老師的命令。女老師看了一眼站在講臺前面的格瑞德，接著又自顧自地離開了考場。

聽到離結束只剩下五分鐘的時候，格瑞德心裡不禁振奮了一下，她也沒有在意女老師的行為，監考很快就要結束了，她終於可以解脫了。她往下面望瞭望，只有寥寥幾個同學在看試卷，其他孩子都左顧右盼，甚至拿著手上的尺子玩呢！看看誰檢查的最認真！格瑞德瞥見有個叫作穆迪的孩子，正拿著鉛筆，在草稿紙上寫著什麼。格瑞德低下頭一看，穆迪在草稿紙上畫了一隻張著血盆大口的怪獸，那綴滿牙齒的口腔裡面，畫著幾條彎彎曲曲的細線，也許這就是怪獸

口中噴出的火焰……上廁所去的孩子也早就回到了教室裡面，現在也正坐在位置上面發呆呢！看來，上廁所的那幾分鐘時間，並沒有影響他做試卷。

叮鈴鈴，鈴聲響了，這正是考試結束的鈴聲。幾個個子大一點的男生，伸了一下懶腰，從位置上半站了起來，如釋重負地籲了一口氣。

「請各位同學坐在位置上面別動……」格瑞德下了命令，「請每組坐在最後的那位同學把試卷收起來，注意，按次序把別人的試卷放在上面，不要搞亂了。」

很快，格瑞德收齊了試卷，把它們裝在袋子裡面，走出了教室。從教室的門窗外望進去，孩子們正一擁而上，圍在講臺邊取自己的數學資料和練習呢！還有三三兩兩，幾個男生，還沒有取回自己的數學用書，就開始在教室裡面追逐了起來……

格瑞德逕自走下了樓梯，趕到了教導處。教導處的辦公室裡面，已經有一二年級的老師在裝訂試卷了。為了在批試卷的時候保密，無論是小學、初中還是高中，得意志學生的試卷上面都有一條裝訂線。得意志學生考試前，把自己的學校、名字、學號和班級等資料填在裝訂線外邊的橫線上。監考老師按照要求在考試後把試卷五張或十張一份裝訂好，再把裝訂好的小疊試卷打亂放進保密袋子裡面，最後分發到各個地方去批改。格瑞德按照要求裝訂好了試卷，接著，坐等第二場得語考試的開始了。

三年級得語考試需要監考一小時二十分鐘。格瑞德想起了「大烤箱」內的環境，不禁皺起了眉頭。「教室裡面真是太熱了！」簡甯老師擺擺手，圓滾滾肥嘟嘟的臉上，滲著濕噠噠的汗漬。

「也不知道電什麼時候能來」凱內老師也用袖口擦拭了一下頭上的汗漬，「這次監考運氣太差了，怎麼就挨上停電了呢？」「附近在修線路，周圍開空調的太多，電量負荷太大，燒掉了。」庫裡解釋道，「估計上午電是來不了了，下午電路能不能修好也是個問題，各位老師只能辛苦一下了。」

庫裡的話，猶如驚天噩耗，使整個教導處積壓著一種悶悶的氣息。現如今，這裡是到處熱，處處熱，教導處內熱，教導處外熱，教室裡也熱，走廊上也熱，老師們都不知道何去何從了。

在格瑞德的印象當中，她小時候夏天也經常遇見停電的情況。中午的時候，人們時常三五成群地在大樹下，蔭蔽處納涼、聊天或者玩牌。那些會「享受的人」，則會帶上他們的席子或躺椅，在樹蔭下美美地睡上一覺，從來沒有炎熱到無所適從的地步。如今的人哪，怎麼就經不起炎熱了呢？格瑞德抬起頭，望了一眼天空中那刺眼的太陽，也許是現在的太陽，比過去毒辣許多倍了吧！

叮鈴鈴，鈴聲響了。庫裡把一份又一份寫著「絕密文件」的試卷袋從他的抽屜裡抽了出來，遞給來監考的老師們。這場是得語考試，比考數學的時間還要長。

格瑞德接過試卷，上了樓，孩子們在另一位女老師的監督下，畢恭畢敬、端端正正地坐在位置上，而講臺桌上，雜亂無章地堆著各種各樣的得語書和學習資料……

四年級

新老師斯戈爾

四年級剛剛開學的時候，孩子們驚奇地發現，他們的班主任和得語課老師不再是以前的格瑞德了。而是一位年輕的老師，他的名字叫作斯戈爾。

斯戈爾高高的，瘦瘦的，擁有古銅色的皮膚，上課和改作業時戴著比格瑞德還要厚一點的眼鏡。在孩子們眼裡，這位年輕的老師平時話兒不多，一點也不像格瑞德那樣凶巴巴的。他也許是受到了教育部「不能體罰學生」的新政策影響吧。他很少罵學生，也從來不打學生，遇到有些孩子實在太頑皮了，他就會把那些學生叫到辦公室裡，捏住手臂狠狠地盯著他看一會兒，直到那些孩子認識到錯誤為止。

幾天後，帕斯達特看到了斯戈爾十分「軟弱」，便越加驕橫起來。他下課時間公然地在教室裡面門馬腳，打鬧。使教室變得鬧哄哄起來。他知道，他再也不需要擔心突然到來的格瑞德，把他叫到辦公室裡面狠狠地打手心了。

斯戈爾走到了四年二班教室門口，表情立刻嚴肅了起來。「帕斯達特！」斯戈爾說道，「你不知道教室裡面是不能跑來跑去的嗎？」帕斯達特一副不屑地樣子望著斯戈爾。斯戈爾憤怒了，一把拉住了帕斯達特的手臂狠狠地盯著他。帕斯達特似乎被嚇到了，躲開了斯戈爾的視線，低頭看著地面。

斯戈爾憤怒地說道：「帕斯達特，以後不能在教室裡面跑來跑去，知道嗎？」帕斯達特並不回答，繼續低頭看著地面。過了一會兒，斯戈爾認為帕斯達特已經明白了，放開了手說道：「知道錯了要馬上改正過來，爭取做個好孩子。」帕斯達特點點頭。看到帕斯達特認錯，斯戈爾放開了手走出了教室。

斯戈爾剛剛走出教室，帕斯達特立刻把屁

股對向門外邊，俯下身子拍拍屁股。教室裡爆發出一陣哄笑。艾米看到帕斯達特噁心的動作，把臉轉向了一邊，皺起了眉頭，說道：「好噁心！」

摸清了斯戈爾的底線，帕斯達特、科比和迪克變得更加肆無忌憚。一次體育課下課後，他們竟然跑到了學校花壇邊，對著學校花壇裡的兩棵大樟樹扔起了石頭。看到帕斯達特、科比和迪克玩得那麼開心，吉米、漢森和茜茜也加入到「砸樟樹」的行列。四年一班的孩子翔去上洗手間，碰巧路過大樟樹邊，其中一個石塊不偏不倚向翔飛來，「啪」的砸到了翔的額頭上。翔哇哇地大哭了起來，驚動了正在趕往會議室開會的校長傑克。傑克看到翔的額頭上都砸出了血來，他進行了簡單地處理後，馬上帶著翔去醫院，並把事情通知了斯戈爾和凱內老師。

很快，用石頭扔樟樹的六位孩子都被同學檢舉出來了，斯戈爾把他們叫到了辦公室裡面。斯戈爾瞪著眼睛望著犯事的孩子們，氣得直喘粗氣。茜茜、漢森、迪克、科比和吉米都沉默地低著頭，不敢望老師，而帕斯達特還是一副無所謂的樣子。

「你們誰最先在下課的時候跑到花壇邊的樹下扔石塊的？」斯戈爾問道。六個人一言不發。這時，在比特旁邊排隊準備訂正作業的納伊弗大聲地說道：「老師，我看到是帕斯達特最先跑到花壇那邊扔石塊的。斯戈爾瞪著他說道：「帕斯達特，是你最先過去扔石頭的嗎？」帕斯達特聽了，瞪著眼睛望著納伊弗，表情非常猙獰可怖，像是要把納伊弗吞下去似的。

斯戈爾也很生氣，用低沉有力的聲音問道：「帕斯達特，究竟是怎麼回事？到底是不是你先去砸石頭的？」帕斯達特轉過頭，瞪著眼睛望著斯戈爾，嘴裡「嘶嘶」地響著，仿佛一隻兇惡的猛獸。

斯戈爾知道問帕斯達特也問不出什麼來，就問平時還算乖的吉米：「吉米，你怎麼也跑到花壇邊扔石頭去了，你們不知道這是很危險的。

現在四年一班的翔頭上被砸出血來了，你們六個孩子都有責任的，可能都是要賠醫療費的。」一聽要賠醫療費，吉米嚇得顫抖了起來。這時，科比小聲地問道：「要賠多少錢啊？」科比小時候經常闖禍賠錢，每次一遇到闖禍賠錢的事，他的爸爸媽媽都會揍他一頓，讓他銘記於心。科比一聽到需要賠錢，也變得不自在了起來。

斯戈爾看到除帕斯達特外的五位孩子都認識到了錯誤，批評了他們一會兒後，就讓他們離開了辦公室，唯獨把帕斯達特留了下來，等他承認錯誤。帕斯達特看到斯戈爾唯獨把他留了下來，感到很不公平，竟然一邊流著眼淚，一邊呲牙咧嘴地用仇恨的眼神望著斯戈爾。

斯戈爾氣得暴跳如雷，從椅子上面躍了起來，一把抓住了帕斯達特的左手臂，用盡手掌的力氣死命地捏，一邊捏還一邊吼道：「帕斯達特，你以為自己一點錯都沒有嗎？你到底認不認錯！認不認錯！」帕斯達特吼道：「又不是我的石塊砸中翔的！我只是一開始扔了幾塊，後來沒有扔了，砸中翔的石頭又不是我扔的！憑什麼要把我叫到辦公室裡來！」

斯戈爾無比憤怒，一邊使勁地捏著帕斯達特的手臂，一邊瞪著眼睛，似乎期待著能夠壓制住帕斯達特身上的惡靈。帕斯達特感到手臂上窒息般的難受，眼睛裡流出的淚水更多了，但他依然倔強地抬著頭，沒有一點兒屈服的意思。雙方僵持了足足一分鐘，斯戈爾累了，逐漸放開了帕斯達特的手臂。「今天我會把這件事告訴你爸爸媽媽的。」接著把帕斯達特叫出了辦公室。

斯戈爾的招術在帕斯達特面前一點也不管用。但是，他一點也不覺得自己做錯了。他仍然固執地認為，不能像以前的老師一樣體罰學生。他覺得孩子身上都有善的閃光點，一旦把閃光點找到，並激發出他們的閃光點，孩子自然而然地能夠認錯悔改，成為一個好孩子。

斯戈爾對孩子非常寬容，對工作卻是認真得很，一絲都不敢馬虎。愛因斯坦明顯地感覺到，斯戈爾講的得語課，要比格瑞德的仔細得多，也有章法得多。格瑞德講的課十分隨意，有時候臨時起意，乾脆脫離課本按照自己認為好的模式上課，在教《感受春天》這篇課文的時候，她直接把孩子們帶到了教室外面的花壇邊，讓孩子們通過觀察花壇邊的花兒去感受春天，結果時間沒有控制好，一堂課沒有把感受春天這篇課文上完。她上課出錯率也比較高。愛因斯坦清清楚楚的記得，三年級的時候，格瑞德講錯過不少內容。她把《好孩子雨來》裡，描寫雨來語言的反覆手法，講成了「重複手法」，這個錯誤還是納伊弗參照工具書糾正的呢！她把《爬天都峰》裡的白髮蒼蒼讀成了花白的頭髮，惹得教室裡的孩子一臉驚異……像這樣的例子還有很多，不勝枚舉。但是，孩子們覺得還是格瑞德的課有趣得多。斯戈爾雖然上課很有章法，一板一眼地遵循規定的「格式」，有時候照本宣科地照著教學參考資料裡面的內容講課，這樣就不會出什麼差錯。

斯戈爾上課準備得也十分充分認真，教材上面每一課他都按照教參和他參考的其他資料寫得密密麻麻。但是他不是根據上面的筆記完全灌輸給孩子們，而是選擇他認為重要的一部分，一面講，一面寫在黑板上。孩子們根據斯戈爾寫的內容，認認真真地抄下來。斯戈爾非常注重筆記的摘抄，他認為如果孩子們不認真地根據他的要求摘抄筆記，就做不對作業和考試裡面的題目。他要求孩子們在每堂課上完以後，同桌之間互相檢查各自摘抄的筆記。他會根據孩子們檢舉的筆記記錄的完整程度給予小貼紙的獎勵。

剛剛開始，孩子們看到這位溫和的老師，高興得不得了。他不會像格瑞德一樣動不動就破口大罵，也不會像格瑞德一樣做得不好就會打手心。但是到後來，孩子們突然發現斯戈爾上的課比格瑞德還要無趣。斯戈爾總是一副充滿好奇和熱情的樣子，希望把孩子們引入到對好詞好句、修辭方法、關聯詞等語法的學習中來。可是孩子們並不對這些東西感興趣。像《郵票齒孔的故事》中，孩子們並不對描寫應國人阿切爾的神

態，動作和語言感興趣，他們更感興趣的是應國是一個什麼樣的國家？他們穿的衣服為什麼這麼奇怪？郵票又是怎麼發明的？每當孩子提出這些，斯戈爾都會以跟得語學習無關一一略過。漸漸地，得語課成為了純粹的語法和課文筆記的抄寫課。孩子們不得不對黑板上密密麻麻的筆記唉聲歎氣。

斯戈爾還十分注重預習。他制定了詳細的預習要求：一、每篇課文要在家裡要至少朗讀三遍以上。二、朗讀的時候，要給每段話前面標上相應的段落序號。三、得語詞語手冊裡面的解釋要完完整整地摘抄到得語課文附近空白的地方。四、每個得語生詞要在得語練習本上抄三遍。五、每個得語單詞都要會讀。

斯戈爾會利用早自習的時間對孩子的預習情況進行檢查。在孩子們讀課文時，斯戈爾會早早地來到教室，看看他們是不是讀得很熟練，再看看他們是否在得語書和得語練習本上面摘抄比較完整。愛因斯坦知道沒有幾個孩子會按照斯戈爾的要求去預習，他們頂多把自然段序號標一下，再把詞語解釋抄在書本上，把詞語抄在練習本上就完事了。但是，像洛珈、帕斯達特和維塔這樣的孩子，甚至連抄寫的作業都完不成。斯戈爾看到了，也不像格瑞德那樣大發雷霆，只是讓這些孩子站一會兒，再把孩子們的學習情況反映給他們家長就完事了。他常常說道：「我只負責把知識好好地教給你們，至於你們想不想學習，那是你們的事！都已經是高年級的學生了，應該有一些自覺性了吧！如果說你們到現在都還沒有一點兒自覺性的話，老師再怎麼逼你們也沒有什麼用的。」

在作業講解和批改上面，斯戈爾也做得十分仔細。他的作業本上面都對照著手上的參考答案寫滿了密密麻麻的答案。特別是有的題目，甚至寫了兩種到三種參考答案。得語作業裡面的部分題目都是開放性的題目，讓孩子自己發表對文章內容和課文中人物的看法。比如說，從課文中你學到了什麼，或是文中的人物，有哪些值得你學習的。斯戈爾從來不認為這些題目有固定的答案，這種題目至少也有兩三種答案吧。他把這些他認為對的答案都寫在題目的旁邊，讓孩子們選擇一種他們認為好的答案抄寫進去。

他對考試的要求，一點也沒有比格瑞德低。他要求全班的同學，按照他的模式，認真地抄，讀，背課文，抄寫和背誦他寫在黑板上面的筆記，在考試的時候，一字不落的寫進去。他希望每一個孩子都能夠按照他的方法考到九十多分。然而，事實並沒有他所想像的那麼美好。別說是背誦和抄寫課文裡的筆記了，像維塔、瑪塔、霍姆沃克等孩子，他們連字母都寫不好，單詞都不會讀，考到六十分已經是渺茫的希望了，考到九十分完全是天方夜譚。格瑞德如果遇到了，頂多大罵一頓，再罰抄個幾十遍。斯戈爾遇到了，他很少罵，但是，他堅信「讀書百遍，其義自見」，「抄書百遍，倒背如流」。於是，斯戈爾把他們單獨叫到辦公室裡面，叫孩子們一遍一遍地抄，一遍一遍地背。有時候，體育課、美術課、音樂課都不讓他們上了，只讓他們一心一意地待在辦公室裡讀讀，背背，抄抄。（注：科學課是校長傑克的課，斯戈爾不敢叫孩子來辦公室訂正作業）

剛開始，愛因斯坦認為，斯戈爾這個人很溫和，比起格瑞德，他待孩子們寬容得多和好得多。後來，愛因斯坦漸漸認為，斯戈爾不過是一個古板固執的老師，與其說他像個生機勃勃的年輕男子，不如說他更像是個食古不化的老頭兒。

自此以後，愛因斯坦開始不把斯戈爾放在眼裡了，也不把得語的學習任務放在眼裡了。

領導慰問前的大掃除

學生報到的時候，斯戈爾就告訴家長，開學的時候每個孩子要帶一塊抹布來學校，下午要進行大掃除，需要用抹布來擦桌子。開學第一天的班主任談話時間裡，斯戈爾讓帶抹布的同學舉

了一下手，結果只有近一半的孩子舉起了手。斯戈爾為此皺了皺眉頭，不過也不要緊，十三塊抹布足以讓孩子們擦教室裡的窗戶和教室裡面的講臺桌椅了，畢竟還要一半的孩子去掃教室和打掃學校的包乾區了。

下午第二節鈴聲一響，大掃除準時開始了。斯戈爾踏著鈴聲走進了教室，分配起了任務：「吉米，你們這組負責打掃教室的衛生和走廊的衛生。漢森，你們這一組負責擦教室的桌子和凳子，以及兩邊的窗戶。納依弗，你們這一組負責打掃包乾區的衛生……」口令一下，教室裡面的孩子開始熱火朝天地打掃起來，而丹娜這一組的八位同學則前往包乾區打掃衛生了。

愛因斯坦所在的這一組有八個人，由吉米負責，主要任務是把教室和走廊打掃乾淨，活兒並不多。比較聰明能幹的簡和丹娜就在吉米這一組，僅僅打掃了十分鐘，走廊和教室差不多就已經打掃乾淨了。他們感到沒事可幹了，愛因斯坦在窗戶邊上發起了呆；吉米去了水龍頭邊洗起了自己的眼鏡；維塔看著擦窗戶的同學們「呵呵」地傻笑了起來；簡幫助教室裡面擦桌子的同學擦起了桌子；萊西、賽克和鵬比則在教室裡面聊起了天。

作為勞動委員的丹娜覺得自己班幹部的職責在身，有必要監督教室裡和打掃包乾區的同學，便頤氣指使地指揮起來。「萊西、賽克，鵬比，你們別再講空話了，快去幫助其他同學打掃衛生！」丹娜的嗓門很大，可能連斯戈爾的辦公室都能傳到。鵬比反應很快，馬上辯駁道：「丹娜，老師佈置的任務我們已經完成了，憑什麼要我們去幫助其他的小組幹活啊！再說，你又不是小組長！」賽克擺了擺手，笑了笑，說道：「沒有老師的命令，我們是不會掃的……」萊西則笑了笑，懶洋洋地擺了擺手，把頭轉向了一邊，什麼都沒有說。他的手勢好像在說，「你沒有資格來管我們。」

丹娜看到了，非常生氣，馬上把三位同學不肯掃地的情況告訴了斯戈爾。換作是格瑞德，早就急衝衝地走到教室大發雷霆了。斯戈爾卻顯得非常有禮貌。他不緊不慢地走進了教室。

三位孩子看到斯戈爾來了，他們就知道是丹娜告了狀，心裡雖然很生氣，卻也得先裝作一副想要去打掃衛生的樣子。斯戈爾查看了一下，走廊和教室掃得還算乾淨，除了幾片夾在桌椅縫和講臺縫裡的小紙片，基本上沒有什麼垃圾。

「第三組的同學掃得很乾淨，真棒！」他豎起了大拇指誇獎道，接著他又說道，「講臺縫裡和第三排第二列的桌縫裡有一些小紙片，麻煩第三組的同學把他們處理掉。」這時，吉米已經洗好眼鏡回到了教室，他聽了後，直接說道：「老師，我來！」說完，便開始撿起了垃圾。斯戈爾又豎起了大拇指，露出了欣慰的笑容：「好，做得好！」

萊西、賽克和鵬比仍舊面面相覷，雖然很想幫忙，他們卻不知道該幫助同學們幹什麼。地已經掃乾淨了，掃把完全用不上；教室裡的桌子也已經擺放整齊了，不需要他們擺桌子了；黑板也已經擦得亮亮的了；似乎只有窗戶，教室裡的窗戶，漢森組的孩子們正在擦，但是，擦窗戶並不是老師安排他們要幹的活啊！

「那麼，吉米組的同學，幫助納依弗和漢森組的同學吧！」斯戈爾下了命令。既然是老師的命令，沒有什麼是不該遵守的，只是，到底是誰來幫助擦窗戶的同學呢？又該是誰來幫助掃包乾區的同學呢？

「老師……掃包乾區的同學沒有認真掃地，都在包乾區那邊……玩！」維塔靠著窗，右手指指向樓下，青瞪著眼睛，露出一副傻樣，告狀卻毫不含糊。

斯戈爾走到窗戶邊，順著維塔所指的方向望去，臉色立刻陰沉了下來。科比舉著尖尖的竹掃把，一邊笑著，一邊追打著帕斯達特和迪克。帕斯達特和迪克拼命地逃著，灰塵和落葉被席捲得到處都是。而生平就愛告狀的納依弗，站在一邊氣呼呼地盯著他們，一邊嘴裡說著什麼。她的聲音從樓下傳到三樓，雖然聽不清，但依稀可以

聽到是跟「告老師」有關的。

斯戈爾見了，向樓下奔去。斯戈爾想到，前幾天開會的時候，校長傑克千叮嚀萬囑咐過，這次包乾區的衛生打掃每位班主任要特別重視。因為開學第二天上午八點鎮裡面教育部的領導要來學校對全校師生進行開學慰問。那天傑克是這樣說的：「如果教育部門領導來學校慰問的時候，發現地上有垃圾，甚至在地上發現了香煙蒂，會給領導留下非常不好的印象。所以這次包乾區打掃一定要打掃得非常仔細。避免留下衛生死角。特別是學校的花壇裡面，絕對不能出現煙蒂。這次大掃除結束後，我會在各班的包乾區進行檢查，並在下次開會的時候，進行反饋。」

斯戈爾看了下手錶，離大掃除結束只剩下十分鐘。他可不想在工作第一天就給傑克校長留下不好的印象。「你們在幹什麼！」斯戈爾見到三位仍然在奔跑的孩子，怒喝道。

三個孩子看到斯戈爾來了，立刻愣住了，停了下來。在他們眼裡，斯戈爾高高瘦瘦，面相看起來也不是很和善，他們不知道他們新的班主任老師有什麼樣的脾氣，都不敢輕舉妄動。

「大掃除時間是追逐打鬧的嗎？」斯戈爾又喝道。三個孩子站在一邊，一聲不吭。

「老師，帕斯達特、迪克和科比在大掃除時間都在玩！包乾區都是我們在掃，他們一點都沒有掃……」納依弗毫不留情地告狀道。同組的卓拉、雪麗和茜茜也紛紛告狀，只有希拉仍然保持著她一聲不吭的風格。

「切！」帕斯達特聽了同學們的告狀，咬咬牙，冷哼了一聲。迪克這時說道：「老師，我們不是沒有認真掃，是掃把只有三把，我們沒拿到掃把，沒法掃地。」

「還狡辯！沒有掃把，就可以追著跑了啊！……沒有掃把，就不好幫忙撿一下垃圾了啊！」斯戈爾原本性子是比較溫和的，但是看到包乾區裡遺留的紙屑、包裝紙和煙蒂頭還很多，而校長的檢查十分鐘後馬上就要開始了，換作是誰心情都不會好。

「快點給我把包乾區打掃乾淨！」

孩子們聽了，繼續打掃了起來。斯戈爾不放心，在一邊盯著他們。

四年二班的包乾區是在教學樓北面的兩個四十米長，二十米寬，東西走向的大花壇，以及附近的道路區域。花壇中間栽種著各種各樣的落葉喬木，每逢秋天，總是有落葉掉到地上。納依弗組光是為了把道路上的落葉和垃圾掃乾淨，就花了整整三十分鐘，可是樹上還是有落葉不斷地落下來。即使光掃落葉，永遠也掃不完。

「不用掃落葉了！」斯戈爾指了指掩藏在花壇裡面一個又一個的煙蒂頭，說道，「把花壇裡面的垃圾都撿乾淨。」孩子們認真地尋找了起來，一個又一個隱蔽在草叢中的廢紙、果殼、破鉛筆、衛生紙袋子和煙蒂頭，在孩子們的搜索下原型畢露，接二連三地落到了畚鬥當中。

等到納依弗向斯戈爾匯報垃圾撿完了時，下課鈴已響了。斯戈爾反覆檢查了三遍，除了落葉，整個包乾區還算乾淨。正打算離開。門衛傑瑞叔叔拿著拖把走了過來。

他的手裡夾著一根大紅鷹牌的香煙，一邊抽著煙，一邊樂呵呵地對孩子們說道：「你們打掃衛生打掃得真乾淨！好樣的！」孩子們特別喜歡傑瑞叔叔，都一個又一個地站直又敬禮，並打趣地回答道：「傑瑞叔叔好！傑瑞叔叔再見」……

傑瑞叔叔繼續昂起頭走著，孩子們則跟著斯戈爾一邊走，一邊離開包乾區。忽然，斯戈爾想起了什麼，向包乾區跑去。

是什麼東西，如霧如幻，從傑瑞的手中飛了出來，劃過一道美麗的弧線，落在了花壇裡面。斯戈爾定睛一看，果然，一枚煙蒂頭，正悄悄地躺在北邊的花壇裡面，煙頭上面還餘香繚繞。出乎斯戈爾意料的是，煙蒂的旁邊，還多了一口痰。

幾天後，伊斯特小學開教師會議時，四年二班由於包乾區打掃得特別乾淨，在教師會議上得到了校長傑克的點名表揚。

為得白血病的孩子捐款

又是一次升旗儀式，這週升旗的班級是五年二班。升完國旗，唱完國歌後，校長傑克走到了主席臺前開始了國旗下講話。孩子們臉上露出了詫異的表情。以前參加國旗下講話的一般是班主任或任課老師。今天國旗下講話的卻偏偏是校長。

傑克走到了主席臺前，拿出了他早已準備好的講稿讀了起來：「老師們，同學們，大家早上好。我國旗下講話的題目是《以愛與生命的名義》，為患白血病的中學生大衛同學捐款倡議書》。」

傑克用眼睛掃視了一下主席臺下面的學生，繼續說道：「孩子們，當我們在新年的時候，跟著爸爸媽媽一起去旅遊，去玩耍，或是躺在溫暖的被窩，享受著甜美的零食時，在威斯頓中學，卻有一位叫大衛的大哥哥遭受著病痛的折磨……」

四年二班大多數孩子都認真地聽著傑克的話，但是迪克仍然在做小動作，帕斯達特仍然用一副不服氣的樣子低頭看著地面，好像地面跟他有仇似的。斯戈爾提醒了他們一下，示意他們認真聽校長講話。

「大衛是威斯頓中學初二的學生，平時樂觀開朗，積極向上，成績在班級裡面名列前茅，與同學相處也十分融洽。在去年聖誕節的時候，大衛忽然發了高燒，渾身長滿了大小不一的斑點。去醫院檢查後，確診為白血病，需要進行骨髓移植手術，需要十五萬馬克的骨髓移植費……」「十五萬馬克！」高年級的幾位孩子忍不住喊了起來，他們知道，他們家裡父母每人每年加起來的工資，也不會超過一萬五千馬克。

校長傑克繼續說道：「為了給大衛看病，大衛父母已經花完了家裡的積蓄，還欠下了三萬馬克的錢。面對兒子日益消瘦的身體，他的爸爸每天在病床前愁眉不展，而大衛的母親則每天以淚洗面。」

校長向國旗台下的同學望了一眼，繼續說道：「同學們，一方有難，八方支援，病魔無情人有情。讓我們伸出我們的援助之手，幫助他們度過難關吧！」傑克深情並茂地在講臺上講完了最後一句話，眼角似乎有淚水。

升旗儀式結束後，班主任斯戈爾也在班級裡發出了倡議，他告訴孩子們，一定要把這件事情告訴爸爸媽媽，並根據家裡的實際情況，自願進行捐款。孩子們紛紛點頭表示願意幫助有困難的大衛。

愛因斯坦把這件事情告訴了媽媽。「真是可憐的孩子！」愛因斯坦的媽媽從錢包裡拿出三十馬克錢來，遞給了愛因斯坦，囑咐道：「一定要妥善把錢保管好，交給你們的老師。人家也怪可憐的，父母把孩子拉扯那麼大不容易，你說怎麼年紀輕輕就得了這種毛病呢！」愛因斯坦接過了錢，把它仔細地放進了書包的夾層中。

第二天，孩子們帶著自己捐的錢來到了學校。班主任談話時間，愛心捐款開始了。斯戈爾特意設了一個捐款的紙盒子，中間開了一條縫，放在講臺桌前。孩子們先把錢交給班長弗雷特，由弗雷特把錢數清楚，記載每個孩子的名冊裡，再把錢投到紙盒子的縫中。斯戈爾則站在一旁，仔細地監督著捐款的過程。

「愛因斯坦，三十馬克……」

「鵬比，十五馬克……」

「弗雷特，十五馬克……」

「茜茜，一百馬克……」

「艾米，一百馬克……」「喔！」孩子們向艾米和茜茜投來了驚奇的目光。要知道，那時候一百馬克可是一筆巨款，足足可以把超市裡的變形金剛三件套買下來。

「帕斯達特，一馬分……」

「啊？一馬分……嘿嘿嘿……」孩子們聽到了帕斯達特捐的錢，不由得「咯咯」笑了起來。迪克捂著肚子笑道：「一馬分，也太搞笑了吧！」吉米說道：「一馬分連買一顆糖都不夠吧！」

斯戈爾看到了，則微笑地說：「大家不要笑了，一馬分也是愛心。只要有愛心，不在乎錢多錢少。」科比說道：「不是，一馬分是我從零花錢裡借給他的，他壓根就沒有帶錢過來。」孩子們聽了，又「咯咯」地笑了起來。

等到弗雷特將最後一份捐款放進捐款箱的時候，班主任談話的結束鈴就響了起來。斯戈爾統計了捐款的金額，四一六點零一馬克，告訴了孩子們。孩子們看到末尾的零點零一馬克，又「咯咯」地笑了起來。鵬比稱這是世界上最有才的捐款之一。

斯戈爾在辦公室裡面清點了捐款箱內的錢，與名單上面所記錄的金額一致。他把錢仔細地包進了信封裡面，小心翼翼地封上，又在信封上寫下捐款班級和金額，並把信封交到了教導主任費安娜手上。

斯戈爾以為捐款的事情告一段落了。沒想到，第二天，丹娜、納伊弗、維塔、萊西和漢森敲了辦公室的門。斯戈爾開了門，看到站在門外的五位孩子，問道：「什麼事？」納伊弗說：「老師，我們還想捐款，現在還能捐嗎？」斯戈爾一愣。漢森不好意思地說道：「老師。我昨天忘記告訴我爸爸媽媽要捐款了。」萊西說道：「我和維塔也忘記告訴爸爸媽媽了。」他們分別把十馬克、二十馬克、五十馬克的紙幣交在了斯戈爾面前。

「丹娜、納伊弗，你們昨天不是已經捐錢了嗎？」斯戈爾望著納伊弗和丹娜不解地問道。納伊弗說：「老師，我們還想捐。」她們分別把手中的一馬克硬幣遞給斯戈爾看。那兩個一馬克硬幣，肯定是她們的零花錢了。斯戈爾望著圓圓的，閃閃發亮的一馬克硬幣，在大衛龐大的醫療費用面前，猶如沙漠裡的一顆沙子，完全的微不足道。但是她們完全捐出了她們今日所得的零花錢，和那些大大小小的馬克紙幣一樣，寄予了她們未曾見面的大衛愛心和希望。

維塔依舊用她那顫顫巍巍，不流利地語言問道：「老師……我們……還……能捐嗎？」她的眼神和身子仍舊在抖動，圓圓的腦袋也在晃動，露出一副不聰明的儀態。斯戈爾已經把裝有捐款的信封，送到教導費安娜手中了，再捐意味著還要跑一趟教導處，把信封拆開，再黏上，再把信封上的捐款金額和名單上的金額重新統計並修改過。他猶豫了僅僅一秒，堅定地回答道：「能！還能捐！」孩子們聽了，開心地鼓起掌來。

過了一會兒，丹娜眨巴著眼睛問道：「老師，大衛同學的病能夠治好嗎？」斯戈爾回答得語重心長，又毫不含糊：「孩子們，有了你們的捐款，大衛的病一定能夠治好的。」

一個月後，傑克在學生做完早操後，特意花了幾分鐘時間，向全校師生宣佈道：「……大衛同學的骨髓移植手術成功了！」全校的孩子一片歡呼，猶如過節日一般……

比特講故事

比特是愛因斯坦見過的最凶的老師，沒有之一，只要他的作業，犯一個小小的錯誤，就會被踢打，甚至被扔進辦公室裡面暴揍一頓。愛因斯坦曾經在組合運算中犯了一個小小的錯誤，導致他後面連錯七道題目。比特把愛因斯坦叫到了辦公室裡面，狠狠地搧愛因斯坦七個巴掌，把愛因斯坦的鼻血打了出來。孩子們剛開始非常害怕他，也不想上他的數學課，因為在數學課上，你如果不能每分每秒保持注意力，一旦被比特抓到，少不了一頓狂毆濫打。

後來，孩子們漸漸喜歡上比特的數學課了，因為他常常會在數學課上得差不多的時候，或者在下午的作業訂正課上，給孩子們講一些有趣的小故事。他講的故事，類型並不多，主要故事有兩種，歷史故事和鬼故事

比特講故事時，表情十分豐富，描寫故事情節的話也十分有趣。愛因斯坦印象最深刻的就

是他講的小強的鬼故事。「一天半夜，小強半夜起來去學校公共廁所尿尿。周圍陰風陣陣，只有洗手間裡面亮著昏暗的燈光。」比特的語速有點慢，而且透著一層詭異，大家的興趣立刻被調動了起來。「……接著，小強聽到外面傳來了腳步聲和一陣陣急促的呼吸聲……」比特老師為了表現出故事的恐怖性還把呼吸聲模仿了一遍。

「……小強周圍看了看，什麼也沒有看到……」這時候，大家的心都提到了嗓子眼，既期待又害怕著鬼會在什麼時候出現。後來，比特的話語越來越詭異，孩子們的心怦怦地直跳，一邊希望鬼不要出現，另一邊希望著鬼還是早點出現吧，這樣就解脫了。最後講到小強從廁所的鏡子裡看到女鬼的頭時，愛因斯坦已經聽得直冒冷汗了，忽然間又覺得有種解脫，鬼終於出現了。

後來，故事繼續發展起來，小強跟著老師檢查了學校的廁所，從廁所下水道發現了一具白骨。經員警檢查，確定這具白骨是四年前，在學校讀書的一位女生。後來，女生向小強托夢，讓小強跟女生的屍骨一起在房間裡面待一晚。那晚午夜，一陣陰風吹過，女生的屍骨忽然化成了人形，她告訴小強，她當年的數學老師是殺害她的兇手。後來，經小強指證，數學老師被抓了，然後被警察槍斃了……

故事講到了這裡，比特笑眯眯地望著孩子們，問道：「大家知道這個故事告訴我們什麼道理嗎？」孩子們還沉浸在剛才的故事當中，沒有人舉手。這時，納伊弗飛快地舉起了手，說道：「老師，我知道。半夜的時候不要一個人去上廁所，否則你很有可能碰見鬼！」話音剛落，教室裡哄堂大笑。

比特說道：「這個故事告訴我們，人在做，天在看，善惡都是有報應的。不要看那個殺人的數學老師，四年沒被抓到，最後，他還是被小強指了出來，被警察抓住槍斃了。」

比特老師講的歷史故事也很有趣，主要他講的是近現代的歷史。有一次，比特老師給孩子們講了恐怖分子用番薯做炸彈劫飛機的故事。

「兩個恐怖分子帶著番薯上了飛機，在飛機的廁所裡面把番薯改造成了炸彈的樣子。」「……他們劫持機長後，打算控制這架飛機去撞美國的一幢樓，不料，『炸彈』從一個恐怖分子手裡滑了下來，露出半個番薯的頭……」「……他們被抓後，就被槍斃了，到閻王那邊去投胎，最後轉世成了兩個番薯……」同學們一邊聽比特的故事，一邊「哈哈」地笑個不停，教室裡迴盪著同學們「絡繹不絕」的笑聲。

比特還給孩子們講了得國統一的故事。

「我們得意志國家原本是一個個分裂的小邦國，但是在幾百年的時間裡，在北方呢，有一個比較大的國家，叫作普路士……它想幫助得國人民統一整個得國……」比特一筆一劃慢慢地畫著，畫得特別認真，把得國統一前的普路士基本畫了出來。

「我們的東面有一個叫做奧代利的國家。」他在得國的西南角畫了一個鵝蛋形的圈。鵬比看到了，哈哈大笑起來，說道：「老師，你畫的就是一個蛋蛋。」「我們的西面和北面呢，分別有伐國和單麥。」比特在普路士上方畫了一個「小蛋」，在西面畫了一個「中長蛋」。「這三個蛋呢，都想阻止得國統一。他們都不希望得國發展起來。」比特幽默地說道。孩子們都笑了起來「太囂張了，打他們。」帕斯達特捏緊拳頭，恨恨地說道。鵬比也在下面說道：「把這三個蛋打出蛋黃來。」

「我們的偉大領導人俾士麥他率領軍隊跟這三個蛋打了一架，把這三個蛋都打敗了，甚至還把伐國的國王都抓起來了。後來才有了我們統一的得國。」比特在黑板上畫出了一個大致的得國輪廓。「萬歲！！」教室裡面歡呼了起來。

比特等教室裡安靜下來，問道：「這個故事告訴我們什麼道理，大家能不能舉手說一下。」帕斯達特握緊了拳頭回答道：「只有把敵人狠狠地消滅，我們才有好日子過！」弗雷特堅定地回答道：「沒有皇帝和俾士麥的英明領導，就沒有新的得國。」鵬比說道：「只要努力，沒

有什麼事是做不到的。」

比特卻說道：「我覺得這個故事告訴我們的道理有兩點：一個，以前我們得國國家分裂，軍閥混戰，民不聊生。我們現在的幸福生活來之不易。我們應該好好珍惜現在的生活才是。另外，我們現在的國家被伐國、厄國等國家包圍住。我們必須有危機意識。我們現在小學生能夠做的，就是好好學習，爭取長大了為祖國的發展做貢獻……」孩子們似懂非懂地望著比特，點了點頭。下課後，帕斯達特、科比等男生，竟然玩起了打倒伐國佬，打到單麥佬，打倒奧代利佬的遊戲，歷史故事不僅能給孩子們增添樂趣，還可以幫助孩子們開發出新的遊戲。女生們也談論起了得國當年被瓜分的故事，丹娜說道：「周圍的那些壞蛋實在是太可惡了，他們在用切蛋糕的方法瓜分我們祖國，我們要打死他們……」周圍的女生納依弗、珊迪和艾米聽了，紛紛點頭。

比特還給孩子們講了不少故事，每個故事都在訴說著一個又一個的道理。比如說，他講的太國人妖的故事，告訴孩子們，不要聽信陌生人的話，不然一不小心會被壞人帶走做人妖。比如說，勸孩子們不要去表演色情節目的電影院或妓院，不然，一不小心可能會遇到蓬頭散髮的吃人女鬼。

雖然比特老師的故事十分有趣，但從愛因斯坦後來所學知識來看，有不少錯誤。比方說，人妖跟太監是有差別的，而比特老師混為一談了，但比特老師故事，使孩子們接觸到了一些單憑上課不可能接觸到的知識，在封閉在狹小鎮子裡的孩子，第一次知道了原來世界上還有那麼多從未見過，從未聽說過的東西。這是在其他學科的學習中，無法學到的。

不能參加運動的賽克

班主任談話時間，斯戈爾又拿著一疊紙走進了教室。他拿的究竟是什麼呢？孩子們臉上充滿了好奇。前天，斯戈爾拿著的是一疊有關國慶放假的告家長書，要求家長仔細閱讀後讓孩子把告家長書回執交給學校。昨天，斯戈爾也拿了一疊紙進來，那疊紙是有關防溺水的告家長書，也要求家長仔細閱讀後讓孩子把告家長書回執交給學校。自從三年級開始，林林總總的告家長書或調查或通知，幾乎每星期都要發一到兩次。今天，斯戈爾又拿了一疊紙進來，這次，他拿的究竟是什麼呢？不會又是告家長書吧！科比和迪克在下面賭了起來。迪克賭這份是告家長書，而科比賭這份東西不是告家長書，他們的賭注是一馬克。

斯戈爾臉上的表情卻沒有像下面的孩子一樣輕鬆，而是一臉嚴肅。「三天前，德蘭中學發生了一件很不幸的事。一位初中二年級的大姐姐，因為心臟病突發，猝死在了跑道上面。發生了這件事以後，教育部召開了緊急會議，要求做好學生特異體質的審查工作。現在呢，請你們按照上面的問題，好好回答，不懂的可以問爸爸媽媽。最後呢，不要忘記在簽名欄裡面讓你爸爸媽媽簽上名字。」

下課後，迪克和科比爭吵了起來。科比開心地說道：「看到了吧，這份東西是問卷調查，不是告家長書。」迪克據理力爭道：「你沒有搞錯吧！這份是告家長書，你看看，簽名欄裡面都要簽上家長的名字……」兩個人誰也不讓誰，爭吵了一會兒，吵累了，各自回到座位上休息了。

第二天，孩子們帶著填完整，並且簽好名的問卷調查，來到了學校。弗雷特組織小組長把他們手裡的資料收了上來，並把沒有交孩子的姓名寫在小紙條上，一齊交到了斯戈爾辦公室。斯戈爾一看，立刻皺了眉頭，跟以前一樣，班裡的孩子沒有交齊調查問卷。這次班級裡總共有五位同學沒有上交。他們或是找不到了，或是忘記把它們交給爸爸媽媽看了。他需要繼續花功夫催五位孩子把問卷調查交給爸爸媽媽看過，再把填寫好的調查問卷交上來，斯戈爾要進行匯總，並交到費安娜手中。

斯戈爾仔細地看了看手中的調查問卷，除了一個叫賽克的孩子幾年前得過肺炎外，大多數孩子都身體健康，沒有生過什麼疾病，都沒有什麼問題。斯戈爾把情況告訴了費安娜，費安娜建議斯戈爾把情況告訴體育老師傑森，讓傑森關注一下這個孩子，不要讓他參加劇烈的體育活動。

傑森得知以後，再也沒有讓賽克進行過體育鍛煉。每當體育課開始的時候，傑森就會叫賽克單獨地走出班級隊伍，待在傑森指定的陰涼的地方，靜靜地一個人看同班的孩子按照傑森的指示做一個又一個的動作。賽克不明白他為什麼突然不能和其他孩子一樣進行體育活動了。

剛剛開始，賽克很高興。因為當時天氣十分炎熱，傑森要求他們進行艱苦的籃球訓練。凡是進行鍛煉的孩子，沒有一個不熱得汗流浹背的。而賽克坐在石凳上，在大樹又大又陰涼的陰影遮蔽下，悠閒地看著同學們做運動。後來，天氣轉冷，北風呼嘯著吹過操場，賽克在寒風的肆虐下瑟瑟發抖。而傑森安排的體育項目也從籃球鍛煉換成了長跑訓練。賽克有些不樂意了，他不想一個人什麼都不做，獨自面對寒冷的西北風。

一次體育課，賽克向傑森提出了建議：「老師，外面太冷，我也想跑步。」傑森爽快地答應了，但是他要求賽克僅僅慢跑兩圈合四百米左右的路，而其他孩子則需要跑四圈路。賽克照做了。但是他心裡並不高興。憑什麼其他同學，甚至女生，他們都能夠跑四圈，我為什麼只能夠跑兩圈？賽克心裡很委屈。

幾個月後，四年二班的其他孩子身體長高長闊了不少，而賽克看起來只長大了一點點。孩子們已經習慣了體育課被晾在一邊的賽克，也都不願意跟賽克玩，生怕賽克一不小心猝死在他們眼前。這得賠多少錢？這天，四年一班的翔路過操場，看到了被排除在自由體育活動之外的賽克。翔笑嘻嘻地問道：「賽克，你為什麼不跟他們一塊玩呀！」賽克說：「老師不讓我玩。」這時，在一邊等著玩跳皮筋的丹娜聽到了，高聲說道：「你不知道，老師說賽克不能做劇烈運動的，好像是因為這裡不太好。」丹娜摸了摸胸口，示意賽克的肺部出了毛病。

翔聽了，「咯咯咯」地笑了起來：「原來他有心臟病啊。你們班裡有病的孩子只有賽克一個嗎？」一聽有病，在附近玩的孩子都轟然笑了起來。（要知道，「有病」這個詞語在得國俗語中是罵人的話，指腦子不正常的人）帕斯達特和科比還指著賽克不懷好意地摸摸他的頭。賽克臉紅了，用力推開了帕斯達特和科比。要是換了其他男孩子，帕斯達特和科比早就揍他們了，但是帕斯達特和科比知道賽克是「有病」的，也怕出了什麼事算到他們頭上，訕笑著走開了。帕斯達特一邊走，還一邊說他不會跟有病的人一般見識。

納伊弗一邊笑，一邊說道：「對，我們班只有賽克一個人身體不好。」「你們班才一個呀，我們班『有病』的有五個。」翔調皮地伸出五個指頭，張大嘴巴說道。賽克聽了他們的話，越想越委屈，眼眶慢慢地紅了，過了一會兒，竟然哇哇地哭了起來。

看到賽克哭了，納伊弗馬上去找傑森。傑森在籃球場上瞄準籃筐準備投籃，納伊弗說道：「傑森老師，帕斯達特、科比和四年一班的翔把賽克弄哭了。」傑森停下了投籃，問道：「到底是怎麼回事？」納伊弗說：「帕斯達特、科比和翔說賽克『有病』，賽克就哭了。」

「把他們都給我叫過來！」

翔在遠處看到情況不妙，逃走了。科比、帕斯達特和賽克被叫到了傑森身邊。傑森嚴厲地批評了科比和帕斯達特，並安慰了一會兒賽克，就走開了。

這件事在賽克心裡留下了陰影，他從此以後再也不敢在體育課上面乾坐著了。他開始按照老師要求玩一些簡單的器材，簡單地跑跑步，力圖使自己做的事看起來和別人一樣。事實上，賽克的肺炎早就已經好了，而且已經好了整整兩年了。但是，老師們依舊認為他是一個體弱多病的孩子，盡力避免讓他參加劇烈的體育運動。

整治問題學生的新招

要問得國的老師們怎麼整治不聽話的孩子，傳統的方法主要有兩個，一個方法是一頓臭罵，一個方法是一頓好打。得國老師還有兩個輔助教育的方法，一個方法是「聯繫家長」，一個方法是「罰站」。自從得國教育部頒佈了《教師道德的新標準》後，「一頓臭罵」、「一頓好打」和「罰站」都成為了教育部明令禁止的「體罰行為」。若是被教育部查到有老師體罰學生，不僅要扣工資，罰獎金，如果不是在「編制內」的老師，甚至還要被開除出教師的崗位。

愛因斯坦也聽說過市裡面曾經有老師因為「體罰學生」而被開除出教師行列，比特也曾經因為「體罰學生」，受到教育部和學校的處分，扣發了兩年的獎金。幸好比特是「編制內」的老師，不用擔心被開除出教師的崗位。

為了避免觸犯「教師道德的新標準」，也為了保證「教學品質」，愛因斯坦所在學校的老師發展出了各種各樣新的，整治學生的方法。

「捏手臂」是斯戈爾研發出來的「絕招」。若是在班級裡面，有誰沒有完成作業，或是打鬧撒謊，惹是生非，他會把「犯事」的學生叫到辦公室裡面，並用右手捏住他的手臂，狠狠地一邊捏，一邊瞪著他看，直到對方留下「悔恨」的淚水。要是有誰沒有哭出來，他會一邊口頭進行「教育」，一邊繼續捏，直到累了為止。對於女生，在小學生裡面是最柔弱的，最聽話的孩子，他一般不會使用「捏手臂」的絕技，即使女生犯了非常大的過錯，他也只是象徵性地輕輕捏一下手臂以示懲戒。

他的絕招「捏手臂」在各個學生那裡效果不一，像一些本身聽話的女生，艾米、珊迪、納伊弗和弗雷特等，斯戈爾只要一批評，她們立刻會低下頭，流下眼淚，斯戈爾心一軟，就不會對他們使用「捏手臂」的絕招。吉米、漢森和鵬比的手臂，就像一塊充了淚水的海綿，如果斯戈爾單純批評他們，他們是不會通過「流淚」悔改的，只要斯戈爾一捏他們的手臂，淚水立刻會從眼眶裡面流出來。至於對付帕斯達特、科比這樣的學生，斯戈爾的「捏手臂」絕招是一點用都沒有的，他們絕對不會哭，甚至不會給斯戈爾「好臉色」看。帕斯達特會咬著牙，「嘶嘶」地響著，狠狠地瞪著斯戈爾，仿佛斯戈爾是他幾十年前的殺父仇人；如果是科比，他乾脆低下頭，任斯戈爾說什麼，做什麼，都不去理會斯戈爾。斯戈爾差點被這兩個孩子「氣個半死」。愛因斯坦他也經受過斯戈爾「捏手臂」的絕招。當斯戈爾捏住他的手臂時，他感覺到手臂裡的什麼東西被什麼東西壓抑住了，血脈仿佛為此滯留，他連呼吸都不自在。這時，他會低下頭裝作是「認錯了」。若是斯戈爾漸漸放開了手，他抬起頭看到斯戈爾「吹鬍子瞪眼」望著他，他會感覺到很滑稽，雖然很想笑但只好強忍住不笑。離開辦公室時，他才會如釋重負般地笑了起來。

比特整治「不乖」的學生，也有他的絕招。在《教師道德新標準》沒有頒佈以前，比特老師對「不聽話」或「不認真」的孩子，不由分說就是一頓好打。在《新標準》頒佈後的一年裡，比特仍然以他雷厲風行的「打罵」絕招聞名於學校。由於算錯了幾題比特講過的題目，愛因斯坦曾經好幾次被他打出鼻血來。後來，他被班級裡面學生的家長告發了好幾次，在「星星學校」檢查組督查時，也被記了名字，自此以後，他開始收斂了一些，後來，做得比以前「隱蔽」多了。如果他講課的時候，發現有學生沒有認真地聽他講課，他會飛起一腳，踢在那位同學的腳上，或者拉起他的耳朵，將他「放倒」在地上。他不會再用傳統的打「甦醒巴掌」和用孩子們的頭去磕牆壁，這樣做很容易留下看得見的傷口、傷疤或者包，而被家長告發。要是班裡面的孩子犯了特別嚴重的錯誤，他會讓教室裡面的同學把窗戶關起來，窗簾拉起來，這樣，他可以盡情地手腳並用，「教育」孩子，直到那位孩子發出「殺豬般」的慘叫聲……

雅安娜老師根本不會打學生。她現在的殺

手鐲是佈置「額外的小作業」。如果有人沒有按要求背出英語課文，她會毫不猶豫地加上額外的抄寫單詞的作業。如果沒有按時完成她所佈置的「小抄本」上面的作業，她會把抄寫作業翻倍進行「懲罰」。沒完成的作業，加上新佈置的作業，再加上被罰的作業，「犯錯」孩子的作業成倍地增加。為了完成這些「作業」，雅安娜會毫不留情地占走他們的下課時間，中午自習時間和傍晚放學後的時間，甚至有時候也要占走他們的體育課、音樂課、美術課的時間，把他們叫到辦公室裡面，在雅安娜雷厲風行地監督下，補完作業。若是補不完，她定要將他們的課餘時間一天天地占下去，直到他們補完作業為止。

四年三班的班主任兼數學老師妮娜，她強化了跟家長之間的聯繫。如果班級裡面有孩子作業沒有做，她會打電話讓家長領走他們的孩子，叫他們在家裡監督孩子做完作業以後，再讓家長送他們來上學。要是她班級裡面的學生在學校裡面做了什麼不好的事情，她會把孩子做過的不好的事用紅筆記在孩子的家校聯繫本裡面，讓家長在家裡面好好教育一下自己的孩子。她還不遺餘力地打電話給學生的家長，向他們反映孩子在學校裡面的情況，以及做了哪些不好的事情，並叫家長對他們進行批評教育，直到他們改正為止。

四年三班的得語老師，簡甯老師則用記「黑名單」的方式管理學生。下課時間和中午自習時間，她會讓班級裡面的班幹部們輪流管理學生，如果有誰大聲喧嘩，或者沒有按照要求在規定的時間做作業，值勤的班幹部就會把「表現不好」同學的名字記在黑板上面。記在黑板上的名字，可以簡單地稱之為「黑名單」。剛開始，簡甯老師中午都坐鎮教室裡面批改作業，值勤班幹部一邊站在講臺桌上寫作業，一邊則監督著下面孩子們的一舉一動。如果有誰在講空話，或者低下頭在幹什麼事情，班幹部便將這個學生的名字連同「罪狀」都寫在黑板上面。等到簡甯老師批完作業後，挨個把他們叫上來，進行批評教育。愛因斯坦上廁所經過教室時，除了幾個學生在趁著修理自動鉛筆和卷筆刀的空檔「浪費時間」，幾乎所有孩子都在認認真真地做作業，看來效果不錯。但是過了不久，簡甯老師離開了教室，教室開始鬧翻了天。值勤的班幹部大多是一些小女生，除了動嘴勸說，她們沒有更好的辦法讓教室裡面的孩子安靜下來。黑板上，「黑名單」是記了一個又一個，有的還用乘法加法累計了他們的「罪狀」。可是不久，當愛因斯坦去辦公室訂正數學作業時，看到了成批的孩子望著黑板哈哈大笑，只見黑板上他們的「罪狀」欄裡面，還用歪歪扭扭的字體加上了其他罪狀，比方說「XXX喜歡XXX」，「XXX是狗」，「XXX放了一個比地瓜屁還臭的臭屁」……顯然，這是一些調皮的男生加上去的……沒有簡甯作鎮，黑板上面的「黑名單」，變成了孩子們的玩具。

六年級的英語老師瑞秋，她整治學生，可沒有像簡甯老師的計策那樣無效。她的作業，她都要求學生在當天保質保量地上交。如果沒有按時上交，她會把犯錯的孩子叫上來，先是露出猙獰的目光，再用氣急敗壞的語氣教育他們，然後一個勁地罵他們「傻子，傻子……」。若是正趕在她的氣頭上，她會毫不猶豫地把孩子們的作業本給撕破，並扔到窗戶外面，讓他們自己去撿，自己去修補。有時候，甚至還把犯錯學生的書包扔到教室外面，叫他們趕緊「滾回家去」，不要再在學校裡面「丟人現眼」。學生們可怕她了，她若是要占課，或是要拖延下課和放學，孩子們就只能眼睜睜地看著她把他們的「自由時間」奪走，根本不敢反抗。要是被瑞秋老師把書包扔到花壇和草叢裡面，那該有多慘！瑞秋用她的「絕招」，在孩子裡面樹立了她的「威信」，她也因此成為了六年級全年級最討厭的「老巫婆」。六年一班的海蒂曾在長白路邊等「補課車」的時候，毫不猶豫地罵她為「大巫婆」，「世界上最惹人討厭的老師」。也可以常常見到六年級的一些男生，在長白大道邊以模仿「老巫婆」叫罵，互相取樂。「你個傻子……傻子……你不看黑板看我幹嘛？」「你個傻子……傻子……我叫你看

試卷看書你看黑板幹嘛？」「你個傻子……傻子……你翻著白眼瞪著瞪著你要死啊」……「傻子，傻子」的叫罵聲，經常配合著歡樂的笑聲，迴盪在長白大道上。

未來，老師也許還會開發出許多新的絕招。那些「不聽話」的孩子們，在老師開發出新「絕招」之前，自求多福吧！

四年二班的運動會

自從愛因斯坦進入伊斯特小學讀書以來，每年都要舉辦一次運動會。愛因斯坦並不記得一年級的時候，他們班運動會是哪些人去比的，這些人為班級爭得了多少分數，他們班級得了多少名了。但是他記得上次運動會，也就是他讀三年級時候的那場運動會，三年二班的運動會成績與三年一班相比僅僅差五分，與三年三班比僅僅差一分，得了第三名。三年一班和三年三班的孩子們終於報了一個學期前，三年二班在拔河比賽中擊敗他們之仇，揚眉吐氣了一番。

這次，斯戈爾又宣佈要舉行運動會了。按照常理說，這次運動會是他們班的同學報上次運動會一箭之仇的大好機會，同學們應該興奮都來不及。可是班主任談話時間，同學們所表現出的那一幕，卻是愛因斯坦沒有想到的。

「啊——！」迪克以一聲驚歎開頭，說出了全班運動員的心聲。

「又要舉行運動會了，老師，不要選我，我不想跑步！」簡和鵬比舉起了雙手，左右揮舞，表示不願。漢森坐在位子上，也一臉無奈。丹娜和納伊弗則舉起了書本，乾脆把自己的頭埋在書本下面……

「你們難道連一絲集體榮譽感都沒有嗎？」斯戈爾不滿地質疑道，「為班級爭光的就在此刻，想要報名參加比賽的同學請舉手？」

班級裡面的許多同學只是笑笑，他們似乎對班主任一直強調的「班級榮譽感」看得很淡。

過了一會兒，鵬比舉起了手。斯戈爾微笑地問鵬比：「好，鵬比，你要參加哪個項目的比賽？」

鵬比站起來，笑了笑，說道：「老師，我想問一下，參加運動會能得到什麼好處？」

話音剛落，班級裡傳來一陣哄笑。斯戈爾聽了，皺起了眉頭，似乎是給不出鵬比所期待的好處。他怔了怔，笑道：「參加運動會的同學，肯定能夠得到一張我們伊斯特小學的『獎勵卡』。」

「切！」帕斯達特冷哼了一聲，表示了不屑。丹娜也說道：「老師，一張獎勵卡不夠，期末學校集卡兌換獎勵時，連一根棒棒糖都換不到……」漢森也聽了直搖頭，低聲說道，「老師，才一張獎勵卡，再多發幾張吧！」好幾個因為有獎勵而興奮起來的孩子，聽了以後，如同像洩了氣的皮球一般，倒在了桌子上，看來，獎勵確實有點小，提不起他們的興奮勁。

斯戈爾急中生智，繼續說道：「不過，參加運動會的同學，你們可以在運動會開始之前，向老師領一份巧克力，在運動會結束之後，老師會根據大家所取得的名次，給運動員一份精美的獎品。」一聽說有獎品和巧克力，部分孩子鬥志激昂，丹娜和漢森舉了手表示要參加，而其他孩子，則似乎對獎品和巧克力不感興趣。

斯戈爾接著告訴了孩子們他們可以選擇參加的比賽項目：田賽有跳高、跳遠、壘球，徑賽有一百米跑、兩百米跑、四百米跑、八百米跑和一千五百米跑。當迪克聽說四年級還有一千五百米跑時，好似動畫片裡什麼東西驚到的卡通人物一樣，驚訝地瞪大了眼睛，張大了嘴巴。這是他經常做的誇張動作。「一千五百米！！」他的聲音同樣誇張，仿佛認為讓四年級的孩子跑一千五百米是十分不尋常的。畢竟他們連一千米都得跑得氣喘吁吁。

田賽比徑賽輕鬆得多，經過同學推舉，那些田賽好的孩子很快就向斯戈爾報了名。納伊弗報了跳遠，漢森報了跳遠和壘球，茜茜報了壘球和跳遠，丹娜報了壘球。斯戈爾剛剛帶這個班

級，也不知道班級裡面學生的體育能力究竟怎麼樣，他問孩子們，班級裡究竟誰跑步能力強些。

班級裡的孩子們推舉了帕斯達特、漢森、納依弗、丹娜和簡。帕斯達特雖然個性叛逆，卻是跑步的能手，三年級的時候，他在學校運動會的兩百米和四百米跑步中打破了全校的跑步記錄。女生中，要數丹娜、納依弗和簡的運動能力最強。而漢森雖然跑步速度並不快，但也比較穩健，在運動會裡大致能拿到第二或第三名的成績。

令人吃驚的是，即使他們跑起步來都能夠得到一定的名次，卻一個也不願意報名參加運動會。他們的理由是在運動會時比賽跑步最累了，斯戈爾花了好些嘴皮子進行了動員，才勸服他們。

斯戈爾數了一下報名的人數，只參加了六位同學。但是運動會可以上報的人數為每個班級十個，每個班級的每位運動員，可以報兩個運動項目。斯戈爾繼續要求剩下的孩子報名，但是，剩下的孩子們本身就知道體育不是他們的強項，即使報了名也未必能夠得到名次，所以一個個低著頭不肯報名。斯戈爾詢問孩子們以前遇到這種情況格瑞德老師是怎麼做的。納依弗舉手回答道：「以前老師選不滿的時候，會再選幾個，選了幾個以後，選不滿也就算了。」

於是，斯戈爾又選擇了體育成績一般的科比、迪克，卓拉和珊迪，把參加運動會的人數報滿了，又把跑步的項目強制攤派到丹娜和納伊弗頭上，雖然這些孩子們一個勁地不樂意，斯戈爾還是拉壯丁似的替他們報了名，他給科比報了兩百米跑和四百米跑，給鵬比報了一百米跑和四百米跑，給迪克報了兩百米跑和八百米跑，給珊迪報了八百米跑，納伊弗改報了兩百米和四百米，丹娜也要跑兩百米。他們並不滿意，但是又不敢拒絕老師，只好都勉強接受了。

對於愛因斯坦來説，運動會無疑是他放鬆自己的好時光，沒有冗雜無聊的課文，沒有古板無趣的課堂，沒有雜亂無章的作業，他可以盡情地，自由地做他自己想做的事情。他平時並不喜歡鍛煉身體，只有一副文弱的樣子，所以並不需要擔心自己被「拉壯丁」似的拉上去，參加運動會。在運動會期間，只要不去老師千叮嚀萬囑咐不能去的「鉛球場地」，只要不做什麼出格的事情，他可以想幹什麼，就幹什麼。運動會的時候，老師們都忙著或檢錄運動員，或做裁判，或記錄成績，哪有什麼空閒來管其他孩子做什麼呀！

好不容易等到了運動會，天氣正好，太陽僅僅躲在亮白的雲層底下，既沒有熱辣的陽光，也不需要擔心下雨。孩子們如期來到了學校。等到十位運動員都到齊後，格瑞德把班級裡面十位運動員的號碼簿發給了運動員們，運動員們領過號碼簿後，準備把號碼簿掛在自己的胸前。斯戈爾制止了他們：「早上還有運動會開幕式呢！不要先掛號碼簿。」運動員們把號碼簿解了下來，放到了自己桌子的抽屜裡面。

接著是開幕式。運動會開幕式是得國每個學校運動會開始前所特有的儀式。當雄壯的《運動員進行曲》響起時，每個班級班主任組織學生在教室門口排好隊，前往操場跑道上排好隊，走方陣。先是一年級一班向主席臺走去，然後再是一年二班，一年三班……二年級、三年級、四年級……看到一個班級的同學走過來時，簡甯老師會安排大隊部的幹部讀這個班級的班級介紹。當走過領導觀禮的主席臺時，班級裡的每個同學都需要按照班主任提示喊出嘹亮的班級口號。

每個班級的學生走方陣時，都是按照要求統一穿校服廠為全市小學生設計的那一套校服。這天也不例外。四年二班的所有學生都按照老師要求穿好校服了，他們在老師的指揮下，下了樓，在操場指定的跑道上排好了隊。等到各個班級的方陣陸陸續續地都出現在操場上，大隊長拿著稿子站在國旗旗杆旁，體育老師傑森一揮手，隨著指示，一年一班的孩子向主席臺走來……一年一班的隊伍顯然不是很整齊，一些孩子連踏步都踏不高，有些孩子就算步子踏高了，動作也是

僵硬的如同機器人一般。一年一班的班主任在旁邊一直焦急地不斷提示，孩子們似乎一個個都不聽老師的話，自信滿滿地「踏步」向前走去……

愛因斯坦注意力全都集中在自己班級的隊伍上面。沿著劃分跑道的四條白線，四年二班的小朋友們早就由矮到高，排好了隊伍，每列六人，共排了四列。愛因斯坦個子偏矮，原先排在第三排，在前一天排練走方陣的時候，斯戈爾發現排在愛因斯坦前面的吉米比愛因斯坦高一點，他就像抓小雞一般把愛因斯坦從隊伍裡拎出來，又像抓小雞似的把愛因斯坦塞到吉米前面。如今，按照斯戈爾要求，每一位同學必須跟前後左右四位同學對齊，使隊伍看起來像和尚頭上的戒點香疤一樣整齊。愛因斯坦集中了注意力，準備按照斯戈爾所要求的走好方陣。

四年二班的「戒點香疤」向前開動了起來。很快，「戒點香疤」上面的「點」前開始前後左右亂動了起來。愛因斯坦左邊的迪克顯然注意力沒有集中，只顧盯著主席臺邊的方陣，全然沒有注意自己已經落後了同排同學兩步，而站在最右邊的科比步伐則有些快，超過了愛因斯坦兩步。

「注意力集中了，科比，稍微給我慢點；霍姆沃克，迪克，快點跟上……」斯戈爾顯得有些著急了。「戒點香疤」般的隊伍漸漸直了，然後，又以另外一種方式亂了起來。他沒有繼續要求孩子們排直，因為他看到好幾個班級的隊伍也是用一種「不太直」的隊伍走過主席臺的。畢竟孩子們不是專業訓練過的軍人，又怎麼可能讓孩子排得像軍人儀仗隊一樣工整的隊伍向前呢？斯戈爾這麼一想，也心安理得地讓「這種」隊伍向主席臺走去了。

「現在向我們走來的是四年二班，他們個個精神飽滿，英姿颯爽，準備在本次運動會上大顯身手。四年二班素有團結拼搏的優良作風，永爭第一是他們永不放棄的口號！你看！他們的步伐多麼的豪邁整齊！你聽！他們的聲音多麼的嘹亮鏗鏘有力！他們願將更高、更快更強的體育精神實現於運動場上的每一刻，願將永攀高峰的意志帶給每個人！來吧！祝願他們在本次運動會中實現自我，勝不驕、敗不餒；讓我們為他們每一次拼搏加油，讓我們為他們的每一次努力喝采！」大隊委員用著一種抑揚頓挫的朗誦聲，介紹著四年二班的運動健兒。孩子們不知道，她所說的臺詞，是三天前，斯戈爾從一本以前開過的「運動會手冊」中抄來的，其他班級的介紹詞，或是從「運動會手冊」中抄的，或是從書上找來的，幾乎沒有一份是老師自己寫的。大隊委用了三天時間，才把這些拗口的句子全部背了出來，這才成了主持人的解說詞。

「團結奮進　爭創一流　與時俱進　奮發圖強！」四年二班的同學們按照斯戈爾要求，喊出了他們本屆運動會的口號。只是喊口號的過程中，有一些孩子只是動了動嘴巴，像霍姆沃克和瑪塔這樣的孩子甚至連嘴巴都沒有動一下，口號喊得也沒有斯戈爾所設想的那麼響亮。不過這也不要緊，喊口號就是這麼一瞬間的事情，誰也不會去計較口號喊得怎麼樣。而主席臺上坐著的傑克、簡甯和費安娜則一本正經地坐在位置上，拿著計分板給班級打分。比利老師扛著一個照相機，眯著眼睛，「喀嚓」，「喀嚓」，把孩子們走「戒點香疤」的珍貴瞬間記錄下來。

走過主席臺後，四年二班的隊伍按照既定路線，向既定的地點走去，很快，他們來到了他們該到的位置，操場中間，兩根旗幟中間的一塊四方形地面，這是專門為他們而設置的，他們必須站在那裡排好隊。四年二班來到了這裡，在斯戈爾的指示下，站定，排好隊，移動的「戒點香疤」，變成了靜止的「戒點香疤」。孩子們總算在斯戈爾的一再命令下，排好了隊。

「升旗儀式現在開始，全體敬禮。」等到各班的孩子在指定位置站定時，大隊部的主持人宣佈升旗開始時，不知什麼時候，幾位六年級的孩子早就拿著國旗靜候在旗杆邊。雄壯的國歌聲響起，全校的孩子們舉起了一隻隻小手，向國旗行了注目禮。得意志帝國的國旗慢慢升起，這個

莊嚴而神聖的時刻，沒有一個孩子講空話，除了幾個小孩子，在用他唯一閒置的左手做小動作。

「禮畢，齊唱國歌。」孩子們放下了小手，國歌的樂曲聲再度響起，孩子們繼續抬起頭，唱起了國歌，操場上充滿了孩子們稚嫩的合唱聲。愛因斯坦用眼睛瞄了一下斯戈爾，只見斯戈爾面無表情，嘴巴也沒有去唱國歌，眼睛卻快速地掃視著四年二班的孩子，猶如一台「小學生錯誤行為掃描器」，隨時準備糾正孩子們行為上的錯誤。愛因斯坦也模仿斯戈爾的動作，身體僵直地朝向國旗，眼睛卻瞄了其他老師一回。他驚訝地發現，操場上沒有一位老師在動嘴唱國歌，看來唱國歌只是學生們的特權。

國歌唱完後，校長傑克發表了講話。愛因斯坦沒有去認真地聽他講話。運動會開了不止一次了，校長講的也無非是什麼「運動有益身心健康」之類陳詞濫調，愛因斯坦從來不關注這些。他關心的是什麼時候，運動會能夠正式開始，這樣他也就可以大大方方地去玩了。

終於，傑克校長在臺上宣佈了運動會開始，接著，伊斯特小學的每個班級按照順序，一隊隊又回到了教室。愛因斯坦不知道為什麼運動會前一直要舉行這種奇怪的儀式，既無法教給他們什麼東西，又沉悶無聊，毫無樂趣。他巴不得馬上就開始運動會，直接開始比賽。

回到了教室後，過了一會兒，廣播裡面響起了簡甯老師動聽的聲音，請十四號，九十六號，八號，七十四號運動員，到檢錄處報到。以上報到的運動員，沒有一個是四年二班的運動員。斯戈爾還有去跑道掐碼錶，計時間的任務，他再三告誡孩子們不要去鉛球場地，不要去跑道後，匆匆離去。終於不會再有老師來管我們嘍！

沉悶的教室豈是孩子們應該待的場所。斯戈爾前腳剛走，教室裡的孩子們一哄而散，大多數孩子匆匆跑下樓梯，只有少數孩子在走廊玩耍或是在圖書吧看閒書。

老師一走，愛因斯坦擔心老師不在時，他會受帕斯達特和科比這兩個孩子欺負，也匆匆地跑下樓梯，來到了操場主席臺邊的檢錄處旁邊。所謂「檢錄處」，也就是幾張桌子和幾把椅子搭成一排而成的，簡甯老師坐在正中間，戴著白色的帽子，正拿著大喇叭準備檢錄剛要參加比賽的運動員。她那碩大的身軀，讓人不由得擔心她坐著的單薄的塑膠椅子會不會被她壓壞。簡甯老師的旁邊還坐著兩位女老師，是她的助手。檢錄處旁邊圍滿了人，有運動員，也有老師，而更多的，則是站在一邊看熱鬧的同學。愛因斯坦站在一旁看著檢錄處的人，覺得無聊，便跑到了主席臺的另外一邊，那正是旗桿旁，旗杆旁有許多孩子在玩追逐打鬧的遊戲，而從跑道望過去，一年級的四個男孩子，已經掛好號碼簿，站在各個跑道起跑線上準備跑步了。只見他們一個個閒散的樣子，有的甚至「嗤嗤」地笑著，沒有一點像是在參加比賽的樣子。體育老師傑森在旁邊花了好長時間勸說他們，讓他們靜下心來準備比賽。四個站在跑道上古靈精怪的男孩子，顯得有些認真了。

傑森舉起了發令槍。「砰——！」，發令槍一響。四位站在跑道線前的孩子紋絲未動，一臉茫然地望著傑森。「跑呀！」「快跑呀！」……傑森和幾個一年級的班主任在旁邊催促著，幾個孩子總算跑了起來。「跑內道！」「跑內道！」傑森在一旁大聲提示道。在兩百米的跑步比賽裡，起點和終點是一樣的，如果每位運動員跑不同的跑道，跑外圈的孩子顯得比較吃虧。也許是跑得太用心了，一年級的孩子對傑森的寶貴提示視而不見，閒散地慢跑到了終點，跑最內圈的孩子得了第一名……比利舉著照相機，「咔嚓」，「咔嚓」，把這珍貴的一幕拍了下來。

「看一年級跑步太無聊了。」愛因斯坦開始留意周圍的其他東西，看看有沒有什麼好玩的。他向右看去，主席臺上站滿了各種各樣的同學，有高年級的，也有低年級的。一些同學站在主席臺上，一些同學坐在主席臺的臺階上面，有的同學甚至坐在主席臺前面的平臺上，雙手架在

平臺邊的不鏽鋼鐵欄杆，不住地晃動著雙腳，腳跟踢打著花崗岩牆面，發出「啪啪」的響聲……愛因斯坦看到了，也想爬到主席臺邊，晃動著雙腳玩個痛快。

愛因斯坦剛想要跨上主席臺的第一個臺階，就注意到了主席臺上的兩個人，一個是帕斯達特，一個是科比。愛因斯坦又把腳縮了回來。有這兩個人的地方他可不敢去，免得被他們欺負。

這時，迪克走上了臺階，晃動著古靈精怪的小腦袋，在科比的後背拍了一下。科比回過頭一看，見到迪克在對他笑，也許以為迪克在嘲笑他吧，立刻揮拳打了過去，拳頭落在了迪克的肩膀上。科比一拳下去，迪克疼得眼淚都流出來了。迪克咬緊牙關，舉起拳頭一拳打在了科比的胸口……

「打起來了！打起來了！」帕斯達特在一邊喊道，語氣中不免帶有一些幸災樂禍。校長傑克看到了，喝了一聲：「怎麼回事！」科比和迪克兩個人聽到後，立刻停手了，走向了另外一邊。傑克看沒出什麼事，拿著相機，就去巡視其他運動場地了，估計還會把一些珍貴的鏡頭拍下來，留作學校檔案。科比和迪克分別從左右兩邊走下主席臺，誰也不理誰。

愛因斯坦看了，就走到遠處，和霍姆沃克玩起了「追來追去」的遊戲……

也不知道過了多久，檢錄處報到了班級裡納伊弗、丹娜的名字，看來很快就要開始四年級的比賽了。不知道她們能不能為班級爭得名次。愛因斯坦走到了跑道的另外一邊，靜等著比賽開始。這時，傑森也走到了附近，跟掐碼錶的斯戈爾、凱內、妮娜、凱薩琳聊起了天。

「你看著吧！跑兩百米，我敢打包票，第一名肯定你們班的瑞拉！」傑森跟掐碼錶的凱內說道。四年一班班主任凱內說道，「當然啦！短跑是我們班瑞拉的強項。」

愛因斯坦看過去，跑道上的瑞拉雙手雙腳雖然有些纖細，但是有力，黑瘦的臉頰，顯得特別精神，一看運動能力就比較強。而相比跑道上的納伊弗和丹娜，納伊弗矮小白淨，丹娜高大白淨，就像是兩個一高一矮的大花瓶，看來她們不會是瑞拉的對手。

傑森又評論道：「現在四年級跑步上面，短跑是四年一班的天下，長跑是四年三班的天下……」「那我們班呢？」斯戈爾剛剛帶四年二班，不清楚這個班級的體育情況，略帶關切地問道。傑森毫不留情地説道：「你們班跑步厲害點的沒有。」説完後，看到遠處跑道上四個孩子已經準備好了，傑森走了過去。「各就各位！預備！」傑森舉起了發令槍。「啪！」發令槍吐出一陣長長的煙霧。

四個孩子像脱韁的野馬衝出了起跑線，向前衝去。沒想到丹娜跑在最前面，瑞拉緊隨其後，把納伊弗和四年三班的一位女生遠遠地甩在了後面。

「加油！加油！……」跑道邊四年級各班的孩子，在為自己的班級加油。孩子的臉上都洋溢著期待和興奮。

瑞拉漸漸趕上來了……丹娜似乎感受到了後面有人在緊追不捨，漸漸加快了腳步。很快，又把她跟瑞拉之間的距離拉得越來越遠。終點近了，二十五米，二十米，十五米……五米……丹娜衝過了跑道。「耶！」四年二班的同學發出了一陣歡呼。緊跟著，瑞拉也衝過了跑道。

愛因斯坦非常驚訝，老師們居然完全估計錯了第一名。原來，老師竟然也有估計錯的時候啊。

過後，愛因斯坦繼續在學校裡遊蕩著，遊蕩著，漸漸地，他感到十分的無聊。斯戈爾老師要求他們只能在跑道附近看比賽，他們不能去鉛球場地，害怕發生危險事故，萬一發生事故他們擔待不起。他們也不能去跳遠場地。因為跳遠場地就在跑道邊上，斯戈爾老師告誡他們絕對不能橫穿跑道，以免撞上正在跑步的同學，發生安全事故。

跳高比賽很快就比完了，愛因斯坦才沒有

那麼多心情在跑道邊上看完所有長跑短跑比賽呢！很快，他回到了教室，在教室邊的流動書吧裡面看了一會兒書。

到了中午，斯戈爾帶著班級裡的其他同學和運動員回了教室。愛因斯坦看老師和同學們都回來了，知道上午的比賽已經結束了，按照前天下發的「告家長書」上的流程，接下來應該是在中午的時候吃午飯，然後，不是運動員的同學都可以回家了。開運動會就是好，能多出下午半天休息時間。

不過，按照以前一貫的流程，老師還會先表揚一下今天在運動會上積極拼搏的運動員。

「今天，我們班的小運動員們奮力拼搏，勇於爭先，積極進取，為我們班級爭取了榮譽……同學們也能夠做到文明觀看運動會，沒有出現一個同學去鉛球場地，或橫穿跑道，都做得非常不錯……」斯戈爾表揚道。

「老師，我得了第幾名呀！」納伊弗提出了一個非常實際而又大膽的問題。

「在四百米比賽的時候，你是第一個衝過跑道的……」斯戈爾回答道。

「那我是跑了第一名嗎？」納依弗眨巴著大眼睛問道，對於孩子來說，似乎名次和獎勵比誰是第一個衝過跑道的還要重要。

「四百米一共跑了好幾組，我不知道你按時間來說究竟是第幾名？」

連老師都不知道運動員的名次。

「那我的壘球得了第幾名？」丹娜問道。

「我不是壘球場地的裁判員，你可以去問一下壘球場地的老師？」斯戈爾有點不耐煩了，他只是實話實說，他真的不知道自己班級裡面孩子的名次……

叮鈴鈴，下課鈴一響，斯戈爾帶著孩子們走出了教室，前往食堂。下午，已經沒有像愛因斯坦那樣的「啦啦隊」什麼事，只要等中午吃完飯，就可以回家了。而那些成績比較好的徑賽運動員，則需要參加下午的決賽。愛因斯坦現在才不會去關心班級裡面究竟能得了什麼名次，好好地玩，享受半天休假的時光，才是最主要的。

他吃完飯，一溜煙奔出了校門口，把運動會和伊斯特小學拋在了腦後。

愛因斯坦感到孤獨

不知道從何時起，一股補課的風潮席捲了得國的這個小鎮。鄰居家的孩子一個又一個地參加了補課活動。霍姆沃克去補課了，帕斯達特去補課了，科比去補課了，納依弗去補課了，就連聰明的班長弗雷特也去補課了。鄰里的院子裡空空蕩蕩，再也沒有以前的歡聲笑語，田野裡也再也沒有了孩子的嬉鬧聲。

週六的早晨，孩子們紛紛帶起補課的文具和工具用書，走在了前往補課機構的小路上。愛因斯坦從家裡陽臺上望著這些遠去的小身影，有一種說不出的幸災樂禍感。這裡面有他討厭的帕斯達特和科比。他們都被家長逼著去了培訓班，愛因斯坦再也不需要每天戰戰兢兢地走在小路上，害怕帕斯達特和科比從哪裡冒出來把他揍一頓了。

一想到這裡，愛因斯坦興沖沖地跑到樓下，衝出家門，一邊吹著口哨，一邊一蹦一跳地奔跑在小路上。他嬉戲在院子裡，行走在田野裡，捉昆蟲，摘野花，玩得不亦樂乎。大人們都去上班了，小孩子都去補課了，這裡是愛因斯坦的世界，愛因斯坦忽然感受到自己是這個世界的主宰……

不知不覺已經到了傍晚四點半，愛因斯坦意猶未盡地回了家，期待著第二天在自己的「獨立王國」繼續當自己的國王。

第二天是星期日，他等爸爸媽媽起來，又目送那些「討厭鬼」去參加補課班以後，徑直來到了一望無垠的郊外田野。他剛開始在草叢中抓蟲子，圍著花叢打轉，或是手閒著無聊摘起田地裡的野花野草的花瓣……

就這樣不知道過了多久，他不知不覺來到

了父母以前耕作的田埂上。田埂邊上的作物早已不知去向，只剩下荒蕪的田地上，野花野草瘋狂肆虐生長。「這裡以前種的好像是花生，那裡種的好像是棉花……」

愛因斯坦繼續自言自語漫無目的地走著，忽然在一棵快要枯死的小樹前停下。他依稀能夠辨認小樹被截去的「傷口」，那是他父親為他做小火車「阿龍」時給小樹留下的。在那時，小樹青翠茂密，舒展著枝椏。如今，小樹「傷口」附近新伸展出的的枝葉早已枯萎，再也長不出綠色的葉子。它正在野花和雜草簇擁下慢慢地走向死亡。

愛因斯坦回想起了那時的日子。雖然他想不起一件具體的事情，但是那時爸爸細心地教導，那時媽媽溫柔的笑容卻實實在在地刻印在愛因斯坦的腦海裡。為什麼那時的爸爸那樣的慈愛，而現在的爸爸卻滿肚子都是對生活的抱怨呢？為什麼那時的媽媽那樣地溫柔，而現在的媽媽動不動就對我發火呢？

一股前所未有的孤獨感包圍了愛因斯坦。愛因斯坦覺得自己是一個棄兒，一個被拋棄在無邊曠野中的棄兒。他感覺到他們似乎不再是他的爸爸媽媽，他們之間已經漸漸缺少了靈魂的交集。他在曠野中跑著，沒有爸爸媽媽的關懷，周圍也沒有同伴的歡笑。身旁這無邊的荒草野花，漸漸埋葬了他的回憶……

愛因斯坦參加補課

一天，愛因斯坦爸爸一邊抽煙，一邊對愛因斯坦媽媽說道：「其他孩子都去補課了，只有愛因斯坦還待在家裡，他學習會不會跟不上啊。」

愛因斯坦媽媽聽了，皺起了眉頭：「你不是想要讓孩子去補課吧！我們兩個人賺來沒有多少工資。補課班要花的費用很貴的，一個月要花八百馬克呢！別看它只是星期六，禮拜天上幾堂課，每個月要花相當於你我大半個月的工資，再除去每個月家裡的開銷，生活會很拮据。」

愛因斯坦父親抽了一口菸，吐出了一陣煙霧：「你說的我都明白。可是其他孩子都去補課了，就讓愛因斯坦一個人在週末的時候瞎跑也不是個辦法，不僅浪費時間，而且也不安全……」

愛因斯坦媽媽歎了口氣，說道：「是啊。說白了，都是因為工作太忙了，壓根沒有時間去管孩子。從前，在地裡幹活的時候還可以把孩子帶到田地裡去。現在，我都不敢把他帶到廠裡去。我同事貝蒂把孩子帶去了廠裡，他的孩子一個不注意，就被機床切斷了手指。」

愛因斯坦父親說道：「把孩子帶到廠裡就不要想了……霍姆沃克家比我們窮多了，他爸爸媽媽就是借了錢也要給他的孩子補課。前幾天，我還跟霍姆沃克的媽媽聊過，她說『補課的錢花在孩子身上註定是有回報的，就是借錢也要給孩子補課』。」

愛因斯坦媽媽沉默半晌，點了點頭：「那就補吧！我們家愛因斯坦數學每次都能考到全班第一至第二位，看來數學他是不用補的，主要還是他的得語和英語，特別是得語寫作，還有英語，都得補補……」

第二天，愛因斯坦便無精打采地走進了補課班的教室，隨便找了個位子坐了下來。教室還算寬敞，空無一人。凳子太高，愛因斯坦挪了挪屁股，屁股上的烏青還在隱隱作痛，這使愛因斯坦想起了昨天的一頓暴打。昨天傍晚，愛因斯坦剛剛吃完飯，他爸爸就告訴他，週末要參加補課。當愛因斯坦在得知要參加補課時，難過得大喊大叫。愛因斯坦爸爸傍晚正好喝了不少酒，一看愛因斯坦那麼「不乖」，怒由心生，一氣之下，把愛因斯坦按在床上狠狠地揍了一頓，並直言不諱地告訴他：「培訓班的補課費我已經付了，補課你去也得去，不去也得去，由不得你！」第二天，愛因斯坦就被他爸爸拉上了補課班擁擠的小貨車，像裝豬玀似的被裝往了補課培訓班。

爸爸媽媽是不是早就不喜歡我了，愛因斯坦絕望地想道。

就在愛因斯坦難過的時候，帕斯達特背著書包進來了。帕斯達特看到了坐在位子上的愛因斯坦，眼睛一亮，驚叫道：「這不是傻子愛因斯坦嗎？」他決定向愛因斯坦發洩補課帶給他的不快。

他走到了愛因斯坦跟前，拉了拉愛因斯坦的耳朵，冷笑道：「你爸爸媽媽終於發現你傻了，帶你來補課了啊！」愛因斯坦反脣相譏道：「你不是也來補課了嘛！難道你很聰明？」

帕斯達特聽了很生氣，抓住愛因斯坦的頭髮一頓猛揍。愛因斯坦拼命掙扎，無奈沒有帕斯達特力氣大。他只好用尖利的手指甲作為武器反抗。帕斯達特一不小心，手上被劃出了三道血痕。

帕斯達特生氣了，打得更凶了。愛因斯坦經受不住，哭了起來。哭聲引來了補課班的老師。

「怎麼回事？」補課班的老師丟特走進了培訓班教室，怒道。

帕斯達特惡人先告狀：「愛因斯坦罵我是個來補課的傻子，還在我手臂上抓了三道血痕。」

愛因斯坦嗚嗚哭道：「是他先打我的……」

丟特聽了，瞪了愛因斯坦一眼，轉而瞪著帕斯達特，生氣道：「帕斯達特，你別以為我不知道，一定是你先動的手……如果再惹出什麼事來，我一定告訴你爸爸媽媽……」

帕斯達特冷笑道：「你告呀，反正我爸爸是酒鬼，我媽媽是賭鬼，他們是不會管我的……」

丟特一聽，氣得暴跳如雷，立刻扇了他一巴掌：「帕斯達特，我知道你是個混混，但這裡不是你能撒野的。雖然你爹娘沒有時間管你，但是他們對我說過，只要你『不乖』，就讓我打你，狠狠地打你，打死活該！」

帕斯達特冷笑一聲，走出了教室。

丟特很生氣，看到坐在位子上鼻青臉腫的愛因斯坦，問道：「你叫什麼名字？」

愛因斯坦坐在位子上一言不發。

丟特拿起身邊的點名冊一看：「你是愛因斯坦吧！愛因斯坦，如果爸爸媽媽問起你臉上的烏青是怎麼回事該怎麼說？」

愛因斯坦一臉茫然，不知所措。

丟特說：「這個傷是帕斯達特打的。帕斯達特我已經替你教訓過他了。但是他打你的時候，老師並不在場，因此，既不是老師的責任，也不是培訓機構的責任……」

愛因斯坦沒有聽，一個字都沒有聽進去。他整天處於悲傷惱火的境地，直至當天培訓課結束。

愚弄補課班的老師

愛因斯坦覺得補課的日子實在是太難熬了，他要面對的是老師漫不經心的講解，以及同學們嘻嘻哈哈的喧鬧。他覺得補課沒有多少收穫，整個流程無非是講作文，寫作業，做練習，講練習，做閱讀，講閱讀……他除了在自己看閱讀文章的時候可以獲得一些知識以外，其他純粹是在浪費時間。唯一令人慶幸的是帕斯達特沒有過來。自從帕斯達特打愛因斯坦以來，已經有三次沒有出現在補課班的教室裡面了。

補課老師丟特以為帕斯達特不會再出現在補課班的教室裡面了，也暗自慶幸。自從帕斯達特加入到培訓班裡以來，丟特沒有上過一次安生的課。不是帕斯達特把一位男生打哭了，就是他把一位女生嚇哭了，有時候他還會「劈劈啪啪」作出一些聲響，弄得丟特沒有辦法安心的上課。有時候，丟特還不得不用聲嘶力竭地咆哮努力鎮住局面。

當丟特把作文如何寫講到一半，在黑板上羅列提綱時，帕斯達特推開門進來了。他理都沒理在黑板跟前寫字的丟特，徑直的朝另一個愛貪玩

的孩子，約翰走去，坐在了約翰身邊。

丟特轉過身來，看到了坐在約翰身邊的帕斯達特，臉上出現一絲皺眉的表情，卻仍然像什麼事都沒發生似的一邊指著他寫著的密密麻麻的「筆記」繼續講著。

「這就是作文的提綱，你們一定要按照這個提綱寫作文，這樣才能寫出好的作文。」

弗雷特舉手道：「老師，除了寫田野裡的風景，我們可以寫其他風景嗎？」

丟特轉而擠出一絲微笑，說道：「可以啊。只要按照這個提綱來，把田野的風景換成任何地方的風景都可以……」

約翰忽然露出恍然大悟的表情，說道：「哦……那我來寫一寫廁所裡的風景……」

話音剛落，哄堂大笑，丟特臉上紅一陣，白一陣。

這時，帕斯達特笑道：「你如果能寫女廁所裡的風景，那就更好了。」補課班的男學生「咯咯咯」，「咯咯咯」笑個不停。兩位來自「重點小學」的女孩瑪麗和燕妮皺著眉頭紅著臉表示嗤之以鼻，而來自倫次小學的索西亞聽了卻像男生一樣嘻嘻哈哈地樂了。

丟特很生氣，喝道：「帕斯達特，給我站著！」

帕斯達特微笑著左顧右盼了一下，神氣十足地站了起來，活像一隻挺直了胸膛的大公雞，好像希望全班的同學投給他讚美的目光。

丟特剛一回頭去寫黑板上的字，帕斯達特立刻從包裡拿出一包薯片吃了起來，一邊吃，一邊還欣賞著丟特講臺上的一舉一動。培訓班裡允許孩子把零食帶到教室裡來，是讓他們在下課的時候打發時間的，上課的時候嚴厲禁止吃零食。可是很少有人遵守這一規定。

帕斯達特吃得津津有味，影響到了班級裡其他學生。約翰見了，立刻也拿出包裡的餅乾吃了起來。弗雷特輕蔑地一笑，看都不看他們一眼，保持著自己的高貴和風度。愛因斯坦這時候正要思考「為什麼粉筆能夠在黑板上寫出字來」，結果被帕斯達特打亂了思緒。

丟特知道他們在吃零食，為了避免浪費時間，他打算聽之任之，連轉身都是慢慢的，希望帕斯達特能夠在他轉身時把零食收進去，給他一點面子。

丟特轉身時，帕斯達特和約翰把零食收進去了，只是嘴巴還在嚼動。他們不希望零食被丟特沒收。丟特沒去理他們，繼續自顧自的講著和寫著。

正當丟特在寫寫作時可以用到的好詞好句時，他忽然感到他的後腦被什麼東西砸到了，身後又傳來了一陣竊笑。

丟特往地上一看，發現是地上有一塊蜜餞山楂，這蜜餞山楂顯然是剛才砸他的兇器。他把蜜餞山楂撿了起來，忍無可忍，怒道：「誰在用山楂砸我！」

帕斯達特搖晃了幾下身子，望向窗外吹起了歡快的口哨。

「帕斯達特，是不是你幹的？」

「憑什麼說是我幹的，你有證據嗎？」

「你這個混混實在是太可惡了！」

「你他媽別冤枉我！」

……

爭吵聲，嬉鬧聲，組成了一首奇特的補課交響曲。唯有電線杆上的麻雀，無憂無慮地看完了這場熱鬧的舞臺劇……

幾週前，丟特向補課班的同事抱怨道學生非常頑劣。

同事勸道：「嗨，要當補課班的老師不要太認真，補課這種事情得過且過就好了。我見過一個懷孕的女同事，就是因為太認真，最後被氣得流產了……」

丟特與補課班孩子之間的聊天

這天，愛因斯坦去補作文的時候，再也不用擔心會遇到帕斯達特了。

上週，帕斯達特在補課班放學時，與同是五年級的，在培訓機構補奧數的同學翔打了一架，把翔的肋骨打斷了。翔的媽媽來培訓班裡鬧，說是培訓班裡面的老師沒有管理好班級裡面的同學，讓翔受了傷。帕斯達特的爸爸也來到培訓機構鬧，一邊當眾狠狠地將帕斯達特揍了一頓，一邊斥責培訓機構沒有管好自己的孩子。培訓機構一開始拼命推脫，兩邊相持不下，最後提請仲裁，仲裁裁定培訓機構也有責任，承擔了兩千馬克的醫療費。帕斯達特和翔的家長都退掉以後補課培訓的課程。三頭加起來，培訓機構受了不少損失。

這件事對於愛因斯坦來說，則是天大的好消息。帕斯達特常常在補課班講課間隙欺負愛因斯坦，讓愛因斯坦受了不少罪。如今，愛因斯坦再也不用擔心在補課班被帕斯達特欺負了。

同樣心情好的還是丟特。如今，丟特的班級裡面少了一個惹是生非的壞孩子，這怎麼能不叫丟特開心呢？

沒有帕斯達特搗蛋，原本需要三節課時間教的一篇作文，丟特花了兩堂課時間就早早完成了。他這天心情很好，閒著無事，跟孩子們聊起了天，從孩子們喜歡的東西和愛好，到孩子們學校發生的種種零零碎碎的小事，都聊了個遍。其中有一段聊天，讓愛因斯坦印象深刻：

丟特突然饒有興趣地問孩子們：「你們美術、音樂課是不是都上得語，數學課的。」愛因斯坦和弗雷特心裡一震，他們沒有想到丟特老師居然關注這個問題。誰心裡不清楚改換美術音樂課在學校裡是司空見慣的事情。沒想到來自邊緣小學的約翰立刻回答道：「是的，基本上沒什麼上過。」

來自海燕小學馬太補充道：「我們從來沒有上過勞技課。我們學校那個變態的英語老師，把我們的勞技課都改為了英語課。嗨，佈置的作業太多了，做都做不完。」他的語氣中充滿了悲憤，似乎想罵他的那個老師不是人。

丟特繼續問道：「你們的品德課老師和科

學課老師是怎麼做的。」

來自市實驗小學的瑪麗說道：「我們班品德課都是得語老師上的，從來是用來做得語作業的。」

馬太回答道：「我們還好，品德課偶爾上過幾回。不過，我們的科學課是數學老師帶的，基本上只上半節科學課，其他時間都用來做數學。有一次我們班還在科學實驗室做數學試卷呢！」

愛因斯坦大吃一驚，想起自己班上科學課的時候，傑克校長經常講有趣的內容給他們聽，有時還帶他們去實驗室做實驗。馬太的科學課還要用來做數學，在愛因斯坦眼裡是不可想像的。

丟特繼續問道：「那麼那個『星星學校』檢查來了你們是怎麼做的？」

「『星星學校』來檢查的那天，老師叫我們把品德書放在桌上，繼續講得語試卷。老師叫靠窗幾位同學看著外面，一旦有陌生的老師過來了我們就把得語收進去講品德。反正都是這麼做的。」來自城北小學的燕妮回答道。

丟特「呵呵」一笑，說道：「你們那邊還玩站崗放哨啊！敵人來了，就做出對抗敵人的樣子。」

燕妮說道：「我也不知道那些人是來幹嘛的，都是老師叫我們這麼做的。」

丟特興沖沖地踱了幾步，忽然又想到了什麼，問道：「那你們大課間活動的時候是怎麼做的？」

瑪麗、約翰和燕妮幾乎異口同聲地回答道：「做作業啊！」

馬太接著補充說道：「我們這裡的大課間活動老師壓根不讓我們上的，中間能有個幾分鐘上廁所已經不錯了。」

弗雷特聽了其他學校的同學超乎想像的回答，也像愛因斯坦一樣沉浸在吃驚當中，他沒有想到其他學校也有「星星學校」檢查，更吃驚的是其他學校的孩子比他們更慘。過了一會兒，他才反應過來，說道：「我們學校大課間活動，只

要不是下雨，都會舉行的。」

「這麼好！」馬太瞪大了眼睛望了一下弗雷特，繼續說道：「我們有一次下雨天的時候，老師講作業從下課開始講起講到快要上課，整整講了四十多分鐘，只留給我們幾分鐘時間上廁所。」

「我們的老師還常常拖課，下課的時間基本上都沒有。」倫次小學的索西亞寫完了閱讀練習上的題目，也加入了談話當中來。

丟特也不先檢查索西亞的作業，繼續問道：「『星星學校』評估組不是要問卷調查的嗎？你們怎麼回答的？」

燕妮回答道：「老師讓我們先做一遍問卷，然後一個個檢查過，要求外面的領導來問卷時按照學校給的答案做。」

馬太也振振有詞地說道：「我們也是一樣的，明明學校不是這麼做的，也讓我們填，就是讓我們撒謊啊。」

丟特繼續饒有興趣地問道：「那你們學校裡有沒有人填『錯』答案。」

索西亞回答道：「我們不敢填『錯』答案。不光是老師，校長也是要檢查過我們的問卷的。一旦被查出來誰填錯答案，不僅老師要批評，全校也要點名批評。」

馬太興沖沖地舉起了手，說道：「我們班裡有人敢填『錯』答案的。有一個人被查了出來，書包被老師當場從樓上扔下去。另外一個沒有被查出來。」

沒想到其他學校也都有「星星學校」檢查。愛因斯坦聽了他們的回答，想起了格瑞德和斯戈爾說的，只要問題回答「正確」，學校就可以獲得來自「領導」的經費，學校可以用這些經費買更多體育器材。不知道自己的學校有沒有通過領導的檢查，愛因斯坦想起格瑞德、斯戈爾為「檢查」訓練孩子做問卷訓練了好幾次，看來自己學校是沒有問題的。他想起學校裡今年又增添了不少運動器材，還把單槓雙槓拆除了，新建了體藝館。看來，學校裡是得到這筆經費了。（讀

中學的時候，愛因斯坦才瞭解到，海燕小學、倫次小學、實驗小學和城北小學都是五星級小學，而伊斯特僅僅被評上了三星級小學）

「你們週末還有沒有參加其他補課？」過了一會兒，丟特繼續問起了補課問題。

馬太回答道：「補了，星期六一個上午下午補作文，星期六晚上還要補課！」

燕妮指著索西亞回答道：「我和她晚上也要補課。」

丟特問道：「晚上你們補什麼？」

燕妮答：「我和索西亞晚上補奧數。」

馬太回答道：「該死的，爸爸告訴我考進倫次中學就不讓我補奧數，但是我沒考進。」馬太是海燕小學五年級的學生。海燕小學學制是五年級的，卻同樣要跟伊斯特小學的孩子一樣，去參加小學畢業考試。這也意味著，海燕小學的學生，在五年內要學完六年十二個學期的內容。事實上，在五年級上半期的時候，海燕小學的老師就已經匆忙地把六年級的內容上完了，好在五年級下半期的時候，加班加點地進行考試和複習。

弗雷特聽了，瞪大眼睛說道：「我媽說倫次中學很難考的，裡面的人基本上是已經內定好的，爸爸媽媽打算以後讓我能去海燕中學讀書了。學費需要九千馬克一學期。」弗雷特說九千馬克的時候，故意加重了語氣，又微微昂起了頭。愛因斯坦聽到弗雷特報出的學費，身子微微抖了抖。他媽媽掙的工資才一千兩百馬克一個月，而愛因斯坦每天的零花錢才一馬克。九千馬克該是怎樣一筆鉅款啊。

沒想到燕妮說道：「我媽說海燕中學不好的，倫次中學才是好的。我們這屆的學生七個最優秀的學生考倫次中學，結果一個也沒有進。」

馬太說道：「那我們學校的學生還是比較好的，我們學校最優秀的學生去考倫次中學，進了一個。」

這時，愛因斯坦不解地問道：「期末考還沒有開始呢！為什麼有人已經考進去了？」

索西亞「噗嗤」一聲笑了出來，說道：

「你老土了吧！畢業考還沒有開始的時候，好的學校升學考試老早就已經開始了。政府查得很嚴，所有優秀學生的升學考試都是在培訓班偷偷進行的，由『好學校』老師篩選的！」

愛因斯坦聽得一頭霧水，也不再參與他們的談話。

過了一會兒，丟特問道：「馬太，你星期六晚上補什麼？」

馬太回答道：「我補英語。」

丟特問道：「你是去哪裡補的？」

馬太答：「英格力教育。」

丟特問馬太：「學費多少啊？」

馬太回答道：「學費一學期一萬馬克。」

丟特問道：「你們星期天補不補？」

馬太回答：「我星期天不補課。」

燕妮指著索西亞說道：「我們原本有補課的，這週我不補，我們要去考試。」

丟特不解地問道：「你們這樣補課和考試那麼多，家裡沒有多少時間休息啊。」

瑪麗答道：「何止沒有，我星期二到星期五傍晚也有補課呢！」

丟特問道：「很快就要放暑假了，放暑假的時候你們打不打算補課……」

馬太回答道：「我暑假就不補課了。」

瑪麗說道：「誰想補課啊！不過我爸爸媽媽肯定會給我報補課班的。」

丟特問道：「瑪麗，你暑假是去報鋼琴還是游泳？」

瑪麗答道：「開玩笑？我媽說主課都補不過來還補鋼琴？」

索西亞插嘴道：「我以前補過鋼琴，補了沒幾個月，學費太貴了，一個月需要一萬三千馬克，我沒學下去……」

……

弗雷特聽著這些「城區孩子」的對話，再也沒能昂起頭，默默地坐在位置上寫起了作業。

丟特和補課班同學們的談話也讓愛因斯坦大吃一驚。他聽到了許多聞所未聞的學校和聞所未聞的做法，以及聞所未聞的補課項目和天文數字般的費用。他完全插不上嘴，他們所聊的，對愛因斯坦來說，跟另一個世界甚至另一個宇宙發生的事情差不多。他忽然記起了斯戈爾老師前幾天對他們說的話：「你們不要以為老師佈置的作業多，老師佔用的課餘時間多，比起城區的那一幫孩子，你們算是幸福的。」現在，愛因斯坦有點兒明白了斯戈爾說的話。比起城區的孩子，不，那些來自另一個宇宙的孩子，愛因斯坦是幸運的。現在應該好好學習，珍惜現在的幸福生活才是。

補完課，愛因斯坦回到了家，把書包扔在了床上。愛因斯坦覺得該學習了，只是，他喜愛的電視節目「機器貓」快要開始了。先看一會兒電視吧！愛因斯坦打開了電視機，把「另一個宇宙」所發生的事情，拋在了腦後。

初入作業晚托班

從四年級上半期中旬開始，愛因斯坦偶然得到了他夢寐以求的《自然哲學的數學原理》。這是他好不容易從表親傑弗森叔叔那裡借來的。他開始瘋狂地迷上了閱讀這本書，裡面的公式、定理和牛頓的推理過程讓他著迷。由於在學校看這種雜書很容易被老師收走，他沒有把書帶到學校裡面去。但是一到家，他就會甩下書包，認認真真地翻看這本書。周圍的孩子都去了作業託管班，不會再有孩子打擾他好好看書了。

由於迷戀上了看《自然哲學的數學原理》，愛因斯坦經常落下得語和英語作業。唯獨數學作業，他會認真完成，倒不是因為愛因斯坦害怕兇狠暴力的比特，因為他本來就喜歡數學。

放晚學的時候，愛因斯坦經常因為不及時完成作業而被留晚學。斯戈爾、雅安娜開始一次又一次地打愛因斯坦家長的電話，勸說愛因斯坦的父母監督孩子認真完成家庭作業。愛因斯坦的

父母文化水準並不高，只有以前中學水準。即使他們有空，也已經輔導不了現在那麼難的小學作業了。更何況他們三天兩頭的需要加班。他們做了一個愛因斯坦意想不到的決定——將愛因斯坦送往作業晚托班。

作業晚托班是得國託管學生作業的特殊機構，與其說這是一個機構，還不如說它是一個營利組織。一般由老師或者老師的家人組織，大多數沒有國家的營業許可證明。只要報了作業託管班，每位孩子放學後，不再需要家長接送和監督作業。作業託管班的「老師」可以為他們提供「一條龍的服務」，不僅可以提供「接送」、「管理」和「晚餐」等服務，還可以幫助他們輔導好作業。

有這麼好的補課地方，他們又有什麼理由不把愛因斯坦送過去呢？於是，到了四年級下半期初，愛因斯坦的父母一狠心，從愛因斯坦手中奪走了《自然哲學的數學原理》，果斷將愛因斯坦送到了作業晚托班。中間，愛因斯坦不知道挨過多少次打，哭過多少回。愛因斯坦的父母則一唱一和，爸爸當斥責的角色，媽媽則當勸說的角色，好說歹說，以給他買價值十馬克的遊戲機為代價，把愛因斯坦勸進了作業晚托班。

作業晚托班一共有兩位輔導老師，一位是一個中等身高的女人，身材偏瘦，卻很精神，眼睛裡面閃著精明狡黠的光芒。愛因斯坦認得她，她是伊斯特小學一年級二班的得語老師，名叫麗娜。愛因斯坦的父母就是她接待的，她應該就是創辦這個輔導班的老師。另一位則是一個高個子的男老師，不太講話，看起來非常的老實。愛因斯坦覺得他很面熟，卻不知道究竟在哪裡見過他。過了好久，他才想起了這位男老師曾經在期末考時監考過他們班的數學。他應該也是鎮裡面某個學校的老師。孩子們都稱他為海德。

與愛因斯坦一起參加作業輔導班的一共有十五位孩子，十六人分為八人一組，分別由兩位老師進行管理。後來又有兩位孩子陸續加入，兩位老師分管的孩子變成了九位。愛因斯坦是由海德老師管理的。

這天放學鈴聲響起，愛因斯坦沒有選擇直接背著書包回家，而是站在門口等作業晚托班的車來接。

麗娜的父親負責用車把孩子從不同學校接到麗娜家裡。來到麗娜家後，麗娜的父親則會拿出一袋袋「點心」招待這些孩子們。雖然麗娜的父親稱「它們」是「點心」，愛因斯坦覺得，與其稱「它們」這是點心，倒不如直接稱「它們」為乾脆麵來得痛快。三年級的時候，同班同學吉米、帕斯達特和科比三位同學曾經為了集齊得國名人卡片，每天早上只吃乾脆麵，這些場面，愛因斯坦記憶猶新。麗娜的父親把乾脆麵發給了愛因斯坦，可是，愛因斯坦不喜歡吃乾脆麵，他聞著面裡的那股類似發霉的味道，就覺得噁心。他把乾脆麵的袋子拆了，掏出了乾脆麵裡的卡片，便把盛著灰裡透著黑的速食麵袋子塞進了抽屜裡面。愛因斯坦盯著卡片欣賞了一會兒，就從書包裡拿出作業，開始做了起來。周圍的八個孩子則都拿起乾脆麵吃了起來，嚼碎面塊的「喀嚓喀嚓」聲，在補課班的房間內迴盪著，不一會兒，房間內充滿了難聞的乾脆麵味道。

愛因斯坦向四周的同學望了望，有幾位看著有點面熟，但沒有一位同學愛因斯坦能夠叫出名字。只是他們無一例外，跟愛因斯坦一樣，頭上戴著印著「伊斯特小學」這幾個單詞的「小黃帽」。很明顯，他們都是伊斯特小學的學生。愛因斯坦暗自慶幸，這次還算運氣好，沒有跟帕斯達特和科比這樣的孩子一起補課。要是跟帕斯達特一起補課，愛因斯坦指不定會受多少罪。

過了一會兒，麗娜和海德陸續趕到培訓班的房間，開始拿起孩子已經做好的，放在桌子上的作業檢查了起來。一旦檢查出來有錯誤，海德便用鉛筆在錯誤的答案旁邊劃上一個又一個的「叉叉」，讓「有錯」的孩子自己訂正作業。訂正完，孩子們會繼續把作業交給海德檢查，直到所有題目都訂正正確為止。

與愛因斯坦同一個房間的學生都來自其他

班級，四年二班的學生只有愛因斯坦一個。由於是剛剛開學，他們的作業並不多，也沒有以前的作業要補。不一會兒，孩子們陸陸續續做好了作業，坐在位子上面沒事可幹了。

麗娜早就料到會有這種情況，便拿出了自己小時候用過的作文書，分給做好作業的孩子每人一本。孩子們天性活潑好動，哪裡有心思去看作文書。過不了幾分鐘，孩子們就把作文書丟在了一旁。三年級的查理小小的個子在桌子上蜷縮著，他拿出了自己書包裡的玩具小電燈，撥弄著黑色的開關，燈在他的手中一亮一滅的。他越按越快，燈亮燈滅的頻率越來越大，他十分激動，大大的眼睛裡閃爍著興奮的光芒。他的同桌叫亞索，也是四年三班的學生。亞索緊緊盯著查理手中的小電燈，也表現得十分興奮。五年級的伊凡是一個高個子男生，坐在愛因斯坦的身後。他做完作業以後一連去了三趟廁所，倒不是因為他拉肚子了，而是他把廁所沖水當成了作業完成後的消遣娛樂。愛因斯坦的補課同桌瑞德是一名五年級的學生，表情呆呆的，好像一直處於一種木然的狀態。海德叫他訂正作業，叫一遍是遠遠不夠的，只有喊了兩三遍，才如夢初醒，踉踉蹌蹌地從位置裡站起來，又拿著筆蹣跚地走到海德身邊。也許是因為天性比較呆吧！作業做完後，瑞德一直很安靜地坐在位子上看書——雖然看書的時候，他就沒有翻頁過。其他兩位女生露西和莉莉倒是非常的安靜，一直默默地坐在位置上看書。

只有二年級的雷諾沒能在吃晚飯前做作業。他坐在伊凡的旁邊。他的作業並不多，只有一樣作業，抄寫得語第一課的新單詞，每個詞語需要抄寫八遍。他喜歡抄一個生詞，就看一會兒他從家裡帶來的小人書。再少的作業也經不起這麼折騰。直到傍晚六點，吃晚飯前，他僅僅抄了三排生詞。

晚飯時間到了，麗娜的父親叫孩子們把桌子收拾乾淨，他好把一盤盤食物放在孩子們跟前。愛因斯坦看到了盤子裡的食物，不由得皺起了眉頭。盤子正前方有一小碟比愛因斯坦巴掌還小的土豆絲均勻地鋪在上面，另一邊放著三片指甲大小的油炸小肉片，盤子正中，還放著沒有加熱的淡麵包，除此之外，別無他物。這種食物怎麼能讓愛因斯坦吃得下？愛因斯坦不由得撅起了小嘴。

「愛因斯坦，你怎麼不吃飯呀！」麗娜低下頭望瞭望他，問道。她的語氣中沒有絲毫關切，只有淡淡的不滿。見愛因斯坦不說話，麗娜繼續問道：「是不是嫌飯菜不合胃口？」愛因斯坦點點頭。麗娜立刻臉色一變，說道：「那你快跟我來吧！」

麗娜領著愛因斯坦，走到左邊的一扇門前，開了門。出現在愛因斯坦面前的是一張光潔如新的餐桌，餐桌上放著五樣菜：滿滿的一大盆油炸肉片，一大碗雞肉湯，一盆透著海裡鮮香的魚，一盤土豆絲，和一碗青菜湯。麗娜的父母和海德正微笑地望著他。

麗娜問道：「愛因斯坦，你想吃什麼？」

愛因斯坦用勺子抵住嘴唇，想了一會兒，說道：「老師，我想吃魚……」「魚肉有什麼好吃的，又腥又難聞，而且又有魚刺，要卡住喉嚨的……」

愛因斯坦「魚」字還沒說完，麗娜就忍不住插嘴道。不過大概兩秒鐘後，麗娜的臉上頓時多雲轉晴，和善地問道：「愛因斯坦你想吃什麼就直說好了。」

愛因斯坦的眼光從新鮮的魚上面轉到了油炸肉片上面，猶豫了一會兒，低聲說道：「老師，我想吃油炸肉片……」麗娜的臉上露出一絲難受的表情，說道：「愛因斯坦呀！不是我想說你，是你實在是太挑食了……你的盤子裡面不是有油炸肉片嗎？為什麼盯著老師盤子裡面的油炸肉片不放呢？是不是非要跟老師一塊吃才感到愉快嗎？」愛因斯坦低下頭看了一眼他盤子裡的油炸肉片，一半瘦肉連著一半肥肉，愛因斯坦又抬起頭看了一眼老師盤子裡的油炸肉片，大塊的，基本上都是瘦肉。

麗娜的爸爸聽了，笑道：「小朋友是不能多挑食的，挑食會影響自己的生長發育的。」麗娜好像想起了什麼，說道：「愛因斯坦啊，不是我不給你吃，實在是油炸的東西不好，多吃會影響生長發育的，你想吃，我給你一些雞肉。」說完，她從乒乓球大小的雞塊上，摳了一些指甲大小的雞肉放到了愛因斯坦的盤子裡面。

愛因斯坦見了，仍舊不願意離去。麗娜沒好氣地問道：「愛因斯坦，你究竟還有什麼不滿意的？」愛因斯坦沒有說話，只是低著頭指著桌子上的一碗湯。

麗娜頓時明白了，原來愛因斯坦要的是桌上的湯。想必是麵包太淡太乾，需要一些湯來增添口味。麗娜故作不懂地問道：「要湯是吧！」愛因斯坦點了點頭。麗娜舉起了勺子，舀了一碗濃湯倒在了愛因斯坦的麵包上，麵包上泛著點點油光，油光上泛著彩色的波紋。

麗娜說道：「現在應該沒有什麼問題了吧！」

愛因斯坦咽了咽口水，點了點頭。

「一定要好好吃完！」麗娜的爸爸一臉和藹，又轉用威脅的語氣說道，「如果不好好吃完，我就告訴你的爸爸媽媽，看看你究竟是一個怎樣挑食的孩子？」

愛因斯坦望著變得像「豬食」一樣的麵包，咽了咽口水，轉身回到了補課桌旁。

吃完飯，愛因斯坦和孩子們繼續做作業。雷諾坐在愛因斯坦身後，他是伊斯特小學二年級二班的學生。他的身旁，海德正緊緊盯著他做作業。

「啪」的一聲，海德一個巴掌扇在了雷諾的頭上：「怎麼搞的？那麼長時間才寫了那麼幾個單詞？你有沒有認真做啊！」海德的聲音近乎咆哮，雷諾捂住了被海德打過的地方，疼得連眼淚都快要掉出來了。但是他沒有哭，也沒有說什麼，甚至連一聲都沒有哼，看到鐵青著臉的海德，雷諾早就已經嚇壞了。

「快點給我把作業做完！」海德厲聲呵斥

道。雷諾低下了頭，一筆一劃地寫了起來。

愛因斯坦聽海德這麼一呵斥，著實被嚇得不輕，低下頭顫顫巍巍地看著自己並不喜歡的作文書。旁邊的伊凡似乎沒有被海德嚇到，仍然接二連三地去上廁所。海德也不攔他，只要他能讓海德安安靜靜，平安無事地帶完作業晚托班，麗娜家廁所裡的水被浪費了，又關他什麼事呢？

過了一會兒，一個修長的身影如幽靈般來到了瑞德的身旁。「你昨天是不是有作業沒有完成，你們老師都跟我說過了。」麗娜的臉上充滿了焦急的神色，仿佛是自己的孩子作業沒有完成一般。

瑞德的嘴角先抖動了幾下，如夢初醒似的說了幾聲「哦哦哦」，臉上盡顯木然的神色。他翻找著書包，動作緩慢，仿佛一個七十多歲的老公公。他遲疑著把《家校聯繫本》從書包裡拿了出來，翻到了昨天的作業記錄上，赫然寫著幾個大單詞——「第一課課文還沒有背出」。紅筆的墨蹟深深地印在家校聯繫本的頁面上，深深的刻印，確鑿的證據，表示瑞德的第一課課文真的還沒有背出來。

麗娜的臉立刻陰沉了下來：「為什麼不及時跟老師說課文還沒有背出來！」她的語氣似是不滿，似是焦急，似是憤怒。不管麗娜的語氣是多麼的豐富，瑞德用唯一的木然表情望著麗娜，反而讓麗娜有些不知所措。總不能在跟這樣的學生講道理上面浪費太多的時間吧！

「快把得語書拿出來給我背！！」麗娜下了命令。瑞德聽了，舉起得語書讀了起來。麗娜看瑞德讀了起來，也不再對瑞德說什麼了。她對海德說道：「幫我管得稍微牢一點。他經常要漏做作業，逃避作業的。」

「好的。」海德點了點頭，但是臉上掠過一絲不快。

等麗娜走後，瑞德繼續眼睛瞪著得語書，直勾勾地看了好一會兒。不一會兒，他的坐姿從端正的，變成了駝背的。又過了一會兒，瑞德乾脆趴在座位上，看得語書。他在位置上坐了好些

時間，卻沒有一絲想要背課文的意思。海德在一旁不停地催促瑞德繼續背課文，無奈，瑞德都是面無表情地回應海德，「我還不會背。」

其餘坐在位子上的同學，大多都進入無聊狀態，時不時地望向窗外，盼望爸爸媽媽能夠早點來接他們。三年級的亞索坐在位子上面，從屁股到身子都不住地扭動起來，顯然已經坐不住了。雷諾早就已經翻看了三遍培訓班裡僅有的一本漫畫書，其他書，他是死活都不會看的。目前，他正無聊地趴在桌子上，一面不時地望向身後的那個時鐘，一邊不住地念叨著：「爸爸為什麼還不來接……爸爸為什麼還不來接……」伊凡不再去廁所玩弄馬桶了，他好像從凳子上發明了新的玩法，不斷地前後晃動著凳子，脆弱的凳腳一邊翹起，一邊又落在地面上。伊凡似乎想要用它來演奏出一首動人的樂曲。查理則近乎瘋狂地按著玩具小電燈，看著小電燈一暗一亮，眼中閃滿了興奮地光芒，偶爾，他把拿過電池的手往咧開的嘴裡一含，繼續拼命地按著小電燈開關……

這一切都在海德的眼皮底下發生，海德並不制止，只要他們不發出聲音搗亂就可以了。他現在最關心的便是，瑞德能不能早點把課文背出來。如果瑞德不能早日把課文背出來，他就無法早日回家。隨著時間的推移，海德的臉色越來越陰沉，越來越焦急，眼神盯著瑞德一絲都不肯鬆懈。只是，瑞德光盯著得語書，卻一直不背課文。

愛因斯坦毫不在意其他人的舉動，他只是非常想念那本《自然哲學的數學原理》。那一個個公式，一幅幅美麗的例圖，從他的腦海裡面不斷地翻過，只是，他再也無法讀下去了……

「作業做好了嗎？」一句看似問候的詢問從窗邊傳來。愛因斯坦聽出來了，是爸爸回來了。麗娜急匆匆地從房間裡走了出來，滿臉堆笑地迎了上去。

「我兒子在這裡還算乖吧！」愛因斯坦爸爸望了一眼在裡面假裝看書的愛因斯坦，向麗娜問道。麗娜用一種近乎諂媚的語氣回答道：

「啊！你們家愛因斯坦別提有多乖了，到現在還在一言不發地看書呢！」

愛因斯坦爸爸臉上露出了一絲喜悅之色，隨即又問道：「他作業做得怎麼樣了啊？」海德臉上擠出不自然的微笑，說道：「愛因斯坦已經把作業都完成了。」說完，又望了一眼瑞德。

愛因斯坦爸爸沒有注意到海德的動作，而是用粗糙的雙手從口袋裡掏出了嶄新的八百馬克的紙幣。那些藍色的紙幣還是新的，雖然因為折疊有些褶皺，應該從銀行裡取出來沒有多久。

麗娜看到藍色的一疊馬克的紙幣，眼睛立刻亮了，但是她還是把眼光從愛因斯坦父親拿著鈔票的手上移開了，轉而微笑地望著愛因斯坦的父親。

愛因斯坦的爸爸把錢遞了過去，說道：「這是愛因斯坦這個月的學費，麻煩老師好好照管他的功課。」麗娜連忙擺擺手說道：「都是一個地方的人，沒有必要付那麼多錢……愛因斯坦這樣的乖孩子每天過來，我高興還來不及呢！」愛因斯坦的父親硬是把錢塞到了麗娜手裡，麗娜嘴上說著一句又一句客氣話，手卻是捏住鈔票後再也沒有放開，兩人又客套了好幾句……

愛因斯坦從晚托班走出來的時候，已經是傍晚七點半了。在夜幕中，他坐上爸爸的自行車。晚風輕輕地拂過愛因斯坦的面頰，愛因斯坦感到無比地愜意。

「爸爸，你什麼時候給我買遊戲機？」愛因斯坦突然問道。「下個月發了工資我再給你買……」爸爸回答完以後，愛因斯坦歎了一口氣。「下個月……」愛因斯坦皺起了眉頭。

車輪的鏈條聲「吱扭扭」地響著……愛因斯坦滿心期待著他夢寐以求的小型遊戲機……

車輪的鏈條聲「吱扭扭」地響著……愛因斯坦早就把《自然哲學的數學原理》拋在了腦後……

期中的作業晚托班

到了期中的時候，作業晚托班孩子的人數已經穩定下來了，總共有二十位孩子參加麗娜的作業晚托班。愛因斯坦慶幸的是，雖然作業晚托班裡的孩子都非常地調皮好動，但是那些孩子並不像帕斯達特和科比這樣的「壞孩子」一樣，會使壞欺負他。

原先輔導愛因斯坦的海德先生已經替換成了另一個戴著眼鏡的男老師。自從晚托班人數增加到二十位的那天，海德就跟麗娜一家大吵了一架，原因是麗娜分了兩個增加的小孩給海德，卻沒有給海德增加一分錢的工資。吵完後，海德就負氣地離開了，從此愛因斯坦再也沒有見到過海德。

新來的杜蘭特老師也跟「海德」一樣，是一個言語很少，長相靦腆又有些呆的男老師。最令孩子們印象深刻的是，他吃飯拿勺子的時候，總是翹著蘭花指，仿佛就是一個未過門的「黃花大閨女」。在背地裡，孩子給他起了「蘭花指」和「大閨女」這兩個綽號。

「大閨女」言語很少，長得溫柔靦腆，說話也細聲細氣的，娘娘腔的，簡直比愛因斯坦原先學校裡的校長馬克不知道娘多少倍。他跟海德不一樣。海德雖然話語不多，但言語和行為卻暴力得多，一旦孩子們做出什麼違背他心意的事情，他輕則高聲斥罵，重則狠狠打頭，孩子們都很怕他。而「大閨女」則不一樣，他連斥責的時候都細聲細氣的，只能讓孩子一邊看著，一邊偷著樂。

這天，孩子們又一次來到晚托班，在麗娜老師的嚴厲管教下，兩個房間裡的孩子都坐得端端正正的，不敢發出一聲聲音。不一會兒，門外傳來了細碎的腳步聲。「大閨女」邁著悠閒的步子走了進來。「嘻嘻」，「噗嗤」……孩子們情不自禁地抿著嘴笑了起來。若不是看在麗娜在一旁盯著，估計孩子們早已笑出聲來。

麗娜看見「大閨女」來了，便走進了旁邊

的小偏間，一心一意管理她「屬於她自己的十個孩子」。

「別笑了，現在該認認真真地做作業呀！」「大閨女」噘著嘴細聲細氣地說道。

「大閨女」如果不說話，估計孩子們嬉笑幾秒鐘後就歸於平靜了。「大閨女」這麼一說，滑稽的動作加上娘娘腔的語言，惹得孩子們笑出了聲音。即使孩子們竭力抿著嘴，想把笑聲降到最低，也還是無濟於事。伊凡笑得最開心，竟然「啪」的一聲，從凳子上面摔了下來。孩子們的笑聲再也收不住了，「哈哈」，「嘿嘿」，「呵呵」，「格格」……各種笑聲都出現了。

「笑什麼笑啊！還不趕緊做作業！」麗娜的爸爸知道杜蘭特管不住孩子，就在旁邊喝了一聲，「再不好好學習，當心我告訴你們的爸爸媽媽。」聽了來自麗娜爸爸的威脅，孩子們笑了一會兒，聲音逐漸安靜下來，嘴上卻都還掛著微笑。

麗娜的爸爸走到了伊凡身邊，說道：「你這個孩子，最調皮了，看看你這，都什麼樣子啊！」說完，他仔細檢查了伊凡坐的老舊凳子，其中一根凳腳有點鬆動，麗娜爸爸的臉上頓時浮現一陣不快。他陰沉著臉說道：「伊凡，你知道嗎？這裡的凳子就像是學校的公物一樣，弄壞了可是要賠的。」伊凡用手拍了拍屁股上面的灰塵，回答道：「知道了！」臉上卻沒有一絲悔過的表情。

麗娜的爸爸看到伊凡認錯，也不管他是真的認錯還是假的認錯，轉身打算回去忙自己的事情。忽然，他又彷佛記起什麼事來的回過頭來問道：「伊凡，剛才沒摔疼吧！」

伊凡沒有回頭看麗娜的爸爸一眼，而是坐在位置上裝出一副寫作業的樣子。麗娜的爸爸也不打算詳細詢問，繼續去做自己的事。

孩子們彷佛也靜下心來了，都坐在位置上，沒有發出聲音，似乎都在認認真真地做作業。愛因斯坦做了一會兒作業，向四周望了一下，看看同學們都在幹什麼。

他前面一桌，坐著好動的雷諾。二年級的雷諾桌上擺放著得語作業本，右手手中拿著鉛筆，另一隻手卻在抽屜裡翻看著一本名叫《大耳朵圖圖》的漫畫書。要是被麗娜老師看見了，雷諾準會挨一頓揍。愛因斯坦雖這麼想，也不去提醒他，但願他能不被麗娜老師發現。

他身旁坐著一位女生，名叫海蒂，是伊斯特小學六年級的學生。她是因為數學不夠好，媽媽才送她來作業輔導班補習的。據說第一個月的時候，她的數學成績不好，上次期末的時候只考九十一分。她媽媽著急得不得了，於是就把送到了麗娜老師的作業輔導班裡來了。為了考進理想的初中，海蒂的媽媽又能有其他選擇嗎？還好，上次月考的時候，海蒂的數學考了九十三分，比以前好了兩分。海蒂的媽媽高興得不得了，這可都是作業培訓起了效果啊！於是，海蒂的媽媽又在麗娜那裡續訂了兩個月的時間。

海蒂個頭雖然不高，臉卻大大的，有一個尖尖的下巴，一雙大眼睛卻是既靈動，又有神。六年級的作業雖說比較難，她做作業的時候卻沒有一絲抓耳撓腮，做不出來的樣子。她也不像其他孩子那樣多動，坐不住。每次老師檢查下來，她的作業總是做得又快又準確。可以說，她是這些補課班孩子中的佼佼者。

與海蒂相比，愛因斯坦同桌瑞德可就糟糕多了。瑞德雖然個子長得還算中等，臉型還算有一股器宇軒昂者的樣子，可他的一雙無神而又呆滯的眼神徹底把他給出賣了。他可以說是整個補課班裡面最讓人操心的學生之一。他曾經好幾次地向老師瞞騙作業，明明有五樣作業，他會說只有三樣；課文明明需要背誦，他說只要讀一下就好了；明明需要背整篇得語課文，他會給老師說只要背一個自然段就可以了，有時甚至會把家校聯繫本藏起來，不給補課老師看。結果導致他老師反映，他的作業這也沒做完，那也沒背出。老師問家長，家長問補課的老師麗娜，惹得補課的老師麗娜非常不開心。每次老師向瑞德問起，瑞德總是瞪著無辜的大眼睛，用「這也忘了」一，那也「不知道」來推脫。後來，同是伊斯特小學五年一班的女生凱特加了進來，坐在了他的身後。這就簡單了，五年一班老師佈置了什麼作業，只要問凱特就可以了，省去了很多麻煩。

愛因斯坦看了一眼瑞德，他一隻手握著筆，另一隻手插在他身邊的口袋裡，眼睛正直勾勾地盯著書本，好像書本是他所珍愛的寶貝似的。也許是太珍愛作業本了，他遲遲沒有動筆在上面寫字，好像害怕在上面寫上他那雖然端正，筆劃卻不夠圓潤的字，是對這本作業本的褻瀆。

愛因斯坦又看了一眼瑞德身後的凱特，卻是低著頭在寫作業。只是她在寫作業的過程中，嘴巴不斷地在動，似乎念叨著什麼咒語。愛因斯坦很好奇，側過頭傾聽，想聽清楚她究竟在說什麼。「嘖！」凱特撅起嘴，從身旁抓起橡皮擦了起來，擦了幾個字，又寫了幾個字，又「嘖」了一聲，又擦了起來，看來遇到難題了。凱特又一邊念叨，一邊寫了起來。愛因斯坦聽出來了，她是在說「太難了」，「真麻煩」，「老師佈置那麼多作業幹嘛呀」之類的話。愛因斯坦看到凱特緊鎖眉頭，一籌莫展，不知怎麼的，有一種幸災樂禍的感覺。畢竟到了最後，作業做得慢的孩子會被老師催逼著把作業寫完。愛因斯坦可不希望自己被老師催著寫作業。

據說凱特的生世還是比較可憐的，自打很小的時候開始就死了爸爸，由媽媽和奶奶一手拉扯長大。他們家和麗娜家是鄰居關係，出於同情，麗娜家將凱特拉到了自己的補習班裡面，並沒有收凱特家一分錢。

凱特的生性十分挑剔，好像補課班的老師都欠她錢似的，對補課老師海德或「大閨女」呼來喚去。一旦做好一樣作業，需要老師檢查的時候，別的孩子通常會把作業或「扔」或「放到」講臺桌上去。而她則會說：「老師，快過來給我檢查作業」，直接把老師叫到她跟前。要是老師因為檢查作業，來得慢了，她就會噘起小嘴說：「老師，我都叫你多少遍了，你怎麼才過來給我檢查！」若是杜蘭特沒有檢查出她作業裡的錯

誤，凱特做錯了，挨了罵，她則會說：「老師，這是你上次給我檢查的作業，這裡，這裡，都錯掉了。學校老師都對我說，你們補課班的老師都怎麼搞的，檢查了跟沒有檢查一個樣！」海德若是聽了她這樣發脾氣，會旁敲側擊地責備她；若是「大閨女」聽了，則會打趣道，「我們這裡的小凱特，又發公主脾氣了。老師下次肯定好好檢查」，也就完了。愛因斯坦非常不喜歡凱特，只希望離她遠遠的。

愛因斯坦的身後坐著亞索。本來亞索是跟查理一塊坐的，但是亞索和查理兩個本來都是比較調皮的男生，這兩個人坐在一塊可以說是意氣相投，喜歡一起分享自己偷偷摸摸帶來的玩具和漫畫書。有時連作業都還沒做完，他們兩個人就開始手放在抽屜裡面玩了起來。有一天，他們在玩玩具小汽車的時候，被麗娜逮了個正著。當麗娜從凱特口中得知他們兩個孩子喜歡一塊玩時，不由分說就把他們分開了。如今，亞索和他認為非常無趣的凱特坐在第三排，而查理則坐在第五排。倒也相安無事。現在，亞索正一邊偷偷地品嚐著從商店裡買來的辣條，一邊在認真地做作業。辣條的辛辣味，彌漫在空氣中，有點讓人垂涎欲滴。

亞索身後坐著伊凡。伊凡他曾經把麗娜家的抽水馬桶當玩具玩，被麗娜的爸爸逮了個正著。麗娜的爸爸十分生氣，把伊凡叫到跟前狠狠訓斥了一頓。愛因斯坦覺得那時麗娜父親的叫聲可以傳好幾公里遠。但是那晚伊凡的父母來接伊凡的時候，麗娜的爸爸則是滿臉堆笑，表現出了一臉和善，向麗娜的媽媽委婉地指出了伊凡的不是。伊凡的媽媽聽了，連忙向麗娜和麗娜的爸爸道歉。

儘管被抓了一次，伊凡現在還在玩這個小把戲，只是他的手段比被抓前高明得多。以前，他只是在廁所裡面隨手一遍又一遍地沖水，玩得高興，一個不注意，就有可能被麗娜的父親抓個正著。現在，伊凡想出了妙招：首先，他準備了一個杯子，拿著杯子先倒一回開水，再每次多喝幾口，多喝幾口，喝完了，再繼續去倒……這樣循環往復。伊凡喝的水多了，尿意自然來得快。就這樣，伊凡堂而皇之地一次又一次去上了廁所。

現在的伊凡，正翹著二郎腿，一口又一口地慢慢地喝著從麗娜家灌來的開水，一邊用筆在作業上面「塗畫」幾下。至於作業什麼時候能夠完成，他似乎完全不放在心上。

伊凡的旁邊，坐著來自三年三班的達爾，他也是在愛因斯坦之後轉進來的。得語、數學和英語，沒有一樣成績是好的，據說每次考試都只能考個位數開頭。按照麗娜的原話來說，他就是那種腦子裡面印不進去知識的孩子。面對這樣的孩子，不管是學校裡面的老師，還是補課班裡的老師，都不會給他好臉色看。原先海德曾試圖耐心地教他小數和分數，結果，海德發現達爾學習的速度比蝸牛爬行的速度還要慢，忘掉所教的知識，卻只要幾秒鐘的時間就搞定了，根本沒法教。麗娜知道了，索性把參考答案給達爾抄。海德問麗娜如果這樣做被家長發現了怎麼辦。麗娜說道：「連學校老師花那麼長時間教都教不好，還能指望我們把他教好嗎？再說了，孩子都那麼笨，家長也肯定不是什麼弄得靈清的人，這樣做沒事的，放心吧！」

現在，達爾正照著答案奮筆抄一本麗娜不知道從哪裡搞來的作業，根本不需要動腦筋，看樣子做作業的速度可以說是幾個孩子裡面最快的。不過，達爾的作業做完後，照例還是要老師檢查過的，因為他有時候就是抄也會抄錯。

達爾的身後坐著露西，是伊斯特小五年二班的學生。她原本是跟五年級三班的莉莉一起坐的，剛開始也沒什麼事，兩人都能安安靜靜地在位置上做作業。後來，兩個人慢慢地互相瞭解，關係越來越好，成了無話不談的好姐妹，竟然在座位上聊起天來了。海德老師發現了，把她們兩個人的位置分開來了，把莉莉調到了前面。沒想到，莉莉一有空，就會趁機跟露西聊天，即使被老師發現，莉莉也以在問題目該怎麼做進行推

脫。跟露西一起坐在旁邊的查理聽得不耐煩了，向海德檢舉她們在講空話。海德就把莉莉直接調到了最前面一桌。沒想到露西和莉莉竟然用遞紙條的方式繼續進行「通信」，海德發現了，向麗娜報告，麗娜就把莉莉調到自己的房間裡去了。

如今的露西，跟查理一塊兒坐，做作業倒也算安靜。只是她的數學非常糟糕，她無法耐心地認真做數學，以前莉莉在的時候，莉莉經常會報給她數學作業的答案。現在莉莉被「調」走了，她只能獨自一人面對「惡魔」般的數學題。她經常動不動就對補課老師說她這也不會做，那也不會做，惹得海德或「大閨女」不勝其煩。如今，她眉頭緊鎖，嘴唇翹起，眼睛正盯著一頁口算練習發愁，估計過不了多久，她就要舉手問「大閨女」問題了。

坐在露西旁邊的查理，現在已經沒辦法堂而皇之地把玩具拿出來玩了。他曾經玩過的玩具小電燈、玩具小風扇、玩具小汽車、卡片和漫畫書，都已經被老師沒收走了。麗娜不止一次地警告過他，如果再帶玩具來補課班，他的玩具看見一次沒收一次。玩具不能帶了，他便帶來了「美味」的辣條，是從學校邊的小店買的，只要零點五馬克就可以買到一包。辣條是一根根長條狀的食物，主要是由大豆粉做的，上面加上辣油和色素。查理把半拆的辣條放在了抽屜裡面，想等到老師檢查別人作業的時候，抽一根出來嘗嘗。他喜歡在一根辣條吃完後，吮吸一下手指上的辣油。「嘖嘖」的聲音響起，既好玩，又可以吸引其他同學的注意。當「大閨女」聽到怪聲音後，會嗲聲嗲氣地說：「誰在發出怪聲呀！別鬧了！」引起孩子們的哄笑，何樂而不為呢？

但是現在的查理，正坐在位置上做一本作業。愛因斯坦不知道他在做什麼，因為被身材高大的伊凡給擋住了。但是，查理做作業的速度是非常快的，特別是口算，一兩分鐘可以完成一頁。他做得快，並不是因為他的數學口算特別好，而是因為他一旦遇到難的題目，就不肯動腦筋思考，而是直接亂寫一個答案上去。反正老師會幫他改出來，並告訴他正確答案應該是什麼的，為什麼不這樣做呢？

愛因斯坦又望向了「大閨女」。大閨女正坐在一旁的凳子上發呆，哈欠一個接著一個的，可能他昨天晚上並沒有睡好吧！也許這樣坐著，也是一種無聊吧！

「啪！」一本數學作業本扔在了圓桌上，打破了補課班裡面的沉悶。原來是瑞德做好了作業，往身旁的圓臺桌上一扔，看意思是要「大閨女」檢查一下。「哎呀呀，我不是叫你們不要亂扔作業本的嘛！」「大閨女」又像往常一樣勸說道。

話音剛落，「嘻嘻嘻」，底下傳來一陣竊笑。「大閨女」沒有繼續追究，拿起作業本檢查起來。他一手拿著鉛筆，一手拿著作業本，把有錯的地方圈了出來。趁大閨女不注意，亞索朝「大閨女」望了一眼，拿出了一顆粉紅色的口香糖，塞進嘴裡嚼了起來。而雷諾，則停下了筆，沒有動筆寫一個字。這些都被海蒂看在眼裡。

「瑞德，你過來一下，這一題你錯了。」大閨女說道。瑞德一手拿著筆，一手拿著橡皮，一步一蹣跚地向「大閨女」走去。

「大閨女」把作業本遞給了瑞德，瑞德瞪大眼睛看了一眼其中一題錯掉的題目，是一道應用題，「一種紅磚的重量是每塊2.7千克，磚瓦廠有24000塊這樣的磚，用一輛載重1.5噸的小貨車運，需要運幾次」。

「我不會做。」瑞德指著這一道題目斬釘截鐵地回答道。

「我們來看一下，每塊磚重2.7千克，磚瓦廠有24000塊這樣的磚，那麼，這些磚的重量加起來，總共有多少千克？」

瑞德想了一會兒，搖搖頭。

「是不是2.7乘以24000乘一下啊？」「大閨女提示道。

「噢……是的……是的！」瑞德遲疑了一會兒，忽然恍然大悟似的回答道。

「大閨女」不放心，用鉛筆在他的作業本

上寫下「2.7×24000」。「然後要用一輛載重1.5噸的小貨車運，需要運幾次？」

瑞德側著身子低著頭，盯著這道題目看，像是要用眼睛把答案從這道題目裡摳出來，盯了好一會兒，瑞德還是搖搖頭，說：「不知道。」

「是不是除一下啊！」

「噢……」瑞德又做出了一副恍然大悟的表情。

「現在請你自己寫一下」「大閨女」並不覺得他是真的懂了，乾脆讓他自己寫，也好看看他究竟懂了沒有。

瑞德用鉛筆直接在後面接上了「÷1.5」……

「不對，單位不對呀！你沒看到嗎？前面跟的是千克，1.5後面跟的是噸……」

「嘖——嘖——！」兩聲吮手指的聲音從補課班桌子的後方響起，孩子們發出了一陣竊笑。看來是某位同學，在吃零食。孩子們用肚皮猜猜也知道，肯定是查理搞的鬼。

「大閨女」似乎沒有聽見這聲音，繼續唾沫橫飛地講著，直至用筆在瑞德的作業本上把式子「2.7×24000÷1000÷1.5」補完整才肯甘休。

「現在可以回去算了。」「大閨女」話音剛落，瑞德就拿著作業本慢悠悠地走到位置上去了。

雷諾看到「大閨女」把題目講完了，趕緊收起了他抽屜裡面的漫畫書，拿起筆，又裝出了一副在做作業的樣子。

不知什麼時候，瑞德身邊的圓桌旁，又出現了幾本作業本和口算訓練，也不知道是孩子們扔上去的還是放上去的。

後面，「大閨女」估算到這樣給孩子一道一道講題目太麻煩，乾脆他們把作業交上來後，直接給他們在錯的題目旁邊注上正確答案，這樣作業檢查起來既快又輕鬆，何樂而不為呢？

晚飯過後，除了雷諾、瑞德和伊凡在「大閨女」和麗娜的雙重監督下寫作業，所有孩子的作業都檢查好了，孩子們開始趴在課桌上沒事可幹了。愛因斯坦覺得這才是晚托班裡最煎熬的時間，沒事可幹，不能離開座位，也不能想看自己喜歡看的書。補課班的書一般都是兒童小說和兒童趣味讀物，還附帶有思想教育內容，像《好孩子丁丁歷險記》，《小姑娘蒂娜的花園》等等，也有一些被閹割的文學名著，像《巴黎聖母院》，《簡愛》，《湯姆索菲亞歷險記》等等，中間刪掉了所有有關性和暴力的內容，還插入了很多圖片。但是，愛因斯坦一點也不喜歡這些書，他覺得書中的內容都好假。他所鍾愛的科普讀物就只有兩本，一本是《兒童百科全書》，一本是《十萬個為什麼》，那薄薄的兩本書，他早就已經看過無數遍了。像《自然哲學的數學原理》這種「高級的讀物」，不僅貴，而且小孩子不一定能讀懂，補課班的老師是無論如何都不會給這些小孩子準備的。不過愛因斯坦現在已經不是那個愛看《自然哲學的數學原理》的愛因斯坦了，愛因斯坦現在更掛念的是家裡的那台小型電子遊戲機。

為了打發時間，孩子們是「八仙過海，各顯神通」。查理喜歡故意弄出一些響聲來。他時而用手指敲桌子，時而用嘴發出「噗噗」的放屁聲，時而又用嘴巴嘰哩咕嚕地念叨什麼聲音。一旦有奇怪的聲音，孩子們就會在下面發出一陣竊笑。亞索也沒有閒著，他像是有目的似的，一個勁地向老師告發，「老師，查理在『放屁』」，或是「老師，查理在說老師是女人」，總會引起一陣陣笑聲。要是「大閨女」豎起「蘭花指」，用「娘娘腔」的聲音去指責查理和亞索，那麼，孩子們會從「大閨女」滑稽的表現中，獲得更大的愉悅感。

比起用好玩的「遊戲」來打發時間的亞索和查理，海蒂和凱特的表現要直接的多了。海蒂在做完作業後，就纏著麗娜老師，讓麗娜給海蒂的媽媽打電話，叫她媽媽來接。麗娜心裡明白，她媽媽送海蒂來晚托班是為了補習數學。按照她媽媽的要求，作業做完以後，麗娜應該再花一些時間為海蒂補習數學，看看她有哪些知識技能不太熟練，並予以訓練。不要說她現在手頭上還有

好幾個孩子沒有做完作業，就算孩子們的作業都已經做完了，她也不會專門花時間來給海蒂補習數學。麗娜白天在學校上了一天課，晚上帶孩子作業，一天忙下來，累都累死了，哪裡有時間和精力去專門為海蒂這個孩子補習數學知識啊！再說，作業晚托班向來不是為孩子們查漏補缺的，管那麼多孩子作業都來不及，哪裡有時間查漏補缺啊。

但是，任由海蒂纏著麗娜，總歸是有些麻煩，直接打電話過去，又不好意思。麗娜想出了一個辦法，讓海蒂自己打座機電話叫她媽媽來接。這樣打電話的次數多了，海蒂也就不會再纏著她了，以後海蒂就會直接用麗娜家的座機跟她媽媽打電話，這次也一樣。座機就在補課房間的圓桌上，補課班裡位子靠近圓桌的孩子都能夠聽得清楚她們之間的談話……

「媽，快來接我，我的作業都已經做完了。」

「海蒂，作業做完了為什麼不多學習一會兒呢？」

「我今天身體有些不舒服，想早點回家。」

「你今天又哪裡不舒服？」

「今天下午的時候，肚子就有點難受。」

「好的，我馬上來接你……」

海蒂撂下電話，轉了一個圈，裙子劃過一道漂亮的圓弧，她向其他孩子做了一個勝利的手勢，似是高興，似是炫耀，蹦蹦跳跳地回到了自己的座位上。「這麼好，我也想！」查理瞪著大眼睛，誇張地張大嘴巴說道。「可是我媽媽說無論如何她都只會七點半以後才來接我。」查理無力地趴在桌子上，自言自語道。

凱特做完作業，並讓老師在家校聯繫本上簽上名字後。凱特就直接整好書包，打算回家了。她家就在補課班的隔壁。對於凱特來說，家裡有好吃的食物，又有可以看的電視，無論怎麼想，都比留在補課班要強得多，又有什麼理由留在補課班裡面發呆呢？這時候，麗娜的爸爸看到了，總會一個勁地勸說：「凱特啊，這裡有可以看的書，又有可以問問題的老師，好多小朋友都還在這裡，為什麼要那麼早回家呢？」凱特總會耍出率性而為的「大小姐」脾氣：「我不管，我要回家！」這次，凱特依舊像往常一樣，發了大小姐的脾氣。

「你要回家，那我先跟你奶奶說一下，看看她讓不讓你回？」說完，麗娜的媽媽就向外面走去。

過了一會兒，凱特的奶奶進來了，笑著說道：「作業都做完了？」凱特說道：「作業都做完了，奶奶我要回家了。」凱特奶奶笑著說道：「為什麼不多學習一會兒？」凱特嘴唇一翹，直白地回答道：「不嘛，我現在就要回家！」

麗娜的媽媽對凱特的奶奶說道：「我說讓她多學習一會兒，她卻一個勁地要回家……所以我先來問問。」

凱特的奶奶說道：「要聽話，家裡沒有那麼好的學習氛圍，你應該在這裡多學習一會兒的。」

凱特聽了，臉一沉，嘴巴翹得更高了，嘴裡「嘶嘶」地吐著泡沫，彷彿蛇吐著信子一般。過了一會兒，凱特的眼眶紅了，眼淚隨時有可能漫出眼眶。凱特的奶奶見了，想起這個孩子也挺可憐的，心一軟，說道：「好吧，別哭了，回家吧！」

「我才沒有哭呢！」凱特一甩書包上面的肩帶，背起書包，向門外走去。「給老師說再見呀！」

「老師再見。」凱特轉過頭，揮揮手，隨後頭也不回地離開了。

凱特的奶奶一邊指著凱特的背影，一邊微笑地對麗娜的媽媽說道：「呵呵，這孩子，真是越來越不好管了。」

麗娜的媽媽笑著說道：「現在的孩子都這樣的，做人總是有些脾氣才好，不然長大了就有可能被別人欺負……」凱特的奶奶跟麗娜的媽媽又客套了幾句，便離開了。

看到凱特也走了，亞索和查理更加坐不住了，嘰哩咕嚕說個不停。「大閨女」不知道是沒有注意到，還是一心撲在伊凡和雷諾的作業上，對亞索和查理兩個孩子的行為不管不顧。

那麼多孩子裡面，表現得很安靜的只有瑞德和達爾。瑞德拿著得語書，撲在桌子上面，兩隻眼睛半瞇縫起來，表現出一種昏昏欲睡的態勢，想必他已經把冰涼的桌子，當成了他的床鋪了。達爾則呆呆地坐在座位上，木然地看著周圍的一切，竟然能做到一動不動坐很長時間。要是他以後出家當了僧人，一定能成為一個數一數二的打坐僧人。

愛因斯坦做完作業後，一直從傍晚五點半等到七點半，才等到爸爸來接。他坐上了爸爸的自行車後座。

深秋的風從他的身邊習習吹過，已經有了些許寒意。清清冷冷的街道上面，行人已經是稀稀落落，再也熱鬧不起來。

「你今天在培訓班裡面學到了哪些知識？」愛因斯坦的爸爸突然問道。

愛因斯坦把手指放到了嘴裡，努力從記憶中搜索在補課班學到的知識，卻一點也想不起來。

「你今天在培訓班裡面學到了哪些知識？」愛因斯坦的爸爸又問了一遍。

愛因斯坦又是沉默。

「你今天學了那麼長時間就沒有學進去一點知識？」愛因斯坦的爸爸有些發火了，「八百塊錢花在你身上也是白花！沒用的東西！」

過了一會兒，愛因斯坦爸爸的背後才響起愛因斯坦的聲音。「我……我學到了……牛頓他寫了一本書，叫《自然哲學的數學原理》。」

「就這些亂七八糟的東西？這些對你提高考試成績有什麼幫助啊！」愛因斯坦的父親絕望地說道。

車輪的鏈條聲「吱扭扭」地響著……在深秋的夜裡。

期末的作業晚托班

伊斯特小學的門口對過去的一條大馬路上，來來往往的車輛不絕如縷。已入深冬，一陣又一陣寒風呼嘯過這片地區，帶來陣陣汽油在發動機裡燃燒過後的刺鼻味道。幾年前，街邊原先種著的兩排樹木，早已不見蹤影。原先種樹的地方，早已被修成了兩排直直的盲道。城市化過程中，必然要考慮到盲人們的感受，車子那麼多，路又那麼窄，哪裡有容得下樹木的空間呀！

在路口左邊，停著一輛藍色的麵包車。麵包車邊，站著一位五十上下的中年男子。他的鬍鬚短短的，身板看起來也有些單薄，讓人懷疑他似乎經受不住這凜冽的北風。他身邊站著四個戴著小黃帽的孩子，他們倒是活蹦亂跳的，一邊品嘗著手中的食物，一邊講述著學校裡面發生的趣事。

「哈哈，今天我們班的那個傻子又被老師罵了，他居然把數字『9』左右寫反了。」凱特「哈哈」笑著，把「半根的辣條」塞進了嘴裡，再吮了一口手指上的辣油。

「那有什麼大不了的，前幾天，我們班裡面還有一個上課尿褲子的傻子呢！」露西沒有吃辣條，手中緊緊握著老師發給她的「獎勵卡」。她身上的書包沒有鼓起來，只是她的背，不知道什麼時候開始，有點駝了。

「怎麼回事，快跟我說說！」查理手中舉著一根吃了一半的油炸年糕，嘴上還掛著幾抹甜醬。一有什麼有趣的事，他總是那麼的好奇，想要去知道。

「我們班那個傻子啊，他中午的時候，一直在老師的辦公室裡面補作業。一直補到上課的時候，他才發現自己忘了去上廁所。下午第一節又是班主任的課，他又不敢遲到，只好回到教室裡面聽老師講解作業……過了一會兒，我就感到他有點不對勁，在座位上一扭一扭的坐不住，還用手特意在桌子下面捂著什麼……老師也發覺到不對勁，就敲了敲他的桌子，結果他就『嘩啦

啦』地尿出來了……」

查理聽了，哈哈大笑起來，一不小心，手裡舉著的年糕滑了下來，落在了地上。凱特則說了一聲「好噁心」，一邊嚼著嘴裡的辣條，一邊說她都快吃不下去了。愛因斯坦則站在一旁，嘴裡微微一笑。

查理撿起地上的年糕，朝著沒有沾灰塵的地方舔了一口，做了最後的廢物利用，然後像青蛙似的跳到了路邊的垃圾桶邊，把油炸年糕扔進了垃圾桶。查理的動作把一旁的凱特噁心到了。「我都吃不下去了」，凱特一邊笑，一邊把口中嚼到一半的辣條吐在地上，把空了的辣條包裝袋隨手一扔。辣條袋在風中翻轉了幾翻，靠到了一塊石頭上，停了下來。

站在一旁的麗娜爸爸可沒有心情去聽孩子們的笑話，這都四點三十分了，補課班的孩子都只出來了四個。難道其餘的孩子都被班主任留著晚學嗎？要知道，這所學校三點四十分就放學了，即使是下課佈置作業用了十分鐘，又被老師留著補作業補了二十分鐘，他們現在也該出來了啊。看著接送孩子的家長和回家的孩子來來往往，麗娜的爸爸只能站在寒風中乾著急，真希望下一個出來的孩子，就是補課班裡面的孩子。

學生放學出校門的「旺季」已經過了，接下來走出來的孩子或是三三兩兩，或是單獨一個，在出校門的小路上稀稀落落的，似乎大多數學生都已經回家了。

校門口專門帶孩子過馬路的交警已經忍不住高聲叫罵了：「媽的，放學鈴聲響了那麼久了還不放學生出來，關在裡面究竟要補多少作業啊！」

又過了一會兒，交警又叫罵道：「娘希匹的，學生學得進的就是學得進的，學不進的就是學不進的，為什麼還不放學，關在辦公室裡補作業有什麼意義嗎？」經過幾聲叫罵，還是不見得有多少孩子出校門，唯一的效果只是交警的口乾了。交警舉起水杯，喝了一口水。

路過一個行人，他跟交警打趣道：「你應

該跑到老師辦公室裡去罵呀！在這裡罵有什麼意義，裡面的老師又聽不到。」

路人顯然選錯了跟交警對話的時機和內容。交警看了他一眼，沒好氣地說道：「我去裡面罵你幫我管馬路好嗎？」路人笑了笑，轉身離開了。

等到補課班的孩子陸陸續續到齊，已經是傍晚五點多了。三年級的達爾是最先出來的。他在學校裡面得語聽寫沒有通過，每個得語單詞被罰抄了五十遍，一直在辦公室抄到了四點半多。他沒有重新聽寫過，因為他的得語老師已經放棄他了。

二年級的雷諾則在值日，在打掃包乾區。包乾區裡的垃圾不多，但是枯枝敗葉很多。掃包乾區的雷諾掃得滿頭大汗，也沒能把枯枝敗葉打掃乾淨。即使是掃乾淨了，也會有其他葉子被風吹到自己包乾區裡來了，很讓他頭疼。雷諾沒有那麼好的心情一直掃下去。掃到一半，就和另一位掃包乾區的孩子舉著掃把追逐打鬧。等到班主任老師一走，他們也不管包乾區掃不掃得乾淨，把掃把隨手往教室裡面一丟，就匆匆忙忙逃走了。正是因為他們一直在包乾區那邊玩，等雷諾見到麗娜爸爸的時候，已經是傍晚四點四十五了。

海蒂的英語老師瑞秋在講英語練習，一直講到了傍晚四點四十。等到海蒂班級裡的孩子陸陸續續走出來時，交警生氣地說道：「你們班的老師是不是延遲放學了一個小時哈！」

莉莉的數學試卷弄丟了。莉莉的數學老師叫她抄一張數學試卷，再把數學試卷裡面的題目做完，才肯放她走。莉莉抄了數學試卷，再把數學試卷做完，放到講臺桌上，才慢吞吞地從學校裡面走出來。她出校門時大概五點左右，她的數學老師早已回家。

伊凡更慘。傍晚要交作業的時候，老師們吃驚地發現他的學校作業竟然一個字都還沒有寫過。得語、英語和數學三位老師都大發雷霆，不僅叫他在學校裡面把作業補完，還給他佈置了一些額外的抄寫作業。等到四點半了，得語老師和

英語老師都回家了，數學老師回家特別遲，要到五點，家裡才會有人來接，數學老師就把伊凡留到了五點多。

亞索的情況有些不太一樣。他沒有被老師留下來。但是他又不想那麼早去馬路邊找麗娜的爸爸。即使找到了，也要在校門口等好一會兒，那又有什麼意思呢？於是亞索帶著乒乓球和乒乓球板跟同學們一起去打了一場乒乓球。一直酣戰到傍晚五點。傑森老師看到了，威脅道：「如果再不回家，我就把你們的乒乓球板全部沒收了。」這時，他和他的小夥伴們才一溜煙地跑出來。

瑞德留晚學則是因為老問題——課文還沒有背出來。據他的得語老師所說，他已經欠下很多課文了，廿五課、廿七課、廿九課都還沒有背出來，不知道補課班在補些什麼，連背課文都沒有弄好。還有兩週就是期末測試了，他希望補課班的老師能夠加把勁，爭取一週內把三篇課文背出來。今天，他背了一天，還是沒能把廿五課背出來，希望明天他能夠把得語廿五課的內容背出來。

傑克曾經在開會的時候明確規定，放晚學後，並不建議老師把學生留在辦公室補習作業，更不願意看到孩子在沒有老師監督的情況下一個人補作業。即使要留學生在辦公室裡面補作業，或者訂正作業，四點十分之前，也應該放學生回家。即使留學生到四點十分之後，也應該早先打電話去通知過家長，告知家長孩子要留到四點十分之後。大多數老師都是這麼做的。除了少數像瑞秋這樣資格比較老一點的老師，會把學生留到很晚，其餘老師基本上不會。

但是老師對在參加補課班的孩子則不一樣了。補課班裡的孩子是明確有「家長」會來接的，不管留多晚，他們都不會弄丟。由補課班的老師帶著，也不需要擔心孩子的安全問題，也可以引起補課老師的重視。

麗娜的爸爸歎了口氣，感慨現在賺補課孩子的錢真難賺，光馬路上就要累死累活得等兩個鐘頭左右。他讓孩子們坐進麵包車。麵包車很小，前後左右加起來除駕駛員外只有六個人的的座位。麗娜的爸爸只打算載送兩次學生，每次運十人。這是他第二次載送學生。與其說孩子是坐進麵包車的，不如說是塞進麵包車的。前排副駕駛座坐一位學生，一般是凱特坐在上面，中排坐三個人的位子，他要孩子們擠四個人，後排坐兩個人的位子，他要硬塞三個人，比較矮小的雷諾蹲在一排和二排之間的小凳子上，比較矮瘦的查理則擠在二排和三排之間的小凳子上。這次查理的旁邊多擠了一個莉莉，麗娜的爸爸勉強關上了門，走進駕駛室，發動了車子。

孩子們十分羨慕坐在副駕駛座上的凱特，曾經也因此爭搶過副駕駛座上的位置，但麗娜的爸爸告訴了孩子們凱特的身世，希望孩子們對可憐的凱特好一點。孩子們也理解，都大大方方地把位置讓給凱特了。凱特也不謙讓，也沒有說一聲「謝謝」，一屁股坐在副駕駛座上。以後要是誰搶凱特的位置，凱特準會給他一點顏色瞧瞧。

到了補課教室的時候，已經是傍晚五點半。麗娜和「大閨女」杜蘭特早就已經等在教室裡了。他們趕緊命令孩子們在位置上坐好，馬上開始寫作業。

凱特問起以前準備的「小點心」現在在哪裡。麗娜看到那麼多孩子那麼遲才到補課教室，心情本身就不好，硬生生地回答了句：「六點鐘的時候就快吃飯了，還惦記著小點心？」說完，轉身準備給自己房間裡的孩子檢查作業去了。

露西坐在位子上面，眼睛盯著《家校聯繫本》上的作業發了愁。這麼多作業她怎麼寫得完啊？她翻開了一本口算練習，還剩最後一單元的總複習沒有做。數學老師教給她的做題方法，她都已經忘記了，她忘記了分數怎麼算，忘記了概率怎麼求，忘記了小數乘法、小數除法的進位和退位，忘記了位置和方向到底是怎麼一回事，忘記了多邊形的面積怎麼求，就連以前學過的長方形正方形的邊長和面積到底是怎麼一回事都忘了……對於她來說，呈現在她面前的，是密密麻

麻的天書。

「這題目那麼難，到底該怎麼做嘛！」露西嘴巴翹得高高的，眼眶早已透紅，她的身子在位子上扭了扭，繼續小聲嘀咕道，「為什麼要把題目出得那麼難啊！老師為什麼要我們做那麼難的數學作業啊……」露西一邊說，一邊眼淚止不住地流了下來。她的身子不斷地扭動著，凳子發出「吱呀吱呀」的響聲，右手舉著筆，眼睛噙滿淚水，轉過頭看著時鐘。「這種作業今天怎麼做得完，明天週末休息，為什麼不能帶回家去做呀！為什麼不能帶回家去做呀！」

凱特見到了，在旁邊低聲罵道：「你煩不煩呀！不想做就不要做嘛！幹嘛影響其他人啊！」

在一旁的查理看到了，興沖沖地舉起手來，說道：「老師，她哭了！」

「大閨女」剛開始想眯著眼睛當作自己沒有看見，被查理這麼一揭發，就必須管一管了。

「露西啊，你怎麼哭了呢？」「大閨女」繼續以一種娘娘腔的語調問道。

「作業太多……我……我今天做不完的啦！」露西哭得更加傷心了，拍了幾下桌子，掩面而泣。

拍桌子的聲音被另一個房間的麗娜聽到了，麗娜從房間裡出來，詫異地問道：「怎麼啦？」

查理高聲說道：「老師——！她說作業太多了，今天做不完。」

「作業怎麼會做不完呢？」麗娜走過來，拿起露西的《家校聯繫本》，翻開來看了起來。看了一下，麗娜便說道：「可能是因為期末的原因，又趕上週末放假，作業確實有點多……這樣吧，你今天做一會兒，做不完的作業，你可以帶回家明天做，好不好？」麗娜側下身子，像是向顧客徵求意見。

「不嘛！我現在就想回家去做！」露西「嗚嗚」地哭著，竟趴在桌子上抽泣了。

「大閨女」站在一邊，不知所措，仿佛遇

到了讓人猶豫難解的難題。倒是凱特的反應很激烈：「露西，你煩不煩啊！不想做也別打擾別人做作業好不好！」

「凱特！」麗娜向凱特喝了一聲，凱特住了嘴。

沒想到經凱特一說，露西的哭聲竟然小了很多，過了一會兒，竟然沒有聲音了。只是她繼續趴在桌子上，不肯抬頭。

麗娜一看，轉身回到自己房間裡去了。小孩子不肯花在補課班買來的時間做作業，又關她什麼事呢？倒是「大閨女」躡手躡腳地走到她的身邊，拉一下她的衣襟，說道：「露西，做一會兒作業吧！」大閨女的語氣像是勸解，又像是請求。

露西趴在桌子上，如同一塊頑石，彷彿沒有聽見「大閨女」的請求，又彷彿鐵了心似的不肯起來。「大閨女」見露西不肯起來，也就不再去管她了。

其餘孩子連做作業的時間都來不及，也不用說去管露西了。

過了一會兒，凱特拿出一張「看音標寫得語單詞」的練習，交給「大閨女」檢查。「大閨女」剛看到這張練習有A3紙那麼大，前後兩面都是密密麻麻一百題「看得語音標寫單詞」，心裡不由得一涼。這時，凱特交給了大閨女一張一模一樣的，以前老師批過的，她早就已經訂正好的「看音標寫得語單詞」。只要大閨女用凱特「訂正好的那一張」，跟凱特做的一張進行對照，就能很快發現凱特的錯誤。

「大閨女」仔細對照了一會兒，一拍腦袋，發現不對。他發現在凱特訂正好的那張練習裡面，發現好幾個錯誤凱特的得語老師沒有改出來的。他很細心，在凱特訂正過的練習紙上，把凱特老師沒有改出來的錯誤一個又一個改出來了。他數了數，令他吃驚的是，凱特沒改出來的錯誤，竟然有十三個，十三個拼寫錯誤的單詞竟然被老師忽略過去了，而凱特的得語老師批改出來的錯誤，卻只有九個。沒改出來的錯誤竟然比

改出來的錯誤還要多，這究竟是哪一個粗心的老師啊。

「大閨女」又拿起另一張練習仔細一對照，呵，原先凱特沒改出來的單詞，在另一張練習上面也是錯的，就連拼寫錯誤都一模一樣。這兩張練習，究竟帶給凱特拼寫單詞的幫助大，還是帶給凱特的危害大，「大閨女」心裡不清楚，他也沒有時間細細考究。他在兩張練習上錯誤單詞的旁邊都打了個「叉叉」，交給了凱特。

凱特接過「大閨女」檢查過後的的練習，又拿著一張英語練習說道：「老師，這張英語練習老師讓我們自己先做一下，等上學的時候，老師說她會把答案貼出來的，到時候讓我們去對照一下就好了。這就不用給你檢查了吧！」

「大閨女」問道：「凱特啊，既然老師在這裡為什麼不讓我檢查一下呢？」凱特說：「老師說這張練習她複印的時候複印錯了，上面的題目很多都是六年級的英語題目。老師讓我們回家的時候會做的都做好，不會做的對一下答案也沒有關係。」凱特舉起練習，把練習的正面在「大閨女」面前晃了幾下，又把反面在「大閨女」面前晃了幾下，繼續說道：「老師，你看，我都已經做好了，就不給你檢查了。」

「大閨女」點了點頭。他心裡清楚，凱特不給他看這張練習，說明這張練習十有八九她是亂做的，怕檢查出來的時候，一樣樣訂正，麻煩。凱特怕麻煩，「大閨女」也怕麻煩，不如睜一隻眼，閉一隻眼，又有誰能知道呢？

過了不久，晚飯時間開始了，麗娜的爸爸和媽媽給孩子們打好飯菜，一個一個端給孩子們。下午孩子們上了半天課，許多孩子還留了晚學，早就餓得不行了，哪裡還管得上收拾桌子上面的書本和作業，端起盤子就吃了起來。麗娜看到孩子們桌子上堆得亂七八糟的，看起來不太好，指示孩子們把桌子上的東西整理好放到書桌的抽屜裡面。有些孩子根本顧不上整理，直接把作業團整一下，團成一團塞了進去。很快，孩子們的桌上面都變得乾淨整潔了。

經過家長們的強烈要求，麗娜家為孩子們準備的晚餐好了許多了。原先的油炸肉片，變成了雞塊，又加了兩個小小的貢丸，土豆絲變成了小青菜一疊，外加一碗小清湯。麗娜還告訴孩子們，如果有什麼想吃的，都可以去廚房外間老師的餐桌旁去取。孩子們一個個排隊取了一些魚肉，番茄炒蛋和黃鱔羹來，菜式豐富了許多。愛因斯坦覺得飯菜沒有像以前那樣難以下咽了，只是愛因斯坦覺得他們的盤子洗得不夠乾淨，上面掛著一層層的油膩，即使是可口的飯菜，放到油膩的盤子上面，總歸是有些噁心。但是食物已經放上去了，愛因斯坦再怎麼做也沒有用了，半天的學習後，他早就已經餓了，只能硬著頭皮低頭吃了。

當餐盤放到露西面前的時候，露西就坐了起來，舉起勺子吃了起來。她的兩眼仍然紅紅的，一副受盡了委屈的樣子。不過，她的胃口似乎沒有什麼影響。她吃了一碗以後，繼續去麗娜爸爸那裡要了一些菜和飯。

在孩子們補課間的另一邊，「大閨女」和麗娜的父母一起吃著飯。麗娜的父親笑嘻嘻地對他說道：「杜蘭特老師，這一學期辛苦你了，飯菜要吃多吃點呀！」「大閨女」杜蘭特在旁邊看了麗娜的爸爸一眼，說道：「哪裡，能夠為你們帶一下孩子，是應該的。」兩邊互相客套了幾句。

又吃了幾口菜以後，麗娜的爸爸沉思了一會兒，對杜蘭特說道：「杜蘭特老師啊，今天孩子們的作業比較多，以前你都八點以前回去的，從今天開始你能不能稍微晚一點回去啊，把孩子們的作業都帶帶掉。反正你明天也休息。」

杜蘭特臉上顯出一絲不快，略微思索了片刻，說道：「這個嘛……我今天跟朋友約好了，晚上要出去玩一會兒，恐怕沒有時間……再說，不是以前說好的，反正八點之前我就可以回家了嗎？」

麗娜的爸爸說道：「話雖是這麼說，只是孩子們今天作業比較多，她一個人帶帶比較累，如果沒有什麼特別重要的事情的話，最好還是幫助我的女兒分擔一下，待到八點半……現在期末階段了，你以前一直八點鐘之前回家，我女兒可是要一直帶孩子帶到九點多，非常辛苦……」

杜蘭特搖搖頭，繼續推托道：「這個你女兒非常辛苦，我也很同情，可是今天我實在是有事情，不方便……平時，我雖然每天八點之前走的，但是班級裡面也已經在進行複習工作了。我每天批試卷都要批到十點呢！」

麗娜的爸爸喉嚨到鼻孔間發出一聲輕微的低沉吟叫，低下了頭，掛著兩撇小鬍鬚的臉上也顯得分外嚴肅，三個人在餐桌邊低頭吃飯，沒有再響過一聲。

等到「大閨女」杜蘭特回到補課教室的時候，麗娜同杜蘭特微笑了一下，便走進另一邊的小門去吃飯了。除了雷諾和瑞德，大多數小孩子都已經吃好了晚飯，拿起作業做了起來。只有露西，還在望著家校聯繫本上的作業發愁。

杜蘭特好奇地走到露西旁邊，看看露西的家校聯繫本上，到底佈置了多少作業？只見上面寫著：

得語：

1.看練習兩張（ ）

2.日記一篇（ ）

3.準備聽寫第一、二、三單元詞語。（ ）

4.讀第一單元要背的內容兩遍。（ ）

數學：

1.看練習兩張（ ）

2.口算綜合練習看完。（ ）

英語：

1.讀練習兩張（ ）

2讀一到三單元單詞四遍（ ）

……

杜蘭特看了，愣住了。在旁人眼裡，這似乎都只有讀讀，看看，準備準備的作業。但是杜蘭特明白，這些讀啊看的作業，其實都是要動手寫的作業。比如說「讀看練習」，其實就是讓孩子們把一張A3紙上印滿題目的練習做完。自從有了來自省教育局的「星星學校」評估組進行檢查以後，家校聯繫本裡面就多了這種暗語。因為檢查組的領導其中有一項工作便是檢查家校聯繫本裡面的作業佈置情況。一旦發現一二年級有書面作業佈置，三，四、五，六年級試卷和抄寫佈置的作業過多，就要相應地扣除星星評估的分數。他們再根據分數評定星級。每個學校都想要把自己的星級提得高一點，又不肯少佈置作業，只能把家校聯繫本所有寫的作業都改成聽讀的作業。

按照這種計算，露西週末需要完成的練習，得語、數學、英語加起來總共需要完成六張，還要附加上口算裡面的綜合練習，得語的一篇日記。另外，得語的聽寫和英語的聽寫內容也比較的多。三年級得語每單元需要聽寫的詞語少說也有三十個，三個單元得語單詞加起來，露西需要準備的得語聽寫少說也有近百個單詞。英語的「讀一到三單元詞語四遍」，其實就是抄寫一到三單元的詞語四遍。

這個作業，光是讓成年人看看，就毛骨悚然，更何況面對它們的僅僅是一個五年級的小學生。難怪露西看到了會焦躁乃至哭泣，也難怪麗娜老師看了一眼露西的《家校聯繫本》，頭也不回地就走了。按照露西媽媽對補課班的要求，她希望自己的孩子在當天做完週末的作業，當天老師檢查好作業。可是沒有想到的是，在期末階段，這幾乎是要求露西去做不可能完成的任務。

露西坐在位置上，就這麼乾等著家長來接，其他孩子作業似乎並不多，沒有被作業嚇倒。

過了一會兒，海蒂把數學的一張多一點的練習和十題練習本上面的列豎式計算交給了「大閨女」檢查，並告訴他，她的作業只剩下得語一張練習和抄英語單詞了。看來海蒂的作業已經做得差不多了。

海蒂的作業雖然少，檢查起來卻十分的麻煩，數學裡面求圓錐圓柱的題目讓「大閨女」十分地頭疼。裡面的運算比較複雜，往往需要3.14乘以一個兩位元或者三位元的數字，要是「大閨女」不用計算器，準要算個大半天。即使「大閨女」身邊有計算器，有些應用題要思考出題目的解題思路，也並不是什麼容易的事情。因為這些題目大多是跟生活密切相關的題目，題目中又加入了一些條件來迷惑小孩子。比如有一題

「小明新買了一支淨含量五十四立方cm的牙膏，牙膏的圓形出口的直徑為六mm，他早晚各刷一次牙，每次擠出的牙膏長約廿十mm，這支牙膏估計能用多少天？」

這道題目裡面，一個單位是毫米，一個單位是立方釐米，需要互相轉換度量衡，才有可能把題目做正確。題目中又有早晚各刷牙一次的迷惑條件，不要說是小孩子，就連老師一不留神也會做錯。

海蒂做完一樣作業，一抬頭，看了「大閨女」一眼，看見「大閨女」正低著頭檢查她的作業。海蒂說道：「老師，我的作業你可要檢查得仔細一點，上次你檢查的作業有一題是錯的。」

海蒂拿出「數學方叢」，把他檢查錯誤的那一道題目出示給「大閨女」看，只見第二題求「圓柱圓錐」的應用題下面，赫然用紅筆打了一個大「叉叉」，「叉叉」上面又劃過兩條杠，意思這個「叉叉」已經去掉了，題目已經訂正好了。大閨女一看，原來是求圓柱材料的分量，題目中要求學生求的是「噸數」，而題目給出的單位是「千克」。海蒂求出來的是千克，「大閨女」沒有注意到，把這個小錯誤漏過去了。

「以後不要再那麼粗心了啦！不然我可能會被老師批評哦！」海蒂用一種戲謔的態度對「大閨女」說道，彷彿海蒂沒把單位換算好，是「大閨女」的錯。「大閨女」也不和她理論，說了一聲「哦」，繼續檢查起來。

「啪」的一聲又一聲，作業一本又一本地扔在了補課房間裡面的圓桌上。等到「大閨女」檢查完海蒂的一張數學練習時，圓桌上孩子們的作業已經有好幾份了。「大閨女」又拿起一份作業，低下了頭檢查了起來。

查理看其他趁「大閨女」沒有注意，偷偷地跑到圓桌前，整理起圓桌上的作業來了。他把桌上的練習和本子疊在一起，把自己的練習放在上面，別人的練習放在下面，這樣，「大閨女」後面拿起的作業，就都是查理的了。

「老師，他『插隊』，把我們的作業都放在下面，自己的作業放在上面。」查理的「小動作」，被凱特發現了。

「大閨女」向圓臺桌望了過去，立刻明白發生了什麼事。他走了過去，批評道：「哎呀！檢查作業要講究個先來後到的，不能插隊的！」

「大閨女」帶有娘娘腔的話音剛落，孩子們中間發出了一陣稀稀疏疏的笑聲。

「大閨女」走到查理面前，一把奪過查理手中的「作業」，動作好似一個搶走小孩東西的大小孩。他把查理的作業本和練習都放在了最後。「哎哎哎！」查理一邊舉起雙手手掌張開向他揮舞，一邊發出誇張的叫聲，「我這本口算本來就是最早放到上面去的，本來就是最早放到上面去的……」孩子們看到查理誇張的表現，也都哈哈大笑起來，他們報補課班前，從來沒有預料到，作業晚托班會帶給他們許多這樣的快樂。

「大閨女」拿過練習本，選擇最上面一張伊凡的練習檢查了起來。「大閨女」告訴孩子們，以後直接把作業本交給他面前。

查理嘴巴一翹，回到了座位上，竟然哭了起來……「大閨女」又花了好些時間，在查理身邊好好勸說，還把它的作業往前稍微提了幾位，他才止住了哭泣……

時鐘接近七點半時，露西的媽媽來接露西了。麗娜和「大閨女」把露西的情況告訴了露西的媽媽。露西的媽媽生氣道：「小孩子怎麼能不聽老師的話，不認真做作業！快去做作業！」露西噘著嘴巴撒嬌道：「作業太多了啦，今天無論如何是做不完的……」露西不斷地念叨著，一副跟露西的媽媽抗衡到底的樣子。

露西的媽媽看了一下時間，已經不早了，她所喜愛的電視劇很快就要開始了。她也知道自

己女兒的性格，向來是說一不二，無論大人在她旁邊說多少好話和壞話，她都不會回心轉意。「現在的孩子怎麼那麼不乖」，「不做完就不用回去了」……她一本正經地責備著，心裡卻是在絕望中做最後的掙扎。可是她女兒卻哭紅著雙眼坐在那裡，一動不動。為了防止女兒的乖戾行為影響到她看電視劇的時間，她急需補課的老師給她一個臺階下。

見露西的媽媽很生氣，麗娜和藹地勸說道：「可能是週末了，學校的作業真的有點多，她平時在補課班的時候很認真的，今天啊，她的老師又放的有點晚，回來的時候又晚了，所以她才會這樣……」

「真是越來越難管了！」露西的媽媽皺著眉頭說道，隨後，她斂了一下眉，對麗娜說道：「也許期末了，老師佈置給學生的作業確實很多，小孩發生急躁的情緒的也是難免的……」

露西媽媽情緒的轉變有些突然，麗娜竟一時不知道該怎麼回答。

「來來！露西，整好書包，我們回家再去做作業。」露西聽了，原本如雕像一般頑固的身軀開始動了起來。她那一副滿臉受盡了委屈的樣子，突然也變得舒緩了許多。她在桌上收拾起文具來，只做了三道題目的口算作業，疊在她的所有作業裡面，慢慢地放進了書包。

「跟老師說再見！」露西的媽媽說道。

「老師再見！」露西向兩位老師揮了揮手，麗娜也向露西揮了揮手，只是「大閨女」，還埋著頭檢查伊凡的作業，似乎沒有聽到露西的告別……

等到露西走後，麗娜回到了里間繼續檢查作業。

而「大閨女」開始一聲又一聲急躁地斥責伊凡。

「哎呀呀，這題我都給你講了多少遍了，你怎麼還是不會做啊！」「大閨女」指著一道應用題說道，臉上滿是焦急的神色。

伊凡拿起橡皮，擦了起來。

「哎呀呀，這一步你又沒有錯，誰說你這題錯掉了啊！你錯掉的是下一個算式，前面一個你列的算式是對的！」伊凡拿起了橡皮，擦了起了下一個式子。「大閨女」看得皺起了眉頭，以一種充滿嫌棄的語氣說道：「哎呀，好了好了，全部擦掉吧！我一步步地教你，你一步步地寫……」

「十五乘以四加一百二十五」

瑞德在作業本上寫下了「15×4+125」

「等於多少呢？等於一百八十五……」

「大閨女」直接報出了答案。

「三點一四乘以四的平方，加上四乘以四乘以五等於多少」「大閨女」繼續說道。

「什麼？」肯定是「大閨女」報得太快了，導致伊凡一臉茫然地看著「大閨女」

「先三點一四乘以四的平方」「大閨女」怕他跟不上，乾脆一段一段地報給他聽。

「再四乘以四乘以五……」大閨女見他在後面直接又列了一個四乘以四乘以五，連忙制止道，「是在後面加上四乘以四乘以五，不是再列一個式子……」

「聽懂了嗎？」不知什麼時候，伊凡的爸爸悄然走到了「大閨女」和伊凡身邊。他看了一眼伊凡手上的作業，又看了一眼伊凡，問道。

「大閨女」只是往旁邊瞟了一眼伊凡的爸爸，仍然低著頭，盯著伊凡寫作業。

伊凡看到爸爸來了，神色中流露出一絲慌張，他看題目時的表情也變得有些畏畏縮縮。他眼神木然地望著式子，握筆的動作變得僵硬而不再協調，手臂彷彿變成了挖掘機機械臂。

「聽懂了嗎？」「大閨女」又問了一聲，聲調比起剛才緩和了許多，在家長面前保持了自己的風度。

沒想到「大閨女」一問，伊凡握筆的「機械臂」竟然定在了半空中，再也沒能動一步。

伊凡的爸爸看到了，有點不耐煩地說道：「你到底懂了沒呀？」

伊凡沒有看他的爸爸，依然死死地盯著作

業本，似乎要用眼睛把藏在作業本裡面的答案給摳出來。「大閨女」很尷尬，如果伊凡能夠直白地說出自己「懂了」或「還不懂」，他就好繼續教下去，如果他一直這麼保持沉默狀態，倒讓他不知道該怎麼教下去了。

「你他媽到底是懂還是不懂啊！」一聲驚雷似的怒吼，響徹整個補課班的房間。愛因斯坦嚇了一大跳，筆從手中滑落了下來，「啪嗒」一聲掉在了地上。整個補課房間裡面的孩子，都怔怔地望著眼前這一幕。

只見伊凡的爸爸扯著伊凡的耳朵，把他拉到了補課間的門口，一邊拉著他的耳朵，一邊還憤然地罵道，「你到底是懂還不懂，你為什麼不說一聲啊！從來沒有見過你那麼蠢的！」伊凡的爸爸鐵青著臉，清瘦的面龐上，小小的兩撇鬍鬚隨著嘴裡的呼氣聲一抖一抖，看來他被氣得不輕。他蓬亂的頭髮和破舊的、充滿油膩味的衣服上，散發著一天辛苦工作的氣息。

「啪！」「啪！」兩聲重重的巴掌聲，把正寫作業的孩子們的注意力都集中到了伊凡的爸爸和伊凡身上。只見伊凡被他的爸爸甩在一側，兩眼噙滿無辜的淚水，兩頰卻被打上通紅的印記。難受、痛苦、不願、不堪、委屈……似乎沒有一種情感，可以恰當地描繪出他的感受。然而他又是如此地巋然不動，與其說伊凡像是一具木偶，還不如說他像一座栩栩如生的雕像。

「老子辛辛苦苦把錢賺過來投到你身上，是為了什麼啊！你這個畜生，不好好學，看我不打斷你的腿！」說著，他舉起手又向伊凡的身上揍去。

這個補課班裡，一直都是麗娜負責跟孩子的家長進行溝通和聯繫的，可是看到這一幕，麗娜只能呆呆地站在補課房間的門口，生怕一不小心被這位脾氣暴躁的家長傷到了。倒是她的媽媽，不知什麼時候注意到這裡發生的一幕情景，衝到了伊凡爸爸面前，極力地勸說道：「有什麼話不能好好說呢！幹嘛非打孩子不可啊。比起以前，他已經很努力了，偶爾遇到什麼難題，做不出，也是正常的呀！」

伊凡瞪了他爸爸一眼，似乎聽了麗娜媽媽的話以後，又重新鼓起了勇氣，想要「據理爭鬥」。

「再給我瞪一眼試試！！」伊凡爸爸的話猶如一陣霹靂，所過之處，伊凡的「勇氣」瞬間瓦解得蕩然無存。見到伊凡的爸爸又抬起手，準備向伊凡揍去，伊凡低下了頭。伊凡爸爸的手停在了半空中，並沒有揍下去，也許是他看到伊凡低下了頭，認為伊凡認識到錯誤了。

見伊凡的爸爸停止了叫罵責打，麗娜的媽媽和麗娜開始進行勸說，麗娜甚至親自輔導起伊凡數學作業來了，講得特別耐心。愛因斯坦從來沒有看到過麗娜那麼耐心負責地輔導過學生作業，她平時都是動不動就責罵學生的。愛因斯坦還記得上次，一位一年級的孩子沒有認真聽講，讀不出得語音標。從愛因斯坦的座位上，就可以聽到麗娜嘶吼著叫他認讀單詞和音標，拍打小孩子頭部的「劈啪」聲不絕如縷。那時愛因斯坦正去小房間灌水喝，正好看到了如此可怕的一幕。只見麗娜猙獰著臉，左手撕扯著那個一年級小朋友的耳朵，另外一隻手卻指著一張練習，不斷地歇斯底里、近若瘋狂地叫他認讀練習紙上的單詞。一年級的小朋友臉上沒有任何表情，說不出悲傷，也說不出難受，也許他是早已嚇得靈魂出竅，致使他無法做出任何表情。一旦小朋友讀錯一個音或是讀錯一個詞，那只指著練習的，秀氣的手會飛速從書桌上彈起，伸手便是一個巴掌……輔導伊凡作業時，麗娜的溫柔和耐心，讓愛因斯坦著實有些吃驚，不過愛因斯坦沒有多想，他還有許多作業要做。

過了沒多久，伊凡的爸爸叫伊凡背上了書包，回了家。見到有兩個孩子回家了，補課班裡的其他孩子都開始坐不住了，查理和亞索停下了筆，對「大閨女」說道：「老師，我作業做累了，想休息一會兒。」「好的。」「大閨女」回應了兩個字，甚至連頭都沒有回一下。這時，海蒂也做完了最後一份抄寫作業，在座位上翹起了

「二郎腿」，坐等媽媽來接了。愛因斯坦更加沒有心思做作業了。

愛因斯坦已經在前面一段時間裡，做完了一張得語練習，一張英語練習和一張數學練習，他的作業只剩下英語抄寫作業和日記了。只是，愛因斯坦經過一天加一個傍晚的學習，已經感到很累了，手也有點酸，他現在只想休息。但是，若是待會兒爸爸來接了，問起愛因斯坦作業完成了沒有，他若是說沒有完成，肯定會遭到爸爸的一陣臭罵。如果繼續加把勁做作業，也未必能把作業做完。英語抄寫作業需要抄寫後面四單元的單詞四遍，每個單元有新單詞大約二十個，算起來總共要抄八十個單詞，每個單詞需要抄四遍，也就是說需要抄三百二十個單詞……得語日記要寫三百五十個單詞以上。現在已經是七點三十多分了，半個小時內爸爸就會來接，看來，愛因斯坦無論如何都無法在爸爸來接前完成作業了。更何況，現在愛因斯坦只想休息，沒有一絲一毫做作業的「鬥志」。

「老師，我作業已經做完了。這個日記和抄寫，我學校裡做完了，你看……」愛因斯坦把家校聯繫本拿了出來，攤在了「大閨女」面前，接著用拉鍊拉開書包，做出一副準備把抄寫作業和日記拿出來的態勢。這時，「大閨女」正在瑞德的數學作業上標注答案，他準備讓瑞德按照「大閨女」標注的答案，把錯誤的答案訂正過來。他密密麻麻地改了一大堆，正愁不知道該怎麼去跟瑞德解釋，現在哪裡有時間去看愛因斯坦的作業呀！

愛因斯坦瞅準了時機。他並沒有把英語抄寫作業拿出來，也沒有把得語日記拿出來，只是做了個樣子，便待在一旁發起了呆。但是這時候，愛因斯坦腦子裡面似乎被什麼亂七八糟的東西給佔據了，他無法像以前那樣仔仔細細地思考，為什麼落葉會變黃，為什麼冬天會變冷。這種糟糕的滋味，愛因斯坦以前是從未遇到過的。

等到傍晚七點四十五分，愛因斯坦才坐上了爸爸的自行車離開了補習班。寒風一陣又一陣地吹過，雖然不猛烈，卻有著徹骨的寒冷。愛因斯坦頭上罩著厚厚的連衣帽，兩條鼻涕在寒風的吹促下，流了下來。

愛因斯坦沒有說一句話，只是偶爾地吸一下鼻涕，鼻涕才不至於掉下來，落到爸爸的自行車上。不過，流鼻涕也有好處，這樣，愛因斯坦就聞不到爸爸身上那股難聞的油膩味了。

愛因斯坦已經好久沒有跟爸爸在自行車上聊天了。他不知道為什麼，每次一跟爸爸聊天，總會無故地招致爸爸的臭罵，或是說他不體諒大人，或是說他沒有好好學習，或是說他對知識不夠渴望……反正不管聊什麼話題，他總能找到藉口把自己的孩子罵一頓。

路燈的燈光照著愛因斯坦父親清瘦的面龐，映襯著他那陳舊的，打著機油污漬的衣服。本身家裡收入就不高，愛因斯坦的父親為了給愛因斯坦補課，家裡節衣縮食，才勉強地支撐度日。他是多麼渴望看到愛因斯坦成績的飛躍呀！補課有沒有效果，到底還得看期末考試的時候他的成績，但願一切如他所願，錢沒有「打水漂兒」吧！

自行車的車鏈子「吱扭吱扭」地響著，在凜冬的夜裡。

各種原因的停課

在得國人民的印象中，得國的學校總是在假期休息，在平日上學上課。在得國人民的印象中，得國的學校總是以這種假期模式運轉的。但是，除了雙休假期和寒暑兩個長假外，得國小學生其實還有一個假期——因為各種自然災害停課的假期。

愛因斯坦記得他二年級上半期期末的時候，就因為一次寒潮放過假。

放假前那天下午，天陰沉沉的，陣陣北風呼嘯著掠過學校的屋頂，冰冷刺骨。愛因斯坦的教室裡面沒有空調，沒有暖爐，僅僅依靠著幾扇

薄薄門窗，抵抗呼呼大響的寒風。教室裡，孩子們的手雖然凍得紅紅的，卻一邊跟著吉娜老師打音樂的節拍，一邊唱著音樂課本上的歌曲。

一片、兩片，三片，不知道有什麼東西，輕舞著從愛因斯坦的窗戶前紛紛飄下。教室裡面的迪克心思沒有對準講臺上吉娜的講解，一眼就瞥見了窗外飛舞的雪花。「外面下雪了……」迪克低聲說道。

「下雪了，下雪了！」納依弗聽到了迪克的嘀咕，望向窗外，一眼就瞥見了這些外面紛落的精靈，激動地喊了起來。要知道，在冬季還算溫暖的沃克市，下雪可是非常稀奇的事呢！這怎麼能不引起孩子們的好奇呢？

吉娜一開始臉色一沉。看到自己準備的音樂課被打斷，她恨不得狠狠地批評納依弗一頓。但是她又想起自己小時候也是非常的喜愛雪花，也就釋然了。她一邊和孩子們一起觀察雪花，一邊打著節拍，哼起了歌曲《雪絨花》。不一會兒，教室裡傳出了一陣陣稚嫩的雪絨花歌聲。

下課了，孩子們趴在陽臺邊欣賞雪景。雪已經下得很大，整個校園都籠罩在大風雪的白色幕布裡面。從二樓望去，街上、路上、樹梢上、屋頂上，都漸漸染上了像牛奶般純白的顏色。

「愛因斯坦，老師叫你去辦公室訂正得語作業！」得語課代表珊迪從遠處向愛因斯坦喊道。愛因斯坦正對著美麗的雪花發呆，被珊迪這麼一喊，一個激靈，只好默默地回到教室，從抽屜裡的鉛筆盒裡取出鉛筆和橡皮，從走廊走向西邊的辦公室。一路上，雪花夾雜著陣陣寒風片片飛舞，觸到了愛因斯坦的頭上，手上。愛因斯坦一邊走，一邊不時地望向教學樓外紛紛揚揚的雪花，即使走到辦公室前面，愛因斯坦仍然看了一眼窗臺外的雪景，像是告別重逢的朋友一般。

愛因斯坦轉過頭來望向辦公室，看到的則是另一派景象：辦公室的鐵門和鋁合金的窗戶關得嚴嚴實實的，好像一座封閉的監獄。透過窗簾，看到老師們或是在忙碌改作業、或是在清閒地聊天。

愛因斯坦推開了門，一股暖氣迎面撲來。那是空調暖氣的風。「報告！」愛因斯坦敬了個禮，走進了老師溫暖的辦公室。在格瑞德的身旁，孩子們正低著頭改寫作業。看到愛因斯坦進來了，格瑞德拿起一本作業本，指出作業本上面愛因斯坦的錯誤，叫他馬上訂正好。

這時，站在一邊倒熱水的妮娜說道：「今天雪下得這麼大，明天會不會放雪假啊？」比特說道：「不知道，看如果雪下得真的很大，明天就有可能，具體還要看教育部的通知。」費安娜看了一下校曆，離元旦長假只有最後幾天了，她說道：「最好明天放假，我就可以躺在被窩裡睡到中午十點起床了。不過這個雪可不要在元旦假期下啊，元旦的時候我還要和朋友一起出去逛商場呢！」

辦公室的凱內老師已經四十多歲了，他極富幽默感，是辦公室裡面的「段子手」。他聽了費安娜的話，又望了一眼窗外的雪花，忽然靈感大發，出口就是一個段子：「一場優秀的雪應該是不佔用週末，不影響假期，開始來勢兇猛，全市立即停課，但馬上停了下來，在第二天立刻陽光普照。如果認真配合元旦假期的節點，把原來的假期不小心延長一天，那不僅是優秀的雪，簡直就是一場卓越的雪。」

辦公室的老師都哈哈大笑了起來。就連在一旁努力批改作業的格瑞德都笑了起來。妮娜老師誇讚道：「凱內老師出口成章，我看不僅是優秀的段子手，更是卓越的段子手！」

愛因斯坦聽了恍然大悟，原來老師們其實也是不想上班的。他自己也巴不得盼望雪能夠下得大一些，要是能夠大到路上積滿雪，幫助他逃離這種像囚犯一樣的學校生活，逃離繁雜的課業負擔，那就更好了。愛因斯坦的願望看來不會落空，雪越下越大，路上積滿一層厚厚的雪。

第四節課的時候，廣播裡傳出校長馬克娘娘腔的聲音：「請各位老師和同學注意下……請各位老師們同學們注意一下。」學校很少在上課時間通過廣播向師生傳達消息，這次可以說是第

一次。比特講試題講到一半，便停了下來。孩子們也坐端正了，看來有什麼事情要發生了。

「老師們，同學們，由於雪下得非常大，經教育部通知，明天全市中小學停課一天……」

「好哎！」教室裡的同學們發出一陣歡呼。幾乎同時，隔壁班的教室裡面都發出了孩子們的歡呼聲。正在上課的比特看了孩子們的表現，也哭笑不得。他沒有因此生氣，自己何嘗不希望能夠多一天假期，好好放鬆一下呢？

「今天傍晚，請各位班主任老師立即放學，務必在傍晚四點前，不留學生在辦公室。路遠的孩子，請班主任打電話叫家長來接。」洛珈的臉上浮現出一陣輕鬆，今天放學終於不用留在辦公室裡面補作業了。而同樣要留下來的瑪塔、維塔和霍姆沃克卻面無表情，他們也許還不知道這個廣播對於他們來說，意味著什麼。

很快，下課鈴聲響了，比特匆匆佈置了作業，便趕去二（一）班教室。格瑞德很快就拿著一疊紙進來了。她指著窗外紛紛揚揚的大雪，對孩子們說道：「由於雪下得非常大，明天停課一天，大家不用背著書包來上學。另外，請大家回家時注意安全，沒有帶傘的同學和路遠的同學，可以去各個辦公室打電話叫爸爸媽媽來接。聯繫不到爸爸媽媽的同學，可以在學校門口等爸爸媽媽來接……」格瑞德唾沫橫飛地說著，也不管底下的孩子能不能聽懂。

這時，納依弗舉手問道：「老師，你的意思是不是說明天休息一天。」

格瑞德點點頭，並把她手上的那疊紙交到了班長弗雷特手裡，叫他發給每個同學一張。不一會兒，孩子們手上都拿到了這張紙。紙的上方寫著「告家長書」幾個詞，下面便是告家長書的內容，大致意思是由於下雪，全市中小學生停課一天，請各位家長教育孩子在家裡注意安全，以免發生意外。

格瑞德又在佈置的作業欄裡面加上了一項，「明天停課一天，請注意安全」，叫孩子們原原本本地抄進《家校聯繫本》去。格瑞德本來並不想弄得那麼繁瑣和麻煩，無奈，這是校長親自要求這麼做的。只有這樣做了，即使孩子們在放雪假期間出現什麼安全事故，也不會追究到學校的頭上。

愛因斯坦望向窗外。對面行政樓的屋頂上的瓦片全部都已經白了。樹枝也因為上面掛著一層積雪，沉沉地垂了下來。地上，原本水泥的青灰色也已經隱沒在一層薄薄的積雪下。家長孩子在學校陸陸續續走進接出，在雪地上留下了一個個大大小小、深深淺淺的腳印。愛因斯坦覺得，要是明天還來上學，準會有學生一不小心在地面上滑倒。看來，雪天放假的決定是正確的、應當的。

就這樣，伊斯特小學二年二班的孩子們，第一次經歷了一次因自然災害而引發的假期。

其他時節，一般不會下雪，也不會刮起風暴，老師和學生從來沒有指望過，在這樣的天氣，能有一次像樣的，白得的假期。但是這一天居然來到了。

早晨，愛因斯坦從窗戶外一看，外面迷霧濛濛的，像是發起了大霧。但是愛因斯坦知道，這不是一般的大霧。愛因斯坦二年級的時候遇到的大霧，都是白茫茫的，雖然有時候能見度不是很高，但是只要小心慢行，絕對不會有什麼意外會發生。但是這次發起的霧卻是灰黑的，好似著火的地方，所瀰漫出來的煙氣。

不管外面的是霧氣也好，是煙氣也好，這天不是休息日，上學還是必須去的。愛因斯坦刷了牙，洗了臉，草草收拾了一下，便告別媽媽，起身趕往學校。

半路上，愛因斯坦買早餐的時候，從早餐店人們的聊天中聽說，這不是大霧，而是霧霾。愛因斯坦不知道這霧霾究竟是什麼東西。但是聽點心店的人說，這空氣中的霧霾是有毒的，愛因斯坦著實嚇了一跳。他忽然間很害怕，自己變成電視中中毒人的場景，七竅流血而死。他捂住了嘴巴，奔向學校，期待學校教室裡面的空氣能夠好一些，把外面有毒的空氣都抵擋住。

到了學校，走進教室，得語課代表珊迪在教室裡面已經領讀起了得語課文。教室裡的那幾個調皮的孩子，科比、帕斯達特和迪克，仍舊搖頭晃腦不肯好好讀課文，珊迪在一旁不停地管教著他們，並威脅他們如果再不好好讀書，就會把名字記下來交給老師。一切似乎跟以前一樣，愛因斯坦也坐了下來讀起了課文，把路上遇到的霧霾場景拋在了腦後。

第一節下課後，班級裡的孩子向往常一樣，等待著廣播裡響起去操場做操的鈴聲，可是鈴聲遲遲沒有響起。孩子們顯得有些不知所措。到底是不是廣播已經壞掉了？為什麼鈴聲遲遲沒有響起？

過了一會兒，廣播裡傳出了傑森老師雄厚的聲音：「各位同學請注意，各位同學請注意！由於霧霾天氣，今天早操和大課間活動取消。大家在教室裡進行室內活動。請各位班主任到教室管理學生。」

做操究竟為什麼取消了呢？霧霾又是什麼東西呢？孩子們之間議論了幾句，轉而關心起櫃子裡面的棋子了。一旦遇到雨天，或是雪天，無法去操場活動的時候，一般會在教室裡面下棋或者訂正作業。孩子們當然更想玩棋子而不是去訂正作業。

這時，斯戈爾慢條斯理地走了進來。他今天臉上一臉嚴肅，不像平時那樣面無表情。「大家先去位置上面坐好，我講一些事情。」孩子們看到斯戈爾來了，都坐到了位置上。

「今天外面發生了霧霾，大課間活動在教室舉行。請大家今天不要去教室外面玩耍，外面的空氣不好，會危害大家的健康。」斯戈爾說道。

「啊？外面的空氣有毒嗎？」納依弗聽了，想起自己正是在這樣的空氣中走到學校的，關切地問道。

孩子都不約而同地望向窗外，太陽雖然已從灰色的雲層中露出半個頭，天空中的黑氣仍舊彌漫著，沒有一絲要散開的意思。霧霾會持續多久呢？是要持續一個早上，還是會持續到晚上？

等到了下午，太陽已經普照大地，可是黑色的霧氣卻轉為了灰白色，持久瀰漫在天空中。第一節課的上課鈴響了。孩子們看了一下佈告欄的課表，是體育課。體育委員科比帶著歪七八扭的隊伍，準備奔向操場。愛因斯坦不禁擔心了起來，跑到操場不是去呼吸那些瀰漫在空氣中的毒氣嗎？

這時，體育老師傑森走上了樓，對排著亂七八糟隊伍的孩子們說道：「今天由於外面霧霾很重，今天的體育課我們在室內上！」話音剛落，大多數孩子都「啊——」的一聲歎息。而原本就不愛體育運動的萊西、賽克和瑪塔，則面無表情地接受了這一個消息。也許對他們來說，這才是個好消息吧！

「為什麼！」帕斯達特一臉怨憤。「因為霧霾，外面的空氣品質不好……你們快給我進教室！」傑森的語氣堅定，不容任何辯駁。

孩子們出來時是一個個興高采烈，回去時，卻是一個個耷拉著腦袋，一副垂頭喪氣的樣子。不過，當孩子們得知，體育課在教室裡面玩下棋時，又是一副興高采烈的樣子。體育委員科比剛剛把國際象棋、跳棋、中國象棋這些棋子分發到每桌孩子的手上後，教室裡面又恢復了活躍的氣氛。

但是好景不長，不一會兒，斯戈爾就出現在教室門口，手上還拿著幾本《得語方法指導叢書》。愛因斯坦明白他是想趁著室內體育課時間叫同學訂正作業。「大家靜一靜。」斯戈爾高聲說道，「報到名字的同學來我辦公室訂正一下作業。」接著他報了起來，「愛因斯坦、維塔、科比、吉米、簡，這幾位同學先過來一下。」

斯戈爾還沒等孩子們安靜下來，就把名字報了出來，你可別擔心孩子們聽不到，因為只要珊迪和丹娜聽到了，所有孩子都會聽到的。

果然……「愛因斯坦、維塔、科比、吉米、簡，老師叫你們到辦公室裡去訂正作業！」珊迪喊道，聲音不比斯戈爾重，甚至要比斯戈爾

輕。不過別擔心，還有丹娜呢！「愛因斯坦、維塔、科比、吉米、簡，老師叫你們到辦公室裡去訂正作業！！」丹娜的聲音猶如一聲驚雷，霧霾沉沉的天似乎也被她的聲音劃破了。五位孩子都聽到了，拿起筆和橡皮，朝斯戈爾的辦公室走去。

走上走廊後，愛因斯坦清楚，他們現在正在跟灰沉沉的霧霾面對面。他看著天空中彌漫著的灰氣，愛因斯坦有點害怕，便用手捂住了口鼻。簡、科比和吉米則像什麼事都沒有發生一般，望著霧氣沉沉的天空。「天好黑啊！」不知道看了多久，維塔突然發出了這樣的感歎，突然，她似乎意識到了愛因斯坦捂住了口鼻，瞪大她那傻愣愣的眼神問道：「愛因斯坦，你捂住鼻子幹嘛？」愛因斯坦說道：「外面的空氣有毒。」科比聽了，輕蔑地一笑：「膽小鬼，如果空氣真的有毒，你早就被毒死了。」說完，蹦蹦跳跳地奔往辦公室。

愛因斯坦、吉米幾個人踏進老師的辦公室，都敬了個禮，喊了一聲「報告」，走向斯戈爾老師辦公桌，訂正起作業來了。

辦公室裡的妮娜向外面望了一下陰霾沉沉的天，說道：「霧霾這麼嚴重，體育活動已經停止了，你說明天會不會停課啊？」比特說道：「能停課就好啦！以前從來沒有聽說過因為空氣不好而停課的。」

妮娜說道：「據說北方七省霧霾肆虐，能見度很低，已經全部停課了。我們這兒不知道會不會停課？」

凱內老師「呵呵」一笑，說道：「那你就讓霧霾來得更加猛烈一些，到時候我們就可以停課，回家休息了。」妮娜說道：「我不是這個意思，霧霾肆虐對我們這裡的人又有什麼好處呢？只是霧霾這麼重，還是不要來上班的好。」

比特老師說道：「現在電視裡都在播報霧霾的消息，我們這裡的霧霾等級每天都在變顏色，沒準有一天變成了紅色，那我們就都好在家休息了。」

斯戈爾向外望了一下灰霧繚繞的天，說道：「這種天氣，即使在家裡休息，又有什麼益處呢？」

妮娜說道：「現在的人啊，利慾薰心，不知道保護環境。現在我們學校後面工業區裡有一排工廠，都在排放有毒物質。現在最頭疼的是我們這裡的車子那麼多，尾氣又不進行處理，真不知道我們以後這裡的下一代該怎麼生活？」

「死了吧！死了吧！全部死掉就乾淨了！」比特坐在一旁，似在自言自語，又似在跟辦公室裡的老師交談。

辦公室裡陷入了寂靜之中，沒有人再去談論這個話題。

傍晚的時候，市裡教育局發出通知，全市所有中小學停課一天。當通知由傑克校長從廣播向全校師生發出時，各個班級裡面響起了一陣又一陣孩子們的歡呼。明天終於可以不用去學校上課了。

教室的外面，灰沉沉的霧霾依舊肆虐著。

期末考閱卷

四年級下半期的期末考結束了，斯戈爾等四年級的老師代表學校，參加了村子裡的四年級批改試卷的工作。一般來說，四年級的老師是不能批改本年級的試卷的。當斯戈爾等老師得知他批改的是本年級的卷子時，自己也嚇了一跳。他還以為自己走錯了批卷的地方。批卷組組長葉琳娜告訴他，改卷的老師名單裡面有斯戈爾的名字，他便明白了，學校在批卷安排上面可能分配不當。

雖然改卷的年級分配不恰當，但是試卷還是要批改的。很快，葉琳娜向每位老師分配了批改任務，第一大題基礎題由一位老師批改，第三大題閱讀理解題由五位老師進行批改，斯戈爾批改第二大題填空題，其餘八位老師批改作文題。

葉琳娜告訴斯戈爾，第二大題填一填一定要按照得語四年級課文的內容進行填寫，每一個空，錯一個單詞，扣半分，錯兩個單詞以上，或

者填錯，扣完。斯戈爾點點頭，舉起紅筆批改了起來。

第二大題總共有五小題，十八個空十八分。第一小題取自得國一位作家寫的《記海德堡的雙龍洞》，其中有一句描寫溪水的話，「溪水時而寬，時而窄，時而緩，時而急，」題目分別把「時而」後面的「寬、窄、緩、急」去掉了，讓孩子們按照原文內容填進去。斯戈爾批得很仔細，一旦有單詞拼填錯的，填其他單詞的，哪怕「寬」和「窄」對調了，「緩」和「急」對調了，斯戈爾都毫不猶豫地加上了紅色的大叉叉。「只要跟原文有一絲出入，就必須扣分」，評分標準裡面並沒有這項內容，但這是得語批卷過程中的潛規則，所有得語老師都心知肚明。

第二小題取自得國一位年輕作家寫的《鄉下人家》。原文是

「還有些人家，在屋後種幾十枝竹，青的葉、綠的竿，投下一片綠綠的濃陰。幾場春雨過後，會看見許多鮮嫩的筍，成群地從土裡探出頭來」

題目把「青的葉、綠的竿」、「鮮嫩的筍」和「探」字去掉了，改成了空格。讓學生填進去。斯戈爾遇到了各種千奇百怪的答案。第一個空，許多的孩子填了「青的竿、綠的葉」、有的孩子填了「綠的竿，青的葉」；「鮮嫩的筍」，有的孩子填成了「可愛的筍」、「漂亮的筍」、「新鮮的筍」；綠綠的濃陰，有的孩子填了「陰涼」；探，有的孩子填成了「鑽」。這些答案放到句子裡，句子完全是正確的。雖然看到這些答案都能夠連貫成完整的、意思通順的句子，但是斯戈爾毫不留情地給他們通通錯掉了，誰叫他們寫的答案跟原文不符呢？

第二題後面還有幾個表達他們自己意見的空，題目是這樣的：

「讀著讀著，我彷彿看見了＿＿的畫面。鄉村的景美，我讀著讀著，想到了詩句＿＿，＿＿。」

斯戈爾問批改卷子的組長葉琳娜，這一題該怎麼批。葉琳娜猶豫了一會兒，說道：「什麼樣的畫面，學生填的只要有「鄉村」或「田園」兩個詞的，都給對，如果沒有「鄉村」或「田園」這兩個詞的，都給錯。至於後面寫詩，只能寫有關鄉村和田園的詩，最好是課文裡面的，如果不是課文裡面的，就錯一半吧！」有了葉琳娜的指示，斯戈爾批得更加大膽了，凡是不符合「要求的」，一律錯掉。

斯戈爾批第三題的時候，倒沒有費多少腦筋，因為第三題出得更加「死板」，斯戈爾批起來就更加輕鬆。第三題是這個樣子的：

「**生命是寶貴的，也是美好的。作家杏林子從＿＿＿、＿＿＿、和＿＿＿三個事例中引發了對生命的思考：雖然生命＿＿＿＿＿＿，但是＿＿＿＿。**」

小孩子能有多少對生命的理解？如果不按照課文裡面的內容回答，小孩子自己寫出的對生命的理解都是亂七八糟的，斯戈爾可以毫不留情地給他們錯掉，而自己則不用感到一絲痛心。

可是批到後來，斯戈爾開始感到無比的痛心。一張又一張有著似曾相識字跡的試卷，陸續出現在了斯戈爾面前。要是像維塔、瑪塔和霍姆沃克這樣的學生，錯不少題目，斯戈爾絕對不會像現在這樣痛心。他看到的，是像愛因斯坦、納依弗、珊迪、簡和吉米這樣的孩子，填上了各種各樣「奇怪的答案」。「青的葉、綠的竿」，愛因斯坦填的竟然是「青綠的葉和竿，在太陽照射下，投下一片綠綠的濃陰」；納依弗第一題則是這樣填的「溪水時而唱歌，時而奔跑，時而流得快，時而流得慢」，一口氣把四分白白的丟掉了；珊迪把「鮮嫩的筍」寫成了「新鮮的筍」；簡寫的第三題，她填詞後的句子是「雖然生命可貴，但是終將逝去」；而吉米的問題更加嚴重，整大題填空題，填的都是自己的詞。

「怎麼都不讀題目的呀！」斯戈爾漲紅了臉嘀咕道。他恨不得將手中的試卷揉成團，扔進

垃圾桶裡面。他雖然都認出了自己班級裡孩子的試卷，可以改的寬一點的都給他們改的寬了一點。但是，如果在填空題裡沒有按照要求填空，他是無論如何都不能給分數的。他估算了一下，就這一題，就可能被四年一和四年三班拉下三分平均分。

斯戈爾批完了試卷，他停下筆，腦海裡卻湧過一陣憤怒的抱怨。為什麼不按課文裡面的填啊。我不是說過做題目前先要把這題的題目讀過嗎？為什麼我們班的孩子都亂做啊。

他忽然又瞥見了題目上面的「填一填」。以前這種填空題，題目上面會清清楚楚地寫著「按課文內容填空」，這次題目似乎沒有明確表示應該按照課文內容進行填寫。也許，這就是孩子們沒有按照課文內容填空的原因吧！

斯戈爾剛剛出現想為孩子推脫「罪責」的想法，但一想到自己的班級可能因為這個而被四年一和四年三這兩個班級拉走好幾分平均分，心裡不由得怒火中燒。這可讓新參加工作的自己面子往哪裡擱啊！凡是有關面子的問題，一切都是不可饒恕的！

真是一群不懂得變通的畜生！！斯戈爾恨恨地想道。開學初，一定要好好批評他們一頓！

暑假作業

盼望著，盼望著，為期兩個月的暑假又來到了；悄悄地，悄悄地，暑假又溜走了。孩子們每逢暑假，都只想著丟下書包好好玩耍。總是不知不覺，兩個月的時光已經接近尾聲。這時，孩子們才想到，他們的暑假作業，基本上沒有什麼動過。

孩子們的暑假作業分別包括暑假作業本和老師額外佈置的作業。四年級的暑假作業本一共有四本，分別是得語、數學、英語和科學。本子是由十六K紙印製，得語六十九頁，數學六十五頁，英語和科學分別是五十頁，一共有二三四頁，只有每天做四頁以上也才能做完。除此之外，老師額外佈置的也有不少。得語要另外寫十篇日記，每篇日記單詞數量都要在三百個單詞以上。斯戈爾還佈置了好詞好句和讀書的作業，看一本好書，並把書裡的好詞好句摘錄下來。摘錄詞句的數量需要在一百個單詞和十句話以上。雅安娜老師則佈置了抄寫作業，讓孩子們把一冊英語書裡的單詞和它的得語解釋抄四遍，而一冊英語書裡面，總共有一百二十個多個單詞，總共需要在得語和英語的抄寫本裡面寫上上千個得語或英語單詞。幸好數學老師比特和科學老師傑克只要求孩子們把暑假作業本做好，沒有佈置其他暑假作業。

時間已經到了八月廿三號，離九月一號開學只剩八天。愛因斯坦一個字都還沒有寫過。這時，家附近的科比、迪克和霍姆沃克來找他了，想和愛因斯坦一起完成暑假作業。愛因斯坦不喜歡科比，因為他一直在學校欺壓捉弄愛因斯坦，但是愛因斯坦媽媽看到孩子們一起來做作業很高興。她安排了一張大的平圓桌，讓四位孩子圍著桌子坐著，好做作業。看著四位孩子在位子上認真地寫字，她滿意地笑了。接著，她騎上自行車去上班了。

愛因斯坦媽媽剛剛離開孩子們的視線，孩子們就講起話來了。迪克說道：「作業那麼多，我還一樣都沒做過，怎麼辦啊！」科比說道：「我們暑假作業每個人做一本，迪克做得語，愛因斯坦做數學，霍姆沃克做科學，我做英語。然後我們互相抄一下就好了。」迪克立刻對科比說道：「這不公平！得語作業本那麼多，有69頁。你做的英語只要做50頁就好了，而且都是選擇題，很簡單的。你做得語，我做英語。」科比想了一會兒，說道：「我得語前面已經做了20頁了，你只要做後面幾頁就好了。不會比我多太多。」

這時，霍姆沃克說道：「科學很難的，很多書上都找不到的，怎麼做啊。」科比說：「書上找不到的就別做了，亂寫寫一點就好了，反正

老師不會認真檢查的。」霍姆沃克盯著科學看了一會兒，抓了抓頭皮，抱怨道：「太難了，我不會做……」

過了一會兒，迪克說道：「動畫片神龍戰士你們有沒有去看啊？」科比一聽到這個話題，很興奮，說道：「神龍戰士我看了，裡面有一個怪物像只癩蛤蟆一樣，很搞笑的……」愛因斯坦說道：「那只怪物叫萊克，它很厲害的，嘴裡會噴火，最後被神龍戰士用鐳射炮打死了……」迪克則說道：「神龍戰士裡面還有一個叫作史巴拉古的，用兩把劍作戰的，很好色的……」

孩子們忘情地談論起電視節目來了。談完電視節目，他們在院子裡面玩起了捉迷藏遊戲，時間一分一秒地過去，轉眼已經夕陽西下。這時，他們才想起作業只做了一點點。他們又回到愛因斯坦的屋子裡寫起了作業，做了近半個小時，已經是要回家吃飯的時間了。

科比問道：「迪克，你做了幾頁？」迪克一摸頭，不好意思地說：「我就做到了廿四頁。」科比吃驚地說道：「那麼長時間你才做了四頁？」愛因斯坦也抓抓頭皮，說道：「我做了二十頁。」科比沒有管愛因斯坦，他問霍姆沃克：「你做了幾頁啊？」霍姆沃克低著頭，不肯回答。科比一看霍姆沃克的作業本，拍了一下霍姆沃克的後腦勺，又拉了拉霍姆沃克的耳朵說道：「白癡，你才做了三道題目啊！」迪克聽到了，也「咯咯」地笑了起來：「才做了三題，真是大白癡。」霍姆沃克聽了，臉紅了，眼眶也濕了，低下了頭。

「科比，你做了多少？」迪克忽然問道。科比說：「我做了七頁，沒事，現在才廿三號，再過八天才開學，我們能補完的。」隨著夕陽西下，科比、迪克和霍姆沃克離開了愛因斯坦家……

九月一日，開學了，孩子們一個一個背著書包走進了教室。斯戈爾看到人差不多到齊了，就讓各位課代表把暑假作業收上來。三位組長離開了座位，在教室裡面把得語、數學、英語和科學作業一本一本收了起來。過了不久，很快有同學檢舉了。

「老師，帕斯達特暑假作業一個字都沒寫！」納伊弗舉手檢舉道。

「老師，瑪塔得語作業才寫了幾個字。」吉米舉手檢舉道。

斯戈爾說道：「你們不用檢舉，只要讓大組長把沒有做作業的人的名字記下來就好了。」

過了一會兒，四幢暑假作業像樓房一樣立在了講臺桌上。大組長把沒有交英語、數學和科學作業的人記了下來，交給了丹娜、艾米和吉米三位課代表，把得語暑假作業沒交的名字直接匯總交給了斯戈爾。

斯戈爾看了紙條上的名字後，沒有任何評論，繼續說道：「把日記收上來。」大組長離開了位置，又收起了日記本，不一會兒，講臺桌上又多了一幢日記本。丹娜、艾米和吉米三位課代表把暑假作業本端到了各自老師的辦公室裡，得語課代表珊迪把沒交作業的人的名單進行了匯總，寫在紙條上交給了斯戈爾。

斯戈爾剛想把作業沒交的孩子叫到辦公室裡進行批評，英語課代表丹娜一聲「報告」敬著禮走進了教室。她在講臺上大聲說道：「英語老師說，『快把英語抄寫本都收上來』！」大組長又開始忙碌了起來，過了沒多久，講臺桌上又出現了一幢英語抄寫本。丹娜把英語抄寫本整理好，帶往雅安娜老師的辦公室。

這時，斯戈爾看著手上紙條上的名單，說道：「帕斯達特、愛因斯坦、科比、迪克、霍姆沃克、瑪塔、維塔，洛珈，到我的辦公室裡來。」八位孩子出了座位，乖乖地跟著老師走到了辦公室裡面。

斯戈爾一到辦公室裡面，就質問道：「你們暑假作業為什麼沒有交？」迪克伸了伸脖子，又低下了頭，說道：「老師，我其他作業都是做完了的，只是沒有把暑假日記補完，我實在不知道寫些什麼？」斯戈爾問道：「難道你暑假裡沒有遇到什麼想寫下來的，好玩的，有趣的人很事

嗎？」迪克說道：「我只能寫三篇。暑假的時候我都待在家裡，沒有多少好玩的事。」斯戈爾說道：「好的，老師相信你，你回去。」迪克一轉身，默默地離開了辦公室。

斯戈爾又轉過頭來掃了一眼其他孩子。

「你們什麼作業沒有交？」洛珈低聲地說道：「老師，我暑假作業本找不到了？」斯戈爾嚴肅地說道：「找不到了，那找不到之前你裡面的作業是做好的嗎？」洛珈猶豫了兩秒鐘，說道：「老師，我做了一半多有的。」斯戈爾說道：「做了一半多嗎？」洛珈又猶豫了，不知道她是因為看到斯戈爾而害怕，還是因為撒謊而心虛。

這時，坐在一旁的雅安娜「咯咯」地笑了起來：「洛珈，你英語暑假作業本也沒有交，是不是作業做到一半的時候也找不到了。」洛珈聽了雅安娜的話，低下了頭，或是羞愧，或是心虛。斯戈爾怒道：「你是不是在撒謊啊？」洛珈點了點頭。斯戈爾一把抓住了洛珈的手臂，瞪著眼睛看著她，想用捏手臂的形式懲罰她。洛珈瞄到了斯戈爾憤怒的眼神，眼淚止不住地「撲簌撲簌」流了下來。斯戈爾並沒有捏緊洛珈的手臂，而是用著一副失望的眼神望著她，過了一會兒，他感到洛珈已經認錯悔改了，慢慢放開了洛珈的手臂。

「洛珈，快去把暑假作業本翻出來，把暑假作業補上。」斯戈爾囑咐道。洛珈點點頭，離開了辦公室。

「愛因斯坦，你怎麼啦？暑假作業也沒有交？」斯戈爾問道。

「我有幾題不會做，所以沒有交。」愛因斯坦直白地回答道。

「那快把暑假作業拿過來。有一些題確實很難做，做不出情有可原。」

愛因斯坦轉身走出了辦公室去拿暑假作業了。

「帕斯達特，怎麼又是你？」待愛因斯坦離開後，斯戈爾看到帕斯達特後皺了皺眉頭，擺出了一副嫌棄帕斯達特的樣子。帕斯達特直言不諱地昂起頭回答道：「太多了，我不想做！」斯戈爾一聽，立刻火冒三丈，他一把抓住帕斯達特的手臂，把帕斯達特拉在了他面前。「帕斯達特，你小子在我面前撒野，不想活了嘛！」斯戈爾扯著嗓子說道，「為什麼別人都做了，而你一個字都不肯寫！」帕斯達特大義凜然地說道：「別人是別人，我是我，我為什麼要跟別人一個樣？」斯戈爾吼道：「你還敢頂撞老師，這就是你不肯做暑假作業的理由嗎！這就是你不肯做暑假作業的理由嗎！！」

斯戈爾憋足了氣，抓著帕斯達特的手臂拼命地掐，而帕斯達特忍住疼痛，也抬起頭，恨恨地盯著斯戈爾。兩個人與其說是在對峙，不如說他們在搏鬥。時間一分一秒地過去了，兩人互不相讓。愛因斯坦走進來，看到這一幕，也被驚到了。

過了好一會兒，斯戈爾放開了手。一個有很多問題要處理，又有很多作業要批改的老師，又哪裡有什麼時間跟一名自我為中心的孩子搏鬥呢？斯戈爾雖然手放開了，嘴上仍然罵道：「帕斯達特，給我滾，滾出這個辦公室，永遠也別再給我回來！」帕斯達特喘著粗氣，像野獸一樣跑出了辦公室。

「愛因斯坦，作業本拿來了沒有？」斯戈爾問道。

愛因斯坦把得語暑假作業本遞給了斯戈爾。斯戈爾仔細地翻看著，確實，愛因斯坦很多空著的地方都是比較難做的。當斯戈爾翻到第五十六頁時，他卻發現有一大題按照課文內容填空是空白的。斯戈爾一把抓住了愛因斯坦的手臂，一邊擰一邊說道：「愛因斯坦，你為什麼這題沒有做？按照課文內容填空很難做嗎？很難做嗎？你是不是在耍老師玩啊！」愛因斯坦被一股無名的火驚到了，接著，他感受到了無比的憤怒。迪克和洛珈暑假作業沒做的地方遠比愛因斯坦多，為什麼斯戈爾不捏他們的手臂，要捏我的手臂？是不是斯戈爾老師從一開始就不喜歡我？

愛因斯坦生氣了，也用憤怒的眼神望著斯戈爾。斯戈爾看到愛因斯坦的眼神後，更加的生氣，他咆哮著大罵了起來。雅安娜老在一旁苦口婆心地勸道：「愛因斯坦，他是你的得語老師，是為你好的，你不該用這種眼神望著他……」

等到斯戈爾處理完最後一個沒做完暑假作業的孩子瑪塔後，斯戈爾躺在椅子上，一臉倦意。這時，比特老師進來了，他看到辦公桌上面的兩疊數學暑假作業，兩疊科學暑假作業（比特上學期帶了五一、五二兩個班級的科學）。他連一頁都沒有翻就把暑假作業放到一邊去了。雅安娜「呵呵」地笑道：「比特，你不看一下暑假作業嗎？簡直要氣死人的。好多孩子都只做了前面幾頁，後面全是空白。就連弗雷特這樣聰明的孩子，選擇題ABCD都亂選的，濫竽充數。」

比特說道：「暑假作業有什麼好看的，肯定亂做的嘛！難道還給他們一個個批出來，訂正出來？出暑假作業的人腦子本來就是有病的。辛辛苦苦學習了一個學期了，連暑假作業都還要發下去那麼多，暑假都不讓休息嘛！」聽到比特的回答，雅安娜也笑著把暑假作業放到一邊：「這個暑假作業弄不靈清的，我也不管了，只要讓他們把新學期的作業弄好就好了。」

放學鈴聲響起了。音樂老師吉娜通知道：「我從學校外面叫來了收破爛的，上學期有什麼廢紙、廢物，破銅爛鐵，都可以拿下去賣掉了。」辦公室裡的各位老師聽了，把各自在上學期積壓下來的廢紙廢物都拿了出來，有的是孩子們留下的沒批完的試卷，有的是上學期沒來得及批改和發下來的日記本，有的則是篩選下來，不夠資格展出的手抄報和貼畫……比特直接把四疊暑假作業整了出去。受了比特的影響，斯戈爾、雅安娜等老師紛紛把堆在辦公桌上的暑假作業整給了賣破爛的。既然無法全都批改訂正出來，又占走了辦公桌上大量的空間，為什麼不把暑假作業賣掉呢？

可憐的《暑假作業》，幾天前，還是孩子們心急火燎一定要補完的寶，轉眼間，將要變成了堆放在垃圾倉裡面的破爛。

「佈置《暑假作業》真是浪費！！」比特在辦公室門口，看著成堆疊放的《暑假作業》被運走，搖搖頭說道。

「刺激經濟增長嘛！你不知道，印刷《暑假作業》可以養活多少人……」凱內老師說道。

「對，刺激經濟增長！！」比特若有所悟。

辦公室沒有了堆積的暑假作業，面貌煥然一新，老師們終於可以迎接一個新的學期了。

五年級

新同學雀麗和福爾

五年級開學第一天，教室門外面出現了背著書包的一男一女兩位孩子。女的身材高挑，臉頰白裡透著一點紅，面頰上的雙眼沉靜中帶著靈動，頭上別著的兩個漂亮髮夾在陽光照射下閃著金光，黑白相間的花邊制服隨風舞動。而另一位男孩子，身材中等，穿著一件土裡土氣的橘黃色的短袖T恤，赤褐色的短褲斜穿著，黝黑的臉龐上，兩顆無神的眼珠斜眼望向陽臺外面，似乎看著什麼？

兩個畫風完全不同的孩子站在教室門口，引得同學議論紛紛，他們是誰，兩個人是什麼關係，究竟是來幹什麼的？科比和迪克又偷偷打起了賭，科比賭他們不是兄妹，而迪克看了一眼他們的穿著打扮，遲遲不敢下注。

「雀麗、福爾！」從走廊上傳來斯戈爾的聲音，「你們的轉學證明帶來了沒有？」「帶了。」兩個孩子幾乎異口同聲地回答，只是聽上去，女孩的聲音更加有精神。

「先去趟教導處找費安娜老師存個檔案，再來教室。」

兩個孩子背著書包正要往二樓教導處趕去，斯戈爾又喊住了他們。「可以先把書包先放到教室裡面。」

門口的兩位孩子卸下書包，把它們從開著的窗戶外面放到了靠窗的桌上，接著往教導處走去。

斯戈爾走進了教室，面帶笑容地對孩子們說道：「孩子們，這學期班級裡面將要添加兩個新成員，他們將與我們一起學習，一起玩耍，等一下他們來的時候，希望我們五年二班的同學能夠熱烈歡迎一下他們！」說完，斯戈爾在黑板上寫下了「熱烈歡迎新同學」的標語。

過了一會兒，雀麗和福爾兩位孩子從窗外匆匆走來，雀麗的步子走得很快，福爾的步子走得並不快，甚至有點拖拉，只是他的步子邁得比較大，才勉強跟上雀麗的速度。

「報告！」雀麗敬了個禮，略微低著頭走了進來。

「報……告……」福爾也敬了個禮，慢吞吞地走了進來。

斯戈爾滿面微笑地對全班的孩子說道：「這學期，我們將迎來兩位新的同學，一位是福爾，一位是雀麗，她們都是從我們鄰近的興登堡市轉過來的，現在，掌聲有請兩位同學作自我介紹！」

雀麗聽了，心裡一驚，她不知道斯戈爾老師會叫他們做自我介紹，她一時不知道該怎麼說，也不知道該自己先說，還是身邊的福爾先說。她向福爾看了一眼，只見福爾面無表情，像一根蠟燭似的「插在」雀麗身邊，恐怕他連要做什麼事都不知道。她又向斯戈爾看了一眼，只見斯戈爾正微笑地望著他們。

「我是雀麗……來自興登堡市，以前……就讀於海燕小學，很高興跟大家成為同班同學……希望以後跟大家一起學習，一起進步！」雀麗臉上略帶靦腆，吞吞吐吐地說完了這句話，接著以滿面的陽光微笑看著大家。

講臺下響起了掌聲，只是坐在愛因斯坦前面的得語課代表珊迪卻「切」了一聲，沒有鼓掌。吉米低聲說了一句：「我記得表姐讀的也叫海燕小學，是一所很好的學校。」珊迪又是「切」了一聲，表示不屑。

接著，該輪到福爾做自我介紹了。可是福爾的口上像是被貼了膏藥，遲遲不肯動嘴說話。

「說呀！」「怎麼不說話了呀！」迪克和納伊弗有點心急了，在下面低聲叫嚷道。

「我是……我是雀麗……」福爾好不容易從嘴裡擠出幾個單詞，只是話還沒說完，全班同學都笑得前仰後翻，就連維塔和瑪塔都看出笑話來了，坐在位置上哈哈大笑起來。帕斯達特捂著肚子，公開在位置上笑道：「居然有比維塔和霍姆沃克更笨的人！」

聽到孩子們的嘲笑，福爾向斯戈爾望了一眼，發現斯戈爾也笑得有些前仰後合，福爾的臉紅了，他怔怔地低下了頭。

「好了，你回到座位上去吧！」斯戈爾拍了拍福爾的肩膀，接著叫兩人坐到最後一排的座位上。福爾點了點頭，拿起書包，放到了座位上，一副垂頭喪氣的樣子。而雀麗則早就拎起書包，一臉害羞的微笑著望著同學們，回到了座位上面……

中午，斯戈爾批課堂作業本的時候，兩個孩子的聰明和愚笨在作業上展現無疑。雀麗的作業，每個字母清晰整齊地排列在空格上面，她的字母非常秀氣，活像一個個秀外慧中的小姑娘。斯戈爾在雀麗的每道題目上面劃了一個又一個勾，全部批下來，沒有一道題目是錯的。斯戈爾在她的作業評價上寫上了「非常好」。而福爾的作業，則是另外一副景象。除了最簡單的看音標寫詞語上面，福爾寫上了幾個亂七八糟，歪歪扭扭的字母外，其他題目都是空白，沒有一題是寫過的。斯戈爾的臉立刻陰沉了下來。

「福爾，給我上來！」斯戈爾皺著眉頭，把他的作業本扔在了一邊。

「老師！他去比特老師辦公室裡面了，到現在還沒有出來！」排著隊準備訂正作業的丹娜大聲叫道。她的大嗓門都可以傳到辦公室裡面。斯戈爾聽了，把福爾的作業本放在一邊，繼續把頭「埋到」作業裡面，批了起來。

「現在，我來報一下得語作業本第一課全對的人名單。」斯戈爾批完作業，舉起桌上三堆得語作業本的其中一堆，一本一本將他們的名字報了出來，「納伊弗、艾米、丹娜、吉米、漢森、雀麗……沒了。」報到名字的孩子「耶！」了一聲，當雀麗被報到名字時，笑了笑，做了個剪刀手的姿勢。而另外一邊的珊迪，卻不安地晃動了幾下身子。

「上面的題目我每道題目都講過，有的題目我強調了很多遍了。沒想到批下來，竟然只有六位同學是全對的！」斯戈爾的言語中多有怨氣。幾個孩子看了他一會兒，又低下頭做作業了。大部分孩子連頭都沒有抬。作業很多，他們可要抓緊。

「珊迪，把這些作業本發下去，需要訂正一下。」斯戈爾又把一另一堆作業本放到了講臺靠近珊迪坐的那一小組的一邊。得語課代表珊迪走了上來，把作業本一本一本發了下去。有的孩子拿到得語作業本，訂正了起來，有的孩子拿到得語作業本，猶豫了一會兒，繼續去做沒有完成的《口算訓練》。而福爾依舊沒有出現。

直到離下午第一節課上課前還差十分鐘的時候，福爾滿面淚花的走了進來，他的頭髮蓬亂得像一堆荒草，好像被人用手撕扯過了，手上還拿著半本被撕得破破爛爛的數學簿。看來，他在比特老師辦公室訂正作業的時候，沒有少受「苦」。

「福爾，過來一下，你的得語作業就是一點也不會做嗎？」福爾走了過去，呆立著望著斯戈爾攤在講臺桌上的《作業本》。「你到底會不會做？」福爾又是沉默……

斯戈爾吸了一口氣，臉上的憤怒一閃而過，接著，他用一種緩和的語氣說道：「這一題怎麼做，你寫寫看？」斯戈爾指著一道最簡單的抄詞語的題目，對福爾說道。福爾看了斯戈爾一眼，捏起了筆，筆尖往作業本上靠去……

「不是這個樣子的！筆不是這樣握的……你不會握筆嗎？」斯戈爾驚訝地對福爾說道。福爾望著斯戈爾，搖搖頭，不知道他是聽不懂斯戈爾的話，還是真的不會寫字。「筆應該是這樣握的……」斯戈爾抓起他身邊的一支鉛筆，給他做了示範，「不是用拳頭捏住鉛筆，而是要用手指夾住鉛筆……你再試試看……」

福爾按照斯戈爾的樣子，用手指夾住鉛筆，寫了起來。他寫字的動作很僵硬，一點也不熟練，寫上去的字母也是歪歪扭扭的。「以前老師就沒有教過你寫字嗎？」看到福爾握筆寫字那麼奇怪，斯戈爾不由得好奇，他以前的老師是怎麼教他們寫字的。

福爾仍舊是搖搖頭，一言不發。斯戈爾看了一下福爾寫在作業本上面的字母，有一些字母寫得十分不標準，「A」的頭大大的，「s」像數字「8」，「o」寫得如同一個撞壞了的輪胎。福爾似乎以前就沒有寫過字母，也沒有做過作業，不過，這一題抄寫題的題目他確實看懂了，並按照要求在橫線上抄了下來。斯戈爾皺了皺眉頭，對福爾說道：「福爾，你把會做的題目都做好，等一下交給我。」福爾點了點頭。

上課鈴很快就響起來了。下午第一節課不是斯戈爾的課。斯戈爾帶著還沒有交齊的課堂作業本，依依不捨地離開了教室。

等到傍晚的時候，福爾帶著《課堂作業本》來到了斯戈爾的辦公室。斯戈爾提起紅筆看了一下，歎了口氣，搖了搖頭。除了第二題抄寫題，其他題目一個字都沒有做。

「福爾同學，你難道一題也不會做嗎？以前老師就沒有教過你嗎？」

福爾沉默了半晌，用他那尖利的，微帶著哭音的聲調說道：「老師從來沒有管過我的學習……」斯戈爾聽到了，他不免有些驚訝，按照常理來說，學校和老師一般最關心的就是學生的學習成績，為什麼，他們學校的老師，就不管自己學生的學習成績呢？

等到福爾一走，比特就開始大罵起來：「教了那麼多年，從來沒有見過那麼笨的學生，維塔都比他聰明，他居然連一年級的加減口算都不會算！」比特又繼續說道：「如果要教到福爾把所有題目都做出來，就是賠上自己所有的課餘時間都不夠！」

斯戈爾沉默了一會兒，歎了口氣，說道：「也不知道福爾怎麼回事，連握筆都是我教他的，他們一年級的老師是怎麼教他的，難道他真的笨到連寫字都教不會嗎？遇上這樣的學生，真是倒了大霉了！」

「你們班新轉進來的那個雀麗不是挺好的嗎？一看就是一個非常聰明的學生……」妮娜試圖安慰他。

「沒有……」斯戈爾回答道，「新轉進來的雀麗聰明是聰明點，不過……如果雀麗期末考得好一點，能拉上多少平均分？像福爾這樣的學生，肯定考個不及格，個位數，把平均分拉得很低，叫我怎麼辦啊？」計算期末成績，平均分，是最重要的一項，在總分一百分的考試中，如果有學生考個位數，意味著會拉下將近四分的平均分。很明顯，斯戈爾遇到了其他老師都不願意遇到的學生。

這時，雅安娜走了進來。「斯戈爾老師，你們班新來的那個叫什麼來著的同學，怎麼英語一點也不知道的啊，教他拼英語，他居然得語的發音都拼出來了。」雅安娜坐到了她的辦公桌上，整理起她的作業來了。五年一班的、五年二班的、五年三班的，每班的作業都是厚厚的一疊。

「哎呀！我也頭痛呢！這個學生得語居然也只有小學一年級的水準。我真不知道該怎麼應對呢！」斯戈爾聽到雅安娜語氣中滿是不滿，好像把福爾同學的氣往他身上撒，一臉冤枉地說道。

這時，費安娜走了進來，手裡拿著兩疊一釐米厚的A4紙文檔。她把兩疊文檔放在了斯戈爾桌上，說道：「這是兩位新轉進來學生的資料，妥善保管。另外，這個福爾同學的家鄉裡面的學籍似乎有問題，轉不到我們學校來……」費安娜頓了頓，見斯戈爾一臉疑惑，繼續說道：「我等一下再問問。如果他學籍轉不進來，那麼，即使他不退學，他也不能參加每年的期末考試了……」

雅安娜立刻說道：「不要讓福爾轉進來，讓福爾轉進來，那麼五年二班的英語平均分就完了。他一點也不知道的，就算要教他，也教不會！」

斯戈爾聽了，心中竟然萌生出一點點暗喜，他如果不能參加期末考試了，也就意味著他不會有期末考試的成績了，那麼，他的成績也不會影響到五年二班的平均分了，也就不會影響到斯戈爾的期末績效考核了。這對斯戈爾來說不是喜事嗎？

斯戈爾點了點頭，並許下了心願，但願福爾同學不要把學籍加入到伊斯特小學，求老天保佑！！

體質測試

盼望著，盼望著，上體育課的時間終於要到了。五年二班的孩子們像往常一樣，興沖沖地衝出教室門口，排好隊，在體育委員漢森的帶領下，前往操場。體育課可是孩子們最喜愛的課。一般來說，體育老師僅僅只講半節課或練習半節課的內容，大多數時間都是讓孩子「自由活動」。所謂的「自由活動」，就是孩子們自己各自玩自己喜愛的東西。有哪個孩子不喜歡自己玩呢？一到「自由活動」時間，大多數女生紛紛拿

出藏在自己口袋裡的橡皮筋，跳了起來。而男生們，則去體育活動室取出足球或籃球，非要踢個或打個痛快不可！

通過走廊，下了樓梯，踏上教學樓邊的小路，孩子們一路上有說有笑的，以前格瑞德和斯戈爾教給他們的「紀律和秩序」，早就被他們遠遠地拋在腦後了。他們在操場的指定位置站好了，整個隊伍鬆鬆散散地在空話，大多數同學都在討論，體育課該幹什麼。也有一些像帕斯達特和科比這樣的男生在欺負身邊的女生丹娜和納依弗，遭到丹娜和納依弗的「還擊」和「驅逐」。

過了一會兒，體育老師傑森就出現在了操場邊上，手上拿著一個木板資料夾，資料夾上還有一張紙，看來，肯定有什麼事要對孩子們說。大聲的交談聲頓時變得稀稀落落，鬆鬆散的隊伍漸漸也直了起來。只是按照老師心目中觀點來看，他們排得不夠直，完全沒有「戒點香疤」那樣直；他們的紀律也不夠好，完全沒有做到「鴉雀無聲」，「靜得連針落到地上的聲音都能聽見」。沒事，體育老師不需要像其他老師一樣擔心或反覆強調隊伍紀律，他們自有他們的訣竅來使隊伍安靜下來。

「嘟——！」一聲尖利的口哨聲劃破天空，聽到口哨聲，孩子們像遇到了條件反射似的安靜了下來。除了班裡似乎有一個人嘴上自言語了一下，其他人都安靜了下來。

「立正！」聽到傑森的口令，孩子們一個個都筆挺的站直了，兩隻手臂緊貼著褲縫。「向前看齊！」……一切程式都按照以前那樣，孩子們早已輕車熟路，只要不出什麼差錯，接下來，傑森會安排大家做一個體能上的運動，再進行自由活動。有時候，學期第一堂課，傑森一時沒有想到體能運動項目，會直接叫他們小跑幾圈操場，然後直接叫他們自由活動。

「同學們，這學期我們要進行體質測試達標檢查……」愛因斯坦心裡「咯噔」一下，凡是跟什麼檢查有關的事情，總是沒有什麼好事。果然，傑森老師繼續說道：「體質測試有這麼幾個項目，一個是跳繩，一個是仰臥起坐，一個是坐位體前屈，一個是五十乘八往返跑……從這學期開始，我們每天都要訓練和測試這些項目。」

「啊？」孩子中間出現一點點輕微的嘻動，不久，又歸於沉寂。

「我再來說一下各個項目的達標要求，跳繩，每分鐘需要跳到一百四十個以上才能算優秀，一分鐘仰臥起坐優秀是四十五個……所以，我們每天跳繩都要測，只有按照要求能夠做到的人，才能自由活動……」傑森一板一眼地說道，似乎沒有任何一點通融的餘地。而孩子們聽完傑森老師的話後，他們臉上的表情各不相同，有的怯生生地低下了頭，看來是無法按照要求完成相應的任務，有的則低聲地叫到，「完了呀完了」，似乎體質測試對他來說，就是末日，有的「唉」了一聲，歎了一口氣，說不出他們到底能不能按照老師的要求做完，只是不滿和無奈爬滿了他的臉上。看得出來來，所有同學對傑森老師的安排，十分不滿意。

「全體向右轉！」傑森喊出了口令，「我們先跑兩圈，做一下熱身運動。跑完後，我們再測一下……」

不一會兒，孩子們拖著「疲憊」的步伐來到了傑森面前。對於像愛因斯坦這樣五年級的學生來說，跑兩百米的跑道兩圈是很簡單輕鬆的事情，不應該勞累。但是，孩子的心情卻像裝了大石頭一般的沉重。孩子們明白，接下來他們面臨的是什麼……

果然，等到測完一分鐘跳繩和一分鐘仰臥起坐的時候，他們已經精疲力竭。科比做完仰臥起坐的時候，滿臉已經漲得通紅；艾米做完仰臥起坐後，是用手臂撐著靠墊爬起來的；愛因斯坦僅僅做了三十二個遠遠不足四十五個，他臉色煞白，躺在綠色的墊子上直喘氣……維塔做完仰臥起坐後，直接躺在了鬆軟的靠墊上，再也站不起來。「一分鐘居然才做了二十個呀！」幫她壓腿的珊迪不禁有一絲嘲諷之意。「還有做得更少的呢！」迪克指著從靠墊上趔趔趄趄爬起來的賽克說道：「他才做了十二個！他才做了十二個！」賽克「呼哧呼哧」地喘著粗氣，聽到迪克的話，羞得滿面通紅……第一次測下來，全班二十五位同學裡面，一分鐘既能跳足次數，又能做足仰臥起坐的，總共加起來，只有科比、帕斯達特、漢森、納依弗、丹娜和雀麗。

「沒有按要求做到的人，全都給我練跳繩和仰臥起坐！」傑森又下了命令。沒有辦法，全班剩餘的二十位孩子，在操場上裝模作樣地跳幾下繩和做幾下仰臥起坐，失去了「自由活動」那般的自由。而那些能夠完成老師要求的孩子，就這麼幾個女生和男生，不要說是組隊跳皮筋和踢足球了，就連組起隊來跳房子，也沒有什麼意思。更何況他們做了如此「大量」的運動後，已經累了，沒有多少心思再玩了，只好在校園裡四處遊蕩，直到下課……五年級，愛因斯坦的第一節體育課，二班同學的第一節體育課，就這麼硬生生地被不知道從哪裡來的「體質測試」給奪走了。五年二班的同學，甚至沒有人知道，為什麼他們要做那麼累人的體質測試。

幾天後，出乎意料的事情又發生了。斯戈爾在「班主任談話時間」，給他們下發了一張「體質測試的登記表」。愛因斯坦看到斯戈爾夾帶著這堆A4紙進來的時候，還以為又是什麼告家長書，原來這是一張的表格，卷首標題上寫著「體質測試每日登記表」。下面是一張表格，表格上面第一排書寫著，「月 日 跳繩 仰臥起坐 坐位體前屈 50×8米往返跑 家長簽名」，從第二排開始都是空白的格子。

「第一排上面，寫的是我們體質測試需要測的項目……」斯戈爾向孩子們解釋道，「從第二排開始，我們要把回家進行體質測試訓練的成績記在格子裡面，並把日期填上，每次都要簽上名，我定期會進行檢查……」

「啊？回家都需要進行體質測試？」納伊弗瞪大眼睛望著「體質測試記錄表」，眼神彷彿在看來自外星球的生物。

「老師，五十乘八米往返跑怎麼在家裡做

啊？」丹娜率先向斯戈爾提出了疑惑。她說的，正是每位孩子都會遇到的困難。家裡可不同於在學校裡，哪裡有規整的五十米跑道讓孩子們跑呢？再說，許多孩子甚至家長根本不會估算距離，究竟怎麼樣算五十米，怎麼樣算三十米，他們心裡也沒有個底。就算這些孩子是「神童」，他們既能計時間又能估算距離，也沒有一個家長願意讓自己的孩子在街道上，小路上，甚至馬路上一個人去奔跑。

「『五十乘八往返跑』你們就看著辦吧！」斯戈爾說道，「但是其他的體質測試項目，你們一定要保質保量的完成！」大多數孩子心裡明白，「看著辦」的意思跟「不用做」差不多，但是除了「五十乘八」，還有許多困難需要孩子們克服。

「老師，我爺爺奶奶要加班，沒人給我測時間。」鵬比非常實際地提出了自己家裡的困難。丘比、吉米和洛珈也各自提出了自己的困難。洛珈說她們家裡面房間太小了，跳繩會把灰塵揚起，要被爸爸媽媽罵的。如果不下雨，她可以在外面進行跳繩；但是如果下大雨，她就不能跳繩了。吉米則提出他家開飯店，裡面不能跳繩，會影響生意；如果在外面跳，他爸爸的飯店就在長白大道旁邊，車來車往，很不安全；如果回家，就沒人給他記時間了。丘比則說他的媽媽和爸爸離婚了，媽媽要加班，家裡沒人給他在仰臥起坐的時候壓腿，也無法在他跳繩的時候給他數數和計時間。

斯戈爾聽了他們的話，感覺也有道理，但他的臉色很難看：「請大家克服困難，爭取做到每天傍晚回家做『測試』，另外，在第一列，不要忘記寫上你測試的日期，在最後一列，你也不要忘記簽上你們爸爸媽媽的名字。」說完，班主任談話結束鈴聲響了，斯戈爾走出了教室。

愛因斯坦是沒法完成老師交給他的任務的。他的爸爸媽媽三天兩頭加班，不僅沒人給他計時間，即使爸爸媽媽在家，他也不會自覺地完成這些老師交給他們的，亂七八糟的任務。如果老師要檢查了，他會在體質測試記錄表上隨意寫下自己的「成績」，並模仿媽媽的字跡，在體質測試表上的最後一欄簽下媽媽的名字。若是老師臨時在班主任談話時間進行檢查，而他又沒有補上體質測試的成績，他會毫不猶豫地把他那書包裡的，皺巴巴的「體質測試記錄表」團成團，塞進書包底部，讓「那團紙」埋在在他那多如牛毛的教科書、作業本、練習本和試卷之下，再對老師說：「老師，我的『體質測試記錄表』找不到了。」他不管老師相不相信他，他相信，斯戈爾老師在繁重的教學任務和批改作業的任務下，是擠不出多少時間去追查他那「體質測試記錄表」的。

一切不出愛因斯坦的意料。等到檢查時，斯戈爾沒有去追查愛因斯坦的「體質測試記錄表」到底在哪裡，而是給了他一張全新的「記錄表」，並告誡他以後不要再弄丟了。愛因斯坦成功地躲避掉了斯戈爾強加給他們的「額外作業」。

可惜的是，五年級的體育課，不再是以前那自由自在的體育課，也不再是以前那人人都喜愛的體育課。在愛因斯坦的印象當中，直到校外領導來檢查體質測試的前一天，他們每天的體育課，都在重複地跳繩、仰臥起坐、坐位體前屈和跑步。每當有體育課臨近的時候，孩子們都盼望著，盼望著，體育課能變成其他課，就算是變成得語課、英語課或數學課，只要不是體育課，都行……

「紅蝴蝶結」監督2.0

班主任談話時間，斯戈爾又像往常一樣一板一眼地走進教室。

「同學們，安靜下來了……去年和前年，我們學校都進行了『紅蝴蝶結監督』檢查，就檢查的效果而言，我們同學的學習意識和紀律意識都有了提升……」斯戈爾往講臺桌下掃視了一眼，看到大部分同學都在聽斯戈爾講，繼續說道，「這學期，我們還要進行『紅蝴蝶結監督』檢查……」

以前，每當斯戈爾說起要有什麼「檢查」的時候，孩子們總是會發出一陣垂頭喪氣般的哀鳴，而這次，孩子們的表現卻出乎斯戈爾的意料。斯戈爾說的時候，沒有一個孩子發出哀歎。也許，孩子們都已經習慣「紅蝴蝶結監督」的檢查了吧！

「這次檢查，跟以往大不一樣。這次檢查分為兩項內容……」斯戈爾繼續說道，「一個是教室紀律檢查，我們在教室門口會多出一個木板夾，夾子上面會夾一張紙。到時候，值週領導會按照班級的實際情況，在紙上打下他們分數，最高分是五角星，最低分是叉，比較好的打鉤，比較差的打三角……」

斯戈爾話還沒有說完，教室裡面的同學們開始竊竊私語了。愛因斯坦仔細地聽著，好像幾個同學在低聲地談論著科比、帕斯達特、鵬比和霍姆沃克，這幾個人是極其容易被領導扣分的人。

「安靜下來了……」斯戈爾停了一會兒，希望孩子們能夠自己安靜下來，可是還是有人在講話，只好用言語下了命令。講臺下面稍稍安靜了一些，斯戈爾繼續講道，「還有一個是我們食堂就餐紀律檢查，這是由學校紅蝴蝶結監督崗的幹部檢查的……主要檢查大家在食堂吃午飯時候的紀律，主要有這些：第一，你們有沒有按照要求，排好隊，安安靜靜地進入食堂；第二，你們有沒有按照規定排隊領麵包，領完麵包後，有沒有直接回座位上吃飯。第三，你們吃飯的時候，有沒有按照正確的坐姿坐端正，有沒有在吃飯的時候講空話；第四，你們吃完飯以後，有沒有浪費糧食，有沒有把吃剩的骨頭、菜渣等留在桌上或地上……大家昨天在食堂吃飯的時候也看到了，在食堂的大門口有一張大大的『食堂就餐文明記錄表』，上面展示著各個班級和欄目，如果同學們在某些方面做得是比較好的，『紅蝴蝶結監督』的大隊幹部就會在相應的空格裡面給我們的班級貼上笑臉，如果大家做得不好，那

麼，班級的相應一個欄目裡面就不會有笑臉……我不希望我們班比其他班在某一欄裡面少一個笑臉……」

坐在前面的幾個男生女生似懂非懂地點了點頭，而坐在中間的，包括愛因斯坦在內的大多數男生，則是一副茫然的表情。他們也許沒有記住，或者，他們壓根就沒有聽斯戈爾的要求。而坐在後面的幾個男生，已經自顧自地講起空話，做起小動作，有的甚至還在抽屜裡面偷偷做老師佈置的學校作業。

班主任談話結束後，愛因斯坦忍不住好奇，走到教室門口，果然，他在教室門口發現了個木板夾，木板夾上夾著一張紙，只見紙的上方寫著：XX學年度第X期值週領導巡視檢查表。標題下面是一張表格，豎欄第一行分別是星期一至星期五每天的欄目，橫欄下來，第一列寫著孩子們每天需要遵守的各項紀律，上面寫得清清楚楚：

1.早讀時間認真學習。

2.課間活動文明有序。

3.預備鈴後紀律好，做好上課準備。

4.蝴蝶結、鐵十字、按要求配戴。

5.教室地面，室外走廊保持潔淨。

6.桌椅擺放有序。

7.室內用品擺放整齊。

8.及時關閉電氣設備、門窗。

每一列都有五個空格可以打成績，而早自習已經被打上了一個五角星。「五角星」應該就是好的意思吧！愛因斯坦忽然想起，早上斯戈爾老早就到教室裡面來領讀早課了，值週領導檢查的時候，有老師在，紀律當然好了。

中午的時候，五年二班的孩子排著隊前往食堂。走到食堂門口。愛因斯坦一眼就看到了食堂門口的那塊大大的「食堂文明就餐記錄表」。「記錄表」做得很大，足有教室黑板的一半大小。表格上的檢查內容分為三大類，一類是衛生，包括飯後桌面整潔和飯後地面整潔兩個方面；一類是紀律，包括「排隊入座有序，不追逐打鬧」，「盛飯自覺排隊，雙手端盤」，「吃飯安靜坐正，雙腳平放在地」，「就餐時不大聲說話」，「飯後餐盤，湯勺有序擺放，剩菜剩飯倒入垃圾桶」五個方面；還有一類是節約，只有「飯後不把大量飯菜倒掉」一個方面。第一天，校長竟然親自站在食堂門口，一邊根據各個班級的情況，一邊把黃色的笑臉一個又一個貼到班級的評分欄裡面。不是說好是讓紅蝴蝶結監督崗的孩子貼的嗎？

「全體立正！」剛剛走過食堂門口的橋邊，漢森站在列隊前面，下了口令。孩子們停止了低聲交談，排好了隊，一切程式跟以往一樣。旁邊的斯戈爾老師看到隊伍排直了，滿意地點了點頭。接著，漢森繼續帶隊，往食堂門口走去，這次沒有出什麼岔子，孩子們排著整整齊齊的隊入了座。

輪到孩子們取麵包了，五年二班的孩子在附近一個取麵包點附近的一邊排了兩排隊。原因是這樣的，五年二班孩子的座位都在這個取麵包點的左邊，離另一個取麵包點又太遠。如果要到這個麵包點的右邊去領麵包，只有兩個選擇，要麼繞開長桌走一段「遠路」，要麼從長桌和「取麵包點」的夾縫中擠過去方能擠到「取麵包點」的右邊去，擠的時候非得十分小心不可，一不留神就會「湯灑盤翻」。孩子們自覺選擇了最短最安全的路，在臨近的取麵包點的左邊，排了兩排隊伍。

等取完麵包後，斯戈爾來到五年二班孩子的餐桌前，厲聲質問道，「你們取麵包的時候排隊了嗎？為什麼我們班沒有在『盛飯自覺排隊』下面得一個笑臉。」孩子們一臉無辜，看了一眼「記錄表」，大多數班級都在這一欄貼上了笑臉，只有少數幾個班級沒有，其中就包括五年二班。愛因斯坦也感到奇怪，他們都是排隊領麵包的，而且很多同學為了這次監督，還特意沒有在領麵包的時候講話呢？

「老師，我們都是排隊領麵包的！」丹娜的膽子大一點，瞪大了眼睛，大聲地跟斯戈爾爭

辯道。

「那我們班為什麼沒有得到『笑臉』？」斯戈爾也瞪著眼睛，不依不饒地質問。沒有一個孩子回應斯戈爾的問題。斯戈爾也不跟孩子們乾耗，一轉身，走進了學校教師食堂。

遠處，校長正在巡視低年級吃午飯的情況，顯然是要根據孩子們中午吃飯的情況，給各班孩子貼「笑臉」。愛因斯坦後來才知道，得國有一句古話，叫作「食不言，寢不語」。吃飯的時候，是不允許任何人講話的，這是不符合古代得國人的禮節的。也許這天是因為校長在巡視，原本熱鬧的食堂變得安靜了許多，只有一個六年級的班級在大聲交談學校裡發生的新鮮事，完全無視校長傑克的注視和檢查。愛因斯坦知道，這個班級是六年級老師口中的「奇葩班」，據斯戈爾所說，這個班級以前的班主任對待他們太好了，到了六年級，他們班就變成了學校裡面紀律和學習最糟糕的班級，新任的班主任加內特老師也對他們束手無策。他們中的大多數人，是不會對作業上心的，就連中午午自習時間，他們都要溜出去去外面玩耍，更何況是這種「無足輕重」的學校檢查。

過了一會兒，校長傑克走了過來，他肯定是來巡視的。他穿著藍色的夾克衫，青色的牛仔褲，脖子上掛著的值週領導的紅色牌子，在食堂邊窗外的陽光照射下，閃閃發光。他一邊走，一邊兩眼往餐桌邊注視著孩子們的一舉一動，油光瓦亮的臉上滿是認真的表情，銳利的眼睛，仿佛是一個掃描器，能把孩子們所犯下的過錯一一掃進腦子裡。一步，一步……校長走近了……

「阿嚏！」帕斯達特一低頭，一個噴嚏把嘴裡的麵包噴在了盤子上面。他揩了一下鼻涕，並把手上的鼻涕刮在了科比的凳子附近。科比沒有注意，他像往常一樣，繼續吃了幾口麵包，把他擱在餐桌金屬架上面的一雙腿重新放回地上，接著便起身，前往食堂泔水桶邊把剩下的麵包和剩菜倒掉。他可不願在吃飯這件事情上面花太多的功夫，他要把這個寶貴的時間用來做其他有趣的事，比如說一個人自顧自地玩……而帕斯達特繼續把他那從嘴裡吐出來的，嚼爛的麵包，同他那吃了一半的麵包攪在一起，並不斷地用勺子擠壓，直到他那嚼了一半的麵包內部擠出他的唾液來。接著，他用勺子把麵包切了一點下來，跟擠出唾液的麵包拌在一起往嘴裡送……

坐在帕斯達特對面的艾米看到這一幕，嘴巴一翹，沒有了胃口，端起盤子就離開了座位。愛因斯坦看到了，心裡也不由得泛起一陣噁心。迪克瞪大了眼睛，「呃啊」地一聲，說道：「好噁心啊，帕斯達特吃嘴裡吐出來的東西……」孩子們也就著這件事情議論了起來，而遠處的丘比和賽克，沒有注意到這一幕，他們正非常愉快地談論他們週末剛剛玩的電子遊戲……沒有一個人再去注意過來巡視的校長傑克。

愛因斯坦吃完飯，走到食堂門口，「記錄表」上面，紀律五欄都已經打了分，衛生和節約方面的「笑臉」都還沒有貼上。一群小孩子圍在「食堂文明就餐記錄表」前，指著記錄表上面的黃色小笑臉議論紛紛……

檢查情況下來，好多班級的情況都不是很妙。五年三班，是妮娜老師所帶的班級，他們的紀律檢查欄裡面，只得到一個笑臉，凱內老師所帶的五年一班紀律檢查欄裡面，也僅僅是得到了兩個笑臉。而他們五年二班呢，「吃飯時安靜坐正，雙腳平放在地」和「盛飯自覺排隊」這兩欄裡面沒有笑臉，斯戈爾看到後估計又要罵了。

這時，臂上纏著紅袖帶的「大隊委員」吃完飯後，開始過來了，愛因斯坦認得他們是六年級的三個大隊幹部，她們根據貼在「記錄表」旁邊的一張「班級食堂就餐座位表」，在節約和衛生欄裡面貼上了一個又一個「小笑臉」。愛因斯坦班裡面，是有兩個人值日的。雖然每天都會有人不小心把餐盤裡面的食物不慎落在桌子上或者掉在座位下面，只要有值日的兩個孩子，把落在桌子上和落在地面上的撿起來，最後再把桌子擦乾淨，應該說是「萬無一失」的。可是，今天參與值日工作的丘比和賽克可能太粗心了，把桌邊掉落的半片牛奶吸管的包裝紙給遺漏了。

食堂的門開了，一個又一個老師走了出來，斯戈爾也像往常一樣走了出來，手上拿著一袋牛奶和一根吸管。他向孩子們的桌邊看了一眼，仍然在桌邊逗留幾個孩子，如果他看到桌邊那個閃著銀亮的光的細管包裝紙，肯定會叫孩子把包裝紙撿起來的。

檢查的「大姐姐」一步一步走近了，她正在巡視五年一班孩子的座位，她臉上，浮現著一股特有的班幹部的認真，那股認真勁兒，簡直跟校長傑克一模一樣。斯戈爾似乎也注意到了檢查的「紅蝴蝶結監督崗」的成員，他走了過去，用他那又黑又亮的皮鞋，一腳踩在了桌邊的「包裝紙」上面。

「你們還留在這裡幹什麼？還不早點去教室做作業！」斯戈爾命令道。聽了斯戈爾的命令，留在桌邊的洛珈、維塔和納依弗停止了女生間的談話，端起盤子，晃悠悠地踏起急促的步伐，向泔水桶走去。等在一邊值日的丘比，如釋重負地舒了一口氣，舉起手上的小抹布，認真地擦了起來。看來丘比等這三位女生離開等了很久。

檢查的大姐姐看了看，發現地上除了凳腳、桌腳和斯戈爾踩在地上的那雙油光發亮的皮鞋，什麼也沒有。「五年二班沒有垃圾！」戴著「紅袖章」巡查的「檢查員」用她那尖利的聲音，告訴那位在遠處準備貼「笑臉」的「大姐姐」，兩枚「笑臉」被貼在了五年二班的衛生兩欄裡面。

等「大姐姐」走過去檢查五年三班時，斯戈爾才從皮鞋底下摳出那片閃閃發亮的半截吸管包裝紙，並把它捏在了手心。

「愛因斯坦，你還在這裡幹什麼？還不快去教室做作業？」

愛因斯坦吃驚地望著斯戈爾，見到斯戈爾向愛因斯坦下了命令，愛因斯坦扭過頭，跑開了。

後來，斯戈爾向五年二班的同學們報告了這次「紅蝴蝶結監督」檢查的情況。「班級裡面總體情況良好，只是有兩個地方我們做得不夠，一個是『雙腳平放在地』我們沒有得到笑臉，我們希望以後大家吃飯的時候，不要把腳擱在桌子的兩條杠上，這樣既不文明，也不美觀，一不小心還會把學校的桌子弄壞。還有一個是『盛飯自覺排隊』上面，我知道你們是自覺排隊的，只是兩列隊伍都排在取麵包點的左側有點太亂，只排一排又顯得太長，不如靠右邊的同學繞過桌子，把隊伍排在取麵包點的右側，這樣看起來好一點……」

斯戈爾話音剛落，孩子們中間就像往常一樣，爆發出一陣猜疑，斯戈爾用一種近乎「強詞奪理」的語氣，把孩子們的異議一個又一個地壓了下去。「看看其他班級的同學，老師下的指令都是遵照著執行的，哪像你們，那麼多廢話！」教室裡的話語聲便安靜下來了，只是教室裡面，還有一些不知從哪裡來的訕笑聲。

後面幾天，食堂衛生評比仍然繼續，孩子們在斯戈爾極力要求下，漸漸做到了衛生、紀律和節約三方面的要求，獲得了「全笑臉」。大多數班級紀律也明顯比以前好了許多，這是校長傑克多天巡查的時候得出的結論。除了四年級的一個班級和「奇葩班」六年一班，仍然有幾個笑臉沒有得到以外，大多數班級都得到了「滿笑臉」……

又到了一週一中午，孩子雖然在週末休息了兩天，中午的時候，他們的紀律依舊像往常一樣，需要老師反覆提醒，才能有秩序地在食堂門口排好隊。在食堂門口，愛因斯坦可以看到那個「食堂文明就餐記錄表」。在食堂天窗的陽光照射下，那塊「記錄表」銀白色的表面上反射出奪目的光。上週五貼在「記錄表」上面黃色的「笑臉」依舊整齊地排列在空格上面，沒有動過。

難道今天不需要貼笑臉嗎？愛因斯坦心裡不禁產生了疑惑。上週每天中午，斯戈爾還未帶五年二班的同學進入食堂前，傑克校長早就等在門口了。可是這天中午，傑克並沒有出現。似乎也不會有老師其他老師出現在那裡。不會再有人

巡查他們的排隊情況，也不會再有人巡查他們的吃飯情況。

等到愛因斯坦領完麵包坐到座位上，他看到五年級的凱內老師來到了「記錄表」跟前。紀律欄裡面的「小黃臉」，他不僅一個都沒有動，還把紀律欄裡面沒有放「小黃臉」的空格，一個又一個用「小黃臉」補上了。他根本就沒有監督過各個班級的紀律情況，竟然給了所有班級紀律滿分。看來他是懶得一個個巡視和記錄每個班級的紀律情況。那麼，上期星期每天巡查和監督孩子們一舉一動的校長傑克，他究竟去哪裡了？沒有人巡查和監督他們了，就都是「笑臉」了嗎？

吃完午飯，愛因斯坦端著盤子，準備把剩菜剩飯倒進「泔水桶」裡面。遠處，「戴著紅袖章」的「大姐姐」又出現了，他們在記錄表前面一個一個貼上了黃色的「小笑臉」。愛因斯坦倒完剩菜剩飯，放好盤子，走到「記錄表」跟前，除了少數幾個班級在衛生上面沒有黃色的「笑臉」，大多數班級都得到了「滿笑臉」，這是多麼值得表揚的一件事啊！愛因斯坦期待明天班主任談話時間，斯戈爾能夠好好表揚他們一番。

第二天，班主任談話時間如期到了。斯戈爾拿著一大疊厚厚的《得語作業本》和《得語方法指導叢書》來到了教室。他把《作業本》和《方叢》在一邊一放，接著，他一板一眼地對同學們說：「我們今天來訂正一下《作業本》和《方叢》，真不知道你們是怎麼對待作業的，我講了好幾遍了，都還是錯得一塌糊塗……」

現在不是班主任談話時間嗎？按照學校要求不是不能進行作業批改的嗎？斯戈爾不是跟我們說過如果得到「滿笑臉」，他會在班主任談話時間表揚我們的嗎？如今，班主任談話時間怎麼能夠任由他板著臉讓我們訂正他的作業呢？難道老師和爸爸媽媽一樣，都是說話不算話的嗎？愛因斯坦不禁犯起了迷糊。

正當孩子們排著長隊訂正作業的時候，英語老師雅安娜來到了教室外面，從窗戶向裡面一看，竟「咯咯」地笑了起來：「班主任談話時間你在訂正作業呀！」斯戈爾見了，也笑了：「沒辦法，孩子落下的作業太多了，這週校長外出培訓，不在學校，我就用班主任談話時間訂正一下他們的作業。」

雅安娜聽了，也「呵呵」地笑了起來：「那麼，我也來弄一下我的英語。」話音剛落，斯戈爾的臉上掠過一絲不快。

「洛珈、霍姆沃克、瑪塔、維塔……馬上拿起英語書來我辦公室讀一下英語。」雅安娜走進了教室，對著教室裡面的四個孩子說道。

四個孩子聽了，立刻停下他們手中正在訂正的得語作業，從抽屜裡或書包裡找出了他們的英語書。雅安娜領著他們，像母雞領著小雞一般，大搖大擺地走出了教室……

聽了雅安娜和斯戈爾的對話，愛因斯坦終於明白了，怪不得昨天傑克校長沒有出現在食堂檢查同學們的吃飯情況，原來他是到外面培訓去了啊。校長不在，自然不會有人檢查大課間活動情況和班主任談話情況，斯戈爾也可以堂而皇之地批改和讓學生訂正他的得語作業……

一週後，校長傑克又回到了伊斯特小學。他似乎對食堂衛生評比失去了興趣，也不再出現在食堂衛生檢查表前貼「小笑臉」，而是讓值週的老師代貼。此後，孩子們發現值週老師不管是誰，一律給所有班級滿笑臉，於是，他們進入食堂的隊伍又開始變得鬆鬆散散的了，只有那「紅蝴蝶結監督崗」的「大姐姐」們，仍舊帶著「紅袖章」，在午餐後對著那張表格不斷地忙碌著，直到裝模作樣地給所有班級貼滿笑臉才離開……

多樣活動的特色學校

在愛因斯坦的印象中，學校每學期都要舉行各種各樣的「特色活動」，據說目的是為了豐富孩子們的課餘生活。

上一學期，學校先舉行了「體育節」系列

活動。其中包括，孩子們奮勇爭先，揮灑汗水的「運動會」活動，運動會總體成績計算下來。五年二班屈居於第三名。過了一個月，正當領導來學校檢測體能測試前幾天，學校舉行了一次體能測試大比拼的活動，由於班級裡的霍姆沃克、賽克、丘比、維塔、瑪塔和福爾都「拖了後腿」，總體比拼下來，五年二班又得了一個第三名；又過了一個月，「體育節」還舉行了下棋比賽和拔河比賽活動，在拔河的時候維塔同學在拔河的關鍵時刻摔了一跤，葬送了整次拔河的絕好機會，又使五年二班得了一個第三名。此後，在孩子們「為什麼都是第三名」的質疑聲中，「體育節」就銷聲匿跡，直到學期結束，也不再被任何老師和同學提起。愛因斯坦到學期結束都不知道「體育節」究竟是怎麼一回事。

除了「體育節」外，更加神秘的便是那「讀書節」。在過「讀書節」的時候，每個班級的孩子為此出了一次有關讀書的黑板報。有一次「讀書節」，孩子們將家裡看過的書籍帶到學校裡來，在某一天舉行的「圖書跳蚤市場」活動中，推銷給其他班級裡面的孩子，賣幾馬克錢，作為他們自己的零花錢。此後，學校還組織開展了手抄報比賽。那時候，在班級裡面，斯戈爾要求每位孩子畫一幅手抄報，斯戈爾會從其中幾幅畫得好的手抄報中，選出三到四張，貼在教學樓外面宣傳窗的展板上面。這樣，上學和放學的時候，全校的孩子們都可以看到他們畫的佳作……幾個活動過後，「讀書節」又悄無聲息地從老師和同學們的交談中消失了。愛因斯坦注意到，每次活動現場，都有老師拿著那只大照相機，抓準鏡頭給孩子們拍照，有時候是費安娜老師拍的，有時候是比利老師拍的，有時候甚至是校長傑克親自拿著照相機給他們拍照。

除了「體育節」和「讀書節」的活動外，學校還組織舉行了學校特色的活動。在四年級上半期，據說，伊斯特小學已經被評為「足球特色學校」。愛因斯坦記得，他們學校以前致力於練習籃球，爭取把學校打造成「籃球特色學校」，沒想到，市裡面來了通知，全市的中小學要響應領導的號召，成為「足球特色學校」，並積極開展足球運動，以期使得國足球強大起來。為此，校長傑克親自在大課間通知孩子們，每週的星期二，全校的學生大課間活動時，一律開展「足球特色」的活動，爭取把學校的這個「優良傳統」延續下去。在週二的時候，各個班級在學校大操場中間的足球場上，在足球場邊的跑道上，在籃球場邊的跑道上，練起了足球。有的在踢比賽，有的在練運球，有的在練射門，甚至有的一年級小朋友，腳步走得都不是很穩，也在跑道上晃動著身子運球。學校還從五六年級的學生中，選出了一些學生，組成了學校的校隊，跟其他學校的孩子進行了比賽。

雖然沒有幾個孩子知道「讀書節」和「體育節」到底是怎麼回事。有一小部分同學非常喜歡這樣的活動。在活動過後，他們都能夠得到相當多的「獎勵」。比如說納依弗、艾米和丹娜等女生，他們畫一次黑板報就可以得到一張列印出來的美少女「簡筆劃」和一張獎勵卡。弗雷特也為「獎勵卡」躍躍欲試，在各種活動中表現得很積極。而大部分同學，對這種活動不感興趣。他們的理由很多，第一個，這些活動會占走他們補寫作業的時間，有時候會讓他們中的某些人留晚學留得很晚。第二個原因，即使參與這些活動，活動的獎勵實在是太低了，參與這些活動僅僅只能得一張獎勵卡，而一張獎勵卡在期末最多只能兌換一根棒棒糖或者跟一個骰子差不多大小的橡皮，這辛辛苦苦得來的報償也太少了吧！更何況有時候，他們若是沒有在規定的時間內完成任務，還會挨老師的批評。孩子們寧願把這種活動的時間花在做回家作業上面，在學校如果能夠完成回家作業，家裡就能夠理直氣壯地說：「我作業已經做好了，不用再學習了。」

在一到三年級的時候，不知是孩子心裡面沒有「吃虧」的概念，還是畏懼格瑞德的威勢，都安安心心地服從格瑞德所佈置的「活動安排」，沒有人說不聲不。到了四、五年級，孩

子們的心仿佛開了竅，一個勁地跟斯戈爾討價還價。甚至公開的向斯戈爾提出，他們的獎勵太少了。像上次運動會，比賽前，丹娜和漢森積極要求斯戈爾給他們每個參加比賽的孩子，一個人多發幾張獎勵卡。可是，簡甯老師發給全校班主任和任課老師的獎勵卡是有限的，發得太多，就意味著獎勵卡將不夠用。斯戈爾否決了他們，導致講臺下出現一陣垂頭喪氣的歎息。斯戈爾並不像格瑞德一樣，強制攤派任務，並會用「班級榮譽感」激勵他們參加學校活動。他也沒有像格瑞德一樣雷厲風行的風格，說一不二的態度，以及強有力的威懾力——一把隨時能夠打手心並教育人的戒尺。斯戈爾態度溫柔，從不威逼學生，甚至有時候能採納學生提出的合理意見。一旦學生遇到「不合理」的任務，會向斯戈爾提出意見。斯戈爾也沒有辦法，剛開始一個勁地跟孩子們說理，說不過孩子們，就只好自己掏錢買氣球和巧克力來吸引孩子，調動孩子的積極性。

五年級下半期，神秘的節日又出現了。前兩週，孩子們剛剛畫了「科技節」的手抄報，納依弗、丹娜、艾米和雀麗的手抄報被斯戈爾選中，貼在了學校的展板上。而六一兒童節合唱比賽的排練，則表示著學校「藝術節」活動開始了。沒有人知道「科技節」和「藝術節」到底是什麼東西，就像沒有人知道「讀書節」和「體育節」是什麼東西一樣。老師從來沒有向孩子們解釋過，而學生從來也沒有向老師詢問過。

好奇心是每一個孩子的本能。愛因斯坦也不例外。聽到那神秘的各種節日，愛因斯坦很想知道這些節日究竟是怎麼來的，就像婦女節和國慶日是怎麼來的一樣；他也想知道為什麼要開展活動慶祝這些節日，就像去知道慶祝婦女節和國慶日的原因一樣；他也想知道這些「節日」究竟在哪一天，就像婦女節和國慶日都有明確的日期一樣……可是，他決不會向老師提出心中的疑惑。記得三年級「讀書節」的時候，納依弗問老師我們為什麼要在「讀書節」畫手抄報。面對納依弗天真和好奇的提問，格瑞德上來便是破口大罵：「你問我，我問誰去啊？你以為我們很想組織這種活動呀！以後不准再問這種愚蠢的問題！」有了納依弗的「前車之鑒」，愛因斯坦絕對不會向老師提問，就像不能提那些有關風、雨、雷、電是怎麼形成的問題一樣，如果誰提了這樣的問題，不僅會挨老師的罵，還會被其他同學嘲笑。

在學校下半期的活動中，五年級的孩子成了當之無愧的主力軍。為什麼呢？比他們「大」的六年級的孩子正在忙著準備畢業考呢！小學裡的畢業考那是非常重要的哩！下學期剛開始的時候，他們早就已經上完了得語、數學和英語課。除了下課時間和中午時間，大多都被關在教室裡面，做著一本又一本的練習卷，他們哪裡來那麼多的時間去準備活動啊？即使參與活動的時候，他們也大多作為旁觀者在旁邊看著，就像聽戲的人一般。五年級比起其他低年級的孩子，又是最大的，他們不承擔更多的任務，又有誰來承擔呢？上學期「讀書節」的時候，校外的領導來學校觀摩，所有班級花了整整兩個星期時間，去排練「歌舞劇」。由於五年級是表演節目的主力，在最後一星期的時候，五年級的孩子沒有去教室裡面上課，整天都在體藝館裡面排練節目。節目演出後，教導主任費安娜稱讚他們：「都表現得非常棒，總算沒有給學校丟臉」。

在五年級下半期，五年二班的孩子們仍然有很多活動要參加。科技節有科技館「小小主持人」活動、放風箏比賽活動、紙船承重等活動。一個是「藝術節」有寫字比賽、經典詩歌朗誦比賽、手抄報比賽，藝術節專題黑板報評比等活動。

科技館的「小小主持人」活動，需要選定的兩位主持人背兩張A4紙大小的主持稿，斯戈爾已經選擇了班級裡記憶比較好的孩子丹娜和珊迪參加。

放風箏比賽，需要孩子買風箏來放，大多小孩子已經把風箏買好了，就等比賽那一天放了。在斯戈爾小時候，商店裡都沒有風箏賣，那

時候的風箏都是自己做的。而現在的孩子，已經沒有那種巧手做出像樣的風箏了，就是商店裡買來的風箏，也是粗製濫造的，不是容易散架，就是容易斷線。

藝術節朗誦比賽需要全班同學參加，斯戈爾也像費安娜一樣，告訴他們，這次「朗誦比賽」非常重要，千萬別給「班級丟臉」。愛因斯坦並不是很懂「班級丟臉」是怎麼一回事，就連斯戈爾每天信誓旦旦說個不停的「班級榮譽感」是怎麼一回事他也不知道。不過，他明白，只要誰出了「洋相」，他是絕對不會有好臉色給「丟臉」的同學看的。

斯戈爾每次提出活動的時候，總會有人表示不滿。「啊？不要朗誦比賽，老師，做作業都來不及。」鵬比笑著把頭歪向一邊，抗議道。而迪克作出了一副被「子彈擊中」，捂住胸口要倒下去的樣子，「呃！不會又要背誦詩歌了吧！」……斯戈爾繼續告訴他們，他們需要背一首詩歌，並且在下星期四的時候，登臺全班參加詩歌朗誦……講臺下面抗議聲不斷，斯戈爾作出了一副漠然的態度，無視他們的任何抗議。斯戈爾並告訴他們，他會選一首中等長度的詩給大家朗誦，希望他們快點能夠背出來……

聽到這裡，孩子們更急了，紛紛抗議，光是得語課裡要背的課文已經夠多了，更何況他們還要三天兩頭地背英語課文和單詞。斯戈爾眼睛一瞪，臉漲得通紅，鬍子似乎也被鼻孔裡面的氣吹得翹了起來：「你以為我願意組織這個狗屁的朗誦比賽！這是領導佈置下來的任務，我有什麼辦法……」從老師的嘴裡飛出「狗屁」這種髒話，讓各位孩子吃了一驚。「領導」，又是「領導」，愛因斯坦印象當中，只要是跟「領導」這兩個字沾邊的事情，準沒有什麼好事。斯戈爾用他的一票否決權否定了所有孩子們的「抗議」。

很快，班級裡面開始緊張的詩歌朗誦排練了。剛開始，斯戈爾佈置任務，叫所有孩子一天內把海涅的時事詩《亞歷山大》背出來。結果一天下來，能背出詩歌的孩子沒有幾個。斯戈爾把這些沒有背出詩文的孩子全部留了下來，花了兩天功夫，除了帕斯達特和福爾外，所有同學都背出來了。斯戈爾也沒有去為難叛逆的帕斯達特和愚鈍的福爾。他們連老師佈置的得語課文都不能認真去背，更何況去背朗誦的詩歌呢？他已經做好了讓這兩個人濫竽充數的心理準備，反正只要把他們安排到離話筒最遠的位置，他們就算不發出聲音，也沒人能夠察覺。

接著，斯戈爾對孩子們進行了朗讀指導。孩子們早自習的讀書任務由朗讀得語課文，變成了朗讀詩歌《亞歷山大》。斯戈爾在早讀時間還特地對他們進行了朗讀指導，希望孩子們能夠模仿著他的口吻，讀出亞歷山大威武雄壯的霸氣。孩子們卻常常提一些跟課文朗讀毫無關係的問題，「老師，圖勒到底是什麼東西啊？」，「老師，歷史法學派大師是什麼呀？」，「老師，希臘是什麼東西啊？」……斯戈爾也懶得斥責提出這些問題的孩子，乾脆對提這些問題搗亂的孩子不理不睬，免得浪費更多的時間。愛因斯坦不知道「圖勒」，「歷史法學派」等是什麼東西，也不會好奇地想去瞭解這些內容，孩子的天性哪個不是對自己周圍的事物感興趣，紙上的那幾個字眼，又有什麼可好奇的。他們提這些問題，只不過想看看斯戈爾聽到這些問題時候憤怒的表情，再在下課的時候模仿著做給其他同學看罷了。斯戈爾估計是強忍住怒火去指導《亞歷山大》的詩歌朗誦的。斯戈爾費盡心力，指導了一遍又一遍，像丹娜、鵬比、雀麗、漢森和弗雷特這些孩子，很快就能像模像樣地用「斯戈爾的語調」進行詩歌朗誦了，而丘比、科比、迪克等孩子，腦子裡仿佛缺根筋，怎麼練都練不出那種「抑揚頓挫」的語調。艾米和納伊弗語調雖然還可以，艾米的聲音實在是太輕了，把她的聲音放到舞臺上，跟蚊子「嗡嗡」叫沒有什麼區別，而納伊弗呢，朗誦的時候，腦袋一晃一晃的，頭一搖一搖的，看起來很認真很投入，卻晃得十分搞笑，就像吃了「搖頭丸」一樣……

朗誦比賽的日期漸漸臨近，斯戈爾開始把

品德課的時間，拿去進行詩歌朗誦排練。斯戈爾把讀得好的兩位同學，雀麗和弗雷特兩個人安排了特殊任務——領讀。所謂領讀，就是站在最前面的兩位拿著話筒領讀詩歌，接著，站在後面大隊伍裡的孩子齊讀詩歌。領讀的姿勢和動作類似於綜藝節目裡面的主持人。沒想到，當雀麗和弗雷特從隊伍裡站了出來，單獨朗讀詩歌的前面幾句時，臉居然都紅得像個「大蘋果」，讀了沒幾句，竟然笑出聲來了。愛因斯坦知道原因，站在隊伍裡的科比和帕斯達特在他們身後一直說著「結婚典禮現在開始，蹬蹬蹬，蹬蹬蹬蹬……」他們竟然哼起了婚禮進行曲。聲音一響，整個隊伍裡的孩子都笑了起來……不知道花了多少時間，斯戈爾才使嬉笑成群的隊伍安靜下來……

經過斯戈爾的不懈指導，班級裡面的孩子終於朗讀得有模有樣了，吉娜在音樂課的時候，給孩子們配了樂，漸漸地，朗讀的整體效果非常好。

在當天的朗誦比賽裡面，五年二班的同學竟然在全校評比的朗誦比賽裡面得了第一名，真是出乎意料。當名次報出來時，吉娜微笑著對斯戈爾說道：「恭喜你，這次得了一等獎。」

沒想到斯戈爾竟然尷尬地笑了笑：「這次也得多虧了吉娜老師的指導呀！只是我不知道，得了第一名能加幾塊工資，有什麼用處……到頭來還不是讓領導拍下照片做資料而已……」

吉娜說道：「這次跟以往相比可不一樣。這次我們進行朗誦比賽，主要是看看這屆五年級有沒有什麼好一點的『苗子』，市裡面也有一個朗誦比賽，我打算選優秀一些的孩子，去市裡面參加比賽……」

朗誦比賽過後，學校裡面還舉行了拔河比賽、科技節放風箏活動、科技館參觀活動、讀書節課外好詞好句摘抄比賽……愛因斯坦不知道為什麼要舉行這麼多的活動，似乎一切跟「領導」有關係，有時候是市裡面的「領導」，有時候是村子裡面的「領導」，有時候是學校裡面的「領導」……有些活動，愛因斯坦感到很好玩，例如拔河比賽、放風箏；有些活動，愛因斯坦實在是不怎麼喜歡，特別是好詞好句摘抄活動，斯戈爾叫班級裡面的所有孩子一週時間從課外書裡面找一些好詞好句抄到本子裡面，抄滿一本本子，再配上圖畫和漂亮的標題加以修飾展出。這簡直就是加作業嘛！

不管怎麼說，每個學期都有那麼多的活動。伊斯特小學必將以它豐富多彩的活動，著稱於世。

健康九十九條競賽

品德課上，斯戈爾手上拿著一疊白色的紙走進了教室。

現在，愛因斯坦能夠發現一個規律了，如果老師在班主任談話時間拿著紙，走進教室，一般來說等待孩子們的準不是什麼好事。像上次朗誦比賽、摘抄好詞好句比賽，甚至以前的體質測試每天追蹤記錄，都是起源於斯戈爾拿著一疊白色的紙頭走進教室。如今，斯戈爾帶著白色的紙頭走進教室，等待他們的究竟又會是什麼呢？

斯戈爾把紙往講臺上面一放，示意班長弗雷特和得語課代表珊迪將這疊紙一張一張發下去，不久，愛因斯坦就拿到了這張紙。這張紙是一份《健康九十九條知識內容》，正反兩面密密麻麻寫著小學生需要知道的九十九條跟自己健康相關的內容。愛因斯坦估算了一下，上面的單詞數加起來至少有兩千個。

接下來斯戈爾說的話，讓全班所有同學都大吃一驚。

「這是一張健康九十九條知識競賽內容，我們下週三要舉行健康九十九條的測試，請大家這節課好好去記一下裡面的內容，最好能把裡面的內容背出來。」

「要背出來！」講臺下的同學們異口同聲地發出了驚歎。

「這怎麼可能！」迪克用他那瞪得大大的

眼睛看了一下「健康九十九條」，「啊」的慘叫一聲，仿佛中了槍似的倒在座位上。接著，教室裡響起了稀稀疏疏的抱怨聲。

「同學們，我知道這張紙上的內容比較多，背起來比較麻煩，但是老師希望大家能夠克服一下困難，爭取在下週三健康知識競賽之前，把這張紙上的內容背出……接下來，大家開始……」

孩子們舉起「健康九十九條」看了起來。愛因斯坦知道「健康九十九條」是不可能在一堂課內背出來的，但是出於好奇，愛因斯坦還是認認真真地看了起來。

健康九十九條分為九個模塊，每個模塊都有標題，分別為「一、理解健康觀念，掌握基本知識。二、營造健康環境，建造健康家園。三、組織動員全社會，預防控制傳染病。四、培養衛生行為，遠離慢性疾病。五、合理安排膳食，確保食品安全。六、學習自我保健意識，養成健康生活方式。七、加強職業衛生保護，避免發生意外事故。八、學會自救互救，應對突發事件。九、掌握基本技能，提高健康水準。」每個模塊都有幾條或者幾十條組成，愛因斯坦知道所有標題都是「套話」，而裡面的九十九條內容才是最重要的。

上面的大多數內容，愛因斯坦都看不懂。比方說第三條，「健康的生活方式主要包括合理膳食、適量運動、戒煙限酒和心理平衡四個方面」，愛因斯坦不知道什麼東西叫心理平衡。「『肺結核』主要通過病人咳嗽、打噴嚏、大聲說話等產生的飛沫傳播。」「肺結核」是什麼東西？看起來好像是一種病。接連出現愛因斯坦不認識的單詞，也沒有人給他解釋這些詞語的意思。愛因斯坦還沒有讀到二十條，他就沒有興趣再讀下去了。

「老師，安全套是什麼東西啊？」帕斯達特指著第十九條，「正確使用安全套，可以減少感染愛滋病和性病的危險」，說道。斯戈爾走了過去，敲了一下他的頭，罵道：「給我認真看，別提這種沒有用的問題！」帕斯達特捂著頭，一臉無辜地盯著他的老師斯戈爾，「老師，我真的不知道它是什麼東西？」

「行了，小流氓，給我閉嘴好好看！」斯戈爾說完，撇下帕斯達特不管了。好多同學都不知道，究竟發生了什麼事，包括愛因斯坦。「安全套」是什麼東西，他也不懂呀！如果斯戈爾不會罵，就算愛因斯坦不提出來，納依弗也會提出來的。如今，沒有人再向老師提出這些類似的問題，而帕斯達特卻提出來了。可是，斯戈爾不回答，又有誰會再站出來提問呢？帕斯達特沒有再看那張「健康九十九條」，轉而用一副仇恨的眼神望著斯戈爾。斯戈爾也不去管他。他曾經說過，「帕斯達特是個沒有教養的孩子」，「只要他不影響大家學習，大家就不用去管他，我也不會去管他」。斯戈爾一直很信守他對孩子們的諾言，從來不會在這個人身上浪費太多時間。

經過帕斯達特這麼一鬧，愛因斯坦低下頭，也把眼睛定格在了「安全套」這個單詞上面。這個到底是用來幹什麼的呢？帕斯達特問起斯戈爾「安全套」究竟是什麼東西的時候，斯戈爾居然叫帕斯達特「小流氓」，這個「安全套」該不會是非常猥瑣的東西吧。愛因斯坦突然很想知道「安全套」究竟是什麼？他把書包的拉鍊拉了開來，尋找他書包裡面的《小學生得語詞典》。

哎呀！愛因斯坦一拍腦袋，意識到他的《得語詞典》忘在家裡面了。愛因斯坦把書包塞回到了抽屜裡面，連拉鍊都還沒來得及拉上，就向身邊的霍姆沃克望了一眼，希望他能夠借他一本得語詞典。愛因斯坦又想起了，《小學生得語詞典》雖說是是得國小學生必備的工具書，班級裡所有同學都買了。霍姆沃克雖然買了，可是買了又會弄丟，弄丟了又買，一連幾次下來，他爸爸媽媽心疼錢就不給他買了。

愛因斯坦有點無奈，他也不想向其他人去借《得語詞典》，萬一「安全套」真的是一個非常猥瑣的詞語，被其他同學看到了，他該如何面

對同學們對他的嘲笑？算了，不查了，他搖搖頭，用手托著腮，斜靠著桌子，望著那張完全讀不懂的「健康九十九條」，發呆。

過了一會兒，他覺得自己實在是太無聊了。於是，他想著弄出點樂子來。他環顧四周，斯戈爾正站在講臺上面，手上拿著一張報紙，一邊喝著茶，一邊看了起來。丘比和賽克似乎在低聲談論打電子遊戲的事情。幾週前，中街邊上開了一家電子遊戲廳。丘比和賽克按捺不住好奇去玩了起來。從此，他們的語言中開始出現了「小絕招」，「大絕招」，「子彈」這些特殊的詞語。無論是在下課的時候，還是在放學回家的時候，他們總是不厭倦地討論電子遊戲。

科比則偷偷地拿起買零食送的玩具——一副塑膠的上下顎獸牙。他把那副雪白的「牙齒」含在嘴裡，那副「假牙」完全遮住了他的細小的牙齒。他露出一副猙獰恐怖的表情，越過他跟珊迪事先約定的三八線，去嚇他那毫無防備的同桌。珊迪被他嚇了一跳，轉而揮起手掌狠狠地拍在他的手上，科比也不甘示弱……他們就這樣你一拳我一掌地打了起來……

迪克呢？他正沉浸在自己的世界中呢？瞧，他的手慢悠悠地舞動著，好像電視中的機器人在蓄積能量，接著，他借著力量向前一推，能量似乎爆發出來了，他面前的牆壁似乎被他的能量波打成了粉碎，又或是他面前的敵人，在他的能量波的衝擊下灰飛煙滅。簡直完美！他心滿意足地收起了手掌，開始準備下一步攻擊計畫……

愛因斯坦又望向坐在他身後的女生——艾米。她正低著頭看著桌子上面的那張「健康九十九條」，秀氣的右手握著漂亮的自動鉛筆，在上面仿佛做著什麼標記。她的左手，卻在撥弄著自己的髮夾，整理著自己的頭髮，一邊還不時騰出時間來望著小鏡子中自己的面容。

而她的身邊，則是那又醜又矮的瑪塔。她頭髮蓬鬆地披著，差點可以把她的臉遮住了，兩隻手握著「健康九十九條」，嘴裡念念有詞，仿佛一個巫婆在念著「咒語」。愛因斯坦的眼神剛剛觸到瑪塔，便立刻厭惡地把臉轉到另外一邊，有哪個男生願意向這樣的女生多看幾眼呢？

愛因斯坦把目光轉向一邊，看到了同桌霍姆沃克正拿著筆趴在桌子上，用他那歪歪扭扭的筆劃，在畫一個個拿著刀子的「簡筆小人」。他在「健康九十九條」標題的左下方，畫了四排密密麻麻的小人，各自拿著「兵器」，有的拿著「步槍」，有的拿著「衝鋒槍」，有的拿著「大刀」……他在「健康九十九條」的右下方，也畫了一個又一個小人，這些小人各自拿著「兵器」，面朝右邊，有的小人還咧著嘴笑。「殺呀……！」「八嘎牙路！」「殺呀……！」「八嘎牙路！」看來，他正模仿著電視裡面的戰爭鏡頭，導演兩軍廝殺呢！

愛因斯坦扭過頭，平生他不喜歡廝殺，也不會看這種亂七八糟的「抗戰片」。小時候，他喜歡的是一個人靜靜地畫著或者想著什麼東西，只要接近自然的，有趣的東西，他都喜歡。而現在，他喜歡一個人模擬他補課時爸爸送給他的「遊戲機」裡的場景，搭積木或進行貪吃蛇的遊戲。他舉起筆，在「健康九十九條」的反面，用鉛筆畫上了一個又一個「方格」。他把方格連綴在一起，形成了一條「貪吃蛇」。「貪吃蛇」在紙上「遊動著」，寄託著愛因斯坦的快樂……

一週後，五年二班的孩子坐在位置上，一邊聊天，一邊等待斯戈爾所說的「健康知識競賽」的到來。

「噠噠噠……」「噠噠噠……」高跟鞋的聲音清脆響亮，從窗臺望去，五年三班班主任妮娜老師正踏著輕快的步伐，手上還拿著一疊白色的試卷，信步走來。

她走進了五年二班教室！

「考試開始了。」妮娜優雅地舉起她手中的試卷，用她那纖細的手數著試卷和每排座位上的人數，一組一組地分發了下去。

愛因斯坦接過了試卷。競賽試卷跟他以往做的得語試卷和英語試卷不太一樣。它的大小僅僅只有A4紙的大小，兩面印的除了第一題填空題

有十個空要填外，大多數都是選擇題，判斷題，最後只有兩道大題目。字體寫得很小，如果不認真做，隨便填A，B，C，D的答案，很快就能填滿。

「這次考試是開卷考，大家可以把『健康九十九條競賽』的那張紙拿出來看，答案都在裡面。

開卷考！「耶！」孩子們驚奇地望著妮娜，像是在看奇妙的動畫片一般。同學們的眼神彷彿在說，為什麼不早說呢？害得我們那麼擔心。

愛因斯坦也很高興，立刻把書包裡存放了好多天，已經壓得皺皺的「健康九十九條」拿了出來。能夠開卷考，為什麼不把考試內容拿出來呢？他低下頭，從密密麻麻的單詞中尋找題目的蛛絲馬跡。時間一分一秒地過去了，愛因斯坦找得很慢，其他同學已經做完了整整一面了，而愛因斯坦卻連第一大題填空題都沒有做完。他漸漸開始擔心自己做不完競賽試卷了。

愛因斯坦畢竟聰明，他知道應該花大力氣去做的題目是填空題和簡答題，而選擇題和判斷題，即使沒有時間做完，隨便選隨意蒙，還有機會做正確，而那些要自己填的題目，如果沒有時間做就只能空著了。

他做完填空題後，趕緊翻到最後一頁去回答問答題。三道問答題還算簡單，愛因斯坦都看得懂，而且以前讀過都有印象。一道是「打預防針的目的是什麼」，一道是「如何做到飲食衛生，防止病從口入」，一道是「血液內含哪幾種成分，都有什麼功能」。愛因斯坦很快就找到了，並抄了進去。

就在他抄完簡答題的時候，班主任談話時間的結束鈴聲響起來了，大課間活動加上班主任談話時間，總共用了三十分鐘時間，愛因斯坦只做好了填空題和簡答題，至於選擇題和判斷題，他都打算蒙了。這可是全憑運氣啊。愛因斯坦相信自己的運氣，舉起鉛筆不斷地猜了起來，「BACDA, ABACD……」，愛因斯坦一邊嘴裡面嘀咕著答案，一邊把選擇題的答案寫了進去。

輪到填判斷題了，愛因斯坦根本沒有時間好好地讀題目。妮娜早就已經下了上交試卷的命令，每組的組長正要起身收試卷，愛因斯坦的位子比較靠前，很快就能收到他手上的試卷。在這緊急的時刻，愛因斯坦必須飛快地寫上判斷題的答案，每題都有百分之五十的選對幾率。忽然，他腦子裡面浮現出某些得語判斷題的題目，大多數判斷題的判斷結果都是錯，都需要在題目的末尾打叉。那肯定是錯的多，他不假思索地在題目的括弧裡面填了一個又一個的叉。

他們組的組長吉米將愛因斯坦手中的試卷收了過去，愛因斯坦也不再去思考學習有關的東西，已經上了一堂課，又連著做了一張「競賽卷」，他早就已經想跳下座位玩一會兒了。而同學們呢，也像瘋子似的全都衝出了教室……

中午，孩子們正在斯戈爾的監督下在教室裡面做作業，妮娜老師踏著細巧的步伐走進了五年二班的教室，手上還拿著一疊紙。

「看看你們的孩子做的『健康九十九條』……」妮娜老師揚了揚手中的那疊紙，應該是健康九十九條的競賽試卷無疑。妮娜老師做出了一副無奈的表情：「我實在是批不下去了，你們班的孩子亂做的也有的啊。其他班裡面的孩子考出來都八十分九十分，你們班裡面的孩子怎麼回事，考出來都六七十分的，遠遠沒能夠達到領導的要求。」

斯戈爾看了她一眼，他的表情仿佛在說，你問我我問誰呀！「對這幫孩子簡直無話可說了，我們班裡面的孩子我整整講了兩節品德課，也出現了好幾個八十分，沒能夠達到領導的每個都考到九十分的要求。」斯戈爾聽了，搖了搖頭：「哎，我們班的孩子呀……」說完，他依舊低下頭批改起作業來。

「『健康檢查學校』的檢查員下週就要過來檢查了。如果沒有每位同學都做到九十分以上的競賽卷。評估組直接給不合格，你說我該怎麼辦呀！」妮娜在一邊著急得直跺腳。而斯戈爾，

依舊在一旁埋著頭批次工作。

過了一小會兒，妮娜若有所悟，說道：「我得叫他們幾個做得很差的人重新來辦公室裡改上正確答案，我才能繼續批改。」

「好的，你叫吧！」

「來來來……納伊弗、鵬比、丘比、賽克、愛因斯坦……」

愛因斯坦心裡早有準備，自己那麼多選擇題和填空題都是亂做的，怎麼可能按照學校要求考到九十分嘛！不過報到愛因斯坦名字的時候，他心裡還是「咯噔」一下。今天三位主課老師佈置了很多學校作業，中午雅安娜老師還要到教室裡面報聽寫，又會花費掉不少時間。萬一完不成學校作業留下來了，該怎麼辦？

幾個孩子跟在妮娜老師的身後，拿著鉛筆橡皮。他們不知道這個妮娜老師究竟是什麼樣的老師，心中總歸是有點忐忑不安的，一個個耷拉著腦袋。萬一她像比特那樣對犯錯的學生又打又罵，或者像格瑞德那樣動不動就用戒尺「打手心」，那該是一件多麼糟糕的事情啊！

孩子們走進了辦公室，一個個都喊了「報告」。妮娜把孩子們的「競賽卷」放在了辦公桌靠門的一邊，讓孩子自己取。接著，妮娜問道：「你們中到底誰的嗓門比較大一點？」

孩子們在辦公室裡面都表現得十分拘謹，一般不會有人膽敢大聲說話，在老師們眼裡這是「不禮貌」的事情。妮娜老師的問話，孩子們一個都沒有回答，氣氛有點壓抑，妮娜的臉上也露出了一絲尷尬。

「這位同學，你給我報一下答案吧！」沉默了幾秒鐘，妮娜可能看出了同學納依弗比較靈光一些，用她那纖細的手指指了一下納依弗，接著，她把一張答案遞到了納依弗手裡。

愛因斯坦取了他的「競賽卷」後，看了看，果然不出他所料，他的選擇題和判斷題上面打滿了鮮紅的叉叉。特別是判斷題，除了一題答案是「錯」的，其他都是對的，而愛因斯坦選擇的都是錯的，他只對了一題判斷題。

「ACCAB，BACBA……」愛因斯坦看到納依弗扯著嗓子報答案，趕緊舉起鉛筆和橡皮改了起來。

「老師，我沒有帶鉛筆橡皮……」霍姆沃克忽然舉起手來說道。妮娜老師做了一個近乎暈倒的動作：「真是服了你了，沒帶鉛筆橡皮你來訂正什麼呀！」她從她那畫著精美圖案的筆筒裡拿了一支削好的鉛筆，又把抽屜裡面的一塊橡皮遞給了霍姆沃克。

納依弗又重新報了起來。

等到孩子們都訂正好，走出辦公室的時候，雅安娜老師早就等在教室裡面準備報聽寫了。愛因斯坦他們趕緊抓緊時間，奔了過去……

健康知識競賽總算告一段落了，雖然他們不知道為什麼非要有這個健康知識競賽，也不知道為什麼每位同學非得考到九十分以上，他們也不知道自己究竟從這個健康知識競賽裡面，學到了多少……

領導視察伊斯特

愛因斯坦就讀五年級的時候，市長來視察學校了。

一個月前，學校的領導就收到了來自市裡的通知，瞬間，學校裡忙上忙下亂成了一鍋粥。校長傑克親自制定安排迎接的方案。他設計的方案大到學校的整體風貌，小到微末的枝節，都安排得妥妥當當。

校長為了這個節目，當天早操後的大課間活動時間進行了「快樂的演說」：「同學們，下個月市長要來我校進行考察和慰問。我們為此，每位同學為此，都必須努力，必須把我們伊斯特學校的精神風貌展現給領導看……」

「啊，市長要來呢！」高年級男生裡面膽子大的同學小聲地議論了起來。「市長到底長什麼模樣，要是我也能跟市長見一面就好了！」有的女生面對將要到來的領導，眼睛裡流露出憧憬。而大多數的孩子，則仍然是一副平時的樣

子，有的搖頭晃腦，有的雙手叉腰，有的甚至在低著頭撥弄起了自己的手指，仿佛自己的手指，就是一件件玩具。

傑克校長繼續說道：「這次考察，對於我們全校的師生來說是一個機會……我們有幸在市領導的面前展示自己的風采，要知道，全市那麼多中小學裡面，領導偏偏選中了我們作為視察的對象，這足以體現領導對我們學生成長和發展的重視……」傑克校長就這樣在太陽底下唾沫橫飛地講了二十分鐘，直到「課間活動」結束。他大意是要求孩子們在市長視察的時候，體現出學生的文明風貌，不要亂丟垃圾，見到領導要問好，更不要追逐打鬧，甚至在地上連滾帶爬……愛因斯坦不明白，這些事情平時就應該做到，領導視察的時候為什麼要加上「特別」這個詞？

當天班主任談話時間，斯戈爾拿著一本褐色的會議記錄本走進了教室。他翻開了會議記錄本說道：「最近，我們有一件非常重要的事情要做……」愛因斯坦一聽，就知道斯戈爾要說關於「市長」的事情了。在學校，老師總是說，學習是小學生最重要的事情。可是，每當扯上跟「領導」有關的事情時，「領導」的事情總是把孩子們學習和玩的時間擠掉。這次「非常重要」的事情，肯定是跟領導有關的事情。

果然，斯戈爾繼續說道：「幾週後，市長要來學校進行慰問訪查，到時候，大家要注意了，不能在學校隨便跑來跑去，也不能做出有損學校風貌的舉動。另外，我們到時候需要給市長和市裡的領導贈送紀念品和系蝴蝶結，我們班需要派幾名同學參加一下。」

教室裡鴉雀無聲，其他同學默不作聲地望著斯戈爾，只有弗雷特高高地舉起了小手。

斯戈爾搖了搖頭，沒去看弗雷特，只是把頭轉開了。「艾米和丹娜，你們到時候去參加一下。」艾米躲開了斯戈爾的目光，似乎表示自己不太願意；丹娜不好意思地笑了，搖了搖頭，似乎很害羞。

「我……我……！」弗雷特舉高了手，眼

睛興奮地都快要跳了出來，他像是熱烈地期盼，他像是努力地爭先，只是斯戈爾終究沒有理他。

「這件事就這麼定了……哦！」斯戈爾態度十分堅決，而語句末的「哦」字，像是後加進去的，企圖虛偽而拙劣地掩飾他那堅決的態度。

「為什麼就選女生啊！」丹娜和弗雷特同時小聲地問道。丹娜的臉已經顯得有點紅了，而弗雷特卻有點翹起了嘴。

「因為領導他好色！」帕斯達特說著，臉上露出了猥瑣的笑容。

「啊……領導！！那實在太好色了……」坐在第一排的迪克聽到了帕斯達特在起哄，突然一個激靈，伸出了兩隻手，猥瑣和大膽地伸出手去捏前面的「空氣」，「啪」的一聲，他的手撞在他前面橫著的講臺桌上，「啊！」，他仰起了頭，臉上誇張的猥瑣表情變成了誇張的痛苦表情。接著，他從座位上滑了下來。

全班哄堂大笑。斯戈爾似乎想故作矜持，用會議記錄本那黑褐色的封皮遮掩他那將要咧開的嘴巴。他使勁控制，「噗」的一聲，斯戈爾的笑容近乎噴了出來。看到老師笑了，全班笑得更歡樂了。

迪克站了起來，微笑著看了一圈四周，像是演員面對著觀眾一般，接著他坐在了位置上。他看到周圍的同學笑了，他也搖頭晃腦地笑了起來。

「肅靜！」斯戈爾畢竟是成年人，笑了一會兒，就意識到自己要控制住談話的氛圍，「我們還要做一件十分重要的事情。上次我們學校參加學校歌舞劇排練的同學，依然需要進行排練。我們需要在領導視察的時候，把學校的特色歌舞劇表演給領導看！」

「啊」，「不」，「我們作業很多的」……上次參加歌舞劇排練的納伊弗、鵬比和漢森開始抗議。而珊迪、雀麗和簡則坐在位置上，默不作聲。也許她們知道，領導的安排，他們再抗議也沒用。斯戈爾接著努力地向孩子們解釋，並許諾在表演結束後，給他們每人一張獎勵卡。

自從那天開始，中午午飯後的學習時間，很少看到六位同學出現在教室裡面。每當比特拿著一堆作業問起他們在哪裡時，孩子們總是說，「他們被老師叫去排練節目了」；每當雅安娜拿著一堆作業問起他們在哪裡時，孩子們總是說，「他們被老師叫去排練節目了」。問了幾次以後，比特和雅安娜也不再過問了。後來，不知道怎麼回事，校長傑克要求五年級的所有同學，都作為觀眾陪同領導一起看節目，整個年級的同學都被叫到「歌舞會場」，坐著看吉娜老師領著學生排練節目。剛開始，五年級的孩子們一聽到中午不用做作業，別提有多高興了。等到他們來到「歌舞會場」，才發現自己只能在傑克、費安娜、斯戈爾、妮娜、凱內、比特、雅安娜和簡寧的監視下，坐在裡面看「歌舞節目」，這時，他們才感受到了，那裡簡直比做作業還要無聊。更可悲的是，當天的作業，重要科目的老師們第二天仍然會要求上交和批改。

日子一天天逼近，學校老師和領導的神經也漸漸緊張了起來。歌舞劇排練從原來的每天中午和傍晚一次，變成了每天三到四次。離領導視察還剩一星期時，伊斯特小學乾脆放棄了原來的上課計畫，把上午的所有時間都用來排練節目。負責學校清潔工作的傑瑞叔叔看到學校裡面專門排練歌舞節目，而不上課時，不解地問參與排練節目的雅安娜老師：「雅安娜老師，學校是不是已經變成了歌舞學校了？」

雅安娜聽了，咧開大嘴「呵呵呵」地笑了起來，眼睛眯縫地如同兩條彎彎的月牙線：「如果領導再不來考察，再過一年，我們學校會變成得國最頂尖的歌舞學校了！」

領導視察前一天，全校特意在下午第三節課時，組織了大掃除活動。傑克校長臨時通知一下，教導處費安娜馬上跑遍各班教室，通知各班班主任組織學生進行大掃除。她特別強調，學校的包乾區要打掃得特別乾淨，特別是要杜絕煙蒂頭在學校的走廊、花壇、乃至廁所裡面出現。五年二班的孩子們打掃他們的包乾區時，從學校的包乾區裡面摳出了二十多個煙蒂頭，有的也許是學校裡的老師留下的，有的也許是學校門口的保安留下的，有的也許是食堂的阿姨留下的，有的也許是傍晚來學校鍛煉的人留下的，又有誰知道呢？他們把煙蒂裝進塑膠袋裡面，再把塑膠袋扔到垃圾箱裡面，等待第二天一早的垃圾處理員把這些垃圾帶到垃圾處理廠裡面處理掉。

領導視察的日子終於到了，這天，愛因斯坦領口戴著紅蝴蝶結，胸口別著鐵十字。這鐵十字金光閃閃的，在太陽照射下發出奪目的光輝。他身上穿著的是省裡專門為學生設計的校服。校服上紅白黑三色相間，那是得意志帝國國旗上的顏色。愛因斯坦並不喜歡這件校服。校服上雖然一條條的紅色條紋，企圖顯示這是一條條「光芒」。然而，這些紅色的條紋，設計得並不美，而且洗了幾次以後，便會掉色。現在，愛因斯坦衣服上的花紋也變得有些糙了，拉鍊的扣子有時候也會錯位，掉下來。這麼醜的校服，今天居然還非要穿到學校裡去。愛因斯坦有點懷念他一二年級穿的那種校服，不僅品質好，顏色也非常的漂亮。現在的校服怎麼會變成這個樣子？愛因斯坦搞不懂。

愛因斯坦並不是對穿著十分在意的人，很快，他就想到今天領導要來學校的事了。也不知道是今天上午，還是今天下午，市長要來學校巡查。那個市長究竟長什麼樣？為什麼要搞出那麼多安排來迎接市長？市長是不是跟傑克一樣有一個油光發亮的腦門？

上午，愛因斯坦和五年級的其他老師和孩子都在平靜的上課中度過了。中午食堂裡已經有老師在討論，市長可能今天不會來了。愛因斯坦還聽到雅安娜老師笑呵呵地跟其他老師討論：「如果市長大人再不過來，我們學校的歌舞劇都可以去市裡表演了。即使小孩子的學習被耽誤了，歌舞劇去拿個全市第一，也算是素質教育的成果了。」

吃完午飯，愛因斯坦剛回到教室，就聽到廣播裡面響起了傑克渾厚的聲音：「各位老師，

各位同學請注意！市長十分鐘之後到學校，請各位老師和同學做好準備。」廣播響起後一分鐘內，斯戈爾邁著強健的大步伐走進了教室，嘴角邊還帶著麵包屑。

「大家坐好了，領導很快要來學校了，請所有同學在位置上坐端正。艾米和丹娜，快去教導處找簡甯老師。表演的同學，可以去二樓辦公室找吉娜老師。還有其他同學，都給我在教室裡坐好了。」

「老師！」吉米舉起了手，說道，「納伊弗和漢森還在食堂吃飯，丹娜和鵬比還在掃包乾區。」

「吉米，你去食堂叫一下納伊弗和漢森，迪克，你去叫一下丹娜和鵬比……」斯戈爾催促的聲音，容不得半點遲疑。他繼續說道：「其他同學坐在位置上，不要走出教室，更不要走到校門口。」愛因斯坦覺得斯戈爾說的話有些問題，既然同學們不要走出教室了，就根本不可能走到校門口了，又哪裡有「更不要走到校門口」一說。

斯戈爾匆匆離開了教室。愛因斯坦和幾個同學偷偷地走出門外，望向校門口。傑克校長正頂著他那油光發亮的腦門驅趕掃校門口包乾區的同學呢！五年一班的翔和幾位女生快速地掃好了他們的包乾區，離開了校門口。傑克再巡視了一下校門口的垃圾，把隱匿在門口花壇裡的垃圾從土裡摳了出來，扔進了門衛處的垃圾桶裡。不知何時，門衛室邊上的宣傳窗上已經掛好了紅色的橫幅。愛因斯坦雖然看不到上面的字，但愛因斯坦前幾天在門衛處看到過一幅剛做的橫幅，上面寫著「歡迎市領導大人來學校視察」，愛因斯坦估計門口掛著的就是那麼一幅橫幅。

過了一會兒，簡甯老師帶著一隊手上拿著紅蝴蝶結和捧著精緻盒子的女生來到了校門口。愛因斯坦看到了，其中兩個就是丹娜和艾米。她們穿著鮮豔的校服，在簡甯老師的指引下，在指定位置站定……

「你們在陽臺上幹什麼，快點回到教室裡

面去！」斯戈爾剛剛參加了費安娜組織的，五年級老師開的小「會議」，走出辦公室，看到愛因斯坦他們站在陽臺上，連忙把他們叫了進去。接著，他也走進了教室。

「同學們，市長很快就要到了。請各位同學安安靜靜地坐在位置上，既不要走出教室，也不要在教室裡大吵大鬧……」

教室裡除了帕斯達特還隔著老遠跟科比講話，斯戈爾也不去管他們，這種「小吵」往往在班主任的心理承受範圍之內。

出乎愛因斯坦意料的是，斯戈爾進教室沒有強調做作業的事情，而是告訴他們，從現在開始，哪兒也不能去了。很快，五年級的所有同學，都要前往學校歌舞會場去陪同領導一起看歌舞表演。

吉米舉起了小手，問道：「老師，今天中午的作業怎麼辦？」吉米一直在教室裡認認真真做作業，放學後好早點去醫院看望生了重病的爸爸。一聽到中午的時間要用來陪領導看表演，吉米擔心他的作業完不成，會被留下來。

「現在抓緊時間做，做不完，回家做完再交也可以。」

「耶！」教室裡面響起一陣歡呼。斯戈爾說完後，又匆匆走出了教室。

等到斯戈爾領著五年二班的孩子前往「歌舞會場」的時候，已經是第一節快要上課了。「歌舞會場」在食堂二樓，一層樓就一間空曠的會場房。若是下雨或是遇到比較特殊的歌舞活動，學校都會在「歌舞會場」舉行活動。這次迎接領導的活動比較盛大，學校領導就把迎接市長的活動安排在了歌舞會場。

五年級三個班級都在會場坐定以後，斯戈爾吩咐班級裡的孩子們不能再吵鬧了，轉而和身邊的老師聊起了天。

「市長大人今天總算來了。也不知道他辛辛苦苦跑一趟，究竟是什麼目的……」斯戈爾想起為了這個活動五年級的孩子們拼死拼活做了很多事，不由得感慨道。

凱內在一邊「呵呵」地笑了起來：「哎呀！不能這麼說。這不是體現了市長對本地學生成長的關心嗎？也體現了市長親民愛民的形象和與本地民眾的和諧融洽的關係。」凱內說這句話的時候，臉上的笑容變成了嘲諷的訕笑。

妮娜在一邊「呃」的一聲，說道：「還是他自己把自己管得好一點好了，什麼巡查、督查、督導之類的東西，都是在增加人民群眾的負擔。看看這幾天，我們搞得連上課都沒有上，一個多月後就是期末考了，到時候考不出成績怎麼辦？」

凱內笑著說道：「你可以去向市裡的教育部門提一提，由於我們花了幾週時間專門準備迎接市長，要求取消或者延遲期末考。」

身邊的老師都笑了。

凱內繼續說道：「市長不迎接是不行的，期末考不考是沒有關係的。省裡教育廳去年發過一個規定，說是一個學年只能有一次期末考試。結果，市裡面遵守規定的學校一個都沒有，都在上半期安排期末考試。像我們這樣的，一個月後的考試，都是違反規定的……」

老師們聊了一會兒後，吉娜帶著已經化妝好的學生來到了「歌舞會場」。當表演的孩子走進來的時候，幾乎所有在場的孩子都笑了起來。只見五年一班的翔穿著一套「恐龍」的服裝，拖著一條長長的尾巴，五年一班的瑞拉則被化妝成一個老巫婆。五年二班的納伊弗、珊迪、簡和鵬比被化妝成了士兵，而漢森則是士兵長，他們都身穿戰士服，戴著紅色的蝴蝶結，胸前別著燦爛奪目的鐵十字，只是他們的臉被畫花了，兩頰被塗上了腮紅，臉上大多數地方都被貼上了白白的粉。雀麗則被化妝成了一個漂亮的采蘑菇的小姑娘，穿著漂亮的花布裙子。五年三班表演的孩子則穿著普通的市民服裝，一個演的是「雀麗」的媽媽，一個演「雀麗」的爸爸，其餘幾個是普通的農民。他們都被化成了「大花臉」。

「哈哈哈哈！！」「好醜」「簡直醜爆了」……座位上的同學們都發出各種自己的感

慨。愛因斯坦既慶幸自己沒有因為參加歌舞劇被化成大花臉，也感到奇怪，演一個歌舞劇，為什麼非要化成「大花臉」不可呢？

這時，比特走進了會場，說道：「可以開始了，領導已經在過來的路上了。」傑森老師拿了一排凳子過來，把凳子放在了最前面。不用說，最前面的一排凳子都是「領導專座」。凱內、斯戈爾和妮娜要求嬉笑或正在玩鬧的孩子都安靜下來，做得筆直筆直的，迎接領導的到來。孩子們勉強安靜下來，眼睛望著歌舞會場門口，或許他們也非常想見見這個不知道是何方神聖的市長。

「蹬蹬蹬蹬」，雀麗邁著輕快的步伐奔上了臺階：「一個兩個三四個，五個六個七八個……采蘑菇啦！」愛因斯坦感到雀麗的聲音簡直比弗雷特朗讀課文還要做作，不過，經過幾星期的洗禮，他也見怪不怪了。上面演的劇情他也非常熟悉，講的不過是采蘑菇的「莎拉」被怪物史萊克擄到女巫那裡，女巫把莎拉關了起來，要求她交出金庫的鑰匙。為了解救莎拉，一群戴著紅蝴蝶結，別著鐵十字的少年戰士，戰勝了可惡的史萊克和女巫，把雀麗救了出來。這種老套的劇情，很多動畫片裡都有。現在，愛因斯坦唯一的盼望是想見見市長究竟長什麼樣子。

不久，傑克出現在了門口。他轉了身，彎下腰，鞠了個躬，並做了一個「請」的姿勢。幾個穿著襯衫，戴著鮮豔的紅蝴蝶結，別著燦爛奪目鐵十字的中年人朝內看了一下，點點頭，走了進去。愛因斯覺得，傑克校長油光發亮的腦門，燦爛奪目得如同那閃閃發光的鐵十字。費安娜拿著照相機，「喀嚓」，「喀嚓」把這一幕拍了下來。接著這幾位中年人在第一排的座位上坐了下來。

據弗雷特所說，一般來說，最「大」的領導是站在最中間的。愛因斯坦按照弗雷特所述去找最中間的領導人，也就是市長，他發現，市長並沒有一個油光發亮的腦門。他顯得比傑克矮一些，瘦一些，清秀一些，有一個圓滾滾的啤酒

肚，如果讓市長穿上花衣服，不仔細看，你就會認為這是一個孕婦……

隨著「少年戰士」在歡歌聲中回到了「故鄉」，歌舞劇表演結束了。坐在第一排的領導不約而同地鼓起了掌。接著，傑克跟市長小聲交談了幾句，便一齊走出了「歌舞會場」。其餘「領導」也跟在市長和傑克的屁股後面離開了。等領導走後，斯戈爾、妮娜、凱內組織起自己班級裡的學生，回到了教室。

「快把作業拿出來，由於前幾天在準備歌舞劇，我們很多作業都沒有講過。快點，我們抓緊時間把作業講一下！」斯戈爾走到了講臺上，又跟往常一樣一板一眼地說道。從此，五年級的孩子又投入到緊張的做作業和學習當中來了。

剛才究竟發生了什麼？愛因斯坦不禁疑惑。他們準備了好幾週的歌舞劇，那個讓同學們花費掉那麼長做作業和玩的時間，準備的一切，僅僅是為了讓市長看十幾分鐘？愛因斯坦想不透。大人的世界裡有太多讓孩子看不懂的事情，也許長大了就知道了吧！

愛因斯坦的一堂美術課

這天下午，美術課又如往常一樣開始了。

在愛因斯坦印象當中，美術課大多數都是按照美術課本上面的作品，或者是按照她自己帶過來的「作品」畫圖畫。有時候，同學們也會在老師帶領下做手工和貼畫，甚至有一次，他們還用好玩的「橡皮泥」搭建了城堡呢！

更令人開心的是，美術課不會像得語、數學和英語課一樣每天佈置很多作業，只是在上美術課的當天，必須把美術作業完成並交上去。即便如此，還是會有不少同學無法及時上交。因為每一位同學心裡清楚，美術課並不像得語、數學和英語一樣「重要」，它沒有期末考試，不用在期末的時候評定分數跟其他的學校比，頂多在最後一次測試作業的時候，評定一下「優良合格」

就可以了；它也不像科學那樣，每學期都有領導要來檢查作業批改和實驗記錄。美術作業完全游離於考試和領導檢查之外，屬於「可有可無」的作業。到了後來，其他「重要科目」的作業越來越多，每次按時交美術作業的孩子差不多只剩下一半了。像霍姆沃克、維塔、瑪塔這樣的孩子，平時課後需要補作業，有時候美術課的時候都要被老師叫到辦公室裡補作業，作業更不可能交了。費安娜沒有像其他科目的老師那樣，一遍又一遍催促他們交作業，只是在上新課的時候，不斷提醒沒交的同學只要做好了，隨時可以找她去批改。

從小學一年級開始，費安娜老師就擔任教授愛因斯坦班級的美術老師，一直教到五年級。在一到三年級的時候，費安娜改美術作業改得非常「寬容」，只要你是認真做的，並且做完成了，不管做得好不好，她都會給「優」；如果有學生交上來是沒做好的，或者做得不認真的，她都會耐心地向學生指出該怎麼修改，或怎樣進行完成。四年級的時候，費安娜提高了得「優」的難度。有誰能夠畫得逼真，線條流暢，圖畫比例在畫紙上和諧，顏色協調，就可以得到一個大大的「優」，如果誰在這上面功夫做得不夠到位，就會得到一個「良」，或者再差一點，得一個「合格」。

這堂課，費安娜老師正讓孩子們仔細觀察著美術書本裡面四張「藍天白雲下的田野」的作品，和她畫的那張藍天白雲下的田野，準備叫孩子們根據上面的圖畫，模仿著其中一幅，畫一幅自己的圖畫。

過了一會兒，費安娜檢查起孩子們畫的圖畫來了。當她走到愛因斯坦身邊的時候，看到愛因斯坦正在畫的圖畫。愛因斯坦的圖畫畫得並不好，無論是輪廓線，還是畫太陽的線條，看起來都是又粗又硬。但是愛因斯坦沒有灰心，在圖畫上畫了一遍又一遍，線條很粗，擦一次就會留下難看的印記，整幅畫也因此看起來髒髒的。

她伏下身子，耐心地對愛因斯坦說道：

「愛因斯坦畫畫的能力還是很棒的，只是，線條不是用你這種手勢畫的，而是這樣畫的……」費安娜舉起筆，作出描摹的姿勢，她用筆在紙上描出了細細淡淡的線條。愛因斯坦見了，心裡有了底，點了點頭。

費安娜繼續評價道：「還有你以前用顏色方面，常常喜歡別出心裁地用自己的顏色。我覺得，你先可以嘗試著，按照美術書上圖畫方面的顏色畫，等到畫得多了，你會對顏色愈加的敏銳，你才可以再別出心裁地使用自己的顏色，可以畫出更美的圖畫……在這方面，你可以跟班級裡畫畫得好的同學學習。」

費安娜走開後，愛因斯坦仔細觀察著費安娜貼在黑板上的那一張藍天下的田野，畫得實在是太好了。圖畫的右上角，太陽的光輝斜照著下方的田野，藍天的顏色有一種藍中帶亮的漸變感。下方的田野裡，畫著一片金黃的稻穗，稻穗彎著腰，金黃中帶著朦朧的光感。要是自己也能畫出這樣的畫該有多好！愛因斯坦又低下頭，看了一下自己的畫，又醜又髒，畫的線條歪歪扭扭的，又很粗很濃，橡皮擦都擦不掉，若是改好幾遍，那些擦不掉的「污痕」必定要為他那本身就不美的畫「雪上加霜」。為什麼老師畫的畫就那麼好呢？

他又環顧一下四周，看看班級裡有哪些同學圖畫畫得好的。平時畫畫畫得最好的希拉已經轉學了。她好像天生就具有畫畫的能力，看到一幅圖，就能一步步地從畫輪廓開始，把圖畫畫出來。她還會別出心裁地加上其他元素，不僅與圖畫裡的內容毫無違和感，更加讓人有一種錦上添花的感覺。

現在，班級裡面畫畫畫得最好的是雀麗。她畫的速度非常快，其他同學一堂課都畫不好的畫，雀麗只用了半堂課時間就能夠畫好了。而且她畫的畫，連線條和顏色都是「高模擬」的。柔順的線條，飽滿的顏色，簡直跟美術課本上面的一模一樣。所以，她幾乎每次美術作業都可以得到優秀。她還頻頻參加「上面領導」組織的書畫比賽，為學校獲了獎，增了光。

丹娜畫畫的功底也非常不錯。三年級的時候，她畫了一幅「白天鵝戲水」。畫裡的「白天鵝」，豐滿圓潤，伸長著大脖子，似乎在高聲吟唱。費安娜老師把她的畫推薦到街道面去參加比賽，獲了獎。現在，她所畫的藍天白雲下的田野，也是非常不錯的，成排的稻穗畫得老飽滿老飽滿的，配上鮮豔的顏色，給人一種和諧自然的美感。費安娜毫不猶豫地給她的畫打上了優秀。

珊迪和簡跟丹娜相比，稍微遜色一籌了。她們雖然有時候也能畫出漂亮的畫來，也只能畫出單樣東西的漂亮畫，比如說畫一盞檯燈，或者說是畫一束鮮花，她們畫得好。然而，若是讓她們畫整幅畫，畫一幅廚房或是畫一幅臥室，或是像現在這樣畫一幅藍天白雲下的田野，她們決計是畫不好的，因為她們很少能夠控制好圖畫各部分之間的「比例」。不過，珊迪和簡卻是十分的好學，現在，她們還不厭其煩地向費安娜請教，該怎麼畫好這一副「藍天下的田野」。

納伊弗和艾米畫的畫並不好。雖然她們的畫無論是顏色上，還是線條上，都非常的柔美，只是她們畫的東西，都有一種乾癟的感覺，瘦巴巴的，一點也不顯得豐滿。缺失了豐滿，也就因此缺失了圖畫的美感。納依弗和艾米的畫，往往只能得個良，很少能得「優」

「老師，我畫好了！」突然，吉米興奮地舉著他畫的圖畫，興沖沖地奔到了費安娜面前。他兩眼睜得大大的，滿是激動地把他的畫遞給了費安娜。費安娜這時正在指導珊迪和簡畫畫，她低著頭，耐心地用筆把珊迪圖畫中「不好」的地方圈出來，接著又全神貫注地認真觀察了一會兒，似乎要到沒有「遺漏」的地步時，她才肯讓珊迪回去修改她的畫。過了好一會兒，她才注意到吉米正在她的身邊，拿著他的「得意之作」，微笑著等費安娜批改。費安娜看了一會兒，打了分，接著，用手捏著畫的兩邊，把畫展示給其他同學看。費安娜微笑著朗聲說道：「大家看一下吉米畫的畫，畫得非常不錯。老師把他的畫貼在

黑板上，同學們可以參考他的畫法畫一下……」

愛因斯坦抬起頭看了一下，吉米的畫確實畫得不錯，金黃的田野上，小麥連成一片，前幾排的小麥，飽脹著的麥穗，沉甸甸的。費安娜看著吉米的畫，又滿意地點了點頭。他又給吉米的畫上了膠，把他的畫貼在了費安娜畫的畫旁邊。

愛因斯坦覺得，吉米的畫雖然比費安娜的遜色一些，但是吉米可以算是男生裡面畫畫畫得最好的人了。

愛因斯坦轉頭回顧了一週，努力去尋找畫得好的，或是能夠向他們學習「畫畫」的同學。他發現，班級裡面能夠做到認真對待美術課的學生，差不多也就吉米、艾米、珊迪、簡、雀麗、納伊弗和丹娜了。其他同學，似乎沒有美術天賦，畫的畫很少有可以得到優的，他們似乎也不願意去學，更有的孩子，被「其他作業」所桎梏，也沒有條件去學。

就拿丘比和萊西來說吧。他們是屬於不願意學這一類的。他們手上的繪畫作品，差不多就是用鉛筆隨便一畫，再隨便一塗顏色，就直接把他們的「作品」交給老師去批了。費安娜見了，也不說什麼，直接打一個良或合格，就讓他們回到座位上去了。丘比和萊西也不閒著，在座位上開開心心地討論他們玩的電子遊戲，或是新出的動畫片。他們一般聊得十分投機，完全可以聊到下課。

漢森、茜茜和雪麗在美術課上表現得對作業十分掛牽，隨便畫完圖畫讓老師批改好以後，就開始埋頭做起「重要科目」的作業來了。對於他們來說，作業實在是太多了。他們必須在放學回家前，把作業趕完，這樣，放學後他們就可以好好玩了。

而在這堂課上，洛珈，瑪塔、維塔、霍姆沃克和賽克的位置上是空著的。洛珈、瑪塔、維塔和霍姆沃克是忙著在辦公室裡補作業，沒有時間上美術課。自從洛珈每天不做回家作業開始，她的美術課就被「剝奪」了，就像她的體育課和音樂課都被剝奪了一樣。這學期，洛珈從第二週開始，開始不做回家作業了，她也就因此不再出現在美術課的課堂上。費安娜老師不止一次問起洛珈去哪兒了，同學們總是說，「老師，洛珈去辦公室補作業了」。幾次追問後，費安娜已經心知肚明了，不再追問洛珈究竟去哪裡了。瑪塔、維塔和霍姆沃克蠢得要死，五年級的任何作業現在對他們來說，都跟天書一樣了，他們無論如何是做不完作業的。讓他們去上美術課，老師哪會對不做作業的孩子那麼好？若是做不完作業，即使是因為不會做而落下作業，老師們也絕不會放過他們。畢竟老師們還要應付每學期都要來的領導「五認真檢查」和從省裡派下來來的星星評估檢查，就算是真的不會做，老師也不會允許他們的作業是空白的，沒有批改過的，否則在「領導檢查」的時候會出洋相。他們雖然蠢到不會做作業，抄總會抄吧！於是，他們就被各科老師叫到了辦公室裡面，叫他們拿著「聰明」同學已經完成了的作業，抄了起來。這堂課，他們也許在抄數學作業、也許在抄得語作業，也許在抄英語作業，誰知道呢？反正他們若是不把作業「抄完」，休想回到教室上美術課。

可憐的賽克，遇到的則是另一種情況。他現在身體狀況很差，總是三天兩頭的感冒。剛開始，賽克遇到感冒，就會請假，去診所打一種叫作「青黴素」的藥。打完後，再配一些叫作「頭孢拉定」的藥，用開水服幾天，也就好了。可是後來，賽克感冒的次數竟然越來越多，以至後來，每個月都需要去醫院「掛針」，「吃藥」。可憐的賽克，在五年級的時候一直被感冒的病痛包圍，請假、打針、吃藥的次數越來越多，藥也越來越沒有效果。一學期下來，賽克又瘦削了不少，其他同學跟他們四年級級的時候相比，都長大長高了一圈，賽克跟四年級時候相比，仿佛沒有長大一般。像賽克這樣的人，老師們認定他天生體質太差了，無論如何是上不了體育課的。每逢體育課，傑森老師叫他躲在陰涼處「休息」。美術課，原本賽克還是能來上的。只是後來，他請假看病的次數越來越多，欠下的作業也越來

越多，後來，老師們乾脆把他的美術課也給「剝奪」了，讓他留在辦公室裡面好好補作業。這堂課，不知道是第幾次，賽克沒有出現在教室上美術課了。

愛因斯坦心裡明白，費安娜老師一向十分寬容，只要畫完畫，讓她批改好以後，他就可以做任何事情。只要不大吵大鬧，不在教室裡面來回奔跑，即使是把玩具拿出來玩，費安娜老師也是不會說的。愛因斯坦是非常渴望自己能夠好好畫一幅畫，然而，已經畫完畫並在教室裡面聊天、玩耍和做作業的孩子已經越來越多了，他也不想繼續畫下去了。況且，要是他花了很長時間畫了一幅畫後，如果畫得不是很好，會被同學恥笑的。這又何必呢？反正，他覺得自己就是一個天生畫不好圖畫的人，他是不可能畫得像丹娜、雀麗或是吉米那樣好的。既然自己天生就畫不好畫，就算付出再多的努力也是白搭，又何必讓自己那麼辛苦呢？

愛因斯坦在他的圖畫紙上畫了一條曲線，曲線下面的地方代表是綠色的草地。他又在草地上面畫了四根小麥。小麥的麥穗他用不是很正的橢圓形代替。他又在圖畫紙的上方畫了一個圈，代表太陽。畫完後，他仔細看了一下他的畫，越發覺得自己畫的是草地上的四根狗尾巴草。他管不了那麼多了，拿起彩色筆塗起了顏色。上好色後，他興沖沖地舉起自己草草完成的作品交給費安娜去批改。

費安娜看了看愛因斯坦的畫，又看了一眼愛因斯坦，低下了頭問道：「愛因斯坦，這是你改好後的作品？」

不知怎麼的，費安娜略皺眉頭的眼神，使愛因斯坦心中感到一絲不安。就是剛剛，費安娜才花了不少時間鼓勵和指導愛因斯坦畫這幅畫，並期待愛因斯坦能夠把畫畫得更好。可是，愛因斯坦最終還是辜負了老師殷切的希望。他居然又和其他同學一樣，拿著自己粗製濫造的作品，去應付老師。不過，愛因斯坦還是點了點頭。

「希望你下次能夠畫得更好！」費安娜沒

有說什麼，在他的「作品」上打了一個「良」，就讓愛因斯坦回到了座位上。

愛因斯坦拿著畫回到了座位上，心裡很不是滋味，他似乎覺得自己應該再畫一幅「好」的畫讓費安娜老師批改。他陷入了沉思。

叮鈴鈴，鈴聲響了，美術課結束了，教室裡面的氣氛因下課而變得更加活躍了。而愛因斯坦，卻不同以往，仍然坐在位置上，構思著自己如何才能畫好一幅畫。

「丘比、迪克、科比、愛因斯坦，快去老師辦公室裡訂正得語作業！」丹娜奔跑著回到了教室，用她那一如既往響亮的「大嗓門」，傳達著老師的「旨意」。

愛因斯坦聽到有自己的名字，一個激靈，他的思路被徹底打斷了。他顧不得再思考什麼，趕緊拿起鉛筆橡皮，慢悠悠地走出教室，走過走廊，走向斯戈爾老師的辦公室。

形形色色的家長

每次開家長會的時候，愛因斯坦都會看到老師們告訴孩子們的爸爸媽媽，家長，是孩子教育中最重要的一個環節。他們告訴孩子的家長：「你們的孩子，好與不好，最主要的不是看老師，而是看你們有沒有給孩子樹立榜樣。」每逢班級裡開家長會，其中非常重要的一個環節，往往就是，讓那些「優秀孩子」的爸爸媽媽分享自己的「育兒經」。班級裡面，艾米的家長和弗雷特的家長總是被老師推舉到講臺前面去，大談特談自己教育兒女的方法。艾米的家長推薦了讓孩子「今天的事情今天完成的」方法，和「自己的東西自己整理得乾乾淨淨的」方法；而弗雷特的家長則在講臺前告訴大家，「每天監督孩子認真完成作業」很重要。愛因斯坦的父母聽是聽著的，卻總是沒能好好仿照著做。原因歸結起來只有一個字，「忙」。

愛因斯坦的媽媽每天六點鐘就要起來洗衣

服，洗完衣服，也來不及在家裡燒一口早飯吃，便要風風火火地趕去上班，直到傍晚5點半到家。傍晚五點半的時候，愛因斯坦媽媽一回到家，做起菜來。等到晚飯後，他的媽媽又要收拾碗筷，燒開水。等到所有活忙完的時候，她便一邊看電視，一邊為愛因斯坦縫製或者縫補衣服，直至入夜。愛因斯坦的爸爸每天大概五點半起床，然後往往連人都來不及洗漱便要去菜市場買菜。當他帶著新鮮的食物來到家裡時，差不多已經六點半了。他把食物放在廚房後，便要去上班了，直到傍晚五點半才能到家。回到家後，他的精力仿佛用盡了一般，只能坐在餐桌邊，一邊抽煙，一邊發呆……吃完飯後，他立馬走出家門，最早晚上九點才能到家，那時候，愛因斯坦都已經睡了。若是趕上愛因斯坦的爸爸媽媽上夜班，愛因斯坦連晚飯都要自己準備了。有過一段時間，愛因斯坦的父母一連上了一個月夜班。哪裡有那麼多的時間和精力來檢查愛因斯坦的作業，也沒有時間和精力來好好規劃自己的兒女的教育。艾米和弗雷特的父母有時間管理自己的孩子，還不是因為艾米的父母是政府官員，弗雷特的父母是公司裡面的高級職員。他們不僅有雙休日可以帶孩子一起出去玩，而且晚上也不用加班。他們每天都有充裕的時間和精力去帶自己的孩子。

愛因斯坦一直認為他的父母待他很不好。他們不會有太多的時間去管理自己的學習，如果自己做得不好，動不動就說要把他送到補課班去，完全不考慮他的感受。每次他要提出自己的意見時，他們總是說：「小孩子懂得什麼呀」，好像小孩子就不該有自己的想法，不該提出自己的觀點。他們還動不動就在他面前誇耀別人的孩子，當愛因斯坦作業做得不好時，他們總是會說「你看看人家弗雷特……」；當愛因斯坦沒有整理好自己的學習用品時，他們總是會說，「你看看人家艾米……」，好像別人的孩子都高他一等似的。他們從來不像其他孩子的父母那樣，一有空帶他去吃美味可口的「肯跌基」，那美味的美式雞腿和漢堡，愛因斯坦一年都吃不到一次。當他聽到弗雷特或吉米提及他們在週末的時候去吃了「肯跌基」裡面的美味漢堡，還得到了精美的小玩具時，愛因斯坦的心猶如在滴血。當愛因斯坦向他們提出要買什麼什麼東西時，他們則用各種各樣的理由來搪塞愛因斯坦。有時，他們又會提出非常難的要求，像是得語、數學兩門功課都要考到九十五分以上。兩門功課都考到九十分以上的次數，都少之又少……

不過，當愛因斯坦看到班級裡面一些其他家長做的「蠢事」，與他的父母一比較，心裡就好受些了。

愛因斯坦印象中，福爾的家長可以說是最蠢的。五年級下半期初，照例是要去學校報到的。可是，福爾的家長居然連報到的時間也忘記了。按照道理說，報到是不應該忘記的。每次期末的時候，都會發一張期末報告單，報告單背面右下角，會有一行小字，「於××年××月××日報到」。就算有些孩子的家長沒有看報告單，每次期末的時候，老師還會給每個學生發一張期末告家長書，告家長書上面不僅會寫明期末考試的安排及注意事項，還會注明休學式的時間以及下學期報到的時間。可是，福爾的家長顯然連告家長書都沒有用心看。記得開學第二天，福爾的爸爸才一臉不好意思地走進教室，當著孩子們的面告訴斯戈爾，他忘記報名了，惹得五年二班的全體同學哈哈大笑。如果斯戈爾不打電話催促他，估計開學一個月了，他都不知道。

瑪塔的家長也很糟糕，他總是讓瑪塔遲到，已經許多次了。早自習的鈴聲早就響過了，瑪塔的爸爸才帶著瑪塔出現在五年二班的校門口，一臉不好意思地告訴領早讀的老師，他起得有點晚了，不好意思，讓瑪塔遲到了。領早讀的老師又能說什麼呢？又不是瑪塔睡懶覺遲到的。但是次數一多，帶早讀的老師不免有所抱怨，在家長面前不敢說，只好花時間跟瑪塔「交談」，甚至「質問」。瑪塔個子小小的，膽子也很小，一看老師們的陣勢，「哇」的一聲哭了起來，

「我老早……起來的，喊了爸爸許多聲……爸爸就是不肯爬起來……」老師們看了也沒轍了，只是一再提醒她的爸爸，以後要早點送她來學校，不要一再讓她遲到了。愛因斯坦很慶幸，他的爸爸媽媽沒有像瑪塔的爸爸那麼懶。他的父母早上6點多起來的時候，都不忘叫愛因斯坦一聲。愛因斯坦很早就能爬起來了。每天上學，他都是前幾個到學校的孩子，根本不需要擔心遲到。要是自己起來得很早，因為父母沒有及時接送而遲到，被老師批評，那該有多冤枉啊！

洛珈的父母也很糟糕。他們違反得意志國家制定的「優生政策」，違背了「每戶家庭都只能生養一個孩子的要求」，生了一個又一個孩子。據不完全統計，他們家有五個孩子，可能還有更多。為了逃避罰款又能使他們的兒女讀書，洛珈的父母給羅西和洛珈辦了假的戶籍和身份證。他的兩個哥哥在邊緣小學讀書，她的另一個姐姐已經在讀初中了，她的哥哥羅西也在讀初中了。要是她的叔叔帶上他的幾個孩子來他家作客，簡直可以辦一個集體補習班了。生了那麼多孩子，洛珈的爸爸和媽媽平時工作又忙，根本不會有時間去關注孩子的學習和生活。他家的羅西在讀伊斯特小學的時候，經常蹺課。老師通知他的爸爸來學校，他的爸爸竟聲稱工作很忙，沒時間管他，叫老師不要再來打擾他了。還好他的媽媽及時去找，不然，羅西非被開除不可。也許是哥哥沒有做好榜樣，羅西的妹妹洛珈雖然不翹課，但幾乎不做作業，當年格瑞德一個勁地向羅西的家長打電話，甚至在家長會上給家長提出了絕對要好好監督洛珈做作業的要求，他的爸爸媽媽表面上答應了，在家裡卻幾乎沒有管過她的作業。每天早上老師來檢查作業，她的作業拿出來都是一片空白。她這麼一日日消磨著老師的耐心，老師對她的態度漸漸由苦口婆心變成「猙獰」了。若是格瑞德，每次非罵得她哭泣為止；若是比特，手上絕不容情，後來打著罵著，作業稍稍好了一些；若是雅安娜，則是氣憤地罵她幾句，並占走她的所有課餘時間，叫她補作業，一直補到傍晚雅安娜回家為止。

愛因斯坦是獨生子，家裡就他一個孩子。他不需要擔心父母不管他。他的煩惱恰恰是有時爸爸媽媽管他管得太多了。愛因斯坦想玩火，他的父母說不行，小孩子玩火，晚上睡覺會「尿床」的；他晚飯實在吃不下了，他媽媽還給他加一點飯，並對他說，如果浪費糧食，會被雷電劈死的；他想在傍晚跑到外面去玩，他的父母說不行，晚上出去玩會被「長毛鬼」抓走的……如果愛因斯坦在家裡面時，他的爸爸媽媽則不會太理會愛因斯坦的話。

「媽媽，為什麼閃電亮過以後才聽到雷聲……」

「愛因斯坦，媽媽很忙，以後不要提這種沒用的問題……」

「媽媽，為什麼水滴落下來是看到的是一條細線……」

「煩不煩哪！自己問老師去……趕緊回去做作業……」

「媽媽，我能不能幫你洗下碗，老師讓我婦女節的時候幫助媽媽幹幹活……」

「笨手笨腳的，別來添亂……」

……

漸漸地，愛因斯坦在家裡感到無趣。幸好，他的父母不會來檢查他的作業。他只要早起，早點出發上學，在半路上躲在弄堂裡寫作業，也能在到校前補完前一天沒有做的作業，沒有像洛珈那樣，被老師打，被老師逼得那麼慘。

帕斯達特的家長也是糟糕透頂的。他的爸爸媽媽都是在外面「鬼混」的人。據說，帕斯達特的爸爸喜歡在外面拈花惹草，有著許多不好的傳聞。他的工資一分都沒有拿到家裡面來過。她的媽媽則是一個賭鬼，有幾個小錢，就會和她的幾個好姐妹去「打牌」，直到天昏地暗，凌晨才能回到家裡面。平時，帕斯達特見不到他的爸爸媽媽，早上被爸爸媽媽喊起來，或者在淩晨，被爸爸媽媽的吵架，打架聲吵醒。週末的時候，帕斯達特常常去補課，說是補課，其實就是讓老師

「託管」一下自己的孩子，免得帕斯達特惹是生非。如果家境到了補不起課的時候，他的爸爸媽媽則會把帕斯達特關在房間裡面，任由他在家裡看電視，或者幹什麼事——只是門外加了一個大鎖——不能讓他出了這個房間。

愛因斯坦知道討厭的帕斯達特的境遇，不免有些幸災樂禍。這個人，放出來也是個禍害，不如把他關在家裡來得好！想到帕斯達特的父母是這個樣子時，愛因斯坦也非常的慶幸自己的父母不是這個樣子的。對於小孩子來說，有什麼東西能比失去自由更加糟糕。

丘比原本有一個幸福的家庭，家裡的收入也不錯，但是，他們家據說被一種叫作「合合彩」的東西給毀了。

前幾年，愛因斯坦的家鄉從來沒有聽說過有「合合彩」這種東西。後來，街頭巷尾開始有人討論起「合合彩」來了，經常能聽到有人猜測，今天出什麼「天」的什麼星座，有人猜是「南天的射手座」，有人猜「北天的雙子座」，但是開獎的時候答案只有一個。愛因斯坦學過乘法，知道「東南西北」四個方向乘以十二個星座，一共可以得出四十八個答案，而買「合合彩」的賠率卻只有四十倍。為了打中「合合彩」，人們需要買一本「合合彩官方資料」。只需要二十馬克，就可以買到這本「日曆」般厚的參考資料，足以用一年。「彩民」們可以從「合合彩官方資料」中的各種詩句和圖片中，尋找「蛛絲馬跡」，幫助他們中獎。

原先，在愛因斯坦家鄉，「彩民」並不是很多，大多數老百姓把「合合彩」當作是騙人的玩意兒。只是到了後來，家附近好幾個人打「合合彩」賺了幾十萬馬克，並拿到了現錢，這時人們真的開始相信「合合彩」是一種可以賺錢的東西。後來，研究「合合彩」的人越來越多，就連愛因斯坦的媽媽，有一段時間也迷上了「合合彩」，經常因此忘記洗衣服。人們在「合合彩」上面下的注也越來越大，從原先的一馬克，五馬克，開始變成了幾千馬克，甚至幾萬馬克，有的人甚至把房子都押了進去。幾年後，開始出現一些人因為還不起「高利貸」，把房子給賣了，也有人因為「合合彩」而離了婚，跳了樓。愛因斯坦所知道的，被「合合彩」給傷害到的家庭，就有兩戶。一戶人家是全恩書店的老闆，由於剛生下來就得了「白化病」，人們都管他叫「白白羊」，他把家裡面的房子給賣了，才還上了高利貸。還有一戶就是丘比。

丘比家裡原來是做水產生意的，據說生意不錯，家境也比愛因斯坦好得多。後來，他們家裡人迷上了玩「合合彩」，一連打中了好幾萬馬克。自從中了獎以後，他的爸爸媽媽再也沒有心思好好賣水產了，錢既然來得那麼容易，還賣水產幹嘛？他們開始整天窩在家裡，一門心思地研究「合合彩」。放棄水產生意後，丘比爸爸又打中了一次「合合彩」，賺了十萬馬克。從此，丘比一家開始全身心地投入到了「合合彩」的研究當中來了。不知怎的，丘比家的經濟情況越來越差，到了後來，丘比的爸爸欠下了一屁股債，和丘比的媽媽離了婚，逃走了。丘比家的房子也被各種催債的人用石頭砸得亂七八糟，房子上面的玻璃窗沒有一扇是好的。丘比家的牆壁上，還被人用石頭刻上了「污言穢語」和「惡毒的詛咒」。幸好丘比的媽媽離婚離得及時，他們才得以繼續在這間房子裡面生存，若是稍微遲了，丘比的媽媽和丘比在這裡就再無立足之地了。

自從父母離婚後，原本活潑開朗的丘比，開始變得少言寡語，好像心裡有了什麼說不出來的疙瘩。斯戈爾和部分同學也知道他們家裡的情況，但畢竟不是什麼光彩的事情，丘比也未必能很快明白他家裡面的狀況，老師和同學們都只能選擇沉默，免得給可憐的丘比家雪上加霜。但是，關於丘比家惡毒的流言很快就出現了，像「丘比的爸爸已經變成了國家頭號通緝犯」啊，「丘比的爸爸已經逃到了單麥」，有的人甚至傳言，「丘比的爸爸已經死了」。在學校方面，老師和孩子們根本沒有時間去關注丘比，本身，教育和學習的負擔已經夠重了，再加上每隔一段時

間，都需要組織開展學校「豐富多彩的活動」，哪裡有那麼多的時間，去專門地關心丘比？

在「合合彩」方面，愛因斯坦很慶幸，自己的爸爸媽媽沒有幾個錢，平時生活比較拮据，不富餘，工作又比較忙，也沒有多少時間去研究「合合彩」。雖然媽媽在空閒的時候，會因為研究「合合彩」入了迷，忘記洗衣服和織毛衣，但是媽媽每次想要去打「合合彩」的時候，通常會猶豫不決，生怕那幾馬克拿出去的錢再也拿不回來。愛因斯坦媽媽幾十次裡，難得打一次「合合彩」，卻又往往會輸掉，鬧個心灰意冷。每次輸掉後，他的媽媽會一個勁地唉聲歎氣，「這錢也太難賺了」……愛因斯坦完全不需要擔心，他們家因為「合合彩」，而賣掉家裡那座破舊的小房子。

五年三班還有一個叫高斯的孩子，據說他家的爸爸媽媽是用「棍棒教育」來對待他的孩子的。愛因斯坦在辦公室訂正作業的時候，曾經聽到他們的老師妮娜是這麼跟其他老師談論起他們班的高斯的：

「這個高斯，簡直是氣死我了，明明是他打了同學亞索，還一個勁地否認，我真不知道該跟他說什麼了！」妮娜有點氣急敗壞了。

比特聽了，立即說道：「這樣的學生，沒什麼好說的，扇他，狠狠地扇他。你要讓他知道你的厲害，他以後才不敢藐視你。」

「唉！」妮娜歎了一口氣，似乎把命運對她的不公平都歎出來了，「我剛剛拉著他的耳朵，訓斥了他幾聲，他一個勁兒地哭。我問他，你知道錯了嗎？你猜他怎麼說……他說我沒錯，我能有什麼錯。說話的時候非常大聲，他連一絲羞恥之心都沒有，好像錯的反而是老師呢……」妮娜停頓了一下，舒緩了一口氣，繼續說道：「我又問他，你究竟有沒有打你的同學亞索，他居然一歪頭，說道，打了又怎麼樣……」

坐在一旁看報紙的凱內老師「嘿嘿」笑了一聲，「這種孩子我們可以說是沒教養的孩子，現在的孩子爹娘都不管的，把孩子硬生生地給寵壞了。」

妮娜繼續説道：「我告訴他，打人是不對的，你應該向被打的亞索道歉。沒想到，他竟然説，打人有什麼不對的。他的拳頭硬，打得過我，那就算他厲害，如果他打不過我，那只能算他活該……真是氣死人！」

頭髮有些花白的凱內老師勸説道：「這種人有什麼好氣死的，又不是你自己的孩子……我們不能在這樣的孩子身上，花去太多的心思和工夫，如果在不聽話的孩子身上花太多的功夫，其實對其他那些聽你話的孩子是不公平的。只要盡自己的力去教就好了，至於他們聽不聽，那就是他們自己的事了。」

妮娜説：「我先通知家長試試看，讓家長進行監督批評。如果家長都教不好，這個人我就不管了。這樣的人發起牛脾氣來……唉！剛才我批評過後一直站著一動不動，我叫他回到座位上坐下他也不聽……簡直就是影響課堂紀律……」

「我記得高斯他的爸爸媽媽是棍棒教育……」這時，剛剛批完作業的雅安娜説道，「如果你告訴他的家長，肯定免不了一頓揍。我去家訪過他們家，他們家裡有一根粗粗的木棒，就放在高斯家的牆壁上。如果他犯了什麼事，高斯的父母就會用棍棒打他，直到打到他哭著認錯為止……」

雅安娜説這話時，愛因斯坦剛剛訂正完得語方叢，正走出辦公室。他很同情高斯，每天要擔驚受怕地在父母的棍棒下面過日子。他也很為自己慶幸，自己的爸爸媽媽沒有用棍棒政策來對付他。他的爸爸媽媽總體來説，不算凶，從小到大，他只有三次是被父母狠狠地打過。第一次是他上幼稚園時，他自己口袋裡面準備買零食的一馬克錢掉到了地上，被鄰居家的小孩撿走了，他追著要把自己口袋裡的一馬克錢要回來，還一直嚷道：「給我一馬克，給我一馬克……」他的爸爸碰巧看到了，以為愛因斯坦要搶劫鄰家小孩錢，不由分説就把愛因斯坦揍了一頓。第二次是他看到了街邊的玩具飛鏢，想讓爸爸媽媽給他買

下來。爸爸媽媽不答應，而愛因斯坦吵著嚷著要父母買，愛因斯坦的爸爸鐵青著臉，把愛因斯坦拉回家，狠狠地揍了一頓。第三次是愛因斯坦沉迷於看《自然哲學的數學原理》，接二連三地忘記做作業。愛因斯坦的爸爸給愛因斯坦報了補課班，又把《自然哲學的數學原理》藏了起來，並謊稱這本書被撕掉了，扔到垃圾桶裡去了。（直到讀初二時，愛因斯坦才在小閣樓的舊書底下，找到了這本《自然哲學的數學原理》。只是這時，愛因斯坦沉迷於網路遊戲，已經無心看書了）愛因斯坦不想去補課班，一個勁地哭鬧，他爸爸勃然大怒，打得他直到説要去上補課班為止。除了這三次，愛因斯坦沒有被父母揍過的深印象了。要是每次被老師批評，都像高斯那樣要被狠狠揍一頓，愛因斯坦不知道自己的小學生活會變成什麼樣子。

有了那麼多不好的例子，愛因斯坦覺得，自己的爸爸媽媽比他們好一點，雖然有時候喜怒無常，動不動就批評愛因斯坦，有時候他們又管得太多，有時候他們又對愛因斯坦不聞不問。

愛因斯坦沒有繼續想下去，他看到同學吉米手中拿著一個變形金剛的玩具，眼睛裡面放出了光，就跑過去玩了。

斷手弗雷特

斯戈爾剛剛批完一疊得語試卷。他翻了翻試卷，皺起了眉頭，五年二班的得語成績越來越差了，除了珊迪、弗雷特和簡能夠每回考到九十分優秀外，其他孩子都無法每回考到優秀。班級裡原先好的孩子，吉米、愛因斯坦等，學習態度越來越不行了，連八十分都考不到。而像瑪塔、維塔、霍姆沃克和帕斯達特這樣的孩子，卻僅僅只能考二三十分。

斯戈爾一邊苦笑，一邊自言自語道：「帕斯達特九分，維塔卅三分，瑪塔卅六分，霍姆沃克廿二分，四個人的成績加起來，剛剛好一百分。」

旁邊的五年二班老師妮娜聽到了，拍了拍放在他一邊的四張試卷，說道：「你來看看我們班的四個寶貝做的數學，加起來都不到五十分！」她故意說得很響，怕別人不知道似的。或許，她是想表達自己的憤怒，或許，她是為了得到別人的安慰。「現在的孩子是越來越難教了！」妮娜說完後，提起紅筆繼續批了起來。

旁邊已經批完作業的老師，驚訝地舉起妮娜班「四個寶貝」的試卷，議論了起來。而斯戈爾卻拿起中午剛剛做過的聽寫批改了起來。下節課原本是音樂課，斯戈爾把它從吉娜手中拿來充作得語課了。由於被「迎接市長的活動」占走了時間，得語這門課的期末複習根本來不及，哪裡還有時間上孩子們的這種副課呢？但是，這也意味著，他必須把得語聽寫在上課前批出來，好讓孩子們進行訂正。

「老師！！老師！！」當斯戈爾批改聽寫批改了一半的時候，有叫聲從辦公室的窗外響起。納伊弗喊了聲「報告」，跑進了斯戈爾辦公室。

斯戈爾皺起了眉頭，看了她一眼，這個愛告狀的孩子跑進辦公室，肯定沒有什麼好事。

果然，納伊弗一喘一息地說道：「老師……下課的時候……丹娜……把弗雷特的手臂給扭傷了！」

「什麼！！」斯戈爾臉色大變，幾乎從座位上跳了起來，甩下了筆，奔向教室。

在第三排第四列，弗雷特的座位旁，圍了好多議論紛紛的孩子。他們看到斯戈爾來了，紛紛靜了下來。「嗚嗚……」弗雷特的哭聲清晰了起來。

斯戈爾走近一看，弗雷特斜靠在位置上面，臉色慘白，牙關緊咬，豆大的汗珠伴隨著淚水一齊從弗雷特的臉上流下來。而丹娜則站在另一邊，雙臂緊靠著身體，低著頭看著地上，儼然一副犯了錯的樣子。

「到底是怎麼回事！」斯戈爾臉上一沉，

問道。

納伊弗說道：「事情是這個樣子的。下課的時候，我們在和弗雷特、丹娜玩扔橡皮的遊戲。玩到一半的時候，弗雷特拿住丹娜的橡皮，藏在手心牢牢捏住，不肯給丹娜看。丹娜想把橡皮搶回來，就去掰弗雷特的手腕。結果弗雷特就倒在位置上哭了……」

斯戈爾看了一眼弗雷特的右手，手掌扭在了一邊，而手腕處已經腫起來了，像是在裡面注了幾十毫升水似的。他皺了皺眉頭，知道弗雷特必須被送往醫院。

斯戈爾連忙叫吉米通知了校長傑克，校長傑克立刻趕了過來。

傑克向孩子們問了情況，又仔細查看了弗雷特的右手，知道情況很嚴重。他立刻叫體育老師傑森送弗雷特去了醫院，又叫斯戈爾用辦公室的電話通知弗雷特和丹娜的父母，並對丹娜進行口頭教育。

斯戈爾打電話通知了雙方家長以後，又走進了教室。這時，上課鈴已經響了，斯戈爾叫孩子們坐在教室裡面，自己看書，複習得語書中的內容。而斯戈爾則站在教室門口，焦急地等待著雙方孩子家長的到來。

弗雷特的媽媽以精明著稱，要是她來學校，肯定會喋喋不休地講道理，非要為自己的孩子討回公道不可。而丹娜的爸爸則是得國公職文員，顯然也是不好惹的角色。要是兩方面的家長不依不撓，鬧起來了，那該怎麼應付？

伊斯特小學曾經發生過類似這樣的事件。去年，有一位叫做伊蓮的六年級女生，在上體育課的時候，不小心摔下了單槓，右臂被摔斷了。伊蓮被送往沃克市人民醫院治療，除去醫療保障扣去的費用，伊蓮一家大大小小花了四千五百馬克的錢。面對巨額帳單，伊蓮的媽媽一口咬定學校和體育老師傑森都應該承擔相應的責任，在學校鬧了很久。後來，學校承擔了一千馬克，體育老師傑森也承擔了一千馬克，事情才算結束。經歷這件事後，學校千方百計要求班主任老師在班主任談話時間強調安全第一，並在全校禁止了孩子們所喜愛的爬單槓運動。

不一會兒，一個西裝筆挺的男人站在了五年二班的教室門口。他瘦瘦高高的個子，戴著一副淺褐色的眼鏡，一副很有文化的樣子。

「請問您是丹娜的班主任斯戈爾老師嗎？」他看到斯戈爾站在五年二班教室門外，很有禮貌地問道。斯戈爾看到了，回答道：「你好，我是丹娜的老師斯戈爾，請問您是……」

「我是丹娜的爸爸……」丹娜的爸爸略帶微笑地說道。

「丹娜的爸爸，您好！」斯戈爾臉上強擠出一絲微笑，隨後，他把丹娜也叫到了教室外面，當著丹娜的面，繼續向丹娜的爸爸解釋，丹娜和弗雷特他們是怎麼玩橡皮的，丹娜又是如何在玩橡皮的過程中，去搶弗雷特手中的橡皮的，而弗雷特的手，又是怎麼被丹娜扭傷的。斯戈爾雖然並不在場，但是他努力地想把事情的經過展現給丹娜的爸爸看，一直說得唾沫橫飛，眼冒金星。丹娜低著頭，一聲不吭地瞄著斯戈爾和父親。

等到斯戈爾說完，丹娜的爸爸立刻說道：「不可能吧，我家孩子個子又不大，看樣子力氣也不是很大，怎麼可能會把一個男生的手弄傷？」斯戈爾解釋道：「丹娜的爸爸，事情就是這個樣子的，當時好多同學在場，他們都可以作證。」丹娜的爸爸仍是一副不相信的樣子，斯戈爾繼續解釋道：「丹娜手力並不小，運動會的時候，她曾經在壘球項目上面獲得第一名。」

丹娜的爸爸想了想，似乎在努力地回憶她的女兒是否在運動會上得了第一名。「好像有這回事……唉……」丹娜的爸爸歎了口氣，「我們家這孩子的天性就是這樣，太活潑，太調皮貪玩，給老師添麻煩了。」斯戈爾聽了，心裡一驚，看丹娜爸爸的樣子，似乎沒有一點兒要責備丹娜的意思，反而告訴老師，丹娜就是這個樣子的，似乎在為丹娜辯護。斯戈爾的腦子裡，又冒出了到死都要維護孩子，把責任全部推給學校和

老師的家長形象。

「如果有什麼需要承擔的地方，我們會一力承擔。」丹娜的爸爸面無表情，繼續說道。說的時候，還有意地瞄了一下自己手錶上面的時間。

丹娜爸爸說的話，讓斯戈爾的心稍稍寬慰一些，看樣子，似乎丹娜爸爸不是一心護短，推卸責任的家長。他抬起頭，往外面一看，臉色立刻就沉了下來。弗雷特的媽媽，正鐵青著臉，心急火燎地從校門口趕了過來。

還沒有等斯戈爾開口，弗雷特的媽媽就直接發問道：「斯戈爾老師，我們家弗雷特的手到底怎麼樣了？」她從窗戶外張望進去，並未見到弗雷特坐在位置上。

「您好，弗雷特的媽媽，已經有老師送他去醫院了。事情是這個樣子的……」斯戈爾繼續努力地向弗雷特媽媽解釋事情發展的經過，直到把事情的來龍去脈說完整為止。丹娜的爸爸一邊聽斯戈爾把事情的經過重複一遍，一邊又不時地看了看戴在右手腕上的金色勞力士手錶。

弗雷特媽媽聽完後，很著急，忙問醫院在哪裡，她好打車去醫院看弗雷特。斯戈爾裝作仍然心平氣和地說道：「傑森老師已經送他去市第一醫院了，那裡治療外傷是最好的……」

丹娜的爸爸一邊聽著，一邊臉上露出了尷尬的神情，思考了一會兒，說道：「弗雷特的媽媽，斯戈爾老師，如果有什麼要負擔的費用，我一定會承擔的……如果沒有什麼其他事情的話，我能不能先回去了……」

斯戈爾一怔，吃驚地望著丹娜的爸爸。按照事情正常的發展模式，丹娜的爸爸至少也得陪著弗雷特的媽媽去一趟醫院，看望一下弗雷特。畢竟，這是他女兒闖的禍。可是，丹娜爸爸的心思一點也不在這件事上面。也許，他有其他重要的事情要做，也許，他覺得不該在這種小事上面花費太多時間。

丹娜的爸爸從皮夾裡面取出一疊綠色的馬克鈔票出來，遞給了弗雷特的媽媽。「弗雷特的媽媽，實在是對不起，我的女兒惹了那麼多的麻煩……這是一千馬克，我先墊著，有什麼需要的不夠的，儘管向我要……」不等斯戈爾和弗雷特媽媽答應，他便轉身離開了。弗雷特的媽媽也沒有計較，趕緊告別了斯戈爾，奔赴醫院。

斯戈爾走進教室，教室裡面依舊有孩子在低聲講話。斯戈爾說道：「安靜下來了……」帕斯達特和迪克似乎沒有聽到，在偷偷地講空話。斯戈爾一拍他們的桌子，兩人才安靜下來。斯戈爾說道：「丹娜和弗雷特的事情大家也看到了。下課的時候玩耍會帶來多大的安全隱患啊！以後我們制定一個規則，凡是在教室裡奔跑玩耍的，一律罰值週掃地一個星期！」

迪克聽了，驚訝地張大了嘴巴，不讓生性活潑好動的他在下課的時候玩耍，簡直會要他的命。

斯戈爾看了看時間，上課時間已經過去了三十五分鐘。辦公室裡，還放著一疊剛剛批完的期末複習卷和一堆還沒有批完的聽寫。但是，斯戈爾現在一動都不想動。處理完弗雷特的事情後，他已經是身心俱疲，他已經沒有力氣再講解試卷了。

「現在大家繼續自己複習……」斯戈爾下了命令。他現在口乾舌燥，想喝一口水，但水杯卻不在身邊。

「老師，我們上午的期末複習卷批好了沒有啊？我考得到底怎麼樣？」納伊弗用一雙水靈靈的大眼睛望著斯戈爾，問道。

「試卷已經批好了，我們明天再講解。」斯戈爾回答道，「納伊弗，你考了八十六分。」斯戈爾猛然想起，弗雷特的右手已經扭傷了，而期末考七天後就快到了。他還能來參加考試，去保證班級裡面慘淡的優秀率嗎？

「老師，我考了幾分啊……」「老師，我考了幾分啊……」……

斯戈爾的聲音被孩子們焦急的詢問聲淹沒了……

公開課的戰爭

這天班主任談話時間，斯戈爾一臉凝重地走進教室，告訴大家，這週四有一堂公開課要上。

對於愛因斯坦來說，上公開課也沒有什麼大不了的，無非是老師上課的時候在學生的座位旁邊，多添加幾個老師坐的凳子，其他老師在旁邊聽課罷了。愛因斯坦小學一年級的時候，格瑞德就曾經講過好幾堂公開課，後來四年級的時候，斯戈爾也上過好幾節。這些公開課具體情況愛因斯坦已經記不清楚了，反正最後都「平安無事」，一次也沒有因為「表現不好」受到老師的批評。

愛因斯坦班級裡的其他同學似乎也沒有什麼特殊的，只是科比、迪克這幾個好動的孩子「啊」了一聲，表示了驚訝。

不知為什麼，斯戈爾的臉卻依舊緊繃著，看來，公開課對老師的壓力不小。

「這次公開課跟以往不一樣，我們不是在學校裡面上的，而是要去實驗小學上的……」

「啊？」……講臺下面響起了一陣略輕微的驚訝聲。看來，這次的公開課，跟以往不一樣。

「這次公開課我們要跟全市的學校進行比較，我們不僅代表我們的班級，更代表我們的學校，這是一場戰爭，希望我們以最好的精神狀態來迎接這場公開課……」斯戈爾的話語突然變成了演說的腔調，儼然一位隨時準備整裝出征的將軍。

「另外呢？我希望大家在那一天能夠穿校服來學校……在上午八點左右我們準時發車去實驗小學，如果那一天……誰如果沒有穿校服來學校……那麼不好意思，我會讓你在我的辦公室裡站一天……」斯戈爾的語氣中忽然顯露出威脅的腔調。

說完，斯戈爾把講臺上面一疊夾著夾子的紙發了下來。不用說也知道，這是告家長書，要求孩子們回家後讓家長簽字，並讓家長把回執帶回來。如果不發告家長書，讓家長認認真真閱讀並簽上名字收起來，要是開校車前往實驗小學途中出了什麼事情，學校可擔負不起這個責任。

孩子們在斯戈爾的幾番勸說下收好了「告家長書」，下課鈴響了，斯戈爾出了教室。孩子們不管有沒有準備好下堂課的內容，依舊像往常一樣開心地玩了起來，都已經忘了那麼重要的「公開課」。直到星期三的傍晚，斯戈爾特意佈置了預習課文《慈母情深》的作業，並告訴孩子們，他不會佈置其他作業，最重要的任務僅僅是預習好這篇課文。佈置完作業，他又帶領孩子們把課文朗讀了兩遍，才肯安心離去。

斯戈爾雖然在那天傍晚「千叮嚀萬囑咐」，一定要孩子們好好預習課文。對於愛因斯坦來說，這些陳詞濫調猶如放屁一樣。他放學一回到家，就把書包扔在一旁，逕自去玩了。直到睡覺前，他才裝模作樣地在課文裡做了一些標記，以顯示自己已經認真地預習過這篇課文了。那天愛因斯坦很興奮，一時半會兒睡不著覺，他想到他可以看到其他學校的一些新奇的人和新奇的事物，不由得讓他想入非非。有什麼比見識到新奇的東西，更讓孩子感覺到興奮的呢？

第二天早上，五年二班教室。

「請大家再給我讀一遍！」斯戈爾一邊掃視著講臺下面，一邊又盯著得語書上的詞語，竭盡全力地拓展著自己的眼力，彷彿要把他的兩隻眼睛擠成四隻眼睛。教學樓外花壇裡菊花早已綻放出動人的笑容，紅的，黃的，白的，晨曦的光芒映著她們濕盈盈的外衣，顯得格外漂亮。但是斯戈爾不會去在意那花壇裡的菊花，也不會允許教室裡的任何一個孩子去注意那美麗的菊花。為了準備公開課，他忙著準備教學用具，設計教學環節，忙了整整一個晚上。他盡心盡力，準備上一堂「以學生為本」的優質課，與他一同競爭的是實驗小學的一位老師和吉祥小學的一位老師。市裡的好多教育評委都要來聽這幾堂課，並當著許多從各地來的聽課老師的面，評論這三位老師

上的三堂課。實驗小學和吉祥小學都是市裡一等一的學校，他們配備有一等一的老師，也配備有一等一的學生。雖然這樣安排的本意就是讓斯戈爾和他的班級當「綠葉」，來襯托他們這些「鮮花」，斯戈爾此行也不敢馬虎，一本正經地想利用早自習的時間，把課文裡的知識點講透，才肯送孩子們上車。

「報告！」愛因斯坦背著書包走到了五年二班教室門前，敬了個禮。這時，早自習的鈴聲響了起來。

斯戈爾白了愛因斯坦一眼，想要繼續講下去，似乎又氣不過，又轉向門口，喊了一聲「站著！」轉過頭去，他繼續向桌下的孩子們講《慈母情深》裡面上課要注意的知識點。

愛因斯坦一邊站在門口，一邊聽斯戈爾一句一句講解一些詞語的讀法和解釋。愛因斯坦知道他站著是因為他沒有在規定的時間內，趕到教室裡面。雖說在以前，班主任老師都規定，只要在早自習前趕到教室，就都算及時趕到學校。可是今天是特殊的日子，斯戈爾規定孩子們必須趕在早自習開始前十分鐘，再聽老師「拎」一遍書本裡面的知識點，而愛因斯坦沒有在老師「拎」知識的時候趕到。愛因斯坦看了一下，教室裡面除了他，都趕到了教室裡面，就連平時愛遲到的帕斯達特和瑪塔都已經坐在教室裡面有口無心地跟著「大部隊」一起念起了「經」……

「背直起來了，我的母親。轉過身來了，我的母親。褐色的口罩上方，一對眼神疲憊的眼睛吃驚地望著我，我的母親……」空氣中，孩子們的聲音抑揚頓挫，情感表現得格外豐富。從哪裡去找那麼有感情的孩子，能把三十年前，作者對自己母親的感情，都理解得那麼透澈。斯戈爾仔細地聽著孩子們的誦讀，疲憊的臉上漸漸露出一絲滿意的笑容。愛因斯坦望著這些感情豐富的孩子，臉上露出了怪異的表情。他們讀得確實很好，只是好得讓愛因斯坦有一些毛骨悚然的感覺。

「愛因斯坦，你怎麼來得那麼遲？」斯戈

爾臉色沉了一下，看了他一眼，「給我滾去座位上站著，拿出得語書，給我讀起來。」愛因斯坦看到斯戈爾臉上鬍子一動一動的，非常的滑稽搞笑。他強忍住笑，回到了座位上。

讀了沒幾分鐘，八點的上課鈴響了，斯戈爾分發給孩子們每人一個塑膠袋，叫孩子們把得語書，文具都放到文件袋裡面。袋裡還附帶一張「學習單」，斯戈爾告訴孩子們這張學習單在上課的時候要用到，讓孩子妥善保管，不要扔掉，最好不要動它。

在斯戈爾帶領下，孩子們出了教室，下了樓，陸陸續續走到了學校門口。沒想到校長傑克竟然親自站在校門口等孩子們的到來。校長引導孩子們上了學校門口停著的那輛紫色校車後，拍了拍斯戈爾的肩膀，愛因斯坦不知道他說了些什麼，似乎在為斯戈爾打氣。斯戈爾點了點頭，上了車。不一會兒，車子動了。愛因斯坦向後望著車窗外面的伊斯特小學，伊斯特小學低矮的校門，四層樓高的行政樓和教學樓，漸漸變小模糊，轉過一個彎，一陣顛簸傳遍車內，伊斯特小學便消失在愛因斯坦的視線裡面。

大約過了半個小時，實驗小學的教學樓出現在了愛因斯坦的視線當中。高大寬敞的教學樓上，一塊塊紅色的瓷磚，在太陽的映照下，熠熠生光，使一座座教學樓顯得金碧輝煌。不一會兒，白色大理石的門柱中，不銹鋼拉門上方，「實驗小學」這幾個用花崗岩雕刻的單詞，傲然地立在「假山」般的大門板上，似乎是向來自各個學校的老師和孩子，展示自己的氣派。

校車在門口停下，孩子們下了車，在斯戈爾的帶領下，排著隊走進了校門。經過了教學樓，教室內傳出了孩子們朗朗的讀書聲：

「這篇課文描寫了各式各樣的花兒多姿多彩！」老師說。

「這篇課文描寫了各式各樣的花兒多姿多彩！」低年級的孩子齊聲說。

「這篇課文描寫了各式各樣的花兒多姿多彩！」老師說。

「這篇課文描寫了各式各樣的花兒多姿多彩！」低年級的孩子齊聲說。

「這句話要背出來，做題目要用到的……」

……

愛因斯坦沒去搭理這些「讀書聲」，令他感到興奮的是那一路上他們遇到的雕刻得栩栩如生的大理石動物雕像。有「飲水的大象」，「拿著松果的松鼠」，「抬頭仰天長嘯的恐龍」……一個個排列在花壇邊上。愛因斯坦忍不住想駐足觀望，不由得放慢了腳步。斯戈爾把這次公開課看作是一場戰爭，他要求孩子們要像軍人一樣，整整齊齊地列隊行進在實驗小學，直到孩子們到達上課的地點。可是現在，隊伍早就已經沒有了樣子，許多孩子都被實驗小學內新奇的事物給吸引住了，很多人掉隊落在了後面，有幾個女生甚至還結隊觀察起花兒來了。

「快點跟上！」斯戈爾一吼，部分孩子聽到了跟上來了，霍姆沃克則還在低頭撥弄著什麼。「霍姆沃克，跟上……」斯戈爾喊了幾遍，霍姆沃克才醒悟過來，跟上了隊伍。

五年二班的隊伍到達體藝館休息室的時候，已經是八點四十分了。斯戈爾告訴孩子們，他們上公開課的時間是上午九點二十分，在九點十分的時候，就會由費安娜老師帶隊，去體藝館六百座舞臺。囑咐完孩子，斯戈爾就拿上他的手提包和黃色的聽課記錄本，走出了休息室。費安娜老師要求孩子們在教室裡面保持安靜學習，不喧嘩吵鬧，影響到隔壁上公開課的老師。她許諾如果孩子們能在三十分鐘休息時間保持安靜，她將會在公開課後，獎勵給每個孩子一個「美式風味的油炸大雞腿」。聽到美國風味的大雞腿，孩子們流下了口水，不是所有孩子都常常能吃到這十馬克一個的「美國炸雞腿」。休息室頓時安靜了下來，孩子們可以聽得清隔壁老師講課的聲音。

「鼻子一酸的感覺是什麼，那作者又是為什麼鼻子一酸，大家從課文中把句子找出來，並做簡要批註……」隔壁講課的是一個女老師，她語句中的聲調感情濃厚得令人發毛，那抑揚頓挫的調子，好像是在引誘孩子們去做什麼東西……

「啊，真聰明！」顯然是一個孩子找對了正確的句子，隔壁講課的老師用一種近乎「驚訝」的聲音誇獎道。只是那聲音太過興奮，興奮得有些做作了，愛因斯坦嚇了一跳，筆從他的手裡落了下來，「啪嗒」一聲掉在了地上。

「你一定是從這句話裡面，看到了作者母親工作的艱辛……」沒等回答問題的孩子表示自己的感受，那位女老師替他說出了心中的感受。「請坐！」……為了不再聽到那刺耳的聲音，愛因斯坦站到了窗戶口，看外面的風景，讓外面的和風吹散那些故作扭捏的聲音。

過了一會兒，門口出現了一位女老師，中等身材，戴著眼鏡，披肩髮，頗有教了愛因斯坦三年的格瑞德的風範。她告知這些伊斯特小學的孩子們，公開課很快就要開始了，請孩子們排隊去「六百座」門口，準備上課。

來到六百座門口，從門口看進去，愛因斯坦看到一個用紅色油漆木搭成的舞臺，舞臺上面，四排整齊的桌椅擺在上面。舞臺的左邊架著一塊小黑板，小黑板下面的板槽裡面，用過的幾支粉筆還放在上面。孩子們聽從費安娜的指揮，排著隊從舞臺的一端走了進去。愛因斯坦走上舞臺的時候，心裡不由得燃起一陣緊張。愛因斯坦不知道這是為什麼。他在位置上坐定，往舞臺下面看了一眼，只見舞臺下面一排排座位上面坐著老師，特別是前排，可以說是座無虛席，而後面幾排，就顯得有些七零八落，有幾排座位上，壓根就沒有老師坐在上面。愛因斯坦一抬頭，他嚇了一大跳，只見十個掛在天花板上的攝像機，正用它們那黑洞洞的「眼睛」，「低著頭」望著他們，愛因斯坦挺了挺胸，讓自己坐得更直了。很快，愛因斯坦就意識到，他身邊的孩子們，也都身體僵直地坐在位置上，仿佛一個又一個面無表情的木頭人，氣氛死一般的壓抑。

過了不久，主持人宣佈這次公開課開始了。斯戈爾穿著西裝，皮鞋，一步步恰似春風得

意般微笑著走上了「舞臺」。如果平時斯戈爾穿著這種衣服來學校，孩子們肯定認為他是要結婚了。

上了舞臺，轉過身，斯戈爾微笑地對孩子們說道：「各位親愛的同學們，大家上午好，今天呢，老師這裡有一個問題。大家喜歡自己的媽媽嗎？」斯戈爾掃視了一下孩子們，斯戈爾目光所過之處，孩子們一個一個都舉起了小手，看起來課堂氣氛比較活躍。「那麼誰來說一說平時媽媽是怎麼愛你的？」

愛因斯坦看到斯戈爾的目光掃過來，就舉起了手，他明白，在斯戈爾提問的時候，就算不知道答案，都必須要舉手，這樣才顯得伊斯特小學的學生積極聰明，沒有給學校丟臉。斯戈爾向孩子們承諾他會抽基礎好一些的學生回答問題的，不會讓「差生」丟臉的。

斯戈爾抽了吉米、弗雷特，珊迪和艾米回答了問題，每位孩子都通過一件事說出了媽媽對他們的愛。

斯戈爾滿意地點了點頭，說道：「是啊，平時媽媽在生活中無微不至地照顧著我們，她真是我們每位孩子的守護神。我們今天要學的這篇課文，也是關於一位媽媽的故事。我們來看一下課文裡面的媽媽，究竟是怎樣愛他的。請大家讀一下課文《慈母情深》，從課文裡面找一找，課文內的母親是怎麼樣愛他的？請在課文裡面找出相應的內容。」

愛因斯坦舉起書本，大聲地讀了起來。在班級教室裡面，愛因斯坦和同學讀這篇課文已經讀過不下三遍了，愛因斯坦還是在遲到的情況下讀的，其他同學肯定比愛因斯坦讀得更多。愛因斯坦明白，在這個舞臺一般的「課堂」裡面，同學們能夠很快流利地讀完這篇課文。愛因斯坦看了一眼周圍的同學，前面的吉米昂著頭，挺著胸，像一位隨時準備就義的革命烈士；吉米身旁的迪克也挺直著背，身子下面的腳已經不住的擺動了起來，看來他的腳已經完全脫離了他大腦的控制；愛因斯坦身邊的霍姆沃克也用他那纖細得如同樹枝的小手舉著課本，一字一頓地讀著課文，看來他讀得很是用心；愛因斯坦往後面看了一下班級裡的「麻煩王」帕斯達特，他晃動著腦袋也在讀課文，看來他已經被一些老師「威逼利誘」過了，愛因斯坦知道，以帕斯達特的性格，要是沒有什麼「好處」或是什麼「威脅」，他絕對不會那麼認真地去讀課文……

「背直起來了，我的母親。轉過身來了，我的母親。褐色的口罩上方，一對眼神疲憊的眼睛吃驚地望著我，我的母親……」忽然，響起一陣激昂的讀書聲，是弗雷特，弗雷特看到了斯戈爾走到了身邊，激昂地讀了起來。看來，他是想把自己最好的一面展現給斯戈爾看。愛因斯坦轉開了頭，舉起筆在課文裡面劃了起來。不一會兒，孩子的讀書聲也漸漸少了，一些孩子即使自己還沒有讀完，也不敢再讀課文，以「影響班級的整體風貌」，於是，課堂上的讀書聲只是細碎地再響了幾聲，就完全消失了。課堂上，所有的孩子都拿著筆，或是在尋找描寫「母親」的句子。

「好了，大家都已經找好了，我們來看一下黑板。」愛因斯坦聽了，心裡一驚，他才找到一句描寫母親的句子。為什麼老師那麼急，連足夠的找內容的時間都不給他。

愛因斯坦抬起頭，只見斯戈爾在黑板上寫下了「龜裂」，「震耳欲聾」，「攥」這三個單詞。「我請同學們來讀一下上面的詞語。」教室裡面每一個同學都讀了起來。

讀完以後，斯戈爾面帶微笑，說道：「啊，看來同學們都已經會讀了這些單詞，每位孩子都是棒棒的！那麼請問一下，『龜裂』是什麼意思？」舞臺上面大多數孩子都舉起了手。「納依弗，請你來回答一下……」納依弗說道：「『龜裂』就是冬天的時候，手裂開了的樣子。」納依弗說得很急，沒有停頓，說完以後，納依弗長舒了一口氣。「真聰明，老師都要為你豎起大拇指了。」斯戈爾舉起右手，豎起拇指，並把他拇指的指尖指向納依弗……

理解完詞語，斯戈爾又回到了尋找描寫母親的句子。他飽含激情地說道：「孩子們，全文沒有一句話是表現慈母情深的，那麼，慈母對作者的感情又表現在哪裡呢？我請同學一起來交流一下。」斯戈爾隨手抽了弗雷特。

弗雷特「刷」地一下站了起來，腰背筆挺，宛如一位「將軍」，他說道：「老師，我找的是這一句。」接著，他讀了起來：「背直起來了……」在舞臺的聚光燈照射下，他一邊讀，一邊搖晃著腦袋，仿佛沉浸在作者對母親的深情之中，仿佛他跟作者融為了一體；他那抑揚頓挫的聲調，歌頌著作者的母親，仿佛在歌頌自己的母親一般。臺上台下鴉雀無聲，所有人都把焦點集中在他身上，他仿佛是舞臺上的明星，要把最好的表演展現給所有領導，所有老師和所有同學看。

「……我的母親！」他讀完了，舒了一口氣，雖然沒有掌聲，但他臉上滿是滿足。「讀得真棒呀！」斯戈爾也給了他一個「大拇指」，「那麼請問弗雷特同學，你從這句描寫母親的話裡，感受到了什麼？」「我覺得作者的母親工作非常辛苦……還有，母親非常的累……」

「回答的真不錯！」接著，斯戈爾抽珊迪回答下一處。

「母親說完，立刻又坐了下去，立刻又彎曲了背，立刻又將頭俯在縫紉機板上了，立刻又陷入了忙碌……」珊迪朗讀的這段話，雖然也是抑揚頓挫的，很有感情，但朗讀的聲音卻沒有弗雷特那樣飽滿，不過排比句上升的音調彌補了她的不足。

「朗讀得真好呀！」斯戈爾滿意地回答道，接著又提出了一個問題，「珊迪，你從這個語段當中感受到了什麼呀？」

「我感受到了……感受到了……她很忙……」

「真是個愛動腦筋的孩子！」沒等珊迪回答完，斯戈爾就打斷了她的話，「為什麼母親會那麼忙呢？那是因為母親為了養活自己的孩子，拼命地打工，看看她有多麼愛自己的孩子呀！」斯戈爾沒去問珊迪是怎麼理解的，他面向全體孩子，說出了自己的理解，「這句話，也體現了母親的愛……請坐！」

公開課繼續進行下去，愛因斯坦漸漸覺得有些無聊了，他雖然在座位上坐得端端正正的，斯戈爾所講的內容卻漸漸模糊了起來，慢慢地遠離了與他意識之間的聯結。他寧可多觀察一會兒公開課同學臉上的各種表情。愛因斯坦斜過眼，下意識地瞄了一下身後的漢森，漢森把雙手貼在桌上，屏息凝視地望著斯戈爾，臉上滲出豆大的汗珠。舞臺上悶熱的氣氛已經把他弄得很不自在了。帕斯達特的身子早就歪向一邊，手肘斜靠著桌子，一副「天大地大我最大」的態勢。幸好他座位坐得比較靠裡面，在下面坐著的老師壓根看不到他。福爾兩手托著腮幫子，已經沒有在看書了，也不知道他在想什麼……

「這句話是倒裝句……」

「倒裝，喀嚓喀嚓……機器人變身！」沒等斯戈爾把話講完，迪克舉起了雙手，模仿起了電視裡機器人變身的動作。坐在一邊的科比聽到了，伏下身子「噗哧」一下笑了出來，幸好他旁邊沒有話筒，不然整個六百座內的老師非得聽到這有趣的笑聲不可。看來迪克的注意力早就魂飛天外了，還好話筒聲音，完全蓋住了迪克的聲音，下面坐著的老師沒有意識到什麼異常。看得仔細的老師，頂多看到一個孩子「伸了下懶腰」。

「……它反覆使用三個『我的母親』，仿佛把整個鏡頭拉慢了，母親慢慢地移動著，著力地凸顯出了母親的蒼老、疲倦……」斯戈爾忘情地講著，猶如在講自己的母親一般。

「這次，我希望大家帶著對母親的深情，語速放慢點，朗讀這一句話……」

「背直起來了，我的母親！轉過身來了，我的母親！褐色的口罩上方，一對眼神疲憊的眼睛吃驚地望著我，我的母親！！」朗朗的讀書聲又從舞臺上響起，語速比前面也放慢了，一種深情的，令人潸然淚下的氣氛在舞臺上飄蕩著。

愛因斯坦讀著，讀著，彷彿見到了自己的母親，「媽媽究竟在哪裡工作，他是不是也像作者的媽媽這樣辛苦……」愛因斯坦這個念頭一閃而過，又從腦袋裡面閃了出去……

「作者用反覆的手法寫出了母親的勞苦，接下來，我們用這種寫法模仿作者寫一下一個語段，請大家把學習單拿出來。」課堂下面的孩子都取出了放在一旁的學習單。愛因斯坦看到學習單上的內容：「請你用反覆的手法，改寫一下這一段話，『母親起早從床上爬起來，忙碌地幫我準備了兩個玉米餅，就急匆匆地趕去工作。她翻越了幾座大山，去十公里外的工廠上班』。」

愛因斯坦見到題目，露出一臉迷茫。他沒有關注什麼反覆手法，令他疑惑的是「玉米餅」是什麼東西。這個玉米餅，愛因斯坦從來沒有吃過，據小時候爺爺跟他說起，玉米餅是他們年輕的時候吃的食物。這東西好吃嗎？愛因斯坦止不住地思考了起來。他在學習單的空白處畫起了玉米餅。一個圈，表示一個大餅，在「大餅」上面，他畫了許多個小三角形，表示上面綴著許多顆玉米粒……突然，一根手指在他的學習單上指了一下，愛因斯坦轉過頭看了一下，他看到斯戈爾白了他一眼。愛因斯坦只好把「玉米大餅」擦掉了。

愛因斯坦繼續看下去。「她翻越了幾座大山，去十公里外的工廠上班。」愛因斯坦又犯了迷糊。為什麼母親非要每天翻越幾座大山去上班呢？家附近難道沒有工廠嗎？她難道沒有摩托車或自行車嗎？愛因斯坦想了一會兒，也不再鑽牛角尖，動腦筋想了一下，提筆寫了起來：

「母親每天起早從床上爬起來，每天忙碌地幫我準備了兩個玉米餅，每天急匆匆地趕去工作。她每天翻越了幾座大山，每天去十公里外的工廠上班。」寫完，愛因斯坦把鉛筆放到了一邊，兩手交疊放桌子上，用平時那「坐端正」的姿勢，等待老師講解。愛因斯坦用眼睛的餘光瞄了一下坐在舞臺下面的老師，此刻，坐在那「電影院般」座位上的老師們，顯露出了各種各樣的坐姿，有的斜躺在座位上，有的老師在低聲的交談，有的老師趁著這個「空檔」，在辛勤地批改作業；有的老師，手上拿著那本黃色的《聽課筆記本》，在伸懶腰，打哈欠；還有的老師，拿著一杯茶葉茶，品味著茶水的茶香茶味……要是他們沒有拿著筆，或者拿著聽課筆記本，外人看一眼他們的姿態，準會以為他們在看話劇，而不是在觀看「公開課」。

過了一會兒，斯戈爾抽了艾米回答問題。艾米緩緩地站了起來，似乎很緊張，顫顫巍巍地說道：「起早從床上爬起來，我的母親；忙碌地幫我準備了兩個玉米餅，我的母親；急匆匆地趕去工作，我的母親；翻越了幾座大山，我的母親；十公里外的工廠上班，我的母親……」顯然，這個「反覆」用得怪怪的，艾米的聲音剛開始還是比較大的，後來越來越小，越來越小，過了一會兒，慢慢變成了輕哼聲。斯戈爾看了她一眼，又看了她學習單上的字，說道：「老師看出來，你很好地在用老師教你的方法在寫句子，請坐！！」

愛因斯坦聽得是一頭霧水，他沒有聽到艾米句子裡的最後幾個單詞，也不知道，艾米句子中最後幾句話寫的是什麼內容，也不覺得艾米寫的句子很好，既然老師沒有追究，愛因斯坦也沒有權力去追究。

一張大手伸了過來，揭走了愛因斯坦桌子上面的學習單。愛因斯坦意識到老師要讀他的仿寫，不由得一怔，隨之心中一驚，他想拒絕，但又不敢說出來。課堂上，一向都是老師說了算，老師要讀誰寫的東西，沒有一個學生有資格說「不」，也沒有幾個學生膽敢說「不」。在這種規模宏大的公開課上，要是誰膽敢為了「一己私心」，破壞公開課的上課紀律，讓伊斯特小學在來自全市學校的老師們的睽睽眾目之下出醜，就算斯戈爾能夠放過他，傑克和費安娜也未必能夠放過他。所以，就連一向叛逆的帕斯達特，也不敢在公開課的課堂上放肆。對於愛因斯坦這樣的

孩子，又如何能表示不滿呢？

斯戈爾舉著愛因斯坦的「學習單」，來到了講臺上，打開了投影機，愛因斯坦的「學習單」清晰地印在黑板邊的白色幕布上。愛因斯坦知道，這個投影儀比他們班教室裡面的大了好幾倍，聚焦又十分清晰，即使是坐在六百座最後一排的老師，只要沒近視的，或是戴著眼鏡的，都能看得清楚。愛因斯坦看到自己「歪七八扭」的字體出現在大螢幕上，身子不由得抖了幾下。斯戈爾又移動了一下愛因斯坦的「學習單」。愛因斯坦那名字也出現在了大螢幕當中。愛因斯坦滿面羞紅，這下，全市學校的老師都知道那個學習單上，字寫得很差的孩子，就是愛因斯坦了。

「母親每天起早從床上爬起來……」斯戈爾讀了起來，聲音響亮而清晰，在座位上端坐著的孩子們，認真地盯著大螢幕上愛因斯坦的學習單，而愛因斯坦則低下了頭。讀畢，愛因斯坦早已滿面通紅。

斯戈爾先是將愛因斯坦寫的句子讀了一遍，繼續解釋道，「這位同學寫的仿寫還是蠻不錯的，只是這裡……」斯戈爾提起筆，在把愛因斯坦的錯拼的單詞圈出來了，並在愛因斯坦用鉛筆寫的錯誤的單詞上，斯戈爾用紅筆寫下了正確的單詞。「這位同學反覆使用每天，寫出了什麼啊……寫出了母親每天都如此地辛苦，體現了母親對他的愛……」

本來愛因斯坦一直擔心斯戈爾會問他為什麼這麼寫。他雖然參照用「每天」描述例子裡面的「母親」十分的辛苦，體現「母親」對「我」的愛，但若是要他解釋他為什麼反覆使用「每天」這個詞，他絕對是解釋不好的。他寫完這個句子後，讀了好幾遍，都對這個句子不滿意。他覺得自己寫的句子非常奇怪。他只是想不到其他可以反覆使用的詞語了，才選了「每天」這個詞。如果愛因斯坦實話實說，肯定會引起哄堂大笑；如果愛因斯坦要編造個理由搪塞過去，他本身天性木訥，口齒不清，沒有多少說話的技巧，在這種「大場面」下一時也不會想出什麼理由來。看到斯戈爾把愛因斯坦的「學習單」還給了他，並轉身開始下一個環節時，愛因斯坦才長長地舒了一口氣。

接下來一個環節，斯戈爾要求孩子們把《慈母情深》這篇課文的主要內容概括出來。主要內容的概括，一直是小學生所遇到的「老大難」的問題。從幾十年前，教育剛剛開始普及時，在得意志學生的閱讀理解要求裡面，就有概括文章主要內容的要求。只是不同的是，概括文章主要內容剛開始是對得意志中學生的要求。後來，教育的要求越來越高，這項內容逐漸變成對小學生的要求。它也是得意志小學生面臨的一個「大」問題。它經常作為題目出現在期末考，甚至出現在畢業考的試卷上。這足以引起各位老師的重視。它也是一個大難題，許多學生完全領悟不到完成這類題目的要領，經常在這類題目上「失分」。如何解決這類題目，加深孩子對這類題目的理解，需要孩子們在課堂上多加「操練」。

斯戈爾把題目出在「學習單」上面，孩子們低下頭，按照斯戈爾的要求在上面寫了起來，舞臺上面，一時又沒了聲音。愛因斯坦把他概括的意思寫在了學習單上面，他是這樣寫的：「我」想讓「我」的母親買一本《青年近衛軍》的小說，來到母親工作的地方，看見母親工作很辛苦，鼻子一酸，並為母親買了一聽水果罐頭。母親數落了「我」一頓，並湊錢給「我」買了一本《青年近衛軍》的小說。

寫完，愛因斯坦沒有馬上坐端正，而是裝模作樣地在提筆思考，好像還沒寫完一般。他不希望老師再把他的「學習單」抽走，放到投影機上講解了。他可不想再「出醜」了。

過了一會兒，見斯戈爾選了兩張其他同學寫的放到了投影儀邊，他才放心地抬起了頭。「大家抬起頭來看一下其他同學寫的。」斯戈爾嘴邊的麥克風，發出清晰而又響亮的聲音，所有同學都抬起了頭。

投影儀上出現了一張有著工整字跡的「學

習單」。大螢幕的邊角隱隱透露出學習單主人的名字，那是漢森的學習單。漢森見到自己的學習單出現在了大螢幕上，臉「刷」的一下紅了，身子抖動了一下，露出一副「戰戰兢兢，如履薄冰」的樣子。

「作者想讓母親買一本小說，就跑到母親廠裡，去向母親要錢買書。作者看見母親工作很辛苦，跑了出去為母親買了一聽水果罐頭。母親數落了作者一頓，並湊錢給作者把書買來了。」

斯戈爾讀了一遍，評價道：「這位同學寫得不錯，只是老師覺得，可以改得更加簡單一點，改成『作者為買書去向工作的母親要錢，見母親工作非常辛苦，作者給母親買了一聽罐頭。母親數落了作者一頓，並湊錢給作者買了一本書』更好，更加簡潔明瞭。」

看見老師改寫的概括，孩子們紛紛拿起鉛筆修改了起來，爭取修改得跟老師在上面修改的一模一樣。愛因斯坦擦掉了自己寫的答案，並在學習單橫線上寫上了老師改寫的答案。

還沒等下面的孩子改完，斯戈爾又換上了另一張「學習單」。這張學習單是丹娜的，愛因斯坦認識這秀氣的字跡，只見上面寫著：「『我』想讓『我』的母親買一本《青年近衛軍》，便來到母親工作的地方要錢買書，看見母親工作很辛苦，鼻子一酸，並為母親買了一聽水果罐頭。母親數落了『我』一頓，並湊錢給『我』買了書。」丹娜把「我」這個單詞用引號引了起來，表明「我」指的不是丹娜，而是指作者。

斯戈爾拿起紅筆繼續修改了起來，而下面部分孩子並沒有聽斯戈爾在講，他們正在按照老師給漢森修改的答案，憑著記憶把答案寫進學習單中。愛因斯坦抄了一半投影儀上的答案，看見老師把漢森的學習單移走了，為了補齊「答案」，他又看了一眼同桌霍姆沃克上的學習單，希望能夠從霍姆沃克的學習單上找到靈感，把學習單補充完整。可憐的霍姆沃克，把「概括課文」裡面的內容抄在了「仿寫句子」的橫線上面，那「汙七糟亂」的幾個單詞，歪歪扭扭地在「舞臺」上跳舞，難以辨認它們的「真面目」。

愛因斯坦只好按照上面斯戈爾改寫的另一個「正確答案」，抄了下來。那個正確答案是「『我』想讓『我』的母親買一本書，便來到母親工作的地方，看見母親工作很辛苦，為母親買了一聽罐頭。母親數落了『我』一頓，並湊錢給『我』買了書。」

愛因斯坦只抄了後面一半，兩半「正確答案」加起來，便是「作者為買書去向工作的母親要錢，見母親工作非常辛苦，作者給母親買了一聽罐頭。母親數落了『我』一頓，並湊錢給『我』買了書。」寫完後，愛因斯坦也沒有再去讀它，老師的「正確答案」，又會有什麼錯……

下課的哨聲準時響起，斯戈爾講得也差不多了。斯戈爾佈置了作業，喊了一聲「下課」。班長弗雷特立刻刷的一下站了起來，喊了一聲「起立」。舞臺上整個班級的學生也站了起來。「同學們再見！」斯戈爾非常有禮貌地回應道。

「老師再見！」孩子們向斯戈爾鞠了一個躬。接著，弗雷特又喊了一聲「全體向左轉」。孩子們一個個向左一轉，鞠了一個躬，「謝謝各位老師。」台下爆發出一陣掌聲，就好像舞臺劇的演出結束了一樣。

愛因斯坦從舞臺上往下看去，只見各位老師有著各種各樣的姿勢，有的躺在六百座舒適的座位上睡著了，手中還捏著一本黃色封面的「聽課筆記」；有的則長長地打了一個哈欠，便起身拿起茶杯，準備去灌茶；有的則靠著座位，一邊打哈欠，一邊在鼓掌；有的則把批改完的作業放在了一邊，低聲地跟座位旁邊的人聊起天來；有的則低頭看著手機……愛因斯坦他們可沒有下面的老師那麼自由，他們必須馬上整理好書桌上面的學習用品，並立刻排好隊，整整齊齊地走出這個他們不知是「課堂」，還是「舞臺」，還是「戰場」的地方。

不管怎麼樣，愛因斯坦總算告別了這個「奇怪的地方」，接下來，他終於可以回到自己

的學校，跟往常一樣玩耍、聽課、學習嘍！

愛因斯坦他們沒有注意到的是，在那個「舞臺」的上方，掛著一條紅色的橫幅，橫幅上面書寫著：「構建以學生為本位，快樂學習的課堂優質課觀摩活動」。

愛因斯坦被誤解

按照斯戈爾的話所說，伊斯特小學五年二班是一個「大家庭」，即使是「家庭成員」之間，也會發生小矛盾，也會發生誤會，希望每一位學生都能夠體諒身邊的老師和同學。

愛因斯坦五年級遇到過三次被誤解的事件，每一件事情都讓愛因斯坦印象深刻。

一次，愛因斯坦在長白大道邊發現了二十馬克的紙幣。對於小學生來說，這可是一筆「鉅款」呀！它至少可以買二十包鮮香的「辣條」，或四十包可樂味的「跳跳糖」，或者四十包五顏六色的QQ軟糖……甚至買一輛電動小汽車都不在話下。愛因斯坦懷著激動的心情將它拾了起來。二十馬克的藍色紙幣上，偉大「領袖」威廉一世的頭像光彩奪目，在陽光折射下，金色的防偽線上，閃爍著動人的光。

愛因斯坦想把它據為己有，但是他想起平日裡面老師教導他的，「撿到東西要交公」，「做一個誠實守信的好孩子」時，心裡的一絲貪念被他壓了下去。還是把它交給老師吧！這樣，至少老師會好好的表揚他一番。或許，在每週的國旗下講話時，校長還會把他的名字當著全班同學的面讀出來，讓其他同學知道五年二班有一個叫作愛因斯坦的，拾金不昧的孩子呢！

愛因斯坦揣著二十馬克的紙幣，懷著惴惴不安的心情來到了教室，教室裡面早讀還沒有開始，幾個早到的同學還在教室裡面閒逛和追逐玩耍。愛因斯坦走到生活委員丹娜身邊，對她說：「丹娜，我今天在長白大道邊撿到了二十馬克，現在交給你……」愛因斯坦把一張皺皺的二十馬克放在了丹娜桌子上。

「二十馬克！」在一旁自顧自玩耍的迪克瞪大了眼睛，望了過來，其他孩子看到了，也議論紛紛，看來這筆錢對每個人的誘惑都很大。

「這是我的，我上學來的時候不小心掉地上的！」帕斯達特出現在了丹娜和愛因斯坦面前，伸出指甲滲著灰泥的髒手，向桌上的二十馬克伸去。「不是帕斯達特的，帕斯達特是從小路來學校的，他從來不走長白大道！」納依弗看到了，直接揭穿了他的謊言。

「這是我的！我今天走的就是長白路。」帕斯達特恨恨地望了納依弗一眼，接著又以他那骯髒的手，伸向了丹娜桌前的「二十馬克」。

「等老師來了再說吧！」丹娜捏起了桌子上面的二十馬克錢，收到了口袋裡面，又拿出一本本子，把愛因斯坦撿到二十馬克的帳記到了本子裡面。帕斯達特見了，「切」的一聲扭頭走開了。

早讀鈴聲一響，斯戈爾像往常一樣來到了教室裡面監督早讀。

「老師，愛因斯坦在長白路上撿到了二十馬克……」鵬比笑著對剛走進教室的斯戈爾說道。

「二十馬克啊！」迪克顫動著身子說了出來，當他說道「啊」的時候，咧開的嘴巴用一種誇張的方式張得大大的，以此表示這筆錢對他來說是一筆鉅款。

「帕斯達特還說這二十馬克是他掉在長白大道上面的。」納伊弗繼續說道。話音剛落，講臺下出現一陣訕笑。帕斯達特仍舊趴在桌子上，露出一副早讀也好，金錢也好，事不關己的態度。

「丹娜，拿給我看看。」丹娜把二十馬克遞給了斯戈爾。

斯戈爾兩手捏住紙幣，仔細地盯了一會兒，又用他那雙帶著紅亮的手搓了幾下。「這是假的……」

「啊？」仿佛電視裡的劇情被扭轉得太

快，孩子們露出一副驚訝的表情，看著眼前的這一幕。

「應該是假的無疑。」斯戈爾興致勃勃地對孩子們說道，「大家看，這鈔票有一點點皺褶皺的地方褪色比較快，如果是真的鈔票，即使皺了褪色也不會太明顯。還有這一條東西……」斯戈爾指著鈔票上那一條銀白色的線說道，「這條線是鈔票的防偽線，在陽光下一般是呈金色的，而這張鈔票上面，線卻是銀白色的，所以這張錢是假的無疑。」

「愛因斯坦撿來的錢是假的啊？」迪克失望地盯著斯戈爾手上那張假鈔。而現在，心裡最難受的是愛因斯坦，因為已經有人開始懷疑他打算用假鈔來博得老師們的表揚了。下課後，謠言四起，有人甚至攻擊他用家裡用不掉的假鈔，交給老師，以此獲得隔三差五會在升旗儀式上進行的表揚。

愛因斯坦十分委屈，他明明想做好事，為什麼莫名其妙變成了「壞人」。

還有一次發生的事情，令愛因斯坦更加委屈。

那個月，正值學校進行體育節活動，進行棋類大賽一次選拔賽。五六年級的選拔項目是國際象棋。班級裡好多同學都買了國際象棋，愛因斯坦也不例外，他買了一副精巧的木頭製作的象棋。家裡學校裡，都沒有什麼好玩的東西，愛因斯坦常常找他的好友霍姆沃克下棋。霍姆沃克是個白癡，根本不會計算怎麼下比較有利，幾乎每次都是愛因斯坦贏的。愛因斯坦感到很無趣。其他同學也不願意跟這個行為木訥的同學玩，他只好一個人獨自當兩個人下……

過了幾天，他在全恩書店裡面發現了一副「玉石」製成的象棋，那副棋子的棋盤是銀光閃閃的塑膠製成的，黑色的格線似乎噴了什麼金屬，閃閃發光，「玉石」製成的一枚枚碧綠的棋子，通體晶瑩，閃爍著誘人的光亮。愛因斯坦立刻被這副棋子吸引走了，他很想把這副棋子買下來。他問全恩書店的老闆，這副棋子究竟要多少錢。全恩書店的老闆告訴他，這副棋子需要七馬克。愛因斯坦一聽，不由得皺起了沒頭，七馬克相當於愛因斯坦一星期的零花錢總和。

為了買下這副碧綠誘人的棋子，愛因斯坦每天不再吃零食，並在週末的時候去外婆家做客，以獲得外婆給他的零花錢。他花了一星期，總算把七馬克給湊齊了。

「老闆，我要買這副棋子！」他從櫃子前面把「玉石」棋子取了下來，再從櫃檯前面，把那零零散散的硬幣和毛票遞給了全恩書店的老闆。愛因斯坦終於如願以償地獲得了這副玉石棋。他把玉石象棋和木製象棋一齊放在了他的書包裡面。

兩天後，愛因斯坦發現他書包裡面的玉石象棋不見了，而他的同班同學科比，卻拿著他「新買」的那副玉石象棋在同學們面前炫耀。愛因斯坦立刻懷疑起這副象棋是科比偷的。

「科比，這副象棋是從哪裡來的？」愛因斯坦焦急地對科比質問道。科比吧頭轉向一邊，說道：「你管我？這棋是我買來的，又不是你的。」

「科比，這副象棋是不是你從我的書包裡偷走的？」

科比說：「你別冤枉我，你不是已經有木頭象棋了嗎？怎麼還想把我的玉石象棋據為己有，這副象棋是我買來的，你管不著！」科比似乎不想理他，雙手端著他那「玉石」象棋回到了位子上面。

「這副象棋是我的！」愛因斯坦依舊重複著這句話，「這是我前幾天從全恩書店買來的！」科比笑道：「誰說這是你的，象棋上面寫了你的名字，還是你叫他一聲，它會應你？」科比的言語中，滿是輕蔑，只是他的頭卻不時地轉向另一邊。

不知為什麼，愛因斯坦有強烈的預感，科比手上的那一副象棋就是他幾天從全恩書店裡面買過來的。他衝到了科比面前，一把拉住科比的衣襟，哭著說道：「科比，這象棋是我的……我

幾天前連零食都沒有吃，就攢錢買了這副象棋，現在怎麼會不見了呢？」

兩個孩子打了起來，你一拳，我一腳，撕扯了起來。「好啊，打呀！」幾個好事的男生站在一旁，猶以帕斯達特叫得最幸災樂禍。

斯戈爾從窗外經過，看到了這一幕。

「你們兩個人在幹什麼？」斯戈爾走了進來，嚴厲地質問道。「老師，愛因斯坦想把科比的象棋據為己有，科比不給，他就上來跟科比廝打。」鵬比「如實」地把情況告訴給了斯戈爾。

如果是帕斯達特或科比告的狀，斯戈爾十有八九會懷疑，但是這話是從平時比較乖的鵬比口中說出來的，他有點相信了。「愛因斯坦，有這回事嗎？」斯戈爾鐵青著臉質問愛因斯坦。

愛因斯坦不回話，只是哭。而科比似乎負氣地站在一旁，低斜著頭看向另外一邊。

「那副象棋是誰的？」斯戈爾望著兩位孩子問道。他低下頭看著兩個孩子，愛因斯坦滿臉淚痕，衣襟在撕扯的過程中皺巴巴地扭曲了。而科比的眼睛則眨個不停，表明他心中的「湖水」在波動個不停。

哭了一會兒，愛因斯坦抖動著嘴唇說道：「這副象棋是我花了好幾天時間攢錢買來的……的，今天中午……我翻看書包的時候，不見了……」「他撒謊！」站在一旁的帕斯達特打斷了他的話，「我們從來沒有見過愛因斯坦從書包裡拿出這副象棋！」

斯戈爾轉向「誠實」的納依弗問道：「納依弗，你有沒有見過愛因斯坦拿出這副棋子。」納依弗搖搖頭說：「沒有見過。」

愛因斯坦確實沒有拿出過這副棋子。他平時用的都是那副木製的象棋，「玉石」製作的，七馬克一副的象棋，他才捨不得拿出來跟同學一起玩呢！他知道班裡的好多同學容易將棋子弄丟，他可不希望自己的棋子變得「缺車少兵」。他寧可把他心愛的棋子放在書包裡面，等待下課後，放學後，偷偷地欣賞那一個個用「玉石」雕刻的藝術品。誰會料到，他書包裡的象棋竟然莫名其妙地消失，最後出現在了同學科比手中。

斯戈爾聽了「老實人」納依弗的話，越發的懷疑起愛因斯坦來了，納依弗是不會說假話的。「愛因斯坦，請你實話實說，到底這一副象棋是誰的？」

教室裡的一場糾紛，開始變成公然的審訊。孩子們圍在一旁，有的在猜測，有的在思考，更多的是在看熱鬧，就連隔壁五年一班和六年級的同學，也駐足在在窗口看熱鬧。

愛因斯坦不再說話，他知道，老師已經不相信他了。他被斯戈爾叫到辦公室裡面站了足足一節課，他臉色灰白，就是不說話。愛因斯坦回到教室的時候，已經是下午第三節課了。

愛因斯坦面如死灰，坐在位置上面一動不動。下一堂課是比特老師的作業整理課。全班同學除了愛因斯坦，都把作業本和單元評估測試卷準備好了，只有愛因斯坦呆坐著，桌上還放著上堂課的品德書。

比特走了進來，臉色很嚴肅，孩子們看到比特，立刻安靜了下來，兩隻手整齊地疊放在了桌子上。

「這次考試考得很糟糕，考到九十分優秀的同學竟然只有十個，其他同學都不知道在做一些什麼？」比特生氣地把手中的名冊在講臺桌上一甩。講臺桌下死一般的寂靜，仿佛連針掉到地上的聲音都能夠聽見。

「大家給我把評估卷拿出來！」比特下了命令。

孩子們把手上的試卷拿了出來，只有愛因斯坦，木然地坐在位置上面，一動不動。

「愛因斯坦，你的評估卷呢？」比特也注意到了愛因斯坦的情況，走到了他的跟前，問道。

愛因斯坦仍舊坐著，他兩頰的淚痕還沒有乾。

「你怎麼啦？」比特問道，言語之中已經帶有點點怒氣。

「說呀！你怎麼啦！」比特把愛因斯坦從

座位上扯了起來，再把他一把推倒在地，再把愛因斯坦拎了起來……嗶啦，帕拉，乒，砰……愛因斯坦就像一個木偶似的，隨比特擺佈。比特或是扇他巴掌，或是撕扯他的衣襟，甚至還扯起愛因斯坦的頭髮撞向牆壁……身邊的同學們，教室裡的同學們，都屏息凝視地看著這一幕。

「怎麼像一個傻子一樣木然？簡直就是一塊木頭！」教室的角落，傳來了某些同學孑細碎的訕笑。可憐的愛因斯坦靠在牆邊，不斷地流淚。

「你給我找找看，他的書包裡有沒有前幾天考的那張評估卷？」比特對霍姆沃克下了命令。

霍姆沃克很快就找到了評估卷，就夾在愛因斯坦的數學書裡面。與評估卷一樣，夾在書包裡面的，還有一張皺皺的發票。愛因斯坦看清楚了，這張就是他從全恩書店裡面買的，玉石象棋的發票。

「我終於找到證據了，這是我的象棋，不會有錯的！」愛因斯坦突然叫了出來。

「神經病！」「有病！」……不理解的同學們，對著在數學課「大發神經」的愛因斯坦，下了惡毒的評論。

「到底怎麼啦？」比特的臉上掠過一絲慌張。他問下班級裡面的其他同學。丹娜和納依弗一句句地把愛因斯坦發生的情況告訴了比特。

比特走了過去，取走了愛因斯坦抓在手裡的那張發票。白紙黑字，愛因斯坦確實應該有一副玉石象棋。

比特把科比叫到身邊，問道：「科比，你這副玉石象棋到底是誰的？」科比連眼睛都不敢向比特的臉上望去，低著頭一言不發。

「說！」比特的臉上已經有了憤怒的氣息。

「是……愛因斯坦的……」科比動了動嘴，彷彿每一個音都是從他的嘴裡面硬擠出來的。一切真相大白，同學們都認真地聽著比特「審訊」科比的這一幕，就像在法庭上一樣。

「科比是小偷，還冤枉人……」迪克把自己心中的想法小聲地說了出來。

「這種事情可以做的啊！」比特把科比拎了起來，一推，摔在了地上，又狠狠地踹了幾腳。「你這是賊胚子啦！這是犯罪，長大以後要坐牢的啊！」接著，比特繪聲繪色地講起了一個故事，一個人，如何慢慢地走上邪路，最後變成搶劫犯，抓進監獄被槍斃的……

比特講完這個故事以後，叫科比回到位置上面繼續站著。他又看了站著的愛因斯坦一眼，愛因斯坦的表情比剛才好了一些。

「愛因斯坦，你買兩副象棋幹什麼？」比特突然問道。愛因斯坦不回答。也許，比特認為愛因斯坦太浪費了，也許他認為愛因斯坦對這件事情也有責任，直接說道：「你無緣無故買兩副棋子，簡直有病啊！」

話音剛落，在同學們中間稀稀疏疏地響起了一些笑聲。自從這件事過後，愛因斯坦漸漸明白了，老師已經不喜歡他了……

後面發生的一件事情，讓愛因斯坦確信，老師們既不會同情他，也不會信任他。

那是冬天的一個早晨，愛因斯坦來得很早。數學課上需要畫長方形，愛因斯坦把他新買的一副尺子帶到學校裡面來了。時間還早，他取出書包裡面的「尺子」，玩起了七巧板的遊戲。

科比走進了教室，看到愛因斯坦正像傻子一樣，一邊擺弄著桌上的塑膠尺，一邊對著他面前的塑膠尺發笑。科比躡手躡腳地走了過去，向愛因斯坦的後腦勺重重地敲了一下。

「砰！」愛因斯坦兩眼一閉，眼睛裡的淚水涓涓，流了出來。他捂住頭，不一會兒，他的臉上到處都是淚水鼻涕。過了一會兒，愛因斯坦的臉色似乎好了一點，他站了起來，看到科比正一臉壞意，幸災樂禍地看著他。

愛因斯坦二話不說，也不管自己打不打得過科比，他使盡全身力氣，向科比推了過去。「轟」的一聲，科比被撞在了桌子上。科比沒有猶豫，趁愛因斯坦沒有繼續攻擊，科比起身向愛

因斯坦推去，愛因斯坦沒有留神，反被撞在了桌子上。科比咬著牙，舉起愛因斯坦桌子上的一把塑膠三角尺，向愛因斯坦的臉上戳去。愛因斯坦「呀」的一聲厲叫，一揮手，用力招架，只聽「啪嗒」一聲，科比手上的三角尺的一條邊出現了一條裂痕。

愛因斯坦看到自己新買來的尺子斷開了，眼角流出了更多淚水，他把科比手中的尺子奪了下來，使勁把科比推在了一邊，雙手端著這把一條邊已經斷開的新尺子，那是他剛剛花錢買來的呀！有什麼比新買來的東西被弄壞更氣人的呢？

愛因斯坦把尺子放在了一邊，大叫：「賠我新尺！賠我新尺！」。他臉色猙獰，兩眼露著兇惡的光，雙臂張開，兩隻手像是爪子一般，向感到理虧，正打算回到自己位置上的科比撲去。科比猝不及防，被愛因斯坦撲倒在地。愛因斯坦像猛獸一樣嘶吼著，揮拳猛力向科比打去。科比扭動著，努力招架著。

「給我住手！」斯戈爾透過窗戶，從教室外面喊道。原來丹娜看到愛因斯坦和科比打起來了，就提前去找斯戈爾告狀了。斯戈爾才剛剛吃完早飯，嘴角邊還帶著麵包屑。孩子們見了斯戈爾，也沒有管他嘴邊有什麼，直接告起狀來。

「老師，愛因斯坦在和科比打架。」迪克指著剛剛停下手來互相對峙的愛因斯坦和科比說道。

「愛因斯坦、科比！給我過來！」斯戈爾用手指指了一下愛因斯坦，又指了一下科比，命令道。

愛因斯坦和科比低下頭走了過去。

「說說看，到底是怎麼回事？你們兩個怎麼又打起來了？」斯戈爾說後面一句話的時候，故意說得很重，顯然，他對常常出現的愛因斯坦和科比的打架十分不滿。

「科比……科比他……平白無故打我……」愛因斯坦哭著說道。

「有這回事嗎？」斯戈爾瞪著科比，嚴厲地說道。

「他還把我的尺子給弄壞了！」愛因斯坦看到斯戈爾似乎站在他一邊，聲音開始有點理直氣壯了。

科比低下頭，做出了認錯孩子特有的「羞愧」姿勢，看來他是想用這個姿勢來獲得斯戈爾的諒解。

斯戈爾厲聲說道：「科比呀！科比，以後別再給老師添麻煩了。快給我向愛因斯坦認錯！」

科比看了斯戈爾一眼，說了一聲「對不起」，並向愛因斯坦鞠了一下躬。

「愛因斯坦，你也有錯，科比打你，你應該先跑過來告訴老師，哪能動手，以後別在犯這種錯誤了。」

「可他先把我的尺子弄壞了！」愛因斯坦一副不依不饒，不肯承認錯誤的樣子。

「你把尺子拿過來讓我看看。」斯戈爾皺著眉頭說道。

愛因斯坦把尺子拿了過來，只見「三十、六十度角」三角尺的一條長直角邊上，有一條細細的裂痕。只是尺子之間，還沒有完全裂開來。

「這是你弄的嗎？」斯戈爾問道。

「這是他們打架的時候弄壞的……」丹娜指著那把尺子說道。

「愛因斯坦，你好好想一想，如果科比打你的時候，你直接過來報告老師，會出現這樣的事情嗎？」斯戈爾在苦口婆心地勸說他。

「現在你還要求科比賠你尺子嗎？」斯戈爾等了幾秒鐘，給了愛因斯坦反省認錯的時間。

愛因斯坦想起這把尺子並不是打架的時候，不小心弄壞的，而是科比拿尺子的尖角戳他的臉時弄壞的，心裡的氣就不打一處來，又想起這把尺子是他剛剛買來的新尺子，哪裡肯甘休。他不假思索地對斯戈爾說道：「要賠的……」

「什麼！」斯戈爾瞪了他一眼，又使出了他的絕招「捏手臂」，一把抓住了愛因斯坦的左臂，使勁地捏了一下。愛因斯坦能夠感受到胸口悶悶的，這一種悶是不通情理的悶，是一種暗無

天日的悶。愛因斯坦咬著牙望著斯戈爾，他堅強地收起了眼淚，即使是老師，他也不肯屈服。

「愛因斯坦，你要想一想，別人愛欺負你，你自己有沒有原因？」斯戈爾質問他。愛因斯坦站著把頭轉向一邊，作出了一副不服氣的樣子。斯戈爾見了，氣呼呼地走開了，顯然，他不想在愛因斯坦這種學生身上浪費太多時間。

看到斯戈爾從教室外的走廊，走到辦公室裡面，科比回過頭，對愛因斯坦說道：「放學後你等著，我要讓你知道我的厲害！」

愛因斯坦沒有理會科比，他早就已經被深深的委屈感包圍住了。老師從來沒有相信過他，也從來沒有人願意認真聽他說話。

「靠不了別人，只能靠自己。」愛因斯坦忽然想起了爸爸媽媽抱怨起工作的時候經常說的話。靠不了老師，愛因斯坦也只能依靠自己了。

消失的樂園

這天是星期日，陽光明媚，氣溫也恰到好處，愛因斯坦耐不住寂寞，獨自一個人跑到外面來玩了。今天，他不必擔心突然從街邊跑出帕斯達特或科比，把他揍一頓。帕斯達特和科比都被他們的父母送到補課班裡去了。據說，帕斯達特的父母知道他們把帕斯達特送到補課班是無法提升他的成績的，但為了有人能夠管管自己的孩子，免得自己的孩子在外面惹什麼禍，他們毫不猶豫地把他送到補課班裡面。現在，愛因斯坦也不必再擔心他的父母會把他送去補課班了。當他的爸爸媽媽看到他四年級下半期末考的成績，發現成績比往年更差了，生氣得不得了。於是，愛因斯坦的爸爸果斷不再給他報任何補課班，晚托的也不報，週末的也不會再報了。

週末的空氣中滿是輕鬆舒適的感覺，讓人心情愉快。除非愛因斯坦來到長白大道邊。長白大道上來來往往川流不息的車輛，留下一股又一股刺鼻的煙霧。這些煙霧一朵朵的，連朵成束，連束成堆，連堆成片，最後變得鋪天蓋地。如果你沒有見過過去的藍天，你一定會以為天空本來就是灰的。愛因斯坦本來就不喜歡走這條路，無奈這條路縱貫南北，無論如何，他都必須穿過長白大道上成片的「薄霧」，才能去街邊的公園玩。

愛因斯坦走到長白大道邊，回憶起了以前的長白路，可不是這個樣子的。原先的長白路路面是坑坑窪窪的水泥路，沒有現在這樣寬闊。路的兩旁種著兩排楓樹。金秋時節，泛黃的，變紅的大楓葉從樹上飄下來，愛因斯坦經常拾起那比他的手掌還大的楓葉，拿來細細把玩。如今，大楓樹早已不見蹤影，原先種大楓樹的地方，變成了兩條用紅、黃、綠三種磚頭鋪成的盲道。那盲道修了才兩年，就變得坑坑窪窪，估計是經常停在上面的車輛造成的。家裡有車輛的孩子，上下學比以前方便了很多，家長可以直接接送孩子，再也不用擔心孩子在路上的安全問題了。他們只要把車子停在長白路上的盲道上，再把孩子送到學校裡面去就可以了。

如今，愛因斯坦的爸爸媽媽都在上班，誰也管不了愛因斯坦橫穿馬路。他也沒有像以往上學那樣戴小黃帽。只要車來車往間有足夠的空隙，即使不走人行道，他也完全可以一個人安全地穿過老師父母眼裡危險的「大馬路」。

忽然，一輛賓士汽車緩緩開過，從車裡飛出一個瓶子，落在了長白大道上。愛因斯坦定睛一看，那是「大師傅冰紅茶」的瓶子。過了沒幾秒，又從車裡飛出一個瓶子，「啪啦」的一聲滾到了愛因斯坦的腳邊，瓶子包裝紙上印著一個小娃娃的笑臉正對著他笑。那是「哈哈樂」酸牛奶瓶。「哈哈樂」是愛因斯坦最喜歡喝的酸牛奶。

真不文明！老師沒有教過你們不能亂扔垃圾嗎？看著「哈哈樂」瓶子上的那張「笑臉」，愛因斯坦去附近的超市買了一瓶「哈哈樂」酸牛奶，解解饞。

走過那條危險的「長白大道」，再往前

走，便是一條江。愛因斯坦必須走過江上的那座橋，再往北折，才能看到他的目的地——街心公園。愛因斯坦來到了江邊，看到江上的水位比較高，忽然想起了學校裡經常教導孩子們的，「防溺水，千萬不要到河邊玩耍」。愛因斯坦不是什麼「好學生」，一到玩的時候，才不會管老師的叮囑。再說，不去河邊玩耍，對於生在水系發達家鄉的孩子來說，無異於是癡人說夢。

還記得讀二年級的時候，愛因斯坦曾經與霍姆沃克相約去江邊玩耍。那天天氣炎熱，愛因斯坦和霍姆沃克看到江上有戴著斗笠的老伯伯劃舟而過。如果能夠乘上那一葉扁舟，在江上看江邊路上的風景，該有多好啊！也許那天老伯伯也看出了他們的心思，叫他們兩個孩子一起上了小舟。愛因斯坦和霍姆沃克上了舟，脫了鞋，將光著的小腳丫放到水裡劃呀，劃呀，任由涼爽的清水漫過他們的小腳丫。在江邊柳樹桃樹的綠蔭下，兩個孩子笑啊，玩啊，把江邊的風景看了個夠。他們也沒有因此落到水裡，溺水身亡啊！如果在現在這個時候，讓老師知道他們倆幹過這樣危險的事，肯定要被老師罵個半死。斯戈爾在班主任談話時間不知道提過多少次，不能在河邊玩耍，就連走河邊的路時，也得走得遠遠的，好像害怕學生一不小心沾上河裡的腥氣似的，又好像一沾上河裡的腥氣，就會被河水淹死似的。學校裡還專門開展過預防溺水的專題講座，歸結起來就是一點，如果沒有大人陪同，你就不要去河邊了。另外，老師知道了，估計老師還會對他們說，怎麼能隨隨便便上陌生人的小船呢？要是那個划船的老伯伯是人販子，把你賣到很遠很遠的地方去做苦力，該怎麼辦？要是他們把你賣到太國去做人妖，那又該怎麼辦？

如今，愛因斯坦站在這條江邊，那幾條小舟早已不見蹤影，河邊的桃樹和柳樹，早就被石塊堆砌的水泥路代替了。也許是為了讓小朋友不要那麼容易落到水裡，水泥路和小橋的旁邊，還裝上了不鏽鋼的圍欄，把小河圍成了一座「監獄」。愛因斯坦記得去年的時候，這條河道進行了一次大整修，據說是為了更新城市面貌。估計河邊的垂柳桃樹，小舟都是在那年給整沒的。

愛因斯坦向江面看了一眼，泛著黑泥的江面，已經快靠近小橋底角的位置了。前幾天，大雨沒有喘氣兒似的，一連下了三天，直到昨天才停。據說在大市區裡面，水淹到了齊腰高，許多車子都被淹沒了。愛因斯坦這裡倒還好，水還沒有漫過小橋。愛因斯坦很好奇，他很想見識一下，如果有一天下雨，水漫過了小橋會怎麼樣。江裡的小魚是不是也會跟著漫出的江水，一齊游到岸上來？

愛因斯坦沒幻想多久，就走上了小橋，看到橋邊立著一個小孩，昂著頭，撅著嘴正在往水裡面撒尿。細長的水柱，從他褲問的「水龍頭」出來，劃過一道美麗的圓弧，落到了泛著泥的河水中。這是誰家的孩子？這是哪所學校的孩子，是伊斯特小學的還是邊緣小學的？竟然如此堂而皇之地向江水裡撒尿！

愛因斯坦沒有盯著他細看，也沒有逗留，他要趕去公園玩呢！哪裡能在這種小事上浪費那麼多時間？

沿著江一路而上，愛因斯坦看到了一處小院子。他不由得多望了幾眼。記得三年前，這戶人家種著一棵很大的枇杷樹，每逢夏初，黃澄澄的枇杷借著小枝從院牆探出頭來，一個個惹人喜愛。那年，為了得到枇杷樹上的果子，他和霍姆沃克兩個人是「無所不用其極」。剛開始，他們不想爬牆，因為院牆有點高，萬一摔下來，肯定會很疼。於是，他們從旁邊造房子的人家拿起了小石塊，對準拼命地砸，結果砸都砸不下來。

正在他們愁眉不展的時候，路邊走過來幾個邊緣小學的孩子，他們不知道從哪裡借來了梯子，把梯子架在牆上爬了上去。愛因斯坦也想爬上去，摘幾個嚐嚐，就跟邊緣小學的幾個孩子商量了一下，邊緣小學的孩子答應了。霍姆沃克不敢爬那高高的梯子，愛因斯坦爬了上去，「偷摘了」幾個又大又圓的枇杷下來。那次「偷摘」的快樂，愛因斯坦一輩子也不會忘記。

如今，那棵枝葉茂盛的枇杷樹早就已經不見了。他們家的兒子去年結婚，為了在結婚前把房子改造得氣派一點，他們便把那棵佔用地方的枇杷樹給砍掉了，把院子裡面的菜園、花圃弄得一點都不剩，並在上面建造了新的房子。新房連著舊房，房子變大了，房子的主人又在上面添上了碧瓦新磚，再在外面貼上了青綠色的瓷磚，顯示出一派金碧輝煌的景象。這戶人家院子的圍牆邊，原先是一條泥路，每逢春天，路邊會開出各種各樣的小野花，紅的、藍的、紫的、粉的，個個嬌豔無比，璀璨奪目。到了夏天，路邊還會開出清香怡人的梔子花，白色的花瓣迎風招展，煞是醉人。如今，這條泥巴小路已經被修成了平整的水泥路，這下，車子開過平整的水泥路想是不會再顛簸的了。

愛因斯坦繼續往前走，公園出現在了愛因斯坦的面前。這個公園並不大，大概三十米長，二十米寬，黃色瓷磚的院牆圍了一半，留了一半，人們可以從東面的大門和北面的小道，徑直走進公園內部。愛因斯坦是從東面的大門走的，大門約有五米寬，一條青石板路夾在兩條鵝卵石小路中間。愛因斯坦喜歡一會兒踏著青石板路，一會兒踏著鵝卵石路，走到公園裡邊去。青石板路平整，而鵝卵石路雖然走起來痛痛的，但是據說有按摩腳底的功效，對他來說，這兩類路走起來，感覺都非常不錯。

記得幾年前，這裡還是個電影院。電影院裡面經常會演出一些暴露而猥瑣的脫衣舞節目，以吸引來自各地人的眼球。比特老師曾經不止一次告訴他們，不要去這種場所，一不小心，你就會被裡面的壞人綁架，最後被賣去非洲做苦力。如今，原來的電影院早就被推土機給推平了。公園和公園北邊的廣場才得以建立在電影院的「墳墓」之上。

愛因斯坦喝完了手中的「哈哈樂」優酪乳，把優酪乳瓶扔進了公園邊的分類垃圾桶裡。公園邊的垃圾桶原來是像打井水桶一般的垃圾桶，去年的時候，公園裡像井水桶一般的垃圾桶不見了，變成了分類垃圾桶。愛因斯坦看著分類垃圾桶兩個黑洞洞的洞口，猶豫不決。他不知道塑膠瓶該扔到哪個垃圾桶裡面。以前上品德課的時候，格瑞德似乎講過塑膠瓶應該扔到有哪一個標誌的垃圾桶裡，不過愛因斯坦早就已經忘了。他是隨手選了個垃圾桶扔了進去。

走了幾步，愛因斯坦就來到了一座假山跟前。這座假山位於中間花壇的中心，比較矮，只有一米五左右高，斑駁的陽光透過旁邊的大樹，灑在假山上，像是灑下了點點金子一般。愛因斯坦用手拍了拍那灰白色的假山，像是在拍多年未見的朋友的肩一樣。拍了幾下，愛因斯坦滿足地往裡走去。

走了幾步，他便來到了兩個鞦韆跟前。鞦韆在微風的吹拂下，正晃動著身子。以前愛因斯坦到公園裡來的時候，經常會遇到一些沒到學齡的小孩子或者年輕的男女在蕩著鞦韆玩。不知怎麼的，連學齡前的兒童競爭壓力也越來越大，很多都被家長帶去補課了。如今，可沒有人再跟他搶鞦韆了，他迫不及待地坐了上了其中的一個鞦韆，晃動著身子，鞦韆隨著他晃動的頻率不斷前後擺動。愛因斯坦很享受這鞦韆所帶來的喜悅。

過了一會兒，他玩累了，下了鞦韆，繼續往裡走去。花壇上有一個金屬製的像腳踏車一樣的設施。愛因斯坦知道，這個是專門造出來給小孩子玩的。他走了過去，只見接近地面的金屬板上畫著兩個像腳印的圖案。愛因斯坦明白了，畫兩個腳印的目的是為了告訴孩子們這樣東西究竟是怎麼玩的。畫腳印的地方應該是腳踩上去的地方。

愛因斯坦兩隻手抓住扶手，兩隻腳踩上了畫著的「小腳印」，左腳向前踢了出去，金屬板竟跟著左腳一起向前衝去，等左腳回來的時候，愛因斯坦又把右腳踢了出去……愛因斯坦就這樣在這個遊樂設施上大步流星地「跑起步來」。他盡情地跑啊，跑啊，想把自己在學校讀書時，沒有用出來的體力全部發洩出來……

過了一會兒，愛因斯坦滿足地走下「金屬

設施」，繼續觀察公園裡面還有什麼好玩的地方。他在公園的石凳邊發現了一個單槓和雙槓的設施。伊斯特小學校園裡面原先也有單槓和雙槓的設置，直到那一天，有一個高年級的大姐姐從單槓上面摔了下來，把胳膊弄折了。高年級大姐姐的家長跑到學校去鬧，說是學校沒有盡到管理好孩子的責任，讓孩子玩那麼危險的東西。後來，學校和管理老師各自賠了一些錢給他們家，事情才算解決。為了避免此類事情再次發生，校長決定把原先的單槓和雙槓的設施全部移除，並且在那塊地上造了一個體育館。體育館內只有乒乓球和羽毛球的場地，孩子們玩這些「安全的遊戲」，才不會出什麼意外。

只有在這裡，老師才不會管他玩不玩雙槓。他爬上了雙槓，將兩隻腳擱在雙槓上面，而他的身子則向下仰去，他的身子保持了「半月弧形」，頭髮卻倒垂了下來。幸好愛因斯坦的頭髮不長，不至於落到地面上。如果學校有雙槓，他在體育課或者活動課做出這樣「危險」的動作，早就被老師狠狠地罵一頓了。在這裡，他不用害怕老師會來指責他。他可以盡情地保持「半月弧形」的身姿，猶如體育場上的體操運動員。

孩子畢竟是喜新厭舊的，愛因斯坦也不例外。很快，單槓和雙槓已經不能滿足他的需求了。於是，他下了杠，去尋找新的快樂。他時而摸摸石凳，時而摘幾片公園裡的樹葉，實在感覺不到有什麼好玩的。於是，他決定回家。

他沿著另一條路返回，通過了那薄霧繚繞的「長白大道」，一座小房子出現在他的面前。這是他同學吉米家。吉米應該在補課，完全不用期待著有時間跟他玩。而吉米的父親光著頭站在門口。

「愛因斯坦，在外面玩呢！」

「是的！」愛因斯坦笑了笑。正欲走過，轉過頭又看了一眼留著光頭的吉米爸爸。吉米的爸爸原先不是光頭。他原先在北邊的興區街和長白大道的交叉口開了一家餐館，每天的生意很不錯。可是，幾個月前，吉米的爸爸被查出來，肺裡有一塊惡性腫瘤，需要做化療。吉米的爸爸關了餐館，一直留在家裡。一天又一天過去了，吉米爸爸頭上的頭髮越來越少，終於變成了現在這樣的光頭。吉米的奶奶看著吉米的爸爸一天天消瘦，每天以淚洗面。冬天的風呼呼一吹，吉米奶奶眼角和臉上的皮膚似乎都出現了龜裂的裂紋，就像課文《慈母情深》裡的母親那樣。她兩邊下凹的嘴一開一合，活像一隻動畫片裡的機器人。

為什麼他會生「癌」這種病？那是一種什麼東西？愛因斯坦不理解，他只知道這是一種治不好，要死人的病。賣豬肉的辛達是得這種病死的，賣皮蛋的梅斯也是得這種病死的，據說科比的媽媽也得了這種病。幸好這種病是良性的，科比的媽媽做完手術後過了幾週，又去工廠上班了。還有好多爸爸媽媽提及過，忘了是誰的人，也是得了這種病死掉的。

得了這種病就會死，那麼死又是什麼東西呢？

愛因斯坦想不透，也不去想了。他加快了腳步，彷彿這種「癌」的惡靈，會隨時跟上它，並把他吞噬似的。他轉過一個彎，來到了一個小弄堂。弄堂路口邊，有一個大花壇，花壇裡面種著各色的植物，有小樹苗，有桂花樹，有芋艿，有大蒜，還有一畦青青的蔬菜。

記得幾年前，愛因斯坦知道，這裡是一個小小的池塘。他的爸爸曾經在年輕的時候，在池塘裡抓到過一根比自行車的把手還要粗的大黃鱔，秤出來共有二十多斤重。愛因斯坦不知道二十多斤重是究竟有多重，應該是很重很重的意思吧！那時候，他爸爸還向他自誇道，他經常在冬天的時候，在池塘裡面游泳。那時候胃口也特別的好，一天能吃三大塊的麵包。說實在，愛因斯坦是不相信他的爸爸小時候能夠冬泳的。看爸爸現在的樣子就知道了，樣子消瘦，形容枯槁，頭髮上衣服上滿是機油的惡臭，每天頂多也只能吃半塊麵包。有時候，在冬天，他沒有穿足衣服，一不小心，就會身體不適，然後就會去醫院打一種叫青黴素的藥。冬泳，這肯定是爸爸吹的

牛。

讀幼稚園的時候，這個池塘也還沒有被填滿。愛因斯坦曾經在池塘邊和一個鄰家小姑娘抓過池塘裡面的螃蟹。那小小的螃蟹，還把愛因斯坦的手指夾出過鮮血呢！那刺痛的感覺，帶著點點快樂的回憶，讓愛因斯坦無法忘記。愛因斯坦還拔過池塘邊一種叫作「革命草」的植物，據說，得意志革命烈士在抗擊外國侵略者的時候，是把這種草當作糧食吃的呢！那種「革命草」到底是什麼樣子的，它的味道又是怎麼樣的？會不會比市場上面賣的捲心菜好吃些？愛因斯坦又回憶和幻想了起來。

愛因斯坦看了一會兒，折了幾片花壇裡小樹苗的嫩葉，一邊把玩著，一邊走在回家的路上。一邊走，愛因斯坦一邊不禁想道：真不好玩，路上連一個同學都沒有見到，還是留在家裡面看電視吧！

和煦的陽光照在這片土地上，這一片沒有孩子追逐打鬧笑聲的土地上。

陽光中的晨跑

「嘟！嘟！嘟嘟嘟！！」一聲聲尖利的口哨聲響起來了，全校三至六年級的孩子們整齊地排在跑道的縱向白線上，一個個整裝待發。每年冬天都會有的「陽光晨跑」活動又一次開始了。

每學年冬季的每天大課間，只要天氣不下雨雪，伊斯特小學的全體師生都會在大課間活動的時候，舉行「陽光晨跑」，以取代原先的廣播體操。一到三年級的孩子們由班主任老師帶隊繞著花壇跑，三到六年級的孩子們則需要排著隊繞著操場跑。

前幾天的霧霾剛剛散去，這天是難得的大晴天，伊斯特小學的老師們和孩子們，又一次享受到了溫暖和煦的陽光。

「請各位同學認真跑，我們不追求速度，但是前後左右要對齊，千萬不要亂。也請各位班主任，能夠陪同管理班級裡面的孩子，避免出一些安全事故……」傑克校長顯得特別認真，一邊舉著話筒，一邊也跟著孩子們跑了起來。斯戈爾和比特老師聽了校長的喊話，也陪著自己班級的孩子跑了起來。而妮娜老師聽了校長的話，則拖著沉重的步伐，跟在了五年三班的後面，不一會兒，她被她班級裡的孩子，遠遠地甩在了後面。

「陽光晨跑」只需要繞著跑道慢跑四圈就可以了，總共算起來不超過八百米，對於愛因斯坦這些剛剛進行過嚴酷的體質測試訓練的五年級學生來說，簡直是小菜一碟。但是對於某些孩子來說，就沒有那麼幸運了。愛因斯坦看到，六年一班的幾個孩子，正拖著肥胖的軀體，漲紅了臉，咬著牙跑著。跑著跑著，幾個孩子看到他們的班主任加內特正在站在主席臺邊紅撲撲的陽光下，跟其他老師聊天，便一個激靈，刺溜一下跑到了跑道邊的大樟樹下，假裝繫起了鞋帶，直到「大部隊」繞了一圈後，才肯重新加入到班級裡面。這樣做可以整整比其他孩子少跑一圈哪！至於四年級的幾個小個子，明顯是體力不支，才跑了兩圈，就落在了隊伍後面。他們一個個喘著粗氣，毛衣上的帽帶在身上快速地跳動著，仿佛達到了極限，他們的步子卻沒能夠跟上來……

愛因斯坦排在隊伍的中間偏前面部分，嘴上喘著一陣一陣的氣。雖然如此，他明顯地感覺到，五年級的晨跑，跟四年級的時候相比較，沒有那麼累了。他還記得四年級時候的晨跑，他多少次才跑了兩圈的時候，右下腹很快就脹得痛痛的，然後因為體力不支而落在了後面。如今，按照這種速度跑，愛因斯坦跟上排在他跟前的丘比，那是綽綽有餘。也不知道，這是因為愛因斯坦長大了一歲的緣故，還是因為愛因斯坦經歷了體質測試的磨練，體能好了不少。

咦？斯戈爾老師呢？愛因斯坦忽然間意識到，一開始跟他們一起晨跑的斯戈爾老師，不見了。科比顯然也意識到了斯戈爾老師不見了，一邊跑，一邊與帕斯達特講起了話。

「帕斯達特，昨天，你使命召喚打到多少關了？」

愛因斯坦聽出來了，這是在討論著電子遊

戲。

「第五關……」兩個人聊了起來，而且聊得很開心，完全不把迎面吹來的，使人一吸就會咳嗽的寒風放在眼裡。

突然，帕斯達特住了嘴。因為他迎面看到校長傑克正站在主席臺邊的跑道上，向五年一和五年二班的孩子望來。愛因斯坦也挺直了身子。雖然他們並不把班主任斯戈爾放在眼裡，但是在校長面前，他們可不敢造次。據格瑞德所說，校長可是學校的主人，他可以把表現的並不好的孩子，直接開除出校，讓他們背著書包回家，再也無法來學校讀書。

「五年一班的孩子排隊排得很整齊。」校長對著話筒表揚道。「五年二班的孩子排得有點亂。」

校長話音剛落，在一旁跟簡甯老師和凱內老師聊天的斯戈爾氣衝衝地跑了過來，說道：「怎麼排的？為什麼不給我排得直一點！」斯戈爾的聲音如同炸雷，效果卻跟放出氣球的氣一樣，沒有一個孩子理會他。斯戈爾也沒有繼續跟上來，依舊和凱內老師、簡甯老師聊著。

領隊的丹娜同學往後看了一下五年二班的同學，隊伍只是稍稍有些歪而已，跟老師心目中的「戒點香疤」，有一定的差距，但也不亂，倒是跑在他們前面的五年一班同學，經過校長的檢閱和鼓勵後，開始鬆鬆散散地亂了起來。

「給我快點跑！」前面跑道上，六年一班「奇葩班」的班主任加內特看到他們班的幾個孩子，一邊跑一邊玩了起來，舉起手掌，一邊追，一邊向這些「不聽話」的孩子拍去。幾個拖著像「豬」一般肥大身軀的孩子看到了，突然發起勁來，竟迅速跟上了他們班的「大部隊」。只是跟上了「大部隊」後，那幾個男生竟然變得像是洩了氣的皮球一般，晃悠著身子，用一種比「走」還要慢的速度，向前跑去。加內特也沒有繼續去追趕，只是站在跑道上，瞪著眼睛咬著牙，望著他們……「噗嗤」，看到這一幕，愛因斯坦笑了，五年一班的和五年二班的幾個孩子都笑了，任誰看到這一幕，都會忍俊不禁，除了那些已經沒有力氣笑的孩子……比如說，維塔……

維塔漸漸脫離了五年二班的大部隊，就像一隻離群的小鳥一般……她臉頰煞白，搖晃著身子，「呼哧呼哧」喘著粗氣，一邊跑著，一邊渾身似乎都在顫抖，可以看得出來，她已經拼盡全力在跑了。無奈，她的體力太不爭氣了，竟然連班級裡面腆著肥肥的大肚子的弗雷特都沒有趕上……

「嗝兒……嗝兒……」維塔的呼吸聲漸漸被一種跟胃液和食物在嘴裡面翻滾類似的聲音所代替，看來她真的是跑不動了。她跑到了跑道邊上，雙手掐著大腿，乾嘔了起來。「真沒用……」帕斯達特意識到班裡的維塔脫離了「部隊」在操場邊休息，用一種義憤填膺的態度向同學們揭露了維塔這種「天理難容」的行為。維塔聽了，又乾嘔了幾下，繼續顫顫巍巍地一邊跑，一邊嘔著……

愛因斯坦排在隊伍前排，他是聽到帕斯達特揭發時才知道維塔已經脫離了「部隊」。他沒有感到驚訝。進行體質測試前，據體育老師傑森說，維塔的體質測試成績每門都是「不及格」的。體質測試成績看的是平均分和及格率，為了讓維塔的成績不再拖全班的後退，校長傑克親自作出了一個指示，他要求維塔在體質測試的老師來抽查的時候，背著書包到學校的圖書室裡面躲一躲，等到體質測試的領導離開後，維塔再從學校圖書室裡走出來。那天，斯戈爾也再三向班級裡面的同學強調，如果外面的老師問起五年級二班總共有多少人，你們必須回答只有二十四個，因為班級裡面已經沒有「維塔」這個人了。孩子們聽得哈哈大笑，就連斯戈爾向孩子們解釋這件事的時候，也忍不住笑了出來……如今，體質「門門不及格」的維塔又出現在了五年二班的教室裡，她跑得再差都是「正常的」……

四圈跑到了，六年三班的孩子停了下來，接著，又排著隊，「散起了步」。按照慣例，晨跑四圈跑完後，必須再走一圈，整個晨跑活動才

告結束。

五年二班的孩子在主席臺邊的那棵樟樹邊上停了下來，他們的身體剛熱乎了一點兒，小手卻凍得通紅。伊斯特小學的晨跑紀律中，有一條就是孩子們在跑步的時候，必須把手伸出口袋，不允許他們把手塞在大衣口袋裡面，或是塞在袖管裡面取暖。愛因斯坦不知道為什麼會有這個要求，只是校長和體育老師傑森都是這麼說的，這個規矩也就定下來了。據說，其他學校的老師在要求同學們晨跑的時候，也是這麼要求的，目的是為了鍛煉他們不怕寒冷的精神。愛因斯坦兩手互相撫摸著他那凍得通紅的手，冰冰的，猶如碰上了兩塊冰。他真想用傑克所說的溫度計，量一量他那手上的皮膚，看看他那皮膚上的溫度，是否也像氣溫一樣，降到了零度以下。

孩子們一個個，把他們那通紅的手，縮進了暖暖的口袋裡。既然晨跑已經停下來了，也不用管那艱苦卓絕的精神了。一旁的斯戈爾，看到自己班裡面的孩子晨跑結束了，離開了主席臺邊的「聊天大隊」，向班級走去。而凱內老師、妮娜老師和費安娜老師，還把他們的手插在口袋裡面，沐浴在金燦燦的陽光下，聊得很開心，不時還發出動人的笑聲。

本來班級隊伍開始發出一些稀稀疏疏的聲音，或是聊天，或是嬉笑，或是抱怨，斯戈爾靠近班級裡面的隊伍後，同學們的聲音馬上消失了。

丹娜見斯戈爾靠近告狀道：「老師，維塔同學偷懶，沒有跑完全程。」帕斯達特嘲笑道：「老師，維塔同學跑步的時候，跑不動了，落到後面去了。」斯戈爾沒有搭理丹娜，而是對帕斯達特說道：「你跑步的時候有沒有偷懶呀！管好自己就好了，管別人幹嘛？有的同學自己都管不好，還管別人……」帕斯達特立刻把頭轉向一邊，「切」了一聲，說得很大聲，仿佛把他壓在心裡面所有的怨憤都發洩到「切」這個字裡了。

「嘟嘟嘟嘟嘟！」突然，聲音戛然而止，操場頓時變得了無生趣。沒有笑聲，沒有聊天聲，也沒有嬉戲運動的聲音，只有一個又一個精疲力竭，搖晃著身體的孩子，一支又一支排得如同戒點香疤的隊伍，緩緩地在操場地跑道上面前行著。和煦的陽光，穿行在淒厲的寒風中……

班主任論壇

在得意志的學校裡，每個班級都有一位任課老師擔任班主任的工作。「班主任」這個稱呼看上去，好像是班級裡面的主人，班級裡的所有東西，都是班主任的財產；所有的孩子，似乎都是班主任的僕人。然而事實上，主任卻沒有它的名字來得霸氣。與其說他們是班級裡的主人，不妨說他們是班級裡面集管家、保鏢、偵探、保姆、醫生、心理醫生、裝潢師、教練和藝術導師為一身的一個職業。用一種通俗的話來描述，就是：

班級裡面的東西和人都給我管好，班級裡面的活動都給我搞好，班級裡面家長、老師和學生的關係都給我搞好，另外，還要聽國家、政策、法律和領導的話！

不要問他們，這種令人匪夷所思的職業待遇究竟是多少。問了他們，他們就會唉聲歎氣地告訴你們：他們每個學期比其他任課老師多出二百五十馬克。對！你沒有聽錯。他們一個學期才加了二百五十馬克！當學校的領導鄭重地將班主任的職位交付給一位老師的時候，老師們都苦笑著接下這個職位，誰叫他們命苦啊！

得國小學裡面，許多老師都對班主任這個職位表示崇高的敬意，流傳得最多的話就是，班主任吃的是草，擠出來的是奶。學校裡各個老師也對班主任有著不同的看法。比利老師曾經形象地把班主任稱之為「減壽命」的職位；四年級的米娜老師是英語老師，她抱怨，「自從擔任班主任以後，我教英語的進度跟其他班級相比落後了很多」；一年級的珍妮老師，則每天忙得精疲力竭，她形容一年級的班主任工作使她「老了很

多」，「臉上的皺紋也多了」……唯有凱內老師，笑呵呵地說，「班主任工作，管他呢！學校的活動，管他呢！」他是事業單位編制內的老師，他的工作、工資和津貼都是國家給的，自然不用擔心自己搞不好活動，被學校開除，倒也樂得輕鬆。他還孜孜不倦地教導像斯戈爾一樣沒有考上教師編制的臨時代課老師，不要去管繁瑣的活動，只要管好學生的安全，一心一意，努力地考上教師編制，成為像公務員一樣享受國家津貼的老師，才是王道。

班主任工作多、繁、雜、亂，還有許多像「帕斯達特」之類的疑難雜症需要老師們去解決，為了切實有效地提升班主任的管理水準，學校領導特意在每學期期末的時候，開設了一個「班主任論壇」的會議，讓各位班主任老師坐在會議室的圓桌邊，根據一個主題，暢所欲言，互相吸取管理班級的經驗，爭取探索出有效的途徑管理好班級。班主任論壇開設兩年來，已經討論過「如何有效地管理班級」，「如何轉化班級裡面的後進生」，「如何用班幹部管理好班級」，「如何讓孩子做時間的主人」等話題，令人吃驚的是，大多數老師都是從書上或者不知什麼地方找一篇其他資料來讀，而不是從自己管理班級的經驗中找到方法，進行分享。只有斯戈爾、凱內老師兩位老師是根據自身經驗和想法進行談論的。更令人驚奇的是，論壇到了最後進行評獎的時候，得獎的往往是從其他地方找一篇文章來讀的老師，而不是斯戈爾和凱內老師。久而久之，斯戈爾也不願意自己寫了，開始從報紙上找文章來讀了，而凱內老師，似乎沒有氣餒，依舊根據目前教育現狀中的一些問題「大談特談」。

學校領導層似乎也發現了「論壇」當中存在的問題，開始修改這項制度。斯戈爾帶五年級上半期的時候，論壇的題目是「如何培養孩子的學習興趣」。剛剛開始，校長傑克要求論壇中，所有的老師都必須聯繫班級實際進行談論，最好要聯繫一到兩個例子。結果，大多數老師只是在他們拿來的文章中編了一個小例子進去，有的老師甚至連例子都沒有加進去。也許是那些老師資格比較老吧！最後評獎的時候，得獎的依然是照著文章讀的老師。

於是，校長傑克和領導班子進行討論，在下半期時，決定廢除班主任論壇的評獎制度，改而實行「茶話會」形式的論壇，讓老師們直接談論班級裡面他是怎麼做的具體事例，並要求老師不要按照稿子朗讀。

在「茶話會」論壇開始的時候，老師們又一次圍在了會議室的「橢圓形」桌子前。這次，他們談論的話題是，「如何培養學生的自信心」。傑克坐在桌子東南角，高聲宣讀著培養學生自信心的重要性。斯戈爾記得，上次論壇中，傑克也宣讀過培養孩子節約時間的重要性，沒想到傑克宣讀的內容，跟斯戈爾找來文章的第一段十分類似，害得斯戈爾連忙進行修改，還好斯戈爾是第十個進行宣讀的老師，斯戈爾有足夠的時間把第一段修改得跟傑克讀的內容不一樣。

宣讀完畢後，傑克開始讓坐在他身邊的五年三班班主任妮娜進行發言。由於不能宣讀文稿，妮娜老師開始拿出一本小抄本，根據裡面的內容讀了起來：

一位哲人說的好：「誰擁有自信誰就成功了一半。」自信是孩子成長過程中的精神核心，是促使孩子充滿信心去面對困難，努力完成自己願望的動力。那麼，如何培養孩子的自信呢？

一、尊重和信任孩子……

……

妮娜眉飛色舞地把文章讀了下來。她的聲音是非常美妙動人，非常精神蓬勃的，因此，她能夠多年來，包攬論壇的一等獎或二等獎，從來沒有跌下過三等獎。

「培養孩子的專長，孩子就有了一種競爭優勢，具有了上進的動力，孩子也會因此變得越來越自信。」妮娜滿足地讀完了手中的稿子，按照慣例，應當由接下去那一位老師讀手中的文章。

沒想到傑克聽了，眉頭一揚，忽然問道：

「妮娜老師，你僅僅是把你管理班級的時候所採用的理論讀了一下，你還沒有跟同事們分享，你是如何在具體管理班級的時候，運用這些理論的。你能不能舉一到兩個例子說說看。」

妮娜老師臉色一變，旋即又笑了起來：「舉例子啊……那我……那我就舉一下班裡面的高斯吧！班級裡面的高斯……他實在不省心，沒有多少興趣和信心在數學上面……於是，我首先把他單獨叫到辦公室裡面鼓勵他，接著……」

在場的所有老師都聽得出來，妮娜老師已經沒有讀筆記時那麼自信了。

「……後來，高斯同學的成績比以前進步了一點。」

「那麼高斯同學的成績到底進步了多少呢？」傑克校長抬起頭看了妮娜一眼，嘴角微笑，饒有興趣地問道。

妮娜老師眉頭一揚，說道：「高斯呀……他從五十四分進步到了五十八分。」話音剛落，在場的老師都笑了，會議室裡洋溢著快樂的氣氛。

按照「橢圓桌」順時針的順序，接下來，輪到凱內老師發言了。凱內老師，拿出一本筆記本，筆記本上面只有四行字，他一邊對著筆記本裡面的內容，一邊說了起來：「這個培養學生自信心，題目本身是有問題的。自信心事實上，不是老師培養出來的，而是學生依靠自己的努力，把一樣東西做好了。那麼他就自然有自信心了。現在社會上面流傳一句話，『沒有教不好的學生，只有不願意教的老師』，這句話事實上是錯誤的。我們現在小學有升學考試，初中有中考，高中有高考。考試的目的，本身就是選拔一部分人，淘汰一部分人。那麼，被淘汰的那一部分人，自信心自然會受到打擊。不管老師怎麼培養，考試失敗後自信肯定會被削弱……」

凱內老師的語速並不快，會議室裡面很安靜，老師們都認真地聽著這位有著三十年教育經驗的老師，分享著自己的真知灼見。「……另外，像我們班的翔，他是另外一種情況，就是個人的自信心太滿了。天不怕地不怕的。我幾次三番地勸說他，不要在教室裡面做危險的遊戲，結果，他前幾天，在教室裡面耍跆拳道的招術，一個不小心，把我們班瑞拉的頭給打了一個包。害得瑞拉去醫院縫了三針……」

老師們坐在位子上，耐心地聽凱內老師把翔的故事講完。凱內老師又講了他教過的另一個孩子，迪歐的故事，「我以前教過一個孩子，叫迪歐，其實腦子並不笨，平時非常的安靜，有點內向。我用過了一些辦法來提升他的成績。傍晚的時候，我把他叫到辦公室裡面，給他一張練習紙，給他報書上的得語單詞。結果，成績沒有提升多少，還鬧出了留在學校很晚，不肯回家的事情。那次我去幫助他的父母找迪歐，一直找到了晚上十點鐘才回家。後來問起，才知道他是害怕父母問他為什麼那麼晚回家，他也害怕他父母看到他試卷上的成績。從這件事情，我開始明白，有時候，如果沒有成績要求，沒有選拔，就很少會出這種學生因為成績不好，而不肯回家的事情。」凱內老師停了下來，表示他已經說完了。

傑克一聽，笑了，說道：「雖然情況可能是這樣，但是，我也不可能說，成績就不重要……」傑克停了一會兒，似乎在腦中尋找什麼詞語，力圖向老師們解釋學習成績的重要性。過了一會兒，傑克繼續說道：「我們探討的是，如何在學校競爭激烈的這種大環境下，努力地使一些沒有自信的孩子，找回自信心。」傑克說話的時候，聲音比剛才輕了許多，人顯得有些不自然，一副尷尬的樣子。

「那麼珍妮老師，你怎麼說？」傑克把注意力轉移到了排在凱內後面一年一班的珍妮老師身上。

珍妮老師把原先準備好的筆記本放在一旁，搖了搖頭，用一種難以理解的悲傷和精疲力竭的態度，說了起來：「不要問我有什麼提升學生自信心的方法，我沒有方法，沒有能力。我能說的，只是兩個失敗的案例。我為這兩個孩子做了很多，到頭來卻什麼用都沒有。」

「那你就把失敗的經驗說出來，讓其他老師進行參考。可以幫助其他老師不要重蹈覆轍。」傑克老師微笑著，把右手一亮，示意珍妮老師繼續講下去。

「我們班有一個孩子，叫安娜。她給人的感受就是一動不動，她從來不跟其他孩子說話，也從來不跟老師講話。在教室裡面總是一個人孤零零地坐在那裡。上課了，我叫她翻開書，她一動不動；下課了，我叫學生們去上廁所，結果她仍然一動不動，後來，有家長反映，她在學校裡面就沒有上過一次廁所。我問她的同桌事情究竟是不是這個樣子的，她的同桌說，老師，安娜從上課到下課就沒有離開位子過。我領著她帶她到了廁所裡面，她才肯上廁所。我不去領她，她就仍然坐在位置上一動不動。你們說說，我每天都要領著學生上一兩次廁所，又要顧這顧那，該有多累啊！」

傑克記完筆記，手托著腦袋在思考著什麼。坐在傑克旁邊的教導主任費安娜問道：「安娜是不是坐在窗戶邊第二排座位的那個呀！」

「是的，你說說，遇到這樣的學生，我該怎麼做！」珍妮老師倒完苦水，倒顯得有些理直氣壯了。確實，沒有老師能夠想出對待這個孩子的辦法，除非老天開眼。

凱內老師思量片刻，說道：「你應該叫家長帶孩子去看看醫生。這樣的孩子，肯定是生理或者心理上面出了什麼問題。老師，是想不出任何辦法的，只有醫療手段強制介入，把病因找到，才有解決的辦法。」

一年級三班的班主任伊蓮娜「呵呵」一笑，所有老師看的出來她是苦笑：「不可能！去年，我帶六年二班的時候，我們的班級裡面有一個學生叫蓋茨比。他經常去街邊的電子遊戲廳玩遊戲，整個週末都在遊戲廳裡面玩。六年級下半期的時候，他的視力已經很差了，坐在第一排都看不清楚黑板上的字了。我叫他的爸爸媽媽帶他去醫院看一下，最好去配一副眼鏡過來。到期末的時候，都沒有配過來。作為家長，更傾向於認為自己的子女是健康的，視力都很差了都不肯給他們配眼鏡，更何況是莫名其妙地帶孩子去醫院做檢查。」

凱內老師想了一會兒，說道：「以前，我教過一個學生，他無論是冬天也好，還是夏天也好，鼻孔裡都掛著兩條黃黃的鼻涕。一般來說，小孩子掛鼻涕沒有什麼不正常的，但是每年的每天都掛著鼻涕，一看就是不正常的。我告訴他們家長，這是病，應當去正規醫院進行檢查。家長說這是沒事的，還認為老師大驚小怪。所以說，很多情況下，有一個好的老師，不如有一個好的家長……」凱內老師搖了搖頭，其他老師點了點頭，整個會議室氣氛有點凝重。

「這個孩子的問題，我們老師無法解決，要是放在我面前，我也無法解決，我們就先不提了。我們請珍妮老師說一下下一個疑難雜症。」傑克轉移了話題，並繼續饒有興趣地看著珍妮說下一個事例。

珍妮說道：「我們班裡面還有一個孩子，什麼都不知道。他上課的時候，人坐在教室裡面，也坐得很端正。等到做作業的時候，一個字母都不肯寫。考考試，他在試卷上面竟然連名字都沒寫。」

「那你對這樣的孩子有沒有採取什麼……」

「採取的措施不要太多，直到精疲力竭為止！」還沒等傑克問完，珍妮就打斷了他的話。珍妮的臉上寫滿了焦慮，彷彿家裡出了什麼大事一般。

「那請你來說說看嘛！這樣也好提供給其他班級老師一些經驗，免得他們重蹈覆轍！」傑克說道。

「我告訴你，第一天開學，他們來到學校裡的時候，我第一節課都是帶著他們熟悉校園環境的。班裡面的三十多個孩子，我都領著他們，校園裡的每一個地方都看過了，希望他們能夠早日融入小學的生活當中來。班級裡面有一些孩子，行為和樣子怪怪的，我都一個一個跟他們的家長聯繫過的，也都瞭解過家裡的情況。可是

這個孩子，我問過他們家裡的家長，平時也算聽話，看不出哪裡出了問題。但是，我教的時候，知識就是印不進他的腦子裡面去。我還特地把他叫到辦公室裡面，我指著字母讓他跟我讀，他會讀的；等到我不讀了，指著字母讓他讀的時候，他就不會讀了。我輔導了一遍又一遍，一點效果都沒有。」珍妮說到這裡，停了下來，也許是累了，也許是說完了。她精疲力竭，疲倦的氣息從心裡，散發到身體上。

「是的，這樣的孩子我們班裡面也有。」一年二班的班主任瓊安娜也不管珍妮有沒有說完，也訴起苦來，「真的，這樣的孩子我們班裡面有好幾個，我用了好多的辦法想要讓他們學習知識，他們的腦子裡面就是沒法學進去知識。」

一年三班的老師也在一旁附和：「我們班也有，才小學一年級，考試的成績只能考九分，比以前我所帶過的，最笨的學生還要笨。我也不知道到底怎麼回事，現在我們教的學生越來越笨了。」

會議室裡的氣氛漸漸變得陰霾沉沉。天色也漸漸暗了下來，外面在陽光下剛剛散去的霧霾，也漸漸地深沉了起來，會議室裡的氣氛更悶了。傑克起身，按了一下門邊日光燈的開關，會議室又顯得亮堂了起來。

「老師的苦處我都明白，大家盡力而為就是了，不要太在意。那麼珍妮老師，班級裡面僅僅這兩個孩子，我自己可能也找不到方法來幫助你們。但是，你可以試著舉例一下，班級裡面只有一點點問題的孩子，可以給予他們自信心的孩子，說說你是怎麼提升他們自信心的也可以。」傑克校長繼續竭力地轉移話題。

「校長，我跟你說。班級裡面有問題的孩子不要太多。我選出來的這兩個例子，已經是特別嚴重的例子了。你知道我一年下來，體重比以前輕了有個二十斤，每天放學後還要去實驗三小接女兒，拖著疲憊的身子回家，燒飯，做菜，洗衣服，女兒才三年級，作業密密麻麻的多……」珍妮老師繼續訴著苦，說著說著眼淚都差點流出來了。

傑克校長努力地聽完了珍妮的訴苦，為了不影響氣氛，他接著讓下面一位老師，比利發言。

比利老師舉起了他的本子，讀道：「對待不同的學生，我有不同地對待方法：對於那些學習成績並不好，卻有一定特長的同學，我反其道而行之，採用了鼓勵他們去培養自己的特長的方法。比如說以前我們班裡面有一位同學，叫肖。她在班級裡面成績算是中下水準，但她畫畫的能力很強。既然她畫畫有特長，我們為什麼不鼓勵她呢？於是，我不僅沒有因她成績不好而嫌棄她，反而讓她擔任班級裡面的美術課代表，另外，每當班級出黑板報的時候，我會讓她參與畫黑板報。一般來說，這樣的孩子，成績不好，有時候連補作業都來不及，怎麼能夠讓她再花寶貴的課餘時間，去畫黑板報呢？但是，實際的結果卻不一樣，讓她擔任美術課代表以後，她的成績雖然沒有提高，但是她的得語作業用心了不少。事後我分析原因，覺得有三種可能，一種可能是我認同了她的特長後，作為「報答」，她做作業就更加端正了；一種可能是十指連心，多讓她動手，自然促進了她的品質提升；還有一種可能是人的品質是互相關聯的，對畫畫比較認真的人，對待學習和工作絕對不是馬馬虎虎的。那麼培養了她美術方面的品質，自然培養了她學習方面的認真態度……」

傑克和費安娜一邊聽，一邊速記著比利話中的要點，不時還頻頻點頭，顯然頗為同意比利老師的觀點。其他老師也非常認真地坐在位置上面聽著，他們對以前愛抄文章朗讀的比利，能夠提出自己的見解，有些不可思議。

比利繼續說道：「對於那些學習成績不好，什麼特長都沒有的同學，我採用了另一種方式。我們班有一個女生叫作小茜，長得並不好看，學習上、美術上、音樂上、體育專長上，都很糟糕。對於這類學生，實在找不到任何提升他們自信心的方法。我不能昧著良心說她是一個

「聰明的孩子」。頂多，只能用「只要努力了，就會有所進步之類」的話來鼓勵她。但是，試想一下，如果她聽了你的話，真的努力了，卻真的沒有任何進步，她以後還會再相信你嗎？難道再給她灌輸「需要慢慢沉澱」之類的毒雞湯來維持她脆弱的自信心嗎？這顯然不是明智的選擇。我想出了另外一套方案。我詢問了她的飲食習慣，發現她每天都要吃包裝袋零食這種垃圾食品。通過家訪，發現他們家裡五金材料堆得亂七八糟。於是我告訴她，她現在比較笨的原因是垃圾食品吃多了，生活習慣不衛生導致的。有兩個方法，一個是不吃垃圾食品，一個是養成勤洗手的好習慣，讓她去做。那麼試想一下，如果她按照我說的去做，即使提升不了她的成績，也能養成衛生的好習慣，這對她的人生是有益的。如果她沒有按照我說的去做，她也不會來怪老師。」

比利說這一段話的時候，會議室裡面的老師都笑了。大家都知道，平時這個比利老師說話大大咧咧的，腦子也靈活，有自己的見解。

傑克聽了，眨了幾下眼睛，忽然問道：「比利，那個叫作小茜的孩子，後面學習習慣，或者行為習慣有沒有好一些？」

比利想了一會兒，說道：「本學期我才對小茜採取這個措施，現在小茜的變化還不太明顯，要進一步再作觀察才可以明白。」

傑克聽了，點了點頭。這時，費安娜忽然恍然大悟地說道：「我們國家就是這個樣子。學生學習上有短板，就硬是要強制地補他們的短板，結果越補越短。國外的教育善於發現孩子的長處，所以有錢的官員都把孩子送到國外去讀書。」費安娜說完，會議室裡面一陣沉默。不知道他們是不認同，還是不願意認同，或是不敢面對費安娜說的話。

突然，傑克轉過頭來問妮娜老師：「妮娜，你的班裡不是有個叫作含的學生，你能不能想個法子轉化這個後進的學生。」

校長話音剛落，妮娜老師竟然「噗哧」一下笑了出來。在會議室裡做著筆記的大隊輔導員，也就是五年三班的得語老師，簡甯，竟也抿住嘴笑了起來。

「叫我轉化他呀！」妮娜老師朗聲笑道，「我的水準不高，轉化不了他的。」她的臉上表現出了一副難以置信的神色，卻沒有一絲羞愧。

含是五年三班裡面最難以管教的學生，沒有之一。據說，他懶得從來不做作業，就是連作業本上的名字都懶得寫。他的品行也不是很端正，經常捉弄其他同學。原先，教含的是月利老師。月利把含的爸爸叫到學校裡面來，向他們抱怨含的「糟糕行徑」，沒想到，含的爸爸聽了，非但不批評含，還直截了當地告訴月利，「以後不要再為這麼點小事給他打電話，他在公司上班，工作是很忙的。再說，孩子在學校做錯了什麼，應該由你們老師去管，而不是一味地把家長叫到學校裡來。」月利聽了，差點給氣個半死。後來，月利再也沒有去管過含的學習，也再也沒有給含好臉色看。她總是信誓旦旦地說，「連家長都管不好含，我怎麼可能管得好他。」又或是一個勁地抱怨，「班級裡面怎麼出了含這樣糟糕的學生」，或是期待著某一天，含能夠從班級裡面轉出去。後來，月利老師考上了教師編制，被調往城北小學，妮娜老師成為了三班的班主任，簡甯老師成了三班的得語老師。妮娜老師和簡甯老師聽說過這個孩子的「種種劣跡」，相信他已經「無可救藥」，一開始便特殊地對待含。含也樂得輕鬆……

「你可以向其他老師講述一下，你打算用什麼方法，把含從『差生』行列裡轉化出來。比方說，含有什麼閃光點，你可以把它作為切入點……」傑克笑著對妮娜說道。

「啊？」妮娜難以置信地搖了搖頭，接著，眼睛又向上瞄了一下天花板，似乎是在思考著什麼，接著又回答道，「閃光點，要說含有什麼閃光點呢！就是比較愛玩吧！」

話音剛落，老師們都笑了，會議室又被快樂的氣氛給充滿了。

「那麼，你有認真觀察過，他玩哪樣東西

玩得很出色？」傑克不依不撓地追問道。

妮娜想了一會兒，說道：「他還能有什麼東西玩得很出色，總是跑跑跳跳，追來追去。我哪知道他玩什麼東西很出色啊……」

問了也不會有什麼結果，傑克把話題交給了後面一位老師來討論……

老師們的討論一直從下午第二節課，持續到傍晚四點半。雖然討論到後面，部分老師不願意再聽下去了，時間太遲了，部分老師還要去各個學校接自己的孩子。不過，整體的論壇氛圍，比以前好了很多，大多數老師都討論得很認真，再也沒有人自顧自地看手機和書了。傑克校長非常滿意，準備把班主任談話的「茶話會」形式繼續下去。

形形色色的女生

在愛因斯坦眼裡，女生不同於男生，在學校裡面是一個特殊的群體。大多數女生都有著與男生不同的打扮——長髮、頭飾和髮夾；她們也有著與男生不同的玩具——洋娃娃；她們也有著與男生不同的體育愛好——拆花繩、跳皮筋、跳房子等等。她們不大喜歡跟男生玩，總是三五成群地在教室裡、或走廊邊、小路上嘰嘰喳喳地討論著她們喜愛的書籍、她們喜愛的肥皂劇、她們喜愛的新歌……這是一群多麼奇怪的人哪！

愛因斯坦比較孤僻不合群，他不怎麼喜歡跟班級裡面的男生玩，他認為班級裡大多數男生玩的都是一些暴力危險的遊戲；他也不怎麼喜歡跟班級裡面的女生玩，這些女孩子玩的把戲太娘娘腔了，他個性也比較靦腆害羞，如果被班裡的一些好事之徒說是他喜歡其中的某個女生，那愛因斯坦一定會羞得滿面通紅的……但是他還是忍不住好奇，偷偷地觀察班級裡面的女生……

班級裡面的數學課代表艾米，可以說是愛因斯坦眼裡面最完美的女生了，聰明，漂亮，做事乾淨整潔，大有一股小女生的風情。她一年級的時候，成績並不是很好，在班級裡面只有中等水準，她也顯得很文靜，似乎沒有多少管理班級的魄力，但是她卻擔任數學課代表等很重要的職位。而艾米二年級的時候，她的成績一躍而為班級裡面第一或第二名，後來數學漸漸拉了她成績一點兒「後腿」。不過到現在，她也是班級裡面成績前五的。她還常常參加班級裡面組織的各種學校活動，例如美術比賽，元旦文藝匯演，六一兒童節表演節目，為班級取得榮譽呢！

跟艾米不一樣，副班長兼得語課代表珊迪顯得比艾米略微開朗一些，但是身材並不高，長相本身也顯得比較秀氣，長得小家碧玉的。她擔任班級裡面的副班長和得語課代表。老師把很多事情都交給她去做，例如批聽寫，發本子，收作業，發試卷……有時候，斯戈爾還讓她對著答案批一些得語基礎題的練習。她每次也完成得非常不錯，批錯的題目比老師批的還要少。在早課的時候，如果老師不來，她就會帶著大家一起讀課文。她站在講臺桌上讀，而同學們一起跟著她坐在自己的位置上面讀，儼然一個能幹的小老師。不過，斯戈爾似乎並不滿意她的早讀，並批評她的朗讀水準不太到位。但是斯戈爾也沒有辦法，班級裡面唯一一個可以有感情領讀的孩子弗雷特，在老師來之前，領讀的聲音比「蚊子叫」還輕，後排的同學，根本不知道從弗雷特口裡讀出來的音究竟是什麼，斯戈爾只好讓珊迪來領讀。

不過，珊迪在課後的生活中，或是老師的背後，表現得可沒有那麼小家碧玉。她是班裡面出了名的「小流氓」。四年級的時候，沃克市電視臺播出了一個「流氓兔珊迪」的系列動畫片，從此，珊迪有了新的綽號，「流氓兔」。後來，為了稱呼方便，同學們索性直接稱她為「流氓」了。再後來，不知怎麼的，「小流氓」珊迪的性格越來越活潑，經常跟男生們追來打去，有一次，還因為追著男生跑，弄壞了教室裡面的課桌椅。她嘴上也常常是得理不饒人，如果男生罵她一句，她非要罵還十句才肯甘休。不過，她的性格，沒有因此引起同學們的反感，除了她跟帕斯

達特和雀麗關係不是很好，跟其他同學相處還是比較融洽的。

勞動委員丹娜，身材略高一些，鵝蛋的臉頰白皙得跟牛奶一樣，一雙炯炯有神的眼睛，靈動不止。她的性格跟珊迪和艾米不一樣，可活潑了，曾經在期末考臨近前，跟男生玩掰手腕，都不落下風。有一次，甚至還掰斷了「勤奮好學」的弗雷特的手，弗雷特沒有考試，導致那年的四年二班整體的「優秀率」，比四年一班和四年三班都低一些。雖然丹娜有時候會闖禍，她的成績，可一點也不比艾米和珊迪差，數學只要不粗心，考到一百分是沒有什麼問題的。她還寫得一手好字。如果班級裡面需要推舉一些同學，在學校的展示欄目裡面貼一些孩子們抄的詩歌和格言的時候，老師都會選擇讓丹娜來寫。

丹娜不僅聰明活潑，而且還是體育健將。在五年級的運動會的四百米跑項目上，她曾經以優異的成績，打破了學校紀錄，為班級取得了榮譽。她有一雙強有力的雙手，助她在女子壘球項目的決賽裡面，也獲得了第一名。

儘管如此，愛因斯坦並不喜歡丹娜。丹娜可以說是愛因斯坦眼裡最討厭的女生之一。丹娜有一副討厭的大嗓門，一有事，總是嘰嘰喳喳吵個不停，害得愛因斯坦沒法安安心心地做作業。她還是典型的長舌婦，經常在外面說三道四，說一些同學們的壞話。她還非常愛告狀，中午斯戈爾還沒來，一旦中午發生什麼事，她就開始嘰嘰喳喳地喊了起來：「你們再這樣，我就去告老師了。」她總是一副愛管閒事的樣子，惹得同學們很不開心。

納依弗則跟丹娜不一樣。她原先也像丹娜一樣喜愛告狀。每次一有什麼事情，總是跑到格瑞德或斯戈爾老師的辦公室裡面，說同學們這個在教室裡面玩危險的遊戲，那個在教室裡面打架。剛剛開始，格瑞德和斯戈爾都會認真對待納依弗同學的話。時間一久，便會感到納依弗有點煩人。格瑞德向納依弗下了命令，不允許納依弗來辦公室「打小報告」。納依弗想出了一個法子，每次格瑞德來到教室的時候，就開始向格瑞德告狀，弄得格瑞德忙於應付，疲憊不堪。「每天淨給我惹些事，讓我累得像一條狗一樣」格瑞德曾經這樣描述過納依弗。後來，格瑞德找了一個機會狠狠地把納依弗批評了一頓，並告訴她，以後「只要管好自己就好了，不要多管閒事」。納依弗的告狀行動才算結束。等到班主任被換成斯戈爾以後，納依弗又開始興致勃勃地告狀。斯戈爾不勝其煩，開始消極應對納依弗的告狀，僅用一句「好了，我知道了」應付。漸漸地，納依弗學聰明了，知道她的告狀斯戈爾不怎麼會理睬，也就不來告狀了。

除了告狀以外，納依弗還有一個非常令老師頭疼的「技能」，就是喜愛問問題。愛因斯坦原本也喜愛問問題，只是因為口齒不利索，加上問的問題比較古怪，常常被老師和同學們拿來恥笑。愛因斯坦一感到委屈，就會翹起嘴巴，做出一副「蠻橫」的，挑戰老師權威的姿態，招來老師「嚴厲的批評教育」。久而久之，愛因斯坦也不再問問題。而納依弗卻不一樣，她既聰明漂亮，又口齒流利，所提的問題大多數與老師和同學們的生活息息相關，總能很快地轉移走同學們的注意力。像一年級的時候，遇到格瑞德拖課，她提出了「為什麼我們連上廁所的時間都沒有」，惹得班級裡的漢森直喊「噓噓」；三年級做領導調查問卷時，她提出「我們撒謊會不會被員警叔叔抓起來」，使得班級裡面亂哄哄的；四年級班主任談話的時候，斯戈爾講到要準備「藝術節活動」，需要幾位同學參加時，她提出來「我們已經有那麼多的作業，為什麼還要有那麼多的活動」，惹得原本幾個參加活動的同學吵嚷著要退選……格瑞德把她稱作為一個非常危險的「煽動者」，是一個「非常戳心的孩子」；斯戈爾則一個勁地勸告納伊弗，「凡事只要按老師的話去做就可以了，不要問那麼多奇怪的問題」。到了五年級的時候，納伊弗變得「懂事」了許多，不再向老師「問這問那」了。

雀麗是五年級的時候剛剛轉進來的女生。

她身材高挑，額頭顯得比較飽滿些，眼睛大大的，臉紅撲撲的，給人一種非常健康和精神的感覺。雀麗也沒有讓老師失望，三門功課門門優秀。不僅學習好，她學起什麼東西來都特別的快。費安娜老師佈置的繪畫作業，她十分鐘就畫好了。上學期，跟著凱內老師學習書法，不久就在市少兒書法比賽中獲了獎。她參演的歌舞劇《莎拉和紅蝴蝶》，得到了領導和老師們的一致好評。她也跟著費安娜老師去參加市裡面的書畫比賽，幾乎每次都能得到名次。她又參加來了市裡面，教育局裡面，甚至城管局和環保局裡面攤派下來的寫作比賽，不知道為學校爭取了多少獎。斯戈爾稱她是一個既優秀，又多才多藝的學生；而費安娜則稱她為「為學校爭光的聚寶盆」。

簡並沒有像雀麗那樣優秀，也算不上白皙漂亮；她瘦瘦的，黑黑的，兩隻眼睛不算大，卻似乎閃動著靈氣，也正是她的眼神，使她顯得比較精神。她一年級的時候，個頭還要小，成績也不是很好，兩隻眼睛小得似乎只有兩條縫。後來，不知怎麼的，她變得精神了很多，也積極了很多，成績也好了起來，從全班十幾衝到全班前十。她在跑步上有一定的天賦，在運動會時都能得到名次。她平時也算大方，不過生起氣來連男生都要打。有一次，萊西使壞拌了她一腳，她居然把萊西打哭了。有人叫來了斯戈爾，簡在斯戈爾跟前一直哭，差點岔了氣。斯戈爾匆匆忙忙地帶她去了醫院。愛因斯坦覺得這樣的女生實在是有點可怕了，而且她皮膚有點太黑了，跟班裡其他的漂亮女生都沒法比，所以一直遠遠地不敢靠近簡。

除了班級裡面有像艾米、珊迪、丹娜、納伊弗、雀麗和簡這類聰明漂亮的尖子女生，還有許多特殊的，不太聰明的女生。茜茜就是其中一位。她身材略胖，滾圓的臉蛋上面，一雙無神的眼睛嵌在眼眶間，活像一個縮小版的簡甯老師。不過簡甯老師的眼神可比茜茜有神多了。茜茜成績並不是很好，得語、數學和英語成績都在中下水準。據她的鄰居同學漢森說起，茜茜在幼稚園的時候，她的媽媽就給她買來了很多一年級練習，逼著她每道題目都認認真真地做下來，希望這樣做可以給她讀小學的時候打下「堅實的基礎」。茜茜同學一年級的成績在班級裡面是非常好的，數學和得語都能考到近一百分，隨著年級的升高，茜茜的學習成績開始下滑，到五年級的時候，茜茜的成績已經是班級中下游了。她的媽媽為此愁得有了白頭發。

不過，茜茜也有她的特長，那就是體育競技。她的壘球、跳遠和跑步，可是非常厲害的。曾經在學校的運動會上面，獲得過較高的名次。她曾經還代表學校參加整個街道面的運動會，雖然沒有得到過名次，她的體育能力是毋庸置疑的。也許正是因為她長得比較高大壯實吧！班級裡沒有同學敢欺負她，就連帕斯達特看到她，也只是轉開眼睛走走過而已。

雖然茜茜很奇怪，愛因斯坦覺得班級裡面最奇怪的女生要數卓拉了。卓拉雖然相貌清秀白淨，個子卻很矮，如果她的髮髻向上盤起，她的腦袋活像一棵白蘿蔔。其他的女孩愛好跳皮筋、跳房子、洋娃娃和過家家……而卓拉喜愛的遊戲卻是打籃球、下棋、追逐打鬧和踢足球等項目，她的興趣愛好竟然跟男生的一模一樣！她還報名參加了學校的象棋社團。整個象棋社團的教室裡面，只有卓拉一個女生，但是卓拉似乎一點也不在意。愛因斯坦跟她下過象棋，她的象棋水準不下於其他男生，常常把愛因斯坦下贏。她也喜歡跟男孩子一起玩打籃球，拼搶得十分積極兇狠，像萊西這種懶洋洋的男生，根本就不是她的對手。更令人不解的是，她作業本上的字母寫得也是歪七八扭的，簡直比許多男生寫的字還要糟糕。格瑞德和斯戈爾看不下去了，就會讓卓拉試著重新再寫一遍。格瑞德曾經評價她，「簡直就像個假小子」一樣。她的媽媽也評價她「就像男孩子一樣」，調皮得不得了……

雪麗則透著另一種奇怪。她眉目還算清秀，只是幾乎很少看到她講話。她也許是太文靜

了，都文靜到話都不肯說了。在讀得語課文的時候，她的單詞發音結結巴巴的，語速簡直跟一個幼稚園的小朋友在朗讀一樣。三年級的時候，格瑞德見她課文讀不好，越發地要抽她讀課文了。每次她被抽上來，她那稚嫩而又斷斷續續、拖著長音的課文朗讀聲，能逗得全班嬉笑不停。以至到後來，她朗讀課文的聲音已經變成了「嗡嗡聲」。格瑞德聽她讀完後，總是鼓勵她下次在家裡多讀幾遍，以求讀得更好。可是，雪麗的朗讀一次比一次不自信。後來，她竟然開始不做得語作業了。格瑞德看到平時學習成績還是「可以」的雪麗不做作業了，非常生氣，不停地對她進行批評、告誡、警告和威脅。沒想到，雪麗開始用作業本跟格瑞德玩起了捉迷藏，害得格瑞德每天查啊，找啊她的作業本。後來，輪到斯戈爾教得語了，雪麗似乎看到斯戈爾比格瑞德更好欺負，她更加有恃無恐地逃避得語作業了……

愛因斯坦是不會跟茜茜、卓拉和雪麗這樣的怪女生玩的，一看到她們，愛因斯坦避之不及，巴不得不看到她們。

不過，在愛因斯坦和一些男生眼裡，最令人恐懼的女生還要數維塔和瑪塔。五年級的維塔已經長得又高又大，「皮球」已經不能用來形容她的臉了，她的臉現在已經變成了一個十足的「大南瓜」。她又笨又醜，同學們都戲謔地叫她「蠢維塔」。據小道消息，維塔的成績，已經從全班倒數第一，掉到了全年級倒數第一。除了因為學籍問題沒有參加期末考的福爾同學外，她在同學眼裡，是全年級最蠢的同學。可是，她不像福爾那樣容易遭到其他同學的欺負。同學們壓根不想碰到她或者遇見她，甚至有時候他們發現自己的作業本被放在維塔的作業本上面，或是下面，都會感覺到濃濃的「晦氣」。據好事的迪克傳言，維塔的身上潛伏著一種叫作「維塔桿菌」的細菌。如果一不小心被「維塔桿菌」傳染了，人就會變笨，甚至變得比維塔一樣笨。因為中了「維塔桿菌」的人，身體裡的營養只能輸送到臉上，那樣，大腦就會因為無法得到充足的營養而變笨，臉也會因此越吃越大。班級裡「天不怕，地不怕」的帕斯達特，最怕的就是維塔，每當維塔走過來的時候，他總是躲得遠遠的。有一次，他還因為維塔不小心碰到了他，生了好久的悶氣，連午飯都沒有吃。

瑪塔並不像維塔那樣討人嫌，但是她也屬於班級裡面「又醜又笨」的女生。她的個子又矮又小，粗陋黝黑的臉上，短小的鼻樑猶如牛的鼻孔一般。她的身體很差，隔三差五就會感冒。她的得語、英語寫得就像是一個個又髒又醜的「小爬蟲」，經常在中午訂正作業的時候被老師當堂呵斥。從二年級開始，她的得語期末考就沒有再及格過。從三年級開始，她的數學也開始越來越差。數學老師比特很快就「放棄」了她，原因是在她身上的「投入」和「產出」不成正比。其他孩子可以通過拼命做練習，練出好成績，而在瑪塔身上，用這一套是沒有多少效果的。比特曾經說過，「與其在瑪塔身上浪費那麼多時間，還不如把更多的時間留給成績一般一點的孩子，也許還能多提高一點平均分呢！」。

在同學們眼裡，瑪塔「黑不溜秋」的，髒兮兮的，也從來沒有像其他愛漂亮的女生那樣，認真地打扮過自己，梳理過自己的頭髮。所以，基本上沒有多少同學願意跟她玩，她也沒有多少朋友。她除了和同桌丹娜的關係好一點，其他基本沒有多少人願意理她。

在愛因斯坦眼裡，瑪塔和維塔都是他連瞧都不敢瞧一眼的人。雖然他並不相信，維塔的身上有一種叫作「維塔桿菌」的細菌，會讓人的臉變大，會使人變得很笨很笨，但愛因斯坦也像其他同學一樣，不敢理她。雖然，愛因斯坦也算不上是愛講衛生的孩子，但是，他總是覺得，瑪塔和維塔身上，隱隱潛藏著一種「晦氣」，這種晦氣不斷驅使著他，使愛因斯坦不得不慎重地與維塔和瑪塔保持距離。

總之，在愛因斯坦眼裡，女生仍舊是一個奇怪的團體。

偷西瓜的賊

六月末那天的下午，有兩個「偷西瓜的賊」被西瓜地裡的老頭兒抓到了。他們不是別人，而是伊斯特小學五年級的同學，帕斯達特和科比。

週末的補課培訓班已經結束了。即使是炎熱的夏日，也不會阻擋孩子們向外奔跑的腳步。一大早，七八個孩子結成一隊，昂首挺胸地奔向田野。他們不是為別的，而是準備去田野裡的水溝裡面捉龍蝦。好幾個孩子都是捉龍蝦的好手，上次的大豐收，已經帶給他們帶來了好幾十塊錢的進賬。賺錢帶來的滿足和喜悅，早就把他們心裡對炎熱的恐懼祛除掉了，剩下的只是興奮和激動。

但是這次，他們沒有像上次那樣的運氣。他們拼命地尋找龍蝦，也找不到多少，也許是因為害怕他們躲起來了吧！漸漸地，太陽越來越辣，孩子們的臉上，早就掛滿了汗珠，許多人口乾似火。由於找不到買礦泉水的地方，太陽又毒辣似火，他們在田野裡東奔西走，又累又渴。

這時，帕斯達特想出了好主意：「田地裡面西瓜那麼多，我們拿一個吃吃就好了。」沒想到，話音剛落，幾乎所有人都支持帕斯達特的想法，更有人表示自己早就想這麼做了。他們幾個人敲開西瓜，坐在地上，狼吞虎嚥地吃了起來。

「你們在做什麼？」種瓜人跑了過來，還沒來得及反應過來，帕斯達特和科比就被種瓜人拉住了衣襟。其他小朋友見了，嚇得撒腿就跑，根本顧不上被逮住的同伴。不久，種瓜人就把兩個人用繩子綁了起來，對帕斯達特和科比進行了教育，並想出法子聯繫了他們的父母和老師。

這個事情在村子裡很快就傳得沸沸揚揚，街頭巷尾都能聽到人們議論起了這兩個「賊孩子」。愛因斯坦父母當天就知道了帕斯達特和科比做賊被抓的事情。第二天，在教室裡，斯戈爾也對他們進行了點名批評，直至他們留下了悔恨的淚水。

可是，等到批評過後，帕斯達特和科比兩個孩子笑了，還言之鑿鑿地說要再去偷一次。愛因斯坦知道他們壓根沒有膽量再去偷一次西瓜。然而，他常常能在孩子的圈子裡聽到他們偷偷地偷了文具店裡的文具，偷了小店裡的零食，偷了地攤老人的玩具，並堂而皇之地拿出來炫耀。

六年級

六年級的學習氛圍

中午，愛因斯坦坐在六年二班的教室裡面，抬頭望了一下寫在黑板上密密麻麻的英語筆記，身旁都是埋頭寫作業的同學們。六年級的學習氛圍跟以往已經大不相同。老師們已經一個個由嚴厲變得更加嚴厲，而同學們一個個由麻木不仁，變得更加麻木不仁。那又有什麼辦法呢？誰叫他們已經到了六年級。

愛因斯坦回憶起六年級剛剛開學時的第一堂課，老師們都是和顏悅色地走進課堂的。他們都在講臺上說了差不多的話。「這一學年是我們小學生涯的最後一個學年，也是我教你們學習的最後一個學年，希望我們互相學習，互相勉勵，互相關心，安安全全，開開心心地度過小學的最後一個學年……」這是多麼美好的說辭啊！誰又

不希望自己開開心心度過小學的最後一年。可是，老師們又說，願望是美好的，現實又是殘酷的，必須在最後一個學年，努力學習，爭取在畢業考的時候考出好成績。於是，作業、聽寫、筆記、背誦、練習、試卷，《畢業考模擬卷》、《掌中寶》……鋪天蓋地而來。滿是作業的日子，如何讓同學們開心得起來？

大人們都是愛撒謊的……特別是老師們，最愛撒謊！愛因斯坦憤憤然地想道。

斯戈爾走了進來，手上拿著得語課本，一本作業本、一本方法指導叢書和一張練習，腋下還夾著孩子們聽寫本。

「珊迪，等一下先把它貼在教室後面的牆上。這是昨天做的那張練習的答案，大家課後去校對一下。」斯戈爾揚了揚一張八K大小的，密密麻麻寫滿了題目和答案的練習紙，交給了珊迪。

「請大家把得語作業本和得語方法叢書拿出來，我佔用大家一點時間，把昨天我們做過的，困難的題目講一下。」

教室裡靜默無聲，有的孩子仍然繼續在抄黑板上的英語筆記，有的孩子把得語作業本和方法指導叢書拿了出來。

幾秒鐘後，英語課代表丹娜舉起了手：「老師，我們黑板上面的英語筆記還沒有抄完，等一下值週班級的同學來檢查衛生的時候，不擦掉要扣分的。」丹娜的聲音依舊非常大聲。

斯戈爾轉過身看了一眼黑板上面密密麻麻的英語筆記，不禁皺起了眉頭。

「這些都要抄完？」

「是的，這些都要一詞不漏地抄到英語老師給我們發的筆記本裡面。」丹娜重重地點頭說道，一副十分重要的樣子。

斯戈爾歎了一口氣，怔了半晌，說道：「五分鐘時間能不能把上面的筆記抄完啊。」

「五分鐘怎麼夠抄完呀……」「我才抄了一點點……」講臺下面一片抱怨聲。

「好了好了，再給大家十分鐘時間。」說

完，斯戈爾看了一下手錶，把得語書、得語課堂、得語方叢和得語聽寫留在講臺桌上面，徑直走出了教室。

過了一會兒，比特老師抱著一疊數學方叢走進了教室。「口算訓練做好了沒有，做好了都交上來。組長收一下。」各組組長開始收起了口算作業，大家都默不作聲，生怕發出一點聲響就被比特狠狠地揍一頓。

口算訓練很快就收上來了。比特一拍放在桌子上面的《數學方法指導叢書》，「艾米，把數學方法叢書給我發下去。有一些題目我講一下……」

等到孩子們手中都拿到數學方叢後，比特開始講了起來。孩子們都靜默無言地端坐在位置上聽著，仿佛時空靜止了一般……他講到了一道比較困難的應用題，看了一下黑板上寫得密密麻麻的英語筆記，舉起了黑板擦。

「上面的筆記大家都抄完了吧！」比特大聲問道。

「還沒有……」底下發出一些細碎的嘀咕聲，小到如蚊蠅的「嗡嗡」聲一般。

「那左邊的筆記應該抄好了吧！」比特問道。

「抄好了！」大多數同學響亮地說出了肯定的回答。

「沒有……」坐在愛因斯坦身邊的霍姆沃克悄聲說道，聲音小得仿佛不想讓比特聽見似的。

「刷刷刷」比特乾淨麻利地把左邊黑板上面的英語筆記擦掉了，舉起粉筆寫了起來。愛因斯坦朝霍姆沃克看了一眼，只見霍姆沃克正襟危坐，眼睛看著黑板，只是他眼神迷離，恍惚而無神。愛因斯坦知道，六年級數學書上的內容對霍姆沃克來說已經如同天書一般了，但是他又不能不聽，或者說得難聽一點，不得不「裝作在聽」，以免比特的拳腳加在他的頭上。

講完方叢後，比特把粉筆放進粉筆盒，煞是關心地問道：「大家六年級下半冊的數學書準

備好了沒有？」講臺下除了霍姆沃克和瑪塔沒有舉手，其他同學都舉起了手。

「我們這學期還要學一部分六年級下冊數學書上的內容。我們爭取提早進入畢業考複習階段，所以大家一定要提前把數學書準備好……」說完，比特抱起《口算訓練》，走出了教室。

愛因斯坦看了一下數學書上的內容，裡面的內容已經學到最後幾頁了，而離上半學期的期末考還有兩個月多一點的時間。為什麼課要上得那麼快呢？課上得快，意味著更多的作業，更少的自由活動時間和休息時間。比特老師說最後一個月還要準備好下半學期的數學書，得在上半期最後一個月上兩個單元下半期的內容……

很快雅安娜老師走進了教室。「上次說好的今天中午要聽寫，我特意沒有佈置其他作業。大家聽寫應該準備好了吧！」

「沒有！」孩子們一面異口同聲地回答，一面把手上正在訂正的《數學方叢》收了進去，拿出了英語書，翻到了課後單詞部分……

雅安娜的臉立刻陰沉了下來，破口斥責道：「就那麼十五個英語單詞，你們居然說還沒有準備過，剛才那麼多時間究竟在幹什麼？都在玩呀！都給我把英語書拿出來，準備一下！」

正在這時，斯戈爾也走了進來，看到了這一幕。雅安娜說道：「斯戈爾老師啊，我中午沒有佈置作業，只想讓他們準備一下書上簡簡單單的十五個聽寫的單詞，沒想到那麼久了都還沒有準備好，真是氣死人啊！」孩子們對雅安娜大發脾氣已經見怪不怪，自從六年級的時候開始，愛因斯坦發現，雅安娜老師不再是原來那個和藹可親，鼓勵同學們的老師了。雅安娜老師突然變得凶巴巴的不近人情，要是同學們做出一丁點兒超出她預期的事情，她會氣急敗壞地破口斥責。

斯戈爾皺了皺眉頭，厲聲說道：「看你們都把雅安娜老師氣成什麼樣了，不抓緊寫作業，就知道玩！」

「沒有玩呀！」納伊弗在座位上自顧自地說了一句，周圍的同學向她看了一眼。她說的正是同學們的心聲，中午回到教室，同學們都是先做了比特老師佈置的口算訓練，再抄寫黑板上雅安娜老師寫的，密密麻麻的筆記，壓根就沒有人玩。可是，當納伊弗看到老師正瞪著她看的時候，也低下了頭，不再講話。

斯戈爾看了一下，對著講臺下的同學搖了搖頭，接著，對珊迪說道：「珊迪，等你們英語聽寫完了以後，再過來叫我。」說罷，匆匆地，頭也不回地走出了教室。

「快把小聽寫本拿出來，我們聽寫開始了。」雅安娜一聲令下，許多孩子都從書包裡面翻找起來，只有少數幾位女生把早已準備好的聽寫本拿了出來。不知怎麼的，愛因斯坦努力地翻找自己的英語聽寫本，卻怎麼也找不到。也許是書包裡面書太多了吧，一本本的，得語、英語、數學教科書，練習叢書，得語基礎知識大全，英語基礎知識大全，六年級經典試卷，還有一塊比磚頭厚重四倍的《泊林得語詞典》，大小磚頭似的書本互相擠壓，中間又壓著一本又一本小的得語練習本，有的是用來做筆記的，有的是用來抄寫單詞的，有的是用來抄寫課文的，還有的是用來聽寫默寫的，裡面就是沒有英語聽寫本……愛因斯坦又從抽屜裡面的一堆得語、數學和英語各科的練習紙裡面去尋找英語聽寫本，但是抽屜裡面的試卷猶如一疊白花花的、雜亂無章的垃圾，怎麼找？

「stand up」，雅安娜報下了第一個單詞。愛因斯坦有些慌了，他急中生智，從書包裡面找出了一本得語練習本，也沒看它是什麼用途的本子，就直接把它拿了出來，並選擇其中最後一頁，撕了下來。他把這張撕下來的紙放在了桌子上面，寫下了「stand up」……

好不容易等到聽寫完，愛因斯坦把這張紙當作自己的聽寫交了上去。雅安娜見了，問道：「愛因斯坦，你的聽寫本呢？」

「我……我……聽寫本找不到了。」愛因斯坦一臉尷尬。

「再好好找找，不行再買一本。」雅安娜

又接著清點了一下上交的英語聽寫本，確認無誤，便朝著門口走去。

「你們上面的筆記都抄好了沒有？」雅安娜指著黑板上面密密麻麻的筆記問道。

「沒有。」幾位膽子比較大的同學做出了否定的回答。

「什麼，沒有！」雅安娜看了一眼手錶上面的時間，已經十二點二十分了，再過二十分鐘就要上下午第一堂課了。雅安娜非常生氣：「中午那麼多時間你們都用在哪裡了？趕快給我抄好。」說完，雅安娜急匆匆地走出了教室。

前腳雅安娜剛剛走出，後腳珊迪就跑了出去。不一會兒，珊迪又跑了回來。接著，斯戈爾又來到了教室裡面。這時，值週檢查的小孩子也走了過來，朝教室裡面望了一下，接著，她們向斯戈爾敬了個禮，問道：「老師，可以檢查了嗎？」愛因斯坦認得她們，她們是六年一班的班長和紀律委員，這週輪到他她們班值週。

斯戈爾見了，不解地問道：「你們這麼晚才來檢查啊。」檢查的孩子解釋道：「剛才凱內老師一直在講作業，我們沒有時間來檢查。」斯戈爾望了一眼只剩下一半英語筆記的黑板，如果不把黑板擦乾淨，就會被扣分。斯戈爾向孩子們問道：「那麼久了，筆記應該都抄好了吧！」

「抄好了。」丹娜和納伊弗幾個女生很肯定地回答道。

「全部擦掉！」斯戈爾下了令，接著，又以一種勸說的口吻，告訴兩位值週同學不要因為黑板上面的筆記扣他們班的分數。兩位同學檢查完衛生以後，便走了出去。

斯戈爾叫孩子們把得語作業本和得語方法叢書拿了出來，接著，又叫值日生把黑板上面的筆記通通擦掉。斯戈爾終於如願以償地講起作業來了，但是斯戈爾臉上並不開心，講作業的時間僅僅剩下十五分鐘，根本不夠斯戈爾講的。

果然，作業本最後一題還沒有講完，上課鈴聲就響起來了。斯戈爾一邊嘴上仍然不停地講解題目，一邊端著作業本走到了貼著課表的公告欄旁邊。

「珊迪，你跑去跟傑森老師說一下，就說下午第一堂課我要了，他不用上來了。」斯戈爾看了一眼課表，發現下一堂課是體育課，面無表情地對珊迪說道，好像把下午第一堂課「要了」是十分稀鬆平常的事情。

「什麼，體育課不上了……這是占課……這是占課……」看到自己最心愛的體育課被斯戈爾老師「要走了」，迪克一百個不甘心，坐在位置上面小聲地說道。

「隨便改課、占課，要告領導去！」帕斯達特也在座位上捏緊了拳頭瞎起哄。

斯戈爾臉上突然青筋暴起，「迪克和帕斯達特給我站著！都已經六年級了每天還想著體育課體育課的，學習成績不要了是吧！不想學了，不想考試了是吧！那給我回家呀！給我滾回家去，別在學校裡面給我丟人現眼了……」

斯戈爾稍微緩了口氣，繼續罵道：「老師占課就是不對，老師占課就是不對嗎？有種你去告啊，告到領導那裡，看看領導究竟是幫你還是幫我？也不看看現在什麼時候了，都六年級了，都快畢業了，學習的一點自覺心都沒有的……」斯戈爾又叫罵了一陣，接著又說：「帕斯達特、迪克，看看你們五年級的期末成績，考得很好嗎？我告訴你，你們的成績跟班裡一些好的同學的成績沒法比……」

帕斯達特也許聽得有些煩了，他用右手托住下巴，頭一歪，側著身子伏在了桌子上面。

「帕斯達特，給我站直了！」斯戈爾厲聲說道。

帕斯達特直起身來，又用左手托住下巴，側著身子伏在了桌面上。課堂下面傳出同學們的訕笑聲。

斯戈爾的牙齒氣得「咯咯」響，感到兩隻眼睛快要噴出火來……只是過了一會兒，斯戈爾的臉上露出了一種很累了，似乎不想再管帕斯達特了的表情。愛因斯坦和其他同學們心裡都清楚，兩年前，斯戈爾就曾經當著全班的面對帕斯

達特說道：「我不想再管你了，只要你不惹什麼事，不妨礙課堂和學校的秩序，你想不想學就隨你！」帕斯達特表面答應，這兩年裡，還是一次又一次地挑戰妨礙老師講課，以此取樂。

斯戈爾累了，真的是累了。然而，他又轉身走到講臺前，一板一眼地講了起來……

愛因斯坦並不知道，他們的成績，對於老師們來說意味著什麼，用得著老師們紛紛出動，急切地給他們佈置大量的作業，無孔不入地佔用各種時間，弄得孩子們人心惶惶，弄得老師們精疲力竭。老師們總是說：「這是為你們好……」可是，愛因斯坦連一點快樂都感受不到，又怎麼能說，這是為愛因斯坦好呢？

愛因斯坦恨不得立刻扔下書本，逃離這個牢籠……

問題學生愛因斯坦

「愛因斯坦！」在寬敞明亮的辦公室裡面，斯戈爾鐵青著臉，望著愛因斯坦。他的左手上舉著《得語方法指導叢書》，《得語方法指導叢書》上面的封面已經破破爛爛的了，不用說，這是愛因斯坦的；他的右手握著一支紅筆，紅筆上的筆尖在陽光映射下閃著奪目的光。愛因斯坦低著頭，他絨毛般的頭髮，都快把他的眼睛給遮住了。

「你怎麼做的作業！」斯戈爾厲聲呵斥，「你來看看，你究竟做了一些什麼啊！」

愛因斯坦抬起了頭，看到《得語方法指導叢書》上面，盡是大大小小的叉叉，最後一題作業旁邊，有一個大大的「問號」，「問號」旁邊的實線上面，愛因斯坦一個字都沒有寫。那是一道「小練筆」，要求孩子寫一則他和爸爸媽媽之間的對話，其他孩子寫得滿滿的，愛因斯坦卻沒有寫。愛因斯坦知道，這個作業是他今天早上的時候，在街口小路邊的小巷裡面做的。昨天放學回家後，愛因斯坦在街邊電子遊戲廳玩了兩小時電子遊戲。回家後，吃完晚飯，愛因斯坦一直在家裡面看電視，看到晚上九點睡覺。第二天六點上學時，他躲在一個小巷子裡補作業，他花了大量的精力把數學作業給做好了，至於得語作業和英語作業，他僅僅亂塗亂寫了一下，就完事了。他哪裡有那麼多的心思和力量，把小練筆上的內容寫完整。

愛因斯坦看著方叢上面的作業，嘴裡沒有吐出一個字，只是靜默地站著。不管斯戈爾怎麼說他，怎麼罵他，只要他一個勁地默不作聲，等到斯戈爾罵痛快了，最後只能放了他，壓根就不能對他怎麼樣。斯戈爾從來不肯「體罰」學生，就算是要「懲戒」學生，也只是把學生拉到門後偏僻的角落，使勁地捏一下手臂，再憤怒地「瞪幾眼」，就再也使不出其他「絕招」了。這樣的老師，又有什麼好怕的？

「難道你連這一道題目都不會做嗎？」斯戈爾指著《方法指導叢書》上面的其中一道題目說道。只見那道題目寫著：

俾士麥想：「兒子活著的時候不能相見，就讓我見見遺體吧！」然而，俾士麥又像是自我安慰地說道：「戰爭總是要死人的，普奧戰場上有多少優秀的兒女失去了性命，他們難道就不想見見自己孩子的遺體嗎？就不要把他的屍體找回來吧！」

1. 這段話哪些詞語用得很好？體現了偉人俾士麥什麼樣的偉大的品質？

愛因斯坦低著頭，腦子裡剛開始一片空白，突然，他的腦子裡面似乎響起了一陣嘲笑。偉人俾士麥腦子裡想的是什麼東西，我怎麼會知道？俾士麥腦子裡面在想什麼，作者又是怎麼知道的，難道作者的腦子的電波跟俾士麥的腦子裡的電波是連接在一起的嗎？愛因斯坦並沒有說出來，只是在心裡面，盡情地嘲笑這個愚蠢的語段和愚蠢的題目。

「你真的不知道嗎？那就給我快點把得語

書給我拿出來吧！」斯戈爾一聲令下，愛因斯坦走出了辦公室，不一會兒，他拿著德語書，在門口喊了一聲報告，走了進來。

這時，斯戈爾正板著臉，訓斥霍姆沃克：「你說看，你的得語練習的答案是不是從艾米那裡抄過來的！」霍姆沃克斜著眼睛，不敢正視斯戈爾，只望著斯戈爾手上的那張十六K紙的兩面練習發呆。

「我沒有抄……」霍姆沃克還想狡辯。

「沒有抄，那你看看你的造句，媽媽不假思索地對我說，『艾米，你要好好學習，將來報效祖國』，你還有一個名字叫『艾米』？」斯戈爾說這句話的時候，差點也笑了出來，但他很快用一種嚴肅的表情代替了。

「噗嗤」，「呵呵」，「哈哈」……辦公室裡面的老師都笑了起來，冬日的沉悶似乎被打破了，快樂的氣氛把辦公室裡面的環境變得更加敞亮了。

「你這麼愛抄是吧！那我就讓你抄個夠！」斯戈爾舉起霍姆沃克的練習，對折撕開，「嘩啦」，「嘩啦」手和紙在陽光下翻舞飛騰，僅僅用了幾秒鐘的時間，一張雪白的練習，已經變成了一團紙。斯戈爾毫不客氣地把這一團紙扔進了他辦公桌邊的翻蓋垃圾桶。接著，斯戈爾又給了霍姆沃克一張雪白的A4紙。

「去，把題目給我抄好，練習同學那裡自己去借！抄好後，再給我來辦公室裡做。」

在斯戈爾的怒視下，霍姆沃克灰溜溜地走出了辦公室，接著，奔跑著，離開了辦公室外面的走廊。

接著，斯戈爾把注意力放在了愛因斯坦身上。

「你把得語書拿來了嗎？」

愛因斯坦把得語書遞給了斯戈爾。斯戈爾翻開愛因斯坦的六年級上冊得語書，翻到二十六課，書頁上面印著一副畫像，畫的是偉大領袖俾士麥正穿著筆挺的軍裝，雙目炯炯，眼神嚴肅，高大偉岸的形象毫無疑問屹立不倒，只可惜，畫像的身邊圍繞著一圈又一圈渺小的字母，不用說，這些都是課文裡面的內容：在俾士麥的頭頂左上方，畫著一顆奪目的太陽，太陽旁邊赫然寫著題目的標題：青山處處埋忠骨。令人可惜的是，標題的旁邊，愛因斯坦卻用難看的字跡，做了「課文主要內容」的筆記：課文主要講了偉大領袖，得意志宰相俾士麥的兒子艾恩在不幸戰死奧代利戰場，屍體卻找不到了。衛兵請求宰相俾士麥破格把艾恩的屍體找回來葬在家鄉，俾士麥卻沒有花費時間尋找艾恩，還提筆寫下了詩句：「青山處處埋忠骨，何須馬革裹屍還」的詩句……

斯戈爾並沒有把注意力放在太陽和俾士麥身上，而是直接去看題目所在語段的內容，只見題目的語句夾縫中，生存著一個個愛因斯坦用細小的筆觸寫下的，一個個歪歪扭扭的字母……愛因斯坦果然是做了筆記的，只是他的字既細小，又歪七八扭，在夾縫中難以辨認。

「果然是做了筆記的，你寫的究竟是什麼呀！」斯戈爾皺著眉頭問道，語氣中還有一些嘲諷的意思。

愛因斯坦歪著頭，盡力去辨別那一串又一串夾縫中的字母，可是這些字母太小了，太雜亂了，連他自己都辨別不清楚。

「我不知道……」話音剛落，辦公室裡響起一陣稀稀疏疏的笑聲。愛因斯坦覺得，由於他的「愚蠢」表現，辦公室裡的老師心裡樂開了花。

斯戈爾不禁也樂了：「愛因斯坦啊，叫我說你什麼好呢？自己抄的字，自己都不認得！字啦以後啦一筆一劃要寫得好些！」斯戈爾的話既像是嘲笑，又像是苦口婆心地勸告，連愛因斯坦也分辨不出到底是什麼含義。

「可是，課堂上抄寫筆記的時間實在是太少了呀！還沒抄完，就被老師換上了新的筆記。我不抄得快點，字難看點，抄不下來。」如果是以前的納依弗，她肯定會這麼說。不過，愛因斯坦可不像納依弗那麼蠢，如果抱怨課堂上面抄些

筆記的時間那麼少，斯戈爾肯定會說：「為什麼其他同學都來得及抄，你就來不及抄筆記」，斯戈爾可能還會說，「既然你課堂上面不會抄筆記，那麼課後就讓你抄個夠！」然後，讓愛因斯坦把這課做了的筆記罰抄十遍、二十遍、三十遍……在老師面前，還是不要亂說話的好。

愛因斯坦只是點了點頭，作出小學生應該擁有的「虛心聽講」的態度。斯戈爾見了，也就說不了什麼了。

斯戈爾心裡也清楚愛因斯坦改不到哪裡去，但也無計可施，從身旁堆著的一堆已批改完的《得語方法叢書》裡面拿出了一本艾米的，遞給了愛因斯坦：「愛因斯坦，給我端端正正地把答案抄進去。去教室給我抄好再一起拿過來……」

愛因斯坦接過兩本《方法指導叢書》，走了出去……

「真是不省心的孩子……」斯戈爾搖搖頭，一副無可奈何的樣子，「居然連自己抄的字都認不出來……」

同辦公室的凱內老師笑道：「這樣的小孩子現在都比較多的啦！我還見過更加奇葩的哪……」凱內老師為了活躍辦公室內的氣氛，開始繪聲繪色地講了起來。

「以前我帶二年級的時候，曾經教過一個學生，我用手指點著練習紙上的那一個單詞讓他跟我讀……我讀了五遍，他也讀了五遍。讀完後，我問他，『這個單詞讀什麼』，他讀出來了。這時，辦公室門口又有一位孩子進來了，喊了一聲『報告』。認讀詞語的那個孩子，看了一下門口。我對他說，集中注意力，再讀讀看，他說，『我忘記這個單詞怎麼讀了』……呵呵呵……」凱內老師講故事的時候，停下了手中的任何工作，盡情地表演著，甚至把那個孩子的動作和表情，乃至說話的腔調，都表演出來了，真是精彩極了！辦公室的老師們，看到凱內老師的講述，不由得都樂了，心裡也都佩服起凱內老師來了。

「呵呵，花了那麼長時間，其實什麼都沒有學到！」坐在一旁不停地批數學課堂作業本的比特老師，喝了一口水，也忍不住吐槽了一下，吐槽好以後，繼續握起紅筆，又陷入到忙碌的批改當中來了。

「所以說，有時候，雖然我們教了很多，事實上做的都是無用功……」斯戈爾一臉悵惘地說道，眼神中滿是空虛和落寞。

「不僅如此，我們教的哪些東西是有用的啊！」比利忍不住插了嘴。他的桌前是一疊又一疊的資料，是學校裡面上到領導，下到每位老師乃至學校保安和燒飯阿姨的身份資料。自從升任了學校的副教導，他手上的「活兒」比以前多了不少。如今，他不僅要備課、上課、批改作業，還要幫助領導整理學校的資料，等到傍晚的時候，他必須把它們送到教育局去。即便如此的忙，他還是忍不住打開了話匣子。

「五年級裡有一篇文章，叫《安靜與蝴蝶》。有關這篇課文的詞語用法乃至整篇文章的結構內容考到的很多。於是，有的人把這篇文章的閱讀理解題印了下來，叫這篇文章的作者去做。作者看到了，一下蒙了，一題都不會做！有人問他，『這篇文章是你寫的，自己文章的題目你都不會做啊』，作者說，『誰寫作的時候腦子裡想那麼多啊！』……呵呵……」比利老師笑了幾聲，繼續埋頭整理起他的資料來。

「所以說，我們是在用教書呆子的教法教孩子，最後教出來的，也只能是一個個書呆子……」凱內老師對這段談話做了精闢的總結，接著，他翻開了得語書，繼續備他的課。辦公室裡又陷入了一片安靜當中。

「愛因斯坦數學怎麼樣啊！」斯戈爾突然問比特。

「愛因斯坦啊，他的數學馬馬虎虎還算過得去，期末考九十上下的樣子，只是字跡有些潦草。」

「他的得語究竟是怎麼回事啊，一點也不

省心！」斯戈爾手上捏著剛剛批改完的抄寫本，手在微微顫動，鼻子裡面也喘著粗氣。愛因斯坦的得語抄寫本，要求是把第八單元得語課文的背誦部分抄一遍。愛因斯坦抄了，不過字跡全都是歪歪扭扭，中間還漏了兩個比較短的自然段。一定是他認為斯戈爾批改作業太忙了，在密密麻麻的抄寫段落中，少抄幾段話，老師也檢查不出他在「偷工減料」了。

「小聰明都用在這種地方了……」斯戈爾皺著眉頭，臉上似乎也多了幾分皺紋。他把愛因斯坦耍的「小聰明」，說給了辦公室裡面的同事聽。

沒想到辦公室裡面的老師大多見怪不怪。「這樣的事情多了個去了……」凱內老師已經從教三十多年了，他非常犀利地說道，「如果你都要為這種小事情生氣，那生氣的事情就太多了。」

「你看看他寫的字！」斯戈爾把愛因斯坦「塗」在聽寫本上面的字跡給凱內老師一晾，幾乎同時，凱內老師也伸長了脖頸往斯戈爾手上的「抄寫本」那裡一探，愛因斯坦抄寫本上面的字亂七八糟，難以辨認……凱內老師微笑著搖了搖頭，繼續「備」自己的課。

也不知過了多久，下課鈴響了起來，雅安娜老師拿著一支紅筆和她的英語書走了進來。現在已經是下午第二節課。雅安娜老師才出現在辦公室裡。從早上開始到下午，除了吃中飯的時候和午自習的時候老師們見過她的面，辦公室裡老師們就沒有見過雅安娜老師的身影。現在，辦公室裡的老師們才意識到，原來，今天雅安娜才剛剛出現在辦公室裡面……她一定是在六年級教室旁邊的音樂教室裡面！自從期末來臨的時候，所有學校內的音樂老師，把音樂測試都放在期末前幾個星期測試掉了，剩下的時間，音樂課要麼由音樂老師監管孩子們複習得語、數學和英語三門功課的內容，要麼由得語、數學和英語三門功課的老師「拿走」，很少有班級去音樂教室上音樂課。雅安娜為了方便管理她教的三個班級，索性把她的辦公室遷移到了音樂教室，在那裡備課，批改作業，監督背課文、補作業、訂正……等到她出現在四樓辦公室裡面的時候，她的活應該已經忙完了。

「雅安娜老師，我們班愛因斯坦他最近英語的學習情況怎麼樣啊？」斯戈爾問道。

「愛因斯坦啊……你們班愛因斯坦作業不肯認真做，每天都有小組長把他的名字記上來的。他的英語抄寫本已經很久沒交了。他說找不到了。我說你找不到了就去買一本。他說好的，結果買一直沒有買過來，真是氣死人了。還有……」雅安娜皺著眉頭，把他的「罪證」一條條地羅列了出來。

「我昨天還告誡他，作業一定要做，再不做，我告訴校長把你從學校裡面開除出去……他答應了，結果今天早上來的時候，他的作業還是沒有完成，你說氣不氣人啊！」

斯戈爾聽了，似乎是找到了有共同語言的人，連忙把他肚子裡的「苦水」倒了出來：「是啊，他的得語作業也是馬馬虎虎，亂七八糟的。我打電話已經聯繫了好幾次他的家長，跟他們說，現在很快就是期末考了，再過一個學期就是畢業考了，你們做家長的走點心，監督一下自己孩子的作業。你猜他的家長怎麼說，他們說，『太忙了，管不過來』，你聽聽，這什麼話嘛！」

「所以說，每個問題孩子的背後，都有一個弄不靈清的家長。孩子的學習和作業從來都不管的，那怎麼能出成績啊！」說完，凱內老師抱起一疊聽寫本和一本得語書，走了出去，看來，他要趁著下課十分鐘時間，聽寫幾個得語單詞。

比利老師在辦公桌前舒了一口氣，他的材料看樣子是整理完了。他站起身，伸了個懶腰，說道：「這樣的學生，管他作什麼？如果我的班級裡面有這樣的學生，我早就『放棄』他了。爹媽都不關心一下，也能學好？」接著比利抱起了他桌上的幾疊文件，走出了辦公室。

斯戈爾批完了作業，拿起他身邊的得語

書，準備在課文裡面劃出一些聽寫的單詞，打算第四節短課的時候，去報一下聽寫。當他拿到「得語書」的時候，就感覺到一絲不對勁——這不是我的得語書。老師的得語書，怎麼會這樣，又髒又臭，書皮皺了，翹起了書角，書裡面的紙，好幾頁，快掉下來了，顯得又皺又髒，在其中一頁，還有一滴醬油的污漬……

這是愛因斯坦的得語書！斯戈爾看到第二頁書上面歪歪扭扭寫著愛因斯坦，頓時明白了。愛因斯坦這個孩子呀，剛才訂正的時候，居然把得語書忘在辦公室裡面了。

斯戈爾從辦公桌的抽屜裡面拿出了一卷雙面膠，撕了幾條下來，粘貼修補書頁不是他的強項，需要粘貼得非常仔細，才能保證書頁不會被貼歪。一條膠貼好了，他伏下頭，仔細地用指甲在壞掉的書頁間刮啊，刮啊，刮啊……刮好後，他翻了幾下書頁，確認沒有貼歪，他又放上了第二條膠……

這時，愛因斯坦喊了一聲「報告」，拿著兩本《得語方法叢書》走了進來。斯戈爾看了他一眼。愛因斯坦把他的那本《得語方法叢書》翻了開來，只見那道題目上面寫著：

課文中用的好的詞有：像是自我安慰似的、總要、難道。

這些詞既體現了俾士麥作為一個人，失去愛子後非常痛苦的常人心態，也體現了作為偉大的得意志帝國宰相，超人的胸懷，令人肅然起敬。

其他題目也都已經訂正，或者確切地說已經抄寫完畢。

「字比家裡寫的好了很多嘛！」斯戈爾說道，「只要認真寫總會有進步的。以後在家裡要好好做，好好練字，知道嗎？」

愛因斯坦點了點頭。

斯戈爾又把愛因斯坦得語書上翹起的書頁翻平，再用力壓平。

「《得語書》以後不要忘在辦公室裡面了。」斯戈爾說道，「還有，明天得語作業也好，不管什麼作業也好，都要保質保量地完成，知道了吧！」

愛因斯坦又是點了點頭。

雅安娜老師見了，也不由地笑道：「愛因斯坦，斯戈爾老師的話一定要認真地聽，作業一定要保質保量的完成。你還欠我很多英語作業呢！打算什麼時候還啊？」

愛因斯坦聽了雅安娜老師的話，不由得一哆嗦，往後退了小小的一步。他欠下的英語作業可多了，光是《英語抄寫本》，他就欠下了大半本。《英語抄寫本》被他拋棄在家裡面，只做了三頁的作業，剩下的作業，他一字沒有寫。雅安娜老師問起，他總是說，「我的英語作業找不到了」。雅安娜老師叫他去買一本，他一直拖拖拖，從學期初拖到了期末。還有零零碎碎的抄寫、背誦、作業、聽寫和練習……不可勝數。愛因斯坦哪裡補得完？

忽然，愛因斯坦又像是鼓起勇氣似的站穩了。我作業不做，你們能奈我何？你不能體罰我，也不能變相體罰我，罵我也好，隨你，讓我抄作業，我不抄你們能怎麼辦？愛因斯坦頓時覺得沒有一絲好害怕的了。

叮鈴鈴，鈴聲響了。「好了，你先回教室吧！」斯戈爾幫他把得語書翹起的書角壓平了，又把他訂正的作業批好了。他將得語書和方叢疊在了一起，遞給了愛因斯坦。

愛因斯坦慢慢走出了辦公室，在斯戈爾的目送下，刺溜一下，逃離了老師們的視線。

「真是個不省心的孩子！」斯戈爾歎了一口氣，「我們班的問題學生現在越來越多了啊！」學習上有瑪塔、維塔、帕斯達特、霍姆沃克、愛因斯坦、洛珈、福爾，雪麗；品行上有科比、帕斯達特，還有迷戀上電子遊戲廳遊戲，不肯做作業的賽克與丘比。斯戈爾焦慮了一會兒，對了，他忽然想了起來，福爾的轉學證明在寄過來的途中弄丟了，不能把學籍轉入伊斯特小學，在學校裡面只能算是個「黑戶」，無法參加期末考試。於是，他把福爾從問題學生的排行榜上面

劃掉了。但是他的心裡沒有多少安慰，他仍然要面對那麼多的問題學生，畢業考的時候，該怎麼跟其他班級比啊……

各種孩子逃避作業的方式

六年級下半期，孩子們的作業越來越多。孩子們苦不堪言。大多數同學都忍氣吞聲地應付老師佈置的一項又一項作業，而少數同學，可不像其他同學那樣「端正」，直接舉起了反抗的「大旗」。

帕斯達特是第一個向老師要求「特殊對待」的學生。他在五年級的時候，直接向斯戈爾老師說，「我爸說，我來學校上學，只是為了讓老師『帶一下』而已，至於學習，你們都不用管我的。」那天，斯戈爾只是瞪了帕斯達特一眼，然後搖搖頭走開了。到了後來，斯戈爾和帕斯達特像是互相有了默契一般，一個不問一個的作業，另一個也不再向那一個要作業。等到六年級發試卷的時候，如果遇到印出來的試卷不夠，斯戈爾首先把不參加畢業考試的福爾同學的試卷勻給沒有試卷的同學，如果還差一張，斯戈爾就把帕斯達特的試卷勻給沒有發到試卷的同學。反正給了他，他也不會做，那給他又有什麼用，難道這不是浪費資源嗎？斯戈爾對他的要求，僅僅是不惹什麼禍就可以了。帕斯達特倒也樂得輕鬆，整天在教室裡呼呼大睡，看來，他的生物鐘已經調到白天了。

科比似乎從他的好友帕斯達特裡學到了一些技巧，也開始不做作業了。剛開始，他只是不做得語作業，因為相比兇暴的比特老師和容易情緒失控的雅安娜老師，斯戈爾顯得「好欺負」一點。他除了捏住科比的手臂吹鬍子瞪眼地瞪他一會兒，或是打電話通知他的父母，沒有任何其他絕招。科比不怕斯戈爾告狀，他的父母只要他不惹什麼事，壓根不會關心他的學習。至於「捏手臂」，這種肉不痛皮不癢的「絕招」，科比在四年級的時候早就不把它放在眼裡了。斯戈爾開始時很震驚，要是科比的成績脫節起來，對五年二班來說是個不小的損失。但是，斯戈爾又有什麼辦法呢？他顧惜他的「飯碗」，決計是不會用打罵的方式對待科比的；成倍地罰抄作業，這也可以說是「變相體罰」，被查出來以後也是要丟工作的。他只要一會兒一個勁地罵，一會兒一個勁地勸。斯戈爾來時，科比點點頭，似乎表示認錯；斯戈爾走了以後，科比又像往常一樣，拿著空白的作業來到學校。第二天的時候，斯戈爾來到了教室，沒做作業的名單裡，科比又「上榜」了。斯戈爾只好搖搖頭，繼續罵，繼續勸……沒想到罵著罵著，竟然也習慣了，心安了，最後居然能夠接受了。後來，科比開始不做英語作業。他在雅安娜老師那裡，看到五年三班的幾位同學，居然能夠毫無悔意地在雅安娜老師那裡補前幾天的作業，他們雖然被情緒失控的雅安娜扯著嗓子罵，卻沒有受到任何懲罰。為什麼不試一試呢？科比試了一下，抄寫作業一個字都沒去寫。

果然，雅安娜老師見到了，只罵了他一頓，然後，雅安娜把他帶到辦公室裡面，讓他把作業補上。還沒等作業全都補上，比特又來叫他去聽數學的試題講解，然後又是斯戈爾講解題目，一來二去，到了傍晚作業愣是沒有補上。第二天，雅安娜也忘了，科比成功地逃避了作業。從此，科比開始明目張膽地不做英語作業了……

瑪塔、維塔和霍姆沃克三個傻子也不省心。他們從五六年級的時候開始，也踏上了逃避作業的「不歸路」。四年級的時候，斯戈爾就知道他們的腦瓜很笨，但是他沒有因此放棄他們，教他們還算耐心，不像格瑞德那樣動不動就發火。剛開始，瑪塔、維塔和霍姆沃克還算聽話，即使作業不會做，他們也絕對不會不做，即使不會做他們也會隨便塗一些字母上去。斯戈爾也沒有批評他們，並告訴他們，「努力了就會有所收穫」。可是後來，斯戈爾發現，他們也開始隔三差五地不做作業了。等到了六年級，書本上面的作業對於三位同學來說，已經成為「天書」一般

了，他們甚至懶得再為此寫一個字母。斯戈爾見到了，頂多罵他們一頓。再生氣，他也沒有任何辦法，誰叫他們的腦瓜笨，不開竅呢？

低年級時不愛做作業的洛珈，作業的情況好了很多，原因是洛珈的哥哥，「懶漢」羅西，去外地讀中學了。沒有了「壞榜樣」帶給她影響，她的作業端正了不少，兩個學期下來，沒能按時交作業的情況，只有兩次到三次。然而，到了六年級，洛珈又開始不做作業了。剛剛開始，她不做的作業是得語，逐漸延伸到英語。斯戈爾罵了她，捏了她手臂，聯繫了她在外地工作的父母和在本地工作的叔叔，也罰她抄了《小學生守則》十遍，可以說使盡了渾身解數，就是沒能讓她在家裡認認真真地做作業。「羅西家的人都懶到骨子裡去了！」數次管教無效後，斯戈爾得出了這個結論。雅安娜剛開始的時候斥責了洛珈幾句，又勸說洛珈，作為女生不能向那些「壞男孩子」學習。這種不痛不癢的招數，完全沒有任何效果。

雪麗則喜歡用空白的作業跟斯戈爾和父母玩「捉迷藏」。當斯戈爾問起雪麗的作業去哪裡了時，雪麗會毫不猶豫地回答，作業可能忘家裡了。斯戈爾皺著眉頭翻看起她的書包，發現雪麗的得語作業果真不在書包裡面。第一次，斯戈爾只好叫雪麗回家再找找看。可是一旦次數一多，作業「弄丟」的類型一多，斯戈爾不免懷疑，皺著眉頭通知她的父母找一找雪麗的作業。雪麗家是開烤鴨店的，他的父母生意雖忙，也不得不花很長時間，從亂糟糟的家裡面翻找雪麗的作業。終於，他們從放著兒時玩具的箱子裡面找到了雪麗壓箱底的作業。她爸爸把作業送到學校，斯戈爾一看，頓時氣得火冒三丈。三四天的作業，雪麗竟然一題都沒有做。他氣得又是批評又是把她暗處瞪著眼睛捏手臂，直到雪麗流下悔恨的淚水。他又花時間盯著雪麗把所有作業都補上。沒想到第二天，雪麗的得語作業又找不到了，這次，她的《得語作業本》和《得語方法指導叢書》確實像人間蒸發了一般，再也無法從任何箱子或是任何地方找到了。斯戈爾氣得暴跳如雷，嚴厲地對雪麗說，「找不到了就等於沒有做」，並叫她父母再去買一本。可是，雪麗的父母沒空去市區幫她買「作業本」和「方叢」，直到期末才給她補上……

丘比、賽克和萊西的作業，也令人擔憂。他們字跡雖然不咋樣，對待作業還算可以。可到了後來，他們迷戀上了中街新開的那家電子遊戲廳的遊戲。傍晚一放學，就跑到電子遊戲廳裡面買銅幣。買完銅幣，便坐在比電視還大的遊戲螢幕前，握著遊戲操縱桿玩了起來。久而久之，他們的心思從學習上面，轉移到了玩遊戲上。他們課間談論的，嘴上說的，都是遊戲裡面的術語。他們作業上面的字，越來越爛，從原本的龍飛鳳舞，變成了一堆堆難看的「小爬蟲」。數學倒還好，寫的差不多都是阿拉伯數字，字差一點，只要算對了，比特也不會說什麼。而他們的得語和英語作業，看起來都是「塗」上去的，字母在橫線上面歪歪扭扭、活蹦亂跳的，就像一個個隨音樂跳動的「小丑」。斯戈爾見了，差點把鼻子氣歪了。剛開始，斯戈爾鐵了心要讓他們重寫，凡是他認為寫得不好的字母、單詞，全部擦得乾乾淨淨的再寫上去；凡是他認為寫得難看的句子，統統讓他們擦掉重寫。丘比和萊西補上了昨天的作業，當天的學校作業就完不成了；當天的學校作業完不成了，老師們讓他們回家補完學校作業；學校的作業拿上來了，他們字寫得更差了！雅安娜老師仿佛看透了一切，沒有對他們採取任何措施，只要他們把作業做好了，她便安心了。至於那些亂七八糟的字母，她就是強忍著也要好好批下來，哪怕她遠視加近視的眼睛，需要花大力氣才能看清作業上的字母，究竟是什麼。

愛因斯坦也不讓老師省心，隔三差五地不做作業。斯戈爾打電話通知他的父母後，他會好一些，隔個幾天，又故態復萌。斯戈爾為免引起家長的反感，沒有一而再，再而三地催促他們。後來，他也迷戀上了街邊的電子遊戲，只要一放學，他就會去遊戲廳裡面玩，只要花上一馬克，

就可以買五個銅幣，玩好久。他最喜歡玩的是一款叫作《三國志》的電子遊戲，酷愛裡面的關羽騎著戰馬把敵人將領的人頭砍下來的場景。久而久之，愛因斯坦對學習就更沒有興趣了，作業本上面的字跡也越來越糟糕，這可苦壞了斯戈爾和雅安娜，每天只能對著愛因斯坦作業本上面潦草的字跡大發雷霆。

為了對付班級裡面這些糟糕的孩子，斯戈爾和雅安娜使盡了渾身解數。斯戈爾明確地告訴他們，如果誰再不做作業，體育課就不用上了。體育課的時間，他會把那些作業沒有做的同學叫到辦公室裡面，讓他們蹲在辦公室的臺階上，補作業。五年級的體質測試結束後，體育課又成了孩子們最喜愛的課程之一。剝奪體育課應該會讓他們很痛心吧！雅安娜老師見他們的體育課被斯戈爾「要走了」，她也宣佈，只要不做英語作業的孩子，都要在音樂課或是美術課來辦公室補作業。剛剛開始，部分孩子還非常擔心，但是，那些玩電子遊戲的孩子，心中只惦念著遊戲裡面的內容，一心想著什麼時候放學了，他就可以玩電子遊戲去了，他們已經對自己白天上的究竟是什麼課，毫不在意了。後來，由於斯戈爾、比特和雅安娜三位老師開始頻繁地佔用體育課、音樂課和美術課，再也不存在什麼多餘的體育、音樂和美術課了，這項制度可以說名存實亡了。

斯戈爾和雅安娜老師開始佔用放學回家的時間了。每逢放學鈴響後的幾分鐘，斯戈爾就會對班級裡面的同學說，凡是昨天回家作業還沒有補上的，或是課文沒有背出的，聽寫沒有訂正好的，或是學校作業沒有做好的，全都給我留下來，等作業做好後，再回家。等斯戈爾離開教室後，雅安娜老師也會走進教室，對班級裡的學生說，凡是昨天回家作業還沒有補上的，或是課文沒有背出的，聽寫沒有訂正好的，或是學校作業沒有做好的，全都給我留下來，等作業做好後，再回家。兩位老師說的話簡直一模一樣！再看看需要被斯戈爾留下來的孩子，其實就是那些需要被雅安娜老師留下來的孩子。於是，他們在傍晚，或是帶著凳子出現在斯戈爾老師的辦公室裡面，或是帶著凳子出現在雅安娜老師的新辦公室——一間很少用到的音樂教室裡。反正，他們是不可能同時出現在兩位老師的辦公室裡面。

到後來，斯戈爾也分不清，那些沒有來他辦公室的孩子，究竟是被雅安娜老師留下來了，還是逃走了。直到丹娜或者珊迪過來告狀：「老師，科比、丘比和萊西逃走了。」他才恍然大悟。斯戈爾剛開始遇到這種情況，很生氣，非打個電話向他們的家長告狀不可。然而，斯戈爾拿出手機，才明白自己得從密密麻麻的試卷堆下面，把家長電話記錄本給找出來，要是把試卷搞亂了，還得自己整理一下。「好了，我知道了。明天老師會批評他們的。」斯戈爾輕描淡寫一句，第二天就不了了之了。雅安娜老師風裡來，雨裡去那麼多年了，自然不把這樣的事情放在心上。她在四年級的時候就跟斯戈爾說過，六年級的時候，會有學生在留晚學的時候逃掉，一切都不出雅安娜老師的預料。「自己不要好，我又有什麼辦法！」雅安娜輕描淡寫的一句話，竟也不追究了。後來，「逃晚學」的孩子越來越多，放晚學後的時間也開始被老師佔用來講練習了。留晚學的制度也開始不起作用了。

就這樣，逃避作業的孩子越來越多，「後進生」所積壓的作業也越來越多。畢業考的陰雲，就這樣，深深地籠罩著整個班級。

尋找「失蹤」的孩子

辦公室裡面，斯戈爾處理完幾個熊孩子的作業，已經是下午四點四十分。他在辦公室裡面喝了一口茶，用圓形的螺旋紋蓋封住了保溫杯子。接著，他把外面的大衣披在身上了，走出了辦公室，隨手把門鎖上了。他沒有帶公事包，已經是畢業考複習階段，他不需要把什麼得語書和備課資料放在公事包裡面拎回家去了。現在，他需要做的只是，每天批完如山丘般的《得語畢業

考複習資料》和《得語試卷》，講解過，讓孩子訂正過，就完事了。他不需要備課，也不需要準備這樣那樣亂七八糟的活動，活兒雖然沒多少輕鬆，至少每天做的事情沒有以前那樣混亂了。

斯戈爾回到了家，家裡妻子給已經給他做好了熱菜。桌上的蔬菜都是他的爺爺奶奶種的，不用擔心菜裡面有農藥殘留。他家吃的米飯是他表姐家種的，不用擔心米粒被拋光打蠟，吃了影響健康。在平時忙碌的生活中，難得傍晚閒暇。

過了一會兒，斯戈爾的父母也下班了。斯戈爾與父母妻子，圍在圓桌前，吃起了晚飯。

叮鈴鈴……叮鈴鈴……突然，一聲又一聲急促的手機鈴聲，把斯戈爾給驚到了。斯戈爾接起了電話，從電話那頭傳出了聲音：「請問是斯戈爾老師嗎？」一聽這個架勢，肯定是學生的家長打過來的。

「哎，是的，請問有什麼事？」斯戈爾飯剛剛吃到一半，就被家長的電話鈴打斷，心裡有點莫名其妙，不知道究竟發生了什麼事。

「我是簡的媽媽，簡到現在還沒有回家，請問能不能麻煩老師給學校的所有同學發個短信，幫忙找一下簡究竟去哪裡了？」電話那頭的語速雖然平緩，但也能聽出簡的媽媽很焦急。

「簡還沒有回家啊！」

「是的，麻煩老師幫我問問其他同學的家長看。」

「怎麼會？今天簡很早就回家了呀！怎麼會到現在還沒有回家呢？」斯戈爾心裡不由得暗自擔心起來。

「簡很早就放學回家了？」電話那頭問道。

「是的是的，好，我會發短消息詢問一下其他同學的家長的……」

「那麻煩斯戈爾老師了。」電話那頭掛掉了。

斯戈爾一看時間，都快六點半了。這個點兒，簡會去哪裡呢？簡難道是在同學家玩？斯戈爾很快就排除了這種可能。簡平時聰明伶俐，也比較乖，若是要去外面玩，她是不會不知會父母，獨自一個人去同學家玩的。這個時間正好是得國大多數家庭的飯點，簡在其他同學的家裡吃晚飯的可能性微乎其微。還有一種可能，簡沒有回家，而是在和其他同學一起在路上玩。都六點半了，天色都已經暗下來了，究竟是什麼東西，會讓簡在路上玩那麼久……斯戈爾又把這種可能排除掉了。

斯戈爾向班級裡面的家長群發了短消息，並在短消息後面注明了簡媽媽的電話號碼，便回到餐桌上繼續去吃飯。

妻子問道：「剛才究竟是什麼電話，是學生家長打來的嗎？」

斯戈爾說道：「是的啊。班級裡面的一個小孩子，到現在還沒有回家。」

「到現在還沒有回家？」斯戈爾的父親一聽，看了一下時間，也不禁皺起了眉頭。「男孩還是女孩啊？」

「女孩。」

斯戈爾的父親聽了，眉頭皺得更深了。斯戈爾也十分擔心。在這片得意志的土地上，小學女生遭遇不測的事情，新聞上經常會有報導。更何況簡已經是六年級的女生了，也長得比較清秀，萬一遇到什麼起不軌之心的歹徒，那該如何是好！

「你還是先去找學生的媽媽一起找找看吧！」斯戈爾的父親說道。

「飯菜等一下替你熱一下，你先去找找看。」妻子說道。

「那好吧！」斯戈爾放下了餐具，披上了大衣，轉身走向那無盡的夜色之中。

斯戈爾出了門，繞過了三、四個沒有路燈的小路，走向了街口。街口小路的路燈很昏暗，斯戈爾需要繼續向西走去，穿過長白大道，接著尋找紅原弄堂，沿著弄堂往裡走，就可以看到一幢貼著巧克力色牆磚的房子，那就是簡的家。這時，斯戈爾的手機鈴聲響了起來，是斯戈爾的同學速爾打來的。

育館裡面打籃球去嗎？」

「喂，斯戈爾。今天傍晚去你們學校的體育館裡面打籃球去嗎？」

「不了，今天我有事，不能來了，你們玩得開心點。」

「又怎麼啦？無趣不？畢業考複習太忙了嗎？我跟你說，你們學校也就是這最普通的本地人學校，又不是重點小學，畢業考考得好一點，差一點，又有什麼關係，對他們的人生又有多少影響呢？再說呢，準備複習的東西，批改作業也不差這個傍晚是吧！今天難得，就不要掃興了吧！」

「可是我真的有事情！」斯戈爾有點焦急了。他不想說他是去找班級裡面一個「失蹤的女生」的，免得鄰里之間傳得「沸沸揚揚」。

「好了，好了，那算了吧！真不知道你們當老師的，有什麼事情那麼忙？」速爾撂下了電話。

斯戈爾繼續往簡家走去，腦海裡卻一直不斷地浮現出簡的影子。在斯戈爾的印象當中，簡一直是一個活潑開朗的女孩，下課的時候嘻嘻哈哈樂個不停，平時跟許多女生都很要好，跟男生也玩得開，除了像科比和帕斯達特那樣的少數「壞孩子」是簡的「敵人」以外，跟其他同學的關係還算融洽，也有很多像丹娜、納伊弗那樣知心的朋友，她是不可能不知會家裡人一聲而去玩的。

從學校到簡家的夜路如此昏暗，如果她沒有走長白大道，走的是從學校到她家彎彎繞繞的小路，在小路上遇到什麼危險，可能都不會有路人看到。四年級、五年級的時候，斯戈爾不止一次看到過，簡從小路直接回家。她真的是從小路回家的嗎？

斯戈爾開始撥打簡媽媽的手機號碼，閃亮的手機螢幕，閃爍著「正在撥打」，嘟地一聲，嘟地一聲，手機不停地叫喚著，而手機的那頭卻沒有回應。鈴聲結束了，斯戈爾又撥打了一回，又沒有人接聽……斯戈爾又撥打了過去……

電話還沒有接通，斯戈爾已經走到了簡家

的院子裡。那幢紅色的房子下面，第一層的客廳燈火通明，四扇排成一字的玻璃門都是鎖著的。

斯戈爾在樓下喊了幾聲，沒人回應。簡的鄰居看到了，告訴他簡的媽媽出去了，簡的爸爸最近生意的應酬多，經常深夜才回來，有事，她可以幫忙轉述。

斯戈爾說了聲「謝謝，不用了」，便出了院子，出了弄堂。這時，斯戈爾的手機鈴聲響了起來，是簡媽媽打來的，「喂，斯戈爾老師，簡找到了，她在萬客隆超市裡。我問她怎麼啦？她卻什麼都不肯說。」

「好的，我知道了，我馬上就過來。」雖然簡找到了，但聽到簡媽媽說「簡什麼都不肯說」，心裡卻更加擔心了，難道簡真的遭到侵犯了？

斯戈爾來到了萬客隆超市門前，在超市的自動存儲櫃旁邊，簡正坐在石階上面，一言不發。在自動存儲櫃旁邊，雪白的電腦掃描紙，被存儲包裹的顧客扔得到處都是，簡的樣子，猶如一個仙子，坐在灑滿「花瓣」的石階上。而簡的媽媽，則站在一邊，焦急地望著她。

「老師好，辛苦了。」簡的媽媽看到老師來了，迎了上去。斯戈爾也向她的媽媽打了一下招呼。「簡到底是怎麼啦？」斯戈爾問道。「我也不知道這究竟是怎麼回事？」簡的媽媽一臉無辜地說道。

簡低著頭，愁眉苦臉地歎了一口氣，過了一會兒，眼眶裡竟流下了淚水。

「到底怎麼啦？有事為什麼不能和老師和媽媽說？」「有什麼事可以說出來，媽媽會為你做主的。」……簡經不起斯戈爾老師和母親的連番追問，嘴唇微動，眼淚「啪嗒」，「啪嗒」地落下來。她斷斷續續地說道：「我……我……數學沒有考好……試卷要簽名……可是試卷已經被老師撕爛了……」

事情總算真相大白，斯戈爾心裡舒了一口氣，謝天謝地，還好不是出了什麼「安全問題」。不然，要是讓校長知道，這年的安全績

效考核也通不過了。簡從書包裡面翻出了一片片已經被撕成碎片的數學試卷，依稀可以通過拼湊看到，這是一張有關圓錐和圓柱體積和表面積計算的試卷，上面滿是密密麻麻的應用題。那紅色的分數筆記，一個「六」，還有一個應該也是「六」，六十六分，在小學畢業考裡面只能算個及格，已經是很差的成績了。可以想像，原先聰明伶俐的簡只考了六十六分，比特老師該有多惱怒啊！

簡「嗚嗚」地傷心地哭個不停，淚水不斷地從臉上落下來，聲音仿佛快要「打嗚」了一般。「考差了，沒事的，勝敗乃兵家常事嘛！」簡的媽媽安慰道。斯戈爾也說道：「明天不懂的題目可以問老師，相信比特老師一定會耐心地給你講解的……」

在媽媽和老師的勸說下，簡把那一疊碎片試卷放進了書包裡面，再把書包給拉上了。簡背起書包。簡的媽媽非常感激地說道：「謝謝斯戈爾老師，麻煩您了。」

斯戈爾老師擺擺手說道：「這算不了什麼，孩子沒事我就放心了。」

斯戈爾和母女兩人揮手告別後，踏上了回家的路。城市化的夜空下，星辰暗淡無光，又有誰會知道，他在工作時間外，還關心了離家出走的孩子呢？這樣做並沒有使他加工資，也沒能讓他在績效考核的時候評「優」。他暗想，他所做的只不過是出自於他內心的良知罷了。

第二天，在辦公室，斯戈爾和老師們說起了這件事。「現在的小孩子，怎麼那麼脆弱啊！」斯戈爾感歎道。凱內老師說道：「還好沒出什麼事，不然麻煩可就大了。不過現在，小孩子是比以前脆弱很多了，以前，我們老師打呀、罵呀，這種事情多呢！沒聽說過哪一個孩子因此離家出走，玩失蹤的。現在，不要說孩子有玩失蹤的，連跳樓的在報紙上、電視上都有報導……」

比利老師說道：「哎呀！這種事情越報導，發生的就越多。他們現在的很多行為，都是從報紙、電視，甚至是電子遊戲裡面模仿過來的。以前，沒幾家人有電視，電視上也從不報導這類小孩子失蹤、自殺之類的事件，所以學校裡面發生得少。現在，傳媒多得要死，小孩子很容易從負面的新聞裡面，學到方法。」

凱內老師沉默了一會兒，繼續說道：「還有一點，現在小孩子的學習壓力確實比以前要大得多了，就拿得語來說吧！以前，小孩子學的文章都是比較簡短的，小孩子要求識記的單詞，也都是比較短的。現在，課文又長，單詞又長，考試的題目又難，老師沒法教，學生也沒法學。」

「哎呀，現在數學也不好教啊！」妮娜老師也出口抱怨道，「考試的時候，高年級的數學題，真的一般人做不來。特別是應用題，題目又難，出得又靈活，還隔三差五在裡面設計幾個小陷阱。我自己做試卷和練習上的題目時，不看答案，有時候真的要錯好幾題，更何況是小孩子呢！」

「減負啊減負都說了四年了。沒想到是越減越負！」凱內老師抱怨道。

比利老師說道：「你知道我們現在為什麼一些大學生只知道玩，都不愛思考研究嗎？那是因為兒童時代都像這樣，沒有好好地玩過。所以二十多歲該談戀愛結婚的年齡，他們玩，等到三十多歲的時候，才結婚……」

凱內老師吮了一口茶，「呵呵」一笑：「所以說，我們這種教育下面，教出來的人，都像『反季節蔬菜』一樣，是『反季節的人』……」

辦公室裡的老師，一邊批著試卷備著課，一邊熱火朝天地批判起那個「天殺」的教育體制來了。

畢業

雨季剛過，夏日的驕陽便開始不可一世地投下那毒辣的陽光。長白大道上，來來往往的是疾馳的車輛，跟愛因斯坦第一年級的時候相比，

多了很多。三四輛車並排開過，使得本身比較寬敞的長白大道，顯得有些擁擠。汽車開過後，留下一縷縷難聞的黑霧，令人難受。

這天，長白大道上有許多零零散散的，個子高高的六年級畢業的學生。他們沒有背書包，在小學，沉重的書包對他們來說已經算是過去時。最重要的畢業考試都已經結束了，還需要看書幹嘛？離中學開學前的那兩個月時間，他們只需要盡情地玩就可以了。他們有的在馬路上追逐打鬧；有的說說笑笑，聊得十分開心；有的男孩子甚至還一蹦一跳地去捉弄女生……「婊子的兒子，命都不要了啊……」不時從斑馬線旁傳來執勤交警的叫罵聲。

愛因斯坦也拎著一個空袋子，低著頭，耷拉著背，漫不經心地走在長白大道上面。如今，小學最重要的畢業考已經考好了，學校似乎也變得不像是令人討厭的地方了。不過，愛因斯坦腦子裡想的，不是學校的畢業典禮，而是怎麼在畢業典禮後，去中街的電子遊戲廳裡再多玩一會兒遊戲。那裡有很多遊戲令愛因斯坦念念不忘，特別是那款叫作「棒球小子」的遊戲，他想像著自己如何用「大絕招」闖過那個最難闖的第三關。

「愛因斯坦！」一個雄厚的聲音叫住了他。

愛因斯坦抬起頭一看，丘比戴著一副深黑色邊框的眼鏡，正從身後向他招手呢！一年前，丘比還是一個小個子，如今丘比的身材比以前高大了一些，嘴角邊開始出現鬍鬚。丘比的變化讓人有些驚奇。據老師說，這是早發育，是不好的，是一種病。早發育到底是什麼東西呢？發育又是什麼東西呢？

「等一下去電子遊戲廳打遊戲去嗎？」丘比微笑著望著他。

「去的，我們一起去玩棒球小子吧！你選老大，我選老二，我們一起把第三關給打出來。」

……

聊到遊戲，兩個人開始有數不清道不盡的

話。兩人一邊走，一邊聊，走到了學校對面的斑馬線，停止了討論。領他們過馬路的交警可是個暴脾氣，如果誰講空話，沒有好好服從指揮，他立刻會劈頭蓋臉地把那個孩子的父母祖宗給罵個遍。如果惹毛了他，他還會把學生名字記下來，告訴校長，讓校長在晨間集會的時候罵他一頓。班級裡面帕斯達特、科比和茜茜都領教過他的「厲害」。

「嗶！」一聲哨響，執勤交警叫停了來往的車輛，領著丘比、愛因斯坦和身後的幾個孩子過了斑馬線。丘比和愛因斯坦沒有說「謝謝」，他們趕緊跑了過去，萬一走慢了，還是要被交警罵一頓的。

過了「斑馬線」，愛因斯坦和丘比走向了學校的正大門。學校的正大門前的「伊斯特小學」這幾個詞在愛因斯坦眼裡已經變得模模糊糊，難以辨認了。愛因斯坦覺得自己可能有點近視了，不過，他也並不放在心上。小學畢業的放鬆感已經充斥著他的全身，他是不可能再認真去思考什麼問題的。

不過，愛因斯坦還是能夠感受到學校的巨大變化的。綠漆斑駁的鐵門早已換成了電子遙控拉門，學校圍牆的缺口都已經被堵上了，並在圍牆邊裝上了紅外線報警裝置。除了教室、廁所和辦公室以外，到處被裝上了電子監控攝像頭。與其說這是一所學校，更不如說，這是一所戒備森嚴的城堡。由於現代科技的進步和殺蟲劑的使用，學校裡面很少能看到螳螂、蟋蟀和各種各樣的瓢蟲和蚜蟲了。

兩個人一邊聊著遊戲，一邊走進了校門，抬頭看見雅安娜老師提著包走出了汽車。「老師好！」丘比首先向雅安娜打了招呼。「老師好！」愛因斯坦也向雅安娜老師打了一下招呼。雅安娜見了，也笑瞇瞇地向他們打了招呼。「愛因斯坦、丘比，你平時作業不端正，畢業考考得很不錯嘛！」雅安娜臉上滿是慈祥和藹的笑容，恰似春風得意，平時那兇狠嚴厲的樣子，早已不見蹤影。

愛因斯坦心裡一怔，不知道雅安娜老師究竟是在誇他還是在罵他，也不知道自己該怎麼回答，但是見雅安娜樣子很高興，就皮笑肉不笑的笑了一下，便向教學樓樓梯口走去。

整幢教學樓的四樓傳出滔滔不絕的嬉鬧聲、打罵聲、奔跑聲，「啪啪啪」，似乎有人還拍起了桌子。上了四樓，果然，教室裡面同學們都在玩耍，似乎要把畢業考前所積壓的壓力全都釋放出來。

走進了教室，愛因斯坦發現教室已經跟以往不大一樣了。教室的日光燈和門窗上面掛滿了彩帶，黑板的邊框和教室的牆壁上貼著幾個氣球，在黑板的正中間，用各種顏色的粉筆，寫著：六年二班畢業典禮。不用說，這些準是班級裡面女生的傑作。

愛因斯坦坐到了自己的位置上，跟身邊的霍姆沃克聊起了天。沒過多久，艾米走了過來，從畢業記錄冊裡面，遞給他一張「同學錄」和一支黑筆。「同學錄」，說白了就是一張紙，紙的造型精美，印著漂亮的圖案和花紋。畢業的時候，讓同學將裡面的姓名、地址、電話等內容補充完整，留作紀念。早在畢業考之前，愛因斯坦就填過珊迪的，簡的，丹娜的和納伊弗的，迪克、漢森、弗雷特和吉米也各自買了一本畢業紀念冊，叫愛因斯坦填過。填畢業紀念冊沒什麼難的。

愛因斯坦接過「同學錄」，又看了艾米一眼，六年級的艾米越發得青春動人，閃閃發光的頭飾輝映下，艾米正咧開細薄的嘴唇向他微笑。愛因斯坦腦袋裡面忽然萌生了一個邪惡的慾念，他想衝上去狠狠地親她一口……

「愛因斯坦，請幫我填一下。我等下來拿。」艾米說完，轉身走開了。愛因斯坦拿起筆填了起來。

「刷刷，刷刷」，愛因斯坦很快就把「同學錄」裡面的姓名、年齡和性別填好了。填下後，愛因斯坦朝「同學錄」上面看了一眼，不由得皺起了眉頭。他寫的哪是什麼字母啊，簡直就是一個個歪歪扭扭的「小丑」。他發現自己寫的每一筆每一劃都寫不直，這麼醜陋的字，怎麼配得上漂亮動人的艾米呢？於是，愛因斯坦握起筆，一筆一劃，認認真真寫接下來的字母。沒想到，愛因斯坦集中了注意力之後，雖然筆劃不再是歪歪扭扭的了，他的字卻顯得有些僵硬，彷彿一塊塊砌在牆上的磚頭。為什麼艾米寫出來的字那麼柔順，而我寫出來的字卻這麼僵硬呢？也許，我天生就是寫不好字的人吧！愛因斯坦悵然地握起筆，快速地寫了下去，他也不管自己的字究竟寫不寫得端正，反正自己本來就是寫不好字的那一類人。

正面寫完了，愛因斯坦把「同學錄」翻到背面，開始繼續寫下去。背面主要寫的是對艾米的祝福語。祝福語有各種各樣的藝術形式，愛因斯坦連一種都模仿不像。他用他那難看的大字，寫下了：祝你的未來一路順風、學習進步、工作順利，闔家歡樂。寫完後，他把「同學錄」舉了起來，又看了一眼，簡直難看極了！但是愛因斯坦沒有任何選擇，他只能把「同學錄」交給艾米，愛因斯坦是用鋼筆寫的，如果進行塗改，會使上面的字看起來更加亂糟糟。

愛因斯坦起身把「同學錄」遞給了艾米，艾米接過同學錄，看了一眼，便「啪嗒」一聲打開了畢業紀念冊，把愛因斯坦的那一張放了進去，又「啪嗒」一聲，把紀念冊給合上了。愛因斯坦覺得，一定是自己的字太難看了，艾米才不肯認真地看上面的內容。

不久，斯戈爾從外面走了進來。「老師，我考了多少呀！」鵬比迫不及待地問起了分數。「請安靜下來，坐端正！如果要問分數等畢業典禮結束後可以來找我。」斯戈爾沒有理會，擺出了班主任老師特有的姿勢。全班的同學都坐到了位置上。這天，帕斯達特似乎也比以前聽話了些，沒有故意說出一些有趣的話逗同學們發笑，或者做出什麼淫穢的、搞笑的動作，使老師難堪。

「今天，可以說是我們六年級生涯的最後

一天，也是我們小學生涯的最後一天。不管以前我跟你們之間發生過多少不愉快的事情，也許，我也做過許多不對的事情……不管怎樣，我都希望大家能夠記得我們在一起的快樂時光，忘掉那些不愉快的……」出乎意料的是，原本一板一眼說話，表情嚴肅的斯戈爾，竟然變得有些煽情了。這次，斯戈爾是破天荒的，也是唯一一次沒有直接談同學們的成績。珊迪和一些女生聽了，竟然抹起了眼淚。

接著，斯戈爾宣佈了全班的孩子們班級裡兩位文明學生和兩位德育標兵的名單：「被評為文明學生的是弗雷特和艾米，被評為德育標兵的是珊迪和丹娜。」弗雷特鄭重地向老師敬了個禮，鞠了個躬，說了聲「謝謝老師」，雙手接過了斯戈爾遞給他的獎狀和獎品，接著面無表情地拿著獎狀和獎品回到了座位上。艾米則是抹著眼淚走到講臺邊的。當斯戈爾給她獎品的時候，她說了聲「謝謝」，聲音有些泣不成聲，斯戈爾安慰似的拍了拍艾米的肩，艾米便轉身回到了座位上。珊迪和丹娜也是含著淚領獎的。在愛因斯坦眼裡，一切都像是演戲。斯戈爾所器重的，差不多也就珊迪、艾米、弗雷特、簡、丹娜和納伊弗。每次期末評選文明學生和德育標兵的時候，斯戈爾差不多是從這六位學生裡面選出四個進行評選的，其他像鵬比、吉米和漢森這些比較聽話的孩子，由於平時不幫老師幹活，即使表現再怎麼好，老師也是不會評他們的。真是偏心！

在四位孩子領取獎狀後，校長傑克和教導主任費安娜從教室門口走了進來。傑克穿著短袖襯衣，米奇色長褲，突出的腦門顯得愈加的油光發亮。「同學們好！」傑克招了一下手，接著用洪亮的聲音向同學們打了一下招呼。

「校長……」「領導也來了……」坐在位子上的孩子們開始議論紛紛。

「校長好！」弗雷特站了起來，用標準的姿勢向校長敬了一個禮，又坐了下去。「校長好！」「校長好！」孩子們一個個學著弗雷特的樣兒向校長打了招呼。

斯戈爾看到校長來了，被迫打斷剛才他想說的內容，自覺地走到一旁，將講臺的位置空出留給傑克。

傑克走到了講臺前，講道：「轉眼間，六年小學生涯即將過去。我還記得小學一年級的時候，你們的樣子是一個個小不點兒，現在，已經長成了高高大大的帥小夥大姑娘了。伊斯特小學的六年，見證了你們的成長，也見證了你們學習和生活中的方方面面。在這之中，既有開心的歡笑，又有辛酸的淚水，這些都將成為你們一生中珍貴的記憶和寶貴的財富！」

傑克說到這裡，故意停頓了一下。弗雷特看到校長停了下來，自覺地鼓起了掌。他身旁的幾位同學也拍起了手，費安娜和斯戈爾也象徵性地鼓了一下手掌，但是由於孩子們的反響不夠熱烈，教室裡原本活躍的氣氛變得越來越死氣沉沉。

傑克似乎也並不在意，拿出一張紙，繼續說道：「同學們，接下來，我要為班級裡面畢業考成績考得好的同學頒發禮物。請報到名字的上來，分別是弗雷特、艾米、丹娜、鵬比、珊迪和簡。」

六位同學上去了。費安娜從一個袋子裡面拿出一個又一個毛絨玩具，遞給這六位同學。迪克見了，伸長了脖子，說道：「哎呀，考得好有獎勵哎！有獎勵哎！」「畢業考考得好，會有獎勵」是考試三天前傑克讓各班班主任在班主任談話時間傳達給孩子的，希望他們能夠在考試的時候用點心，爭取考出好成績。顯然，迪克第一次才知道這件事。

愛因斯坦對校長的話不甚在意，對於六位同學得到的獎勵也沒有羨慕，他壓根就不喜歡毛絨玩具，他現在只喜歡玩電子遊戲。他只是忍不住多看了艾米和珊迪幾眼。艾米的臉顯得越白，越發的清純漂亮。而珊迪，愛因斯坦一直認為非常漂亮的珊迪，如今卻有些胖了，原本日益張揚的靈氣卻被臉上的肥肉給堵了進去。如果珊迪再瘦一點，該有多好。

發完獎以後，傑克繼續說了幾句，大致是一些「你們出了伊斯特的校門，仍然是伊斯特小學的人」，「祝大家在未來的生活中」之類的套話。之後，費安娜老師也講了幾句。接著，兩位領導便離開了教室。

領導離開後，斯戈爾又回到講臺前講了起來，「你們是我帶的第一屆學生。在這幾年來，也許，我也有做得不好的地方，也許，在某些事情上我誤會過大家。在這裡，我希望大家能夠包涵一下老師的錯誤……」

斯戈爾講到一半，雅安娜就風風火火地從教室門外闖了進來。她搓了搓手，很耐心地看了斯戈爾一眼，又向同學們笑了笑，眼中滿是期待和友善，又笑瞇瞇地看著斯戈爾講話，眼中滿是溫和慈祥。現在，愛因斯坦才明白，原來雅安娜其實是一個非常和藹可親的老師，只是在六年級的時候，才變得那麼火急火燎，急不可耐。沒有期末畢業考，也許，雅安娜老師永遠都是和藹可親的。

「現在，有請雅安娜老師講一下，看看她有什麼話要對大家說。」斯戈爾也顯得非常謙遜禮貌，沒有因為她的突然闖入，臉上產生不快。他說完幾句話後，主動地將話語權交給了雅安娜老師。

雅安娜老師也不客氣，說道：「那我講幾分鐘，這次的畢業考試，大多數考得非常不錯，特別是幾位平時並不認真做作業的同學，在畢業考前幾天，用心了些，考得特別不錯。這幾位同學考得特別不錯，我報一下，納伊弗、丹娜、艾米。弗雷特、簡、愛因斯坦、丘比。考到了九十五分以上，其他同學要向他們學習……」

愛因斯坦坐在位置上，聽到雅安娜老師報了他的名字，精神不由得一振。他從來沒有想到，平時英語考試只考七十多分、八十多分，畢業考居然考了九十五分以上。他更加興奮的是，自己的成績，有朝一日，能跟他心目中的女神——艾米，一起受老師的表揚。愛因斯坦竟興奮地抖落起手來了，他把自己的成績單翻了開來，在期末成績，英語成績這一欄裡面，赫然用黑筆寫著：「優秀」。愛因斯坦記得自己從三年級開始，除了上課是在聽的以外，他從來沒有認真對待過英語作業。為什麼從來沒有認真對待過英語作業的我，居然能跟艾米一樣考到九十五分以上。是我的運氣太好了？因為小學英語試卷裡面都是選擇題。不！這一切都不足以說明問題，這只能說明，我是一個天才！我可以不通過努力就考得高分！愛因斯坦莫名其妙地陷入了狂喜之中，他舉起了手指，在報告單上面寫下了「天才」，雖然報告單上面印不出他的痕跡，但是，他是天才的事實，是不可磨滅的……

「……我希望，同學們在未來的學習之中，或者是未來的生活之中，能夠有勤奮刻苦，紮實肯幹，像這些同學一樣，取得好成績。以後大家長大了去看好了，但凡那些有成就的人，都是做事踏實能幹的人。我知道我們班級裡面，有很多同學愛耍小聰明，那些小聰明只能僥倖成功一時，到最後都是要吃苦頭的。我不管你們以後會去什麼學校上學，會去哪裡工作，我都希望你們能夠記住今天，雅安娜老師說的話。我就講到這裡了。」雅安娜講這段話的時候，神情格外的嚴肅，儼然一座「革命烈士的雕像」。她在這一段話裡面，寄予了同學們多少厚望啊！然而，愛因斯坦早已陷入「天才般」的狂喜之中，雅安娜後面講的話，他一個字都沒有聽進去。

雅安娜講完，抹了抹眼眶，轉身走出了教室。她低了一下頭，又看了孩子們一眼，轉身便向六年三班教室走去。珊迪、艾米、丹娜、簡和納伊弗都已經哭了。

在雅安娜老師講話的時候，比特老師等在外面，看到雅安娜講完了，他便走了進來。孩子們看到比特進來了，立馬挺直背坐端正了。「我說幾句哦。」比特老師還沒等斯戈爾講，自己率先講了起來，「我多餘的話就不多說了。你們是我做教師以來，帶的第一屆學生。在給你們上第一堂數學課的時候，心情其實是非常緊張的。那時你們還那麼小……」比特用手掌在比桌子稍高

一點點的地方比劃了一下，「我那時候深怕自己上不好課。在看到有的同學沒有認真聽的時候，我心裡很著急。要是你們沒有認真聽課，錯過了知識怎麼辦？要是你們養成了不認真聽講的壞習慣，這個壞習慣會影響你們一輩子啊！」

比特閉了一下眼睛，似乎在回想他「體罰」學生時的那些可怕時光，然後又忘情地說：「我當時實在想不到什麼辦法，一心只想把這事兒糾正過來。於是，我當時毫不猶豫地打了，毫不猶豫地『殺雞給猴看』。我知道這樣做，可能會給你們留下陰影。但是數學這種東西能不學好嗎？不學好，以後的日子，你們上街去買菜，別人少了你的錢都不知道啊！」

不知不覺，比特的眼眶紅了，「好了，不多說了。沒想到那麼快，大家就要分別了。在未來的日子裡，我祝願你們，好好學習，好好生活。未來的工作和生活中，前程似錦，考上理想的大學……」

突然，艾米起身，撲到了比特的身上，嗚嗚地哭道：「比特老師，我不想……不想要你走！」珊迪也跑到了比特身旁，拉住了他的手，一個勁地喊著，「比特老師……比特老師……」

比特老師說道：「傻孩子，天下沒有不散的宴席，從你們踏進校園的那一刻，我們遲早是要分開的。沒事，畢業後大家也可以來學校找我嘛，我隨時歡迎你們。學校就像你們的家一樣。」

比特拿出紙巾，指了指艾米臉上的淚水。他顯然不是幹這行的，不一會兒，就把紙巾塞到了艾米手中，接著又從口袋裡掏出一張，分給了珊迪。比特叫珊迪和艾米在位置上坐好了。

看到這個場面，好多同學都流淚了，就連平時不太說話的吉米和漢森也流淚了。愛因斯坦坐在位置上，竟然一點都不覺得這場面「感人」，他覺得這像是「逢場作戲」，故意演出來的一般，就像五年級公開課的「那場戲」一樣。他看到好多同學都哭了，很是不解，有什麼好哭的！他又不敢在比特面前表現得不難過，只得假惺惺地低下了頭。

「簌簌、簌簌……」在同學們中間，似乎有人在笑。「嘿嘿……」科比偷偷摸摸地抿住嘴笑了，丘比和萊西也笑了，他們也已經感受不到這動人的場面了。愛因斯坦也「嗤嗤」一笑，又低下了頭。帕斯達特看著這場面，卻沒有笑。

「請六年級的同學來操場拍畢業照。」教室裡面的感人氛圍被廣播裡比利老師的話打斷了。「嘩啦」，「嘩啦！」六年二班旁邊教室的孩子喧鬧了起來。六年二班的同學們端端正正地坐在位置上面，等待著比特老師和斯戈爾老師下命令。在比特面前，沒有老師的命令，孩子們是不敢擅自離開位置的，儘管他們知道，畢業了，比特是不會再打他們的了，他們仍坐在位子上面。習慣一旦養成，就很難改變了。

「我們排隊下去吧！」斯戈爾說道。

只聽「嘩啦」一聲，隊伍很快就排好了，兩排隊伍直直的，猶如一雙筷子，沒有人敢輕舉妄動。雖說這是斯戈爾下的命令，有比特老師看著，效果就跟比特老師下的命令一樣。六年一班，六年三班的孩子正一個個如脫韁的野馬一般衝下樓梯，而六年二班的隊伍，卻等待著老師下命令。愛因斯坦站在隊伍中間，一點都不敢動，他可是親眼目睹過比特是用怎樣暴力的手段對付不肯聽話的孩子的。

「都畢業了，大家不用那麼緊張。」斯戈爾有些看不下去了，說了一句，隨後走出了教室。比特也走出了教室。六年二班的同學們，也排著隊走了下去。走廊上，六年二班同學們零星的講話聲開始漸次地越來越多，匯成了歡聲笑語。

下了樓梯，孩子們從教學樓邊拐彎，從一條小路走向學校行政樓。行政樓靠東的牆壁上，用瓷磚鋪著一幅畫，足以遮蓋行政樓一半的牆壁，畫上正中，一群戴著鮮紅蝴蝶結的小朋友，在藍天底下自由地玩耍。他們有的在玩飛機模型，有在跳皮筋，有的在玩單槓，有的在踢足球……在孩子們的頭上，是藍天。藍天的正中，寫著「我們生活在同一片藍天下」。在藍天的

上方，是宇宙，一望無垠的宇宙，有行星、飛船、空間站和宇航員……小朋友的左側，聳立著一幢幢高大的建築物，那兒應該就是城市；小朋友的右側，聳立著一排排煙囪，那兒應該就是工廠。只是圖畫裡，小朋友們是主角，他們佔據了圖畫的大部空間，而工廠和城市則靠在遠遠地擠在兩邊，似乎為他們留足了健康成長和發展的空間……

來到行政樓，愛因斯坦看到六年一班的孩子們，早就在老師和校領導的指揮下，排好了隊伍。按照慣例，第一排的，是身材比較矮的女生，應當蹲著；第二排是座位，校領導和老師們坐在第二排；第三排站著班級裡面身材較高的女生和身材較矮的男生；第四排有一排凳子，身材比較高大的男生站在上面。

「老師可以坐著拍畢業照！那麼好！我也想坐著拍畢業照！」迪克搖晃著腦袋，瞪大著眼睛看著這一幕。

「想多了，只有老師才可以坐在凳子上，學生只能蹲著或是站著！」弗雷特早已看透這一切，硬生生地打破了迪克的希望。

待領導、老師、同學在位置上面坐定、站定和蹲定，一個戴著黑色鴨舌帽的攝影師舉起了照相機：「看鏡頭，注意第三排第二位同學，頭不要歪，來來來，看準鏡頭，面帶微笑……」只聽得「喀嚓、喀嚓」兩聲響，照片拍好了。攝影師又舉起照相機，又拍了幾張。

六年一班的同學拍完後，四散而走。輪到六年二班的同學拍照了。斯戈爾叫孩子們先排好隊，等領導和其他老師們入座。接著，斯戈爾仔細觀察了學生們的個頭，下命令，讓報到名字的同學站在指定的位置排好隊。

愛因斯坦被安排在第三排，政教處主任的身後。愛因斯坦從小學一年級讀到六年級，從來沒有聽說過學校裡有政教處主任這個職位，也從來沒有見到過政教處主任。再看看政教處主任，肥嘟嘟的，臉上全是厚重的肉，就像是一頭豬。

如果說簡甯老師胖得像一個南瓜，那麼，政教處主任胖得就像是一個冬瓜。

站在愛因斯坦身旁的丘比指了指肥嘟嘟的政教處主任，「吼」，嘴上得意地發出了一聲豬的怪叫，愛因斯坦見了，忍不住嗤嗤地笑了起來。丘比見愛因斯坦笑了，他笑得更開心了，兩個人偷樂個不停。帕斯達特和科比站在最後一排，他們捉弄起了站在他們前面的賽克。可憐的賽克，被科比東拉了一下耳朵，被帕斯達特西扯了一下頭髮，不勝其煩。他回過頭，看到科比和帕斯達特都在笑，他也不去分辨究竟是誰在扯打他，毫不猶豫地伸出拳頭向帕斯達特揍去。「啪」，瘦弱的賽克根本沒有力氣對抗比他強壯得多的帕斯達特，拳頭打在帕斯達特身上如撓癢癢一般。「婊子的兒子！」帕斯達特不禁輕聲罵道，「你竟敢打我，我沒打你，你卻來打我，放學後看我不把你揍一頓……」賽克漲紅了臉，默默忍受著帕斯達特帶來的羞辱……這個時候，不要指望斯戈爾或者比特來救他。斯戈爾正仔細地注意著另一邊孩子們的隊伍，現在，他只關心隊伍排得好不好，照片拍出來效果會不會好，學生之間無關痛癢的「小打小鬧」他是不會放在眼裡的。而比特，他正在跟坐在他身旁的領導聊天，聊得不亦樂乎，完全沒去在意他身後孩子們的舉動……

見隊伍排得差不多了，斯戈爾在自己的座位上坐定，剩下的就交給攝影師了。孩子們也停止了嗤笑、打鬧和交談，開始站端正了。

「喀嚓，喀嚓」，又是「喀嚓，喀嚓」，攝影師拍好了照片，一揮手，站了起來：「好了。」老師們站了起來，孩子看到了，散開了隊伍，又說說笑笑起來。畢業照總算拍好了。斯戈爾讓孩子們排好了隊，回了教室。

斯戈爾又讓孩子們在教室裡坐好了，感觸萬千地說道：「今天是大家最後一次坐在伊斯特小學六年二班的教室裡面聽我講了，從某種程度上來說，你們的學習才剛剛開始，你們未來的道路還很長……在這裡，我有幾個詞語要送給大家，第一個是相信，今天你們將踏出伊斯特小學

的校門，明天你們將是初中生，老師希望你們在初中的生活中是精彩的，是自信的，相信你努力了，不管什麼困難都可以解決；第二個是善良，我知道，現在社會上流行著許多不好的話，好像做好人，做好事都十分的困難，但是，我希望大家出去以後，始終能保持一顆善良的心。寧可別人負我，我也不負別人，心裡頭要注意善，先去考慮別人；第三個是寬容，我希望大家是快樂的，是開心的，只有你學會了寬容之後，你才會是快樂的，開心的，天天都過得快快樂樂的，好不好；第四個是健康，我希望在我的有生之年，我不要聽到有什麼不好的消息傳來，希望大家再一次見面的時候，大家都完好無損的，健健康康地活著……好，謝謝大家。」

教室裡面鼓起了掌，在掌聲中，愛因斯坦和全班同學，結束了畢業典禮，也結束了他們的小學生涯。

國家圖書館出版品預行編目資料

愛因斯坦與伊斯特小學 / 胡子栖
作 . -- 初版 . -- 臺北市 : 博客思 , 2018.05
面； 公分 -- (現代文學 ; 44)
ISBN 978-986-95955-2-0(平裝)

857.7 107001826

現代文學 44

愛因斯坦與伊斯特小學

作　　者：胡子栖
編　　輯：楊容容
美　　編：楊容容
封面設計：陳勁宏
出 版 者：博客思出版事業網
發　　行：博客思出版事業網
地　　址：台北市中正區重慶南路 1 段 121 號 8 樓之 14
電　　話：(02)2331-1675 或 (02)2331-1691
傳　　真：(02)2382-6225
E—MAIL：books5w@gmail.com 或 books5w@yahoo.com.tw
網路書店：http://bookstv.com.tw/ http://store.pchome.com.tw/yesbooks/
三民書局、博客來網路書店 http://www.books.com.tw
總 經 銷：聯合發行股份有限公司
電　　話：(02) 2917-8022 傳 真：(02) 2915-7212
劃撥戶名：蘭臺出版社 帳號：18995335
香港代理：香港聯合零售有限公司
地　　址：香港新界大蒲汀麗路 36 號中華商務印刷大樓
C&C Building, 36,Ting, Lai, Road, Tai,Po, New,Territories
電　　話：(852)2150-2100 傳真：(852)2356-0735
經　　銷：廈門外圖集團有限公司
地　　址：廈門市湖里區悅華路 8 號 4 樓
電　　話：86-592-2230177 傳 真：86-592-5365089
出版日期：2018 年 5 月 初版
定　　價：新臺幣 320 元整（平裝）
ISBN： 978-986-95955-2-0